Robert Sharp

Beówulf

An Anglo-Saxon poem - The fight at Finnsburh

Robert Sharp

Beówulf
An Anglo-Saxon poem - The fight at Finnsburh

ISBN/EAN: 9783337101695

Printed in Europe, USA, Canada, Australia, Japan

Cover: Foto ©Andreas Hilbeck / pixelio.de

More available books at **www.hansebooks.com**

I. BEÓWULF:

AN ANGLO-SAXON POEM.

II. THE FIGHT AT FINNSBURH:

A FRAGMENT.

WITH TEXT AND GLOSSARY ON THE BASIS OF M. HEYNE.

EDITED, CORRECTED, AND ENLARGED, BY

JAMES A. HARRISON, LL.D., Litt.D.,
PROFESSOR OF ENGLISH AND MODERN LANGUAGES, WASHINGTON AND
LEE UNIVERSITY,

AND

ROBERT SHARP (Ph.D. Lips.),
PROFESSOR OF GREEK AND ENGLISH, TULANE UNIVERSITY
OF LOUISIANA.

FOURTH EDITION. REVISED, WITH NOTES.

BOSTON, U.S.A.:
GINN & COMPANY, PUBLISHERS.
1894.

TYPOGRAPHY BY J. S. CUSHING & CO., BOSTON, U.S.A.

PRESSWORK BY GINN & CO., BOSTON, U.S.A.

DEDICATED

TO

PROFESSOR F. A. MARCH,
OF LAFAYETTE COLLEGE, PA.,

AND

FREDERICK J. FURNIVALL, Esq.
FOUNDER OF THE "NEW SHAKSPERE SOCIETY,"
THE "CHAUCER SOCIETY," ETC., ETC.

PREFACE TO THE FOURTH EDITION.

THE favor with which the successive editions of "Beó-wulf" have been received during the past thirteen years emboldens the editors to continue the work of revision in a fourth issue, the most noticeable feature of which is a considerable body of explanatory Notes, now for the first time added. These Notes mainly concern themselves with new textual readings, with here and there grammatical, geographical, and archæological points that seemed worthy of explanation. Parallelisms and parallel passages are constantly compared, with the view of making the poem illustrate and explain itself. A few emendations and textual changes are suggested by the editors with all possible diffidence; numerous corrections have been made in the Glossary and List of Names; and the valuable parts of former Appendices have been embodied in the Notes.

For the Notes, the editors are much indebted to the various German periodicals mentioned on page 116, to the recent publications of Professors Earle and J. L. Hall, to Mr. S. A. Brooke, and to the Heyne-Socin edition of "Beówulf." No change has been made in the system of accentuation, though a few errors in quantity have been corrected. The editors are looking forward to an eventual fifth edition, in which an entirely new text will be presented.

October, 1893.

NOTE TO THE THIRD EDITION.

THIS third edition of the American issue of Beówulf will, the
editors hope, be found more accurate and useful than either of the
preceding editions. Further corrections in text and glossary have
been made, and some additional new readings and suggestions
will be found in two brief appendices at the back of the book.
Students of the metrical system of Beówulf will find ample
material for their studies in Sievers' exhaustive essay on that sub-
ject (Beiträge, X. 209–314).

Socin's edition of Heyne's Beówulf (called the fifth edition) has
been utilized to some extent in this edition, though it unfortu-
nately came too late to be freely used. While it repeats many of
the omissions and inaccuracies of Heyne's fourth edition, it con-
tains much that is valuable to the student, particularly in the
notes and commentary. Students of the poem, which has been
subjected to much searching criticism during the last decade, will
also derive especial help from the contributions of Sievers and
Kluge on difficult questions appertaining to it. Wülker's new
edition (in the Grein *Bibliothek*) is of the highest value, however
one may dissent from particular textual views laid down in the
'Berichtigter Text.' Paul and Braune's Beiträge contain a varied
miscellany of hints, corrections, and suggestions principally embody-
ing the views of Kluge, Cosijn, Sievers, and Bugge, some of the
more important of which are found in the appendices to the pres-
ent and the preceding edition. Holder and Zupitza, Sarrazin and
Hermann Möller (Kiel, 1883), Heinzel (Anzeiger f. d. Alterthum,
X.), Gering (Zacher's Zeitschrift, XII.), Brenner (Eng. Studien,
IX.), and the contributors to Anglia, have assisted materially in
the textual and metrical interpretation of the poem.

The subject of Anglo-Saxon quantity has been discussed in
several able essays by Sievers, Sweet, Ten Brink (Anzeiger, f. d.
Alterthum, V.), Kluge (Beiträge, XI.), and others; but so much is

uncertain in this field that the editors have left undisturbed the marking of vowels found in the text of their original edition, while indicating in the appendices the now accepted views of scholars on the quantity of the personal pronouns (**mê, wê, þû, þê, gê, hê**); the adverb **nû**, etc. Perhaps it would be best to banish absolutely all attempts at marking quantities except in cases where the Ms. has them marked.

An approximately complete Bibliography of Beówulf literature will be found in Wülker's *Grundriss* and in Garnett's translation of the poem.

JAMES A. HARRISON,
ROBERT SHARP.

WASHINGTON AND LEE UNIVERSITY,
LEXINGTON, VA., May, 1888.

NOTE TO THE SECOND REVISED EDITION.

THE editors feel so encouraged at the kind reception accorded their edition of Beówulf (1883), that, in spite of its many short-comings, they have determined to prepare a second revised edition of the book, and thus endeavor to extend its sphere of usefulness. About twenty errors had, notwithstanding a vigilant proof-reading, crept into the text, — errors in single letters, accents, and punctuation. These have been corrected, and it is hoped that the text has been rendered generally accurate and trustworthy. In the List of Names one or two corrections have been made, and in the Glossary numerous mistakes in gender, classification, and translation, apparently unavoidable in a first edition, have been rectified. Wherever these mistakes concern *single* letters, or occupy very small space, they have been corrected in the plates; where they are longer, and the expense of correcting them in the plates would have been very great, the editors have thought it best to include them in an Appendix of Corrections and Additions, which will be found at the back of the book. Students are accordingly referred to this Appendix for important longer corrections and additions. It is believed that the value of the book has been much enhanced by an Appendix of Recent Readings, based on late criticisms and essays from the pens of Sievers, Kluge, Cosijn, Holder, Wülker, and Sweet. A perplexed student, in turning to these suggested readings, will often find great help in unravelling obscure or corrupt passages.

The objectionable ä and æ, for the short and the long diphthong, have been retained in the revised edition, owing to the impossibility of removing them without entirely recasting the plates.

In conclusion, the editors would acknowledge their great indebtedness to the friends and critics whose remarks and criticisms have materially aided in the correction of the text, — particularly to Profs. C. P. G. Scott, Baskervill, Price, and J. M. Hart; to Prof. J. W. Bright; and to the authorities of Cornell University, for the loan of periodicals necessary to the completeness of the revision. While the second revised edition still contains much that might be improved, the editors cannot but hope that it is an advance on its predecessor, and that it will continue its work of extending the study of Old English throughout the land.

JUNE, 1885.

NOTE I.

THE present work, carefully edited from Heyne's fourth edition, (Paderborn, 1879), is designed primarily for college classes in Anglo-Saxon, rather than for independent investigators or for seekers after a restored or ideal text. The need of an American edition of "Beówulf" has long been felt, as, hitherto, students have had either to send to Germany for a text, or secure, with great trouble, one of the scarce and expensive English editions. Heyne's first edition came out in 1863, and was followed in 1867 and 1873 by a second and a third edition, all three having essentially the same text.

So many important contributions to the "Beówulf" literature were, however, made between 1873 and 1879 that Heyne found it necessary to put forth a new edition (1879). In this new, last edition, the text was subjected to a careful revision, and was fortified by the views, contributions, and criticisms of other zealous scholars. In it the collation of the unique "Beówulf" Ms. (Vitellius A. 15: Cottonian Mss. of the British Museum), as made by E. Kölbing in Herrig's *Archiv* (Bd. 56; 1876), was followed wherever the present condition of the Ms. had to be discussed; and the researches of Bugge, Rieger, and others, on single passages, were made use of. The discussion of the metrical structure of the poem, as occurring in the second and third editions, was omitted in the fourth, owing to the many controversies in which the subject is still involved. The present editor has thought it best to do the same, though, happily, the subject of Old English *Metrik* is undergoing a steady illumination through the labors of Schipper and others.

Some errors and misplaced accents in Heyne's text have been corrected in the present edition, in which, as in the general revision of the text, the editor has been most kindly aided by Prof. J. M. Garnett, late Principal of St. John's College, Maryland.

In the preparation of the present school edition it has been thought best to omit Heyne's notes, as they concern themselves principally with conjectural emendations, substitutions of one reading for another, and discussions of the condition of the Ms. Until Wülker's text and the photographic fac-simile of the original Ms. are in the hands of all scholars, it will be better not to introduce such matters in the school room, where they would puzzle without instructing.

For convenience of reference, the editor has added a head-line to each "fit" of the poem, with a view to facilitate a knowledge of its episodes.

WASHINGTON AND LEE UNIVERSITY,
    LEXINGTON, VA., June, 1882.

NOTE II.

THE editors now have the pleasure of presenting to the public a complete text and a tolerably complete glossary of "Beówulf." The edition is the first published in America, and the first of its special kind presented to the English public, and it is the initial volume of a "Library of Anglo-Saxon Poetry," to be edited under the same auspices and with the coöperation of distinguished scholars in this country. Among these scholars may be mentioned Professors F. A. March of Lafayette College, T. R. Price of Columbia College, and W. M. Baskervill of Vanderbilt University.

In the preparation of the Glossary the editors found it necessary to abandon a literal and exact translation of Heyne for several reasons, and among others from the fact that Heyne seems to be wrong in the translation of some of his illustrative quotations, and even translates the same passage in two or three different ways under different headings. The orthography of his glossary differs considerably from the orthography of his text. He fails to discriminate with due nicety the meanings of many of the words in his vocabulary, while criticism more recent than his latest edition (1879) has illustrated or overthrown several of his renderings. The references were found to be incorrect in innumerable instances, and had to be verified in every individual case so far as this was possible, a few only, which resisted all efforts at verification, having to be indicated by an interrogation point (?). The references are exceedingly numerous, and the labor of verifying them was naturally great. To many passages in the Glossary, where Heyne's translation could not be trusted with entire certainty, the editors have added other translations of phrases and sentences or of special words; and in this they have been aided by a careful study of the text and a comparison and utilization of the views of Kemble and Professor J. M. Garnett (who takes Grein for his foundation). Many new references have been added;

and the various passages in which Heyne fails to indicate whether a given verb is weak or strong, or fails to point out the number, etc., of the illustrative form, have been corrected and made to harmonize with the general plan of the work. Numerous misprints in the glossary have also been corrected, and a brief glossary to the Finnsburh-fragment, prepared by Dr. Wm. Hand Browne, and supplemented and adapted by the editor-in-chief, has been added.

The editors think that they may without immodesty put forth for themselves something more than the claim of being re-translators of a translation : the present edition is, so far as they were able to make it so, an adaptation, correction, and extension of the work of the great German scholar to whose loving appreciation of the Anglo-Saxon epic all students of Old English owe a debt of gratitude. While following his usually sure and cautious guidance, and in the main appropriating his results, they have thought it best to deviate from him in the manner above indicated, whenever it seemed that he was wrong. The careful reader will notice at once the marks of interrogation which point out these deviations, or which introduce a point of view illustrative of, or supplementary to, the one given by the German editor. No doubt the editors are wrong themselves in many places, — " Beówulf " is a most difficult poem, — but their view may at least be defended by a reference to the original text, which they have faithfully and constantly consulted.

A good many cognate Modern English words have been introduced here and there in the Glossary with a view to illustration, and other addenda will be found between brackets and parenthetical marks.

It is hoped that the present edition of the most famous of Old English poems will do something to promote a valuable and interesting study

JAMES A. HARRISON,
Washington and Lee University, Lexington, Va.

ROBERT SHARP,
University of Louisiana, New Orleans.

April, 1883.

The responsibility of the editors is as follows : H. is responsible for the Text, and for the Glossary from **hrînan** on ; S. for the List of Names, and for the Glossary as far as **hrînan**.

ARGUMENT.

The only national [Anglo-Saxon] epic which has been preserved entire is Beówulf. Its argument is briefly as follows:—The poem opens with a few verses in praise of the Danish Kings, especially Scild, the son of Sceaf. His death is related, and his descendants briefly traced down to Hroðgar. Hroðgar, elated with his prosperity and success in war, builds a magnificent hall, which he calls Heorot. In this hall Hroðgar and his retainers live in joy and festivity, until a malignant fiend, called Grendel, jealous of their happiness, carries off by night thirty of Hroðgar's men, and devours them in his moorland retreat. These ravages go on for twelve years. Beówulf, a thane of Hygelac, King of the Goths, hearing of Hroðgar's calamities, sails from Sweden with fourteen warriors to help him. They reach the Danish coast in safety; and, after an animated parley with Hroðgar's coast-guard, who at first takes them for pirates, they are allowed to proceed to the royal hall, where they are well received by Hroðgar. A banquet ensues, during which Beówulf is taunted by the envious Hunferhð about his swimming-match with Breca, King of the Brondings. Beówulf gives the true account of the contest, and silences Hunferhð. At night-fall the King departs, leaving Beówulf in charge of the hall. Grendel soon breaks in, seizes and devours one of Beówulf's companions; is attacked by Beówulf, and, after losing an arm, which is torn off by Beówulf, escapes to the fens. The joy of Hroðgar and the Danes, and their festivities, are described, various episodes are introduced, and Beówulf and his companions receive splendid gifts. The next night Grendel's mother revenges her son by carrying off Æschere, the friend and councillor of Hroðgar, during the absence of Beówulf. Hroðgar appeals to Beówulf for vengeance, and describes the haunts of Grendel and his mother. They all proceed thither; the scenery of the lake, and the monsters that dwell in it, are described. Beówulf plunges into the water, and attacks Grendel's mother in her dwelling at the bottom of the lake. He at length overcomes her, and cuts off her head, together with that of Grendel, and brings the heads to Hroðgar. He then takes leave of Hroðgar, sails back to Sweden, and relates his adventures to Hygelac.

Here the first half of the poem ends. The second begins with the accession of Beówulf to the throne, after the fall of Hygelac and his son Heardred. He rules prosperously for fifty years, till a dragon, brooding over a hidden treasure, begins to ravage the country, and destroys Beówulf's palace with fire. Beówulf sets out in quest of its hiding-place, with twelve men. Having a presentiment of his approaching end, he pauses and recals to mind his past life and exploits. He then takes leave of his followers, one by one, and advances alone to attack the dragon. Unable, from the heat, to enter the cavern, he shouts aloud, and the dragon comes forth. The dragon's scaly hide is proof against Beówulf's sword, and he is reduced to great straits. Then Wiglaf, one of his followers, advances to help him. Wiglaf's shield is consumed by the dragon's fiery breath, and he is compelled to seek shelter under Beówulf's shield of iron. Beówulf's sword snaps asunder, and he is seized by the dragon. Wiglaf stabs the dragon from underneath, and Beówulf cuts it in two with his dagger. Feeling that his end is near, he bids Wiglaf bring out the treasures from the cavern, that he may see them before he dies. Wiglaf enters the dragon's den, which is described, returns to Beówulf, and receives his last commands. Beówulf dies, and Wiglaf bitterly reproaches his companions for their cowardice. The disastrous consequences of Beówulf's death are then foretold, and the poem ends with his funeral. — H. Sweet, in Warton's *History of English Poetry*, Vol. II. (ed. 1871). Cf. also Ten Brink's *History of English Literature*.

BEÓWULF.

—◦◦◦◦◦—

I. The Passing of Scyld.

H WÄT! we Gâr-Dena   in geâr-dagum
    þeód-cyninga   þrym gefrunon,
hû þâ äðelingas   ellen fremedon.
Oft Scyld Scêfing   sceaðena þreátum,
5 monegum mægðum   meodo-setla ofteáh.
Egsode eorl,   syððan ærest wearð
feá-sceaft funden: he þäs frôfre gebâd,
weôx under wolcnum,   weorð-myndum ðâh,
ôð þät him æghwylc   þâra ymb-sittendra
10 ofer hron-râde   hŷran scolde,
gomban gyldan: þät wäs gôd cyning!
þäm eafera wäs   äfter cenned
geong in geardum,   þone god sende
folce tô frôfre;   fyren-þearfe ongeat,
15 þät hie ær drugon   aldor-*leáse*
lange hwîle.   Him þäs lîf-freá,
wuldres wealdend,   worold-âre forgeaf;
Beówulf wäs breme   (blæd wîde sprang),
Scyldes eafera   Scede-landum in.
20 Swâ sceal *geong guma*   gôde gewyrcean,
fromum feoh-giftum   on fäder *wine*,
þät hine on ylde   eft gewunigen
wil-gesîðas,   þonne wîg cume,
leóde gelæsten: lof-dædum sceal
25 in mægða gehwære   man geþeón.
Him þâ Scyld gewât   tô gescäp-hwîle
fela-hrôr fêran   on freán wære;
hi hyne þâ ätbæron . tô brimes faroðe.

swǽse gesíðas,   swâ he selfa bäd,
30 þenden wordum weóld   wine Scyldinga,
    leóf land-fruma   lange âhte.
    Þær ät hýðe stôd   hringed-stefna,
      îsig and ûtfûs,   äðelinges fär ;
      â-lêdon þâ   leófne þeóden,
35 beága bryttan   on bearm scipes,
      mærne be mäste.   Þær wäs mâdma fela.
      of feor-wegum   frätwa gelæded:
      ne hýrde ic cymlîcor   ceól gegyrwan
      hilde-wæpnum   and heaðo-wædum,
40 billum and byrnum ;   him on bearme läg
      mâdma mänigo,   þâ him mid scoldon
      on flôdes æht   feor gewîtan.
      Nalas hi hine lässan   lâcum teódan,
      þeód-gestreónum,   þonne þâ dydon,
45 þe hine ät frumsccafte   forð onsendon
      ænne ofer ýðe   umbor wesende:
      þâ gyt hie him âsetton   segen *gyl*denne
      heáh ofer heáfod,   lêton holm beran,
      geâfon on gâr-secg :   him wäs geômor sefa,
50 murnende môd.   Men ne cunnon
      secgan tô sôðe   sele-rædende,
      häleð under heofenum,   hwâ þäm hläste onfêng.

II. The Hall Heorot.

      Þâ wäs on burgum   Beówulf Scyldinga,
      leóf leód-cyning,   longe þrage
55 folcum gefræge   (fäder ellor hwearf,
      aldor of earde),   ôð þät him eft onwôc
      heáh Healfdene ;   heóld þenden lifde,
      gamol and gûð-reów,   gläde Scyldingas.
      Þäm feówer bearn   forð-gerîmed

60 in worold wôcun, weoroda ræswan,
  Heorogâr and Hrôðgâr and Hâlga til;
  hŷrde ic, þät Elan cwên *Ongenþeówes wäs*
  Heaðoscilfinges heals-gebedde.
  Þâ wäs Hrôðgâre here-spêd gyfen,
65 wîges weorð-mynd, þät him his wine-mâgas
  georne hŷrdon, ôð þät seó geogoð geweôx.
  mago-driht micel. Him on môd bearn,
  þät heal-reced hâtan wolde,
  medo-ärn micel men gewyrcean,
70 þone yldo bearn æfre gefrunon,
  and þær on innan eall gedælan
  geongum and ealdum, swylc him god sealde
  bûton folc-scare and feorum gumena.
  Þâ ic wîde gefrägn weorc gebannan
75 manigre mægðe geond þisne middan-geard,
  folc-stede frätwan. Him on fyrste gelomp
  ädre mid yldum, þät hit wearð eal gearo,
  heal-ärna mæst; scôp him Heort naman,
  se þe his wordes geweald wîde häfde.
80 He beót ne âlêh, beágas dælde,
  sinc ät symle. Sele hlifade
  heáh and horn-geáp: heaðo-wylma bâd,
  lâðan lîges; ne wäs hit lenge þâ gen
  þät se ecg-hete âðum-swerian
85 äfter wäl-nîðe wäcnan scolde.
  Þâ se ellen-gæst earfoðlîce
  þrage geþolode, se þe in þŷstrum bâd,
  þät he dôgora gehwâm dreám gehŷrde
  hlûdne in healle; þær wäs hearpan swêg,
90 swutol sang scôpes. Sägde se þe cûðe
  frum-sceaft fira feorran reccan,
  cwäð þät se älmihtiga eorðan worhte,
  wlite-beorhtne wang, swâ wäter bebûgeð,
  gesette sige-hrêðig sunnan and mônan

95 leóman tô leóhte land-búendum,
and gefrätwade foldan sceátas
leomum and leáfum; lîf eác gesceôp
cynna gehwylcum, þâra þe cwice hwyrfað.
Swâ þâ driht-guman dreámum lifdon
100 eádiglîce, · ôð þät ân ongan
fyrene fremman, feónd on helle:
wäs se grimma gäst Grendel hâten,
mære mearc-stapa, se þe môras heóld,
fen and fästen; fîfel-cynnes eard
105 won-sælig wer weardode hwîle,
siððan him scyppend forscrifen häfde.
In Caines cynne þone cwealm gewräc,
êce drihten, þäs þe he Abel slôg;
ne gefeah he þære fæhðe, ac he hine feor forwräc,
110 metod for þŷ mâne man-cynne fram.
Þanon untydras ealle onwôcon,
eotenas and ylfe and orcnêas,
swylce gigantas, þâ wið gode wunnon
lange þrage; he him þäs leán forgeald.

III. Grendel's Visits.

115 Gewât þâ neósian, syððan niht becom,
heán hûses, hû hit Hring-Dene
äfter beór-þege gebûn häfdon.
Fand þâ þær inne äðelinga gedriht
swefan äfter symble; sorge ne cûðon,
120 won-sceaft wera. Wiht unhælo
grim and grædig gearo sôna wäs,
reóc and rêðe, and on räste genam
þritig þegna: þanon eft gewât
hûðe hrêmig tô hâm faran,
125 mid þære wäl-fylle wîca neósan.

In Early Eng[lish] we find.

1.- Rhyme Compounds.

2.- Rhyme ~~Formulas~~ .. sall & mall

3.- ~~Grammatical~~ Rhyme. Luke- Syke

4.- When Rhyming words do not come
   at end of line but side by side
   "Wond rond gefeng"

5.- Rhymes that pass over from one
   line to another. B.w. 66.-
   not end rhymes.

6.- Genuine end rhymes which
   was recognize.- Beowulf 465. 734
   734.- Probably conscious on part
   of poet.
               Do not find continuous
   end rhymes.. only one Rhyme
   Poem throughout in Saxon.-
   "Rhyme Song" modelled from
   Icelandic probably.

seomade and syrede.   Sin-nihte heóld
mistige móras;   men ne cunnon,
hwyder hel-rúnan   hwyrftum scríðað.
Swâ fela fyrena   feónd man-cynnes,
165 atol án-gengea,   oft gefremede
heardra hýnða;   Heorot eardode,
sinc-fáge sel   sweartum nihtum
(nâ he þone gif-stól   grêtan môste,
mâððum for metode,   ne his myne wisse);
170 þät wäs wræc micel   wine Scyldinga,
môdes brecða.   Monig-oft gesät
ríce tô rûne;   ræd eahtedon,
hwät swîð-ferhðum   sêlest wære
wið fær-gryrum   tô gefremmanne.
175 Hwîlum hie gehêton   ät härg-trafum
wig-weorðunga,   wordum bædon,
þät him gâst-bona   geóce gefremede
wið þeód-þreáum.   Swylc wäs þeáw hyra,
hæðenra hyht;   helle gemundon
180 in môd-sefan,   metod hie ne cûðon,
dæda dêmend,   ne wiston hie drihten god,
ne hie hûru heofena helm   hêrian ne cûðon,
wuldres waldend.   Wâ bið þäm þe sceal
þurh slîðne nîð   sâwle bescûfan
185 in fŷres fäðm,   frôfre ne wênan,
wihte gewendan;   wel bið þäm þe môt
äfter deáð-däge   drihten sêcean
and tô fäder fäðmum   freoðo wilnian.

IV. Hygelac's Thane.

Swâ þâ mæl-ceare   maga Healfdenes
190 singala seáð;   ne mihte snotor häleð
weán onwendan: wäs þät gewin tô swŷð,
lâð and longsum.   þe on þâ leóde becom.

nŷd-wracu nîð-grim,   niht-bealwa mæst.
. þät fram hâm gefrägn   Higeláces þegn,
195 gôd mid Geátum,   Grendles dæda:
se wäs mon-cynnes   mägenes strengest
on þäm däge   þysses lîfes,
äðele and eácen.   Hêt him ŷð-lidan
gôdne gegyrwan;   cwäð he gûð-cyning
200 ofer swan-râde   sêcean wolde,
mærne þeóden,   þâ him wäs manna þearf.
Þone sîð-fät him   snotere ceorlas
lyt-hwôn lôgon,   þeáh he him leóf wære;
hwetton higerôfne,   hæl sceáwedon.
205 Häfde se gôda   Geáta leóda
cempan gecorone,   þâra þe he cênoste
findan mihte;   fîftena sum
sund-wudu sôhte;   secg wîsade,
lagu-cräftig mon,   land-gemyrcu.
210 Fyrst forð gewât: flota wäs on ŷðum,
bât under beorge.   Beornas gearwe
on stefn stigon;   streámas wundon
sund wið sande;   secgas bæron
on bearm nacan   beorhte frätwe,
215 gûð-searo geatolîc;   guman ût scufon,
weras on wil-sîð   wudu bundenne.
Gewât þâ ofer wæg-holm   winde gefŷsed
flota fâmig-heals   fugle gelîcost,
ôð þät ymb ân-tîd   ôðres dôgores
220 wunden-stefna   gewaden häfde,
þät þâ lîðende   land gesâwon,
brim-clifu blîcan,   beorgas steápe,
sîde sæ-nässas: þâ wäs sund liden,
eoletes ät ende.   Þanon up hraðe
225 Wedera leóde   on wang stigon,
sæ-wudu sældon   (syrcan hrysedon,
gûð-gewædo);   gode þancedon,

þäs þe him ŷð-láde   eáðe wurdon.
Þá of wealle geseah   weard Scildinga,
230 se þe holm-clifu   healdan scolde,
beran ofer bolcan   beorhte randas,
fyrd-searu fúslîcu;   hine fyrwyt bräc
môd-gehygdum,   hwät þá men wæron.
Gewât him þá tô waroðe   wicge rîdan
235 þegn Hróðgâres,   þrymmum cwehte
mägen-wudu mundum,   meðel-wordum frägn:
“Hwät syndon ge   searo-häbbendra
“byrnum werede,   þe þus brontne ceól
“ofer lagu-stræte   lædan cwômon,
240 “hider ofer holmas   *helmas bœron?*
“Ic wäs ende-sæta,   æg-wearde heóld,
“þät on land Dena   lâðra nænig
“mid scip-herge   sceððan ne meahte.
“Nô her cûðlîcor   cuman ongunnon
245 “lind-häbbende;   ne ge leáfnes-word
“gûð-fremmendra   gearwe ne wisson,
“mâga gemêdu.   Næfre ic mâran geseah
“eorla ofer corðan,   þonne is eówer sum,
“secg on searwum;   nis þät seld-guma
250 “wæpnum gewcorðad,   näfne him his wlite leóge
“ænlîc an-sŷn.   Nu ic eówer sceal
“frum-cyn witan,   ær ge fyr heonan
“leáse sceáweras   on land Dena
“furður fêran.   Nu ge feor-bûend,
255 “mere-lîðende,   mînne gehŷrað
“ân-fealdne geþôht: ôfest is sêlest
“tô gecŷðanne,   hwanan eówre cyme syndon.”

V. The Errand.

Hɪᴍ se yldesta   andswarode,
werodes wîsa,   word-hord onleác:
260 "We synt gum-cynnes   Geáta leóde
"and Higcláces   heorð-geneátas.
"Wäs mîn fäder   folcum gecŷðed,
"äðele ord-fruma   Ecgþeów hâten;
"gebâd wintra worn,   ær he on weg hwurfe.
265 "gamol of geardum;   hine gearwe geman
"witena wel-hwylc   wîde geond eorðan. —
"We þurh holdne hige   hlâford þinne,
"sunu Healfdenes,   sêcean cwômon,
"leód-gebyrgean: wes þu ûs lârena gôd!
270 "Habbað we tô þäm mæran   micel ærende
"Deniga freán;   ne sceal þær dyrne sum
"wesan, þäs ic wêne.   Þu wâst, gif hit is,
"swâ we sôðlîce   secgan hŷrdon,
"þät mid Scyldingum   sceaða ic nât hwylc,
275 "deógol dæd-hata,   deorcum nihtum
"eáweð þurh egsan   uncûðne nîð,
"hŷnðu and hrâ-fyl.   Ic þäs Hrôðgâr mäg
"þurh rûmne sefan   ræd gelæran,
"hû he frôd and gôd   feónd oferswŷðeð,
280 "gyf him ed-wendan   æfre scolde
"bealuwa bisigu,   bôt eft cuman
"and þâ cear-wylmas   côlran wurðað:
"oððe â syððan   earfoð-þrage,
"þreá-nŷd þolað,   þenden þær wunað
285 "on heáh-stede   hûsa sêlest."
Weard maðelode,   þær on wicge sät
ombeht unforht: "Æghwäðres sceal
"scearp scyld-wîga   gescâd witan,
"worda and worca.   se þe wel þenceð.

290 " Ic þät gehŷre,   þät þis is hold weorod
    " freán Scyldinga.   Gewîtað forð beran
    " wæpen and gewædu,   ic eów wîsige:
    " swylce ic magu-þegnas   mîne hâte
    " wið feónda gehwone   flotan eówerne,
295 " niw-tyrwedne   nacan on sande
    " ârum healdan,   ôð þät eft byreð
    " ofer lagu-streámas   leófne mannan
    " wudu wunden-hals   tô Weder-mearce.
    " Gûð-fremmendra   swylcum gifeðe415bið,
300 ? " þät þone hilde-ræs   hâl gedîgeð."
    Gewiton him þâ fêran   (flota stille bâd,
    seomode on sâle   sîd-fäðmed scyp,
    on ancre fäst);   eofor-lîc sciónon
    ofer hleór-beran   gehroden golde
305 fâh and fŷr-heard,   ferh wearde heóld.
    Gûðmôde) grimmon,   guman onetton,
    sigon ätsomne,   ôð þät hy säl timbred
    geatolîc and gold-fâh   ongytan mihton;
    þät wäs fore-mærost   fold-bûendum
310 receda under roderum,   on þäm se rîca bâd;
    lixte se leóma   ofer landa fela.
    Him þâ hilde-deór   hof môdigra
    torht getæhte,   þät hie him tô mihton
    gegnum gangan;   gûð-beorna sum
315 wieg gewende,   word äfter cwäð:
    " Mæl is me tô fêran;   fäder alwalda
    " mid âr-stafum   eówic gehealde
    " sîða gesunde!   ic tô sæ wille,
    " wið wrâð werod   wearde healdan."

VI. Beówulf's Speech.

320 Stræt wäs stân-fâh,   stîg wîsode
gumum ätgädere.   Gûð-byrne scân
heard hond-locen,   hring-îren scîr
song in searwum,   þâ hie tô sele furðum
in hyra gryre-geatwum   gangan cwômon.
325 Setton sæ-mêðe   sîde scyldas,
rondas regn-hearde   wið þäs recedes weal,
bugon þâ tô bence;   byrnan hringdon,
gûð-searo gumena;   gâras stôdon,
sæ-manna searo,   samod ätgädere,
330 äsc-holt ufan græg: wäs se îren-þreát
wæpnum gewurðad.   þâ þær wlonc häleð
oret-mecgas   äfter äðelum frägn:
" Hwanon ferigeað ge   fätte scyldas,
" græge syrcan   and grîm-helmas,
335 " here-sceafta heáp? —   Ic com Hrôðgâres
" âr and ombiht.   Ne seah ic el-þeódige
" þus manige men   môdiglîcran.
" Wên' ic þät ge for wlenco,   nalles for wräc-sîðum,
" ac for hige-þrymmum   Hrôðgâr sôhton."
340 Him þâ ellen-rôf   andswarode,
wlanc Wedera leód   word äfter spräc,
heard under helme: " We synt Higelâces
" beód-geneátas;   Beówulf is mîn nama.
" Wille ic âsecgan   suna Healfdenes,
345 " mærum þeódne   mîn ærende,
" aldre þînum,   gif he ûs geunnan wile,
" þät we hine swâ gôdne   grêtan môton."
Wulfgâr maðelode   (þät wäs Wendla leód,
wäs his môd-sefa   manegum gecýðed,
350 wîg and wîs-dôm):   " ic þäs wine Deniga.
" freán Scildinga   frinan wille.

　　“ beága bryttan,　　swâ þu bêna eart,
　　“ þeóden mærne　　ymb þînne sîð ;
　　“ and þe þâ andsware　　ädre gecŷðan,
355 “ þe me se gôda　　âgifan þenceð.”
　　Hwearf þâ hrädlîce,　　þær Hróðgâr sät,
　　eald and unhâr　　mid his eorla gedriht ;
　　eode ellen-rôf,　　þät he for eaxlum gestôd
　　Deniga freán,　　cûðe he duguðe þeáw.
360 Wulfgâr maðelode　　tô his wine-drihtne :
　　“ Her syndon geferede　　feorran cumene
　　“ ofer geofenes begang　　Geáta leóde :
　　“ þone yldestan　　oret-mecgas
　　“ Beówulf nemnað.　　Hy bênan synt,
365 “ þät hie, þeóden mîn,　　wið þe môton
　　“ wordum wrixlan ;　　nô þu him wearne geteóh,
　　“ þînra gegn-cwida　　glädnian, Hróðgâr !
　　“ Hy on wîg-geatwum　　wyrðe þinceað
　　“ eorla geæhtlan ;　　hûru se aldor deáh,
370 “ se þæm heaðo-rincum　　hider wîsade.”

VII. Hrothgar's Welcome.

Hróðgâr maðelode,　　helm Scyldinga :
　　“ Ic hine cûðe　　cniht-wesende.
　　“ Wäs his eald-fäder　　Ecgþeó hâten,
　　“ þäm tô hâm forgeaf　　Hréðel Geáta
375 “ ângan dôhtor ;　　is his eafora nu
　　“ heard her cumen,　　sôhte holdne wine.
　　“ Þonne sägdon þät　　sæ-lîðende,
　　“ þâ þe gif-sceattas　　Geáta fyredon
　　“ þyder tô þance,　　þät he þrittiges
380 “ manna mägen-cräft　　on his mund-gripe
　　“ heaðo-rôf häbbe.　　Hine hâlig god
　　“ for âr-stafum　　ûs onsende,

"tô West-Denum,   þäs ic wên häbbe,
"wið Grendles gr··re: ic þäm gôdan sceal
385 "for his môd-þräce   mâdmas beódan.
"Beó þu on ôfeste,   hât *hig* in gân,
"seón sibbe-gedriht   samod ätgädere ;
"gesaga him eác wordum,   þät hie sint wil-cuman
"Deniga leódum."   *þâ wið duru healle*
390 *Wulfgâr eode,*   word inne âbeád :
"Eów hêt secgan   sige-drihten mîn,
"aldor Eást-Dena,   þät he eówer äðelu can
"and ge him syndon   ofer sæ-wylmas,
"heard-hicgende,   hider wil-cuman.
395 "Nu ge môton gangan   in eówrum gûð-geatawum.
"under here-grîman,   Hróðgâr geseón ;
"lætað hilde-bord   her onbidian,
"wudu wäl-sceaftas,   worda geþinges."
Ârâs þâ se rîca,   ymb hine rinc manig,
400 þryðlîc þegna heáp ;   sume þær bidon,
heaðo-reáf heóldon,   swâ him se hearda bebeád.
Snyredon ätsomne,   þâ secg wîsode
under Heorotes hrôf ;   *hyge-rôf eode,*
heard under helme,   þät he on heoðe gestôd.
405 Beówulf maðelode   (on him byrne scân,
searo-net seówed   smiðes or-þancum) :
"Wes þu Hróðgâr hâl !   ic eom Higelâces
"mæg and mago-þegn ;   häbbe ic mærða fela
"ongunnen on geogoðe.   Me wearð Grendles þing
410 "on mînre êðel-tyrf   undyrne cûð :
"secgað sæ-lîðend,   þät þes sele stande,
"reced sêlesta,   rinca gehwylcum
"îdel and unnyt,   siððan æfen-leóht
"under heofenes hâdor   beholen weorðeð.
415 "þâ me þät gelærdon   leóde mîne,
"þâ sêlestan,   snotere ceorlas,
"þeóden Hróðgâr,   þät ic þe sôhte ;

" forþan hie mägenes cräft   mínne cûðon:
" selfe ofersâwon,   þâ ic of searwum cwom,
420 " fâh from feóndum,   þær ic fîfe geband,
" ýðde eotena cyn,   and on ýðum slôg
" niceras nihtes,   nearo-þearfe dreáh,
" wräc Wedera nîð   (weán âhsodon)
" forgrand gramum;   and nu wið Grendel sceal,
425 " wið þam aglæcan,   âna gehegan
" þing wið þyrse.   Ic þe nu þâ,
" brego Beorht-Dena,   biddan wille,
" eodor Scyldinga,   ânre bêne;
" þät þu me ne forwyrne,   wîgendra hleó,
430 " freó-wine folca,   nu ic þus feorran com,
" þät ic môte âna   and mînra eorla gedryht,
" þes hearda heáp,   Heorot fælsian.
" Häbbe ic eác geâhsod,   þät se äglæca
" for his won-hýdum   wæpna ne rêceð;
435 " ic þät þonne forhicge,   swâ me Higelâc sîe,
" mîn mon-drihten,   môdes blîðe,
" þät ic sweord bere   oððe sîdne scyld
" geolo-rand tô gûðe;   ac ic mid grâpe sceal
" fôn wið feónde   and ymb feorh sacan,
440 " lâð wið lâðum;   þær gelýfan sceal
" dryhtnes dôme   se þe hine deáð nimeð.
" Wên' ic þät he wille,   gif he wealdan môt,
" in þäm gûð-sele   Geátena leóde
" etan unforhte,   swâ he oft dyde
445 " mägen Hréðmanna.   Nâ þu mînne þearft
" hafalan hýdan,   ac he me habban wile
dreóre fâhne,   gif mec deáð nimeð;
" byreð blôdig wäl,   byrgean þenceð,
" eteð ân-genga   unmurnlîce,
450 " mearcað môr-hopu: nô þu ymb mînes ne þearft
" lîces feorme   leng sorgian.
" Onsend Higelâce,   gif mec hild nime,

" beadu-scrûda betst,   þät mîne breóst wereð,
" hrägla sêlest;   þät is Hrêðlan lâf,
455 " Wêlandes geweorc.   Gæð â Wyrd swâ hió scel ! "

VIII. Hrothgar tells of Grendel.

Hróðgâr maðelode,   helm Scyldinga :
" for were-fyhtum þu,   wine mîn Beówulf,
" and for âr-stafum   ûsic sôhtest.
" Geslôh þin fäder   fæhðe mæste,
460 " wearð he Heaðolâfe   tô hand-bonan
" mid Wilfingum ;   þâ hine Wedera cyn
" for here-brôgan   habban ne mihte.
" Þanon he gesôhte   Sûð-Dena folc
" ofer ýða gewealc,   Âr-Scyldinga ;
465 " þâ ic furðum weóld   folce Deninga,
" and on geogoðe heóld   gimme-rîce
" hord-burh häleða :   þâ wäs Heregâr deâd,
" mîn yldra mæg   unlifigende,
" bearn Healfdenes.   Se wäs betera þonne ic !
470 " Siððan þâ fæhðe   feó þingode ;
" sende ic Wylfingum   ofer wäteres hrycg
" ealde mâdmas :   he me âðas swôr.
" Sorh is me tô secganne   on sefan mînum
" gumena ængum,   hwät me Grendel hafað
475 " hýnðo on Heorote   mid his hete-þancum,
" fær-nîða gefremed.   Is mîn flet-werod,
" wîg-heáp gewanod ;   hie Wyrd forsweóp
" on Grendles gryre.   God eáðe mäg
" þone dol-scaðan   dæda getwæfan !
480 " Ful oft gebeótedon   beóre druncne
" ofer ealo-wæge   oret-mecgas,
" þät hie in beór-sele   bîdan woldon
" Grendles gûðe   mid gryrum ecga.

  " Þonne wäs þeós medo-heal on morgen-tíd,
485 " driht-sele dreór-fáh, þonne däg lixte,
  " eal benc-þelu blóde bestýmed,
  " heall heoru-dreóre: áhte ic holdra þý läs,
  " deórre duguðe, þe þá deáð fornam.
  " Site nu tó symle and onsæl meoto,
490 " sige-hréð secgum, swá þín sefa hwette ! "
  þá wäs Geát-mäcgum geador ätsomne
  on beór-sele benc gerýmed;
  þær swíð-ferhðe sittan eodon
  þrýðum dealle. Þegn nytte beheóld,
495 se þe on handa bär hroden ealo-wæge,
  scencte scír wered. Scóp hwílum sang
  -hádor on Heorote; þær wäs häleða dreám,
  duguð unlytel Dena and Wedera.

IX. Hunferth Objects to Beówulf.

  Únferð maðelode, Ecgláfes bearn,
500 þe ät fótum sät freán Scyldinga;
  onband beadu-rúne (wäs him Beówulfes síð,
  módges mere-faran, micel äf-þunca,
  forþon þe he ne úðe, þät ænig óðer man
  æfre mærða þon má middan-geardes
505 gehédde under heofenum þonne he sylfa):
  " Eart þu se Beówulf, se þe wið Brecan wunne,
  " on sídne sæ ymb sund flite,
  " þær git for wlence wada cunnedon
  " and for dól-gilpe on deóp wäter
510 " aldrum néðdon? Ne inc ænig mon,
  " ne leóf ne láð, beleán mihte
  " sorh-fullne síð; þá git on sund reón,
  " þær git eágor-streám earmum þehton,
  " mäton mere-stræta, mundum brugdon,

515 " glidon ofer gâr-secg ; geofon ꝩðum weól,
" wintres wylme. Git on wäteres æht
" seofon niht swuncon ; he þe ät sunde oferflât.
" häfde mâre mägen. þâ hine on morgen-tîd
" on Heaðo-ræmas holm up ätbär,
52? " þonon he gesôhte swæsne êðel
" leóf his leódum lond Brondinga,
" freoðo-burh fägere, þær he folc âhte,
" burg and beágas. Beót eal wið þe
" sunu Beánstânes sôðe gelæste.
525 " þonne wêne ic tô þe wyrsan geþinges,
" þeáh þu heaðo-ræsa gehwær dohte,
" grimre gûðe, gif þu Grendles dearst
" niht-longne fyrst neán bîdan ! "
Beówulf maðelode, bearn Ecgþeówes :
530 " Hwät þu worn fela, wine mîn Ûnferð,
" beóre druncen ymb Brecan spræce,
" sägdest from his sîðe ! Sôð ic talige,
" þät ic mere-strengo mâran âhte,
" earfeðo on ꝩðum, þonne ænig ôðer man.
535 " Wit þät gecwædon cniht-wesende
" and gebeótedon (wæron begen þâ git
" on geogoð-feore) þät wit on gâr-secg ût
" aldrum nêþdon ; and þät geäfndon swâ.
" Häfdon swurd nacod, þâ wit on sund reón,
540 " heard on handa, wit unc wið hron-fixas
" werian þôhton. Nô he wiht fram me
" flôd-ꝩðum feor fleótan meahte,
" hraðor on holme, nô ic fram him wolde.
" þâ wit ätsomne on sæ wæron
545 " fîf nihta fyrst, ôð þät unc flôd tôdrâf,
" wado weallende, wedera cealdost,
" nîpende niht and norðan wind
" heaðo-grim andhwearf ; hreó wæron ꝩða
" Wäs mere-fixa môd onhrêred :

550 "þær me wið láðum   líc-syrce mín,
"heard hond-locen,   helpe gefremede;
"beado-hrägl broden   on breóstum läg,
"golde gegyrwed.   Me tó grunde teáh
"fáh feónd-scaða,   fäste häfde
555 "grim on grápe: hwäðre me gyfeðe wearð,
"þät ic aglæcan   orde geræhte,
"hilde-bille;   heaðo-ræs fornam
"mihtig mere-deór   þurh míne hand.

X. Beówulf's Contest with Breca. — The Feast

"Swá mec gelóme   láð-geteónan
560 "þreátedon þearle.   Ic him þénode
"deóran sweorde,   swá hit gedéfe wäs;
"näs hie þære fylle   gefeán häfdon,
"mán-fordædlan,   þät hie me þégon,
"symbel ymb-sæton   sæ-grunde neáh,
565 "ac on mergenne   mécum wunde
"be ýð-láfe   uppe lægon,
"sweordum áswefede,   þät syððan ná
"ymb brontne ford   brim-líðende
"láde ne letton.   Leóht eástan com,
570 "beorht beácen godes;   brimu swaðredon,
"þät ic sæ-nässas   gesceón mihte,
"windige weallas.   Wyrd oft nereð
"unfægne eorl,   ðonne his ellen deáh!
"Hwäðere me gesælde,   þät ic mid sweorde ofslóh
575 "niceras nigene.   Nó ic on niht gefrägn
"under heofones hwealf   heardran feohtan,
"ne on ég-streámum   earmran mannan;
"hwäðere ic fára feng   feore gedígde,
"síðes wérig.   Þá mec sæ óðbär,
580 "flód äfter faroðe,   on Finna land.

"wadu weallendu.   Nô ic wiht fram þe
"swylcra searo-nîða   secgan hŷrde.
"bilia brôgan: Breca næfre git
"æt heaðo-lâce,   ne gehwäðer incer
585 "swâ deôrlîce   dæd gefremede
"fâgum sweordum   . . . .
". . . . . . .   nô ic þäs gylpe;
"þeáh þu þînum brôðrum   tô banan wurde,
"heáfod-mægum;   þäs þu in helle scealt
590 "werhðo dreôgan,   þeáh þîn wit duge.
"Secge ic þe tô sôðe,   sunu Ecgláfes,
"þät næfre Grendel swâ fela   gryra gefremede,
"atol äglæca   ealdre þînum,
"hŷnðo on Heorote,   gif þîn hige wære,
595 "sefa swâ searo-grim,   swâ þu self talast.
"Ac he hafað onfunden,   þät he þâ fæhðe ne þearf
"atole ecg-þräce   eôwer leôde
"swîðe onsittan,   Sige-Scyldinga;
"nymeð nŷd-bâde,   nænegum ârað
600 "leôde Deniga,   ac he *on* lust wîgeð,
"swefeð ond sendeð,   secce ne wêneð
"tô Gâr-Denum.   Ac him Geáta sceal
"eafoð and ellen   ungeâra nu
"gûðe gebeôdan.   Gæð eft se þe môt
605 "tô medo môdig,   siððan morgen-leôht
"ofer ylda bearn   ôðres dôgores,
"sunne swegl-wered   sûðan scîneð!"
þâ wäs on sâlum   sinces brytta
gamol-feax and gûð-rôf,   geôce gelŷfde
610 brego Beorht-Dena;   gehŷrde on Beówulfe
folces hyrde   fäst-rædne geþôht.
Þær wäs häleða hleahtor;   hlyn swynsode,
word wæron wynsume.   Eode Wealhþeôw forð,
cwên Hrôðgâres,   cynna gemyndig,
615 grêtte gold-hroden   guman on healle.

and þá freólíc wíf   ful gesealde
ærest Eást-Dena   êðel-wearde,
bäd hine blíðne   ät þære beór-þege,
leódum leófne;   he on lust geþeah
620 symbel and sele-ful,   sige-róf kyning.
Ymb-eode þá   ides Helminga
duguðe and geogoðe   dæl æghwylcne;
sinc-fato scalde,   óð þät sæl álamp,
þät hió Beówulfe,   beág-hroden cwên,
625 móde geþungen,   medo-ful ätbär;
grêtte Geáta leód,   gode þancode
wís-fäst wordum,   þäs þe hire se willa gelamp,
þät heó on ænigne   eorl gelýfde
fyrena frófre.   He þät ful geþeah,
630 wäl-reów wíga   ät Wealhþeón,
and þá gyddode   gûðe gefýsed,
Beówulf maðelode,   bearn Ecgþeówes:
" Ic þät hogode,   þá ic on holm gestâh,
" sæ-bât gesät   mid mínra secga gedriht,
635 " þät ic ânunga   eówra leóda
" willan geworhte,   oððe on wäl crunge,
" feónd-grâpum fäst.   Ic gefremman sceal
" eorlíc ellen,   oððe ende-däg
" on þisse meodu-healle   mínne gebîdan."
640 Þam wífe þá word   wel lícodon,
gilp-cwide Geátes;   eode gold-hroden
freólícu folc-cwên   tô hire freán sittan.
Þá wäs eft swâ ær   inne on healle
þryð-word sprecen,   þeód on sælum,
645 sige-folca swêg,   óð þät semninga
sunu Healfdenes   sêcean wolde
æfen-räste;   wiste *ät* þäm ahlæcan
tô þäm heáh-sele   hilde geþinged,
siððan hie sunnan leóht   geseón *ne* **meahton,**
650 oððe nîpende   niht ofer ealle,

scadu-helma gesceapu   scríðan cwóman,
wan under wolcnum.   Werod eall árás.
Grétte þá *giddum*   guma óðerne,
Hróðgár Beówulf,   and him hæl ábeád,
655 wín-ärnes geweald   and þät word ácwäð:
"Næfre ic ænegum men   ær álýfde,
"siððan ic hond and rond   hebban mihte,
"þrýð-ärn Dena   búton þe nu þá.
"Hafa nu and geheald   húsa sélest;
560 "gemyne mærðo,   mägen-ellen cýð,
"waca wið wráðum!   Ne bið þe wilna gád,
"gif þu þät ellen-weorc   aldre gedígest."

XI. The Watch for Grendel.

Þá him Hróðgár gewát   mid his häleða gedryht,
eodur Scyldinga   út of healle;
665 wolde wíg-fruma   Wealhþeó sécan,
cwén tó gebeddan   Häfde kyninga wuldor
Grendle tó-geánes,   swá guman gefrungon,
sele-weard ásceted.   sundor-nytte beheóld
ymb aldor Dena,   eoton weard ábeád;
670 húru Geáta leód   georne trúwode
módgan mägnes,   metodes hyldo.
Þá he him of dyde   ísern-byrnan,
helm of hafelan,   sealde his hyrsted sweord,
írena cyst   ombiht-þegne,
675 and gehealdan hét   hilde-geatwe.
Gespräc þá se góda   gylp-worda sum
Beówulf Geáta,   ær he on bed stige:
"Nó ic me an here-wæsmum   hnágran talige
"gúð-geweorca,   þonne Grendel hine;
680 "forþan i hine sweorde   swebban nelle,
"aldre beneótan,   þeáh ic eal mæge.

“ Nât he þâra gôda,   þät he me on-geán sleá,
“ rand geheáwe,   þeáh þe he rôf sîe
“ nîð-geweorca;   ac wit on niht sculon
685 “ secge ofersittan,   gif he gesêccan dear
“ wîg ofer wæpen,   and siððan witig god
“ on swâ hwäðere hond   hâlig dryhten
“ mærðo dôme,   swâ him gemet þince.”
Hylde hine þâ heaðo-deór,   hleór-bolster onfêng
690 eorles andwlitan;   and hine ymb monig
snellîc sæ-rinc   sele-reste gebeáh.
Nænig heora þôhte   þät he þanon scolde
eft eard-lufan   æfre gesêcean,
folc oððe freó-burh,   þær he âfêded wäs
695 ac hie häfdon gefrunen,   þät hie ær tô fela micles
in þäm wîn-sele   wäl-deáð fornam,
Denigea leóde.   Ac him dryhten forgeaf
wîg-spêda gewiofu,   Wedera leódum
frôfor and fultum,   þät hie feónd heora
700 þurh ânes cräft   ealle ofercômon,
selfes mihtum: sôð is gecŷðed,
þät mihtig god   manna cynnes
weóld wîde-ferhð.   Com on wanre niht
scaðan sceadu-genga.   Sceótend swæfon,
705 þâ þät horn-reced   healdan scoldon,
ealle buton ânum.   Þät wäs yldum cûð,
þät hie ne môste,   þâ metod nolde,
se syn-scaða   under sceadu bregdan;
ac he wäccende   wrâðum on andan
710 bâd bolgen-môd   beadwa geþinges.

XII. Grendel's Raid.

Þâ com of môre under mist-hleoðum
Grendel gongan, godes yrre bär.
Mynte se mân-scaða manna cynnes
sumne besyrwan in sele þam heán;
715 wôd under wolcnum, tô þäs þe he wîn-reced,
gold-sele gumena, gearwost wisse
fättum fâhne. Ne wäs þät forma sîð,
þät he Hrôðgâres hâm gesôhte:
næfre he on aldor-dagum ær ne siððan
720 heardran hæle, heal-þegnas fand!
Com þâ tô recede rinc sîðian
dreámum bedæled. Duru sôna onarn
fŷr-bendum fäst, syððan he hire folmum hrân;
onbräd þâ bealo-hydig, þâ *he* âbolgen wäs.
725 recedes mûðan. Raðe äfter þon
on fâgne flôr feónd treddode,
eode yrre-môd; him of eágum stôd
lîge gelîcost leóht unfäger.
Geseah he in recede rinca manige,
730 swefan sibbe-gedriht samod ätgädere,
mago-rinca heáp: þâ his môd âhlôg,
mynte þät he gedælde, ær þon däg cwôme,
atol aglæca, ânra gehwylces
lîf wið lîce, þâ him âlumpen wäs
735 wist-fylle wên. Ne wäs þät wyrd þâ gen.
þät he mâ môste manna cynnes
þicgean ofer þâ niht. Þryð-swyð beheóld
mæg Higelâces, hû se mân-scaða
under fær-gripum gefaran wolde.
740 Ne þät se aglæca yldan þôhte,
ac he gefêng hraðe forman sîðe
slæpendne rinc, slât unwearnum,

bât bân-locan,   blôd êdrum dranc,
syn-snædum swealh :   sôna häfde
745 unlyfigendes   eal gefeormod
fêt and folma.   Forð neár ätstôp,
nam þâ mid handa   hige-þihtigne
rinc on räste ;   rælite ongeán
feónd mid folme,   he onfêng hraðe
750 inwit-þancum   and wið earm gesät.
Sôna þät onfunde   fyrena hyrde,
þät he ne mêtte   middan-geardes
eorðan sceáta   on elran men
mund-gripe mâran :   he on môde wearð
755 forht on ferhðe,   nô þŷ ær fram meahte ;
hyge wäs him hin-fûs,   wolde on heolster fleón,
sêcan deófla gedräg :   ne wäs his drohtoð þær,
swylce he on ealder-dagum   ær gemêtte.
Gemunde þâ se gôda   mæg Higelâces
760 æfen-spræce,   up-lang âstôd
and him fäste wiðfêng.   Fingras burston ;
eoten wäs ût-weard,   eorl furður stôp.
Mynte se mæra,   þær he meahte swâ,
wîdre gewindan   and on weg þanon
765 fleón on fen-hopu ;   wiste his fingra geweald
on grames grâpum.   þät wäs geócor sîð,
þät se hearm-scaða   tô Heorute âteáh :
dryht-sele dynede,   Denum eallum wearð,
ceaster-bûendum,   cênra gehwylcum,
770 eorlum ealu-scerwen.   Yrre wæron begen,
rêðe rên-weardas.   Reced hlynsode ;
þâ wäs wundor micel,   þät se wîn-sele
wiðhäfde heaðo-deórum,   þät he on hrusan ne feól,
fäger fold-bold ;   ac he þäs fäste wäs
775 innan and ûtan   îren-bendum
searo-þoncum besmiðod.   þær fram sylle âbeág
medu-benc monig   mîne gefræge,

golde geregnad, þær þá graman wunnon:
þäs ne wêndon ær witan Scyldinga,
780 þät hit á mid gemete manna ænig
betlíc and bán-fág tóbrecan meahte.
listum tólúcan, nymðe líges fäðm
swulge on swaðule. Swêg up ástág
niwe geneahhe; Norð-Denum stód
785 atelíc egesa ánra gehwylcum
þára þe of wealle wôp gehýrdon,
gryre-leóð galan godes andsacan,
sige-leásne sang, sár wánigean
helle häftan. Heóld hine tó fäste
790 se þe manna wäs mägene strengest
on þäm däge þysses lífes.

XIII. Beówulf Tears off Grendel's Arm.

Nolde eorla hleó ænige þinga
þone cwealm-cuman cwicne forlætan,
ne his líf-dagas leóda ænigum
795 nytte tealde. þær genehost brägd
eorl Beówulfes ealde láfe,
wolde freá-drihtnes feorh ealgian
mæres þeódnes, þær hie meahton swá;
hie þät ne wiston, þá hie gewin drugon,
800 heard-hicgende hilde-mecgas,
and on healfa gehwone heáwan þóhton,
sáwle sêcan, þät þone syn-scaðan
ænig ofer eorðan írenna cyst,
gúð-billa nán grêtan nolde;
805 ac he sige-wæpnum forsworen häfde,
ecga gehwylcre. Scolde his aldor-gedál
on þäm däge þysses lífes
earmlíc wurðan and se ellor-gást

on feónda geweald   feor stðian.
810 þá þät onfunde   se þe fela æror
mðdes myrðe   manna cynne
fyrene gefremede   (he *wäs* fåg wið god)
þät him se lîc-homa   læstan nolde,
ac hine se mðdega   mæg Hygelâces
815 häfde be honda;   wäs gehwäðer ðð́rum
lifigende lâð!   Lîc-sâr gebâd
atol äglæca,   him on eaxle wearð
syn-dolh sweotol,   seonowe onsprungon
burston bân-locan.   Beówulfe wearð
820 gûð-hrèð gyfeðe;   scolde Grendel þonan
feorh-seóc fleón   under fen-hleoðu,
sêcean wyn-leás wîc;   wiste þê geornor,
þät his aldres wäs   ende gegongen,
dðgera däg-rîm.   Denum eallum wearð
825 äfter þam wäl-ræse   willa gelumpen.
Häfde þâ gefälsod,   se þe ær feorran com,
snotor and swÿð-ferhð   sele Hrððgâres,
genered wið nîðe.   Niht-weorce gefeh,
ellen-mærðum;   häfde Eást-Denum
830 Geát-mecga leód   gilp gelæsted,
swylce oncyððe   ealle gebêtte,
inwid-sorge,   þe hie ær drugon
and for þreá-nÿdum   þolian scoldon,
torn unlytel.   Þät wäs tâcen sweotol,
835 syððan hilde-deór   hond âlegde,
earm and eaxle   (þær wäs eal geador
Grendles grâpe)   under geápne hróf.

XIV. The Joy at Heorot.

þâ wäs on morgen   mîne gefræge
ymb þâ gif-healle   gûð-rinc monig:
840 fêrdon folc-togan   feorran and neán
geond wîd-wegas   wundor sceáwian,
lâðes lâstas.   Nô his lîf-gedâl
sârlîc þûhte   secga ænegum,
þâra þe tîr-leáses   trode sceáwode,
845 hû he wêrig-môd   on weg þanon,
nîða ofercumen,   on niccra mere
fæge and geflŷmed   feorh-lâstas bär.
þær wäs on blôde   brim weallende,
atol ŷða geswing   eal gemenged
850 hâtan heolfre,   heoro-dreóre weól;
deáð-fæge deóg,   siððan dreáma leás
in fen-freoðo   feorh âlegde
hæðene sâwle,   þær him hel onfêng.
þanon eft gewiton   eald-gesîðas,
855 swylce geong manig   of gomen-wâðe,
fram mere môdge,   mearum rîdan,
beornas on blancum.   þær wäs Beówulfes
mærðo mæned;   monig oft gecwäð,
þätte sûð ne norð   be sæm tweonum
860 ofer eormen-grund   ôðer nænig
under swegles begong   sêlra nære
rond-häbbendra,   rîces wyrðra.
Ne hie hûru wine-drihten   wiht ne lôgon,
glädne Hrôðgâr,   ac þät wäs gôd cyning.
865 Hwîlum heaðo-rôfe   hleápan lêton,
on geflît faran   fealwe mearas,
þær him fold-wegas   fägere þûhton,
cystum cûðe;   hwîlum cyninges þegn,
guma gilp-hläden   gidda gemyndig.

870 se þe eal-fela eald-gesegena
worn gemunde, word óðer fand
sóðe gebunden: secg eft ongan
sîð Beówulfes snÿttrum styrian
and on spêd wrecan spel geráde,
875 wordum wrixlan, wel-hwylc gecwäð,
þät he fram Sigemunde secgan hÿrde,
ellen-dædum, uncûðes fela,
Wälsinges gewin, wîde sîðas,
þâra þe gumena bearn gearwe ne wiston,
880 fæhðe and fyrene, bûton Fitela mid hine,
þonne he swylces hwät secgan wolde
eám his nefan, swâ hie â wæron
ät nîða gehwâm nÿd-gesteallan:
häfdon eal-fela eotena cynnes
885 sweordum gesæged. Sigemunde gesprong
äfter deáð-däge dóm unlÿtel,
syððan wîges heard wyrm âcwealde,
hordes hyrde; he under hârne stân,
äðelinges bearn, âna geneðde
890 frêcne dæde; ne wäs him Fitela mid.
Hwäðre him gesælde, þät þät swurd þurhwôd
wrätlîcne wyrm, þät hit on wealle ätstôd,
dryhtlîc îren; draca morðre swealt.
Häfde aglæca elne gegongen,
895 þät he beáh-hordes brûcan môste
selfes dôme: sæ-bât gehlôd,
bär on bearm scipes beorhte frätwa,
Wälses eafera; wyrm hât gemealt.
Se wäs wreccena wîde mærost
900 ofer wer-þeóde, wîgendra hleó
ellen-dædum: he þäs âron þâh.
Siððan Heremôdes hild sweðrode
eafoð and ellen. He mid eotenum wearð
on feónda geweald forð forlâcen,

905 snûde forsended. Hine sorh-wylmaʔ
lemede tô lange, he his leódum wearð,
eallum äðelingum tô aldor-ceare ;
swylce oft bemearn ærran mælum
swîð-ferhðes sîð snotor ceorl monig,
910 se þe him bealwa tô bôte gelýfde,
þät þät þeódnes bearn geþeón scolde,
fäder-äðelum onfôn, folc gehealdan,
hord and hleó-burh, häleða rîce,
éðel Scyldinga. He þær eallum wearð.
915 mæg Higelâces manna cynne,
freóndum gefägra ; hine fyren ouwôd.

Hwîlum flîteude fealwe stræte
mearum mæton. þâ wäs morgen-leóht
scofen and scynded. Eode scealc monig
920 swîð-hicgende tô sele þam heán,
searó-wundor seón, swylce self cyning,
of brŷd-bûre beáh-horda weard,
tryddode tîr-fäst getrume micle,
cystum gecýðed, and his cwên mid him
925 medo-stîg gemät mägða hôse.

XV. HROTHGAR'S GRATULATION.

HRÔÐGÂR maþelode (he tô healle geóng,
stôd on stapole, geseah steápne hrôf
golde fâhne and Grendles hond):
" þisse ansŷne al-wealdan þanc
930 " lungre gelimpe ! Fela ic lâðes gebâd,
" grynna ät Grendle : â mäg god wyrcan
" wunder äfter wundre, wuldres hyrde !
" þät wäs ungeâra, þät ic ænigra me
" weána ne wênde tô wîdan feore

935 " bóte gebîdan   þonne blóde fáh
    " húsa sélest   heoro-dreórig stód ;
    " weá wîd-scofen   witena gehwylcne
    " þâra þe ne wêndon,   þät hie wîde-ferhð
    " leóda land-geweorc   láðum beweredon
940 " scuccum and scinnum.   Nu scealc hafað
    " þurh drihtnes miht   dæd gefremede,
    " þe we ealle   ær ne meahton
    " snyttrum besyrwan.   Hwät ! þät secgan mäg
    " efne swâ hwylc mägða,   swâ þone magan cende
945 " äfter gum-cynnum,   gyf heó gyt lyfað,
    " þät hyre eald-metod   êste wære
    " bearn-gebyrdo.   Nu ic Beówulf
    " þec, secg betsta   me for sunu wylle
    " freógan on ferhðe ;   heald forð tela
950 " niwe sibbe.   Ne bið þe nænigra gâd
    " worolde wilna,   þe ic geweald häbbe.
    " Ful-oft ic for lässan   leán teohhode
    " hord-weorðunge   hnâhran rince,
    " sæmran ät säcce.   Þu þe self hafast
955 " dædum gefremed,   þät þîn dóm lyfað
    " âwâ tô aldre,   Alwalda þec
    " góde forgylde,   swâ he nu gyt dyde !"
    Beówulf maðelode,   bearn Ecgþeówes :
    " We þät ellen-weorc   êstum miclum,
960 " feohtan fremedon,   frêcne geneðdon
    " eafoð uncûðes ;   ûðe ic swîðor,
    " þät þu hine selfne   geseón móste,
    " feónd on frätewum   fyl-wêrigne !
    " Ic hine hrädlîce   heardan clammum
965 " on wäl-bedde   wrîðan þóhte,
    " þät he for mund-gripe   mînum scolde
    " licgean lîf-bysig,   bûtan his lîc swice ;
    " ic hine ne mihte,   þâ metod nolde,
    " ganges getwæman,   nó ic him þäs georne ätfealh.

970 " feorh-genîðlan ;   wäs tô fore-mihtig
    " feónd on fêðe.   Hwäðere he his folme forlêt
    " tô lîf-wraðe   lâst weardian,
    ' " earm and eaxle ;   nô þær ænige swâ þeáh
    " feá-sceaft guma   frôfre gebohte :
975 " nô þŷ leng leofað   lâð-geteóna
    " synnum geswenced,   ac hyne sâr hafað
    " in nŷd-gripe   nearwe befongen,
    " balwon bendum :   þær âbîdan sceal
    " maga mâne fâh   miclan dômes,
980 " hû him scîr metod   scrîfan wille."
    þâ wäs swîgra secg,   sunu Ecglâfes,
    on gylp-spræce   gûð-geweorca,
    siððan äðelingas   eorles cräfte
    ofer heáhne hrôf   hand sceáwedon,
985 feóndes fingras,   foran æghwylc;
    wäs stêde nägla gehwylc,   stŷle gelîcost,
    hæðenes hand-sporu   hilde-rinces
    egle unheóru ;   æg-hwylc gecwäð,
    þät him heardra nân   hrînan wolde
990 îren ær-gôd,   þät þäs ahlæcan
    blôdge beadu-folme   onberan wolde.

XVI. The Banquet and the Gifts

    þâ wäs hâten hreðe   Heort innan-weard
    folmum gefrätwod :   fela þæra wäs
    wera and wîfa,   þe þät wîn-reced,
995 gest-sele gyredon.   Gold-fâg scinon
    web äfter wagum,   wundor-siôna fela
    secga gehwylcum   þâra þe on swylc starað
    Wäs þät beorhte bold   tôbrocen swîðe
    eal inne-weard   îren-bendum fäst,
1000 heorras tôhlidene ;   hrôf âna genäs

ealles ansund, þâ se aglæca
fyren-dædum fâg   on ĥeâm gewand,
aldres or-wêna.   Nô þät ŷðe byð
tô befleónne   (fremme se þe wille!)
1005 ac gesacan sceal   sâwl-berendra
nŷde genŷdde   niðða bearna
grund-bûendra   gearwe stôwe,
þær his lîc-homa   leger-bedde fäst
swefeð äfter symle.   þâ wäs sæl and mæl,
1010 þät tô healle gang   Healfdenes sunu;
wolde self cyning   symbel þicgan.
Ne gefrägen ic þâ mægðe   mâran weorode
ymb hyra sinc-gyfan   sêl gebæran.
Bugon þâ tô bence   blæd-âgende,
1015 fylle gefægon.   Fägere geþægon
medo-ful manig   mâgas † þâra
swîð-hicgende   on sele þam heán,
Hrôðgâr and Hrôðulf.   Heorot innan wäs
freóndum âfylled;   nalles fâcen-stafas
1020 þeód-Scyldingas   þenden fremedon.
Forgeaf þâ Beówulfe   bearn Healfdenes
segen gyldenne   sigores tô leáne,
hroden hilte-cumbor,   helm and byrnan;
mære mâððum-sweord   manige gesâwon
1025 beforan beorn beran.   Beówulf geþah
ful on flette;   nô he þære feoh-gyfte
for sceótendum   scamigan þorfte,
ne gefrägn ic freóndlîcor   feówer mâdmas
golde gegyrede   gum-manna fela
1030 in ealo-bence   ôðrum gesellan.
Ymb þäs helmes hrôf   heáfod-beorge
wîrum bewunden   walan ûtan heóld,
þät him fêla lâfe   frêcne ne meahton
scûr-heard sceððan,   þonne scyld-freca
1035 ongeán gramum   gangan scolde.

Hêht þâ eorla hleó　　eahta mearas,
fäted-hleóre,　　on flet teón
in under eoderas;　　þâra ânum stôd
sadol searwum fâh,　　since gewurðad,
1040 þät wäs hilde-setl　　heáh-cyninges,
þonne sweorda gelác　　sunu Healfdenes
efnan wolde;　　næfre on óre läg
wîd-cûðes wîg,　　þonne walu feóllon.
And þâ Beówulfe　　bega gehwäðres
1045 eodor Ingwina　　onweald geteáh,
wicga and wæpna;　　hêt hine wel brûcan.
Swâ manlîce　　mære þeóden,
hord-weard häleða　　heaðo-ræsas geald
mearum and mâðmum,　　swâ hŷ næfre man lyhð,
1050 se þe secgan wile　　sôð äfter rihte.

XVII. Song of Hrothgar's Poet — The Lay of Hnaef and Hengest.

þâ gyt æghwylcum　　eorla drihten
þâra þe mid Beówulfe　　brim-lâde teáh,
on þære medu-bence　　mâððum gesealde,
yrfe-lâfe,　　and þone ænne hêht
1055 golde forgyldan,　　þone þe Grendel ær
mâne âcwealde,　　swâ he hyra mâ wolde,
nefne him witig god　　wyrd forstôde
and þäs mannes môd:　　metod eallum weóld
gumena cynnes,　　swâ he nu git dêð;
1060 forþan bið andgit　　æghwær sêlest,
ferhðes fore-þanc!　　fela sceal gebîdan
leófes and lâðes,　　se þe longe her
on þyssum win-dagum　　worolde brûceð.
Þær wäs sang and swêg　　samod ätgädere

1065 fore Healfdenes   hilde-wísan,
   gomen-wudu grêted,   gid oft wrecen,
   þonne heal-gamen   Hróðgáres scôp
   äfter medo-bence   mænan scolde
   Finnes eaferum,   þâ hie se fær begeat:
1070 " Häleð Healfdenes,   Hnäf Scyldinga,
   " in Fr . . es wäle   feallan scolde.
   " Ne hûru Hildeburh   hêrian þorfte
   " Eotena treówe :   unsynnum wearð
   " beloren leófum   ät þam lind-plegan
1075 " bearnum and bróðrum;   hie on gebyrd hruron
   " gâre wunde ;   þät wäs geômuru ides.
   " Nalles hôlinga   Hôces dôhtor
   " meotod-sceaft bemearn,   syððan morgen com,
   " þâ heó under swegle   geseón meahte
1080 " morðor-bealo mâga,   þær heó ær mæste heóld
   " worolde wynne :   wîg ealle fornam
   " Finnes þegnas,   nemne feáum ânum,
   " þät he ne mehte   on þäm meðel-stede
   " wîg Hengeste   wiht gefeohtan,
1085 " ne þâ weá-lâfe   wîge forþringan
   " þeódnes þegne ;   ac hig him geþingo budon,
   " þät hie him ôðer flet   eal gerŷmdon,
   " healle and heáh-setl,   þät hie healfre geweald
   " wið Eotena bearn   âgan môston,
1090 " and ät feoh-gyftum   Folcwaldan sunu
   " dôgra gehwylce   Dene weorðode,
   " Hengestes heáp   hringum wenede,
   " efne swâ swîðe   sinc-gestreónum
   " fättan goldes,   swâ he Fresena cyn
1095 " on beór-sele   byldan wolde.
   " þâ hie getrûwedon   on twâ healfa
   " fäste frioðu-wære ;   Fin Hengeste
   " elne unflitme   âðum benemde,
   " þät he þâ weá-lâfe   weotena dôme

1100 " ârum heolde,   þät þær ænig mon
     " wordum ne worcum   wære ne bræce,
     " ne þurh inwit-searo   æfre gemænden,
     " þeáh hie hira beág-gyfan   banan folgedon
     " þeóden-leáse,   þâ him swâ geþearfod wäs:
1105 " gyf þonne Frysna hwylc   frêcnan spræce
     " þäs morðor-hetes   myndgiend wære,
     " þonne hit sweordes ecg   syððan scolde.
     " Âð wäs geäfned   and icge gold
     " âhäfen of horde.   Here-Scyldinga
1110 " betst beado-rinca   wäs on bæl gearu ;
     " ät þäm âde wäs   éð-gesŷne
     " swât-fâh syrce,   swŷn eal-gylden,
     " eofer îren-heard,   äðeling manig
     " wundum âwyrded ;   sume on wäle crungon.
1115 " Hêt þâ Hildeburh   ät Hnäfes âde
     " hire selfre sunu   sweoloðe befästan,
     " bân-fatu bärnan   and on bæl dôn.
     " Earme on eaxle   ides gnornode,
     " geómrode giddum ;   gûð-rinc âstâh.
1120 " Wand tô wolcnum   wäl-fŷra mæst,
     " hlynode for hlâwe ;   hafelan multon,
     " ben-geato burston,   þonne blôd ätspranc
     " lâð-bite lîces. Lîg ealle forswealg,
     " gæsta gîfrost,   þâra þe þær gûð fornam
1125 " bega folces ;   wäs hira blæd scacen.

XVIII. The Gleeman's Tale is Ended

     " Gewiton him þâ wîgend   wîca neósian,
     " freóndum befeallen   Frysland geseón,
     " hâmas and heá-burh.   Hengest þâ gyt
     " wäl-fâgne winter   wunode mid Finne
1130 " *ealles* unhlitme :   eard gemunde,

" þeáh þe he *ne* meahte   on mere drîfan
" hringed-stefnan ;   ʼholm storme weól,
" won wîð winde ;   winter ýðe beleác
" îs-gebinde   óð þät óðer com
1135 " geâr in geardas,   swâ nu gyt dêð,
" þâ þe syngales   sêle bewitiað,
" wuldor-torhtan weder.   þâ wäs winter scacen,
" fäger foldan bearm ;   fundode wrecca,
" gist of geardum,;   he tô gyrn-wräce
1140 " swîðor þôhte,   þonne tô sæ-lâde,
" gif he torn-gemôt   þurhteón mihte,
" þät he Eotena bearn   inne gemunde.
" Swâ he ne forwyrnde   worold-rædenne.
" þonne him Hûnlâfing   hilde-leóman,
1145 " billa sêlest,   on bearm dyde :
" þäs wæron mid Eotenum   ecge cûðe.
" Swylce ferhð-frecan   Fin eft begeat
" sweord-bealo slîðen   ät his selfes hâm,
" siððan grimne gripe   Gûðlâf ond Ôslâf
1150 " äfter sæ-sîðe   sorge mændon,
" ätwiton weána dæl ;   ne meahte wäfre môd
" forhabban in hreðre.   þâ wäs heal hroden
" feónda feorum,   swilce Fin slägen,
" cyning on corðre,   and seó cwên numen.
1155 " Sceótend Scyldinga   tô scypum feredon
" eal in-gesteald   eorð-cyninges,
" swylce hie ät Finnes hâm   findan meahton
" sigla searo-gimma.   Hie on sæ-lâde
" drihtlîce wîf   tô Denum feredon,
1160 " læddon tô leódum."   Leóð wäs âsungen,
gleó-mannes gyd.   Gamen eft âstâh,
beorhtode benc-swêg,   byrelas sealdon
wîn of wunder-fatum.   þâ cwom Wealhþeó forð
gân under gyldnum beáge,   þær þâ gôdan twegen
1165 sæton suhter-gefäderan ;   þâ gyt wäs hiera sib ätgädere

æghwylc ðððrum trŷwe.　　Swylce þær Ûnferð þyle
ät fðtum sät freán Scyldinga :　gehwylc hiora his ferhðe
　　　　　　　　　　　　　　treówde,
þät he häfde mðd micel,　þeáh þe he his mágum nære
árfäst ät ecga gelácum.　　Spräc þá ides Scyldinga :
1170 "Onfðh þissum fulle,　freó-drihten mîn.
"sinces brytta ;　þu on sælum wes,
"gold-wine gumena,　and tð Geátum sprec
"mildum wordum !　Swâ sceal man dðn.
"Beó wið Geátas gläd,　geofena gemyndig ;
1175 "neán and feorran　þu nu *friðu* hafast.
"Me man sägde,　þät þu þe for sunu wolde
"here-rinc habban.　Heorot is gefælsod,
"beáh-sele beorhta ;　brûc þenden þu mðte
"manigra méda　and þînum mágum læf
1180 "folc and rîce,　þonne þu forð scyle
"metod-sceaft seón.　Ic mînne can
"glädne Hrððulf,　þät he þá geogoðe wile
"árum healdan,　gyf þu ær þonne he,
"wine Scildinga,　worold oflætest ;
1185 "wêne ic, þät he mid gðde　gyldan wille
"uncran eaferan,　gif he þät eal gemon,
"hwät wit tð willan　and tð worð-myndum
"umbor wesendum ær　árna gefremedon."
Hwearf þá bî bence,　þær hyre byre wæron.
1190 Hrêðrîc and Hrððmund,　and häleða bearn,
giogoð ätgädere ;　þær se gðda sät
Beówulf Geáta　be þæm gebrððrum twæm.

XIX.

Beówulf's Jewelled Collar. The Heroes Rest.

Him wäs ful boren   and freónd-laðu
wordum bewägned   and wunden gold
1195 éstum geeáwed,   earm-hreáde twâ,
hrägl and hringas,   heals-beága mæst
þâra þe ic on foldan   gefrägen häbbe.
Nænigne ic under swegle   sélran hŷrde
hord-mâððum häleða,   syððan Hâma ätwäg
1200 tô þære byrhtan byrig   Brosinga mene,
sigle and sinc-fät,   searo-nîðas fealh
Eormenrîces,   geeeás écne ræd.
Þone hring häfde   Higelâc Geáta,
nefa Swertinges,   nŷhstan sîðe,
1205 siððan he under segne   sinc ealgode,
wäl-reáf werede ;   hyne Wyrd fornam,
syððan he for wlenco   weán âhsode,
fæhðe tô Frysum ;   he þâ frätwe wäg,
eorclan-stânas   ofer ŷða ful,
1210 rîce þeóden,   he under rande gecranc ;
gehwearf þâ in Francna fäðm   feorh cyninges,
breóst-gewædu   and se beáh somod :
wyrsan wîg-frecan   wäl reáfedon
äfter gûð-sceare,   Geáta leóde
1215 hreâ-wîc heóldon.   Heal swêge onfêng.
Wealhþeó maðelode,   heó fore þäm werede spräc :
"Brûc þisses beáges,   Beówulf, leófa
"hyse, mid hæle,   and þisses hrägles neót
"þeód-gestreóna,   and geþeóh tela,
1220 "cen þec mid cräfte   and þyssum cnyhtum wes
"lâra lîðe !   ic þe þäs leán geman.
"Hafast þu gefêred,   þät þe feor and neáh

" ealne wíde-ferhð weras chtigað,
" efne swá síde swá sæ bebúgeð
1225 " windige weallas. Wes, þenden þu lifige,
" äðeling eádig! ic þe an tela
" sinc-gestreóna. Beó þu suna mínum
" dædum gedêfe dreám healdende!
" Her is æghwylc eorl óðrum getrŷwe,
1230 " módes milde, man-drihtne hold,
" þegnas syndon geþwære, þeód eal gearo:
" druncne dryht-guman, dóð swá ic bidde!"
Eode þá tó setle. Þær wäs symbla cyst,
druncon wín weras: wyrd ne cúðon,
1235 geó-sceaft grimme, swá hit ágangen wearð
eorla manegum, syððan æfen cwom
and him Hróðgár gewát tó hofe sínum,
ríce tó räste. Reced weardode
unrím eorla, swá hie oft ær dydon:
1240 benc-þelu beredon, hit geond-bræded wearð
beddum and bolstrum. Beór-scealca sum
fús and fæge flet-räste gebeág.
Setton him tó heáfdum hilde-randas,
bord-wudu beorhtan; þær on bence wäs
1245 ofer äðelinge ŷð-gesêne
heaðo-steápa helm, hringed byrne,
þrec-wudu þrymlíc. Wäs þeáw hyra,
þät hie oft wæron an wíg gearwe,
ge ät hám ge on herge, ge gehwäðer þára
1250 efne swylce mæla, swylce hira man-dryhtne
þearf gesælde; wäs seó þeód tilu.

XX.

Grendel's Mother Attacks the Ring-Danes.

Sigon þâ tô slæpe. Sum sâre angcald
æfen-rüste,   swâ him ful-oft gclamp,
siððan gold-selc Grendel warode,
1255 unriht äfnde, ´ ôð þät ende becwom.
swylt äfter synnum.   þät gesŷne wcarð,
wîd-cûð werum,   þätte wrecend þâ gyt
lifðe üfter lâðum,   lange þrage
äfter gûð-ceare; Grendles môdor,
1260 ides aglæc-wîf   yrmðe gemunde,
se þe wüter-egesan   wunian scolde,
cealde streâmas,   siððan Cain wearð
tô ecg-banan   ângan brôðer,
fäderen-mæge;   he þâ fâg gewâl,
1265 morðre gemearcod   man-dreâm fleôn,
wêsten warode.   þanon wôc fela
geôsceaft-gâsta;   wäs þæra Grendel sum,
heoro-wearh hetelîc,   se ät Heorote fand
wüccendne wer   wîges bîdan,
1270 þær him aglæca   ät-græpe wearð;
hwäðre he gemunde   mägenes strenge,
gim-fästc gife,   þe him god scalde,
and him tô anwaldan   âre gelŷfðe,
frôfre and fultum: þŷ he þone feônd ofercwom,
1275 gehnægde helle gâst: þâ he heân gewât,,
dreâme bedæled   deâð-wîc scôn,
man-cynnes feônd.   And his môdor þâ gyt
gîfre and galg-môd   gegân wolde
sorh-fulne sîð,   suna deâð wrecan.
1280 Com þâ tô Heorote,   þær Hring-Dene
geond þüt süld swæfun.   þâ þær sôna wearð
ed-hwyrft eorlum.   siððan inne fealh

Grendles môdor; wäs se gryre lässa
efne swâ micle, swâ bi�ð mägða cräft,
1285 wîg-gryre wîfes be wæpned-men,
þonne heoru bunden, hamere geþuren,
sweord swâte fâh swîn ofer helme,
ecgum dyhtig andweard scireð.
Þâ wäs on healle heard-ecg togen,
1290 sweord ofer setlum, sîd-rand manig
hafen handa fäst; helm ne gemunde,
byrnan sîde, þe hine se brôga angeat.
Heó wäs on ôfste, wolde ût þanon
feore beorgan, þâ heó onfunden wäs;
1295 hraðe heó äðelinga ânne häfde
fäste befangen, þâ heó tô fenne gang;
se wäs Hrôðgâre häleða leófost
on gesîðes hâd be sæm tweonum,
rîce rand-wîga, þone þe heó on rästc âbreát,
1300 blæd-fästne beorn. Näs Beówulf þær,
ac wäs ôðer in ær geteohhod
äfter mâððum-gife mærum Geáte.
Hreám wearð on Heorote. Heó under heolfre genam
cûðe folme; cearu wäs geniwod
1305 geworden in wîcum: ne wäs þät gewrixle til,
þät hie on bâ healfa bicgan scoldon
freónda feorum. Þâ wäs frôd cyning,
hâr hilde-rinc, on hreón môde,
syððan he aldor-þegn unlyfigendne,
1310 þone deórestan deádne wisse.
Hraðe wäs tô bûre Beówulf fetod,
sigor-eádig secg. Samod ær-däge
eode eorla sum, äðele cempa
self mid gesîðum, þær se snottra bâd,
1315 hwäðre him al-walda æfre wille
äfter weá-spelle wyrpe gefremman.
Gang þâ äfter flôre fyrd-wyrðe man

mid his hand-scale   (heal-wudu dynede)
þät he þone wîsan   wordum hnægde
1320 freán Ingwina ;   frägn gif him wære
äfter neód-laðu   niht getæse.

XXI. Sorrow at Heorot : Æschere's Death.

Hróðgâr maðelode,   helm Scildinga :
" Ne frin þu äfter sælum !   Sorh is geniwod
" Denigea leódum.   Deád is Äsc-here,
1325 " Yrmenlâfes   yldra bróðor,
" mîn rûn-wita   and mîn ræd-bora,
" eaxl-gestealla,   þonne we on orlege
" hafelan weredon,   þonne hniton fêðan.
" eoferas cnysedan ;   swylc scolde eorl wesan
1330 " *äðeling* ær-gôd,   swylc Äsc-here wäs.
" Wearð him on Heorote   tô hand-banan
" wäl-gæst wäfre ;   ic ne wât hwäder
" atol æse wlanc   eft-sîðas teáh,
" fylle gefrægnod.   Heó þâ fæhðe wräc,
1335 " þe þu gystran niht   Grendel cwealdest
" þurh hæstne hâd   heardum clammum,
" forþan he tô lange   leóde mîne
" wanode and wyrde.   He ät wîge gecrang
" ealdres scyldig,   and nu ôðer cwom
1340 " mihtig mân-scaða,   wolde hyre mæg wrecan.
" ge feor hafað   fæhðe gestæled,
" þäs þe þincean mäg   þegne monegum,
" se þe äfter sinc-gyfan   on sefan greóteð,
" hreðer-bealo hearde ;   nu seó hand ligeð,
1345 " se þe eów wel-hwylcra   wilna dohte.
" Ic þät lond-bûend   leóde mîne
" sele-rædende   secgan hŷrde,
" þät hie gesâwon   swylce twegen

" micle mearc-stapan mốras healdan,
1350 " ellor-gæstas : þæra ốðer wäs,
" þäs þe hie gewislîcost gewitan meahton,
" idese onlîcnes, ốðer earm-sceapen
" on weres wästmum wräc-lâstas träd,
" näfne he wäs mâra þonne ænig man ốðer,
1355 " þone on geâr-dagum Grendel nemdon
" fold-bûende : nố hie fäder cunnon,
" hwäðer him ænig wäs ær âcenned
" dyrnra gâsta. Hie dỹgel lond
" warigeað, wulf-hleoðu, windige nässas,
1360 " frêcne fen-gelâd, þær fyrgen-streám
" under nässa genipu niðer gewîteð,
" flốd under foldan ; nis þät feor heonon
" mîl-gemearces, þät se mere standeð,
" ofer þäm hongiað hrîmge bearwas,
1365 " wudu wyrtum fäst, wäter oferhelmað.
" Þær mäg nihta gehwæm nîð-wundor seốn,
" fỹr on flốde ; nố þäs frốd leofað
" gumena bearna, þät þone grund wite ;
" þeáh þe hæð-stapa hundum geswenced,
1370 " heorot hornum trum holt-wudu sêce,
" feorran geflỹmed, ær he feorh seleð,
" aldor on ốfre, ær he in wille,
" hafelan hỹdan. Nis þät heốru stốw :
" þonon ỹð-geblond up âstîgeð
1375 " won tố wolcnum, þonne wind styreð
" lâð gewidru, ốð þät lyft drysmað,
" roderas reốtað. Nu is ræd gelang
" eft ät þe ânum ! Eard git ne const,
" frêcne stốwe, þær þu findan miht
1380 " sinnigne secg : sêc gif þu dyrre !
" Ic þe þâ fæhðe feố leánige,
" eald-gestreốnum, swâ ic ær dyde,
" wundnum golde, gyf þu on weg cymest."

XXII.

Beówulf Seeks the Monster in the Haunts of the Nixies.

Beówulf maðelode, bearn Ecgþeówes:
1385 " Ne sorga, snotor guma!   sêlre bið æghwæm,
" þät he his freónd wrece,   þonne he fela murne;
" ûre æghwylc sceal   ende gebîdan
" worolde lîfes;   wyrce se þe môte
" dômes ær deáðe!   þät bið driht-guman
1390 " unlifgendum   äfter sêlest.
" Ârîs, rîces weard;   uton hraðe fêran,
" Grendles mâgan   gang sceáwigan!
" Ic hit þe geháte: nô he on helm losað,
" ne on foldan fäðm,   ne on fyrgen-holt,
1395 " ne on gyfenes grund,   gâ þær he wille.
" Þys dôgor þu   geþyld hafa
" weána gehwylces,   swâ ic þe wênc tô!"
Âhleóp þâ se gomela,   gode þancode,
mihtigan drihtne,   þäs se man gespräc.
1400 Þâ wäs Hróðgâre   hors gebæted,
wicg wunden-feax.   Wîsa fengel
geatolîc gengde;   gum-fêða stôp
lind-häbbendra.   Lâstas wæron
äfter wald-swaðum   wîde gesŷne,
1405 gang ofer grundas;   gegnum fôr þâ
ofer myrcan môr,   mago-þegna bär
þone sêlestan   sâwol-leásne,
þâra þe mid Hróðgâre   hâm eahtode.
Ofer-eode þâ   äðelinga bearn
1410 steáp stân-hliðo,   stîge nearwe,
enge ân-paðas,   un-cûð gelâd,
neowle nässas,   nicor-hûsa fela;
he feára sum   beforan gengde

wîsra monna,   wong sceáwian,
1415 ðð þät he færinga   fyrgen-beámas
ofer hârne stân   hleonian funde,
wyn-leásne wudu ;   wäter under stôd
dreórig and gedrêfed.   Denum eallum **wäs,**
winum Scyldinga,   weorce on môde,
1420 tô geþolianne   þegne monegum,
oncÿð eorla gehwæm,   syððan Äsc-heres
on þam holm-clife   hafelan mêtton.
Flôd blôde weól   (folc tô sægon)
hâtan heolfre.   Horn stundum song
1425 fûslîc *fyrd*-leôð.   Fêða eal gesät ;
gesâwon þâ äfter wätere   wyrm-cynnes fela,
sellîce sæ-dracan   sund cunnian,
swylce on näs-hleoðum   nicras liegean,
þâ on undern-mæl   oft bewitigað
1430 sorh-fulne sîð   on segl-râde,
wyrmas and wil-deór ;   hie on weg hruron
bitere and gebolgne,   bearhtm ongeáton,
gûð-horn galan.   Sumne Geáta leód
of flân-bogan   feores getwæfde,
1435 ÿð-gewinnes,   þät him on aldre stôd
here-sträl hearda ;   he on holme wäs
sundes þe sænra,   þe hyne swylt fornam.
Hräðe wearð on ÿðum   mid eofer-spreótum
heoro-hôcyhtum   hearde genearwod,
1440 nîða genæged   and on näs togen
wundorlîc wæg-bora ;   weras sceáwedon
gryrelîcne gist.   Gyrede hine Beówulf
eorl-gewædum,   nalles for ealdre mearn :
scolde here-byrne   hondum gebroden,
1445 sîd and searo-fâh,   sund cunnian,
seó þe bân-côfan   beorgan cûðe,
þät him hilde-grâp   hreðre ne mihte,
eorres inwit-feng,   aldre gesceððan ;

ac se hwîta helm   hafelan werede,
1450 se þe mere-grundas   mengan scolde,
sêcan sund-gebland   since geweorðad,
befongen freá-wrâsnum,   swâ hine fyrn-dagum
worhte wæpna smið,   wundrum teóde,
besette swîn-lîcum,   þät hine syððan nô
1455 brond ne beado-mêcas   bîtan ne meahton.
Näs þät þonne mætost   mägen-fultuma,
þät him on þearfe lâh   þyle Hróðgâres;
wäs þäm häft-mêce   Hrunting nama,
þät wäs ân foran   eald-gestreóna;
1460 ecg wäs îren   âter-teárum fâh,
âhyrded heaðo-swâte;   næfre hit ät hilde ne swâc
manna ængum   þâra þe hit mid mundum **bewand**,
se þe gryre-sîðas   gegân dorste,
folc-stede fâra;   näs þät forma sîð,
1465 þät hit ellen-weorc   äfnan scolde.
Hûru ne gemunde   mago Ecglâfes
eafoðes cräftig,   þät he ær gespräc
wîne druncen,   þâ he þäs wæpnes onlâh
sêlran sweord-frecan: selfa ne dorste
1470 under ýða gewin   aldre genêðan,
driht-scype dreógan;   þær he dôme forleás,
ellen-mærðum.   Ne wäs þäm ôðrum swâ,
syððan he hine tô gûðe   gegyred häfde.

XXIII. The Battle with the Water-Drake.

Beówulf maðelode,   bearn Ecgþeówes:
1475 "geþenc nu, se mæra   maga Healfdenes,
"snottra fengel,   nu ic eom sîðes fûs,
"gold-wine gumena,   hwät wit geó spræcon,
"gif ic ät þearfe   þînre scolde
"aldre linnan,   þät þu me â wære

1480 " forð-gewitenum on fäder stäle ;
" wes þu mund-bora mínum mago-þegnum,
" hond-gesellum, gif mec hild nime :
" swylce þu þâ mâdmas, þe þu me sealdest,
" Hróðgâr leófa, Higelâce onsend.
1485 " Mäg þonne on þäm golde ongitan Geáta dryhten,
" geseón sunu Hréðles, þonne he on þät sinc staráð,
" þät ic gum-cystum gôdne funde
" beága bryttan, breác þonne môste.
" And þu Ûnferð læt ealde lâfe,
1490 " wrätlîc wæg-sweord wîd-cûðne man
" heard-ecg habban ; ic me mid Hruntinge
" dôm gewyrce, oððe mec deáð nimeð."
Äfter þæm wordum Weder-Geáta leód
êfste mid elne, nalas andsware
1495 bîdan wolde ; brim-wylm onfêng
hilde-rince. þâ wäs hwîl däges,
ær he þone grund-wong ongytan mehte.
Sôna þät onfunde, se þe flôda begong
heoro-gîfre beheóld hund missera,
1500 grim and grædig, þät þær gumena sum
äl-wihta eard ufan cunnode.
Grâp þâ tôgeánes, gûð-rinc gefêng
atolan clommum ; nô þŷ ær in gescôd
hâlan lîce : hring ûtan ymb-bearh,
1505 þät heó þone fyrd-hom þurh-fôn ne mihte,
locene leoðo-syrcan lâðan fingrum.
Bär þâ seó brim-wylf, þâ heó tô botme com,
hringa þengel tô hofe sînum,
swâ he ne mihte nô (he þäs môdig wäs)
1510 wæpna gewealdan, ac hine wundra þäs fela
swencte on sunde, sæ-deór monig
hilde-tuxum here-syrcan bräc,
êhton aglæcan. þâ se eorl ongeat,
þät he *in* nið-sele nât-hwylcum wäs.

1515 þær him nænig wäter wihte ne sceðede,
ne him for hróf-sele hrínan ne mehte
fær-gripe flódes: fýr-leóht geseah,
blácne leóman beorhte scínan.
Ongeat þá se góda grund-wyrgenne,
1520 mere-wíf mihtig; mägen-ræs forgeaf
hilde-bille, hond swenge ne ofteáh,
þät hire on hafelan hring-mæl ágól
grædig gúð-leóð. Þá se gist onfand,
þät se beado-leóma bítan nolde,
1525 aldre sceððan, ac seó ecg geswác
þeódne ät þearfe: þolode ær fela
hond-gemóta, helm oft gescär,
fæges fyrd-hrägl: þät wäs forma síð
deórum máðme, þät his dóm áläg.
1530 Eft wäs án-ræd, nalas elnes lät,
mærða gemyndig mæg Hygeláces;
wearp þá wunden-mæl wrättum gebunden
yrre oretta, þät hit on eorðan läg,
stíð and stýl-ecg; strenge getrúwode,
1535 mund-gripe mägenes. Swá sceal man dón,
þonne he ät gúðe gegán þenceð
longsumne lof, ná ymb his líf cearað.
Geféng þá be eaxle (nalas for fæhðe mearn)
Gúð-Geáta leód Grendles módor;
1540 brägd þá beadwe heard, þá he gebolgen wäs,
feorh-geníðlan, þät heó on flet gebeáh.
Heó him eft hraðe and-leán forgeald
grimman grápum and him tógeánes féng;
oferwearp þá wérig-mód wígena strengest,
1545 féðe-cempa, þät he on fylle wearð.
Ofsät þá þone sele-gyst and hyre seaxe geteáh,
brád and brún-ecg wolde hire bearn wrecan,
ángan eaferan. Him on eaxle läg
breóst-net broden; þät gebearh feore,

1550 wið ord and wið ecge   ingang forstód.
     Häfde þá forstód   sunu Ecgþeówes
     under gynne grund,   Geáta cempa,
     nemne him heaðo-byrne   helpe gefremede,
     here-net hearde,   and hálig god
1555 geweóld wíg-sigor,   witig drihten ;
     rodera rædend   hit on ryht gesceð,
     ýðelíce   syððan he eft ástód.

XXIV. Beówulf Slays the Sprite.

     Geseah þá on scarwum   sige-eádig bil,
     eald sweord eotenisc   ecgum þyhtig,
1560 wígena weorð-mynd : þät *wäs* wæpna cyst,
     búton hit wäs máre   þonne ænig mon óðer
     tó beadu-láce   ätberan meahte
     gód and geatolíc   giganta geweorc.
     He gefêng þá fetel-hilt,   freca Scildinga,
1565 hreóh and heoro-grim   hring-mæl gebrägd.
     aldres orwêna,   yrringa slóh,
     þät hire wið halse   heard grápode,
     bán-hringas bräc,   bil eal þurh-wód
     fægne flæsc-homan,   heó on flet gecrong ;
1570 sweord wäs swátig,   secg weorce gefeh.
     Lixte se leóma,   leóht inne stód,
     efne swá of hefene   hádre scíneð
     rodores candel.   He äfter recede wlát,
     hwearf þá be wealle,   wæpen hafenade
1575 heard be hiltum   Higeláces þegn,
     yrre and án-ræd.   Näs seó ecg fracod
     hilde-rince,   ac he hraðe wolde
     Grendle forgyldan   gúð-ræsa fela
     þára þe he geworhte   tó West-Denum

1580 oftor micle þonne on ænne sîð,
þonne he Hróðgâres heorð-geneátas
slôh on sweofote, slæpende frät
folces Denigea fŷf-tyne men
and óðer swylc ût of-ferede,
1585 lâðlîcu lâc. He him þäs leán forgeald,
rêðe cempa, tô þäs þe he on räste geseah
gûð-wêrigne Grendel licgan,
aldor-leásne, swâ him ær gescôd
hild ät Heorote; hrâ wîde sprong,
1590 syððan he äfter deáðe drepe þrowade,
heoro-sweng heardne, and hine þâ heáfde becearf.
Sôna þät gesâwon snottre ceorlas,
þâ þe mid Hróðgâre on holm wliton,
þät wäs ŷð-geblond eal gemenged,
1595 brim blôde fâh: blonden-feaxe
gomele ymb gôdne ongeador spræcon,
þät hig þäs äðelinges eft ne wêndon,
þät he sige-hrêðig sêcean côme
mærne þeóden; þâ þäs monige gewearð,
1600 þät hine seó brim-wylf âbroten häfde.
þâ com nôn däges. Näs ofgeâfon
hwate Scyldingas; gewât him hâm þonon
gold-wine gumena. Gistas sêtan,
môdes seóce, and on mere staredon,
1605 wiston and ne wêndon, þät hie heora wine-drihten
selfne gesâwon. þâ þät sweord ongan
äfter heaðo-swâte hilde-gicelum
wîg-bil wanian; þät wäs wundra sum,
þät hit eal gemealt îse gelîcost,
1610 þonne forstes bend fäder onlæteð,
onwindeð wäl-râpas, se þe geweald hafað
sæla and mæla; þät is sôð metod.
Ne nom he in þæm wîcum, Weder-Geáta leód.
mâðm-æhta mâ, þêh he þær monige geseah,

1615 bûton þone hafelan   and þâ hilt somod,
     since fâge; sweord ær gemealt,
     forbarn broden mæl: wäs þät blôd tô þäs hât,
     ættren ellor-gæst,   se þær inne swealt.
     Sôna wäs on sunde,   se þe ær ät säcce gebâd
1620 wîg-hryre wrâðra,   wäter up þurh-deâf;
     wæron ýð-gebland   eal gefælsod,
     eácne eardas,   þâ se ellor-gâst
     oflêt lîf-dagas   and þâs lænan gesceaft.
     Com þâ tô lande   lid-manna helm
1625 swîð-môd swymman,   sæ-lâce gefeah,
     mägen-byrðenne   þâra þe he him mid häfde.
     Eodon him þâ tôgeánes,   gode þancodon,
     þryðlîc þegna heáp,   þeódnes gefêgon,
     þäs þe hi hyne gesundne   geseón môston.
1630 þâ wäs of þäm hrôran   helm and byrne
     lungre âlýsed: lagu drusade,
     wäter under wolcnum,   wäl-dreóre fâg.
     Fêrdon forð þonon   fêðe-lâstum
     ferhðum fägne,   fold-weg mæton,
1635 cûðe stræte;   cyning-balde men
     from þäm holm-clife   hafelan bæron
     earfoðlîce   heora æghwäðrum
     fela-môdigra: feówer scoldon
     on ðäm wäl-stenge   weorcum geferian
1640 tô þäm gold-sele   Grendles heáfod,
     ôð þät semninga   tô sele cômon
     frome fyrd-hwate   feôwer-tyne
     Geáta gongan;   gum-dryhten mid
     môdig on gemonge   meodo-wongas träd.
1645 þâ com in gân   ealdor þegna,
     dæd-cêne mon   dôme gewurðad,
     häle hilde-deór,   Hrôðgâr grêtan:
     þâ wäs be feaxe   on flet boren
     Grendles heáfod,   þær guman druncon,

1650 egeslíc for eorlum   and þære idese mid:
      wlite-seón wrätlíc   weras onsâwon.

XXV. Hrothgar's Gratitude: He Discourses.

      Beówulf maðelode,   bearn Ecgþeówes:
      "Hwät! we þe þâs sæ-lâc,   sunu Healfdenes.
      "leód Scyldinga,   lustum brôhton,
1655 "tíres tô tâcne,   þe þu her tô lôcast.
      "Ic þät unsôfte   ealdre gedîgde:
      "wîge under wätere   weorc genêðde
      "earfoðlîce,   ät-rihte wäs
      "gûð getwæfed,   nymðe mec god scylde.
1660 "Ne meahte ic ät hilde   mid Hruntinge
      "wiht gewyrcan,   þeáh þät wæpen duge,
      "ac me geûðe   ylda waldend,
      "þät ic on wage geseah   wlitig hangian
      "eald sweord eácen   (oftost wîsode
1665 "winigea leásum)   þät ic þŷ wæpne gebräd.
      "Ofslôh þâ ät þære säcce   (þâ me sæl âgeald)
      "hûses hyrdas.   Þâ þät hilde-bil
      "forbarn, brogden mæl,   swâ þät blôd gesprang,
      "hâtost heaðo-swâta: ic þät hilt þanan
1670 "feóndum ätferede;   fyren-dæda wräc,
      "deáð-cwealm Denigea,   swâ hit gedôfe wäs.
      "Ic hit þe þonne gehâte,   þät þu on Heorote môst
      "sorh-leás swefan   mid þînra secga gedryht,
      "and þegna gehwylc   þînra leóda,
1675 "duguðe and iogoðe,   þät þu him ondrædan ne þearft.
      "þeóden Scyldinga,   on þâ healfe,
      "aldor-bealu eorlum,   swâ þu ær dydest."
      Þâ wäs gylden hilt   gamelum rince,
      hârum hild-fruman,   on hand gyfen,
1680 enta ær-geweorc,   hit on æht gehwearf

äfter deófla hryre   Denigea freán,
wundor-smiða geweorc,   and þâ þâs worold ofgeaſ
grom-heort guma,   godes andsaca,
morðres scyldig,   and his môdor eác;
1685 on geweald gehwearf   worold-cyninga
þäm sêlestan   be sæm tweónum
þâra þe on Sceden-igge   sceattas dælde.
Hrôðgâr maðelode,   hylt sceáwode,
ealde lâfe,   on þäm wäs ôr writen
1690 fyrn-gewinnes: syððan flôd ofslôh,
gifen geótende,   giganta cyn,
frêcne gefêrdon: þät wäs fremde þeód
êcean dryhtne,   him þäs ende-leán
þurh wäteres wylm   waldend scalde.
1695 Swâ wäs on þæm scennum   scîran goldes
þurh rûn-stafas   rihte gemearcod,
geseted and gesæd,   hwâm þät sweord geworht,
îrena cyst   ærest wære,
wreoðen-hilt and wyrm-fâh.   þâ se wîsa spräc
1700 sunu Healfdenes   (swîgedon ealle):
" þät lâ mäg secgan,   se þe sôð and riht
" fremeð on folce,   (feor eal gemon
" eald êðel-weard),   þät þes eorl wære
" geboren betera!   Blæd is âræred
1705 " geond wîd-wegas,   wine mîn Beówulf.
" þîn ofer þeóda gehwylce. Eal þu hit geþyldum healdest,
" mägen mid môdes snyttrum. Ic þe sceal mîne gelæstan
" freóde, swâ wit furðum spræcon; þu scealt tô frôfre
                              weorðan
" eal lang-twidig   leódum þînum,
1710 " häleðum tô helpe.   Ne wearð Heremôd swâ
" eaforum Ecgwelan,   Âr-Scyldingum;
" ne geweôx he him tô willan,   ac tô wäl-fcalle
" and tô deáð-cwalum   Deniga leódum:
" breát bolgen-môd   beód-geneátas.

1715 " eaxl-gesteallan,   Óð þät he âna hwearf,
     " mære þeóden.   mon-dreámum from:
     " þeáh þe hine mihtig god   mägenes wynnum,
     " eafeðum stêpte,   ofer ealle men
     " forð gefremede,   hwäðere him on ferhðe greów
1720 " breóst-hord blôd-reów: nallas beágas geaf
     " Denum äfter dôme;   dreám-leás gebâd,
     " þät he þäs gewinnes   weorc þrowade,
     " leód-bealo longsum.   þu þe lær be þon,
     " gum-cyste ongit!   ic þis gid be þe
1725 " âwräc wintrum frôd.   Wundor is tô secganne,
     " hû mihtig god   manna cynne
     " þurh sîdne sefan   snyttru bryttað,
     " eard and eorl-scipe,   he âh ealra geweald.
     " Hwîlum he on lufan   læteð hworfan
1730 " monnes môd-geþonc   mæran cynnes,
     " seleð him on êðle   eorðan wynne,
     " tô healdanne   hleó-burh wera,
     " gedêð him swâ gewealdene   worolde dælas,
     " sîde rîce,   þät he his selfa ne mäg
1735 " for his un-snyttrum   ende geþencean:
     " wunað he on wiste,   nô hine wiht dweleð,
     " âdl ne yldo,   ne him inwit-sorh
     " on sefan sweorceð,   ne gesacu ôhwær,
     " ecg-hete eóweð,   ac him eal worold
1740 " wendeð on willan;   he þät wyrse ne con.
     " Óð þät him on innan   ofer-hygda dæl
     " weaxeð and wridað,   þonne se weard swefeð,
     " sâwele hyrde: bið se slæp tô fäst,
     " bisgum gebunden,   bona swîðe neâh,
1745 " se þe of flân-bogan   fyrenum sceóteð.

XXVI.

THE DISCOURSE IS ENDED. — BEÓWULF PREPARES TO LEAVE.

" Þonne biÞ on hreÞre   under helm drepen
" biteran sträle :   him bebeorgan ne con
" wom wundor-bebodum   wergan gâstes ;
" þinceÞ him tô lytel,   þät he tô lange heóld,
1750 " gŷtsaÞ grom-hydig,   nallas on gylp seleÞ
" fätte beágas   and he þâ forÞ-gesceaft
" forgyteÞ and forgŷmeÞ,   þäs þe him är god sealde.
" wuldres waldend,   weorÞ-mynda däl.
" Hit on ende-stäf   eft gelimpeÞ,
1755 " þät se lîc-homa   läne gedreóseÞ,
" fäge gefealleÞ ;   fêhÞ ôÞer tô,
" se þe unmurnlîce   mâdmas däleÞ,
" eorles är-gestreón,   egesan ne gŷmeÞ.
" Bebeorh þe þone bealo-nîÞ,   Beówulf leófa,
1760 " secg se betsta,   and þe þät sêlre geceós,
" êce rædas ;   oferhyda ne gŷm,
" märe cempa !   Nu is þînes mägnes bläd
" âne hwîle ;   eft sôna biÞ,
" þät þec âdl oÞÞe ecg   eafoÞes getwäfeÞ,
1765 " oÞÞe fŷres feng   oÞÞe flôdes wylm,
" oÞÞe gripe mêces   oÞÞe gâres fliht,
" oÞÞe atol yldo,   oÞÞe eágena bearhtm
" forsiteÞ and forsworceÞ ;   semninga biÞ,
" þät þec, dryht-guma,   deáÞ oferswŷÞeÞ.
1770 " Swâ ic Hring-Dena   hund missera
" weóld under wolcnum,   and hig wîge beleác
" manigum mägÞa   geond þysne middan-geard,
" äscum and ecgum,   þät ic me änigne
" under swegles begong   gesacan ne tealde.

1775 " Hwät! me þäs on éðle   edwenden cwom,
     " gyrn äfter gomene,   seoððan Grendel wearð,
     " eald-gewinna,   in-genga mîn:
     " ic þære sôcne   singales wäg
     " môd-ceare micle.   Þäs sig metode þanc,
1780 " écean drihtne,   þäs þe ic on aldre gebâd,
     " þät ic on þone hafelan   heoro-dreórigne
     " ofer eald gewin   eágum starige!
     " Gâ nu tô setle,   symbel-wynne dreóh
     " wîgge weorðad: unc sceal worn fela
1785 " mâðma gemænra,   siððan morgen bið."
     Geát wäs gläd-môd,   geóng sôna tô,
     setles neósan,   swâ se snottra hêht.
     Þâ wäs eft swâ ær   ellen-rôfum,
     flet-sittendum   fägere gereorded
1790 niówan stefne.   Niht-helm geswearc
     deorc ofer dryht-gumum.   Duguð eal ârâs;
     wolde blonden-feax   beddes neósan,
     gamela Scylding.   Geát ungemetes wel,
     rôfne rand-wîgan   restan lyste:
1795 sôna him sele-þegn   sîðes wêrgum,
     feorran-cundum   forð wîsade,
     se for andrysnum   ealle beweotede
     þegnes þearfe,   swylce þŷ dôgore
     heáðo-lîðende   habban scoldon.
1800 Reste hine þâ rûm-heort;   reced hlifade
     geáp and gold-fâh,   gäst inne swäf,
     ôð þät hrefn blaca   heofones wynne
     blîð-heort bodode.   Þâ com beorht *sunne*
     scacan *ofer grundas;*   scaðan onetton,
1805 wæron äðelingas   eft tô leódum
     fûse tô farenne,   wolde feor þanon
     cuma collen-ferhð   ceóles neósan.
     Hêht þâ se hearda   Hrunting beran,
     sunu Ecglâfes,   hêht his sweord niman.

1810 leóflîc îren;   sägde him þäs leánes þanc,
      cwäð he þone gûð-wine   gôdne tealde,
      wîg-cräftigne,   nales wordum lôg
      mêces ecge: þät wäs môdig secg.
      And þâ sîð-frome   searwum gearwe
1815 wîgend wæron,   eode weorð Denum
      äðeling tô yppan,   þær se ôðer wäs
      häle hilde-deór,   Hróðgâr grêtte.

XXVII. The Parting Words.

      Beówulf maðelode,   bearn Ecgþeówes:
      "Nu we sæ-lîðend   secgan wyllað
1820 "feorran cumene,   þät we fundiað
      "Higelâc sêcan.   Wæron her tela
      "willum bewenede;   þu ûs wel dohtest.
      "Gif ic þonne on eorðan   ôwihte mäg
      "þînre môd-lufan   mâran tilian,
1825 "gumena dryhten,   þonne ic gyt dyde,
      "gûð-geweorca   ic beó gearo sôna.
      "Gif ic þät gefricge   ofer flôda begang,
      "þät þec ymbe-sittend   egesan·þywað,
      "swâ þec hetende   hwîlum dydon,
1830 "ic þe þûsenda   þegna bringe,
      "häleða tô helpe.   Ic on Higelâce wât,
      "Geáta dryhten,   þeáh þe he geong sŷ,
      "folces hyrde,   þät he mec fremman wile
      "wordum and worcum,   þät ic þe wel herige,
1835 "and þe tô geóce   gâr-holt bere
      "mägenes fultum,   þær þe bið manna þearf;
      "gif him þonne Hrêðrîc   tô hofum Geáta
      "geþingeð, þeódnes bearn,   he mäg þær fela
      "freónda findan: feor-cŷððe beóð
1840 "sêlran gesôhte   þäm þe him selfa deáh."

Hróðgár maðelode   him on andsware:
"Þe þá word-cwydas   wittig drihten
"on sefan sende!   ne hýrde ic snotorlícor
"on swá geongum feore   guman þingian:
1845 "þu eart mägenes strang   and on móde fród,
"wîs word-cwida.   Wên ic talige,
"gif þät gegangeð,   þät þe gâr nymeð,
"hild heoru-grimme   Hréðles eaferan,
"âdl oððe îren   ealdor þînne,
1850 "folces hyrde,   and þu þín feorh hafast,
"þät þe Sæ-Geátas   sélran näbben
"tô geceósenne   cyning ænigne,
"hord-weard häleða,   gif þu healdan wylt
"mâga rîce.   Me þín môd-sefa
1855 "lîcað leng swâ wel,   leófa Beówulf:
"hafast þu gefêred,   þät þâm folcum sceal,
"Geáta leódum   and Gâr-Denum
"sib gemænum   and sacu restan,
"inwit-nîðas,   þe hie ær drugon;
1860 "wesan, þenden ic wealde   wîdan rîces,
"mâðmas gemæne,   manig ôðerne
"gôdum gegrêtan   ofer ganotes bäð;
"sceal hring-naca   ofer heáðu bringan
"lâc and luf-tâcen.   Ic þâ leóde wât
1865 "ge wið feónd ge wið freónd   fäste geworhte
"æghwäs untæle   ealde wîsan."
Þâ git him eorla hleó   inne gesealde,
mago Healfdenes   mâðmas twelfe,
hêt hine mid þæm lâcum   leóde swæse
1870 sêcean on gesyntum,   snûde eft cuman.
Gecyste þâ   cyning äðelum gôd,
þeóden Scildinga,   þegen betstan
and be healse genam;   hruron him teáras,
blonden-feaxum: him wäs bega wên.
1875 ealdum infródum.   ôðres swîðor,

þät hî seoððan   geseón môston
môdige on meðle.   Wäs him se man tô þon leôf.
þät he þone breóst-wylm   forberan ne mehte,
ac him on hreðre   hyge-bendum fäst
1880 äfter deórum men   dyrne langað
beorn wið blôde.   Him Beówulf þanan,
gûð-rinc gold-wlanc   gräs-moldan träd,
since hrêmig :   sæ-genga bâd
âgend-freán,   se þe on ancre râd.
1885 þâ wäs on gange   gifu Hróðgâres
oft geæhted :   þät wäs ân cyning
æghwäs orleahtre,   ôð þät hine yldo benam
mägenes wynnum,   se þe oft manegum scôd.

XXVIII.

Beówulf Returns to Geatland. — The Queens Hygd and Thrytho.

Cwom þâ tô flôde   fela-môdigra
1890 häg-stealdra *heáp;*   hring-net bæron,
locene leoðo-syrcan.   Land-weard onfand
eft-sîð eorla,   swâ he ær dyde ;
nô he mid hearme   of hliðes nosan
gäs*tas* grêtte,   ac him tôgeánes râd ;
1895 cwäð þät wilcuman   Wedera leódum
scawan scîr-hame   tô scipe fôron.
þâ wäs on sande   sæ-geáp naca
hladen here-wædum,   hringed-stefna
mearum and mâðmum :   mäst hlifade
1900 ofer Hróðgâres   hord-gestreónum.
He þäm bât-wearde   bunden golde
swurd gesealde,   þät he syððan wäs
on meodu-bence   mâðme þŷ weorðra.

yrfe-láfe. Gewât him on ^ð-nacan,
1905 drêfan deóp wäter, Dena land ofgeaf.
þâ wäs be mäste mere-hrägla sum,
segl sâle fäst. Sund-wudu þunede,
nô þær wêg-flotan wind ofer ^ðum
sîðes getwæfde; sæ-genga fôr,
1910 fleát fâmig-heals forð ofer ^ðe,
bunden-stefna ofer brim-streámas,
þät hie Geáta clifu ongitan meahton,
cûðe nässas. Ceól up geþrang,
lyft-geswenced on lande stôd.
1915 Hraðe wäs ät holme h^ð-weard gearo,
se þe ær lange tîd, leófra manna
fûs, ät faroðe feor wlâtode;
sælde tô sande sîd-fäðme scip
oncer-bendum fäst, þ^ läs hym ^ða þrym
1920 wudu wynsuman forwrecan meahte.
Hêt þâ up beran äðelinga gestreón,
frätwe and fät-gold; näs him feor þanon
tô gesêcanne sinces bryttan:
Higelâc Hrêðling þær ät hâm wunað,
1925 selfa mid gesîðum sæ-wealle neáh;
bold wäs betlic, brego-rôf cyning,
heá on healle, Hygd swîðe geong,
wîs, wel-þungen, þeáh þe wintra lyt
under burh-locan gebiden häbbe
1930 Häreðes dôhtor: näs hió hnâh swâ þeáh,
ne tô gneáð gifa Geáta leódum,
mâðm-gestreóna. Môd þryðo wäg,
fremu folces cwên, firen ondrysne:
nænig þät dorste deór genêðan
1935 swæsra gesîða, nefne sin-freá,
þät hire an däges eágum starede;
ac him wäl-bende weotode tealde,
hand-gewriðene: hraðe seoððan wäs

äfter mund-gripe   mêce geþinged,
1940 þät hit sceaðen-mæl   scyran môste,
cwealm-bealu cŷðan.   Ne bið swylc cwênlî þeáw
idese tô efnanne,   þeáh þe hió ænlîcu sŷ,
þätte freoðu-webbe   feores onsäce
äfter lîge-torne   leófne mannan.
1945 Hûru þät onhôhsnode   Heminges mæg;
ealo drincende   ôðer sædan,
þät hió leód-bealewa   läs gefremede,
inwit-nîða,   syððan ærest wearð
gyfen gold-hroden   geongum cempan,
1950 äðelum dióre,   syððan hió Offan flet
ofer fealone flôd   be fäder lâre
sîðe gesôhte,   þær hió syððan wel
in gum-stôle,   gôde mære,
lîf-gesceafta   lifigende breác,
1955 hióld heáh-lufan   wið häleða brego,
calles mon-cynnes   mîne gefræge
þone sêlestan   bî sæm tweónum
eormen-cynnes;   forþam Offa wäs
geofum and gûðum   gâr-cêne man,
1960 wîde geweorðod;   wîsdôme heóld
éðel sînne,   þonon Eómær wôc
häleðum tô helpe,   Heminges mæg,
nefa Gârmundes,   nîða cräftig.

XXIX. His Arrival. Hygelac's Reception

Gewât him þâ se hearda   mid his hond-scole
1965 sylf äfter sande   sæ-wong tredan,
wîde waroðas.   Woruld-candel scân,
sigel sûðan fûs: hî sîð drugon,
elne geeodon,   tô þäs þe eorla hleó,

bonan Ongenþeówes   burgum on innan,
1970 geongne gûð-cyning   gôdne gefrunon
hringas dælan.   Higelâce wäs
sîð Beówulfes   snûde gecŷðed,
þät þær on worðig   wîgendra hleó.
lind-gestealla   lifigende cwom,
1975 heaðo-lâces hâl   tô hofe gongan.
Hraðe wäs gerŷmed,   swâ se rîca bebeád,
fêðe-gestum   flet innan-weard.
Gesät þâ wið sylfne,   se þâ säcce genäs,
mæg wið mæge,   syððan man-dryhten
1980 þurh hleóðor-cwyde holdne gegrêtte
meaglum wordum.   Meodu-scencum
hwearf geond þät reced   Härеðes dôhtor
lufode þâ leóde,   lîð-wæge bär
hælum tô handa.   Higelâc ongan
1985 sînne geseldan   in sele þam heán
fägre fricgean,   hyne fyrwet bräc,
hwylce Sæ-Geáta   sîðas wæron :
"Hû lomp eów on lâde,   leófa Biówulf,
"þâ þu færinga   feorr gehogodest,
1990 "säcce sêccan   ofer sealt wäter,
"hilde tô Hiorote?   Ac þu Hrôðgâre
"wîd-cûðne weán   wihte gebêttest,
"mærum þeódne?   Ic þäs môd-ceare
"sorh-wylmum seáð,   sîðe ne trûwode
1995 "leófes mannes ;   ic þe lange bäd,
"þät þu þone wäl-gæst   wihte ne grêtte,
"lête Sûð-Dene   sylfe geweorðan
"gûðe wið Grendel.   Gode ic þanc secge,
"þäs þe ic þe gesundne   geseón môste."
2000 Biówulf maðelode,   bearn Ecgþeówes :
"Þät is undyrne,   dryhten Higelâc,
"_mære_ gemêting   monegum fira,
"hwylc _orleg_-hwîl   uncer Grendles

“ wearð on þam wange,   þær he worna fela
2005 “ Sige-Scildingum   sorge gefremede,
“ yrmðe tô aldre;   ic þät eal gewräc,
“ swâ ne gylpan þearf   Grendeles mâga
“ *ænig* ofer corðan   uht-hlem þone,
“ se þe lengest leofað   lâðan cynnes,
2010 “ *fenne* bifongen.   Ic þær furðum cwom.
“ tô þam hring-sele   Hróðgâr grêtan:
“ sôna me se mæra   mago Healfdenes,
“ syððan he môd-sefan   mînne cûðe,
“ wið his sylfes sunu   setl getæhte.
2015 “ Weorod wäs on wynne;   ne seah ic wîdan feorh
“ under heofenes hwealf   heal-sittendra
“ medu-dreám mâran.   Hwîlum mæru cwên,
“ friðu-sibb folca   flet eall geond-hwearf,
“ bædde byre geonge;   oft hió beáh-wriðan
2020 “ secge *sealde*,   ær hió tô setle geóng.
“ Hwîlum for duguðe   dôhtor Hróðgâres
“ eorlum on ende   ealu-wæge bär,
“ þâ ic Freáware   flet-sittende
“ nemnan hŷrde,   þær hió nägled sinc
2025 “ häleðum sealde: sió gehâten *wäs*,
“ geong gold-hroden,   gladum suna Frôdan;
“ hafað þäs geworden   wine Scyldinga
“ rîces hyrde   and þät ræd talað,
“ þät he mid þŷ wîfe   wäl-fæhða dæl,
2030 “ säcca gesette.   Oft *nô* seldan hwær
“ äfter leód-hryre   lytle hwîle
“ bon-gâr bûgeð,   þeáh seó brŷd duge!

XXX. Beówulf's Story of the Slayings.

     " Mäg þäs þonne ofþyncan   þeóden Heaðobeardna
     " and þegna gehwâm   þâra leóda,
2035 " þonne he mid fæmnan   on flett gæð,
     " dryht-bearn Dena   duguða biwenede :
     " on him gladiað   gomelra lâfe
     " heard and hring-mæl,   Heaðobeardna gestreón,
     " þenden hie þâm wæpnum   wealdan môston,
2040 " Oð þät hie forlæddan   tô þam lind-plegan
     " swæse gesîðas   ond hyra sylfra feorh.
     " Þonne cwið ät beóre,   se þe beáh gesyhð,
     " eald äsc-wîga,   se þe eall geman
     " gâr-cwealm gumena   (him bið grim sefa),
2045 " onginneð geômor-môd   geongne cempan
     " þurh hreðra gehygd   higes cunnian,
     " wîg-bealu weccean   and þät word âcwyð :
     " ' Mealt þu, mîn wine,   mêce gecnâwan,
     " ' þone þin fäder   tô gefeohte bär
2050 " ' under here-grîman   hindeman sîðe,
     " ' dŷre îren,   þær hync Dene slôgon,
     " ' weóldon wäl-stôwe,   syððan wiðer-gyld läg,
     " ' äfter häleða hryre,   hwate Scyldungas?
     " ' Nu her þâra banena   byre nât-hwylces,
2055 " ' frätwum hrêmig   on flet gæð,
     " ' morðres gylpeð   and þone mâððum byreð,
     " ' þone þe þu mid rihte   rædan sceoldest!' "
     " Manað swâ and myndgað   mæla gehwylce
     " sârum wordum,   oð þät sæl cymeð,
2060 " þät se fæmnan þegn   fore fäder dædum
     " äfter billes bite   blôd-fâg swefeð,
     " ealdres scyldig ;   him se ôðer þonan
     " losað lifigende,   con him land geare.

" Þonne biðð brocene   on bâ healfe
2065 " âð-sweord eorla ;   syððan Ingelde
    " weallað wäl-nîðas   and him wîf-lufan
    " äfter cear-wälmum   côlran weorðað.
    " Þŷ ic Heaðobeardna   hyldo ne telge,
    " dryht-sibbe dæl   Denum unfæcne,
2070 " freónd-scipe fästne.   Ic sceal forð sprecan
    " gen ymbe Grendel,   þät þu geare cunne,
    " sinces brytta,   tô hwan syððan wearð
    " hond-ræs häleða.   Syððan heofones gim
    " glâd ofer grundas,   gäst yrre cwom,
2075 " eatol æfen-grom,   ûser neósan,
    " þær we gesunde   säl weardodon ;
    " þær wäs Hondsció   hild onsæge,
    " feorh-bealu fægum,   he fyrmest läg,
    " gyrded cempa ;   him Grendel wearð,
2080 " mærum magu-þegne   tô mûð-bonan,
    " leófes mannes   lîc eall forswealg.
    " Nô þŷ ær ût þâ gen   îdel-hende
    " bona blôdig-tôð   bealewa gemyndig,
    " of þam gold-sele   gongan wolde,
2085 " ac he mägnes rôf   mîn costode,
    " grâpode gearo-folm.   Glôf hangode
    " sîd and syllîc   searo-bendum fäst,
    " sió wäs orþoncum   eall gegyrwed
    " deófles cräftum   and dracan fellum :
2090 " he mec þær on innan   unsynnigne,
    " diór dæd-fruma,   gedôn wolde,
    " manigra sumne :   hyt ne mihte swâ,
    " syððan ic on yrre   upp-riht âstôd.
    " Tô lang ys tô reccenne,   hû ic þam leód-sceaðan
2095 " yfla gehwylces   ond-leán forgeald ;
    " þær ic, þeóden mîn,   þîne leóde
    " weorðode weorcum.   He on weg losade.
    " lytle hwîle   lîf-wynna breác ;

" hwäðre him sió swîðre   swaðe weardade
2100 " hand on Hiorte   and he heán þonan,
" módes geómor   mere-grund gefcóll.
" Me þone wäl-ræs   wine Scildunga
" fättan golde   fela leánode,
" manegum máðmum,   syððan mergen com
2105 " and we tó symble   geseten häfdon.
" Þær wäs gidd and gleó;   gomela Scilding
" fela friegende   feorran rehte;
" hwîlum hilde-deór   hearpan wynne,
" gomen-wudu grétte;   hwîlum gyd âwräc
2110 " sóð and sârlîc;   hwîlum syllîc spell
" rehte äfter rihte   rûm-heort cyning.
" Hwîlum eft ongan   eldo gebunden,
" gomel gûð-wîga   gioguðe cwîðan
" hilde-strengo;   hreðer inne weóll,
2115 " þonne he wintrum fród   worn gemunde.
" Swâ we þær inne   andlangne däg
" nióde nâman,   óð þät niht becwom
" óðer tó yldum.   þâ wäs eft hraðe
" gearo gyrn-wräce   Grendeles módor,
2120 " sîðode sorh-full;   sunu deáð fornam,
" wîg-hete Wedra.   Wîf unhŷre
" hyre bearn gewräc,   beorn âcwealde
" ellenlîce;   þær wäs Äsc-here,
" fródan fyrn-witan,   feorh ûðgenge;
2125 " nóðer hy hine ne móston,   syððan mergen cwom,
" deáð-wêrigne   Denia leóde
" bronde forbärnan,   ne on bæl hladan
" leófne mannan: hió þät lîc ätbär
" feóndes fäðmum   under firgen-streám.
2130 " Þät wäs Hróðgâre   hreówa tornost
" þâra þe leód-fruman   lange begeâte;
" þâ se þeóden mee   þîne life
" healsode hreóh-mód,   þät ic on holma geþring

          " eorl-scipe efnde,   ealdre genéðde,
2135 " mærðo fremede :   he me méde gehêt.
          " Ic þá þäs wälmes,   þe is wîde cûð,
          " grimne gryrelîcne   grund-hyrde fond.
          " Þær unc hwîle wäs   hand gemæne ;
          " holm heolfre weóll   and ic heáfde becearf
2140 " in þam *grund*-sele   Grendeles môdor
          " eácnum ecgum,   unsôfte þonan
          " feorh ôðferede ;   näs ic fæge þá gyt,
          " ac me eorla hleó   eft gesealde
          " máðma menigeo,   maga Healfdenes.

XXXI.

He gives Presents to Hygelac. Hygelac Rewards Him. Hygelac's Death. Beówulf Reigns.

2145 " Swâ se þeód-kyning   þeáwum lyfde ;
          " nealles ic þâm leánum   forloren häfde,
          " mägnes méde,   ac he me *máðmas* geaf,
          " sunu Healfdenes,   on *sînne* sylfes dôm ;
          " þâ ic þe. beorn-cyning,   bringan wylle,
2150 " êstum geŷwan.   Gen is eall ät þe
          " lissa gelong :   ic lyt hafo
          " heáfod-mâga,   nefne Hygelâc þec ! "
          Hêt þâ in beran   eafor, heáfod-segn,
          heaðo-steápne helm,   hâre byrnan,
2155 gûð-sweord geatolîc,   gyd äfter wräc :
          " Me þis hilde-sceorp   Hróðgâr sealde,
          " snotra fengel,   sume worde hêt,
          " þät ic his ærest   þe eft gesägde,
          " cwäð þät hyt häfde   Hiorogâr cyning,
2160 " leód Scyldunga   lange hwîle :

          "nð þŷ ær suna sînum   syllan wolde,
          "hwatum Heorowcarde,   þeáh he him hold wære,
          "breóst-gewædu.   Brûc ealles well!"
          Hŷrde ic þät þâm frätwum   feówer mearas
    2165 lungre gelîce   lâst weardode,
          äppel-fealuwe;   he him êst geteáh
          meara and mâðma.   Swâ sceal mæg dôn,
          nealles inwit-net   ôðrum bregdan,
          dyrnum cräfte   deáð rênian
    2170 hond-gesteallan.   Hygelâce wäs,
          nîða heardum,   nefa swŷðe hold
          and gehwäðer ôðrum   hrôðra gemyndig.
          Hŷrde ic þät he þone heals-beáh   Hygde gescalde,
          wrätlîcne wundur-mâððum,   þone þe him Wealhþeó geaf,
    2175 þeódnes dôhtor,   þrió wicg somod
          swancor and sadol-beorht;   hyre syððan wäs
          äfter beáh-þege   breóst geweorðod.
          Swâ bealdode   bearn Ecgþeówes,
          guma gûðum cûð,   gôdum dædum,
    2180 dreáh äfter dôme,   nealles druncne slôg
          heorð-geneátas;   näs him hreóh sefa,
          ac he man-cynnes   mæste cräfte
          gin-fästan gife,   þe him god sealde,
          heóld hilde-deór.   Heán wäs lange,
    2185 swâ hyne Geáta bearn   gôdne ne tealdon,
          ne hyne on medo-bence   micles wyrône
          drihten wereda   gedôn wolde;
          swŷðe oft sägdon,   þät he sleac wære,
          äðeling unfrom: edwénden cwom
    2130 tîr-eádigum menn   torna gehwylces.
          Hêt þâ eorla hleó   in gefetian,
          heaðo-rôf cyning,   Hrêðles lâfe,
          golde gegyrede;   näs mid Geátum þâ
          sinc-mâððum sêlra   on sweordes hâd;
    2195 þät he on Biówulfes   bearm âlegde,

and him gescealde　　scofan þûsendo,
bold and brego-stôl.　　Him wäs bâm samod
on þam leód-scipe　　lond gecynde,
eard êðel-riht,　　ôðrum swîðor
2200 sîde rîce,　　þam þær sêlra wäs.
Eft þät geiode　　ufaran dôgrum
hilde-hlämmum,　　syððan Hygelâc läg
and Heardrêde　　hilde-mêceas
under bord-hreóðan　　tô bonan wurdon,
2205 þâ hyne gesôhtan　　on sige-þeóde
hearde hilde-frecan,　　Heaðo-Scilfingas,
nîða genægdan　　nefan Hererîces.
Syððan Beówulfe　　brâde rîce
on hand gehwearf:　　he geheóld tela
2210 fíftig wintru　　(wäs þâ frôd cyning,
eald êðel-weard),　　ôð þät ân ongan
deorcum nihtum　　draca rîcsian,
se þe on heáre hæðe　　hord beweotode,
stân-beorh steápne:　　stîg under läg,
2215 eldum uncûð.　　Þær on innan giông
nîða nât-hwylces　　neóde gefêng
bæðnum horde　　hond . d . . geþ . . hwylc
since fâhne,　　he þät syððan . . . . .
. . . þ . . . lð . þ . . l . g
2220 slæpende be fŷre,　　fyrena hyrde
þeófes cräfte,　　þät sie . . . . ðioð . . . . .
. idh . folc-beorn,　　þät he gebolgen wäs.

XXXII. The Fire-Drake. The Hoard.

Nealles mid geweoldum　　wyrm-horda . . . cräft
sôhte sylfes willum,　　se þe him sâre gesceód.
2225 ac for þreá-nêdlan　　þeów nât-hwylces
häleða bearna　　hete-swengeas fleáh,

*for ofer-*þearfe   and þær inne fealh
secg syn-bysig.   Sóna in þá tîde
þät . . . . . þam gyste   . . . . br . g . stôd,
2230 hwäðre earm-sceapen . . . .
. . ð . . . sceapen o . . . . i r . . e se fäs begeat,
sinc-fät *geseah:*   þær wäs swylcra fela
in þam eorð-*scräfe*   ær-gestreóna,
swâ hy on geâr-dagum   gumena nât-hwylc
2235 eormen-lâfe   äðelan cynnes
þanc-hycgende   þær gehŷdde,
deóre mâðmas.   Ealle hie deáð fornam
ærran mælum,   and se ân þâ gen
leóda duguðe,   se þær lengest hwearf,
2240 weard wine-geómor   wîscte þäs yldan,
þät he lytel fäc   long-gestreóna
brûcan môste.   Beorh eal gearo
wunode on wonge   wäter-ŷðum neáh,
niwe be nässe   nearo-cräftum fäst:
2245 þær on innan bär   eorl-gestreóna
hringa hyrde   hard-fyrdne dæl
fättan goldes,   feá worda cwäð:
" Heald þu nu, hruse,   nu hälcð ne môston,
" eorla æhte.   Hwät! hit ær on þe
2250 " gôde begeâton;   gûð-deáð fornam,
" feorh-bealo frêcne   fyra gehwylcne,
" leóda mînra,   þâra þe þis *lîf* ofgeaf,
" gesâwon sele-dreám.   Nâh hwâ sweord wege
" oððe *fetige*   fäted wæge,
2255 " drync-fät deóre: dugu*ð* ellor scôc.
" Sceal se hearda helm   *hy*rsted golde
" fätum befeallen: feormiend swefað,
" þâ þe beado-grîman   bŷwan sceoldon,
" ge swylce seó here-pâd,   sió ät hilde gebâd
2260 " ofer borda gebräc   bite îrena,
" brosnað äfter beorne.   Ne mäg byrnan hring

“ äfter wíg-fruman wíde féran
·‘ häleðum be healfe ; näs hearpan wyn,
‘‘ gomen gleó-beámes, ne gôd hafoc
2265 ‘‘ geond säl swingeð, ne se swifta mearh
“ burh-stede beáteð. Bealo-cwealm hafað
‘‘ fela feorh-cynna feorr onsended ! ”
Swá giómor-môd giohðo mænde,
ân äfter eallum unblíðe hweóp,
2270 däges and nihtes, ôð þät deáðes wylm
hrân ät heortan. Hord-wynne fond
eald uht-sceaða opene standan,
se þe byrnende biorgas séceð
nacod níð-draca, nihtes fleógeð
2275 fýre befangen ; hyne fold-bûend
wíde gesáwon. He *gewunian* sceall
hláw *under* hrusan, þær he hæðen gold
warað wintrum frôd ; ne byð him wihte þê sêl
Swá se þeód-sceaða þreó hund wintra
2280 heóld on hrusan hord-ärna sum
eácen-cräftig, ôð þät hyne ân âbealh
mon on môde : man-dryhtne bär
fäted wæge, frioðo-wære bäd
hláford sînne. Þá wäs hord râsod,
2285 onboren beága hord, bêne getîðad
feá-sceaftum men. Freá sceáwode
fira fyrn-geweorc forman síðe.
Þá se wyrm onwôc, wrôht wás geniwad ;
stonc þá äfter stáne, stearc-heort onfand
2290 feóndes fôt-lâst ; he tô forð gestôp,
dyrnan cräfte, dracan heáfde neáh.
Swá mäg unfæge eáðe gedîgan
weán and wräc-síð, se þe waldendes
hyldo gehealdeð. Hord-weard sôhte
2295 georne äfter grunde, wolde guman findan,
þone þe him on sweofote sâre geteóde :

hát and hreóh-mód   hlæw oft ymbe hwearf,
ealne útan-weardne ;   ne þær ænig mon
wäs on þære wêstenne.   Hwäðre hilde gefeh,
2300 bea*do*-weorces :   hwîlum on beorh äthwearf,
sinc-fät sôhte ;   he þät sôna onfand,
þät häfde gumena sum   goldes gefandod
heáh-gestreóna.   Hord-weard onbád
earfoðlîce,   ôð þät æfen cwom ;
2305 wäs þá gebolgen   beorges hyrde,
wolde se láða   lîge forgyldan
drinc-fät dýre.   þá wäs däg sceacen
wyrme on willan,   nô on wealle leng
bîdan wolde,   ac mid bæle fôr,
2310 fýre gefýsed.   Wäs se fruma egeslîc
leódum on lande,   swâ hyt lungre wearð
on hyra sinc-gifan   sâre geendod.

XXXIII.

BEÓWULF RESOLVES TO KILL THE FIRE-DRAKE.

þá se gäst ongan   glêdum spîwan,
beorht hofu bärnan ;   bryne-leóma stôd
2315 eldum on andan ;   nô þær âht cwices
láð lyft-floga   læfan wolde.
Wäs þäs wyrmes wîg   wîde gesŷne,
nearo-fâges nîð   neán and feorran,
hû se' gûð-sceaða   Geáta leóde
2320 hatode and hŷnde :   hord eft gesceát,
dryht-sele dyrnne   ær däges hwîle.
Häfde land-wara   lîge befangen,
bæle and bronde ;   beorges getrûwode,
wîges and wealles :   him seó wên geleáh.
2325 þá wäs Biówulfe   brôga gecŷðed
snûde tô sôðe,   þät his sylfes him

bolda sélest   bryne-wylmum mealt,
gif-stól Geáta.   Þät þam gódan wäs
hreów on hreðre,   hyge-sorga mæst:
2330 wénde se wísa,   þät he wealdende,
ofer ealde riht,   écean dryhtne
bitre gebulge: breóst innan weóll
þeóstrum geþoncum,   swá him geþýwe ne wäs.
Häfde líg-draca   leóda fästen,
2335 eá-lond útan,   eorð-weard þone
glédum forgrunden.   Him þäs gúð-cyning,
Wedera þióden,   wräce leornode.
Hêht him þá gewyrcean   wígendra hleó
eall-írenne,   eorla dryhten
2340 wíg-bord wrätlíc;   wisse he gearwe,
þät him holt-wudu   helpan ne meahte,
lind wið líge.   Sceolde læn-daga
äðeling ær-gód   ende gebídan
worulde lífes   and se wyrm somod,
2345 þeáh þe hord-welan   heólde lange.
Oferhogode þá   hringa fengel,
þät he þone wíd-flogan   weorode gesóhte,
sídan herge;   nó he him þá säcce ondréd,
ne him þäs wyrmes wíg   for wiht dyde,
2350 eafoð and ellen;   forþon he ær fela
nearo néðende   níða gedígde,
hilde-hlemma,   syððan he Hróðgáres,
sigor-eádig seeg,   sele fælsode
and ät gúðe forgráp   Grendeles mægum
2355 láðan cynnes.   Nó þät läsest wäs
hond-gemota,   þær mon Hygelác slóh,
syððan Geáta cyning   gúðe ræsum,
freá-wine folces   Freslondum on,
Hréðles eafora   hioro-dryncum swealt,
2360 bille gebeáten;   þonan Biówulf com
sylfes cräfte,   sund-nytte dreáh;

† häfde him on earme . . . XXX
hilde-geatwa, þå he tô holme *stâg.*
Nealles Hetware hrêmge þorfton
2365 fêðe-wîges, þe him foran ongeán
linde bæron: lyt eft becwom
fram þam hild-frecan hâmes niósan.
Oferswam þå siólcða bigong sunu Ecgþeówes,
earm ân-haga eft tô leódum,
2370 þær him Hygd gebeád hord and rîce,
beágas and brego-stôl: bearne ne trûwode,
þät he wið äl-fylcum êðel-stôlas
healdan cûðe, þå wäs Hygelâc deád.
Nô þŷ ær feá-sceafte findan meahton
2375 ät þam äðelinge ænige þinga,
þät he Heardrêde hlâford wære,
oððe þone cyne-dôm ciósan wolde;
hwäðre he him on folce freónd-lârum heóld,
êstum mid âre, ôð þät he yldra wearð,
2380 Weder-Geátum weóld. Hyne wräc-mäcgas
ofer sæ sôhtan, suna Ôhteres:
häfdon hy forhealden helm Scylfinga,
þone sêlestan sæ-cyninga,
þâra þe in Swió-rîce sinc brytnade,
2385 mærne þeóden. Him þät tô mearce wearð;
he þær orfeorme feorh-wunde hleát
sweordes swengum, sunu Hygelâces;
and him eft gewât Ongenþiówes bearn
hâmes niósan, syððan Heardrêd läg;
2390 lêt þone brego-stôl Biówulf healdan,
Geátum wealdan: þät wäs gôd cyning.

XXXIV.

Retrospect of Beówulf. — Strife between Sweonas and Geatas.

Se þäs leód-hryres   leán gemunde
uferan dógrum,   Eádgilse wearð
feá-sceaftum feónd.   Folce gestepte
2395 ofer sæ síde   sunu Ôhteres
wígum and wæpnum: he gewräc syððan
cealdum cear-síðum,   cyning ealdre bineát.
Swá he níða gehwane   genesen häfde,
slíðra geslyhta,   sunu Ecgþiówes,
2400 ellen-weorca,   óð þone ânne däg,
þe he wið þam wyrme   gewegan sceolde.
Gewât þá twelfa sum   torne gebolgen
dryhten Geáta   dracan sceáwian;
häfde þá gefrunen,   hwanan sió fæhð ârâs,
2405 bealo-níð biorna;   him tô bearme cwom
máððum-fät mære   þurh þäs meldan hond.
Se wäs on þam þreáte   þreotteoða secg,
se þäs orleges   ôr onstealde,
häft hyge-giômor,   sceolde heán þonon
2410 wong wísian: he ofer willan gióng
tô þäs þe he corð-sele   ânne wisse,
hlæw under hrusan   holm-wylme nêh,
ýð-gewinne,   se wäs innan full
wrätta and wîra: weard unhióre,
2415 gearo gûð-freca,   gold-máðmas heóld,
eald under eorðan;   näs þät ýðe ceáp,
tô gegangenne   gumena ænigum.
Gesät þá on nässe   níð-heard cyning,
þenden hælo âbeád   heorð-geneátum
2420 gold-wine Geáta: him wäs geômor sefa,
wäfre and wäl-fûs,   Wyrd ungemete neáh,

se þone gomelan grétan sceolde,
sécean sáwle hord, sundur gedǽlan
líf wið líce : nó þon lange wäs
2425 feorh äðelinges flǽsce bewunden.
Biówulf maðelade, bearn Ecgþeówes :
" Fela ic on giogoðe gûð-rǽsa genäs,
" orleg-hwîla : ic þät eall gemon.
" Ic wäs syfan-wintre, þâ mec sinca baldor,
2430 " freá-wine folca ät mînum fäder genam,
" heóld mec and häfde Hréðel cyning,
" geaf me sinc and symbel, sibbe gemunde ;
" näs ic him tô life lâðra ôwihte
" beorn in burgum, þonne his bearna hwylc,
2435 " Herebeald and Hæðcyn, oððe Hygelâc mîn.
" Wäs þam yldestan ungedêfelîce
" mæges dædum morðor-bed strêd,
" syððan hyne Hæðcyn of horn-bogan,
" his freá-wine flâne geswencte,
2440 " miste mercelses and his mæg . ofscêt,
" brôðor ôðerne, blôdigan gâre :
" þät wäs feoh-leás gefeoht, fyrenum gesyngad,
" hreðre hyge-môðe : sceolde hwäðre swâ þeáh
" äðeling unwrecen ealdres linnan.
2445 " Swâ bið geômorlîc gomelum ceorle
" tô gebîdanne, þät his byre rîde
" giong on galgan, þonne he gyd wrece,
" sârigne sang, þonne his sunu hangað
" hrefne tô hróðre and he him helpe ne mäg,
2450 " eald and in-frôd, ænige gefremman.
" Symble bið gemyndgad morna gehwylce
" eaforan ellor-sîð ; ôðres ne gŷmeð
" to gebîdanne burgum on innan
" yrfe-weardes, þonne se ân hafað
2455 " þurh deáðes nŷd dæda gefondad.
" Gesyhð sorh-cearig on his suna bûre

" wîn-sele wêstne, wind-gereste,
" reóte berofene; rîdend swefað
" häleð in hoðman; nis þær hearpan swêg,
2460 " gomen in geardum, swylce þær iú wæron.

XXXV.

MEMORIES OF PAST TIME. — THE FEUD WITH THE FIRE-DRAKE.

" GEWÎTEð þonne on sealman, sorh-leóð gäleð
" Ân äfter ânum : þûhte him eall tô rûm,
" wongas and wîc-stede. Swâ Wedra helm
" äfter Herebealde heortan sorge
2465 " weallende wäg, wihte ne meahte
" on þam feorh-bonan fæhðe gebêtan :
" nô þŷ ær he þone heaðo-rinc hatian ne meahte
" lâðum dædum, þeáh him leóf ne wäs.
" He þâ mid þære sorge, þe him sió sâr belamp,
2470 " gum-dreám ofgeaf, godes leóht geccás ;
" eaferum læfde, swâ dêð eádig mon,   .
" lond and leód-byrig, þâ he of lîfe gewât.
" Þâ wäs synn and sacu Sweona and Geáta,
" ofer wîd wäter wrôht gemæne,
2475 " here-nîð hearda, syððan Hrêðel swealt,
" oððe him Ongenþeówes eaferan wæran
" frome fyrd-hwate, freóde ne woldon
" ofer heafo healdan, ac ymb Hreosna-beorh
" eatolne inwit-scear oft gefremedon.
2480 " Þät mæg-wine mîne gewræcan,
" fæhðe and fyrene, swâ hyt gefræge wäs,
" þeáh þe ôðer hit ealdre gebohte,
" heardan ceápe : Hæðcynne wearð,
" Geáta dryhtne, gûð onsæge.

2485 ‘ Þá ic on morgne gefrägn   mäg óðerne
   “ billes ecgum   on bonan stælan,
   “ þær Ongenþeów   Eofores niósade:
   “ gúð-helm tóglád,   gomela Scylfing
   “ hreás *heoro*-blác;   hond gemunde
2490 “ fælðo genóge,   feorh-sweng ne ofteáh.
   “ Ic him þá máðmas,   þe he me scalde,
   “ geald ät gúðe,   swá me gifeðe wäs,
   “ leóhtan sweorde: he me lond forgeaf,
   “ eard éðel-wyn.   Näs him ænig þearf,
2495 “ þät he tó Gifðum   oððe tó Gár-Denum
   “ oððe in Swió-ríce   sécean þurfe
   “ wyrsan wíg-frecan,   weorðe gecýpan;
   “ symle ic him on féðan   beforan wolde,
   “ ána on orde,   and swá tó aldre sceall
2500 “ säcce fremman,   þenden þis sweord þolað,
   “ þät mec ær and síð   oft gelæste,
   “ syððan ic for dugeðum   Däghrefne wearð
   “ tó hand-bonan,   Huga cempan:
   “ nalles he þá frätwe   Fres-cyninge,
2505 “ breóst-weorðunge   bringan móste,
   “ ac in campe gecrong   cumbles hyrde,
   “ äðeling on elne.   Ne wäs ecg bona,
   “ ac him hilde-gráp   heortan wylmas,
   “ bán-hús gebräc.   Nu sceall billes ecg,
2510 “ hond and heard sweord   ymb hord wígan.”
   Beówulf maðelode,   beót-wordum spräc
   níehstan síðe: “ Ic genéðe fela
   “ gúða on geogoðe;   gyt ic wylle,
   “ fród folces weard,   fæhðe sécan,
2515 “ mærðum fremman,   gif mec se mán-sceaða
   “ of corð-sele   út geséceð ! ”
   Gegrétte þá   gumena gehwylcne,
   hwate helm-berend   hindeman síðe,
   swæse gesíðas: “ Nolde ic sweord beran,

2520 " wæpen tó wyrme,   gif ic wiste hû
" wið þam aglæcean   elles meahte
" gylpe wiðgrîpan,   swâ ic gió wið Gren lle dyde;
" ac ic þær heaðu-fŷres   hâtes wêne,
" rêðes and-hâttres :   forþon ic me on hafu
2525 " bord and byrnan.   Nelle ic beorges weard
" oferfleón fôtes trem,   *feónd unhŷre*,
" ac unc sceal weorðan ät wealle,   swâ unc Wyrd geteóð,
v " metod manna gehwäs.   Ic eom on môde from,
" þät ic wið þone gûð-flogan   gylp ofersitte.
2530 " Gebîde ge on beorge   byrnum werede,
" secgas on searwum,   hwäðer sêl mæge
" äfter wäl-ræse   wunde gedŷgan
" uncer twega.   Nis þät eówer sið,
" ne gemet mannes,   nefne mîn ânes,
2535 " þät he wið aglæcean   cofoðo dæle,
" eorl-scype efne.   Ic mid elne sceall
" gold gegangan   oððe gûð nimeð,
" feorh-bealu frêcne,   freán eówerne ! "
Ârâs þâ bî ronde   rôf oretta,
2540 heard under helm,   hioro-sercean bär
under stân-cleofu,   strengo getrûwode
ânes mannes :   ne bið swylc earges sið.
Geseah þâ be wealle,   se þe worna fela,
gum-cystum gôd,   gûða gedîgde,
2545 hilde-hlemma,   þonne hnitan fêðan,
(stôd on stân-bogan)   streám ût þonan
brecan of beorge ;   wäs þære burnan wälm
heaðo-fŷrum hât :   ne meahte horde neáh
unbyrnende   ænige hwîle
2550 deóp gedŷgan   for dracan lêge.
Lêt þâ of breóstum,   þâ he gebolgen wäs,
Weder-Geáta leód   word ût faran,
stearc-heort styrmde :   stefn in becom
heaðo-torht hlynnan   under hârne stân.

2555 Hete wäs onhrêred, hord-weard oncnió́w
mannes reorde; näs þær mâra fyrst,
freóde tô friclan. From ærest cwom
oruð aglæcean ût of stâne,
hât hilde-swât; hruse dynede.
2560 Biorn under beorge bord-rand onswâf
wið þam gryre-gieste, Geáta dryhten:
þâ wäs hring-bogan heorte gefŷsed
säcce tô sêceanne. Sweord ær gebräd
gôd gûð-cyning gomele lâfe,
2565 ecgum ungleáw, æghwäðrum wäs
bealo-hycgendra brôga fram ôðrum.
Stîð-môd gestôd wið steápne rond
winia bealdor, þâ se wyrm gebeáh
snûde tôsomne: he on searwum bâd.
2570 Gewât þâ byrnende gebogen scrîðan tô,
gescîfe scyndan. Scyld wel gebearg
lîfe and lîce läsran hwîle
mærum þeódne, þonne his myne sôhte,
þær he þŷ fyrste forman dôgore
2575 wealdan môste, swâ him Wyrd ne gescrâf
hrêð ät hilde. Hond up âbräd
Geáta dryhten, gryre-fâhne slôh
incge lâfe, þät sió ecg gewâc
brûn on bâne, bât unswîðor,
2580 þonne his þiód-cyning þearfe häfde,
bysigum gebäded. Þâ wäs beorges weard
äfter heaðu-swenge on hreóum môde,
wearp wäl-fŷre, wîde sprungon
hilde-leóman: hrêð-sigora ne gealp
2585 gold-wine Geáta, gûð-bill geswâc
nacod ät niðe, swâ hyt nô sceolde,
îren ær-gôd. Ne wäs þät êðe sið,
þät se mæra maga Ecgþeówes
grund-wong þone ofgyfan wolde:

2590 sceolde *wyrmes* willan   wîc eardian
　　 elles hwergen,   swâ sceal æghwylc mon
　　 âlætan læn-dagas.   Näs þâ long tô þon,
　　 þät þâ aglæcean   hy eft gemêtton.
　　 Hyrte hyne hord-weard,   hreðer æðme weóll,
2595 niwan stefne :   nearo þrowode
　　 fŷre befongen   se þe ær folce weóld.
　　 Nealles him on heápe   hand-gesteallan,
　　 üðelinga bearn   ymbe gestôdon
　　 hilde-cystum,   ac hy on holt bugon,
2600 ealdre burgan.   Hiora in ânum weóll
　　 sefa wið sorgum :   sibb æfre ne mäg
　　 wiht onwendan,   þam þe wel þenceð.

XXXVI. Wiglaf Helps Beówulf in the Feud

　　 Wîglâf wäs hâten   Weoxstânes sunu,
　　 leóflîc lind-wiga,   leód Scylfinga,   .
2605 mæg Älfheres :   geseah his mon-dryhten
　　 under here-grîman   hât þrowian.
　　 Gemunde þâ þâ âre,   þe he him ær forgeaf
　　 wîc-stede weligne   Wægmundinga,
　　 folc-rihta gehwylc,   swâ his fäder âhte ;
2610 ne mihte þâ forhabban,   hond rond gefêng.
　　 geolwe linde,   gomel swyrd geteáh,
　　 þät wäs mid eldum   Eánmundes lâf,
　　 suna Ôhteres,   þam ät säcce wearð
　　 wracu wine-leásum   Weohstânes bana
2615 mêces ecgum,   and his mâgum ätbär
　　 brûn-fâgne helm,   hringde byrnan,
　　 eald sweord eotonisc,   þät him Onela forgeaf,
　　 his gädelinges   gûð-gewædu,
　　 fyrd-searo fûslîc :   nô ymbe þâ fæhðe spräc,
2620 þeáh þe he his brôðor   bearn âbredwade.

He frätwe geheóld fela missera,
bill and byrnan, ðð þät his byre mihte
eorl-seipe efnan, swâ his ær-fäder;
geaf him þâ mid Geátum gûð-gewæda
2625 æghwäs unrîm; þâ he of ealdre gewât,
frôd on forð-weg. þâ wäs forma sîð
geongan cempan, þät he gûðe ræs
mid his freó-dryhtne fremman sceolde;
ne gemealt him se môd-sefa, ne his mæges lâf
2630 gewâc ät wîge: þät se wyrm onfand,
syððan hie tôgädre gegân häfdon.
Wîglâf maðelode word-rihta fela,
sägde gesîðum, him wäs sefa geômor:
"Ic þät mæl geman, þær we medu þêgun,
2635 "þonne we gehêton ûssum hlâforde
"in biór-sele, þe ûs þâs beágas geaf,
"þät we him þâ gûð-geatwa gyldan woldon,
"gif him þyslîcu þearf gelumpe,
"helmas and heard sweord: þê he ûsic on herge geceás
2640 "tô þyssum sîð-fate sylfes willum,
"onmunde ûsic mærða and me þâs mâðmas geaf,
"þê he ûsic gâr-wîgend gôde tealde,
"hwate helm-berend, þeáh þe hlâford ûs
"þis ellen-weorc âna âþôhte
2645 "tô gefremmanne, folces hyrde,
"forþam he manna mæst mærða gefremede,
"dæda dollîcra. Nu is se däg cumen,
"þät ûre man-dryhten mägenes behôfað
"gôdra gûð-rinca: wutun gangan tô,
2650 "helpan hild-fruman, þenden hyt sŷ,
"glêd-egesa grim! God wât on mec,
"þät me is micle leófre, þät mînne lîc-haman
"mid mînne gold-gyfan glêd fäðmie.
"Ne þynceð me gerysne, þät we rondas beren
2655 "eft tô earde, nemne we æror mægen

" fâne gefyllan,　　feorh ealgian
" Wedra þiódnes.　　Ic wât geare,
" þät næron eald-gewyrht,　　þät he âna scyle
" Geáta duguðe　　gnorn þrowian,
2660 " gesîgan ät säcce :　　sceal ûrum þät sweord and helm,
" byrne and byrdu-scrûd　　bâm gemæne."
Wôd þâ þurh þone wäl-rêc,　　wîg-heafolan bär
freán on fultum,　　feá worda cwäð :
" Leófa Biówulf,　　læst eall tela,
2665 " swâ þu on geoguð-feore　　geâra gecwæde,
" þät þu ne âlæte　　be þe lifigendum
" dôm gedreósan :　　scealt nu dædum rôf,
" äðeling ân-hydig,　　ealle mägene
" feorh ealgian ;　　ic þe fullæstu ! "
2670 Äfter þâm wordum　　wyrm yrre cwom,
atol inwit-gäst　　ôðre sîðe,
fŷr-wylmum fâh　　fiónda niósan,
lâðra manna ;　　lîg-ŷðum forborn
bord wið ronde :　　byrne ne meahte
2675 geongum gâr-wigan　　geóce gefremman :
ac se maga geonga　　under his mæges scyld
elne geeode,　　þâ his âgen *wäs*
glêdum forgrunden.　　þâ gen gûð-cyning
mœrða gemunde,　　mägen-strengo,
2680 slôh hilde-bille,　　þät hyt on heafolan stôd
nîðe genŷded :　　Nägling forbärst,
geswâc ät säcce　　sweord Biówulfes
gomol and græg-mæl.　　Him þät gifeðe ne wäs,
þät him irenna　　ecge mihton
2685 helpan ät hilde ;　　wäs sió hond tô strong,
se þe mêca gehwane　　mîne gefræge
swenge ofersôhte,　　þonne he tô säcce bär
wæpen wundrum heard,　　näs him wihte þê sêl.
þâ wäs þeód-sceaða　　þriddan sîðe,
2690 frêcne fŷr-draca　　fæhða gemyndig,

räsde on þone rófan,   þá him rúm ágeald,
hát and heaðo-grim,   heals ealne ymbeféng
biteran bánum;   he geblódegod wearð
sáwul-drióre;   swát ýðum weóll.

XXXVII. Beówulf Wounded to Death.

2695 Þá ic ät þearfe *gefrägn*   þeód-cyninges
and-longne eorl   ellen cýðan,
cräft and cénðu,   swá him gecynde wäs;
ne hédde he þäs heafolan,   ac sió hand gebarn
módiges mannes,   þær he his mæges healp,
2700 þät he þone níð-gäst   nioðor hwéne slóh,
secg on searwum,   þät þät sweord gedeáf
fáh and fäted,   þät þät fýr ongon
sweðrian syððan.   Þá gen sylf cyning
geweóld his gewitte,   wäll-seaxe gebräd,
2705 biter and beadu-scearp,   þät he on byrnan wäg:
forwrát Wedra helm   wyrm on middan.
Feónd gefyldan   (ferh ellen wräc),
and hi hyne þá begen   ábroten häfdon,
sib-äðelingas: swylc sceolde secg wesan,
2710 þegn ät þearfe.   Þät þam þeódne wäs
síðast síge-hwíle   sylfes dædum,
worlde geweorces.   Þá sió wund ongon,
þe him se eorð-draca   ær geworhte,
swélan and swellan.   He þät sóna onfand,
2715 þät him on breóstum   bealo-níð weóll,
áttor on innan.   Þá se äðeling gióng,
þät he bí wealle,   wís-hycgende,
gesät on sesse;   seah on enta geweorc,
hú þá stán-bogan   stapulum fäste
2720 éce eorð-reced   innan heóldon.
Hyne þá mid handa   heoro-dreórigne

þeóden mærne   þegn ungemete till,
wine-dryhten his   wätere gelafede,
hilde-sädne   and his helm onspeón.
2725 Biówulf maðelode,   he ofer benne spräc,
wunde wäl-bleáte   (wisse he gearwe,
þät he däg-hwîla   ·gedrogen häfde
corðan wynne ;   þâ wäs eall sceacen
dôgor-gerîmes,   deáð ungemete neáh) :
2730 "Nu ic suna mînum   syllan wolde
"gûð-gewædu,   þær me gifeðe swâ
"ænig yrfe-weard   äfter wurde,
"lîce gelenge.   Ic þâs leóde heóld
"fîftig wintra :   näs se folc-cyning
2735 "ymbe-sittendra   ænig þâra,
"þe mec gûð-winum   grêtan dorste,
"egesan þeón.   Ic on earde bâd
"mæl-gesceafta,   heóld mîn tela,
"ne sôhte searo-nîðas,   ne me swôr fela
2740 "âða on unriht.   Ic þäs ealles mäg,
"feorh-bennum seóc,   gefeán habban :
"forþam me wîtan ne þearf   waldend fira
"morðor-bealo mâga,   þonne mîn sceaceð
"lîf of lîce.   Nu þu lungre
2745 "geong, hord sceáwian   under hârne stân,
"Wîglâf leófa,   nu se wyrm ligeð,
"swefeð sâre wund,   since bereáfod.
"Bió nu on ôfoste,   þät ic ær-welan, ⸱
"gold-æht ongite,   gearo sceáwige
2750 "swegle searo-gimmas,   þät ic þŷ sêft mæge
"äfter mâððum-welan   mîn âlætan
"lîf and leód-scipe,   þonc ic longe heóld."

XXXVIII.

The Jewel–Hoard. The Passing of Beówulf.

þâ ic snûde gefrägn   sunu Wihstânes
äfter word-cwydum   wundum dryhtne
2755 hŷran heaðo-siócum,   hring-net beran,
brogdne beadu-sercean   under beorges hrôf.
Geseah þâ sige-hrêðig,   þâ he bî sesse geóng,
mago-þegn môdig   mâððum-sigla fela,
gold glitinian   grunde getenge,
2760 wundur on wealle   and þäs wyrmes denn,
ealdes uht-flogan,   orcas stondan,
fyrn-manna fatu   feormend-leáse,
hyrstum behrorene: þær wäs helm monig,
eald and ômig,   earm-beága fela,
2765 searwum gesæled.   Sinc eáðe mäg,
gold on grunde,   gum*ena* cynnes
gehwone ofer-higian,   hŷde se þe wylle!
Swylce he siomian geseah   segn eall-gylden
heáh ofer horde,   hond-wundra mæst,
2770 gelocen leoðo-cräftum: of þam leóma stôd,
þät he þone grund-wong   ongitan meahte,
wräte giond-wlîtan.   Näs þäs wyrmes þær
onsŷn ænig,   ac hyne ecg fornam.
þâ ic on hlæwe   gefrägn hord reáfian,
2775 eald enta geweorc   ânne mannan,
him on bearm hladan   bunan and discas
sylfes dôme,   segn eác genom,
beácna beorhtost;   bill ær-gescôd
(ecg wäs îren)   eald-hlâfordes
2780 þam þâra mâðma   mund-bora wäs
longe hwîle,   lîg-egesan wäg
hâtne for horde,   hioro-weallende,

middel-nihtum,   Ôð þät he morðre swealt.
Âr wäs on ôfoste   eft-sîðes georn,
2785 frätwum gefyrðred: hyne fyrwet bräc,
hwäðer collen-ferð   cwicne gemêtte
in þam wong-stede   Wedra þeóden,
ellen-siócne,   þær he hine ær forlêt.
He þâ mid þâm mâðmum   mærne þióden,
2790 dryhten sînne   driórigne fand
ealdres ät ende: he hine eft ongon
wäteres weorpan,   ôð þät wordes ord
breóst-hord þurhbräc.   *Beówulf maðelode,*
gomel on giohðe   (gold sceáwode):
2795 " Ic þâra frätwa   freán ealles þanc
" wuldur-cyninge   wordum secge,
" êcum dryhtne,   þe ic her on starie,
" þäs þe ic môste   mînum leódum
" ær swylt-däge   swylc gestrŷnan.
2800 " Nu ic on mâðma hord   mîne bebohte
" frôde feorh-lege,   fremmað ge nu
" leóda þearfe;   ne mäg ic her leng wesan.
" Hâtað heaðo-mære   hlæw gewyrcean,
" beorhtne äfter bæle   ät brimes nosan;
2805 " se scel tô gemyndum   mînum leódum
" heáh hlifian   on Hrones nässe,
" þät hit sæ-lîðend   syððan hâtan
" Biówulfes biorh,   þâ þe brentingas
" ofer flôda genipu   feorran drîfað."
2810 Dyde him of healse   hring gyldenne
þióden þrîst-hydig,   þegne gesealde,
geongum gâr-wigan,   gold-fâhne helm,
beáh and byrnan,   hêt hyne brûcan well:
" Þu eart ende-lâf   ûsses cynnes,
2815 " Wægmundinga;   ealle Wyrd forsweóf,
" mîne mâgas   tô metod-sceafte,
" eorlas on elne: ic him äfter sceal."

þät wäs þam gomelan   gingeste word
breóst-gehygdum,   ær he bæl cure,
2820 hâte heaðo-wylmas: him of hreðre gewât
sâwol sêcean   sôð-fästra dôm.

XXXIX. The Coward-Thanes.

þâ wäs gegongen   guman unfrôdum
earfoðlîce,   þät he on corðan geseah
þone leófestan   lîfes ät ende
2825 bleáte gebæran.   Bona swylce läg,
egeslîc corð-draca,   ealdre bereáfod,
bealwe gebæded: beáh-hordum leng
wyrm woh-bogen   wealdan ne môste.
ac him îrenna   ecga fornâmon,
2830 hearde heaðo-scearpe   homera lâfe,
þät se wîd-floga   wundum stille
hreás on hrusan   hord-ärne neáh,
nalles äfter lyfte   lâcende hwearf
middel-nihtum,   mâðm-æhta wlonc
2835 ansŷn ŷwde: ac he eorðan gefeóll
for þäs hild-fruman   hond-geweorce.
Hûru þät on lande   lyt manna þâh
mägen-âgendra   mîne gefræge,
þeáh þe he dæda gehwäs   dyrstig wære,
2840 þät he wið âttor-sceaðan   oreðe geræsde
oððe hring-sele   hondum styrede,
gif he wäccende   weard onfunde
bûan on beorge.   Biówulfe wearð
dryht-mâðma dæl   deáðe forgolden:
2845 häfde æghwäðer   ende gefêred
lænan lîfes.   Näs þâ lang tô þon,
þät þâ hild-latan   holt ofgêfan,
tydre treów-logan   tŷne ätsomne.

þâ ne dorston ær   dareðum lâcan
2850 on hyra man-dryhtnes   miclan þearfe;
ac hy scamiende   scyldas bæran,
gûð-gewædu,   þær se gomela läg:
wlitan on Wîglâf.   He gewêrgad sät,
fêðe-cempa   freán eaxlum neáh,
2855 wehte hyne wätre;   him wiht ne speów;
ne meahte he on eorðan,   þeáh he ûðe wel.
on þam frum-gâre   feorh gehealdan,
ne þäs wealdendes *willan*   wiht oncirran;
wolde dôm godes   dædum rædan
2860 gumena gehwylcum,   swâ he nu gen dêð.
þâ wäs ät þam geongan   grim andswaru
êð-begête þâm þe ær   his elne forleás.
Wîglâf maðelode,   Weohstânes sunu,
secg sârig-ferð   seah on unleófe:
2865 " þät lâ mäg secgan,   se þe wyle sôð sprecan.
" þät se mon-dryhten,   se eów þâ mâðmas geaf
" eóred-geatwe,   þe ge þær on standað,
" þonne he on ealu-bence   oft gesealde
" heal-sittendum   helm and byrnan,
2870 " þeóden his þegnum,   swylce he þryðlîcost
" ôhwær feor oððe neáh   findan meahte,
" þät he genunga   gûð-gewædu
" wrâðe forwurpe.   þâ hyne wîg beget,
" nealles folc-cyning   fyrd-gesteallum
2875 " gylpan þorfte;   hwäðre him god ûðe,
" sigora waldend,   þät he hyne sylfne gewräc
" âna mid ecge,   þâ him wäs elnes þearf,
" Ic him lîf-wraðe   lytle meahte
" ätgifan ät gûðe   and ongan swâ þeáh
2880 " ofer mîn gemet   mæges helpan:
" symle wäs þý sæmra,   þonne ic sweorde drep
" ferhð-genîðlan,   fýr unswîðor
" weóll of gewitte.   Wergendra tô lyt

" þrong ymbe þeóden,   þâ hyne sió þrag becwom.
2885 " Nu sceal sinc-þego   and swyrd-gifu
" eall êðel-wyn   eówrum cynne,
" lufen âlicgean :   lond-rihtes môt
" þære mæg-burge   monna æghwylc
" îdel hweorfan,   syððan âðelingas
2890 " feorran gefricgean   fleám eówerne,
" dôm-leásan dæd. Deáð bið sêlla
" eorla gehwylcum   þonne edwît-lîf ! "

XL. The Soldier's Dirge and Prophecy.

Hêht þâ þät heaðo-weorc   tô hagan biódan
up ofer êg-clif,   þær þät eorl-weorod
2895 morgen-longne däg   môd-giômor sät,
bord-häbbende,   bega on wênum
ende-dôgores   and eft-cymes
leófes monnes.   Lyt swîgode
niwra spella,   se þe näs gerâd,
2900 ac he sôðlîce   sägde ofer ealle ;
" Nu is wil-geofa   Wedra leóda,
" dryhten Geáta   deáð-bedde fäst,
" wunað wäl-reste   wyrmes dædum ;
" him on efn ligeð   ealdor-gewinna,
2905 " siex-bennum seóc :   sweorde ne mcahte
" on þam aglæcean   ænige þinga
" wunde gewyrcean.   Wîglâf siteð
" ofer Biówulfe,   byre Wihstânes,
" eorl ofer ôðrum   unlifigendum,
2910 " healdeð hige-mêðum   heáfod-wearde
" leófes and lâðes.   Nu ys leódum wên
" orleg-hwîle,   syððan underne
" Froncum and Frysum   fyll cyninges
" wîde weorðeð.   Wäs sió wrôht scepen

2915 '' heard wið Hugas, syððan Higelâc cwom
'' faran flot-herge on Fresna land,
'' þær hyne Hetware hilde gehnægdon,
'' elne gecodon mid ofer-mägene,
'' þät se byrn-wîga bûgan sceolde,
2920 '' feóll on fêðan : nalles frätwe geaf
'' ealdor dugoðe ; ûs wäs â syððan
'' Merewioinga milts ungyfeðe.
'' Ne ic tô Sweó-þeóde sibbe oððe treówe
'' wihte ne wêne ; ac wäs wîde cûð,
2925 '' þätte Ongenþió ealdre besnyðede
'' Hæðcyn Hrêðling wið Hrefna-wudu,
'' þâ for on-mêdlan ærest gesôhton
'' Geáta leóde Gûð-scilfingas.
'' Sôna him se frôda fäder Ôhtheres,
2930 '' eald and eges-full ond-slyht âgeaf,
'' âbreót brim-wîsan, brŷd âheórde,
'' gomela ió-meowlan golde berofene,
'' Onelan môdor and Ôhtheres,
'' and þâ folgode feorh-genîðlan
2935 '' ôð þät hî ôðeodon earfoðlîce
'' in Hrefnes-holt hlâford-leáse.
'' Besät þâ sin-herge sweorda lâfe
'' wundum wêrge, weán oft gehêt
'' earmre teohhe andlonge niht :
2940 '' cwäð he on mergenne mêces ecgum
'' getan wolde, sume on galg-treówum
''*fuglum* tô gamene. Frôfor eft gelamp
'' sârig-môdum somod ær-däge,
'' syððan hie Hygelâces horn and bŷman
2945 '' gealdor ongeâton. þâ se gôda com
'' leóda dugoðe on lâst faran.

XLI. HE TELLS OF THE SWEDES AND THE GEATAS.

      "Wäs sió swât-swaðu   Sweona and Geáta,
      "wäl-ræs wera   wîde gesŷne,
      "hû þâ folc mid him   fælðe tôwehton.
2950 "Gewât him þâ se gôda   mid his gädelingum,
      "frôd fela geômor   fästen sêcean,
      "eorl Ongenþió   ufor oncirde;
      "häfde Higelâces   hilde gefrunen,
      "wlonces wîg-cräft,   wiðres ne trûwode,
2955 "þät he sæ-mannum   onsacan mihte,
      "heáðo-liðendum   hord forstandan,
      "bearn and brŷde;   beáh eft þonan
      "eald under eorð-weall.   þâ wäs æht boden
      "Sweona leódum,   segn Higelâce.
2960 "Freoðo-wong þone   forð ofereodon,
      "syððan Hrêðlingas   tô hagan þrungon.
      "Þær wearð Ongenþió   ecgum sweorda,
      "blonden-fexa   on bîd wrecen,
      "þät se þeód-cyning   þafian sceolde
2965 "Eofores ânne dôm: hyne yrringa
      "Wulf Wonrêding   wæpne geræhte,
      "þät him for swenge   swât ædrum sprong
      "forð under fexe.   Näs he forht swâ þêh,
      "gomela Scilfing,   ac forgeald hraðe
2970 "wyrsan wrixle   wäl-hlem þone,
      "syððan þeód-cyning   þyder oncirde:
      "ne meahte se snella   sunu Wonredes
      "ealdum ceorle   ond-slyht giofan,
      "ac he him on heáfde   helm ær gescer,
2975 "þät he blôde fâh   bûgan sceolde,
      "feóll on foldan;   näs he fæge þâ git,
      "ac he hyne gewyrpte,   þeáh þe him wund hrîne.
      "Lêt se hearda   Higelâces þegn

“ brádne méce, þá his bróðor läg,
2980 “ eald sweord eotonisc, entiscne helm,
“ brecan ofer bord-weal : þá gebeáh cyning.
“ folces hyrde, wäs in feorh dropen.
“ Þá wæron monige, þe his mæg wriðon,
“ ricone árærdon, þá him gerýmed wearð,
2985 “ þät hie wäl-stówe wealdan móston.
“ Þenden reáfode rinc óðerne,
“ nam on Ongenþió íren-byrnan,
“ heard swyrd hilted and his helm somod ;
“ háres hyrste Higeláce bär.
2990 “ He *þám* frätwum féng and him fägre gehét
“ leána *fore* leódum and gelæste swá :
“ geald þone gúð-ræs Geáta dryhten,
“ Hréðles eafora, þá he tó hám becom,
“ Jofore and Wulfe mid ofer-máðmum,
2995 “ scalde hiora gehwäðrum hund þúsenda
“ landes and locenra beága ; ne þorfte him þá leán
        óðwítan
“ mon on middan-gearde, syððan hie þá mærða geslógon ;
“ and þá Jofore forgeaf ángan dóhtor,
“ hám-weorðunge, hyldo tó wedde.
3000 “ Þät ys sió fæhðo and se feónd-scipe,
“ wäl-níð wera, þäs þe ic *wén* hafo,
“ þe ús séceað tó Sweona leóde,
“ syððan hie gefricgeað freán úserne
“ ealdor-leásne, þone þe ær geheóld
3005 “ wið hettendum hord and ríce,
“ äfter häleða hryre hwate Scylfingas,
“ folc-ræd fremede oððe furður gen
“ eorl-scipe efnde. Nu is ófost betost,
“ þät we þeód-cyning þær sceáwian
3010 “ and þone gebringan, þe ús beágas geaf,
“ on ád-färe. Ne scel ánes hwät
“ meltan mid þam módigan, ac þær is máðma hord,

      " gold unrîme   grimme geceápod
      " and nu ät sîðestan   sylfes feore
3015 " beágas *gebohte*;   þâ sceal brond fretan,
      " äled þeccean,   nalles eorl wegan
      " mâððum tô gemyndum,   ne mägð scŷne
      " habban on healse   hring-weorðunge,
      " ac sceall geômor-môd   golde bereáfod
3020 " oft nalles æne   el-land tredan,
      " nu se here-wîsa   hleahtor âlegde,
      " gamen and gleó-dreám.   Forþon sceall gâr wesan
      " monig morgen-ceald   mundum bewunden,
      " häfen on handa,   nalles hearpan swêg
3025 " wîgend weccean,   ac se wonna hrefn
      " fûs ofer fægum,   fela reordian,
      " earne secgan,   hû him ät æte speów,
      " þenden he wið wulf   wäl reáfode."
      Swâ se secg hwata   secgende wäs
3030 lâðra spella;   he ne leág fela
      wyrda ne worda.   Weorod eall ârâs,
      eodon unblîðe   under Earna näs
      wollen-teáre   wundur sceáwian.
      Fundon þâ on sande   sâwul-leásne
3035 hlim-bed healdan,   þone þe him hringas geaf
      ærran mælum: þâ wâs ende-däg
      gôdum gegongen,   þät se gûð-cyning,
      Wedra þeóden,   wundor-deáðe swealt.
      Ær hî gesêgan   syllîcran wiht,
3040 wyrm on wonge   wiðer-rähtes þær
      lâðne licgean: wäs se lêg-draca,
      grimlîc *gryre-gäst*,   glêdum beswæled,
      se wäs fîftiges   fôt-gemearces
      lang on legere,   lyft-wynne heóld
3045 nihtes hwîlum,   nyðer eft gewât
      dennes niósian;   wäs þâ deáðe fäst,
      häfde eorð-scrafa   ende genyttod.

Him big stôdan bunan and orcas,
discas lâgon and dŷre swyrd,
3050 ômige þurh-etone, swâ hie wið eorðan fäðm
þûsend wintra þær eardodon:
þonne wäs þät yrfe eácen-cräftig,
iú-monna gold galdre bewunden,
þät þam hring-sele hrînan ne môste
3055 gumena ænig, nefne god sylfa,
sigora sôð-cyning, scalde þam þe he wolde
(he is manna gehyld) hord openian,
efne swâ hwylcum manna, swâ him gemet þûhte.

XLII.

Wîglaf Speaks. The Building of the Bale-Fire.

Þâ wäs gesŷne, þät se sîð ne þâh
3060 þam þe unrihte inne gehŷdde
wräte under wealle. Weard ær ofslôh
feára sumne; þâ sió fæhð gewearð
gewrecen wrâðlîce. Wundur hwâr, þonne
eorl ellen-rôf ende gefêre
3065 lîf-gesceafta, þonne leng ne mäg
mon mid his *mâg*um medu-seld bûan.
Swâ wäs Biówulfe, þâ he biorges weard
sôhte, searo-nîðas: seolfa ne cûðe,
þurh hwät his worulde gedâl weorðan sceolde;
3070 swâ hit ôð dômes däg diópe benemdon
þeódnas mære, þâ þät þær dydon,
þät se secg wære synnum scildig,
hergum gebeaðerod, hell-bendum fäst,
wommum gewitnad, se þone wong strâde.
3075 Näs he gold-hwät: gearwor häfde

ágendes êst   ær gesceáwod.
Wîgláf maðelode,   Wihstânes sunu :
" Oft sceall eorl monig   ânes willan
" wræc âdreógan,   swâ ûs geworden is.
3080 " Ne mealhton we gelæran   leófne þeóden,
" rîces hyrde   ræd ænigne,
" þät he ne grêtte   gold-weard þone,
" lête hync licgean,   þær he longe wäs,
" wîcum wunian   óð woruld-ende.
3085 " Heóldon heáh gesceap :   hord ys gesceáwod,
" grimme gegongen ;   wäs þät gifeðe tô swîð,
" þe þone þeóden   þyder ontyhte.
" Ic wäs þær inne   and þät eall geond-seh,
" recedes geatwa,   þâ me gerŷmed wäs,
3090 " nealles swæslîce   sîð âlŷfed
" inn under eorð-weall.   Ic on ófoste gefêng
" micle mid mundum   mägen-byrðenne
" hord-gestreóna,   hider ût ätbär
" cyninge mînum :   cwico wäs þâ gena,
3095 " wîs and gewittig ;   worn eall gespräc
" gomol on gehðo   and eówic grêtan hêt,
" bäd þät ge geworhton   äfter wines dædum
" in bæl-stede   beorh þone heán
" micelne and mærne,   swâ he manna wäs
3100 " wîgend weorð-fullost   wîde geond eorðan,
" þenden he burh-welan   brûcan môste.
" Uton nu êfstan   óðre sîðe
" seón and sêcean   searo-geþräc,
" wundur under wealle !   ic eów wîsige,
3105 " þät ge genôge   neán sceáwiað
" beágas and brâd gold.   Sîe sió bær gearo
" ädre geäfned,   þonne we ût cymen,
" and þonne geferian   freán ûserne,
" leófne mannan,   þær he longe sceal
3110 " on þäs waldendes   wære geþolian.''

Hêt þâ gebeódan   byre Wihstânes,
häle hilde-diór,   häleða monegum
bold-âgendra,   þät hie bæl-wudu
feorran feredou,   folc-âgende
3115 gôdum tôgênes: " Nu sceal glêd fretan
" (weaxan wonna lêg)   wîgena strengel,
" þone þe oft gebâd   îscrn-scûre,
" þonne stræla storm,   strengum gebæded.
" scôc ofer scild-weall,   sceft nýtte heóld,
3120 " feðcr-gearwum fûs   flâne full-eode."
Hûru se snotra   sunu Wihstânes
âcîgde of corðre   cyninges þegnas
syfone tôsomne   þâ sêlestan,
eode cahta sum   under inwit-hrôf;
3125 hilde-rinc sum   on handa bär
äled-leóman,   se þe on orde geóng.
Näs þâ on hlytme,   hwâ þät hord strude,
syððan or-wearde   ænigne dæl
secgas gesêgon   on sele wunian,
3130 læne licgan: lýt ænig mearn,
þät hi ôfostlice   ût geferedon
dŷre mâðmas;   dracan êc scufun,
wyrm ofer weall-clif,   lêton wæg niman,
flôd fäðmian   frätwa hyrde.
3135 Þær wäs wunden gold   on wæn hladen,
æghwäs unrîm,   äðeling boren,
hâr hilde-rinc   tô Hrônes nässe.

XLIII. Beówulf's Funeral Pyre.

Him þå gegiredan   Geáta leóde
åd on eorðan   un-wåclîcne,
3140 helmum behongen,   hilde-bordum,
beorhtum byrnum,   swå he bêna wäs;
ålegdon þå tô-middes   mærne þeóden
häleð hiófende,   hlåford leófne.
Ongunnon þå on beorge   bæl-fŷra mæst
3145 wîgend weccan: wudu-rêc åståh
sweart ofer swioðole,   swôgende lêg,
wôpe bewunden   (wind-blond geläg)
ôð þät he þå bån-hûs   gebrocen häfde,
håt on hreðre.   Higum unrôte
3150 môd-ceare mændon   mon-dryhtnes cwealm,
swylce giômor-gyd   † lat . ^{con} meowle
. . . . .   wunden heorde . . .
serg (?) cearig sælde   gencahhe
þät hio hyre . . . . gas hearde
3155 . . . . . ede   wälfylla wonn . .
hildes egesan   hyðo
haf mid   heofon rêce swealh (?)
Geworhton þå   Wedra leóde
hlæw on hliðe,   se wäs heåh and bråd,
3160 wæg-lîðendum   wîde gesŷne,
and betimbredon   on tyn dagum
beadu-rôfes bêcn: bronda betost
wealle beworhton,   swå hyt weorðlîcost
fore-snotre men   findan mihton.
3165 Hî on beorg dydon   bêg and siglu,
eall swylce hyrsta,   swylce on horde ær
nîð-hydige men   genumen häfdon;
forlêton eorla gestreón   eorðan healdan,
gold on greóte,   þær hit nu gen lifað

3170 eldum swâ unnyt,   swâ hit *æror* wäs.
  þâ ymbe hlæw riodan   hilde-deóre,
  äðelinga bearn   ealra twelfa,
  woldon *ceare* cwîðan,   kyning mænan,
  word-gyd wrecan   and ymb wer sprecan,
3175 eahtodan eorl-scipe   and his ellen-weorc
  duguðum dêmdon,   swâ hit ge-*dêfe* bið,
  þät mon his wine-dryhten   wordum hêrge,
  ferhðum freóge,   þonne he forð scile
  of lîc-haman   *læne* weorðan.
3180 Swâ begnornodon   Geáta leóde
  hlâfordes *hryre*,   heorð-geneátas,
  cwædon þät he wære   woruld-cyning
  mannum mildust   and mon-þwærust,
  leódum lîðost   and lof-geornost.

APPENDIX.

The Attack in Finnsburg.[*]

"............. näs byrnað næfre."
Hleoðrode þá heaðo-geong cyning:
" Ne þis ne dagað eástan, ne her draca ne flcógeð,
" ne her þisse healle hornas ne byrnað,
5 " ac fôr forð berað, fugelas singað,
" gylleð græg-hama, gûð-wudu hlynneð,
" scyld scefte oncwyð. Nu scŷneð þes môna
" waðol under wolcnum; nu ârîsað weá-dæda,
" þe þisne folces nîð fremman willað.
10 " Ac onwacnigeað nu, wîgend mîne,
" hebbað eôwre handa, hicgeað on ellen,
" winnað on orde, wesað on môde ! "
þá ârâs monig gold-hladen þegn, gyrde hine his
swurde ;
þá tô dura eodon drihtlîce cempan,
15 Sigeferð and Eaha, hyra sweord getugon,
and ät ôðrum durum Ordlâf and Gûðlâf,
and Hengest sylf; hwearf him on lâste.
þá git Gârulf Gûðere styrode,
þät hie swâ freôlîc feorh forman sîðe
20 tô þære healle durum hyrsta ne bæran,
nu hyt nîða heard ânyman wolde :
ac he frägn ofer eal undearninga,
deór-môd häleð, hwâ þâ duru heôlde.
" Sigeferð is mîn nama (cwäð he), ic eom Secgena
leôd,

* See v. 1069 *seqq.*

25   " wrecca wîde cûð. Fela ic weána gebâd,
   " heardra hilda ; þe is gyt her witod,
   " swäðer þu sylf tô me sêcean wylle."
   Þâ wäs on wealle wäl-slihta gehlyn,
   sceolde cêlod bord cênum on handa
30 bân-helm berstan. Buruh-þelu dynede,
   ôð þät ät þære gûðe Gârulf gecrang,
   ealra ærest eorð-bûendra,
   Gûðlâfes sunu ; ymbe hine gôdra fela.
   Hwearf *flacra hræw hräfn, wandrode
35 sweart and scalo-brûn ; swurd-leóma stôd
   swylce eal Finns-buruh fŷrenu wære.
   Ne gefrägn ic næfre wurðlîcor ät wera hilde
   sixtig sige-beorna sêl gebæran,
   ne næfre swânas swêtne medo sêl forgyldan,
40 þonne Hnäfe guldon his häg-stealdas.
   Hig fuhton fîf dagas, swâ hyra nân ne feól
   driht-gesîða, ac hig þâ duru heóldon.
   Þâ gewât him wund häleð on **wäg gangan,**
   sæde þät his byrne âbrocen wære,
45 here-sceorpum hrôr, and eác wäs his helm þyrl
   Þâ hine sôna frägn folces hyrde,
   hû þâ wîgend hyra wunda genæson
   oððe hwäðer þæra hyssa . . . .

LIST OF NAMES; NOTES; AND GLOSSARY.

ABBREVIATIONS

m.: masculine.

f.: feminine.

n.: neuter.

nom., gen., etc.: nominative, genitive, etc.

w.: weak.

w. v.: weak verb.

st.: strong.

st. v.: strong verb.

I., II., III.: first, second, third pers.

comp.: compound.

imper.: imperative.

w.: with.

instr.: instrumental.

G. and Goth.: Gothic.

O.N.: Old Norse.

O.S.: Old Saxon.

O.H.G.: Old High German.

M.H.G.: Middle High German.

The vowel ä = *a* in *glad*
The diphthong æ = *a* in *hair* } approximately.

The names **Leo, Bugge, Rieger**, etc., refer to authors of emendation.
Words beginning with **ge-** will be found under their root-word.
Obvious abbreviations, like **subj.**, etc., are not included in this list.

Abel, Cain's brother, 108.

Ālf-here (gen. Ālf-heres, 2605), a kinsman of Wiglâf's, 2605.

Āsc-here, confidential adviser of King Hrôðgâr (1326), older brother of Yrmenlâf (1325), killed by Grendel's mother, 1295, 1324, 2123.

Bân-stân, father of Breca, 524.

Beó-wulf, son of Scyld, king of the Danes, 18, 19. After the death of his father, he succeeds to the throne of the Scyldings, 53. His son is Healfdene, 57.

Beó-wulf (Biówulf, 1988, 2390; gen. Beówulfes, 857, etc., Biówulfes, 2195, 2808, etc.; dat. Beówulfe, 610, etc., Biówulfe, 2325, 2843), of the race of the Geátas. His father is the Wægmunding Ecgþeów (263, etc.); his mother a daughter of Hrêðel, king of the Geátas (374), at whose court he is brought up after his seventh year with Hrêðel's sons, Herebeald, Hæðcyn, and Hygelâc, 2429 ff. In his youth lazy and unapt (2184 f., 2188 f.); as man he attains in the gripe of his hand the strength of thirty men, 379. Hence his victories in his combats with bare hands (711 ff., 2502 ff.), while fate denies him the victory in the battle with swords, 2683 f. His swimming-match with Breca in his youth, 506 ff. Goes with fourteen Geátas to the assist-ance of the Danish king, Hrôðgâr, against Grendel, 198 ff. His combat with Grendel, and his victory, 711 ff., 819 ff. He is, in consequence, presented with rich gifts by Hrôðgâr, 1021 ff. His combat with Grendel's mother, 1442 ff. Having again received gifts, he leaves Hrôðgâr (1818–1888), and returns to Hygelâc, 1964 ff. — After Hygelâc's last battle and death, he flees alone across the sea, 2360 f. In this battle he crushes Däghrefn, one of the Hûgas, to death, 2502 f. He rejects at the same time Hygelâc's kingdom and the hand of his widow (2370 ff.), but carries on the government as guardian of the young Heardrêd, son of Hygelâc, 2378 ff. After Heardrêd's death, the kingdom falls to Beówulf, 2208, 2390. — Afterwards, on an expedition to avenge the murdered Heardrêd, he kills the Scylfing, Eádgils (2397), and probably conquers his country. — His fight with the drake, 2539 ff. His death, 2818. His burial, 3135 ff.

Breca (acc. Brecan, 506, 531), son of Beánstân, 524. Chief of the Brondings, 521. His swimming-match with Beówulf, 506 ff.

Brondingas (gen. Brondinga, 521), Breca, their chief, 521.

Brosinga mene, corrupted from, or according to Müllenhoff, written by mistake for, Breosinga mene (O.N., Brisinga men, cf. Haupts Zeitschr. XII. 304), collar, which the Brisingas once possessed.

Cain (gen. Caines, 107) : descended from him are Grendel and his kin, 107, 1262 ff.

Däg-hrefn (dat. Däghrefne, 2502), a warrior of the Hûgas, who, according to 2504–5, compared with 1203, and with 1208, seems to have been the slayer of King Hygelâc, in his battle against the allied Franks, Frisians, and Hûgas. Is crushed to death by Beówulf in a hand-to-hand combat, 2502 ff.

Dene (gen. Dena, 242, etc., Denia, 2126, Deniga, 271, etc.; dat. Denum, 768, etc.), as subjects of Scyld and his descendants, they are also called Scyldings; and after the first king of the East Danes, Ing (Runenlied, 22), Ing-wine, 1045, 1320. They are also once called Hrêðmen, 445. On account of their renowned warlike character, they bore the names Gâr-Dene, 1, 1857, Hring-Dene (Armor-Danes), 116, 1280, Beorht-Dene, 427, 610. The great extent of this people is indicated by their names from the four quarters of the heavens: Eást-Dene, 392, 617, etc., West-Dene, 383, 1579, Sûð-Dene, 463, Norð-Dene, 784.— Their dwelling-place "in Scedelandum," 19, "on Scedenîgge," 1687, "be sæm tweónum," 1686.

Ecg-lâf (gen. Ecglâfes, 499), Hûnferð's father, 499.

Ecg-þeów (nom. Ecgþeów, 263, Ecgþeó, 373; gen. Ecgþeówes, 529, etc., Ecgþiówes, 2000), a far-famed hero of the Geátas, of the house of the Wægmundings. Beówulf is the son of Ecgþeów, by the only daughter of Hrêðel, king of the Geátas, 262, etc. Among the Wylfings, he has slain Heaðolâf (460), and in consequence he goes over the sea to the Danes (463), whose king, Hróðgâr, by means of gold, finishes the strife for him, 470.

Ecg-wela (gen. Ecg-welan, 1711). The Scyldings are called his descendants, 1711. Grein considers him the founder of the older dynasty of Danish kings, which closes with Heremôd. See **Heremôd.**

Elan, daughter of Healfdene, king of the Danes, (?) 62. According to the restored text, she is the wife of Ongenþeów, the Scylfing, 62, 63.

Earna-näs, the Eagle Cape in the land of the Geátas, where occurred Beówulf's fight with the drake, 3032.

Eádgils (dat. Eádgilse, 2393), son of Ohthere, and grandson of Ongenþeów, the Scylfing, 2393. His older brother is

Eánmund (gen. Eánmundes, 2612). What is said about both in our poem (2201–2207, 2380–2397, 2612–2620) is obscure, but the following may be conjectured : —

The sons of Ôhthere, Eánmund and Eádgils, have rebelled against their father (2382), and must, in consequence, depart with their followers from Swiórîce, 2205-6, 2380. They come into the country of the Geátas to Heardrêd (2380), but whether with friendly or hostile intent is not stated; but, according to 2203 f., we are to presume that they came against Heardrêd with designs of conquest. At a banquet (on feorme; or feorme, MS.) Heardrêd falls, probably through treachery, by the hand of one of the brothers, 2386, 2207. The murderer must have been Eánmund, to whom, according to 2613, "in battle the revenge of Weohstân brings death." Weohstân takes revenge for his murdered king, and exercises upon Eánmund's body the booty-right, and robs it of helm, breastplate, and sword (2616–17), which the slain man had received as gifts from his uncle, Onela, 2617-18. But Weohstân does not speak willingly of this fight, although he has slain Onela's brother's son, 2619-20. — After Heardrêd's and Eánmund's death, the descendant of Ongenþeów, Eádgils, returns to his home, 2388. He must give way before Beówulf, who has, since Heardrêd's death, ascended the throne of the Geátas, 2390. But Beówulf remembers it against him in after days, and the old feud breaks out anew, 2392-94. Eádgils makes an invasion into the land of the Geátas (2394–95), during which he falls at the hands of Beówulf, 2397. The latter must have then obtained the sovereignty over the Sweonas (3005-6, where only the version, Scylfingas, can give a satisfactory sense).

Eofor (gen. Eofores, 2487, 2965; dat. Jofore, 2994, 2998), one of the Geátas, son of Wonrêd and brother of Wulf (2965, 2979), kills the Swedish king, Ongenþeów (2487 ff., 2978-82), for which he receives from King Hygelâc, along with other gifts, his only daughter in marriage, 2994-99.

Eormen-rîc (gen. Eormenríces, 1202), king of the Goths (cf. about him, W. Grimm, Deutsche Helden-sage, p. 2, ff.). Hâma has wrested the Brosinga mene from him, 1202.

Eómær, son of Offa and þrýðo (cf. þrýðo), 1961.

Finn (gen. Finnes, 1069, etc.; dat. Finne, 1129), son of Folcwalda (1090), king of the North Frisians, i.e. of the Eotenas, husband of Hildeburg, a daughter of Hôc, 1072, 1077. He is the hero of the inserted poem on the Attack in Finnsburg, the obscure incidents of which are, perhaps, as follows: In Finn's castle, Finnsburg, situated in Jutland (1126–28), the Hôcing, Hnäf, a relative — perhaps a brother — of Hildeburg is spending some time as guest. Hnäf, who is a liegeman of the Danish king, Healfdene, has sixty men with him (Finnsburg, 38). These are treacherously attacked one night by Finn's men, 1073. For five days they hold the doors of their lodging-place without losing one of their number (Finnsburg, 41, 42). Then, however, Hnäf is slain (1071), and the Dane, Hengest, who was among Hnäf's followers, assumes the command of the beleaguered band. But on the attacking side the fight has brought terrible losses to Finn's men. Their numbers are diminished (1081 f.), and Hildeburg bemoans a son and a brother among the fallen (1074 f., cf. 1116, 1119). Therefore the Frisians offer the Danes peace (1086) under the conditions mentioned (1087-1095), and it is confirmed with oaths (1097), and money is given by Finn in propitiation (1108). Now all who have survived the battle go together to Friesland, the home proper of Finn, and here Hengest remains during the winter, pre-

vented by ice and storms from re-
turning home (Grein). But in
spring the feud breaks out anew.
Gûðlâf and Oslâf avenge Hnäf's
fall, probably after they have
brought help from home (1150).
In the battle, the hall is filled with
the corpses of the enemy. Finn
himself is killed, and the queen is
captured and carried away, along
with the booty, to the land of the
Danes, 1147–1160.

Finna land. Beówulf reaches it in
his swimming-race with Breca, 580.

Fitela, the son and nephew of the
Wälsing, Sigemund, and his com-
panion in arms, 876–890. (Sige-
mund had begotten Fitela by his
sister, Signŷ. Cf. more at length
Leo on Beówulf, p. 38 ff., where an
extract from the legend of the
Walsungs is given.)

Folc-walda (gen. Folc-waldan,
1090), Finn's father, 1090.

Francan (gen. Francna, 1211; dat.
Froncum, 2913). King Hygelâc
fell on an expedition against the
allied Franks, Frisians, and Hûgas,
1211, 2917.

Fresan, Frisan, Frysan (gen.
Fresena, 1094, Frysna, 1105, Fres-
na, 2916: dat. Frysum, 1208, 2913).
To be distinguished, are: 1) North
Frisians, whose king is Finn,
1069 ff.; 2) West Frisians, in al-
liance with the Franks and Hûgas,
in the war against whom Hygelâc
falls, 1208, 2916. The country of
the former is called Frysland, 1127;
that of the latter, Fresna land, 2916.

Fr..es wäl (in Fr..es wäle, 1071),
mutilated proper name.

Freawaru, daughter of the Danish
king, Hróðgâr; given in marriage
to Ingeld, the son of the Heaðo-

beard king, Fróda, in order to end
a war between the Danes and the
Heaðobeardnas, 2023 ff., 2065.

Fróda (gen. Fródan), father of In-
geld, the husband of Freáware,
2026.

Gârmund (gen. Gârmundes, 1963)
father of Offa. His grandson is
Eómær, 1961–63.

Geátas (gen. Geáta, 205, etc.; dat.
Geátum, 195, etc.), a tribe in South-
ern Scandinavia, to which the hero
of this poem belongs; also called
Wedergeátas, 1493, 2552; or, We-
deras, 225, 423, etc.; Gûðgeátas,
1539; Sægeátas, 1851, 1987. Their
kings named in this poem are:
Hrêðel; Hæðcyn, second son of
Hrêðel; Hygelâc, the brother of
Hæðcyn; Heardrêd, son of Hyge-
lâc; then Beówulf.

Gifðas (dat. Gifðum, 2495), Ge-
pidæ, mentioned in connection with
Danes and Swedes, 2495.

Grendel, a fen-spirit (102–3) of
Cain's race, 107, 111, 1262, 1267.
He breaks every night into Hróð-
gâr's hall and carries off thirty war-
riors, 115 ff., 1583 ff. He contin-
ues this for twelve years, till Beó-
wulf fights with him (147, 711 ff.),
and gives him a mortal wound, in
that he tears out one of his arms
(817), which is hung up as a tro-
phy in the roof of Heorot, 837.
Grendel's mother wishes to avenge
her son, and the following night
breaks into the hall and carries off
Äschere, 1295. Beówulf seeks for
and finds her home in the fen-lake
(1493 ff.), fights with her (1498 ff.),
and kills her (1567); and cuts off
the head of Grendel, who lay there
dead (1589), and brings it to Hróð-
gâr, 1648.

Gûð-lâf and Oslâf, Danish warriors under Hnäf, whose death they avenge on Finn, 1149.

Hâlga, with the surname, *til,* the younger brother of the Danish king, Hrôðgâr, 61. His son is Hrôðulf, 1018, 1165, 1182.

Hâma wrests the *Brosinga mene* from Eormenrîc, 1199.

Häreð (gen. Häreðes, 1982), father of Hygd, the wife of Hygelâc, 1930, 1982.

Hæðcyn (dat. Hæðcynne, 2483), second son of Hrêðel, king of the Geátas, 2435. Kills his oldest brother, Herebeald, accidentally, with an arrow, 2438 ff. After Hrê-ðel's death, he obtains the kingdom, 2475, 2483. He falls at Ravenswood, in the battle against the Swedish king, Ongenþeów, 2925. His successor is his younger brother, Hygelâc, 2944 ff., 2992.

Helmingas (gen. Helminga, 621). From them comes Wealhþeów, Hrôðgâr's wife, 621.

Heming (gen. Heminges, 1945, 1962). Offa is called Heminges mæg, 1945; Eómær, 1962. According to Bachlechner (Pfeiffer's Germania, I., p. 458), Heming is the son of the sister of Gârmund, Offa's father.

Hengest (gen. Hengestes, 1092; dat. Hengeste, 1084): about him and his relations to Hnäf and Finn, see **Finn.**

Here-beald(dat. Herebealde, 2464), the oldest son of Hrêðel, king of the Geátas (2435), accidentally killed with an arrow by his younger brother, Hæðcyn, 2440.

Here-môd (gen. Heremôdes, 902), king of the Danes, not belonging to the Scylding dynasty, but, according to Grein, immediately preceding it; is, on account of his unprecedented cruelty, driven out, 902 ff., 1710.

Here-rîc (gen. Hererîces, 2207) Heardrêd is called Hererîces nefa, 2207. Nothing further is known of him.

Het-ware or Franks, in alliance with the Frisians and the Hûgas, conquer Hygelâc, king of the Geátas, 2355, 2364 ff., 2917.

Healf-dene (gen. Healfdenes, 189, etc.), son of Beówulf, the Scylding (57); rules the Danes long and gloriously (57 f.); has three sons, Heorogâr, Hrôðgâr, and Hâlga (61), and a daughter, Elan, who, according to the renewed text of the passage, was married to the Scylfing, Ongenþeów, 62, 63.

Heard-rêd (dat. Heardrêde, 2203, 2376), son of Hygelâc, king of the Geátas, and Hygd. After his father's death, while still under age, he obtains the throne (2371, 2376, 2379); wherefore Beówulf, as nephew of Heardrêd's father, acts as guardian to the youth till he becomes older, 2378. He is slain by Ôhthere's sons, 2386. This murder Beówulf avenges on Eádgils, 2396–97.

Heaðo-beardnas (gen. -beardna, 2033, 2038, 2068), the tribe of the Lombards. Their king, Frôda, has fallen in a war with the Danes, 2029, 2051. In order to end the feud, King Hrôðgâr has given his daughter, Freáwaru, as wife to the young Ingeld, the son of Frôda, a marriage that does not result happily; for Ingeld, though he long defers it on account of his love for his wife, nevertheless takes revenge for his father, 2021–2070 (Widsíð, 45–49).

Heaðo-láf (dat. Heaðo-láfe, 460), a Wylfingish warrior. Ecgþeów, Beówulf's father, kills him, 460.

Heaðo-ræmas reached by B. in the swimming-race with Beówulf, 519.

Heoro-gâr (nom. 61; Heregâr, 467; Hiorogâr, 2159), son of Healfdene, and older brother of Hróðgâr, 61. His death is mentioned, 467. He has a son, Heoroweard, 2162. His coat of mail Beówulf has received from Hróðgâr (2156), and presents it to Hygelâc, 2158.

Heoro-weard (dat. Heorowearde, 2162), Heorogâr's son, 2161–62.

Heort, 78. Heorot, 166 (gen. Heorotes, 403; dat. Heorote, 475, Heorute, 767, Hiorte, 2100). Hróðgâr's throne-room and banqueting hall and assembly-room for his liegemen, built by him with unusual splendor, 69, 78. In it occurs Beówulf's fight with Grendel, 720 ff. The hall receives its name from the stag's antlers, of which the one-half crowns the eastern gable, the other half the western.

Hildeburh, daughter of Hôc, relative of the Danish leader, Hnäf, consort of the Frisian king, Finn. After the fall of the latter, she becomes a captive of the Danes, 1072, 1077, 1159. See also under **Finn.**

Hnäf (gen. Hnäfes, 1115), a Hôcing (Widsíð, 29), the Danish King Healfdene's general, 1070 ff. For his fight with Finn, his death and burial, see under **Finn.**

Hond-scíó, warrior of the Geátas: dat. 2077.

Hôc (gen. Hôces, 1077), father of Hildeburh, 1077; probably also of Hnäf (Widsíð, 29).

Hrêðel (gen. Hrêðles, 1486), **son** of Swerting, 1204. King of the Geátas, 374. He has, besides, a daughter, who is married to Ecgþeów, and has borne him Beówulf, (374), three sons, Herebeald, Hæðcyn, and Hygelâc, 2435. The eldest of these is accidentally killed by the second, 2440. On account of this inexpiable deed, Hrêðel becomes melancholy (2443), and dies, 2475.

Hrêðla (gen. Hrêðlan, MS. Hrædlan, 454), the same as Hrêðel (cf. Müllenhoff in Haupts Zeitschrift, 12, 260), the former owner of Beówulf's coat of mail, 454.

Hrêð-men (gen. Hrêð-manna, 445), the Danes are so called, 445.

Hrêð-ríc, son of Hróðgâr, 1190, 1837.

Hrefna-wudu, 2926, or Hrefnesholt, 2936, the thicket near which the Swedish king, Ongenþeów, slew Hæðcyn, king of the Geátas, in battle.

Hreosna-beorh, promontory in the land of the Geátas, near which Ongenþeów's sons, Ôhthere and Onela, had made repeated robbing incursions into the country after Hrêðel's death. These were the immediate cause of the war in which Hrêðel's son, King Hæðcyn, fell, 2478 ff.

Hróð-gâr (gen. Hróðgâres, 235, etc.; dat. Hróð-gâre, 64, etc.), of the dynasty of the Scyldings; the second of the three sons of King Healfdene, 61. After the death of his elder brother, Heorogâr, he assumes the government of the Danes, 465, 467 (yet it is not certain whether Heorogâr was king of the Danes before Hróðgâr, or whether h.s death occurred while his father, Healfdene, was still alive). His consort is Wealhþeów (613), of the stock of the Helmings (621), who has borne him two sons, Hreðric and Hróðmund (1190), and a daughter, Freáware (2023), who has been given in marriage to the king of the Heaðobeardnas, Ingeld. His throne-room (78 ff.), which has been built at great cost (74 ff.), is visited every night by Grendel (102, 115), who, along with his mother, is slain by Beówulf (711 ff., 1493 ff.). Hróð-gâr's rich gifts to Beówulf, in consequence, 1021, 1818; he is praised as being generous, 71 ff., 80, 1028 ff., 1868 ff.; as being brave, 1041 ff., 1771 ff.; and wise, 1699, 1725. — Other information about Hróðgâr's reign for the most part only suggested: his expiation of the murder which Ecgþeów, Beówulf's father, committed upon Heaðolâf, 460, 470; his war with the Heaðobeardnas; his adjustment of it by giving his daughter, Freáware, in marriage to their king, Ingeld; evil results of this marriage, 2021–2070. — Treachery of his brother's son, Hróðulf, intimated, 1165–1166.

Hróð-mund, Hróðgâr's son, 1190.

Hróð-ulf, probably a son of Hâlga, the younger brother of King Hróðgâr, 1018, 1182. Wealhþeów expresses the hope (1182) that, in case of the early death of Hróðgâr, Hróð-ulf would prove a good guardian to Hróðgâr's young son, who would succeed to the government; a hope which seems not to have been accomplished, since it appears from 1165, 1166 that Hróð-ulf has abused his trust towards Hróðgâr.

Hrones-näs (dat. ·-nässe, 2806, 3137), a promontory on the coast of the country of the Geátas, visible from afar. Here is Beówulf's grave-mound, 2806, 3137.

Hrunting (dat. Hruntinge, 1660), Hûnferð's sword, is so called, 1458, 1660.

Hûgas (gen. Hûga, 2503), Hygelâc wars against them allied with the Franks and Frisians, and falls, 2195 ff. One of their heroes is called Däghrefn, whom Beówulf slays, 2503.

[**H**]**ûn-ferð,** the son of Ecglâf, þyle of King Hróðgâr. As such, he has his place near the throne of the king, 499, 500, 1167. He lends his sword, Hrunting, to Beówulf for his battle with Grendel's mother, 1456 f. According to 588, 1168, he slew his brothers. Since his name is always alliterated with vowels, it is probable that the original form was, as Rieger (Zachers Ztschr., 3, 414) conjectures, Unferð.

Hûn-lâfing, name of a costly sword, which Finn presents to Hengest, 1144. See Note.

Hygd (dat. Hygde, 2173), daughter of Häreð, 1930; consort of Hygelâc, king of the Geátas, 1927; her son, Heardréd, 2203, etc. — Her noble, womanly character is emphasized, 1927 ff.

Hyge-lâc (gen. Hige-lâces, 194, etc., Hygelâces, 2387; dat. Higelâce, 452, Hygelâce, 2170), king of the Geátas, 1203, etc. His grandfather is Swerting, 1204; his father, Hréðel, 1486, 1848; his older brothers, Herebeald and Hæðcyn, 2435; his sister's son, Beówulf, 374, 375. After his brother, Hæðcyn, is killed by Ongenþeów, he undertakes the government (2992 in connection with the preceding from 2937 on). To Eofor he gives, as reward for slaying Ongenþeów, his only daughter in marriage, 2998. But much later, at the time of the return of Beówulf from his expedition to Hróðgár, we see him married to the very young Hygd, the daughter of Hæreð, 1930. The latter seems, then, to have been his second wife. Their son is Heardréd, 2203, 2376, 2387. — Hygelâc falls during an expedition against the Franks, Frisians, and Hûgas, 1206, 1211, 2356–59, 2916–17.

Ingeld (dat. Ingelde, 2065), son of Fróda, the Heaðobeard chief, who fell in a battle with the Danes, 2051 ff. In order to end the war, Ingeld is married to Freáwaru, daughter of the Danish king, Hróðgár, 2025–30. Yet his love for his young wife can make him forget only for a short while his desire to avenge his father. He finally carries it out, excited thereto by the repeated admonitions of an old warrior, 2042–70 (Widsíð, 45–59).

Ing-wine (gen. Ingwina, 1045, 1320), friends of Ing, the first king of the East Danes. The Danes are so called, 1045, 1320.

Mere-wioingas (gen. Mere-wioinga, 2922), a name of the Franks, 2922.

Nágling, the name of Beówulf's sword, 2681.

Offa (gen. Offan, 1950), king of the Angles (Widsíð, 35), the son of Gârmund, 1963; married (1950) to þryðo (1932), a beautiful but cruel woman, of unfeminine spirit (1932 ff.), by whom he has a son, Eómær, 1961.

Ôht-here (gen. Ôhtheres, 2929, 2933; Ôhteres, 2381, 2393, 2395, 2613), son of Ongenþeów, king of the Swedes, 2929. His sons are Eánmund (2612) and Eádgils, 2393.

Onela (gen. Onelan, 2933), Ôhthere's brother, 2617, 2933.

Ongen-þeów (nom. -þeów, 2487, -þió, 2952 ; gen. þeówes, 2476, -þiówes, 2388; dat. -þió, 2987), of the dynasty of the Scylfings; king of the Swedes, 2384. His wife is, perhaps, Elan, daughter of the Danish king, Healfdene (62), and mother of two sons, Onela and Ôhthere, 2933. She is taken prisoner by Hæðcyn, king of the Geátas, on an expedition into Sweden, which he undertakes on account of her sons' plundering raids into his country, 2480 ff. She is set free by Ongenþeów (2931), who kills Hæðcyn, 2925, and encloses the Geátas, now deprived of their leader, in the Ravenswood (2937 ff.), till they are freed by Hygelâc, 2944. A battle then follows, which is unfavorable to Ongenþeów's army. Ongenþeów himself, attacked by the brothers, Wulf and Eofor, is slain by the latter, 2487 ff., 2962 ff.

Ôs-lâf, a warrior of Hnäf's, who avenges on Finn his leader's death, 1149 f.

Scede-land, 19. Sceden-íg (dat. Sceden-ígge, 1687), O.N., Scân-ey, the most southern portion of the Scandinavian peninsula, belonging to the Danish kingdom, and, in the above-mentioned passages of our poem, a designation of the whole Danish kingdom.

Scêf or **Sceáf.** See Note.

Scyld (gen. Scyldes, 19), a Scêfing, 4. His son is Beówulf, 18, **53;**

his grandson, Healfdene, 57; his great-grandson, Hrôđgâr, who had two brothers and a sister, 59 ff. — Scyld dies, 26; his body, upon a decorated ship, is given over to the sea (32 ff.), just as he, when a child, drifted alone, upon a ship, to the land of the Danes, 43 ff. After him his descendants bear his name.

Scyldingas (Scyldungas, 2053; gen. Scyldinga, 53, etc., Scyldunga, 2102, 2160; dat. Scyldingum, 274, etc.), a name which is extended also to the Danes, who are ruled by the Scyldings, 53, etc. They are also called Âr-Scyldingas, 464; Sige-Scyldingas, 598, 2005; þeód-Scyldingas, 1020; Here-Scyldingas, 1109.

Scylfingas, a Swedish royal family, whose relationship seems to extend to the Geátas, since Wîglâf, the son of Wihstân, who in another place, as a kinsman of Beówulf, is called a Wægmunding (2815), is also called leód Scylfinga, 2604. The family connections are perhaps as follows: —

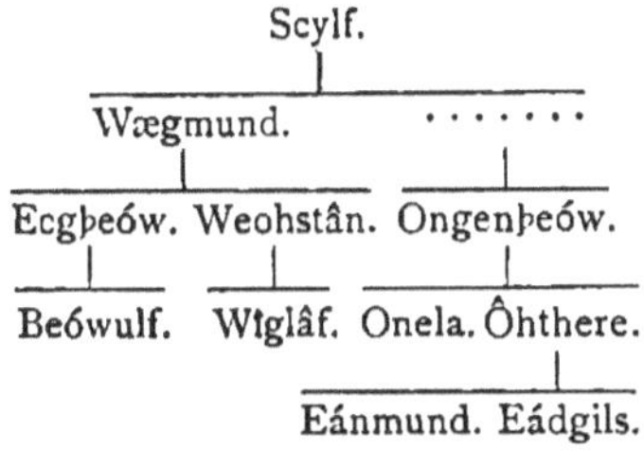

The Scylfings are also called Heađo-Scilfingas, 63, Gûđ-Scylfingas, 2928.

Sige-mund (dat. -munde, 876, 885), the son of Wäls, 878, 898. His (son and) nephew is Fitela, 880, 882. His fight with the drake, **887 ff.**

Swerting (gen. Swertinges, 1204), Hygelâc's grandfather, and Hrêđel's father, 1204.

Sweon (gen. Sweona, 2473, 2947, 3002), also Sweó-þeód, 2923. The dynasty of the Scylfings rules over them, 2382, 2925. Their realm is called Swiórîce, 2384, 2496.

þryđo, consort of the Angle king, Offa, 1932, 1950. Mother of Eó-mær, 1961, notorious on account of her cruel, unfeminine character, 1932 ff. She is mentioned as the opposite to the mild, dignified Hygd, the queen of the Geátas.

Wäls (gen. Wälses, 898), father of Sigemund, 878, 898.

Wæg-mundingas (gen. Wægmun-dinga, 2608, 2815). The Wæg-mundings are on one side, Wihstân and his son Wîglâf; on the other side, Ecgþeów and his son Beówulf (2608, 2815). See under **Scylfin-gas.**

Wederas (gen. Wedera, 225, 423, 498, etc.), or Weder-geátas. See **Geátas.**

Wêland (gen. Wêlandes, 455), the maker of Beówulf's coat of mail, 455.

Wendlas (gen. Wendla, 348): their chief is Wulfgâr. See **Wulfgâr.** The Wendlas are, according to Grundtvig and Bugge, the inhabi-tants of Vendill, the most northern part of Jutland, between Limfjord and the sea.

Wealh-þeów (613, Wealh-þeó, 665, 1163), the consort of King Hrôđ-gâr, of the stock of the Helmings, 621. Her sons are Hrêđric and Hrôđmund, 1190; her daughter, Freáwaru, 2023.

Weoh-stân (gen. Weox-stânes, 2603, Weoh-stânes, 2863, Wih-stânes,

2753, 2908, etc.), a Wægmunding (2608), father of Wíglâf, 2603. In what relationship to him Älfhere, mentioned 2605, stands, is not clear. — Weohstân is the slayer of Eánmund (2612), in that, as it seems, he takes revenge for his murdered king, Heardrêd. See **Eánmund.**

Wíg-lâf, Weohstân's son, 2603, etc., a Wægmunding, 2815, and so also a Scylfing, 2604; a kinsman of Älfhere, 2605. For his relationship to Beówulf, see the genealogical table under **Scylfingas.** — He supports Beówulf in his fight with the drake, 2605 ff., 2662 ff. The hero gives him, before his death, his ring, his helm, and his coat of mail, 2810 ff.

Won-rêd (gen. Wonrêdes, 2972),

father of Wulf and Eofor, 2966, 2979.

Wulf (dat. Wulfe, 2994), one of the Geátas, Wonrêd's son. He fights in the battle between the armies of Hygelâc and Ongenþeów with Ongenþeów himself, and gives him a wound (2966), whereupon Ongenþeów, by a stroke of his sword, disables him, 2975. Eofor avenges his brother's fall by dealing Ongenþeów a mortal blow, 2978 ff.

Wulf-gâr, chief of the Wendlas, 348, lives at Hrôðgâr's court, and is his "âr and ombiht," 335.

Wylfiugas (dat. Wylfingum, 461). Ecgþeów has slain Heaðolâf, a warrior of this tribe, 460.

Yrmen-lâf, younger brother of Äschere, 1325.

ADDITIONAL.

Eotenas (gen. pl. Eotena, 1073, 1089, 1142; dat. Eotenum, 1146), the subjects of Finn, the North Frisians: distinguished from **eoton,** *giant.* Vid. eoton. Cf. Bugge, Beit., xii. 37; Earle, Beowulf in Prose, pp. 146, 198.

Hrêðling, son of Hrêðel, Hygelâc: nom. sg. 1924; nom. pl., the subjects of Hygelâc, the Geats, 2961.

Scêfing, the son (?) of Scêf, or Sceáf, reputed father of Scyld, 4. See Note.

ABBREVIATIONS.

B.: Bugge.
Br.: S. A. Brooke, Hist. of Early Eng. Lit.
C.: Cosijn.
E.: Earle, Deeds of Beowulf in Prose.
G.: Garnett, Translation of Beowulf.
Gr.: Grein.
H.: Heyne.
Ha.: Hall, Translation of Beowulf.
H.-So.: Heyne-Socin, 5th ed.
Ho.: Holder.
K.: Kemble.
Kl.: Kluge.
Müllenh.: Müllenhoff.
R.: Rieger.
S.: Sievers.
Sw.: Sweet, Anglo-Saxon Reader, 6th ed.
Ten Br.: Ten Brink.
Th.: Thorpe.
Z.: Zupitza.

PERIODICALS.

Ang.: Anglia.
Beit.: Paul und Braune's Beiträge.
Eng. Stud.: Englische Studien.
Germ.: Germania.
Haupts Zeitschr.: Haupts Zeitschrift, etc.
Mod. Lang. Notes: Modern Language Notes.
Tidskr.: Tidskrift for Philologi.
Zachers Zeitschr.: Zachers Zeitschrift, etc.

NOTES.

l. 1. **hwät**: for this interjectional formula opening a poem, cf. *Andreas, Daniel, Juliana, Exodus, Fata Apost., Dream of the Rood,* and the "Listenith lordinges!" of mediæval lays. — E. Cf. Chaucer, Prologue, ed. Morris, l. 853:

> "Sin I shal beginne the game,
> *What*, welcome be the cut, a Goddes name!"

we . . . gefrunon is a variant on the usual epic formulæ **ic gefrägn** (l. 74) and **mîne gefræge** (l. 777). *Exodus, Daniel, Phœnix,* etc., open with the same formula.

l. 1. "**Gâr** was the javelin, armed with two of which the warrior went into battle, and which he threw over the 'shield-wall.' It was barbed." — Br. 124. Cf. *Maldon,* l. 296; *Judith,* l. 224; *Gnom. Verses,* l. 22; etc.

l. 4. "Scild of the Sheaf, not 'Scyld the son of Scaf'; for it is too inconsistent, even in myth, to give a patronymic to a foundling. According to the original form of the story, Sceáf was the foundling; he had come ashore with a sheaf of corn, and from that was named. This form of the story is preserved in Ethelwerd and in William of Malmesbury. But here the foundling is Scyld, and we must suppose he was picked up with the sheaf, and hence his cognomen." — E., p. 105. Cf. the accounts of Romulus and Remus, of Moses, of Cyrus, etc.

l. 6. **egsian** is also used in an active sense (not in the Gloss.), = *to terrify.*

l. 15. S. suggests **þâ** (*which*) for **þät**, as object of **dreógan**; and for **aldor-leáse**, Gr. suggested **aldor-ceare**. — *Beit.* ix. 136.

S. translates: "For God had seen the dire need which the rulerless ones before endured."

l. 18. "Beowulf (that is, Beaw of the Anglo-Saxon genealogists, not our Beowulf, who was a Geat, not a Dane), 'the son of Scyld in Scedeland.' This is our ancestral myth, — the story of the first culture-hero of the North; 'the patriarch,' as Rydberg calls him, 'of the royal families of Sweden, Denmark, Angeln, Saxland, and England.'" — Br., p. 78. Cf. *A.-S. Chron.,* an. 855.

H.-So. omits parenthetic marks, and reads (after S., *Beit.* ix. 135) **eaferan**; cf. *Fata Apost.:* **lof wîde sprang þeódnes þegna.**

"The name *Bēowulf* means literally 'Bee-wolf,' wolf or ravager of the bees, = bear. Cf. *beorn*, 'hero,' originally 'bear,' and *bēohata*, 'warrior,' in Cædmon, literally 'bee-hater' or 'persecutor,' and hence identical in meaning with *bēowulf*." — Sw.

Cf.

> " Arcite and Palamon,
> That foughten *breme*, as it were bores two."
>
> —Chaucer, *Knightes Tale*, l. 841, ed. Morris.

Cf. M. Müller, *Science of Lang.*, Sec. Series, pp. 217, 218; and Hunt's *Daniel*, 104.

l. 19. Cf. l. 1866, where **Scedenig** is used, = *Scania*, in Sweden(?).

l. 21. **wine** is pl.; cf. its apposition **wil-gesîðas** below. H.-So. compares *Hêliand*, 1017, for language almost identical with ll. 20, 21.

l. 22. **on ylde:** cf.

> "*In elde* is bothe wisdom and usage."
>
> —Chaucer, *Knightes Tale*, l. 1590, ed. Morris.

l. 26. Reflexive objects often pleonastically accompany verbs of motion; cf. ll. 234, 301, 1964, etc.

l. 28. **faroð** = *shore, strand, edge.* Add these to the meanings in the Gloss.

l. 31. The object of **âhte** is probably **geweald**, to be supplied from **wordum weóld** of l. 31. — H.-So.

R., Kl., and B. all hold conflicting views of this passage: *Beit.* xii. 80, ix. 188; *Zachers Zeitschr.* iii. 382, etc. Kl. suggests **lændagas** for **lange**.

l. 32. "**hringed-stefna** is sometimes translated 'with curved prow,' but it means, I think, that in the prow were fastened rings through which the cables were passed that tied it to the shore." — Br., p. 26. Cf. ll. 1132, 1898. **Hring-horni** was the mythic ship of the Edda. See Toller-Bosworth for three different views; and cf. **wunden-stefna** (l. 220), **hring-naca** (l. 1863).

ll. 34–52. Cf. the burial of Haki on a funeral-pyre ship, *Inglinga Saga;* the burial of Balder, Sinfiötli, Arthur, etc.

l. 35. "And this [their joy in the sea] is all the plainer from the number of names given to the ship-names which speak their pride and affection. It is the Ætheling's vessel, the Floater, the Wave-swimmer, the Ring-sterned, the Keel, the Well-bound wood, the Sea-wood, the Sea-ganger, the Sea-broad ship, the Wide-bosomed, the Prow-curved, the Wood of the curved neck, the Foam-throated floater that flew like a bird."—Br., p. 168.

l. 49. "We know from Scandinavian graves . . . that the illustrious dead were buried . . . in ships, with their bows to sea-ward; that they were however not sent to sea, but were either burnt in that position, or mounded over with earth."—E.   See Du Chaillu, *The Viking Age*, xix.

l. 51. (1) sele-rædende (K., S., C.); (2) sêle-rædenne (H.); (3) sele-rædende (H.-So.).   Cf. l. 1347; and see Ha.

l. 51. E. compares with this canto Tennyson's "Passing of Arthur" and the legendary burial-journey of St. James of Campostella, an. 800.

l. 53. The poem proper begins with this, "There was once upon a time," the first 52 lines being a prelude.   Eleven of the "fitts," or cantos, begin with the monosyllable þâ, four with the verb gewîtan, nine with the formula Hrôðgâr (Beówulf, Unferð) maðelode, twenty-four with monosyllables in general (him, swâ, sê, hwät, þâ, hêht, wäs, mäg, cwôm, stræt).

l. 58. gamel.   "The . . . characteristics of the poetry are the use of archaic forms and words, such as mec for mé, the possessive sín, gamol, dógor, swât for eald, dæg, blód, etc., after they had become obsolete in the prose language, and the use of special compounds and phrases, such as hildenædre (*war-adder*) for 'arrow,' gold-gifa (*gold-giver*) for 'king,' . . . goldwine gumena (*goldfriend of men, distributor of gold to men*) for 'king,'" etc.—Sw.   Other poetic words are ídes, ielde (*men*), etc.

l. 60. H.-So. reads ræswa (referring to Heorogâr alone), and places a point (with the Ms.) after Heorogâr instead of after ræswa.   Cf. l. 469; see B., *Zachers Zeitschr.* iv. 193.

l. 62. Elan here (OHG. *Elana, Ellena, Elena, Elina, Alyan*) is thought by B. (*Tidskr.* viii. 43) to be a remnant of the masc. name Onela, and he reads: [On-]elan cwên, Heaðoscilfingas(=es) healsgebedda.

l. 68. For hê, omitted here, cf. l. 300.   Pronouns are occasionally thus omitted in subord. clauses. — Sw.

l. 70. þone, here = þonne, *than*, and micel = mâre?   The passage, by a slight change, might be made to read, medo-ärn micle   mâ gewyrcean, — þone = *by much larger than*, — in which þone (þonne) would come in naturally.

l. 73. folc-scare.   Add *folk-share* to the meanings in the Gloss.; and cf. gûð-sceary.

l. 74. ic wîde gefrägn : an epic formula very frequent in poetry, = *men said*.   Cf. *Judith*, ll. 7, 246; *Phœnix*, l. 1; and the parallel (noun) formula, mîne gefræge, ll. 777, 838, 1956, etc.

ll. 78-83. "The hall was a rectangular, high-roofed, wooden building, its long sides facing north and south.   The two gables, at either end, had stag-horns on their points, curving forwards, and these, as well as the ridge of the roof, were probably covered with shining metal, and glittered bravely in the sun." — Br., p. 32.

l. 84. *Son-in-law and father-in-law;* B., a so-called *dvanda* compound. Cf. l. 1164, where a similar compound means *uncle and nephew;* and **Wîdsîð's suhtorfædran,** used of the same persons.

l. 88. "The word **dreám** conveys the buzz and hum of social happiness, and more particularly the sound of music and singing." — E. Cf. l. 3021; and *Judith,* l. 350; *Wanderer,* l. 79, etc.

ll. 90–99. There is a suspicious similarity between this passage and the lines attributed by Bede to Cædmon:

Nû wê sculan hęrian heofonrices Weard, etc.

— Sw., p. 47.

ll. 90–98 are probably the interpolation of a Christian scribe.

ll. 92–97. "The first of these Christian elements [in *Beówulf*] is the sense of a fairer, softer world than that in which the Northern warriors lived. . . . Another Christian passage (ll. 107, 1262) derives all the demons, eotens, elves, and dreadful sea-beasts from the race of Cain. The folly of sacrificing to the heathen gods is spoken of (l. 175). . . . The other point is the belief in immortality (ll. 1202, 1761)." — Br. 71.

l. 100. Cf. l. 2211, where the third dragon of the poem is introduced in the same words. Beowulf is the forerunner of that other national dragon-slayer, St. George.

l. 100. **onginnan** in *Beówulf* is treated like verbs of motion and modal auxiliaries, and takes the object inf. without **tô;** cf. ll. 872, 1606, 1984, 244. Cf. *gan* (= *did*) in Mid. Eng.: *gan* espye (Chaucer, *Knightes Tale,* l. 254, ed. Morris).

l. 101. B. and H.-So. read, **feónd on healle;** cf. l. 142. — *Beit.* xii.

ll. 101–151. "Grimm connects [**Grendel**] with the Anglo-Saxon **grindel** (*a bolt* or *bar*). . . . It carries with it the notion of the bolts and bars of hell, and hence *a fiend.* . . . Ettmüller was the first . . . to connect the name with **grindan,** *to grind, to crush to pieces, to utterly destroy.* **Grendel** is then *the tearer, the destroyer.*" — Br., p. 83.

l. 102. **gäst** = *stranger* (Ha.); cf. ll. 1139, 1442, 2313, etc.

l. 103. See Ha., p. 4.

l. 106. "The perfect and pluperfect are often expressed, as in Modern English, by **hæfð** and **hæfde** with the past participle." — Sw. Cf. ll. 433, 408, 940, 205 (p.p. inflected in the last two cases), etc.

l. 106. S. destroys period here, reads **in Caines,** etc., and puts **þone** . . . **drihten** in parenthesis.

l. 108. **þäs þe** = *because*, especially after verbs of thanking (cf. ll. 228, 627, 1780, 2798); *according as* (l. 1351).

l. 108. The def. article is omitted with **Drihten** (*Lord*) and **Deofol** (*devil;* cf. l. 2089), as it is, generally, sparingly employed in poetry; cf. **tô sæ** (l. 318), **ofer sæ** (l. 2381), **on lande** (l. 2311), **tô räste** (l. 1238), **on wicge** (l. 286), etc., etc.

l. 119. **weras** (S., H.-So.]; **wera** (K., Th.). — *Beit.* ix. 137.

l. 120. **unfælo** = *uncanny* (R.).

l. 131. E. translates, *majestic rage;* adopting Gr.'s view that **swyð** is = Icel. **sviði**, *a burn* or *burning.* Cf. l. 737.

l. 142. B. supposes **heal-þegnes** to be corrupted from **helþegnes**; cf. l. 101. — *Beit.* xii. 80. See **Gûðlâc,** l. 1042.

l. 144. See Ha., p. 6, for S.'s rearrangement.

l. 146. S. destroys period after **sêlest,** puts **wäs . . . micel** in parenthesis, and inserts a colon after **tîd.**

l. 149. B. reads **sârcwidum** for **syððan.**

l. 154. B. takes **sibbe** for accus. obj. of **woldo,** and places a comma after **Deniga.** — *Beit.* xii. 82.

l. 159. R. suggests **ac se** for **atol.**

l. 168. H.-So. plausibly conjectures this parenthesis to be a late insertion, as, at ll. 180–181, the Danes also are said to be heathen. Another commentator considers the throne under a "spell of enchantment," and therefore it could not be touched.

l. 169. **ne . . . wisse**: *nor had he desire to do so* (W.). See Ha., p. 7, for other suggestions.

l. 169. **myno wisse** occurs in *Wanderer*, l. 27.

l. 174. The gerundial inf. with **tô** expresses purpose, defines a noun or adjective, or, with the verb **be,** expresses duty or necessity passively; cf. ll. 257, 473, 1004, 1420, 1806, etc. Cf. **tô** + inf. at ll. 316, 2557.

ll. 175–188. E. regards this passage as dating the time and place of the poem relatively to the times of heathenism. Cf. the opening lines, *In days of yore,* etc., as if the story, even then, were very old.

l. 177. **gâst-bona** is regarded by Ettmüller and G. Stephens (*Thunor,* p. 54) as an epithet of Thor (= *giant-killer*), a kenning for Thunor or Thor, meaning both *man* and *monster.* — E.

l. 189. Cf. l. 1993, where similar language is used. H.-So. takes both **môd-ccare** and **mæl-ccare** as accus., others as instr.

ll. 190, 1994. **scâð**: for this use of **scôðan** cf. Bede, *Eccles. Hist.,* ed. Miller, p. 128, where p.p. **soden** is thus used.

l. 194. **fram hâm** = *in his home* (S., H.-So.); but **fram hâm** may be for **fram him** (*from them*, i.e. *his people*, or *from Hrothgar's*). Cf. Ha., p. 8.

l. 197. Cf. ll. 791, 807, for this fixed phrase.

l. 200. See *Andreas*, *Elene*, and *Juliana* for **swan-râd** (= *sea*). "The swan is said to breed wild now no further away than the North of Sweden." — E. Cf. **ganotes bäð**, l. 1862.

l. 203. Concessive clauses with **þeáh, þeáh þe, þeáh . . . eal**, vary with subj. and ind., according as fact or contingency is dominant in the mind; cf. ll. 526, 1168, 2032, etc. (subj.), 1103, 1614 (ind.). Cf. **gif, nefne**.

l. 204. **hæl**, an OE. word found in Wülker's Glossaries in various forms, = *augury*, *omen*, *divination*, etc. Cf. **hælsere**, *augur;* **hæl**, *omen;* **hælsung**, *augurium*, **hælsian**, etc. Cf. Tac., *Germania*, 10.

l. 207. C. adds "= *impetrare*" to the other meanings of **findan** given in the Gloss.

l. 217. Cf. l. 1910; and *Andreas*, l. 993. — E. E. compares Byron's

> "And fast and falcon-like the vessel flew,"
>
> — *Corsair*, i. 17.

and Scott's

> "Merrily, merrily bounds the bark."
>
> — *Lord of the Isles*, iv. 7.

l. 218. Cf.

> "The fomy stedes on the golden brydel
> Gnawinge."
>
> —Chaucer, *Knightes Tale*, l. 1648, ed. Morris.

l. 219. Does **ân-tîd** mean *hour* (Th.), or *corresponding hour* = **and-tîd** (H.-So.), or *in due time* (E.), or *after a time*, when **ôþres**, etc., would be adv. gen.? See C., *Beit.* viii. 568.

l. 224. **coletes** may = (1) *voyage;* (2) *toil, labor;* (3) *hurried journey;* but *sea* or *fjord* appears preferable.

ll. 229–257. "The scenery . . . is laid on the coast of the North Sea and the Kattegat, the first act of the poem among the Danes in Seeland, the second among the Geats in South Sweden." — Br., p. 15.

l. 239. "A shoal of simple terms express in *Beówulf* the earliest sea-thoughts of the English. . . . The simplest term is **Sæ**. . . . To this they added **Wæter, Flod, Stream, Lagu, Mere, Holm, Grund, Heathu, Sund, Brim, Garsecg, Eagor, Geofon, Fifel, Hron-rad, Swan-rad, Segl-rad, Ganotes-bæð**." — Br., p. 163–166.

l. 239. "The infinitive is often used in poetry after a verb of motion where we should use the present participle." — Sw. Cf. ll. 711, 721, 1163 1803, 268, etc. Cf. German *spazieren fahren reiten*, etc., and similar constructions in French, etc.

l. 240. W. reads **hringed-stefnan** for **helmas bæron**. B. inserts
(?) after **holmas** and begins a new line at the middle of the verse. S.
omits B.'s " on the wall."

l. 245. Double and triple negatives strengthen each other and do not
produce an affirmative in A.-S. or M. E. The neg. is often prefixed to
several emphatic words in the sentence, and readily contracts with vowels,
and **h** or **w**; cf. ll. 863, 182, 2125, 1509, 575, 583, 3016, etc.

l. 249. **seld-guma** = *man-at-arms in another's house* (Woód); = *low-
ranking fellow* (Ha.); **stubenhocker**, *stay-at-home* (Gr.), Scott's " car-
pet knight," *Marmion*, i. 5.

l. 250. **näfne** (**nefne, nemne**) usually takes the subj., = *unless;* cf. ll.
1057, 3055, 1553. For ind., = *except*, see l. 1354. Cf. **bûtan, gif, þeáh**.

l. 250. For a remarkable account of armor and weapons in *Beówulf*,
see S. A. Brooke, *Hist. of Early Eng. Lit.* For general "Old Teutonic
Life in Beówulf," see J. A. Harrison, *Overland Monthly*.

l. 252. **ær** as a conj. generally has subj., as here; cf. ll. 264, 677, 2819,
732. For ind., cf. l. 2020.

l. 253. **leás** = *loose, roving.* Ettmüller corrected to **leáse**.

l. 256. This proverb (**ófest**, etc.) occurs in *Exod.* (Hunt), l. 293.

l. 258. An " elder " may be a very young man; hence **yldesta**, = *emi-
nent*, may be used of Beowulf. Cf. *Laws of Ælfred*, C. 17: **Nâ þät
ælc eald sŷ, ac þät he eald sŷ on wîsdóme.**

l. 273. Verbs of hearing and seeing are often followed by acc. with
inf.; cf. ll. 229, 1024, 729, 1517, etc. Cf. German construction with
sehen, hören, etc., French construction with *voir, entendre*, etc., and the
classical constructions.

l. 275. **dæd-hata** = *instigator.* Kl. reads **dæd-hwata**.

l. 280. **ed-wendan**, n. (B.; cf. 1775), = **edwenden**, limited by
bisigu. So ten Br. — *Tidskr.* viii. 291.

l. 287. " Each is denoted . . . also by the strengthened forms **ǽg-
hwæðer** (**ǽgðer**), **éghwæðer**, etc. This prefixed **ǽ, ǿ** corresponds to
the Goth. *aiw*, OHG. *eo, io*, and is umlauted from **á, ó** by the **i** of the **gi**
which originally followed." — Cook's Sievers' Gram., p. 190.

l. 292. " All through the middle ages suits of armour are called ' weeds.' "
— E.

l. 303. " An English warrior went into battle with a boar-crested hel-
met, and a round linden shield, with a byrnie of ringmail . . . with two
javelins or a single ashen spear some eight or ten feet long, with a long
two-edged sword naked or held in an ornamental scabbard. . . . In his
belt was a short, heavy, one-edged sword, or rather a long knife, called
the seax . . . used for close quarters." — Br., p. 121.

l. 303. For other references to the boar-crest, cf. ll. 1112, 1287, 1454; Grimm, *Myth.* 195; Tacitus, *Germania*, 45. "It was the symbol of their [the Baltic Æstii's] goddess, and they had great faith in it as a preservative from hard knocks." — E. See the print in the illus. ed. of Green's *Short History*, Harper & Bros.

l. 303. "See Kemble, *Saxons in England*, chapter on heathendom, and Grimm's *Teutonic Mythology*, chapter on Freyr, for the connection these and other writers establish between the Boar-sign and the golden boar which Freyr rode, and his worship." — Br., p. 128. Cf. *Elene*, l. 50.

l. 304. Gering proposes **hleór-bergan** = *cheek-protectors;* cf. *Beit.* xii. 26. "A bronze disk found at Öland in Sweden represents two warriors in helmets with boars as their crests, and cheek-guards under; these are the **hleór-bergan.**" — E. Cf. **hauberk**, with its diminutive **habergeon**, < A.-S. **heals**, *neck* + **beorgan**, *to cover* or *protect;* and **harbor**, < A.-S. **here**, *army* + **beorgan**, id. — *Zachers Zeitschr.* xii. 123. Cf. **cinberge**, Hunt's *Exod.* l. 175.

l. 305. For **ferh wearde** and **gûðmôde grummon**, B. and ten Br. read **ferh-wearde** (l. 305) and **gûðmôdgum men** (l. 306), = *the boar-images . . . guarded the lives of the warlike men.*

l. 311. **leóina**: cf. Chaucer, *Nonne Preestes Tale*, l. 110, ed. Morris:

> " To dremen in here dremes
> Of armes, and of fyr with rede *lemes.*"

l. 318. On the double gender of **sæ**, cf. Cook's Sievers' Gram., p. 147; and note the omitted article at ll. 2381, 318, 544, with the peculiar tmesis of *between* at ll. 859, 1298, 1686, 1957. So *Cædmon*, l. 163 (Thorpe), *Exod.* l. 562 (Hunt), etc.

l. 320. Cf. l. 924; and *Andreas*, l. 987, where almost the same words occur. "Here we have manifestly before our eye one of those ancient causeways, which are among the oldest visible institutions of civilization." — E.

l. 322. S. inserts comma after **scîr**, and makes **hring-îren** (= *ring-mail*) parallel with **gûð-byrne**.

l. 325. Cf. l. 397. "The deposit of weapons outside before entering a house was the rule at all periods. . . . In provincial Swedish almost everywhere a church porch is called **våkenhus**, . . . i.e. *weapon-house*, because the worshippers deposited their arms there before they entered the house." — E., after G. Stephens.

l. 333. Cf. Dryden's " mingled metal *damask'd* o'er with gold." — E.

l. 336. " **æl-, el-**, kindred with Goth. *aljis*, other, e.g. in **ælþéodig**, **elþéodig**, foreign." — Cook's Sievers' Gram., p. 47.

l. 336. Cf. l. 673 for the functions of an **ombiht-þegn**.

l. 343. Cf. l. 1714 for the same **beód-geneátas**, — "the predecessor title to that of the Knights of the Table Round." — E.   Cf. *Andreas* (K.), l. 2177.

l. 344. The future is sometimes expressed by **willan** + inf., generally with some idea of volition involved; cf. ll. 351, 427, etc.   Cf. the use of **willan** as principal vb. (with omitted inf.) at ll. 318, 1372, 543, 1056; and **sculan**, ll. 1784, 2817.

l. 353. **sîð** here, and at l. 501, probably means *arrival*.   E. translates the former by *visit*, the latter by *adventure*.

l. 357. **unhâr** = *hairless, bald* (Gr., etc.).

l. 358. **eode** is only one of four or five preterits of **gân** (**gongan, gangan, gengan**), viz. **geóng** (**gióng**: ll. 926, 2410, etc.), **gang** (l. 1296, etc.), **gengde** (ll. 1402, 1413).   Sievers, p. 217, apparently remarks that **eode** is "probably used only in prose." (? !).   Cf. **geng**, *Gen.* ll. 626, 834; *Exod.* (Hunt) l. 102.

l. 367. The MS. and H.-So. read with Gr. and B. **glädman Hróðgâr**, abandoning Thorkelin's **glädnian**.   There is a gloss. **hilaris glädman**. — *Beit.* xii. 84; same as **gläd**.

l. 369. **dugan** is a "preterit-present" verb, with new wk. preterit, like **sculan, durran, magan**, etc.   For various inflections, see ll. 573, 590, 1822, 526.   Cf. *do* in "that will *do*"; *doughty*, etc.

l. 372. Cf. l. 535 for a similar use; and l. 1220.   Bede, *Eccles. Hist.*, ed. Miller, uses the same expression several times.   "Here, and in all other places where **cniht** occurs in this poem, it seems to carry that technical sense which it bore in the military hierarchy [of a noble youth placed out and learning the elements of the art of war in the service of a qualified warrior, to whom he is, in a military sense, a servant], before it bloomed out in the full sense of *knight*." — E.

l. 373. E. remarks of the hyphened **eald-fäder**, "hyphens are risky toys to play with in fixing texts of pre-hyphenial antiquity"; **eald-fäder** could only = *grandfather*.   **eald** here can only mean *honored*, and the hyphen is unnecessary.   Cf. "old fellow," "my old man," etc.; and Ger. *alt-vater*.

l. 378. Th. and B. propose **Geátum**, as presents from the Danish to the Geatish king. — *Beit.* xii.

l. 380. **häbbe**.   The subj. is used in indirect narration and question, wish and command, purpose, result, and hypothetical comparison with **swelce** = *as if*.

ll. 386, 387. Ten Br. emends to read: "Hurry, bid the kinsman-throng go into the hall together."

l. 387. **sibbe-gedriht**, for Beowulf's friends, occurs also at l. 730. It is subject-acc. to **seón**. Cf. ll. 347, 365, and Hunt's *Exod.* l. 214.

l. 404. "Here, as in the later Icelandic halls, Beowulf saw Hrothgar enthroned on a high seat at the east end of the hall. The seat is sacred. It has a supernatural quality. Grendel, the fiend, cannot approach it."— Br., p. 34. Cf. l. 168.

l. 405. "At Benty Grange, in Derbyshire, an Anglo-Saxon barrow, opened in 1848, contained a coat of mail. 'The iron chain work consists of a large number of links of two kinds attached to each other by small rings half an inch in diameter; one kind flat and lozenge-shaped . . . the others all of one kind, but of different lengths.'"—Br., p. 126.

l. 407. **Wes . . . hâl**: this ancient Teutonic greeting afterwards grew into **wassail**. Cf. Skeat's *Luke*, i. 28; *Andreas* (K.), 1827; Layamon, l. 14309, etc.

l. 414. "The distinction between **wesan** and **weorðan** [in passive relations] is not very clearly defined, but **wesan** appears to indicate a state, **weorðan** generally an action."— Sw. Cf. Mod. German *werden* and *sein* in similar relations.

l. 414. Gr. translates **hâdor** by *receptaculum;* cf. Gering, *Zachers Zeitschr.* xii. 124. Toller-Bosw. ignores Gr.'s suggestion.

ll. 420, 421. B. reads: **þær ic (on) fîfelgeban** (= *ocean*) **ýðde eotena cyn**. Ten Br. reads: **þær ic fîfelgeban ýðde, eotena hâm**. Ha. suggests **fîfelgeband** = *monster-band*, without further changes.

l. 420. R. reads **þæra** = *of them*, for **þær**. — *Zachers Zeitschr.* iii. 399; *Beit.* xii. 367.

l. 420. "**niht** has a gen., **nihtes**, used for the most part only adverbially, and almost certainly to be regarded as masculine."—Cook's Sievers' Gram., p. 158.

l. 425. Cf. also ll. 435, 635, 2345, for other examples of Beowulf's determination to fight single-handed.

l. 441. **þe hine** = *whom*, as at l. 1292, etc. The indeclinable **þe** is often thus combined with personal pronouns, = relative, and is sometimes separated from them by a considerable interval. — Sw.

l. 443. The MS. has **Geotena**. B. and Fahlbeck, says H.-So., do not consider the **Geátas**, but the Jutes, as the inhabitants of Swedish West-Gothland. Alfred translates **Juti** by **Geátas**, but *Jutland* by *Gotland*. In the laws they are called **Guti**. — *Beit.* xii. 1, etc.

l. 444. B., Gr., and Ha. make **unforhte** an adv. = *fearlessly*, modifying **etan**. Kl. reads **anforhte** = *timid*.

l. 446. Cf. l. 2910. Th. translates: *thou wilt not need my head to hide* (i.e. *bury*). Simrock supposes a dead-watch or lyke-wake to be meant. Wood, *thou wilt not have to bury so much as my head!* H.-So. supposes **heáfod-weard**, *a guard of honor*, such as sovereigns or presumptive rulers had, to be meant by **hafalan hŷdan**; hence, *you need not give me any guard*, etc. Cf. Schmid, *Gesetze der A.*, 370–372.

l. 447. S. places a colon after **nimeð**.

l. 451. H.-So., Ha., and B. (*Beit.* xii. 87) agree essentially in translating **feorme**, *food.* R. translates *consumption of my corpse. Maintenance, support*, seems preferable to either.

l. 452. Rönning (after Grimm) personifies Hild. — *Beovulfs Kvadet,* l. 59. Hildr is the name of one of the Scandinavian Walkyries, or battlemaidens, who transport the spirits of the slain to Walhalla. Cf. Kent's *Elene*, l. 18, etc.

l. 455. "The war-smiths, especially as forgers of the sword, were garmented with legend, and made into divine personages. Of these Weland is the type, husband of a swan maiden, and afterwards almost a god." — Br., p. 120. Cf. A. J. C. Hare's account of "Wayland Smith's sword with which Henry II. was knighted," and which hung in Westminster Abbey to a late date. — *Walks in London*, ii. 228.

l. 455. This is the **ælces mannes wyrd** of Boethius (Sw., p. 44) and the **wyrd bið swîðost** of Gnomic Verses, 5. There are about a dozen references to it in *Beôwulf.*

l. 455. E. compares the fatalism of this concluding hemistich with the Christian tone of l. 685 *seq.*

ll. 457, 458. B. reads **wære-ryhtum** (= *from the obligations of clientage*).

l. 480. Cf. l. 1231, where the same sense, "flown with wine," occurs.

l. 488. "The **duguð**, the mature and ripe warriors, the aristocracy of the nation, are the support of the throne." — E. The M. E. form of the word, *douth*, occurs often. Associated with **geogoð**, ll. 160 and 622.

l. 489. Kl. omits comma after **meoto** and reads (with B.) **sige-hrêðsecgum**, = *disclose thy thought to the victor-heroes.* Others, as Körner, convert **meoto** into an imperative and divide **on sæl** = *think upon happiness.* But cf. **onband beadu-rûne**, l. 501. B. supposes **onsæl meoto** = *speak courteous words. Tidskr.* viii. 292; *Haupts Zeitschr.* xi. 411; *Eng. Stud.* ii. 251.

l. 489. Cf. the invitation at l. 1783.

l. 494. Cf. Grimm's *Andreas*, l. 1097, for **deal**, = *proud, elated, exulting; Phœnix* (Bright), l. 266.

l. 499. MS. has **Hunferð**, but the alliteration requires **Ûnferð**, as at ll. 499, 1166, 1489; and cf. ll. 1542, 2095, 2930. See *List of Names.*

l. 501. **sîð** = *arrival* (?); cf. l. 353.

l. 504. **þon mâ** = *the more* (?), may be added to the references under **þon**.

l. 506. E. compares the taunt of Eliab to David, 1 Sam. xvii. 28.

l. 509. **dol-gilp** = *idle boasting*. The second definition in the Gloss. is wrong.

l. 513. "Eagor-stream might possibly be translated the stream of Eagor, the awful terror-striking stormy sea in which the terrible [Scandinavian] giant dwelt, and through which he acted." — Br., p. 164. He remarks, "The English term *eagre* still survives in provincial dialect for the tide-wave or bore on rivers. Dryden uses it in his *Threnod. Angust.* 'But like an *eagre* rode in triumph o'er the tide.' Yet we must be cautious," etc. Cf. Fox's *Boethius*, ll. 20, 236; Thorpe's *Cædmon*, 69, etc.

l. 524. Krüger and B. read **Bânstânes**. — *Beit.* ix. 573.

l. 525. R. reads **wyrsan** (= **wyrses**: cf. Mod. Gr. *guten Muthes*) **geþinges**; but H.-So. shows that the MS. **wyrsan . . . þingea** = **wyrsena þinga**, *can stand;* cf. gen. pl. banan, *Christ*, l. 66, etc.

l. 534. Insert, under **eard-lufa** (in Gloss.), **earfoð**, st. n., *trouble, difficulty, struggle;* acc. pl. **earfeðo**, 534.

l. 545 *seq.* "Five nights Beowulf and Breca kept together, not swimming, but sailing in open boats (to swim the seas is to sail the seas), then storm drove them asunder. . . . Breca is afterwards chief of the Brondings, a tribe mentioned in *Widsith*. The story seems legendary, not mythical." — Br., pp. 60, 61.

ll. 574-578. B. suggests **swâ þær** for **hwäðere**, = *so there it befell me.* But the word at l. 574 seems = *however,* and at l. 578 = *yet;* cf. l. 891; see S.; *Beit.* ix. 138; *Tidskr.* viii. 48; *Zacher*, iii. 387, etc.

l. 586. Gr. and Grundt. read **fâgum sweordum** (**no ic þäs fela gylpe!**), supplying **fela** and blending the broken half-lines into one. Ho. and Kl. supply **geflites**.

l. 599. E. translates **nŷd-bâde** by *blackmail;* adding "**nêd bâd**, *toll;* **nêd bâdere**, *tolltaker*." — Land Charters, Gloss. v.

l. 601. MS. has **ond** = *and* in three places only (601, 1149, 2041); elsewhere it uses the symbol **7** = *and*.

l. 612 *seq.* Cf. the drinking ceremony at l. 1025. "The royal lady offers the cup to Beowulf, not in his turn where he sate among the rest, but after it has gone the round; her approach to Beowulf is an act apart." — E.

l. 620. "The [loving] cup which went the round of the company and was tasted by all," like the Oriel and other college anniversary cups. — E.

l. 622. Cf. ll. 160, 1191, for the respective places of young and old.

l. 623. Cf. the circlet of gold worn by Wealhþeów at l. 1164.

l. 631. **gyddode.** Cf. Chaucer, *Prol.* l. 237 (ed. Morris) :

> "Of *yeddynges* he bar utterly the prys."

Cf. *giddy.*

l. 648. Kl. suggests a period after **geþinged,** especially as B. (*Tidskr.* viii. 57) has shown that **oþþe** is sometimes = **ond.** Th. supplies **ne.**

l. 650. **oþþe** here and at ll. 2476, 3007, probably = *and.*

l. 651. Cf. 704, where **sceadu-genga** (the *night-ganger* of *Leechdoms,* ii. 344) is applied to the demon. — E.

l. 659. Cf. l. 2431 for same formula, "to have and to hold" of the Marriage Service. — E.

l. 681. B. considers **þeáh . . . eal** a precursor of Mod. Eng. *although.*

l. 682. **gôdra** = *advantages in battle* (Gr.), *battle-skill* (Ha.), *skill in war* (H.-So.). Might not **nât** be changed to **nah** = **ne + âh** (cf. l. 2253), thus justifying the translation *ability* (?) = *he has not the ability to,* etc.

l. 695. Kl. reads **hiera.** — *Beit.* ix. 189. B. omits **hîe** as occurring in the previous hemistich. — *Beit.* xii. 89.

l. 698. "Here Destiny is a web of cloth." — E., who compares the Greek Clotho, "spinster of fate." Women are also called "weavers of peace," as l. 1943. Cf. Kent's *Elene,* l. 88; *Widsïð,* l. 6, etc.

l. 711. B. translates **þâ** by *when* and connects with the preceding sentences, thus rejecting the ordinary canto-division at l. 711. He objects to the use of **côm** as principal vb. at ll. 703, 711, and 721. (*Beit.* xii.)

l. 711. "Perhaps the Gnomic verse which tells of Thyrs, the giant, is written with Grendel in the writer's mind, — **þyrs sceal on fenne gewunian âna innan lande,** *the giant shall dwell in the fen, alone in the land* (Sweet's Read., p. 187)." — Br. p. 36.

l. 717. Dietrich, in *Haupt.* xi. 419, quotes from Ælfric, *Hom.* ii. 498 : **hê beworhte þâ bigelsas mid gyldenum læfrum,** *he covered the arches with gold-leaf,* — a Roman custom derived from Carthage. Cf. Mod. Eng. *oriel = aureolum,* a gilded room. — E. (quoting Skeat). Cf. ll. 2257, 1097, 2247, 2103, 2702, 2283, 333, 1751, for various uses of gold-sheets.

l. 720. B. and ten Br. suggest *hell-thane* (Grendel) for **heal-þegnas,** and make **hæle** refer to Beowulf. Cf. l. 142.

l. 723. Z. reads **[ge]hrân.**

l. 727. For this use of **standan,** cf. ll. 2314, 2770; and Vergil, *Ecl.* ii. 26 :

> "Cum placidum ventis *staret* mare."

l. 757. **gedräg.** *Tumult* is one of the meanings of this word. Here, appar. = *occupation, lair.*

l. 759. R. reads **môdega** for **gôda,** "because the attribute cannot be separated from the word modified unless the two alliterate."

l. 762. Cf. *Andreas,* l. 1537, for a similar use of **ût** = *off.* — E.

l. 769. The foreign words in *Beówulf* (as **ceaster-** here) are not numerous; others are (aside from proper names like *Cain, Abel,* etc.) **deófol** (*diabolus*), **candel** (l. 1573), **ancor** (l. 303), **scrîfan** (**for- ge-**), **segn** (l. 47), **gigant** (l. 113), **mîl-** (l. 1363), **stræt** (l. 320), **ombeht** (l. 287), **gim** (l. 2073), etc.

l. 770. MS. reads **cerwen,** a word conceived by B. and others to be part of a fem. compd.: -**scerwen** like -**wenden** in **ed-wenden, -ræden,** etc. (cf. **meodu-scerpen** in *Andreas,* l. 1528); emended to -**scerwen,** *a great scare under the figure of a mishap at a drinking-bout;* one might compare **bescerwan,** *to deprive,* from **bescyrian** (Grein, i. 93), hence **ealu-scerwen** would = *a sudden taking away, deprivation, of the beer.* — H.-So., p. 93. See B., *Tidskr.* viii. 292.

l. 771. Ten Br. reads **rêðe, rênhearde,** = *raging, exceeding bold.*

l. 792. Instrumental adverbial phrases like **ænige þinga, nænige þinga** (*not at all*), **hûru þinga** (*especially*) are not infrequent. See Cook's Sievers' Gram., p. 178; March, *A.-S. Gram.,* p. 182.

l. 811. **myrðe.** E. translates *in wanton mood.* Toller-Bosw. does not recognize *sorrow* as one of the meanings of this word.

ll. 850, 851. S. reads **deóp** for **deóg** and erases semicolon after **weól,** = *the death-stained deep welled with sword-gore;* cf. l. 1424. B. reads **deáð-fæges deóp,** etc., = *the deep welled with the doomed one's gore.* — *Beit.* xii. 89.

l. 857. The meaning of **blancum** is partly explained by **fealwe mearas** below, l. 866. Cf. Layamon's "and leop on his *blancke*," = *steed,* l. 23900; Kent's *Elene,* l. 1185.

l. 859. Körner, *Eng. Stud.* i. 482, regards the oft-recurring **be sæm tweónum** as a mere formula = *on earth;* cf. ll. 1298, 1686. **tweóne** is part of the separable prep. *between;* see **be-.** Cf. Baskerville's *Andreas,* l. 558.

l. 865. Cf. *Voyage of Ôhthere and Wulfstân* for an account of funeral horse-racing, Sweet's Read., p. 22. ·

l. 868. See Ha., p. 31, for a variant translation.

l. 871 *seq.* R. considers this a technical description of improvised alliterative verse, suggested by and wrought out on the spur of the moment.

l. 872. R. and B. propose **secg[an],** = *rehearse,* for **secg,** which suits the verbs in the next two lines.

ll. 878-98. "It pleases me to think that it is in English literature we possess the first sketch of that mighty saga [the Volsunga Saga = **Wäl-singes gewin**] which has for so many centuries engaged all the arts, and at last in the hands of Wagner the art of music." — Br., p. 63.   Cf. *Nibelung. Lied*, l. 739.

l. 894. Intransitive verbs, as **gân, weorðan,** sometimes take **habban,** "to indicate independent action." — Sw.   Cf. **hafað . . . geworden,** l. 2027.

l. 895. "**brûcan** (*enjoy*) always has the genitive." — Sw.; cf. l. 895; acc., gen., instr., dat., according to March, *A.-S. Gram.*, p. 151.

l. 898. Scherer proposes **hâte,** = *from heat,* instr. of **hât,** *heat;* cf. l. 2606.

l. 901. **hê þäs âron þâh** = *he throve in honor* (B.).   Ten Br. inserts comma after **þâh,** making **siððan** introduce a depend. clause. — *Beit.* viii. 568.   Cf. **weorð-myndum þâh,** l. 8; ll. 1155, 1243. — H.-So.

l. 902. **Heremôdes** is considered by Heinzel to be a mere epithet = *the valiant;* which would refer the whole passage to Sigmund (Sigfrid), the **eotenas,** l. 903, being the Nibelungen.   This, says H.-So., gets rid of the contradiction between the good "Heremôd" here and the bad one, l. 1710 *seq.* — B. however holds fast to Heremôd. — *Beit.* xii. 41.   **on feónda geweald,** l. 904, = *into the hands of devils,* says B.; cf. ll. 809, 1721, 2267; *Christ,* l. 1416; *Andreas,* l. 1621; for **hine fyren onwôd,** cf. *Gen.* l. 2579; Hunt's *Dan.* 17: **hîe wlenco anwôd.**

l. 902 *seq.* "Heremôd's shame is contrasted with the glory of Sigemund, and with the prudence, patience, generosity, and gentleness of Beowulf as a chieftain." — Br., p. 66.

l. 906. MS. has **lemede.**   Toller-Bosw. corrects to **lemedon.**

l. 917. Cf. Hunt's *Exod.*, l. 170, for similar language.

l. 925. **hôs,** G. **hansa,** *company,* "the word from which the mercantile association of the 'Hanseatic' towns took their designation." — E.

l. 927. **on staþole** = *on the floor* (B., Rask, ten Br.). — *Beit.* xii. 90.

l. 927. May not **steápne** here = *bright,* from its being immediately followed by **golde fâhne** ?   Cf. Chaucer's "his eyen *stepe," Prol.* l. 201 (ed. Morris); Cockayne's *Ste. Marherete,* pp. 9, 108; *St. Kath.,* l. 1647.

l. 931. **grynna** may be for **gyrnna** (= *sorrows*), gen. plu. of **gyrn,** as suggested by one commentator.

l. 937. B. (*Beit.* xii. 90) makes **gehwylcne** object of **wîd-scofen** (**häfde**).   Gr. makes **weá** nom. absolute.

l. 940. **scuccum:** cf. G. **scheuche, scheusal;** Prov. Eng. *old-shock;* perhaps the pop. interjection *O shucks !* (!)

l. 959. H. explains **we** as a "plur. of majesty," which Beówulf throws off at l. 964.

l. 963. **feónd þone frätgan** (B. *Beit.* xii. 90).

l. 976. **synnum.** "Most abstract words in the poetry have a very wide range of meanings, diverging widely from the prose usage. **synn**, for instance, means simply *injury, mischief, hatred*, and the prose meaning *sin* is only a secondary one; **hata** in poetry is not only *hater*, but *persecutor, enemy*, just as **nîð** is both *hatred* and *violence, strength;* **heard** is *sharp* as well as *hard*." — Sw.

l. 986. S. places **wäs** at end of l. 985 and reads **stîðra nägla**, omitting **gehwylc** and the commas after that and after **sccáwedon**. *Beit.* ix. 138; **stêdra** (H.-So.); **hand-sporu** (H.-So.) at l. 987.

l. 986. Miller (*Anglia*, xii. 3) corrects to **æghwylcne**, in apposition to **fingras**.

l. 987. **hand-sporu.** See *Anglia*, vii. 176, for a discussion of the intrusion of **u** into the nom. of **n**-stems.

l. 988. Cf. ll. 2121, 2414, for similar use of **unheóru** = **ungeheuer**.

l. 992. B. suggests **heátimbred** for **hâten**, and **gefrätwon** for **-od**; Kl., **hroden** (*Beit.* ix. 189).

l. 995, 996. Gold-embroidered tapestries seem to be meant by **web** = *aurifrisium*.

l. 997. After **þâra þe** = *of those that*, the depend. vb. often takes sg. for pl.; cf. ll. 844, 1462, 2384, 2736. — Sw.; Dietrich.

l. 998. "Metathesis of **l** takes place in **seld** for **setl**, **bold** for **botl**," etc. — Cook's Sievers' Gram., p. 96. Cf. Eng. proper names, *Bootle, Battle*-field, etc. — Skeat, *Principles*, i. 250.

l. 1000. **heorras**: cf. Chaucer, *Prol.* (ed. Morris) l. 550:

> "Ther was no dore that he nolde heve of *harre*."

ll. 1005–1007. See *Zachers Zeitschr.* iii. 391, and *Beit.* xii. 368, for R.'s and B.'s views of this difficult passage.

l. 1009. Cf. l. 1612 for **sæl and mæl**, surviving still in E. Anglia in "mind your *seals and meals*," = *times and occasions*, i.e. have your wits about you. — E.

ll. 1012, 1013. Cf. ll. 753, 754 for two similar comparatives used in conjunction.

l. 1014. Cf. l. 327 for similar language.

ll. 1015, 1016. H.-So. puts these two lines in parentheses (**fylle** . . . **þâra**). Cf. B., *Beit.* xii. 91.

l. 1024. One of the many famous swords spoken of in the poem. See **Hrunting**, ll. 1458, 1660; **Hûnlâfing**, l. 1144, etc. Cf. Excalibur, Roland's sword, the Nibelung Balmung, etc.

l. 1034. **scûr-heard.** For an ingenious explanation of this disputed word see Professor Pearce's article in *Mod. Lang. Notes*, Nov. 1, 1892, and ensuing discussion.

l. 1039. **eoderas** is of doubtful meaning. H. and Toller-Bosw. regard the word here = *enclosure, palings of the court*. Cf. *Cædmon*, ll. 2439, 2481. The passage throws interesting light on horses and their trappings

l. 1043. Grundt. emends **wîg** to **wicg**, = *charger;* and E. quotes Tacitus, *Germania*, 7.

l. 1044. " Power over each and both "; cf. " all and some," " one and all." For **Ingwin**, see *List of Names*.

l. 1065. Gr. contends that **fore** here = **de**, *concerning, about* (Ebert's *Jahrb.*, 1862, p. 269).

l. 1069. H.-So. supplies **fram** after **eaferum**, to govern it, = *concerning* (?). Cf. *Fight at Finnsburg*, Appendix.

l. 1070. For the numerous names of the Danes, "bright-" "spear-" "east-" "west-" "ring-" Danes, see these words.

l. 1073. **Eotenas** = *Finn's people, the Frisians;* cf. ll. 1089, 1142, 1146, etc., and *Beit.* xii. 37. Why they are so called is not known.

l. 1084. R. proposes **wiht Hengeste wi≶ gefeohtan** (*Zachers Zeitschr.* iii. 394). Kl., **wi≶ H. wiht gefeohtan.**

ll. 1085 and 1099. **weá-lâf** occurs in Wulfstân, *Hom.* 133, ed. Napier. — E. Cf. **daro≶a lâf**, *Brunanb.*, l. 54; **âdes lâfe**, *Phœnix*, 272 (Bright), etc.

l. 1098. **elne unflitme** = *so dass der eid* (*der inhalt des eides*) *nicht streitig war.* — B., *Beit.* iii. 30. But cf. 1130, where Hengist and Finn are again brought into juxtaposition and the expression **ealles** (?) **unhlitme** occurs.

l. 1106. The pres. part. + **bc**, as **myndgiend wære** here, is comparatively rare in original A.-S. literature, but occurs abundantly in translations from the Latin. The periphrasis is generally meaningless. Cf. l. 3029.

l. 1108. Körner suggests **ecge**, = *sword*, in reference to a supposed old German custom of placing ornaments, etc., on the point of a sword or spear (*Eng. Stud.* i. 495). Singer, **ince-gold** = *bright gold;* B., **andlége** = Goth. *andaugjo, evidently*. Cf. **incge lâfe**, l. 2578. Possibly: **and inge** (= *young men*) **gold âhôfon of horde.** For **inge**, cf. Hunt's *Exod.* l. 190.

ll. 1115–1120. R. proposes (**hêt þâ** . . .) **bânfatu bärnan ond on bæl dôn, earme on eaxe** = *to place the arms in the ashes*, reading **gû≶rêc** = *battle-reek*, for -**rinc** (*Zachers Zeitschr.* iii. 395). B., Sarrazin (*Beit.* xi. 530), Lichtenfeld (*Haupts Zeitschr.* xvi. 330), C., etc., propose various emendations. See H.-So., p. 97, and *Beit.* viii. 568. For **gû≶rinc âstâh**, cf. Old Norse, *stiga á bál*, " ascend the balc-fire."

l. 1116. **sweoloðe.** "On Dartmoor the burning of the furze up the hillsides to let new grass grow, is called *zwayling*." — E. Cf. *sultry*, G. *schwül*, etc.

l. 1119. Cf. **wudu-rêc âstâh,** l. 3145; and *Exod.* (Hunt), l. 450: **wælmist âstâh.**

l. 1122. **ätspranc** = *burst forth, arose* (omitted from the Gloss.), <ät + springan.

l. 1130. R. and Gr. read **elne unflitme,** = *loyally and without contest,* as at l. 1098. Cf. Ha., p. 39; H.-So., p. 97.

l. 1137. **scacen** = *gone;* cf. ll. 1125, 2307, 2728.

l. 1142. "The sons of the Eotenas" (B., *Beit.* xii. 31, who conjectures a gap after 1142).

l. 1144. B. separates thus: **Hûn Lâfing,** = *Hûn placed the sword Lâfing,* etc. — *Beit.* xii. 32; cf. R., *Zachers Zeitschr.* iii. 396. Heinzel and Homburg make other conjectures (Herrig's *Archiv,* 72, 374, etc.).

l. 1143. B., H.-So., and Möller read: **worod rædenne, þonne him Hûn Lâfing,** = *military brotherhood, when Hûn laid upon his breast* (the sword) *Lâfing.* There is a sword *Laufi, Lövi* in the Norse sagas; but swords, armor, etc., are often called the *leaving* (**lâf**) of files, hammers, etc., especially a precious heirloom; cf. ll. 454, 1033, 2830, 2037, 2629, 796, etc., etc.

l. 1152. **roden** = *reddened* (B., *Tidskr.* viii. 295).

l. 1160. For ll. 1069–1160, containing the Finn episode, cf. Möller, *Alteng. Volksepos,* 69, 86, 94; Heinzel, *Anz. f. dtsch. Altert.,* 10, 226; B., *Beit.* xii. 29–37. Cf. *Widstð,* l. 33, etc.

ll. 1160, 1161. **leóð** (**lied** = *song, lay*) and **gyd** here appear synonyms.

ll. 1162–1165. "Behind the wars and tribal wanderings, behind the contentions of the great, we watch in this poem the steady, continuous life of home, the passions and thoughts of men, the way they talked and moved and sang and drank and lived and loved among one another and for one another." — Br., p. 18.

l. 1163. Cf. *wonderwork.* So *wonder-death, wonder-bidding, wonder-treasure, -smith, -sight,* etc. at ll. 1748, 3038, 2174, 1682, 996, etc. Cf. the German use of the same intensive, = *wondrous,* in *wunder-schön,* etc.

l. 1165. **þâ gyt** points to some future event when "each" was not "true to other," undeveloped in this poem. **suhtor-gefäderan** = Hróð-gâr and Hróðulf, l. 1018. Cf. **âðum-swerian,** l. 84.

l. 1167 almost repeats l. 500, **ät fôtum,** etc., where Ûnferð is first introduced.

l. 1191. E. sees in this passage separate seats for youth and middle-aged men, as in English college halls, chapels, convocations, and churches still.

l. 1192. **ymbutan**, *round about*, is sometimes thus separated: **ymb hie ûtan**; cf. *Voyage of Ôhthere*, etc. (Sw.), p. 18, l. 34, etc.; *Beówulf*, ll. 859, 1686, etc.

l. 1194. **bewägned**, a ἅπαξ λεγόμενον, tr. *offered* by Th. Probably a p.p. **wägen**, made into a vb. by **-ian**, like *own*, *drown*, etc. Cf. **hafenian** (< **hafen**, < **hebban**), etc.

l. 1196. E. takes the expression to mean "mantle and its rings or broaches." "Rail" long survived in Mid. Eng. (*Piers Plow.*, etc.).

l. 1196. This necklace was afterwards given by Beowulf to Hygd, ll. 2173, 2174.

ll. 1199–1215. From the obscure hints in the passage, a part of the poem may be approximately dated, — if Hygelâc is the *Chochi-laicus* of Gregory of Tours, *Hist. Francorum*, iii. 3, — about A.D. 512–20.

l. 1200. The **Breosinga men** (Icel. *Brisinga men*) is the necklace of the goddess Freya; cf. *Elder Edda, Hamarshemt.* Hâma stole the necklace from the Gothic King Eormenrîc; cf. *Traveller's Song*, ll. 8, 18, 88, 111. The comparison of the two necklaces leads the poet to anticipate Hygelâc's history, — a suggestion of the poem's mosaic construction.

l. 1200. For **Brôsinga mene**, cf. B., *Beit.* xii. 72. C. suggests **fleáh**, =*fled*, for **fealh**, placing semicolon after **byrig**, and making **hê** subject of **fleáh** and **geceás**.

l. 1202. B. conjectures **geceás êcne ræd** to mean *he became a pious man and at death went to heaven*. Heime (Hâma) in the *Thidrekssaga* goes into a cloister = to choose the better part (?). Cf. H.-So., p. 98. But cf. Hrôðgâr's language to Beowulf, ll. 1760, 1761.

l. 1211. S. proposes **feoh**, = *property*, for **feorh**, which would be a parallel for **breóst-gewædu . . . beáh** below.

l. 1213. E. remarks that in the *Laws of Cnut*, i. 26, the devil is called **se wôdfreca werewulf**, *the ravening werwolf.*

l. 1215. C. proposes **heals-bêge onfêng**. *Beit.* viii. 570. For **hreâ-** Kl. suggests **hræ-**.

l. 1227. The son referred to is, according to Ettmüller, the one that reigns after Hrôðgâr.

l. 1229. Kl. suggests **sî**, = *be*, for *is*.

l. 1232. S. gives *wine-elated* as the meaning of **druncne**. — *Beit.* ix. 139; Kl. *ibid.* 189, 194. But cf. *Judith*, ll. 67, 107.

l. 1235. Cf. l. 119 for similarity of language.

l. 1235. Kl. proposes **gea-sceaft**; but cf. l. 1267.

l. 1246. Ring armor was common in the Middle Ages. E. points out the numerous forms of **byrne** in cognate languages, — Gothic, Icelandic,

OHG., Slavonic, O. Irish, Romance, etc. Du Chaillu, *The Viking Age*, i. 126. Cf. Murray's *Dict.* s.v.

l. 1248. ânwîg-gearwe = *ready for single combat* (C.); but cf. Ha. p. 43; *Beil.* ix. 210, 282.

l. 1252. Some consider this *fitt* the beginning of Part (or Lay) II. of the original epic, if not a separate work in itself.

l. 1254. K., W., and Ho. read **farode** = *wasted;* Kölbing reads **furode**; but cf. **wêsten warode**, l. 1266. MS. has **warode**.

ll. 1255–1258. This passage is a good illustration of the constant parallelism of word and phrase characteristic of A.-S. poetry, and is quoted by Sw. The changes are rung on **ende** and **swylt**, on **gesŷne** and **wîdcûð**, etc.

l. 1259. "That this story of Grendel's mother was originally a separate lay from the first seems to be suggested by the fact that the monsters are described over again, and many new details added, such as would be inserted by a new singer who wished to enhance and adorn the original tale." — Br., p. 41.

l. 1259. Cf. l. 107, which also points to the ancestry of murderers and monsters and their descent from "Cain."

l. 1261. The MS. has **se þe**, m.; changed by some to **seo þe**. At ll. 1393, 1395, 1498, Grendel's mother is referred to as m.; at ll. 1293, 1505, 1541–1546, etc., as f., the uncertain pronoun designating a creature female in certain aspects, but masculine in demonic strength and savageness. — H.-So.; Sw. p. 202. Cf. the masc. epithets at ll. 1380, 2137, etc.

l. 1270. âglæca = *Grendel*, though possibly referring to Beowulf, as at l. 1513. — Sw.

l. 1273. "It is not certain whether **anwalda** stands for **onwealda**, or whether it should be read **ânwealda**, = *only ruler*. — Sw.

l. 1279. The MS. has **sunu þeod wrecan**, which R. changes to **sunu þeód-wrecan**, **þeód-** = *monstrous;* but why not regard **þeód** as opposition to **sunu**, = *her son, the prince?* See Sweet's Reader, and Körner's discussion, *Eng. Stud.* i. 500.

l. 1281. Ten Br. suggests (for **sôna**) **sâra** = *return of sorrows.*

l. 1286. "**geþuren** (twice so written in MSS.) stands for **geþrúen**, *forged*, and is an isolated p.p." — Cook's Sievers' Gram., 209. But see Toller-Bosw. for examples; Sw., Gloss.; March, p. 100, etc.

l. 1292. **þe hine** = *whom;* cf. ll. 441, 1437, 1292; *Hêliand*, i. 1308.

l. 1298. **be sæm tweonum**; cf. l. 1192; Hunt's *Exod.* l. 442; and Mod. Eng. "to *us*-ward, etc. — Earle's *Philol.*, p. 449. Cf. note, l. 1192.

l. 1301. C. proposes **ôðer him ûrn** = *another apartment was assigned him.*

l. 1303. B. conjectures **under hrôf genam**; but Ha., p. 45, shows this to be unnecessary, **under** also meaning *in*, as *in* (or *under*) these circumstances.

l. 1319. E. and Sw. suggest **nægde** or **nêgde**, *accosted*, < **nêgan** = Mid. Ger. *nêhwian*, pr.p. *nêhwiandans*, *approach*. For **hnægan**, *press down, vanquish*, see ll. 1275, 1440, etc.

l. 1321. C. suggests **ncád-lâðum** for **neód-laðu**, *after crushing hostility;* but cf. **freónd-laðu**, l. 1193.

l. 1334. K. and ten Br. conjecture **gefägnod** = *rejoicing in her fill*, a parallel to **æso wlanc**, l. 1333.

l. 1340. B. translates: "and she has executed a deed of blood-vengeance of far-reaching consequence."— *Beil.* xii. 93.

l. 1345. B. reads **geó** for **eów** (*Zachers Zeitschr.* iv. 205).

ll. 1346–1377. "This is a fine piece of folk-lore in the oldest extant form. . . . The authorities for the story are the rustics (ll. 1346, 1356)."— E.

l. 1347. Cf. **sele-rædende** at l. 51.

l. 1351. "The **ge** [of **gewitan**] may be merely a scribal error,— a repetition (dittography) of the preceding **ge** of **gewislîcost**."— Sw.

l. 1352. **ides**, like **firas**, *men*, etc., is a poetic word supposed by Grimm to have been applied, like Gr. $\nu\acute{\nu}\mu\phi\eta$, to superhuman or semi-divine women.

ll. 1360–1495 *seq.* E. compares this Dantesque tarn and scenery with the poetical accounts of *Æncid*, vii. 563; *Lucretius*, vi. 739, etc.

l. 1360. **firgenstreám** occurs also in the *Phœnix* (Bright, p. 168) l. 100; *Andreas*, ll. 779, 3144 (K.); *Gnomic Verses*, l. 47, etc.

l. 1363. The genitive is often thus used to denote measure = by or in miles; cf. l. 3043; and contrast with partitive gen. at l. 207.

l. 1364. The MS. reads **hrinde** = **hrînende** (?), which Gr. adopts; K. and Th. read **hrinde-bcarwas**; **hringde**, *encircling* (Sarrazin, *Beit.* xi. 163); **hrîmge** = *frosty* (Sw.); *with frost-whiting covered* (Ha.). See Morris, *Blickling Hom.*, Preface, vi., vii.

l. 1364. Cf. **Ruin, hrîmige edoras behrofene**, *rimy, roofless halls*.

l. 1366. **nîðwundor** may = **nið-** (as in **nið-sele**, *q.v.*) **wundor**, *wonder of the deep*.

l. 1368. The personal pronoun is sometimes omitted in subordinate and even independent clauses; cf. **wite** here; and Hunt's *Exod.*, l. 319.

l. 1370. **hornum.** Such "datives of manner or respect" are not infrequent with adj.

l. 1371. "**seleð** is not dependent on **ær**, for in that case it would be in the subjunctive, but **ær** is simply an adverb, correlative with the conjunction **ær** in the next line: 'he will (sooner) give up his life, before he will,' etc." — Sw.

l. 1372. Cf. ll. 318 and 543 for **willan** with similar omitted inf.

l. 1373. **heafola** is found only in poetry. — Sw. It occurs thirteen or fourteen times in this poem. Cf. the poetic **gamol, swât** (l. 2694), etc., for **eald, blôd**.

l. 1391. **uton**: hortatory subj. of **wîtan**, *go*, = *let us go;* cf. French *allons*, Lat. *eamus*, Ital. *andiamo*, etc. + inf. Cf. ll. 2649, 3102.

l. 1400. H. is dat. of person indirectly affected, = advantage.

l. 1402. **geatolîc** probably = *in his equipments*, as B. suggests (*Beit.* xii. 83), comparing **searolîc**.

ll. 1402, 1413 reproduce the wk. form of the pret. of **gân** (Goth. *gag-gida*). Cf. *Andreas*, l. 1096, etc.

l. 1405. S. (*Beit.* ix. 140) supplies [**þær heó**] **gegnum fôr**; B. (*ibid.* xii. 14) suggests **hwær heó**.

l. 1411. B., Gr., and E. take **ân-paðas** = paths wide enough for only one, like Norwegian *einstig;* cf. **stîge nearwe**, just above. *Trail* is the meaning. Cf. **enge ânpaðas, uncûð gelâd**, *Exod.* (Hunt), l. 58.

l. 1421. Cf. **oncýð**, l. 831. The whole passage (ll. 1411–1442) is replete with suggestions of walrus-hunting, seal-fishing, harpooning of sea-animals (l. 1438), etc.

l. 1425. E. quotes from the 8th cent. Corpus Gloss., "*Falanx* fœða."

l. 1428. For other mention of **nicors**, cf. ll. 422, 575, 846. E. remarks, "it survives in the phrase 'Old Nick' . . . a word of high authority . . . Icel. *nykr*, water-goblin, Dan. *nök, nisse*, Swed. *näcken*, G. *nix, nixe*, etc." See Skeat, *Nick*.

l. 1440. Sw. reads **gehnæged**, *prostrated*, and regards **nîða** as gen. pl. "used instrumentally," = *by force*.

l. 1441. **-bora** = *bearer, stirrer;* occurs in other compds., as **mund-, ræd-, wôð-bora**.

l. 1447. **him** = *for him*, a remoter dative of reference. — Sw.

l. 1455. Gr. reads **brondne**, = *flaming*.

l. 1457. **león** is the inf. of **lâh**; cf. **onlâh** (< **onleón**) at l. 1468. **lîhan** was formerly given as the inf.; cf. **læne** = **læhne**.

l. 1458. Cf. the similar dat. of possession as used in Latin.

l. 1458. H.-So. compares the Icelandic saga account of Grettir's battle with the giant in the cave. **hæft-mêce** may be = Icel. *heptisax* (*Anglia*, iii. 83), "hip-knife."

l. 1459. "The sense seems to be 'pre-eminent among the old treasures.' . . . But possibly **foran** is here a prep. with the gen.: 'one before the old treasures.'" — Sw. For other examples of **foran**, cf. ll. 985, 2365.

l. 1460. **âter-teárum** = *poison-drops* (C., *Beit.* viii. 571; S., *ibid.* xi. 359).

l. 1467. **þät**, comp. relative, = *that which;* "we testify *that* we do know."

l. 1480. **forð-gewitenum** is in appos. to me, = *mihi defuncto.* — M. Callaway, *Am. Journ. of Philol.*, October, 1889.

l. 1482. **nime.** Conditional clauses of doubt or future contingency take **gif** or **bûton** with subj.; cf. ll. 452, 594; of fact or certainty, the ind.; cf. ll. 442, 447, 527, 662, etc. For **bûton**, cf. ll. 967, 1561.

l. 1487. "**findan** sometimes has a preterit **funde** in W. S. after the manner of the weak preterits." — Cook's Sievers' Gram., p. 210.

l. 1490. Kl. reads **wäl-sweord**, = *battle-sword.*

l. 1507. "This cave under the sea seems to be another of those natural phenomena of which the writer had personal knowledge (ll. 2135, 2277), and which was introduced by him into the mythical tale to give it a local color. There are many places of this kind. Their entrance is under the lowest level of the tide." — Br., p. 45.

l. 1514. B. (*Beit.* xii. 362) explains **niðsele, hrôfsele** as *roof-covered hall in the deep;* cf. Grettir Saga (*Anglia*, iii. 83).

l. 1538. Sw., R., and ten Br. suggest **feaxe** for **eaxle**, = *seized by the hair.*

l. 1543. **and-leán** (R.); cf. l. 2095. The MS. has **hand-leán**.

l. 1546. Sw. and S. read **seax.** — *Beit.* ix. 140.

l. 1557. H.-So. omits comma and places semicolon after **ꝼ̃elîce**; Sw. and S. place comma after **gescêd**.

l. 1584. **ôðer swylc** = *another fifteen* (Sw.); = *fully as many* (Ha.).

ll. 1592-1613 *seq.* Cf. *Anglia*, iii. 84 (Grettir Saga).

l. 1595. **blondenfeax** = *grizzly-haired* (Bright, Reader, p. 258); cf. *Brunanb.*, l. 45 (Bright).

l. 1599. **gewearð**, impers. vb., = *agree, decide = many agreed upon this, that,* etc. (Ha., p. 55; cf. ll. 2025-2027, 1997; B., *Beit.* xii. 97).

l. 1605. C. supposes **wiston** = **wîscton** = *wished.* — *Beit.* viii. 571.

l. 1607. **broden mæl** is now regarded as a comp. noun, = *inlaid or damascened sword.* — W., Ho.

l. 1611. **wäl-rûpas** = *water-ropes* = *bands of frost* (l. 1610) (?). Possibly the Prov. Eng. **weele**, *whirlpool.* Cf. **wæl**, *gurges*, Wright, Voc., *Gnom. Verses*, l. 39. — E.

l. 1611. **wægrâpas** (Sw.) = *wave-bands* (Ha.).

l. 1622. B. suggests **eatna** = **eotena, eardas**, *haunts of the giants* (Northumbr. ea for eo).

l. 1635. **cyning-holde** (B., *Beit.* xii. 369); cf. l. 290.

l. 1650. H., Gr., and Ettmüller understand **idese** to refer to the queen.

l. 1651. Cf. *Anglia*, iii. 74, *Beit.* xi. 167, for coincidences with the Grettir Saga (13th cent.).

l. 1657. Restore MS. reading **wigge** in place of **wîge**.

l. 1664. B. proposes **cotenisc** . . . **èste** for **eácen** . . . **oftost**, omitting brackets (*Zachers Zeitschr.* iv. 206). G. translates *mighty . . . often.*

l. 1675. **ondrædan.** " In late texts the final **u** of the preposition **on** is frequently lost when it occurs in a compound word or stereotyped phrase, and the prefix then appears as **a**: **abútan, amang, aweg, aright, adrædan.**" — Cook's Sievers' Gram., p. 98.

ll. 1680–1682. Giants and their work are also referred to at ll. 113, 455, 1563, 1691, etc.

l. 1680. Cf. **ceastra . . . orðanc enta geweorc,** *Gnomic Verses,* l. 2; Sweet's Reader, p. 186.

ll. 1687–1697. " In this description of the writing on the sword, we see the process of transition from heathen magic to the notions of Christian times. . . . The history of the flood and of the giants . . . were substitutes for names of heathen gods, and magic spells for victory." — E. Cf. Mohammedan usage.

ll. 1703, 1704. **þæt þê eorl nære geboren betera** (B., *Tidskr.* 8, 52).

l. 1715. **âna hwearf** = *he died solitary and alone* (B., *Beit.* xii. 38); = *lonely* (Ha.); = *alone* (G.).

l. 1723. **leód-bealo longsum** = *eternal hell-torment* (B., *Beit.* xii. 38, who compares *Ps. Cott.* 57, **lîf longsum**).

l. 1729. E. translates **on lufan,** *towards possession;* Ha., *to possessions.*

l. 1730. **môdgeþonc,** like **lîg, sæ, segn, niht,** etc., is of double gender (m., n. in the case of **môdgeþ.**).

l. 1741. The doctrine of nemesis following close on ὕβρις, or overweening pride, is here very clearly enunciated. The only protector against the things that " assault and hurt " the soul is the " Bishop and Shepherd of our souls " (l. 1743).

l. 1745 appears dimly to fore-shadow the office of the evil archer Loki, who in the Scandinavian mythology shoots Balder with a mistletoe twig. The language closely resembles that of Psalm 64.

l. 1748. Kl. regards **wom** = **wô(u)m;** cf. **wôh-bogen,** l. 2828. See Gloss., p. 295, under **wam.** Contrast the construction of **bebeorgan** a few lines below (l. 1759), where the dat. and acc. are associated.

l. 1748. See Cook's Sievers' Gram., p. 167, for declension of **wôh,** *wrong* = gen. **wôs** or **wôges,** dat. **wô(u)m,** etc.; pl. gen. **wôra,** dat. **wô(u)m,** etc.; and cf. declension of **heáh, hreóh, rûh,** etc.

l. 1748. **wergan gâstes**; cf. *Blickl. Hom.* vii.; *Andreas*, l. 1171. "*Auld Wearie* is used in Scotland, or was used a few years ago, . . . to mean the devil." — E. Bede's *Eccles. Hist.* contains (naturally) many examples of the expression = devil.

l. 1750. **on gyld** = *in reward* (B. *Beit.* xii. 95); IIa. translates *boastfully*; G., *for boasting*; Gr., *to incite to boastfulness.* Cf. *Christ*, l. 818.

l. 1767. E. thinks this an allusion to the widespread superstition of the evil eye (*mal occhio, mauvais œil*). Cf. Vergil, *Ecl.* iii. 103. He remarks that Pius IX., Gambetta, and President Carnot were charged by their enemies with possessing this weapon.

l. 1784. **wigge geweorðad** (MS. **wigge weorðad**) is C.'s conjecture; cf. *Elene*, l. 150. So G., *honored in war.*

l. 1785. The future generally implied in the present of **beón** is plainly seen in this line; cf. ll. 1826, 661, 1830, 1763, etc.

l. 1794. Some impers. vbs. take acc. (as here, **Geat**) of the person affected; others (as **Þyncan**) take the dat. of the person, as at ll. 688, 1749, etc. Cf. verbs of dreaming, being ashamed, desiring, etc. — March, A.-S. Gram., p. 145.

l. 1802. E. remarks that the **blaca hrefn** here is a bird of good omen, as opposed to **se wonna hrefn** of l. 3025. The raven, wolf, and eagle are the regular epic accompaniments of battle and carnage. Cf. ll. 3025–3028; *Maldon*, 106; *Judith*, 205–210, etc.

l. 1803. S. emends to read: "then came the light, going bright after darkness: the warriors," etc. Cf. Ho., p. 41, l. 23. G. puts period before "the warriors." For **onettan**, cf. Sw.'s Gloss. and Bright's Read., Gloss.

ll. 1808–1810. Müllenh. and Grundt. refer **se hearda** to Beowulf, correct **sunu** (MS.) to **suna Ecglâfes** (i.e. Unferth); [*he*] (Beo.) *thanked him* (Un.) *for the loan.* Cf. ll. 344, 581, 1915.

ll. 1823–1840. "Beowulf departing pledges his services to Hroðgar, to be what afterwards in the mature language of chivalry was called his 'true knight.'" — E.

l. 1832. Kl. corrects to **dryhtne**, in appos. with **Higelâce.**

l. 1835. **gâr-holt** more properly means *spear-shaft;* cf. **äsc-holt.**

l. 1855. **sêl** = *better* (Grundt.; B., *Beit.* xii. 96), instead of MS. **wel.**

ll. 1855–1866. "An ideal picture of international amity according to the experience and doctrine of the eighth century." — E.

l. 1858. S. and Kl. correct to **gemæne**, agreeing with **sib.** — *Beit.* ix. 140, 190.

l. 1862. "The gannet is a great diver, plunging down into the sea from a considerable height, such as forty feet." — E.

l. 1863. Kl. suggests **heafu**, = *seas.*

l. 1865. B. proposes **geþôhte**, = *with firm thought*, for **geworhte**; cf. l. 611.

l. 1876. **geseón** = *see again* (Kl., *Beit.* ix. 190). S. and B. insert **nâ** to modify **geseón** and explain Hrôðgâr's tears. Ha. and G. follow Heyne's text. Cf. l. 567.

l. 1881. Is **beorn** here = **bearn** (**be-arn** ?) of l. 67 ? or more likely = **born, barn**, = *burned?* — S., Th.

l. 1887. **orleahtre** is a ἅπαξ λεγόμενον. E. compares Tennyson's "blameless" king. Cf. also ll. 2015, 2145; and the **gôd cyning** of l. 11.

l. 1896. **scaðan** = *warriors* (cf. l. 1804) has been proposed by C.; but cf. l. 253.

l. 1897. The boat had been left, at ll. 294–302, in the keeping of Hrôðgâr's men; at l. 1901 the **bât-weard** is specially honored by Beowulf with a sword and becomes a "sworded squire." — E. This circumstance appears to weld the poem together. Cf. also the speed of the journey home with **ymb ân-tîd ôþres dôgores** of l. 219, and the similarity of language in both passages (**fâmig-heals, clifu, nässas, sælde, brim**, etc.). — The nautical terms in Beowulf would form an interesting study.

l. 1904. R. proposes, **gewât him on naca**, = *the vessel set out*, on alliterating as at l. 2524 (*Zachers Zeitschr.* iii. 402). B. reads **on nacan**, but inserts irrelevant matter (*Beit.* xii. 97).

l. 1913. Cf. the same use of **ceól**, = *ship*, in the *A.-S. Chron.*, ed. Earle-Plummer; *Gnomic Verses*, etc.

l. 1914. S. inserts **þät hê** before **on lande**.

l. 1916. B. makes **leôfra manna** depend on **wlâtode**, = *looked for the dear men ready at the coast* (*Beit.* xii. 97).

l. 1924. Gr., W., and Ho. propose **wunade**, = *remained;* but cf. l. 1929. S. conceives ll. 1924, 1925 as "direct speech" (*Beit.* ix. 141).

l. 1927 *seq.* "The women of Beowulf are of the fine northern type; trusted and loved by their husbands and by the nobles and people; generous, gentle, and holding their place with dignity." — Br., p. 67. Thrytho is the exception, l. 1932 *seq.*

l. 1933. C. suggests **frêcnu**, = *dangerous, bold*, for Thrytho could not be called "excellent." G. writes "Modthrytho" as her name. The womanly Hygd seems purposely here contrasted with the terrible Thrytho, just as, at l. 902 *seq.*, Sigemund and Heremôd are contrasted. For Thrytho, etc., cf. Gr., *Jahrb. für rom. u. eng. Lit.* iv. 279; Müllenhoff, *Haupts Zeitschr.* xiv. 216; Matthew Paris; Suchier, *Beit.* iv. 500–521; R. *Zachers Zeitschr.* iii. 402; B., *ibid.* iv. 206; Körner, *Eng. Stud.* i. 489–492; H.-So., p. 106.

ll. 1932–1963. K. first pointed out the connection between the historical Offa, King of Mercia, and his wife Cwendrida, and the Offa and þryðo (Gr.'s *Drida* of the *Vita Offæ Secundi*) of the present passage. The tale is told of her, not of Hygd.

l. 1936. Suchier proposes **andæges**, = *eye to eye;* Leo proposes **ân-dæges**, = *the whole day;* G., *by day.* No change is necessary if an be taken to govern **hire**, = *on her*, and **däges** be explained (like **nihtes**, etc.) as a genitive of time, = *by day.*

l. 1943. R. and Suchier propose **onsêce**, = *seek, require;* but cf. 2955.

l. 1966. Cf. the *heofoncandel* of *Exod.* l. 115 (Hunt). Shak.'s 'night's candles.'

l. 1969. Cf. l. 2487 *seq.* for the actual slayer of Ongenþeów, i.e. Eofor, to whom Hygelâc gave his only daughter as a reward, l. 2998.

l. 1981. **meodu-sconcum** = *with mead-pourers* or *mead-cups* (G., Ha.); *draught or cup of mead* (Toller-Bosw.).

l. 1982. K., Th., W., H. supply [**heal-**]**reced**; Möller [**heá-**].

l. 1984. B. defends the MS., reading **hæ nū** (for **hæðnū**), which he regards as = Heinir, the inhabitants of the Jutish "heaths" (**hæð**). Cf. H.-So., p. 107; *Beit.* xii. 9.

l. 1985. **sînne.** "In poetry there is a reflexive possessive of the third person, **sīn** (declined like **mīn**). It is used not only as a true reflexive, but also as a non-reflexive (= Lat. *ejus*)."—Sw.; Cook's Sievers' Gram., p. 185. Cf. ll. 1508, 1961, 2284, 2790.

l. 1994. Cf. l. 190 for a similar use of **seáð**; cf. to "glow" with emotion, "boil" with indignation, "burn" with anger, etc. **weallan** is often so used; cf. ll. 2332, 2066, etc.

l. 2010. B. proposes **fâcne**, = *in treachery*, for **fenne**. Cf. *Juliana*, l. 350; *Beit.* xii. 97.

l. 2022. Food of specific sorts is rarely, if at all, mentioned in the poem. Drink, on the other hand, occurs in its primitive varieties, — *ale* (as here: **ealu-wæg**), *mead, beer, wine, lið* (cider ? Goth. *leiþus*, Prov. Ger. *leit-* in *leit-haus*, ale-house), etc.

l. 2025. Kl. proposes **is** for **wäs.**

l. 2027. Cf. l. 1599 for a similar use of **weorðan**, = *agree, be pleased with* (Ha.); *appear* (Sw., Reader, 6th ed.).

ll. 2030, 2031. Ten Br. proposes : **oft seldan** (= *gave*) **wære äfter leód-hryre: lytle hwîle bongâr bûgeð, þeáh seó brŷd duge** = *oft has a treaty been given after the fall of a prince: but little while the murder-spear resteth, however excellent the bride be.* Cf. Kl., *Beit.* ix. 190; B., *Beit.* xii. 369; R., *Zachers Zeitschr.* iii. 404; Ha., p. 69; G., p. 62.

l. 2036. Cf. Kl., *Beit.* ix. 191; R., *Zachers Zeitschr.* iii. 404.

l. 2042. For **beáh** B. reads **bâ**, = *both*, i.e. Freaware and the Dane.

l. 2063. Thorkelin and Conybeare propose **wîgende**, = *fighting*, for **lifigende**.

l. 2068. W.'s edition begins section xxx. (not marked in the MS.) with this line. Section xxxix. (xxxviii. in copies A and B, xxxix. in Thorkelin) is not so designated in the MS., though þâ (at l. 2822) is written with capitals and xl. begins at l. 2893.

l. 2095. Cf. l. 1542, and note.

l. 2115 *seq.* B. restores thus:

þær on innan gióng

niðða nâthwylc,   neóde tô gefêng

hæðnum horde;   hond ätgenam

seleful since fâh;   nê hê þät syððan âgeaf,

þeáh þe hê slæpende   besyrede hyrde

þeófes cräfte: þät se þióden onfand,

bŷ-folc beorna,   þät hê gebolgen wäs.

— *Beit.* xii. 99; *Zachers Zeitschr.* iv. 210.

l. 2128. **ätbär** here = *bear away*, not given in the Gloss.

l. 2129. B. proposes **fǽrunga**, = *suddenly*, for Gr.'s reading in the text. — *Beit.* xii. 98.

l. 2132. MS. has **þîne life**, which Leo translates *by thy leave* (= ON. *leyfi*); B., *by thy life.* — *Beit.* xii. 369.

l. 2150. B. renders **gen**, etc., by "now I serve thee alone again as my gracious king" (*Beit.* xii. 99).

l. 2151. The forms **hafu [hafo]**, **hafast**, **hafað**, are poetic archaisms. — Sw.

l. 2153. Kl. proposes **ealdor**, = *prince*, for **eafor**. W. proposes the compd. **eafor-heáfodsegn**, = *helm;* cf. l. 1245.

l. 2157. The wk. form of the adj. is frequent in the vocative, especially when postponed: "Beowulf leófa," l. 1759. So, often, in poetry in nom.: **wudu selesta**, etc.

l. 2158. **ærest** is possibly the verbal subs. from **ârîsan**, *to arise,* = *arising, origin.* R. suggested **ærist**, *arising, origin.* Cf. Bede, *Eccles. Hist.*, ed. Miller, where the word is spelt as above, but = (as usual) *resurrection.* See Sweet, Reader, p. 211; E.-Plummer's *Chronicle*, p. 302, etc. The MS. has **est**. See Ha., p. 73; S., *Beit.* x. 222; and cf. l. 2166.

l. 2188. Gr., W., H. supply **[wên]don**, = *weened*, instead of Th.'s **[oft säg]don**.

l. 2188. The "slack" Beowulf, like the sluggish Brutus, ultimately reveals his true character, and is presented with a historic sword of honor.

It is "laid on his breast" (l. 2195) as Hun laid Lâfing on Hengest's breast, l. 1145.

l. 2188. "The boy was at first slothful, and the Geats thought him an unwarlike prince, and long despised him. Then, like many a lazy third son in the folk tales, a change came, he suddenly showed wonderful daring and was passionate for adventure." — Br., p. 22.

l. 2196. "Seven of thousands, manor and lordship" (Ha.). Kl., *Beit.* ix. 191, thinks with Ettm. that **þûsendo** means a hide of land (see Schmid, *Ges. der Angl.* 610), Bede's **familia** = $\frac{1}{2}$ sq. meter; **seofan** being used (like **hund**, l. 2995) only for the alliteration.

l. 2196. "A vast Honour of 7000 hides, a mansion, and a judgment-seat" [throne]. — E.

l. 2210. MS. has the more correct **wintra.**

l. 2211. Cf. similar language about the dragon at l. 100. Beowulf's "jubilee" is fitly solemnized by his third and last dragon-fight.

l. 2213. B. proposes **sê þe on hearge hæ'ðen hord beweotode;** cf. Ha., p. 75.

l. 2215. "The dragon lies round the treasures in a cave, as Fafnir, like a Python, lay coiled over his hoard. So constant was this habit among the dragons that gold is called Worms' bed, Fafnir's couch, Worms' bed-fire. Even in India, the cobras . . . are guardians of treasure." — Br., p. 50.

l. 2216. **neóde.** E. translates *deftly;* Ha., *with ardor.* H.-So. reads **neóde,** = *with desire, greedily,* instr. of **neód.**

l. 2223. E. begins his "Part Third" at this point as he begins "Part Second" at l. 1252, each dragon-fight forming part of a trilógy.

ll. 2224, 2225. B. proposes: **nealles mid gewealdum wyrmes weard gäst sylfes willum.** — *Zachers Zeitschr.* iv. 211; *Beit.* xii. 100.

l. 2225. For **þeów** read **þegn.** — K. and Z.

l. 2225. **þeów,** st. m., *slave, serf* (not in H.-So.).

l. 2227. For **ofer-þearfe** read **ærnes þearfa.** — Z.

ll. 2229–2231. B. proposes:

secg synbysig   sôna onwlâtode,
þeáh þâm gyste   gryrebrôga stôd,
hwä'ðre earmsceapen   inngangcs þearfa

. . . .

feásceapen,   þâ hyne se fær begeat.

— *Beit.* xii. 101. Cf. Ha., p. 69.

l. 2232. W. suggests **scalh** or **scîr** for **gescalh,** and Gr. suggests **scarolîc.**

l. 2233. Z. surmises **eorð-húse** (for -scräfe).

l. 2241. B. proposes **læn-gestreóna**, = *transitory*, etc.; Th., R. propose **leng** (= *longer*) **gestreóna**; S. accepts the text but translates "the long accumulating treasure."

l. 2246. B. proposed (1) **hard-fyndne**, = *hard to find*; (2) **hord-wynne dæl**, = *a deal of treasure-joy* (cf. l. 2271). — *Zachers Zeitschr.* iv. 211; *Beit.* xii. 102.

l. 2247. **feoword** = *banning words* (?) MS. has **fec**.

l. 2254. Others read **feor-[mie]**, = *furbish*, for **fetige**: *I own not one who may*, etc.

l. 2261. The Danes themselves were sometimes called the "Ring-Danes," = clad in ringed (or a ring of) armor, or possessing rings. Cf. ll. 116, 1280.

l. 2264. Note the early reference to hawking. Minstrelsy (**hearpan wyn**), saga-telling, racing, swimming, harpooning of sea-animals, feasting, and the bestowal of jewels, swords, and rings, are the other amusements most frequent in *Beówulf*.

l. 2264. Cf. *Maldon*, ll. 8, 9, for a reference to hawking.

l. 2276. Z. suggests **swŷðe ondrædað**; Ho. puts **gesêcean** for Gr.'s **gewunian**.

l. 2277. Z. and K. read: **hord on hrûsan**. "Three hundred winters," at l. 2279, is probably conventional for "a long time," like **hund missera**, l. 1499; **hund þûsenda**, l. 2995; **þritig** (of Beowulf's strength), l. 379; **þritig** (of the men slain by Grendel), l. 123; **seofan þûsendo**, l. 2196, etc.

l. 2285. B. objects to **hord** as repeated in ll. 2284, 2285; but cf. Ha., p. 77. C. prefers **sum** to **hord**. **onboren** = *inminutus;* cf. B., *Beit.* xii. 102.

l. 2285. **onberan** is found also at line 991, = *carry off*, with **on-** = E. *un-* (*un-bind*, *-loose*, *-tie*, etc.), G. *ent-*. The negro still pronounces *on*-do, etc.

l. 2299. Cf. H.-So., p. 112, for a defense of the text as it stands. B. proposes "nor was there any man in that desert who rejoiced in conflict," etc. So ten Br.

l. 2326. B. and ten Br. propose **hâm**, = *home*, for **him**. — *Beit.* xii. 103.

l. 2335. E. translates **eálond utan** by *the sea-board front, the water-washed land on the (its) outside*. See B., *Beit.* xii. 1, 5.

l. 2346. Cf. l. 425, where Beowulf resolves to fight the dragon single-handed. E. compares *Guy of Warwick*, ll. 49, 376.

l. 2355. Ten Br. proposes **lâðan cynne** as apposition to **mægum**.

l. 2360. Cf. Beowulf's other swimming-feat with Breca, ll. 506 *seq.*

l. 2362. Gr. inserts **âna**, = *lone-going*, before xxx.: approved by B.; and Krüger, *Beit.* ix. 575. Cf. l. 379.

l. 2362. "Beowulf has the strength of thirty men in the original tale. Here, then, the new inventor makes him carry off thirty coats of mail." — Br., p. 48.

l. 2364. **Hetware** = Chattuarii, a nation allied against Hygelâc in his Frisian expedition; cf. ll. 1208 *seq.*, 2917, etc.

l. 2368. B. proposes *quiet sea* as trans. of **siólc̃a bigong**, and compares Goth. *anasilan*, to be still; Swed. dial. *sil*, still water between waterfalls. — *Zachers Zeitschr.* iv. 214.

l. 2380. **hyne** = Heardrêd; so **him**, l. 2358.

l. 2384. E. calls attention to **Swió-rîce** as identical with the modern *Sverige* = Sweden; cf. l. 2496.

l. 2386. Gr. reads **on feorme**, = *at the banquet;* cf. Möller, *Alteng. Volksepos,* 111, who reads **(f)or feorme**. The MS. has **or**.

l. 2391. Cf. l. 11.

l. 2394. B., Gr., and Müllenh. understand ll. 2393–2397 to mean that Eádgils, Ôhthere's son, driven from Sweden, returns later, supported by Beowulf, takes the life of his uncle Onela, and probably becomes himself O.'s successor and king of Sweden. For another view see II.-So., p. 115. MS. has **freond** (l. 2394), which Leo, etc., change to **feónd**. G. translates *friend.* — *Beit.* xii. 13; *Anzeiger f. d. Altert.* iii. 177.

l. 2395. Eádgils is Ôhthere's son; cf. l. 2381; Onela is Ôhthere's brother; cf. ll. 2933, 2617.

l. 2402. "Twelfsome"; cf. "fifteensome" at l. 207, etc. As *Beówulf* is essentially *the* Epic of Philanthropy, of the true love of man, as distinguished from the ordinary love-epic, the number twelve in this passage may be reminiscent of another Friend of Man and another Twelve. In each case all but one desert the hero.

l. 2437. R. proposes **stŷred**, = *ordered, decreed,* for **strêd**. — *Zachers Zeitschr.* iii. 409.

l. 2439. B. corrects to **freó-wine** = *noble friend,* asking, "How can Herebeald be called Hæðcyn's **freá-wine** [MS.], *lord?*"

l. 2442. **feohleás gefeoht**, "a homicide which cannot be atoned for by money — in this case an unintentional fratricide." — Sw.

l. 2445. See IIa., pp. 82, 83, for a discussion of ll. 2445–2463. Cf. G., p. 75.

l. 2447. MS. reads **wrece**, justified by B. (*Tidskr.* viii. 56). W. conceives **wrece** as optative or hortative, and places a colon before Þonne.

l. 2449. For **helpan** read **helpe**. — K., Th., S. (*Zeitschr. f. D. Phil.* xxi. 3, 357).

ll. 2454–2455. (1) Müllenh. (*Haupts Zeitschr.* xiv. 232) proposes:

> þonne se ân hafað
> þurh dæda nŷd   deáðes gefandod.

(2) B. proposes:

> þurh dæda níð   deáðes gefondad.

— *Zachers Zeitschr.* iv. 215.

l. 2458. Cf. **sceótend**, pl., ll. 704, 1155, like **rîdend**. Cf. *Judith*, l. 305, etc.

l. 2474. Th. considers the "wide water" here as the Mälar lake, the boundary between Swedes and Goths.

l. 2477. On **oþþe** = *and*, cf. B., *Tidskr.* viii. 57. See Ha., p. 83.

l. 2489. B. proposes **hreá-blác** for Gr.'s **heoro-**. — *Tidskr.* viii. 297.

l. 2494. S. suggests **êðel-wynne**.

l. 2502. E. translates **for dugeðum**, *of my prowess;* so Ettmüller.

ll. 2520–2522. Gr. and S. translate, "if I knew how else I might combat the monster's boastfulness." — Ha., p. 85.

l. 2524. **and-hâttres** is H.'s invention. Gr. reads **oreðes and âttres**, *blast and venom.* Cf. **oruð**, l. 2558, and l. 2840 (where **âttor-** also occurs).

l. 2526. E. quotes **fleón fôtes trym** from *Maldon*, l. 247.

l. 2546. Gr., H.-So., and Ho. read **standan stân-bogan** (for **stôd on stân-bogan**) depending on **geseah**.

l. 2550. Grundt. and B. propose **deór**, *brave one*, i.e. Beowulf, for **deóp**.

l. 2565. MS. has **ungleaw** (K., Th.), **unglaw** (Grundt.). B. proposes **unslâw**, = *sharp.* — *Beit.* xii. 104. So H.-So., Ha., p. 86.

ll. 2570, 2571. (1) May not **gescîfe** (MS. **to gscipe**) = German *schief*, "crooked," "bent," "aslant," and hence be a parallel to **gebogen**, *bent, coiled?* cf. l. 2568, **þâ se wyrm gebeáh snûde tôsomne**, and l. 2828. Coiled serpents spring more powerfully for the coiling. (2) Or perhaps destroy comma after **tô** and read **gescäpe**, = *his fate;* cf. l. 26: **him þâ Scyld gewât tô gescäp-hwîle.** G. appar. adopts this reading, p. 78.

l. 2589. **grund-wong** = *the field*, not *the earth* (so B.); H.-So., *cave*, as at l. 2771. So Ha., p. 87.

l. 2595. S. proposes colon after **stefne.** — *Beit.* ix. 141.

l. 2604. Müllenh. explains **leód Scylfinga** in *Anzeiger f. d. Altert.* iii. 176–178.

l. 2607. **âre** = *possessions, holding* (Kl., *Beit.* ix. 192; Ha., p. 88).

l. 2609. **folcrihta.** Add "folk-right" to the meanings in the Gloss.; and cf. **êðel-, land-riht, word-riht.**

l. 2614. H.-So. reads with Gr. **wræccan wineleásum Weohstân bana**, = *whom, a friendless exile, W. had slain.*

ll. 2635–61. E. quotes Tacitus, *Germania*, xiv.: "turpe comitatui virtutem principis non adaequare." Beowulf had been deserted by his *comitatus.* •

l. 2643. B. proposes **ûser.** — *Zachers Zeitschr.* iv. 216.

l. 2649. **wutun**; l. 3102, **uton** = pres. subj. pl. 1st person of **wîtan**, *to go*, used like Mod. Eng. *let us* + inf., Lat. *eamus*, Ital. *andiamo*, Fr. *allons;* M. E. (*Layamon*) *uten.* Cf. Psa. ii. 3, etc. March, *A.-S. Gram.*, pp. 104, 196.

l. 2650. B. suggests **hât** for **hyt.** — *Beit.* xii. 105.

l. 2656. **fâne** = **fâh-ne**; cf. **fâra** = **fâh-ra**, l. 578; so **heáune** (MS.) = **heáh-ne**, etc., l. 984. See Cook's Sievers' Gram.

ll. 2660, 2661. Why not read **beadu-scrûd**, as at l. 453, = *battle-shirt?* B. and R. suppose two half-verses omitted between **byrdu-scrûd** and **bâm gemæne**. B. reads **bŷwdu**, = *handsome*, etc. Gr. suggests **unc nû**, = *to us two now*, for **ûrum**; and K. and Grundt. read **beón gemæne** for **bâm**, etc. This makes sense. Cf. Ha., p. 89.

l. 2666. Cf. the dat. absolute without preposition.

l. 2681. **Nägling**; cf. **Hrunting, Lâfing,** and other famous **wundor-smiða geweorc** of the poem.

l. 2687. B. changes **þonne** into **þone** (rel. pro.) = *which.* — *Beit.* xii. 105.

l. 2688. B. supports the MS. reading, **wundum.**

l. 2688. Cf. l. 2278 for similar language.

l. 2698. B. (*Beit.* xii. 105) renders: "he did not heed the head of the dragon (which Beowulf with his sword had struck without effect), but he struck the dragon somewhat further down." Cf. Saxo, vi. p. 272.

l. 2698. Cf. the language used at ll. 446 and 1373, where **hafelan** also occurs; and **hŷdan.**

l. 2700. **hwêne**; cf. Lowl. Sc. *wheen*, a number; Chaucer's *woon*, number.

l. 2702. S. proposes **þâ** (for **þät**) **þät fŷr**, etc., = *when the fire began,* etc.

l. 2704. "The (hup)-**scax** has often been found in Saxon graves on the hip of the skeleton." — E.

l. 2707. Kl. proposes: **feorh ealne wräc**, = *drove out all the life;* cf. *Gen.* l. 1385. — *Beit.* ix. 192. S. suggests **gefylde**, = *he felled the foe*, etc. — *Ibid.* Parentheses seem unnecessary.

l. 2727. **däg-hwîl** = *time allotted, lifetime.*

l. 2745, 2745. Ho. removes **geong** from the beginning of l. 2745 and places it at the end of l. 2744.

l. 2750. R. proposes **sigle searogimmas**, as at l. 1158.

l. 2767. (1) B. proposes doubtfully **oferhîgean** or **oferhîgan**, = Goth. *ufarhauhjan*, p.p. *ufarhauhids* (Gr. τυφωθείς) = *exceed in value.* — *Tidskr.* viii. 60. (2) Kl. proposes **oferhŷdian**, = *to make arrogant, infatuate;* cf. **oferhŷd**. — *Beit.* ix. 192.

l. 2770. **gelocen leoðocräftum** = (1) *spell-bound* (Th., Arnold, E.); (2) *wrought with hand-craft* (G.) ; (3) *meshed, linked together* (H., Ho.); cf. *Elene*, ll. 1251, 522.

l. 2778. B. considers **bill . . . ealdhlâfordes** as Beowulf's short sword, with which he killed the dragon, l. 2704 (*Tidskr.* viii. 299). R. proposes **ealdhlâforde**. Müllenh. understands **ealdhlâford** to mean the former possessor of the hoard. W. agrees to this, but conceives **ærgescôd** as a compd. = **ære calceatus**, *sheathed in brass*. Ha. translates **ærgescôd** as vb. and adv.

l. 2791. Cf. l. 224, **eoletes ät ende; landes ät ende,** *Exod.* (Hunt).

l. 2792. MS. reads **wäteres weorpan**, which R. would change to **wätere sweorfan.**

l. 2806. "Men saw from its height the whales tumbling in the waves, and called it Whale's Ness (**Hrones-næs**)." — Br. p. 28. Cf. l. 3137.

l. 2815. Wîglâf was the next of kin, the last of the race, and hence the recipient of Beowulf's kingly insignia. There is a possible play on the word **lâf** (Wîg-*lâf*, ende-*lâf*).

l. 2818. **gingeste word**; cf. *novissima verba*, and Ger. *jüngst*, lately.

l. 2837. E. translates **on lande**, *in the world*, comparing **on lîfc, on worulde.**

l. 2840. **geræsde** = pret. of **geræsan** (omitted from the Gloss.), same as **ræsan**; cf. l. 2691.

l. 2859. B. proposes **deáð ârædan**, = *determine death.* — *Beit.* xii. 106.

l. 2861. Change **geongum** to **geongan** as a scribal error (?), but cf. Lichtenheld, *Haupts Zeitschr.* xvi. 353-355.

l. 2871. S. and W. propose **ôwêr.** — *Beit.* ix. 142.

l. 2873. S. punctuates: **wrâðe forwurpe, þû,** etc.

l. 2874. H.-So. begins a new sentence with **nealles**, ending the preceding one with **beget.**

l. 2879. **ätgifan** = *to render, to afford;* omitted in Gloss.

ll. 2885-2892. "This passage . . . equals the passage in Tacitus which describes the tie of chief to companion and companion to chief among the Germans, and which recounts the shame that fell on those who survived their lord." — Br., p. 56.

l. 2886. **cyn** thus has the meaning of *gens* or clan, just as in many

Oriental towns all are of one blood.   E. compares Tacitus, *Germania*, 7; and cf. "kith and kin."

l. 2892. Death is preferable to dishonor.   Cf. Kemble, *Saxons*, i. 235.

l. 2901. The ἄγγελος begins his ἀγγελία here.

l. 2910. S. proposes **higemêðe**, *sad of soul;* cf. ll. 2853 and 2864 (*Beit.* ix. 142).   B. considers **higemêðum** a dat. or instr. pl. of an abstract in -**u** (*Beit.* xii. 106).   H. makes it a dat. pl. = *for the dead.* For **heafod-wearde**, etc., cf. note on l. 446.

l. 2920–2921. B. explains "he could not this time, as usual, give jewels to his followers." — *Beit.* xii. 106.

l. 2922. The Merovingian or Frankish race.

l. 2940 *seq.* B. conjectures :

> cwäð hîe on mergenne   mêces ecgum
> gêtan wolde,   sumon galgtreowu
> âheáwan on holte   ond hîe âhôan on þâ
> fuglum tô gamene.

—*Beit.* xii. 107, 372. Cf. S., *Beit.* ix. 143. **gêtan** = *cause blood to be shed.*

l. 2950. B. proposes **gomela** for **gôda**; "a surprising epithet for a Geat to apply to the 'terrible' Ongentheow."— IIa. p. 99.   But "good" does not necessarily mean "morally excellent," as a "good" hater, a "good" fighter.

l. 2959. See H.-So. for an explanatory quotation from Paulus Diaconus, etc.   B., K., and Th. read **segn Higelâces**, = H.'s banner uplifted began to pursue the Swede-men. — *Beit.* xii. 108.   S. suggests **sæcc**, = *pursuit.*

l. 2977. **gewyrpton** : this vb. is also used reflexively in *Exod.* (Hunt), l. 130: **wyrpton hîe wêrige.**

l. 2989. **bär** is Grundt.'s reading, after the MS.   "The surviving victor is the heir of the slaughtered foe." — H.-So.   Cf. *Hildebrands Lied,* ll. 61, 62.

l. 2995. "A hundred of thousands in land and rings" (Ha., p. 100).   Cf. ll. 2196, 3051. Cf. B., *Beit.* xii. 20, who quotes Saxo's *bis senas gentes* and remarks: "Hrolf Kraki, who rewards his follower, for the slaying of the foreign king, with jewels, rich lands, and his only daughter's hand, answers to the Jutish king Hygelâc, who rewards his liegeman, for the slaying of Ongentheów, with jewels, enormous estates, and *his* only daughter's hand."

l. 3006. H.-So. suggests **Scilfingas** for **Scyldingas**, because, at l. 2397, Beowulf kills the Scylfing Eádgils and probably acquires his lands.   Thus ll. 3002, 3005, 3006, would indicate that, after Beowulf's death, the Swedes desired to shake off his hated yoke.   Müllenh., however, regards l. 3006 as a thoughtless repetition of l. 2053. — *Haupts Zeitschr.* xiv. 239.

l. 3008. Cf. the same proverb at l. 256; and *Exod.* (Hunt.) l. 293.

l. 3022. E. quotes:

> " Thai token an harp in *gle and game*
> And maked a lai and yaf it name."
>
> — *Weber*, I. 358.

and from Percy, "The word *glee*, which peculiarly denoted their art (the minstrels'), continues still in our own language . . . it is to this day used in a musical sense, and applied to a peculiar piece of composition."

l. 3025. "This is a finer use than usual of the common poetic attendants of a battle, the wolf, the eagle, and the raven. The three are here like three Valkyrie, talking of all that they have done." — Br., p. 57.

l. 3033. Cf. Hunt's *Dan.* l. 731, for similar language.

l. 3039. B. supplies a supposed gap here:

> [banan eác fundon   bennum seócne
> (nê) ær hî þæm   gesêgan syllîcran wiht]
> wyrm on wonge . . .   — *Beit.* xii. 372.

Cf. Ha., p. 102.   W. and Ho. insert [þær] before **gesêgan**.

l. 3042. Cf. l. 2561, where **gryre-giest** occurs as an epithet of the dragon. B. proposes **gry[re-fāh]**.

l. 3044. **lyft-wynne**, *in the pride of the air*, E.; *to rejoice in the air*, Ha.

l. 3057. (1) He (God) is men's hope; (2) he is the heroes' hope; (3) **gehyld** = the secret place of enchanters; cf. **hêlsmanna gehyld**, Gr.'s reading, after A.-S. **hælsere**, haruspex, augur.

l. 3060. B. suggests **gehýðde**, = *plundered* (i.e. by the thief), for **gehýdde**.

ll. 3063–3066. (1) B. suggests **wundur [deáðe] hwâr þonne eorl ellenrof ende gefêre** = *let a brave man then somewhere meet his end by wondrous venture*, etc. — *Zachers Zeitschr.* iv. 241; cf. l. 3038. (2) S. supposes an indirect question introduced by **hwâr** and dependent upon **wundur**, = *a mystery is it when it happens that the hero is to die, if he is no longer to linger among his people.* — *Beit.* ix. 143. (3) Müllenh. suggests: *is it to be wondered at that a man should die when he can no longer live?* — *Zachers Zeitschr.* xiv. 241. (4) Possibly thus:

> Wundrað hwät þonne,
> eorl ellen-rôf,   ende gefêre
> lîf-gesceafta,   þonne leng ne mäg (etc.),

in which **hwät** would = **þurh hwät** at l. 3069, and **eorl** would be subject of the conjectural vb. **wundrað** : "the valiant earl wondereth then through what he shall attain his life's end, when he no longer may live. . . . So Beówulf knew not (wondered how) through what *his* end should come," etc. W. and Ho. join **þonne** to the next line. Or, for **hwâr** read **wære** : **Wundur wære þonne** (= **gif**), etc., = "would it be any wonder if a brave man," etc., which is virtually Müllenhoff's.

l. 3053. **galdre bewunden**, *spell-bound*, throws light on l. 2770, **gelocen leoðo-cräftum**. The "accursed" gold of legend is often dragon-guarded and placed under a spell. Even human ashes (as Shakespeare's) are thus banned. ll. 3047–3058 recall the so-called "Treasury of Atreus."

l. 3073. **herh, hearh**, *temple*, is conjectured by E. to survive in *Harrow. Temple, barrow*, etc., have thus been raised to proper names. Cf. **Bió-wulfes biorh** of l. 2808.

l. 3074. H.-So has **strude**, = *ravage*, and compares l. 3127. MS. has **strade**. S. suggests **stride**, = *tread*.

l. 3074. H.-So. omits **strûdan**, = *tread, stride over*, from the Gloss., referring ll. 3174 and 3074 to **strûdan**, q.v.

l. 3075. S. proposes: **näs hê goldhwätes gearwor häfde**, etc., = *Beowulf had not before seen the greedy possessor's favor. — Beit*. ix. 143. B. reads, **goldhwäte gearwor häfde**, etc., making **goldhwäte** modify **êst**, = *golden favor ;* but see *Beit*. xii. 373, for B.'s later view.

l. 3086–3087. B. translates, "that which (i.e. the treasure) drew the king thither was granted indeed, but it overwhelmed us." — *Beit*. xii. 109.

l. 3097. B. and S. propose **äfter wine deádum**, = *in memory of the dead friend. — Beit*. ix. 144.

l. 3106. The **brâd gold** here possibly includes the **iú-monna gold** of l. 3053 and the **wunden gold** of l. 3135. E. translates **brâd** by *bullion*.

l. 3114. B. supposes **folc-âgende** to be dat. sg. to **gôdum**, referring to Beowulf.

l. 3116. C. considers **weaxan**, = Lat. *vescor*, to devour, as a parallel to **fretan**, and discards parentheses. — *Beit*. viii. 573.

l. 3120. **fûs** =: *furnished with ;* a meaning which must be added to those in the Gloss.

ll. 3124–3125. S. proposes:

eóde eahta sum   under inwit-hrôf
hilderinca :   sum on handa bär, etc.

— Beit. ix. 144.

l. 3136. H.-So. corrects (after B.) to **äðelinge**, the MS. having **e**.

l. 3145. "It was their [the Icelanders'] belief that the higher the smoke

rose in the air the more glorious would the burnt man be in heaven."—
Ynglinga Saga, 10 (quoted by E.).   Cf. the funeral pyre of Herakles.

l. 3146–3147. B. conjectures:

>   . . . swôgende lêc
> wôpe bewunden   windblonda lêg

(**lêc** from **lâcan,** see Gloss.).—*Beit.* xii. 110.   Why not **windblonda lâc?**

l. 3147. Müllenhoff rejected **wind-blond geläg** because a great fire raises rather than "lays" the wind; hence B., as above, = "swoughing sported the flame wound with the howling of wind-currents."

l. 3151 *seq.* B. restores conjecturally:

> swylce giômor-gyd   sio geó-meowle
> [äfter Beówulfe]   bunden-heorde
> [song] sorg-cearig,   sæde geneahhe,
> þät hió hyre [hearm-]dagas   hearde on [dr]êde,
> wälfylla worn,   [w]ígendes egesan,
> hŷ[n]ðo ond häftnŷd,   heóf on ríce wealg.

> *—Beit.* xii. 100.

Here **geó-meowle** = *old woman* or *widow;* **bunden-heorde** = *with bound locks;* **heóf** = *lamentation;* cf. l. 3143. **on ríce wealg** is less preferable than the MS. reading, **heofon rêcc swealg** = *heaven swallowed the smoke.*—H.-So. B. thinks Beowulf's widow (**geómeowle**) was probably Hygd; cf. ll. 2370, 3017–3021.

l. 3162. H.-So. reads (with MS.) **bronda be lâfe,** for **betost,** and omits colon after **bêon.** So B., *Zachers Zeitschr.* iv. 224.

l. 3171. E. quotes Gibbon's accounts of the burial of Attila when the "chosen squadrons of the Hun, wheeling round in measured evolutions, chanted a funeral song to the memory of a hero."

ll. 3173–3174. B. proposes:

> woldon gên cwíðan   [ond] kyning
> wordgyd wrecan   ond ymb wel sprecan.

> *—Beit.* xii. 112.

l. 3183. Z., K., Th. read **manna** for **mannum.**

l. 3184. "It is the English ideal of a hero as it was conceived by an Englishman some twelve hundred years ago."—Br., p. 18.

NOTES TO THE FIGHT AT FINNSBURG.

The original MS. of this fragment has vanished, but a copy had been made and printed by Hickes in his *Thesaurus Linguarum Septentriona-lium*, i. 192. The original was written on a single sheet attached to a codex of homilies in the Lambeth Library. Möller, *Alteng. Epos*, p. 65, places the fragment in the Finn episode, between ll. 1146 and 1147. Bugge (*Beit.* xii. 20) makes it illustrate the conflict in which Hnäf fell, *i.e.* as described in *Beówulf* as antecedent to the events there given. Heinzel (*Anzeiger f. d. Altert.*), however, calls attention to the fact that Hengest in the fragment is called **cyning**, whereas in *Beówulf*, l. 1086, he is called **þegn**. See H.-So., p. 125.

"The *Fight at Finnsburg* and the lays from which our *Beówulf* was composed were, as it seems to me, sung among the English who dwelt in the north of Denmark and the south of Sweden, and whose tribal name was the Jutes or Goths." — Br., p. 101.

l. 1. R. supposes [hor]nas, and conjectures such an introductory conversation as follows : " Is it dawning in the east, or is a fiery dragon flying about, or are the turrets of some castle burning? " questions which the king negatives in the same order. Then comes the positive declaration, " rather they are warriors marching whose armor gleams in the moonlight." — *Alt- und Angels. Lesebuch*, 1861. Heinzel and B. conjecture, [**beorh-tor hor**]**nas byrnað næfre**. So. G. — *Beit.* xii. 22; *Anzeiger f. d. Altert.* x. 229.

l. 5. B. conjectures **fugelas** to mean *arrows*, and supplies :

ac hêr forð berað   [fyrdsearu rincas,
flacre flânbogan],   fugelas singað.

He compares Saxo, p. 95, *cristatis galeis hastisque sonantibus instant*, as explanatory of l. 6. — *Beit.* xii. 22. But see Brooke, *Early Eng. Litera-ture*, who supposes **fugelas** = *raven* and *eagle*, while **græg-hama** is = *wolf* (the " grey-coated one "), the ordinary accompaniers of battle.

l. 11. **hicgeað**, etc.: cf. *Maldon*, l. 5; *Exod.* l. 218.

l. 15. Cf. B. (*Beit.* xii. 25), etc., and Saxo, p. 101, for l. 13.

ll. 18–21. H.-So. remarks : " If, according to Möller and Bugge, Gârulf is one of the attackers, one of Finn's men, this does not harmonize with his character as Gûðlâf's son (l. 33), who (l. 16, and *Beówulf*, l. 1149) is a Dane, therefore one of Finn's antagonists." B. (*Beit.* xii. 25) conjectures :

þâ gyt Gûðlene   Gârulf styrode,
þät hê swâ freólîc feorh   forman sîðe

> tô þære healle durum   hyrsta ne bære,
> nû hîe nîða heard   ânyman wolde;

in which **Gûðdene** is the same as Sigeferð, l. 24; **hê** (l. 22) refers to **Gârulf**; and **hîe** (l. 21) to **hyrsta**.

l. 27. **swäðer** = *either* (bad or good, life or death). — H.-So.

l. 29. **cêlod**: meaning doubtful; cf. *Maldon*, l. 283. G. renders "curved board"; Sw. suggests "round"? "hollow"?

l. 30. B. suggests **bâr-helm**, = *boar-helm*. Cf. Saxo, p. 96. — *Beit.* xii. 26.

l. 34. B. conjectures: (1) **hwearf flacra hræw hräfen, wandrode;** (2) **hwearf flacra hræw hräfen fram ôðrum** = *flew from one corpse to another.* — *Beit.* xii. 27.

l. 43. B. supposes **wund häleð** to be a Dane, **folces hyrde** to be Hnäf, in opposition to Holtzmann (*Germania*, viii. 494), who supposes the wounded man to be a Frisian, and **folces hyrde** to be their king, Finn. — *Beit.* xii. 28.

l. 45. B. adopts Th.'s reading **heresceorp unhrôr** = *equipments useless.* — *Beit.* xii. 28.

l. 47. "Though wounded, they had retained their strength and activity in battle." — B., *Beit.* xii. 28.

ADDENDA.

ll. 105 and 218. MS. and Ho. read **won-sæll** and **fâmi-heals**.

ll. 143, 183, 186, etc. Read **þæm** for **þäm**.

l. 299. MS. reads **gôd-fremmendra.** So H.-So.

l. 338. Ho. marks **wräc-** and its group long.

l. 530. **Hwät** should here probably be printed as an interj., **hwät!** Cf. ll. 1, 943, 2249.

l. 2263. Koeppel suggests **nis** for **näs**.

The editors are much indebted to E. Koeppel (in *Eng. Stud.* xiii. 3) for numerous corrections in text and glossary.

l. 3070. H.-So. begins a new line with **swâ**.

GLOSSARY.

A

ac, conj. denoting contrariety: hence
1) *but* (like N.H.G. sondern), 109,
135, 339, etc. — 2) *but* (N.H.G.
aber), *nevertheless*, 602, 697, etc.
— 3) in direct questions: nonne,
numquid, 1991.

aglæca, ahlæca, äglæca, -cea,
w. m. (cf. Goth. aglo, *trouble*, O.N.
agi, *terror*, + lâc, *gift, sport:* =
misery, vexation, = *bringer of
trouble;* hence): 1) *evil spirit,
demon, a demon-like being;* of
Grendel, 159, 433, 593, etc.; of
the drake, 2535, 2906, etc. —
2) *great hero, mighty warrior;*
of Sigemund, 894; of Beówulf:
gen. sg. aglæcan(?), 1513; of Beó-
wulf and the drake: nom. pl. þâ
aglæccan, 2593.

aglæc-wîf, st. n., *demon, devil, in
the form of a woman;* of Grendel's
mother, 1260.

aldor. See ealdor.

al-wealda. See eal-w.

am-biht (from and-b., Goth. and-
baht-s), st. m., *servant, man-ser-
vant:* nom. sg. ombeht, of the
coast-guard, 287; ombiht, of Wulf-
gâr, 336.

ambiht-þegn (from ambiht n. offi-
cium and þegn, which see), *servant,
man-servant:* dat. sg. ombiht-
þegne, of Beówulf's servant, 674.

an, prep. with the dat., *on, in, with
respect to,* 678; *with, among, at,
upon* (position after the governed
word), 1936; with the acc., 1248.
Elsewhere on, which see.

ancor, st. m., *anchor:* dat. sg. ancre,
303, 1884.

ancor-bend, m. (?) f. (?), *anchor-
cable:* dat. pl. oncer-bendum, 1919.

and, conj. (ond is usual form; for
example, 601, 1149, 2041), and 33,
39, 40, etc. (See Appendix.)

anda, w. m., *excitement, vexation,
horror:* dat. wrâðum on andan, 709,
2315.

and-git, st. n., *insight, understand-
ing:* nom. sg., 1060. See **gitan.**

and-hâtor, st. m. n., *heat coming
against one:* gen. sg. rêðes and-
hâttres, 2524.

and-lang, -long, adj., *very long:*
hence 1) *at whole length, raised up
high:* acc. andlongne eorl, 2696
(cf. Bugge upon this point, Zach-
ers Ztschr., 4, 217). — 2) *continual,
entire;* andlangne däg, 2116, *the
whole day;* andlonge niht, 2939.

and-leán, st. n., *reward, payment in
full:* acc. sg., 1542, 2095 (hand-,
hond-lean, MS.).

and-risno, st. f. (see rîsan, surgere,
decere), *that which is to be ob-
served, that which is proper, eti-
quette:* dat. pl. for andrysnum, *ac-
cording to etiquette,* 1797.

and-saca, w. m., *adversary :* godes
andsaca (Grendel), 787, 1683.

and-slyht, st. m., *blow in return :*
acc. sg., 2930, 2973 (MS. both
times hond-slyht).

and-swaru, st. f., *act of accosting :* 1)
to persons coming up, *an address,*
2861. — 2) in reply to something
said, *an answer,* 354, 1494, 1841.

and-weard, adj., *present, existing :*
acc. sg. n. swin ofer helme and-
weard (*the image of the boar, which
stands on his helm*), 1288.

and-wlita, w. m., *countenance :* acc.
sg. -an, 690.

an-sund, adj., *entirely unharmed :*
nom. sg. m., 1001.

an-sŷn, f., *the state of being seen :*
hence 1) *the exterior, the form,*
251 : ansŷn ŷwde, *showed his form,*
i.e. appeared, 2835. — 2) *aspect,
appearance,* 929; on-sŷn, 2773.

an-walda, w. m., *He who rules over
all, God,* 1273. See Note.

atol, adj. (also eatol, 2075, etc.), *hos-
tile, frightful, cruel :* of Grendel,
159, 165, 593, 2075, etc.; of Gren-
del's mother's hands (dat. pl. ato-
lan), 1503 ; of the undulation of
the waves, 849 ; of battle, 597,
2479. — cf. O.N. atall, fortis, stre-
nuus.

atelîc, adj., *terrible, dreadful :* ate-
lîc egesa, 785.

Â

â, adv. (Goth. áiv, acc. from aiv-s
aevum), *ever, always,* 455, 882, 931,
1479 : â syððan, *ever afterwards,
ever, ever after,* 283, 2921. — *ever,*
780. — Comp. nâ.

âd, st. m. *funeral pile :* acc. sg. âd,
3139; dat. sg. âde, 1111, 1115.

âd-faru, st. f., *way to the funeral pile;*
dat. sg. on âd-färe, 3011.

âdl, st. f., *sickness,* 1737, 1764, 1849.

âð, st. m., *oath in general,* 2740; *oath
of allegiance,* 472 (?); *oath of
reconciliation of two warring peo-
ples,* 1098, 1108.

âð-sweord, st. n., *the solemn taking of
an oath, the swearing of an oath :*
nom. pl., 2065. See **sweord.**

âðum-swerian, m. pl., *son-in-law
and father-in-law :* dat. pl., 84.

âgan, verb, pret. and pres., *to have,
to possess,* w. acc.: III. prs. sg. âh,
1728 ; inf. âgan, 1089 ; prt. âhte,
487, 522, 533; with object, ge-
weald, to be supplied, 31. Form con-
tracted with the negative : prs. sg.
I. nâh hwâ sweord wege (*I have
no one to wield the sword*), 2253.

âgen, adj., *own, peculiar,* 2677.

âgend (prs. part. of âgan), *possessor,
owner, lord :* gen. sg. âgendes, *of
God,* 3076. — Compounds : blæd-,
bold-, folc-, mägen-âgend.

âgend-freá, w. m., *owner, lord :* gen.
sg. âgend-freán, 1884.

âhsian, ge-âhsian, w. v.: 1) *to ex-
amine, to find out by inquiring :*
pret. part. ge-âhsod, 433. — 2) *to
experience, to endure :* pret. âh-
sode, 1207; pl. âhsodon, 423.

âht, st. n. (contracted from â-wiht,
which see), *something, anything :*
âht cwices, 2315.

ân, num. The meaning of this word
betrays its apparent demonstrative
character : 1) *this, that,* 2411, of
the hall in the earth mentioned
before ; similarly, 100 (of Grendel,
already mentioned), cf. also 2775.
— 2) *one,* a particular one among
many, a single one, in numerical
sense : ymb âne niht (*the next
night*), 135; þurh ânes cräft, 700;

þára ânum, 1038; ân äfter ânum, *one for the other* (Hrêðel for Herebeald), 2462: similarly, ân äfter eallum, 2269; ânes hwät, *some single thing, a part*, 3011; se ân leóda duguðe, *the one of the heroes of the people*, 2238; ânes willan, *for the sake of a single one*, 3078, etc. — Hence, again, 3) *alone, distinguished*, 1459, 1886. — 4) *a*, in the sense of an indefinite article: ân ... feónd, 100; gen. sg. ânre bêne (or to No. 2 [?]), 428; ân ... draca, 2211 — 5) gen. pl. ânra, in connection with a pronoun, *single;* ânra gehwilces, *every single one*, 733; ânra gehwylcum, 785. Similarly, the dat. pl. in this sense: nemne feáum ânum, *except a few single ones*, 1082. — 6) solus, *alone:* in the strong form, 1378, 2965; in the weak form, 145, 425, 431, 889, etc.; with the gen., âna Geáta duguðe, *alone of the warriors of the Geátas*, 2658. — 7) solitarius, *alone, lonely*, see **æn.** — Comp. nân.

ân-feald, adj., *simple, plain, without reserve:* acc. sg. ânfealdne geþôht, *simple opinion*, 256.

ân-genga, -gengea, w. m., *he who goes alone*, of Grendel, 165, 449.

ân-haga, w. m., *he who stands alone*, solitarius, 2369.

ân-hydig, adj. (like the O.N. ein-râd-r, *of one resolve*, i.e. of firm resolve), *of one opinion*, i.e. firm, brave, decided, 2668.

ânga, adj. (only in the weak form), *single, only:* acc. sg. ângan dôhtor, 375, 2998; ângan eaferan, 1548; dat. sg. ângan brêðer, 1263.

ân-päð, st. m., *lonely way, path:* acc. pl. ânpaðas, 1411.

ân-ræd, adj. (cf. under ân-hydig), *of firm resolution, resolved*, 1530, 1576.

ân-tîd, st. f., *one time*, i.e. the same time· ymb ân-tîd ôðres dôgores, *about the same time the second day* (they sailed twenty-four hours), 219. — ân stands as in ân-môd, O.H.G. ein-muoti, *harmonious, of the same disposition*.

ânunga, adv., *throughout, entirely, wholly*, 635.

âr, st. m., *ambassador, messenger*, 336, 2784.

âr, st. f., 1) *honor, dignity:* ârum healdan, *to hold in honor*, 296; similarly, 1100, 1183. — 2) *favor, grace, support:* acc. sg. âre, 1273, 2607; dat. sg. âre, 2379; gen. pl. hwät ... ârna, 1188. — Comp. worold-âr; also written ær.

âr-fäst, adj., *honorable, upright*, 1169; of Hûnferð (with reference to 588). See **fäst.**

ârian, w. v., *(to be gracious), to spare:* III. sg. prs. w. dat. nænegum ârað; of Grendel, 599.

âr-stäf, st. m., (elementum honoris), *grace, favor:* dat. pl. mid ârstafum, 317. — *Help, support:* dat. pl. for âr-stafum, *to the assistance*, 382, 458. See **stäf.**

âter-teár, m., *poisonous drop:* dat. pl. íren âter-teárum fâh (steel which is dipped in poison or in poisonous sap of plants), 1460.

âttor, st. n., *poison*, here of the poison of the dragon's bite: nom., 2716,

âttor-sceaða, w. m., *poisonous enemy*, of the poisonous dragon: gen. sg. -sceaðan, 2840.

âwâ, adv. (certainly not the dative, but a reduplicated form of â, which see), *ever:* âwâ tô aldre, *for ever and ever*, 956.

Ä

ädre, adv., *hastily, directly, immediately*, 77, 354, 3107. [ædre.]

äðele, adj., *noble :* nom. sg., of Beówulf, 198, 1313; of Beowulf's father, 263, where it can be understood as well in a moral as in a genealogical sense; the latter prevails decidedly in the gen. sg. äðelan cynnes, 2235.

äðeling, st. m., *nobleman, man of noble descent,* especially the appellation of a man of royal birth; so of the kings of the Danes, 3; of Scyld, 33; of Hróðgâr, 130; of Sigemund, 889; of Beówulf, 1226, 1245, 1597, 1816, 2189, 2343, 2375, 2425, 2716, 3136; perhaps also of Däghrefn, 2507; — then, in a broader sense, also denoting other noble-born men: Äschere, 1295; Hróðgâr's courtiers, 118, 983; Heremôd's courtiers, 907; Hengest's warriors, 1113; Beówulf's retinue, 1805, 1921, 3172; noble-born in general, 2889. — Comp. sib-äðeling.

äðelu, st. n., only in the pl., *noble descent, nobility,* in the sense of noble lineage : acc. pl. äðelu, 392; dat. pl. cyning äðelum gôd, *the king, of noble birth,* 1871 ; **äðelum diôre,** *worthy on account of noble lineage,* 1950 ; äðelum (**hæle-þum,** MS.), 332. — Comp. fäder-äðelu.

äfnan, w. v. w. acc., *to perform, to carry out, to accomplish :* inf. ellenweorc äfnan, *to do a heroic deed,* 1465; pret. unriht äfnde, *perpetrated wrong,* 1255.

ge-äfnan, 1) *to carry out, to do, to accomplish :* pret. pl. þät geäfndon swâ, *so carried that out,* 538; pret. part. âð wäs geäfned, *the oath was*

sworn, 1108. — 2) *get ready, prepare :* pret. part. geäfned, 3107. See **efnan.**

äfter (comparative of af, Ags. of, which see; hence it expresses the idea of *forth, away, from, back*), a) adv., *thereupon, afterwards,* 12, 341, 1390, 2155. — ic him äfter sceal, *I shall go after them,* 2817; in word äfter cwäð, 315, the sense seems to be, *spoke back, having turned;* b) prep. w. dat., 1) (temporal) *after,* 119, 128, 187, 825, 1939, etc.; äfter beorne, *after the* (death of) *the hero,* 2261, so 2262; äfter mâððum-welan, *after* (obtaining) *the treasure,* 2751.—2) (causal) as proceeding from something, denoting result and purpose, hence, *in consequence of, conformably to :* äfter rihte, *in accordance with right,* 1050, 2111 ; äfter faroðe, *with the current,* 580; so 1321, 1721, 1944, 2180, etc., äfter heaðo-swâte, *in consequence of the blood of battle,* 1607; äfter wälnîðe, *in consequence of mortal enmity,* 85; *in accordance with, on account of, after, about :* äfter äðelum (hæleþum, MS.) frägn, *asked about the descent,* 332 ; ne frin þu äfter sœlum, *ask not after my welfare,* 1323; äfter sincgyfan greóteð, *weeps for the giver of treasure,* 1343; him äfter deórum men dyrne langað, *longs in secret for the dear man,* 1880; ân äfter ânum, *one for the other,* 2462, etc.— 3) (local), *along :* äfter gumcynnum, *throughout the races of men, among men,* 945; sôhte bed äfter bûrum, *sought a bed among the rooms of the castle* (the castle was fortified, the hall was not), 140; äfter recede wlât, *looked along the hall,* 1573; stonc äfter stâne, *smelt along the* *rocks*, 2289; äfter lyfte, *along the air. through the air*, 2833; similarly, 996, 1068, 1317, etc.

äf-þunca, w. m., *anger, chagrin, vexatious affair:* nom., 502.

äglæcea. See aglæcea.

äled (Old Sax. eld, O.N. eld-r), st. m., *fire*, 3016. [æled.]

äled-leóma, w. m., (*fire-light*), *torch:* acc. sg. leóman, 3126. See **leóma.**

äl-fylce (from äl-, Goth. ali-s, ἄλλος, and fylce, O.N. fylki, collective form from folc), st. n., *other folk, hostile army:* dat. pl. wið älfyl-cum, 2372.

äl-mihtig (for eal-m.), adj., *almighty:* nom. sg. m., of the weak form, se äl-mihtiga, 92.

äl-wiht, st. m., *being of another species, monster:* gen. pl. äl-wihta eard, of the dwelling-place of Grendel's kindred, 1501.

äppel-fealu, adj., *dappled sorrel,* or *apple-yellow:* nom. pl. äppel-fealuwe mearas, *apple-yellow steeds,* 2166.

ärn, st. n., *house,* in the compounds heal-, hord-, medo-, þryð-, win-ärn.

äsc, st. m., *ash* (does not occur in Beówulf in this sense), *lance, spear,* because the shaft consists of ash wood: dat. pl. (quâ instr.) äscum and ecgum, *with spears and swords,* 1773.

äsc-holt, st. n., *ash wood, ashen shaft:* nom. pl. äsc-holt ufan græg, *the ashen shafts gray above* (spears with iron points), 330.

äsc-wîga, w. m., *spear-fighter, warrior armed with the spear:* nom. sg., 2043.

ät, prep. w. dat., with the fundamental meaning of nearness to something, hence 1) local, a) *with, near,* at, on, in (rest) : ät hýðe, *in harbor,* 32; ät symle, *at the meal,* 81; ät âde, *on the funeral-pile,* 1111, 1115; ät þe ânum, *with thee alone,* 1378; ät wîge, *in the fight,* 1338; ät hilde, 1660, 2682; ät æte, *in eating,* 3027, etc. b) *to, towards, at, on* (motion to) : deáðes wylm hrân ät heortan, *seized upon the heart,* 2271; gehêton ät härgtrafum, *vowed at* (or *to*) *the temples of the gods,* 175. c) with verbs of taking away, *away from* (as starting from near an object) : geþeah þät ful ät Wealhþeón, *took the cup from W.,* 630; fela ic gebâd grynna ät Grendle, *from Grendel,* 931; ät minum fäder genam, *took me from my father to himself,* 2430.—2) temporal, *at, in, at the time of:* ät frumsceafte, *in the beginning,* 45; ät ende, *at an end,* 224; fand sînne dryhten ealdres ät ende, *at the end of life, dying,* 2791; similarly, 2823; ät feohgyftum, *in giving gifts,* 1090; ät sîðestan, *finally,* 3014.

ät-græpe, adj., *laying hold of,* prehendens, 1270.

ät-rihte, adv., *almost,* 1658.

Æ

ædre, êdre, st. f., *aqueduct, canal* (not in Beów.), *vein* (not in Beów.), *stream, violent pouring forth:* dat. pl. swât ædrum sprong, *the blood sprang in streams,* 2967; blôd êdrum dranc, *drank the blood in streams*(?), 743.

æðm, st. m., *breath, gasp, snort:* instr. sg. hreðer æðme weóll, *the breast* (of the drake) *heaved with snorting,* 2594.

æfen, st. m., *evening,* 1236.

æfen-gram, adj., *hostile at evening, night-enemy :* nom. sg. m. æfen-grom, of Grendel, 2075.

æfen-leóht, st. n., *evening-light :* nom. sg., 413.

æfen-räst, st. f., *evening-rest :* acc. sg. -räste, 647, 1253.

æfen-spræc, st. f., *evening-talk :* acc. sg. gemunde ... æfen-spræce, *thought about what he had spoken in the evening*, 760.

æfre, adv., *ever, at any time*, 70, 280, 504, 693, etc.: in negative sentences, æfre ne, *never*, 2601.— Comp. næfre.

æg-hwâ (O.H.G. êo-ga-hwër), pron., *every, each :* dat. sg. æg-hwæm, 1385. The gen. sg. in adverbial sense, *in all, throughout, thoroughly :* æghwäs untæle, *thoroughly blameless*, 1866; ægh-wäs unrîm, *entirely innumerable quantity*, i.e. an enormous multitude, 2625, 3136.

æg-hwäðer (O.H.G. êo-ga-hwëdar) : 1) *each* (of two) : nom. sg. häfde æghwäðer ende gefêred, *each of the two* (Beówulf and the drake) *had reached the end*, 2845; dat. sg. æghwäðrum wäs brôga fram ôðrum, *to each of the two* (Beówulf and the drake) *was fear of the other*, 2565; gen. sg. æghwäðres ... worda and worca, 287.— 2) *each* (of several) : dat. sg. heora æghwäðrum, 1637.

æg-hwær, adv., *everywhere*, 1060.

æg-hwilc (O.H.G. êo-gi-hwëlih), pron., unusquisque, *every* (one) : 1) used as an adj.: acc. sg. m. dæl æghwylcne, 622.— 2) as substantive, a) with the partitive genitive : nom. sg. æg-hwylc, 9, 2888; dat. sg. æghwylcum, 1051. b) without gen.: nom. sg. æghwylc, 985, 988; (wäs) æghwylc ôðrum trŷwe, *each one* (of two) *true to the other*, 1166.

æg-weard, st. f., *watch on the sea shore :* acc. sg. æg-wearde, 241.

æht (abstract form from âgan, denoting the state of possessing), st. f.: 1) *possession, power :* acc. sg. on flôdes æht, 42; on wäteres æht, *into the power of the water*, 516; on æht gehwearf Denigea freán, *passed over into the possession of a Danish master*, 1680.— 2) *property, possessions, goods :* acc. pl. æhte, 2249.— Comp. mâðm-, gold-æht.

æht (O.H.G. âhta), st. f., *pursuit :* nom. þâ wäs æht boden Sweona leódum, segn Higelâce, *then was pursuit offered to the people of the Sweonas, (their) banner to Hygelâc* (i.e. the banner of the Swedes, taken during their flight, fell into the hands of Hygelâc), 2958.

ge-æhtan, w. v., *to prize, to speak in praise of :* pret. part. geæhted, 1866. [geähtan.]

ge-æhtla, w. m., or **ge-æhtle**, w. f., *a speaking of with praise, high esteem :* gen. sg. hy ... wyrðe þinceað eorla geæhtlan, *seem worthy of the high esteem of the noble-born*, 369. [geähtla.]

æn- (oblique form of ân), num., *one :* acc. sg. m. þone ænne þone ..., *the one whom ...*, 1054; oftor micle þonne on ænne sîð, *much oftener than one time*, 1580; forð onsendon ænne, *sent him forth alone*, 46.

æne, adv., *once :* oft nalles æne, 3020.

ænig, pron., *one, any one*, 474, 503, 510, 534, etc.: instr. sg. nolde ... ænige þinga, *would in no way, not at all*, 792; lyt ænig mearn, *little did any one sorrow* (i.e. no one), 3130.— With the article : näs se folccyning ... ænig, *no people's king*, 2735.—Comp. nænig.

æn-lîc, adj., *alone, excellent, distinguished:* ænlîc ansŷn, *distinguished appearance,* 251; þeáh þe hió ænlîcu sŷ, *though she be beautiful,* 1942.

ær (comparative form, from â): 1) adv., *sooner, before, beforehand,* 15, 656, 695, 758, etc., *for a long time,* 2596: eft swâ ær, *again as formerly,* 643; ær ne siððan, *neither sooner nor later,* 719; ær and sîð, *sooner and later* (all times), 2501; nô þŷ ær (*not so much the sooner*), *yet not,* 755, 1503, 2082, 2161, 2467.— 2) conjunct., *before, ere:* a) with the ind.: ær hió tô setle geóng, 2020. b) w. subjunc.: ær ge fyr fêran, *before you travel farther,* 252; ær he on weg hwurfe, 264, so 677, 2819; ær þon däg cwôme, *ere the day break,* 732; ær correlative to ær adv.: ær he feorh seleð, aldor an ôfre, ær he wille . . ., *he will sooner* (rather) *leave his life upon the shore, before* (than) *he will . . .,* 1372. — 3) prepos. with dat., *before:* ær deáðe, *before death,* 1389; ær däges hwîle, *before daybreak,* 2321; ær swyltdäge, *before the day of death,* 2799.

æror, comp. adv., *sooner, beforehand,* 810; *formerly,* 2655.

ærra, comp. adj., *earlier:* instr. pl., ærran mæLum, *in former times,* 908, 2238, 3036.

ærest, superl.: 1) adv., *first of all, foremost,* 6, 617, 1698, etc. — 2) as subst. n., *relation to, the beginning:* acc. þät ic his ærest þe eft gesägde (*to tell thee in what relation it stood at first to the coat of mail that has been presented*), 2158. See Note.

ær-däg, st. m. (*before-day*), *morning-twilight, gray of morning:* dat. sg. mid ærdäge, 126; samod ærdäge, 1312, 2943.

ærende, st. n., *errand, trust:* acc. sg., 270, 345.

ær-fäder, st. m., *late father, deceased father:* nom. sg. swâ his ærfäder, 2623.

ær-gestreón, st. n., *old treasure, possessions dating from old times:* acc. sg., 1758; gen. sg. swylcra fela ærgestreóna, *much of such old treasure,* 2233. See **gestreón.**

ær-geweorc, st. n., *work dating from old times:* nom. sg. enta ærgeweorc, *the old work of the giants* (of the golden sword-hilt from Grendel's water-hall), 1680. See **geweorc.**

ær-gôd, adj., *good since old times, long invested with dignity* or *advantages:* äðeling ærgôd, 130; (eorl) ærgôd, 1330; îren ærgôd (*excellent sword*), 990, 2587.

ær-wela, w. m., *old possessions, riches dating from old times:* acc. sg. ærwelan, 2748. See **wela.**

æs, st. n., *carcass, carrion:* dat. (instr.) sg. æse, of Äschere's corpse, 1333.

æt, st. m., *food, meat:* dat. sg., hû him ät æte speów, *how he fared well at meat,* 3027.

ættren (see âttor), adj., *poisonous:* wäs þät blôd tô þäs hât, ættren ellorgâst, se þær inne swealt, *so hot was the blood,* (*and*) *poisonous the demon* (Grendel's mother) *who died therein,* 1618

B

bana, bona, w. m., *murderer,* 158, 588, 1103, etc.: acc. sg. bonan Ongenþeówes, of Hygelâc, although

in reality his men slew Ongenþeów
(2965 ff.), 1969. Figuratively of
inanimate objects: ne wäs ecg
bona, 2507; wearð wracu Weoh-
stânes bana, 2614.—Comp.: ecg-,
feorh-, gâst-, hand-, mûð-bana.

bon-gâr, st. m. *murdering spear,*
2032.

ge·bannan, st. v. w. acc. of the
thing and dat. of the person, *to
command, to bid:* inf., 74.

bâd, st. f., *pledge,* only in comp.: nŷd-
bâd.

bân, st. n., *bone:* dat. sg. on bâne
(on the bony skin of the drake),
2579; dat. pl. heals ealne ymbe-
fêng biteran bânum (here of the
teeth of the drake), 2693.

bân-côfa, w. m., "cubile ossium"
(Grimm) of the body: dat. sg.
-côfan, 1446.

bân-fâg, adj., *variegated with
bones,* either with ornaments made
of bone-work, or adorned with
bone, perhaps deer-antlers; of
Hrôðgâr's hall, 781. The last
meaning seems the more probable.

bân-fät, st. n., *bone-vessel,* i.e. the
body: acc. pl. bân-fatu, 1117.

bân-hring, st. m., *the bone-struc-
ture, joint, bone-joint:* acc. pl.
hire wið halse . . . bânhringas bräc
(*broke her neck-joint*), 1568.

bân·hûs, st. n., *bone-house,* i.e. the
body: acc. sg. bânhûs gebräc,
2509; similarly, 3148.

bân-loca, w. m., *the enclosure of the
bones,* i.e. the body: acc. sg. bât
bânlocan, *bit the body,* 743; nom.
pl. burston bânlocan, *the body burst*
(of Grendel, because his arm was
torn out), 819.

bât, st. m., *boat, craft, ship,* 211.—
Comp. sæ-bât.

bât-weard, st. m., *boat-watcher, he*
who keeps watch over the craft.
dat. sg. -wearde, 1901.

bäð, st. n., *bath:* acc. sg. ofer gano-
tes bäð, *over the diver's bath* (i.e.
the sea), 1862.

bärnan, w. v., *to cause to burn, to
burn:* inf. hêt . . . bânfatu bär-
nan, *bade that the bodies be burned,*
1117; ongan . . . beorht hofu bär-
nan, *began to consume the splendid
country-seats* (the dragon), 2314.

for-bärnan, w. v., *consume with
fire:* inf. hy hine ne môston . . .
bronde for-bärnan, *they* (the Danes)
could not burn him (the dead
Äschere) *upon the funeral-pile,*
2127.

bædan (Goth. baidjan, O.N. bei-
ða), *to incite, to encourage:* pret.
bædde byre geonge, *encouraged
the youths* (at the banquet), 2019.

ge-bædan, w. v., *to press hard:* pret.
part. bysigum gebæded, *distressed
by trouble, difficulty, danger* (of
battle), 2581; *to drive, to send
forth:* stræla storm strengum ge-
bæded, *the storm of arrows sent
with strength,* 3118; *overcome:*
draca . . . bealwe gebæded, *the
dragon . . . overcome by the ills of
battle,* 2827.

bæl (O.N. bâl), st. n., *fire, flames:*
(wyrm) mid bæle fôr, *passed
(through the air) with fire,* 2309;
häfde landwara lîge befangan, bæle
and bronde, *with fire and burn-
ing,* 2323.—Especially, *the fire of
the funeral-pile, the funeral-pile,*
1110, 1117, 2127; ær he bæl cure,
ere he sought the burning (i.e.
died), 2819; hâtað . . . hlæw ge-
wyrcean . . . äfter bæle, *after I am
burned, let a burial mound be
thrown up* (Beówulf's words),
2804.

bæl-fŷr, st. n., *bale-fire, fire of the funeral-pile :* gen. pl. bælfŷra mæst, 3144.

bæl-stede, st. m., *place for the funeral-pile :* dat. sg. in bæl-stede, 3098.

bæl-wudu, st. m., *wood for the funeral-pile,* 3113.

bær, st. f., *bier,* 3106.

ge-bæran, w.v.. *to conduct one's self, behave :* inf. w. adv., ne gefrägen ic þâ mægðe . . . sêl gebæran, *I did not hear that a troop bore itself better, maintained a nobler deportment,* 1013 ; he on eorðan geseah þone leófestan lîfes ät ende bleáte gebæran, *saw the best-beloved upon the earth, at the end of his life, struggling miserably* (i.e. in a helpless situation), 2825.

ge-bætan (denominative from bæte, *the bit*), w. v., *to place the bit in the mouth of an animal, to bridle :* pret. part. þâ wäs Hrôðgâre hors gebæted, 1400.

be, prep. w. dat. (with the fundamental meaning *near,* "but not of one direction, as ät, but more general ") : 1) local, *near by, near, at, on* (rest) : be ŷdlâfe uppe lægon, *lay above, upon the deposit of the waves* (upon the strand, of the slain nixies), 566 ; häfde be honda, *held by the hand* (Beówulf held Grendel), 815 ; be sæm tweonum, *in the circuit of both the seas,* 859, 1686 ; be mäste, *on the mast,* 1906 ; be fŷre, *by the fire,* 2220 ; be nässe, *at the promontory,* 2244 ; sät be þæm gebrôðrum twæm, *sat by the two brothers,* 1192 ; wäs se gryre lässa efne swâ micle swâ bið mägða cräft be wæpnedmen, *the terror was just so much less, as is the strength of woman to the*

warrior (i.e. is valued by), 1285, etc. — 2) also local, but of motion from the subject in the direction of the object, *on, upon, by :* gefêng be eaxle, *seized by the shoulder,* 1538 ; âlêdon leófne þeóden be mäste, *laid the dear lord near the mast,* 36 ; be healse genam, *took him by the neck, fell upon his neck,* 1873 ; wæpen hafenade be hiltum, *grasped the weapon by the hilt,* 1575, etc. — 3) with this is connected the causal force, *on account of, for, according to :* ic þis gid be þe âwräc, *I spake this solemn speech for thee, for thy sake,* 1724 ; þû þe lær be þon, *learn according to this, from this,* 1723 ; be fäder lâre, *according to her father's direction,* 1951.— 4) temporal, *while, during :* be þe lifigendum, *while thou livest, during thy life,* 2666. See bî.

bed, st. n., *bed, couch :* acc. sg. bed, 140, 677 ; gen. sg. beddes, 1792 ; dat. pl. beddum, 1241. — Comp.: deað-, hlin-, läger-, morðor-, wäl-bed.

ge-bedde, w. f., *bed-fellow :* dat. sg. wolde sêcan cwên tô gebeddan, *wished to seek the queen as bed-fellow, to go to bed with her,* 666. — Comp. heals-gebedde.

begen, fem. **bâ,** *both :* nom. m., 536, 770, 2708 ; acc. fem. on bâ healfa, *on two sides* (i.e. Grendel and his mother), 1306 ; dat. m. bâm, 2197 ; and in connection with the possessive instead of the personal pronoun, ûrum bâm, 2661 ; gen. n. bega, 1874, 2896 ; bega gehwäðres, *each one of the two,* 1044 ; bega folces, *of both peoples,* 1125.

ge-belgan, st. v. (properly, *to cause to swell, to swell*), *to irritate :* w.

dat. (pret. subj.) þät he êcean
dryhtne bitre gebulge, *that he had
bitterly angered the eternal Lord*,
2332; pret. part. gebolgen, 1540;
(gebolge, MS.), 2222; pl. gebolgne,
1432; more according to the origi-
nal meaning in torne gebolgen,
2402.

â-belgan, *to anger:* pret. sg. w.
acc. ôð þät hyne ân âbealh mon on
môde, *till a man angered him in
his heart*, 2281; pret. part. âbol-
gen, 724.

ben, st. f., *wound:* acc. sg. benne,
2725. — Comp.: feorh-, seax-ben.

benc, st. f., *bench:* nom. sg. benc,
492; dat. sg. bence, 327, 1014,
1189, 1244. — Comp.: ealu-, medu-
benc.

benc-swêg, st. m., (*bench-rejoic-
ing*), *rejoicing which resounds
from the benches*, 1162.

benc-þel, st. n., *bench-board, the
wainscotted space where the benches
stand:* nom. pl. benc-þelu, 486;
acc. pl. bencþelu beredon, *cleared
the bench-boards* (i.e. by taking
away the benches, so as to prepare
couches), 1240.

bend, st. m. f., *bond, fetter:* acc. sg.
forstes bend, *frost's bond*, 1610;
dat. pl. bendum, 978. — Comp.:
fýr-, hell-, hyge-, íren-, oncer-,
searo-, wäl-bend.

ben-geat, st. n., (*wound-gate*),
wound-opening: nom. pl. ben-
geato, 1122.

bera (O.N. beri), w. m., *bearer:* in
comp. hleor-bera.

beran, st. v. w. acc., *to carry* · III.
sg. pres. byreð, 296, 448; þone
mâððum byreð, *carries the treas-
ure* (upon his person), 2056; pres.
subj. bere, 437; pl. beren, 2654;
inf. beran, 48, 231, 291, etc.; hêht

þâ se hearda Hrunting beran, *to
bring Hrunting*, 1808; up beran,
1921; in beran, 2153; pret. bär,
495, 712, 847, etc.; mandryhtne
bär fäted wæge, *brought the lord
the costly vessel*, 2282; pl. bæron,
213, 1636, etc.; bæran, 2851; pret.
part. boren, 1193, 1648, 3136. —
The following expressions are po-
etic paraphrases of the forms *go,
come:* þät we rondas beren eft tô
earde, 2654; gewîtað forð beran
wæpen and gewædu, 291; ic ge-
frägn sunu Wihstânes hringnet be-
ran, 2755; wîgheafolan bär, 2662;
helmas bæron, 240 (conjecture);
scyldas bæran, 2851: they lay
stress upon the connection of the
man with his weapons.

ät-beran, *to carry to:* inf. tô bea-
dolâce (*battle*) ätberan, 1562;
pret. þâ hine on morgentîd on
Heaðoræmas holm up ätbär, *the
sea bore him up to the Heaðoræmas*,
519; hió Beówulfe medoful ätbär,
brought Beówulf the mead-cup,
625; mägenbyrðenne ... hider ût
ätbär cyninge mínum, *bore the great
burden hither to my king*, 3093;
pl. hî hyne ätbæron tô brimes fa-
roðe, 28.

for-beran, *to hold, to suppress:* inf.
þät he þone breóstwylm forberan
ne mehte, *that he could not suppress
the emotions of his breast*, 1878.

ge-beran, *to bring forth, to bear:*
pret. part. þät lâ mäg secgan se þe
sôð and riht fremeð on folce ...
þät þes eorl wære geboren betera
(*that may every just man of the
people say, that this nobleman is
better born*), 1704.

ôð-beran, *to bring hither:* pret.
þâ mec sæ ôðbär on Finna land,
579.

on-beran (O.H.G. in bëran, intpë-
ran, but in the sense of carere), au-
ferre, *to carry off, to take away:*
inf. íren ærgôd þät þäs ahlæcan
blôdge beadufolme onberan wolde,
*excellent sword which would sweep
off the bloody hand of the demon,*
991; pret. part. (wäs) onboren
beága hord, *the treasure of the
rings had been carried off,* 2285.
— Compounds with the pres. part. :
helm-, sâwl-berend.

berian (denominative from bär,
naked), w. v., *to make bare, to
clear:* pret. pl. bencþelu beredon,
cleared the bench-place (by remov-
ing the benches), 1240.

berstan, st. v., *to break, to burst:*
pret. pl. burston bânlocan, 819;
bengeato burston, 1122. — *to crack,
to make the noise of breaking:* fin-
gras burston, *the fingers cracked*
(from Beówulf's gripe), 761.

for-berstan, *break, to fly asunder:*
pret. Nägling forbärst, *Nägling*
(Beówulf's sword) *broke in two,*
2681.

betera, adj. (comp.), *better:* nom.
sg. m. betera, 469, 1704.

bet-lîc, adj., *excellent, splendid:*
nom. sg. n., of Hrôðgâr's hall,
781; of Hygelâc's residence, 1926.

betst, betost (superl.), *best, the
best:* nom. sg. m. betst beadurinca,
1110; neut. nu is ôfost betost, þät
we . . ., *now is haste the best, that
we . . .,* 3008; voc. m. secg betsta,
948; neut. acc. beaduscrûda betst,
453; acc. sg. m. þegn betstan,
1872.

bêcn, st. n., (*beacon*), *token, mark,
sign:* acc. sg. betimbredon beado-
rôfes bêcn (of Beówulf's grave-
mound), 3162. See beacen.

bêg. See beág.

bên, st. f., *entreaty:* gen. sg. bêne,
428, 2285.

bêna, w. m., *suppliant,* supplex:
nom. sg. swâ þu bêna eart (*as thou
entreatest*), 352; swâ he bêna wäs
(*as he had asked*), 3141; nom. pl.
hy bênan synt, 364.

ge-bêtan: 1) *to make good, to re-
move:* pret.ac þu Hrôðgâre wîdcûð-
ne weán wihte gebêttest, *hast thou
in any way relieved Hrôðgâr of the
evil known afar,* 1992; pret. part.
acc. sg. swylce oncyððe ealle ge-
bêtte, *removed all trouble,* 831. —
2) *to avenge:* inf. wihte ne meahte
on þam feorhbonan fæhðe gebêtan,
*could in no way avenge the death
upon the slayer,* 2466.

beadu, st. f., *battle, strife, combat:*
dat. sg. (as instr.) beadwe, *in com-
bat,* 1540; gen. pl. bâd beadwa
ge-þinges, *waited for the combats*
(with Grendel) *that were in store
for him,* 710.

beadu-folm, st. f., *battle-hand:* acc.
sg. -folme, of Grendel's hand, 991.

beado-grîma, w. m., (*battle-mask*),
helmet: acc. pl. -grîman, 2258.

beado-hrägl, st. n., (*battle-gar-
ment*), *corselet, shirt of mail,* 552.

beado-lâc, st. n., (*exercise in arms,
tilting*), *combat, battle:* dat. sg. tô
beado-lâce, 1562.

beado-leóma, w. m., (*battle-light*),
sword: nom. sg., 1524.

beado-mêce, st. m., *battle-sword:*
nom. pl. beado-mêcas, 1455.

beado-rinc, st. m., *battle-hero, war-
rior:* gen.pl. betst beadorinca,1110.

beadu-rôf, adj., *strong in battle:*
gen. sg. -rôfes, of Beówulf, 3162.

beadu-rûn, st. f., *mystery of battle:*
acc. sg. onband beadu-rûne, *solved
the mystery of the combat,* i.e. gave
battle, commenced the fight, 501.

beadu-scearp, adj., *battle-sharp, sharp for the battle*, 2705.

beadu-scrûd, st. n., (*battle-dress*), *corselet, shirt of mail :* gen. pl. beaduscrûda betst, 453.

beadu-serce, w. f.,(*battle-garment*), *corselet, shirt of mail :* acc. sg. brogdne beadu-sercean (because it consists of interlaced metal rings), 2756.

beado-weorc, st. n., (*battle-work*), *battle :* gen. sg. gefeh beadoweorces, *rejoiced at the battle*, 2300.

beald, adj., *bold, brave :* in comp. cyning-beald.

bealdian, w. v., *to show one's self brave :* pret. bealdode gôdum dædum (*through brave deeds*), 2178.

bealdor, st. m., *lord, prince :* nom. sg. sinca baldor, 2429; winia bealdor, 2568.

bealu, st. n., *evil, ruin, destruction :* instr. sg. bealwe, 2827; gen. pl. bealuwa, 281 ; bealewa, 2083 ; bealwa, 910. — Comp.: cwealm-, ealdor-, hreðer-, leód-, morðor-, niht-, sweord-, wîg-bealu.

bealu, adj., *deadly, dangerous, bad :* instr. sg. hyne sâr hafað befongen balwon bendum, *pain has entwined him in deadly bands*, 978.

bealo-cwealm, st. m., *violent death, death by the sword* (?), 2266.

bealo-hycgende, pres. part., *thinking of death, meditating destruction :* gen. pl. æghwäðrum bealohycgendra, 2566.

bealo-hydig, adj., *thinking of death, meditating destruction :* of Grendel, 724.

bealo-nîð, st. m., (*zeal for destruction*), *deadly enmity :* nom. sg., 2405 ; *destructive struggle :* acc. sg. bebeorh þe þone bealonîð, *be-*

ware of destructive striving, 1759; *death-bringing rage :* nom. sg. him on breóstum bealo-nîð weóll, *in his breast raged deadly fury* (of the dragon's poison), 2715.

bearhtm (see beorht): 1) st. m., *splendor, brightness, clearness :* nom. sg. eágena bearhtm, 1767. — 2) *sound, tone :* acc. sg. bearhtm ongeâton, gûðhorn galan, *they heard the sound, (heard) the battle-horn sound*, 1432.

bearm, m., gremium, sinus, *lap, bosom :* nom. sg. foldan bearm, 1138 ; acc. sg. on bearm scipes, 35, 897 ; on bearm nacan, 214 ; him on bearm hladan bunan and discas, 2776. — 2) figuratively, *possession, property*, because things bestowed were placed in the lap of the receiver (1145 and 2195, on bearm licgan, âlecgan); dat. sg. him tô bearme cwom mâððumfät mære, *came into his possession*, 2405.

bearn, st. n., 1) *child, son :* nom. sg. bearn Healfdenes, 469, etc.; Ecgláfes bearn, 499, etc.; dat. sg. bearne, 2371; nom. pl. bearn, 59; dat. pl. bearnum, 1075. — 2) in a broader sense, *scion, offspring, descendant :* nom. sg. Ongenþeów's bearn, of his grandson, 2388 ; nom. pl. yldo bearn, 70 ; gumena bearn, *children of men*, 879 ; häleða bearn, 1190 ; äðelinga bearn, 3172 ; acc. pl. ofer ylda bearn, 606 ; dat. pl. ylda bearnum, 150 ; gen. pl. niðða bearna, 1006. — Comp.: brôðor-, dryht-bearn.

bearn-gebyrdu, f., *birth, birth of a son :* gen. sg. þät hyre ealdmetod êste wære bearn-gebyrdo, *has been gracious through the birth of such a son* (i.e. as Beówulf), 947.

bearu, st. m., (*the bearer*, hence properly only the fruit-tree, especially the oak and the beech), *tree,* collectively *forest:* nom. pl. hrímge bearwas, *rime-covered* or *ice-clad,* 1364.

beácen, st. n., *sign, banner,* vexillum : nom. sg. beorht beácen godes, *of the sun,* 570 ; gen. pl. beácna beorhtost, 2778. See **bécn.**

ge-**beácnian,** w. v., *to mark, to indicate:* pret. part. ge-beácnod, 140.

beág, st. m., *ring, ornament:* nom. sg. beáh (*neck-ring*), 1212; acc. sg. beáh (the collar of the murdered king of the Heaðobeardnas), 2042; bég (collective for the acc. pl.), 3165; dat. sg. cwom Wealhþeó forð gán under gyldnum beáge, *she walked along under a golden head-ring, wore a golden diadem,* 1164; gen. sg. beages (of a collar), 1217; acc. pl. beágas (rings in general), 80, 523, etc.; gen. pl. beága, 35, 352, 1488, 2285, etc. — Comp. : earm-, heals-beág.

beág-gyfa, w. m., *ring-giver,* designation of the prince : gen. sg. -gyfan, 1103.

beág-hroden, adj., *adorned with rings, ornamented with clasps:* nom. sg. beághroden, cwén, of Hróðgár's consort, perhaps with reference to her diadem (cf. 1164), 624.

beáh-hord, st. m. n., *ring-hoard, treasure consisting of rings:* gen. sg. beáh-hordes, 895; dat. pl. beáh-hordum, 2827 ; gen. pl. beáh-horda weard, of King Hróðgár, 922.

beáh-sele, st. m., *ring-hall, hall in which the rings were distributed:* nom. sg., of Heorot, 1178.

beáh-þegu, st. f., *the receiving of the ring:* dat. sg. æfter beáh-þege, 2177.

beáh-wriða, w. m. *ring-band,* ring with prominence given to its having the form of a band: acc. sg. beáh-wriðan, 2019.

beám, st. m., *tree,* only in the compounds fyrgen-, gleó-beám.

beátan, st. v., *thrust, strike:* pres. sg. mearh burhstede beáteð, *the steed beats the castle-ground* (place where the castle is built), i.e. with his hoofs, 2266; pret. part. swealt bille ge-beáten, *died, struck by the battle-axe,* 2360.

beorh, st. m.: 1) *mountain, rock:* dat. sg. beorge, 211 ; gen. sg. beorges, 2525, 2756; acc. pl. beorgas, 222. — 2) *grave-mound, tomb-hill:* acc. sg. biorh, 2808; beorh, 3098, 3165. A grave-mound serves the drake as a retreat (cf. 2277, 2412) : nom. sg. beorh, 2242; gen. sg. beorges, 2323. — Comp. stán-beorh.

beorh, st. f., *veil, covering, cap;* only in the comp. heáford-beorh.

beorgan, st. v. (w. dat. of the interested person or thing), *to save, to shield:* inf. wolde feore beorgan, *place her life in safety,* 1294; herebyrne . . . seó þe báncófan beorgan cúðe, *which could protect his body,* 1446; pret. pl. ealdre burgan, 2600.

be-**beorgan** (w. dat. refl. of pers. and acc. of the thing), *to take care, to defend one's self from:* inf. him be-beorgan ne con wom, *cannot keep himself from stain* (fault), 1747; imp. bebeorh þe þone bealoníð, 1759.

ge-**beorgan** (w. dat. of person or thing to be saved), *to save, to protect:* pret. sg. þæt gebearh feore, *protected the life,* 1549; scyld wel gebearg lífe and lîce, 2571.

ymb-**beorgan,** *to surround pro-*

tectingly : pret. sg. hring ûtan ymb-
bearh, 1504.

beorht, byrht, adj.: 1) *gleaming,
shining, radiant, shimmering :*
nom. sg. beorht, of the sun, 570,
1803; beorhta, of Heorot, 1178;
þät beorhte bold, 998; acc. sg.
beorhtne, of Beówulf's grave-
mound, 2804; dat. sg. tô þære
byrhtan (here-byrhtan, MS.) byrig,
1200; acc. pl. beorhte frätwe, 214,
897; beorhte randas, 231; bord-
wudu beorhtan, 1244; n. beorht
hofu, 2314. Superl.: beácna beorh-
tost, 2778. — 2) *excellent, remark-
able :* gen. sg. beorhtre bôte, 158.
— Comp.: sadol-, wlite-beorht.

beorhte, adv., *brilliantly, brightly,
radiantly,* 1518.

beorhtian, w. v., *to sound clearly :*
pret. sg. beorhtode benc-swêg,
1162.

beorn, st. m., *hero, warrior, noble
man :* nom. sg. (Hrôðgâr), 1881,
(Beówulf), 2434, etc.; acc. sg.
(Beów.), 1025, (Äschere), 1300;
dat. sg. beorne, 2261; nom. pl.
beornas (Beówulf and his com-
panions), 211, (Hrôðgâr's guests),
857; gen. pl. biorna (Beówulf's
liege-men), 2405. — Comp.: folc-,
gûð-beorn.

beornan, st. v., *to burn :* pres. part.
byrnende (of the drake), 2273. —
Comp. un-byrnende.

for-beornan, *to be consumed, to
burn :* pret. sg. for-barn, 1617,
1668; for-born, 2673.

ge-beornan, *to be burned :* pret.
gebarn, 2698.

beorn-cyning, st. m., *king of war-
riors, king of heroes :* nom. sg. (as
voc.), 2149.

beódan, st. v.: 1) *to announce, to
inform. to make known :* inf. biô-

dan, 2893. — 2) *to offer, to proffer*
(as the notifying of a transaction
in direct reference to the person
concerned in it): pret. pl. him
geþingo budon, *offered them an
agreement,* 1086; pret. part. þâ
wäs æht boden Sweona leodum,
*then was pursuit offered the Swed-
ish people,* 2958; inf. ic þäm gôdan
sceal mâðmas beódan, *I shall offer
the excellent man treasures,* 385.

â-beódan, *to present, to announce :*
pret. word inne âbeád, *made known
the words within,* 390 ; *to offer, to
tender, to wish :* pret. him hæl
âbeád, *wished him health* (greeted
him), 654. Similarly, hælo âbeád,
2419; eoton weard âbeád, *offered
the giant a watcher,* 669.

be-beódan, *to command, to order :*
pret. swâ him se hearda bebeád, *as
the strong man commanded them,*
401. Similarly, swâ se rîca be-
beád, 1976.

ge-beódan: 1) *to command, to
order :* inf. hêt þâ gebeódan byre
Wihstânes häleða monegum, þät
hie . . ., *the son of Wihstan caused
orders to be given to many of the
men . . .,* 3111. — 2) *to offer :* him
Hygd gebeád hord and rîce, *of-
fered him the treasure and the
chief power,* 2370; inf. gûðe ge-
beódan, *to offer battle,* 604.

beód-geneát, st. m., *table-compan-
ion :* nom. and acc. pl. geneátas,
343, 1714.

beón, verb, *to be,* generally in the
future sense, *will be :* pres. sg. I.
gûðgeweorca ic beó gearo sôna,
*I shall immediately be ready for
warlike deeds,* 1826; sg. III. wâ
bið þäm þe sceal . . ., *woe to him
who . . .!* 183; so, 186; gifeðe
bið is given, 299; ne bið þe wilna

gâd (*no wish will be denied thee*),
661; þær þe bið manna þearf, *if
thou shalt need the warriors*, 1836;
ne bið swylc cwênlic þeáw, *is not
becoming, honorable to a woman*,
1941; eft sôna bið, *will happen
directly*, 1763; similarly, 1768, etc.;
pl. þonne bióð brocene, *then are
broken*, 2064; feor cýððe beóð
sêlran gesôhte þam þe ..., "terrae
longinquae meliores sunt visitatu
ei qui ..." (Grein), 1839; imp. beó
(bió) þu on ôfeste, *hasten!* 386,
2748; beó wið Geátas gläd, *be
gracious to the Geátas*, 1174.

beór, st. n., *beer:* dat. sg. ät beóre,
at beer-drinking, 2042; instr. sg.
beóre druncen, 531; beóre drunc-
ne, 480.

beór-scealc, st. m., *keeper of the
beer, cup-bearer:* gen. pl. beór-
scealca sum (one of Hrôðgâr's fol-
lowers, because they served the
Geátas at meals), 1241.

beór-sele, st. m., *beer-hall, hall in
which beer is drunk:* dat. sg. in
(on) beórsele, 482, 492, 1095;
biórsele, 2636.

beór-þegu, st. f., *beer-drinking,
beer-banquet:* dat. sg. äfter beór-
þege, 117; ät þære beórþege, 618.

beót, st. n., *promise, binding agree-
ment to something that is to be
undertaken:* acc. sg. he beót ne
âlêh, *did not break his pledge*, 80;
beót eal ... gelæste, *performed all
that he had pledged himself to*, 523.

ge-beótian, w. v., *to pledge one's
self to an undertaking, to bind
one's self:* pret. gebeótedon, 480,
536.

beót-word, st. n., same as beót:
dat. pl. beót-wordum spräc, 2511.

biddan, st. v., *to beg, to ask, to pray:*
pres. sg. I. dôð swâ ic bidde! 1232;

inf. (w. acc. of the pers. and gen.
of the thing asked for) ic þe bid-
dan wille ânre bêne, *beg thee for
one*, 427; pret. swâ he selfa bäd,
as he himself had requested, 29;
bäd hine bliðne (supply wesan) ä^t
þære beórþege, *begged him to be
cheerful at the beer-banquet*, 618;
ic þe lange bäd þät þu ..., *begged
you a long time that you*, 1995;
frioðowære bäd hlâford sînne,
begged his lord for protection
(acc. of pers. and gen. of thing),
2283; bäd þät ge geworhton,
asked that you ..., 3097; pl. wor-
dum bædon þät ..., 176.

on-bidian, w. v., *to await:* inf.
lætað hilde-bord her onbidian ...
worda geþinges, *let the shields
await here the result of the con-
ference* (lay the shields aside here).
397.

bil, st. n. *sword:* nom. sg. bil, 1568;
bill, 2778; acc. sg. bil, 1558;
instr. sg. bille, 2360; gen. sg. billes,
2061, etc.; instr. pl. billum, 40;
gen. pl. billa, 583, 1145.—Comp.:
gûð-, hilde-, wîg-bil.

bindan, st. v., *to bind, to tie:* pret.
part. acc. sg. wudu bundenne, *the
bound wood*, i.e. the built ship, 216;
bunden golde swurd, *a sword bound
with gold*, i.e. either having its hilt
inlaid with gold, or having gold
chains upon the hilt (swords of
both kinds have been found),
1901; nom. sg. heoru bunden,
1286, has probably a similar mean-
ing.

ge-bindan, *to bind:* pret. sg. þær
ic fîfe geband, *where I had bound
five*(?), 420; pret. part. cyninges
þegn word ôðer fand sôðe gebun-
den, *the king's man found* (after
many had already praised Beówulf's

deed) *other words* (also referring to Beówulf, but in connection with Sigemund) *rightly bound together*, i.e. in good alliterative verses, as are becoming to a gid, 872; wundenmæl wrättum gebunden, *sword bound with ornaments*, i.e. inlaid, 1532; bisgum gebunden, *bound together by sorrow*, 1744; gomel gûðwîga eldo gebunden, *hoary hero bound by old age* (fettered, oppressed), 2112.

on-bindan, *to unbind, to untie, to loose:* pret. onband, 501.

ge-**bind**, st. n. coll., *that which binds, fetters:* in comp. îs-gebind.

bite, st. m., *bite*, figuratively of the cut of the sword: acc. sg. bite îrena, *the swords' bite*, 2260; dat. sg. äfter billes bite, 2061. — Comp. lâð-bite.

biter (primary meaning that of biting), adj.: 1) *sharp, cutting, cutting in:* acc. sg. biter (of a short sword), 2705; instr. sg. biteran sträle, 1747; instr. pl. biteran bânum, *with sharp teeth*, 2693. — 2) *irritated, furious:* nom. pl. bitere, 1432.

bitre, adv., *bitterly* (in a moral sense), 2332.

bî, big (fuller form of the prep. be, which see), prep. w. dat.: 1) *near, at, on, about, by* (as under be, No. 1): bî sæm tweónum, *in the circuit of both seas*, 1957; ârâs bî ronde, *raised himself up by the shield*, 2539; bî wealle gesät, *sat by the wall*, 2718. With a freer position: him big stôdan bunan and orcas, *round about him*, 3048. — 2) *to, towards* (motion): hwearf þâ bî bence, *turned then towards the bench*, 1189; geóng bî sesse, *went to the seat*, 2757.

bîd (see **bîdan**), st. n., *tarrying hesitation:* þær wearð Ongenþió on bîd wrecen, *forced to tarry*, 2963.

bîdan, st. v.: 1) *to delay, to stay, to remain, to wait:* inf. nô on wealle leng bîdan wolde, *would not stay longer within the wall* (the drake), 2309; pret. in þýstrum bâd, *remained in darkness*, 87; flota stille bâd, *the craft lay still*, 301; receda . . . on þâm se rîca bâd, *where the mighty one dwelt*, 310; þær se snottra bâd, *where the wise man* (Hrôðgâr) *waited*, 1314; he on searwum bâd, *he* (Beówulf) *stood there armed*, 2569; ic on earde bâd mælgesceafta, *lived upon the paternal ground the time appointed me by fate*, 2737; pret. pl. sume þær bidon, *some remained, waited there*, 400. — 2) *to await, to wait for*, with the gen. of that which is awaited: inf. bîdan woldon Grendles gûðe, *wished to await the combat with Grendel, to undertake it*, 482; similarly, 528; wîges bîdan, *await the combat*, 1269; nalas andsware bîdan wolde, *would await no answer*, 1495; pret. bâd beadwa geþinges, *awaited the event of the battle*, 710; sægenga bâd âgendfreán, *the sea-goer* (boat) *awaited its owner*, 1883; sele . . . heaðowylma bâd, lâðan lîges (the poet probably means to indicate by these words that the hall Heorot was destroyed later in a fight by fire; an occurrence, indeed, about which we know nothing, but which 1165 and 1166, and again 2068 ff. seem to indicate), 82.

â-bîdan, *to await*, with the gen.: inf., 978.

ge-bîdan: 1) *to tarry, to wait*

imp. gebíde ge on beorge, *wait ye
on the mountain*, 2530; pret. part.
þeáh þe wintra lyt under burhlocan
gebiden häbbe Häreðes dôhtor,
*although H.'s daughter had dwelt
only a few years in the castle*,
1929. — 2) *to live through, to
experience, to expect* (w. acc.):
inf. sceal endedäg mínne gebídan,
shall live my last day, 639; ne
wênde ... bôte gebídan, *did not
hope ... to live to see reparation*,
935; fela sceal gebídan leófes and
láðes, *experience much good and
much affliction*, 1061; ende gebí-
dan, 1387, 2343; pret. he þäs frôfre
gebâd, *received consolation* (com-
pensation) *therefor*, 7; gebâd win-
tra worn, *lived a great number of
years*, 264; in a similar construc-
tion, 816, 930, 1619, 2259, 3117.
With gen.: inf. tô gebídanne ôðres
yrfeweardes, *to await another heir*,
2453. With depend. clause: inf.
tô gebídanne þät his byre ríde on
galgan, *to live to see it, that his son
hang upon the gallows*, 2446; pret.
dreám-leás gebâd þät he . . ., *joy-
less he experienced it, that he . . .*,
1721; þäs þe ic on aldre gebâd þät
ic . . ., *for this, that I, in my old
age, lived to see that . . .*, 1780.
or·bídan, *to wait, to await:* pret.
hordweard onbâd earfôðlíce ôð þät
æfen cwom, *scarcely waited, could
scarcely delay till it was evening*,
2303.
bitan, st. v., *to bite*, of the cutting of
swords: inf. bítan, 1455, 1524;
pret. bât bânlocan, *bit into his body*
(Grendel), 743; bât unswíðor, *cut
with less force* (Beówulf's sword),
2579.
blanca, w. m., properly *that which
shines* here of the horse, not so

much of the white horse as the
dappled: dat. pl. on blancum, 857.
ge-bland, ge-blond, st. n., *mix-
ture, heaving mass, a turning.* —
Comp.: sund-, ýð-geblond, wind-
blond.
blanden-feax, blonden-feax, adj.,
mixed, i.e. having gray hair, *gray-
headed*, as epithet of an old man:
nom. sg. blondenfeax, 1792; blon-
denfexa, 2963; dat. sg. blonden-
feaxum, 1874; nom. pl. blonden-
feaxe, 1595.
bläc, adj., *dark, black:* nom. sg
hrefn blaca, 1802.
blâc, adj.: 1) *gleaming, shining:*
acc. sg. blâcne leóman, *a brilliant
gleam*, 1518. — 2) of the white
death-color, *pale;* in comp. heoro-
blâc.
blæd, st. m.: 1) *strength, force, vigor:*
nom. sg. wäs hira blæd scacen (of
both tribes), *strength was gone*, i.e.
the bravest of both tribes lay slain,
1125; nu is þínes mägnes blæd
âne hwíle, *now the fulness of thy
strength lasts for a time*, 1762. —
2) *reputation, renown, knowledge*
(with stress upon the idea of filling
up, spreading out): nom. sg. blæd,
18; (þín) blæd is âræred, *thy re-
nown is spread abroad*, 1704.
blæd-âgend, pt., *having renown,
renowned:* nom. pl. blæd-âgende,
1014.
blæd-fäst, adj., *firm in renown, re-
nowned, known afar:* acc. sg.
blædfästne beorn (of Äschere, with
reference to 1329), 1300.
bleát, adj., *miserable, helpless;* only
in comp. wäl-bleát.
bleáte, adv., *miserably, helplessly*,
2825.
blícan, st. v., *shine, gleam:* inf., 222.
blíðe, adj.: 1) *blithe, joyous, happy.*

acc. sg. blîðne, 618. — 2) *gracious, pleasing:* nom. sg. blîðe, 436. — Comp. un-blîðe.

blîð-heort, adj., *joyous in heart, happy:* nom. sg., 1803.

blôd, st. n., *blood:* nom. sg., 1122; acc. sg., 743; dat. sg. blôde, 848; äfter deórum men him langað beorn wið blôde, *the hero* (Hrôðgâr) *longs for the beloved man contrary to blood,* i.e. he loves him although he is not related to him by blood, 1881; dat. as instr. blôde, 486, 935, 1595, etc.

blôd-fâg, adj., *spotted with blood, bloody,* 2061.

blôdig, adj., *bloody:* acc. sg. f. blôdge, 991; acc. sg. n. blôdig, 448; instr. sg. blôdigan gâre, 2441.

ge-blôdian, w. v., *to make bloody, to sprinkle with blood:* pret. part. ge-blôdegod, 2693.

blôdig-tôð, adj., *with bloody teeth:* nom. sg. bona blôdig-tôð (of Grendel, because he bites his victims to death), 2083.

blôd-reów, adj., *bloodthirsty, bloody-minded:* nom. sg. him on ferhðe greów breóst-hord blôd-reów, *in his bosom there grew a bloodthirsty feeling,* 1720.

be-bod, st. n., *command, order;* in comp. wundor-bebod.

bodian, w. v., (*to be a messenger*), *to announce, to make known:* pret. hrefn blaca heofones wynne blîð-heort bodode, *the black raven announced joyfully heaven's delight* (the rising sun), 1803.

boga, w. m., *bow,* of the bended form; here of the dragon, in comp. hring-boga; as an instrument for shooting, in the comp. flân-, horn-boga; bow of the arch, in comp. stân-boga.

bolca, w. m., " forus navis " (Grein), *gangway;* here probably the planks which at landing are laid from the ship to the shore: acc. sg. ofer bolcan, 231.

bold, st. n., *building, house, edifice:* nom. sg. (Heorot), 998; (Hygelâc's residence), 1926; (Beówulf's residence), 2197, 2327. — Comp. fold-bold.

bold-âgend, pt., *house-owner, property-holder:* gen. pl. monegum boldâgendra, 3113.

bolgen-môd, adj., *angry at heart, angry,* 710, 1714.

bolster, st. m., *bolster, cushion, pillow:* dat. pl. (reced) geond-bræded wearð beddum and bolstrum, *was covered with beds and bolsters,* 1241. — Comp. hleór-bolster.

bon-. See **ban-.**

bora, w. m., *carrier, bringer, leader:* in the comp. mund-, ræd-, wæg-bora.

bord, st. n., *shield:* nom. sg., 2674; acc. sg., 2525; gen. pl. ofer borda gebräc, *over the crashing of the shields,* 2260. — Comp.: hilde-, wîg-bord.

bord-häbbend, pt., *one having a shield, shield-bearer:* nom. pl. häbbende, 2896.

bord-hreóða, w. m., *shield-cover, shield* with particular reference to its cover (of hides or linden bark): dat. sg. -hreóðan, 2204.

bord-rand, st. m., *shield:* acc. sg., 2560.

bord-weall, st. m., *shield-wall, wall of shields:* acc. sg., 2981.

bord-wudu, st. m., *shield-wood, shield:* acc. pl. beorhtan beordwudu, 1244.

botm, st. m., *bottom:* dat. sg. tô botme (here of the bottom of the fen-lake), 1507.

bôt (emendation, cf. bêtan), st. f.: 1) *relief, remedy:* nom. sg., 281 ; **acc.** sg. bôte, 935; acc. sg. bôte, 910. — 2) *a performance in expiation, a giving satisfaction, tribute:* gen. sg. bôte, 158.

brand, brond, st. m.: 1) *burning, fire:* nom. sg. þâ sceal brond fretan (*the burning of the body*), 3015; instr. sg. hy hine ne' môston ... bronde forbärnan (*could not bestow upon him the solemn burning*), 2127; häfde landwara lîge befangen, bæle and bronde, *with glow, fire, and flame,* 2323. — 2) in the passage, þät hine nô brond ne beadomêcas bîtan ne meahton, 1455, b r o n d has been translated *sword, brand* (after the O.N. brand-r). The meaning *fire* may be justified as well, if we consider that the old helmets were generally made of leather, and only the principal parts were mounted with bronze. The poet wishes here to emphasize the fact that the helmet was made entirely of metal, a thing which was very unusual. — 3) in the .passage, forgeaf þâ Beówulfe brand Healfdenes segen gyldenne, 1021, our text, with other editions, has emendated, b e a r n, since b r a n d, if it be intended as a designation of Hrôðgâr (perhaps *son*), has not up to this time been found in this sense in A.-S.

brant, bront, adj., *raging, foaming, going high,* of ships and of waves : acc. sg. brontne, 238, 568.

brâd, adj.: 1) *extended, wide:* nom. pl. brâde rîce, 2208. — 2) *broad:* nom. sg. heáh and brâd (of Beówulf's grave-mound), 3159; acc. sg. brâdne mêce, 2979; (seax) brâd [and] brûnecg, *the broad,*

short sword with bright edge, 1547. — 3) *massive, in abundance.* acc. sg. brâd gold, 3106.

ge - bräc, st. n., *noise, crash:* acc. sg. borda gebräc, 2260.

geond - brædan, w. v., *to spreaa over, to cover entirely:* pret. part. geond-bræded, 1240.

brecan, st. v.: 1) *to break, to break to pieces:* pret. bânhringas bräc, (the sword) *broke the joints,* 1568. In a moral sense: pret. subj. þät þær ænig mon wære ne bræce, *that no one should break the agreement,* 1101; pret. part. þonne biôð brocene ... âð-sweord eorla, *then are the oaths of the men broken,* 2064. — 2) probably also simply *to break in upon something, to press upon,* w. acc.: pret. sg. sædeór monig hildetuxum heresyrcan bräc, *many a sea-animal pressed with his battle-teeth upon the shirt of mail* (did not break it, for, according to 1549 f., 1553 f., it was still unharmed). 1512. — 3) *to break out, to spring out:* inf. geseah ... streám ût brecan of beorge, *saw a stream break out from the rocks,* 2547; lêtdse hearda Higelâces þegn brâdne mêce . . . brecan ofer bordweal, *caused the broadsword to spring out over the wall of shields,* 2981. — 4) figuratively, *to vex, not to let rest:* pret. hine fyrwyt bräc, *curiosity tormented* (N.H.G. brachte die Neugier um), 232, 1986, 2785.

ge - brecan, *to break to pieces:* pret. bânhûs gebräc, *broke in pieces his body* (Beówulf in combat with Däghrefn), 2509.

tô - brecan, *to break in pieces:* inf., 781; pret. part. tô-brocen, 998.

þurh - brecan, *to break through.* pret. wordes ord breósthord þurh-

brāc, *the word's point broke through
his closed breast,* i.e. a word burst
out from his breast, 2793.

brecð, st. f., *condition of being brok-
en, breach :* nom. pl. môdes brecða
(*sorrow of heart*), 171.

â-bredwian, w. v. w. acc., *to fell
to the ground, to kill* (?) : pret.
âbredwade, 2620.

bregdan, st. v., properly *to swing
round*, hence: 1) *to swing:* inf.
undersceadu bregdan, *swing among
the shadows, to send into the realm
of shadows*, 708; pret. brägd ealde
lâfe, *swung the old weapon*, 796;
brägd feorh-genîðlan, *swung his
mortal enemy* (Grendel's mother),
threw her down, 1540; pl. git
eágorstreám . . . mundum brugdon,
stirred the sea with your hands (of
the movement of the hands in swim-
ming), 514; pret. part. broden
(brogden) mæl, *the drawn sword*,
1617, 1668. — 2) *to knit, to knot,
to plait :* inf., figuratively, inwitnet
ôðrum bregdan, *to weave a way-
laying net for another* (as we say
in the same way, to lay a trap for
anóther, to dig a pit for another),
2168; pret. part. beadohrägl bro-
den, *a woven shirt of mail* (because
it consisted of metal rings joined
together), 552; similarly, 1549;
brogdne beadusercean, 2756.

â-bregdan, *to swing :* pret. hond
up â-bräd, *swung, raised his hand*,
2576.

ge-bregdan: 1) *swing:* pret. hring-
mæl gebrägd, *swung the ringed
sword*, 1565; eald sweord eácen
. . . þät ic þŷ wæpne gebräd, *an old
heavy sword that I swung as my
weapon*, 1665; with interchanging
instr. and acc. wällseaxe gebräd,
biter and beadu-scearp, 2704; also,

to draw out of the sheath · sweord
ær gebräd, *had drawn the sword
before*, 2563. — 2) *to knit, to knot,
to plait :* pret. part. here-byrne
hondum gebroden, 1444.

on-bregdan, *to tear open, to throw
open :* pret. onbräd þâ recedes
mûðan, *had then thrown open the
entrance òf the hall* (onbregdan is
used because the opening door
swings upon its hinges), 724.

brego, st. m., *prince, ruler :* nom. sg.
427, 610.

brego-rôf, adj., *powerful, like a
ruler, of heroic strength :* nom. sg.
m., 1926.

brego-stôl, st. m., *throne*, figura-
tively for *rule :* acc. sg. him ge-
sealde seofon þûsendo, bold and
brego-stôl, *gave him seven thousand*
(see under s c e a t), *a country-
seat, and the dignity of a prince*,
2197; þær him Hygd gebeád . . .
brego-stôl, *where H. offered him
the chief power*, 2371; lêt þone
bregostôl Beówulf healdan, *gave
over to Beówulf the chief power*
(did not prevent Beówulf from
entering upon the government),
2390.

breme, adj., *known afar, renowned.*
nom. sg., 18.

brenting (see **brant**), st. m., *ship
craft :* nom. pl. brentingas, 2808.

â-breátan, st. v., *to break, to break
in pieces, to kill :* pret. âbreót brim-
wîsan, *killed the sea-king* (King
Hæðcyn), 2931. See **breótan.**

breóst, st. n.: 1) *breast :* nom. sg.,
2177; often used in the pl., so acc
þät mîne breóst wereð, *which pro
tects my breast*, 453; dat. pl. bea
dohrägl broden on breóstum läg,
552. — 2) *the inmost thoughts, the
mind, the heart, the bosom :* nom.

sg. breóst innan weóll þeóstrum ge-
þoncum, *his breast heaved with
troubled thoughts,* 2332; dat. pl.
lêt þâ of breóstum word ût faran,
*caused the words to come out from
his bosom,* 2551.

breóst-gehygd, st. n. f., *breast-
thought, secret thought:* instr. pl.
-gehygdum, 2819.

breóst-gewædu, st. n. pl., *breast-
clothing, garment covering the
breast,* of the coat of mail: **nom.,**
1212; acc., 2163.

breóst-hord, st. m., *breast-hoard,
that which is locked in the breast,
heart, mind, thought, soul:* nom.
sg., 1720; acc. sg., 2793.

breóst-net, st. n., *breast-net, shirt
of chain-mail, coat of mail:* nom.
sg. breóst-net broden, 1549.

breóst-weorðung, st. f., *ornament
that is worn upon the breast:* acc.
sg. breóst-weorðunge, 2505: here
the collar is meant which Beówulf
receives from Wealhþeów (1196,
2174) as a present, and which B.,
according to 2173, presents to
Hygd, while, according to 1203, it
is in the possession of her husband
Hygelâc. In front the collar is
trimmed with ornaments (frätwe),
which hang down upon the breast,
hence the name breóst-weorðung.

breóst-wylm, st. m., *heaving of the
breast, emotion of the bosom:* acc.
sg., 1878.

breótan, st. v., *to break, to break in
pieces, to kill:* pret. breát beódge-
neátas, *killed his table-companions*
(courtiers), 1714.

â-breótan, same as above: pret.
þone þe heó on räste âbreát, *whom
she killed upon his couch,* 1299;
pret. part. þâ þät monige gewearð,
þät hine seó brimwylf âbroten häf-

de, *many believed that the sea-wolf*
(Grendel's mother) *had killed him,*
1600; hî hyne ... âbroten häfdon,
had killed him (the dragon), 2708.

brim, st. n., *flood, the sea:* nom. sg.,
848, 1595; gen. sg. tô brimes fa-
roðe, *to the sea,* 28; ät brimes no-
san, *at the sea's promontory,* 2804;
nom. pl. brimu swaðredon, *the
waves subsided,* 570.

brim-clif, st. n., *sea-cliff, cliff washed
by the sea:* acc. pl. -clifu, 222.

brim-lâd, st. f., *flood-way, sea-way:*
acc. sg. þâra þe mid Beówulfe brim-
lâde teáh, *who had travelled the
sea-way with B.,* 1052.

brim-liðend, pt., *sea-farer, sailor* ·
acc. pl. -liðende, 568.

brim-streám, st. m., *sea-stream, the
flood of the sea:* acc. pl. ofer brim-
streámas, 1911.

brim-wîsa, w. m., *sea-king:* acc. sg.
brimwîsan, of Hæðcyn, king of the
Geátas, 2931.

brim-wylf, st. f., *sea-wolf* (designa-
tion of Grendel's mother): nom.
sg. seó brimwylf, 1507, 1600.

brim-wylm, st. m., *sea-wave:* nom.
sg., 1495.

bringan, anom. v., *to bring, to bear:*
prs. sg. I. ic þe þûsenda þegna
bringe tô helpe, *bring to your assist-
ance thousands of warriors,* 1830;
inf. sceal hringnaca ofer heaðu brin-
gan lâc and luftâcen, *shall bring
gifts and love-tokens over the high
sea,* 1863; similarly, 2149, 2505;
pret. pl. we þâs sælâc ... brôhton,
brought this sea-offering (Grendel's
head), 1654.

ge-bringan, *to bring:* pres. subj.
pl. þät we þone gebringan ... on
âdfäre, *that we bring him upon the
funeral-pile,* 3010.

brosnian, w. v., *to crumble, to be-*

come rotten, to fall to pieces : prs.
sg. III. herepâd . . . brosnað äfter
beorne, *the coat of mail falls to pieces
after* (the death of) *the hero,* 2261.

brôðor, st. m., *brother :* nom. sg.,
1325, 2441; dat. sg. brêðer, 1263;
gen. sg. his brôðor bearn, 2620;
dat. pl. brôðrum, 588, 1075.

ge - brôðru, pl., *brethren, brothers :*
dat. pl. sät be þæm gebrôðrum
twæm, *sat by the two brothers,* 1192.

brôga, w. m., *terror, horror :* nom.
sg., 1292, 2325, 2566; acc. sg. billa
brôgan, 583. — Comp.: gryre-,
here-brôga.

brûcan, st. v. w. gen., *to use, to make
use of :* prs. sg. III. se þe longe her
worolde brûceð, *who here long
makes use of the world,* i.e. lives
long, 1063; imp. brûc manigra
mêda, *make use of many rewards,
give good rewards,* 1179; *to enjoy :*
inf. þät he beáhhordes brûcan môs-
te, *could enjoy the ring-hoard,* 895;
similarly, 2242, 3101; pret. breác
lîfgesceafta, *enjoyed the appointed
life, lived the appointed time,* 1954.
With the genitive to be supplied:
breác þonne môste, 1488; imp.
brûc þisses beáges, *enjoy this ring,
take this ring,* 1217. Upon this
meaning depends the form of the
wish, wel brûcan (compare the
German geniesze froh!) : inf. hêt
hine wel brûcan, 1046; hêt hine
brûcan well, 2813; imp. brûc ealles
well, 2163.

brûn, adj., *having a brown lustre,
shining :* nom. sg. sió ecg brûn, 2579.

brûn-ecg, adj., *having a gleaming
blade :* acc. sg. n. (hyre seaxe) brâd
[and] brûnecg, *her broad sword
with gleaming blade,* 1547.

brûn-fâg, adj., *gleaming like metal :*
acc. sg. brûnfâgne helm, 2616.

bryne-leónia, w. m., *light of a con-
flagration, gleam of fire :* nom. sg.,
2314.

bryne-wylm, st. m., *wave of fire :*
dat. pl. -wylmum, 2327.

brytnian (properly *to break in small
pieces,* cf. breótan), w. v., *to bestow,
to distribute :* pret. sinc brytnade,
distributed presents, i.e. ruled (since
the giving of gifts belongs espe-
cially to rulers), 2384.

brytta, w. m., *giver, distributer,*
always designating the king : nom.
sg. sinces brytta, 608, 1171, 2072;
acc. sg. beága bryttan, 35, 352,
1488; sinces bryttan, 1923.

bryttian (*to be a dispenser*), w. v.,
to distribute, to confer : prs. sg. III.
god manna cynne snyttru bryttað,
*bestows wisdom upon the human
race,* 1727.

brŷd, st. f. : 1) *wife, consort :* acc.
sg. brŷd, 2931; brŷde, 2957, both
times of the consort of Ongen-
þeów (?). — 2) *betrothed, bride :*
nom. sg., of Hrôðgâr's daughter,
Freáware, 2032.

brŷd-bûr, st. n., *woman's apart-
ment :* dat. sg. eode . . . cyning
of brŷdbûre, *the king came out of
the apartment of his wife* (into
which, according to 666, he had
gone), 922.

bunden-stefna, w. m., (*that which
has a bound prow*), *the framed
ship :* nom. sg., 1911.

bune, w. f., *can* or *cup, drinking-
vessel :* nom. pl. bunan, 3048; acc.
pl. bunan, 2776.

burh, burg, st. f., *castle, city, forti-
fied house :* acc. sg. burh, 523; dat.
sg. byrig, 1200; dat. pl. burgum,
53, 1969, 2434. — Comp.: freó-,
freoðo-, heá-, hleó-, hord-, leód-,
mæg-burg.

burh-loca, w. m., *castle-bars :* dat. sg. under burh-locan, *under the castle-bars,* i.e. in the castle (Hy-gelâc's), 1929.

burh-stede, st. m., *castle-place, place where the castle* or *city stands :* acc. sg. burhstede, 2266.

burh-wela, w. m., *riches, treasure of a castle* or *city :* gen. sg. þenden he burh-welan brûcan môste, 3101.

burne, w. f., *spring, fountain :* gen. þære burnan wälm, *the bubbling of of the spring,* 2547.

bûan, st. v.: 1) *to stay, to remain, to dwell :* inf. gif he weard onfunde bûan on beorge, *if he had found the watchman dwelling on the mountain,* 2843. — 2) *to inhabit,* w. acc.: meduseld bûan, *to inhabit the mead-house,* 3066.

ge-bûan, w. acc., *to occupy a house, to take possession :* pret. part. heán hûses, hû hit Hring Dene äfter beórþege gebûn häfdon, *how the Danes, after their beer-carouse, had occupied it* (had made their beds in it), 117. — With the pres. part. bûend are the compounds ceaster-, fold-, grund-, lond-bûend.

bûgan, st. v., *to bend, to bow, to sink ; to turn, to flee :* prs. sg. III. bon-gâr bûgeð, *the fatal spear sinks,* i.e. its deadly point is turned down, it rests, 2032; inf. þät se byrnwîga bûgan sceolde, *that the armed hero had to sink down* (having received a deadly blow), 2919; similarly, 2975; pret. sg. beáh eft under eorðweall, *turned, fled again behind the earth-wall,* 2957; pret. pl. bugon tô bence, *turned to the bench,* 327, 1014; hy on holt bugon, *fled to the wood,* 2599.

â-bûgan, *to bend off, to curve away from .* pret. fram sylle âbeág me-

dubenc monig, *from the threshold curved away many a mead-bench,* 776.

be-bûgan, w. acc., *to surround, to encircle :* prs. swâ (*which*) wäter bebûgeð, 93; efne swâ sîde swâ sæ bebûgeð windige weallas, *as far as the sea encircles windy shores,* 1224.

ge-bûgan, *to bend, to bow, to sink :* a) intrans. : þeó on flet gebeáh, *sank on the floor,* 1541; þâ gebeáh cyning, *then sank the king,* 2981; þâ se wyrm gebeáh snûde tôsomne (*when the drake at once coiled itself up*), 2568; gewât þâ gebogen scrîðan tô, *advanced with curved body* (the drake), 2570.—b) w. acc. of the thing to which one bends or sinks : pret. selereste gebeáh, *sank upon the couch in the hall,* 691; similarly gebeág, 1242.

bûr, st. n., *apartment, room :* dat. sg. bûre, 1311, 2456; dat. pl. bûrum, 140. — Comp. brŷd-bûr.

bûtan, bûton (from be and ûtan, hence in its meaning referring to what is without, excluded): 1) conj. with subjunctive following, *lest :* bûtan his lîc swîce, *lest his body escape,* 967. With ind. following, *but :* bûton hît wäs mâre þonne ænig mon ôðer tô beadu-lâce ätberan meahte, *but it* (the sword) *was greater than any other man could have carried to battle,* 1561. After a preceding negative verb, *except :* þâra þe gumena bearn gearwe ne wiston bûton Fitela mid hine, *which the children of men did not know at all, except Fitela, who was with him,* 880; ne nom he mâðm-æhta mâ bûton þone hafelan, etc., *he took no more of the rich treasure than*

the head alone, 1615. — 2) prep.
with dat., *except :* bûton folcscare,
73; bûton þe, 658; ealle bûton
ânum, 706.

bycgan, w. v., *to buy, to pay :* inf.
ne wäs þät gewrixle til þät hie on
bâ healfa bicgan sceoldon freónda
feorum, *that was no good transac-
tion, that they, on both sides* (as
well to Grendel as to his mother),
*had to pay with the lives of their
friends,* 1306.

be-bycgan, *to sell :* pret. nu ic on
mâðma hord mîne bebohte frôde
feorhlege (*now I, for the treasure-
hoard, gave up my old life*), 2800.

ge-bycgan, *to buy, to acquire; to
pay :* pret. w. acc. nô þær ænige
. . . frôfre gebohte, *obtained no sort
of help, consolation,* 974; hit (his,
MS.) ealdre gebohte, *paid it with
his life,* 2482; pret. part. sylfes
feore beágas [geboh]te, *bought
rings with his own life,* 3015.

byldan, w. v. (*to make* beald, which
see), *to excite, to encourage to brave
deeds :* inf. w. acc. swâ he Fresena
cyn on beórsele byldan wolde (by
distributing gifts), 1095.

ge-**byrd,** st. n., "fatum destinatum"
(Grein)(?) : acc. sg. hie on gebyrd
hruron gâre wunde, 1075.

ge-**byrdu,** st. f., *birth;* in com-
pound, bearn-gebyrdu.

byrdu-scrûd, st. n., *shield-orna-
ment, design upon a shield*(?) :
nom. sg., 2661.

byre, st. m., (*born*) *son :* nom. sg.,
2054, 2446, 2622, etc. ; nom. pl.
byre, 1189.   In a broader sense,
young man, youth : acc. pl. bædde
byre geonge, *encouraged the youths*
(at the banquet), 2019.

byrðen, st. f., *burden ;* in comp.
mägen-byrðen.

byrele, st. m., *steward, waiter, cup-
bearer :* nom. pl. byrelas, 1162.

byrgan, w. v., *to feast, to eat :* inf.,
448.

ge-**byrgea,** w. m., *protector ;* in
comp. leód-gebyrgea.

byrht.   See **beorht.**

byrne, w. f., *shirt of mail, mail :*
nom. sg. byrne, 405, 1630, etc.;
hringed byrne, *ring-shirt*, consist-
ing of interlaced rings, 1246; acc.
sg. byrnan, 1023, etc.; side byr-
nan, *large coat of mail,* 1292;
hringde byrnan, 2616; hâre byr-
nan, *gray coat of mail* (of iron),
2154; dat. sg. on byrnan, 2705;
gen. sg. byrnan hring, *the ring of
the shirt of mail* (i.e. the shirt of
mail), 2261; dat. pl. byrnum, 40,
238, etc.; beorhtum byrnum, *with
gleaming mail,* 3141. — Comp.:
gûð-, here-, heaðo-, îren-, îsern-
byrne.

byrnend.   See **beornan.**

byrn-wîga, w. m., *warrior dressed
in a coat of mail :* nom. sg.,
2919.

bysgu, bisigu, st. f., *trouble, diffi-
culty, opposition :* nom. sg. bisigu,
281; dat. pl. bisgum, 1744, bysi-
gum, 2581.

bysig, adj., *opposed, in need*, in the
compounds lîf-bysig, syn-bysig.

bŷme, w. f., *a wind-instrument, a
trumpet, a trombone :* gen. sg.
bŷman gealdor, *the sound of the
trumpet,* 2944.

bŷwan, w. v., *to ornament, to pre-
pare :* inf. þâ þe beado-grîman
bŷwan sceoldon, *who should pre-
pare the helmets,* 2258.

C

camp, st. m., *combat, fight between
two :* dat. sg. in campe (Beówulf's
with Dæghrefn ; cempan, MS.),
2506.

candel, st. f., *light, candle :* nom.
sg. rodores candel, of the sun,
1573. — Comp. woruld-candél.

cempa, w. m., *fighter, warrior,
hero :* nom. sg. äðele cempa, 1313;
Geáta cempa, 1552 ; rêðe cempa,
1586 ; mære cempa (as voc.),
1762 ; gyrded cempa, 2079 ; dat.
sg. geongum (geongan) cempan,
1949, 2045, 2627 ; Huga cempan,
2503 ; acc. pl. cempan, 206. —
Comp. rêðe-cempa.

cennan, w. v.: 1) *to bear,* w. acc.: efne
swâ hwylc mägða swâ þone magan
cende, *who bore the son,* 944 ; pret.
part. þäm eafera wäs äfter cenned,
to him was a son born, 12. —
2) reflexive, *to show one's self, to
reveal one's self :* imp. cen þec
mid cräfte, *prove yourself by your
strength,* 1220.

â-cennan, *to bear :* pret. part. nô
hie fäder cunnon, hwäðer him ænig
wäs ær âcenned dyrnra gâsta, *they
(the people of the country) do not
know his (Grendel's) father, nor
whether any evil spirit has been
before born to him* (whether he
has begotten a son), 1357.

cênðu, st. f., *boldness :* acc. sg.
cênðu, 2697.

cêne, adj., *keen, warlike, bold :* gen.
pl. cênra gehwylcum, 769. Superl.,
acc. pl. cênoste, 206. — Comp.:
dæd-, gâr-cêne.

ceald, adj., *cold :* acc. pl. cealde
streámas, 1262 ; dat. pl. cealdum
cearsîðum, *with cold, sad journeys,*
2397. Superl. nom. sg. wedera

cealdost, 546. — Comp. morgen-
ceald.

cearian, w. v., *to have care, to take
care, to trouble one's self :* prs. sg.
III. nâ ymb his lif cearað, *takes
no care for his life,* 1537.

cearig, adj., *troubled, sad :* in comp.
sorh-cearig.

cear-sîð, st. m., *sorrowful way, an
undertaking that brings sorrow,*
i.e. a warlike expedition : dat. pl.
cearsîðum (of Beówulf's expedi-
tions against Eádgils), 2397.

cearu, st. f., *care, sorrow, lamenta-
tion :* nom. sg., 1304 ; acc. sg.
[ceare], 3173. — Comp.: ealdor-,
gûð-, mæl-, môd-cearu.

cear-wälm, st. m., *care-agitation,
waves of sorrow in the breast :* dat.
pl. äfter cear-wälmum, 2067.

cear-wylm, st. m., same as above :
nom. pl. þâ cear-wylmas, 282.

ceaster-bûend, pt., *inhabitant of
a fortified place, inhabitant of a
castle :* dat. pl. ceaster-bûendum,
of those established in Hrôðgâr's
castle, 769.

ceáp, st. m., *purchase, transaction :*
figuratively, nom. sg. näs þät ýðe
ceáp, *no easy transaction,* 2416 ;
instr. sg. þeáh þe ôðer hit ealdre
gebohte, heardan ceápe, *although
the one paid it with his life, a dear
purchase,* 2483.

ge-ceápian, w. v., *to purchase :*
pret. part. gold unrime grimme
geceápod, *gold without measure,
bitterly purchased* (with Beówulf's
life), 3013.

be-ceorfan, st. v., *to separate, to
cut off* (with acc. of the pers. and
instr. of the thing) : pret. hine þâ
heáfde becearf, *cut off his head,*
1591 ; similarly, 2130.

ceorl, st. m., *man :* nom. sg. snotor

ceorl monig, *many a wise man,*
909 ; dat. sg. gomelum ceorle, *the
old man* (of King Hrêðel), 2445;
so, ealdum ceorle, of King Ongen-
þeów, 2973 ; nom. pl. snotere ceor-
las, *wise men,* 202, 416, 1592.

ceól, st. m., *keel,* figuratively for the
ship : nom. sg., 1913 ; acc. sg.
ceól, 38, 238 ; gen. sg. ceóles,
1807.

ceósan, st. v., *to choose,* hence, *to as-
sume :* inf. þone cynedôm ciósan
wolde, *would assume the royal digni-
ty,* 2377; *to seek :* pret. subj. ær he
bæl cure, *before he sought his fu-
neral-pile* (before he died), 2819.

ge-ceósan, *to choose, to elect :*
gerund, tô geceósenne cyning
rænigne (sêlran), *to choose a better
king,* 1852; imp. þe þät sêlre ge-
ceós, *choose thee the better* (of two :
bealonîð and êce rædas), 1759;
pret. he usic on herge geceás tô
þyssum sîðfate, *selected us among
the soldiers for this undertaking,*
2639 ; geceás êcne ræd, *chose the
everlasting gain,* i.e. died, 1202;
similarly, godes leóht geceás, 2470;
pret. part. acc. pl. häfde . . . cempan
gecorone, 206.

on-cirran, w. v., *to turn, to change :*
inf. ne meahte . . . þäs wealdendas
[willan] wiht on-cirran, *could not
change the will of the Almighty,*
2858; pret. ufor oncirde, *turned
higher,* 2952; þyder oncirde, *turned
thither,* 2971.

â-cîgan, w. v., *to call hither :* pret.
âcîgde of corðre cyninges þegnas
syfone, *called from the retinue of
the king seven men,* 3122.

clam, clom, st. m., f. n. ? *fetter,* figura-
tively of a strong gripe : dat. pl.
heardan clammum, 964; heardum
clammum, 1336; atolan clommum

(horrible claws of the mother of
Grendel), 1503.

clif, cleof, st. n., *cliff, promontory :*
acc. pl. Geáta clifu, 1912.—Comp. :
brim-, êg-, holm-, stân-clif.

ge-cnâwan, st. v., *to know, to rec-
ognize :* inf. meaht þu, mîn wine,
mêce gecnâwan, *mayst thou, my
friend, recognize the sword,* 2048.

on-cnâwan, *to recognize, to dis-
tinguish :* hordweard oncniów man-
nes reorde, *distinguished the speech
of a man,* 2555.

cniht, st. m., *boy, youth :* dat. pl.
þyssum cnyhtum, *to these boys*
(Hrôðgâr's sons), 1220.

cniht-wesende, prs. part., *being a
boy* or *a youth :* acc. sg. ic hine cûðe
cniht-wesende, *knew him while
still a boy,* 372; nom. pl. wit þät
gecwædon cniht-wesende, *we both
as young men said that,* 535.

cnyssan, w. v., *to strike, to dash
against each other :* pret. pl. þonne
. . . eoferas cnysedan, *when the bold
warriors dashed against each other,
stormed* (in battle), 1329.

collen-ferhð, -ferð, adj., (properly,
of swollen mind), *of uncommon
thoughts, in his way of thinking,
standing higher than others, high-
minded :* nom. sg. cuma collen-
ferhð, of Beówulf, 1807 ; collen-
ferð, of Wiglâf, 2786.

corðer, st. n., *troop, division of an
army, retinue :* dat. sg. þä wäs . . .
Fin slägen, cyning on corðre, *then
was Fin slain, the king in the
troop* (of warriors), 1154; of cor-
ðre cyninges, *out of the retinue of
the king,* 3122.

costian, w. v., *to try :* pret. (w. gen.)
he mîn costode, *tried me,* 2085.

côfa, w. m., *apartment, sleeping-
room, couch :* in comp. bân-côfa.

côl, adj., *cool:* compar. cearwylmas côlran wurðað, *the waves of sorrow become cooler,* i.e. the mind becomes quiet, 282; him wíflufan ... côlran weorðað, *his love for his wife cools,* 2067.

cräft, st. m., *the condition of being able,* hence: 1) *physical strength:* nom. sg. mägða cräft, 1284; acc. sg. mägenes cräft, 418; þurh ânes cräft, 700; cräft and cênðu, 2697; dat. (instr.) sg. cräfte, 983, 1220, 2182, 2361. — 2) *art, craft, skill:* dat. sg. as instr. dyrnum cräfte, *with secret* (magic)*art,* 2169; dyrnan cräfte, 2291; þeófes cräfte, *with thief's craft,* 2221; dat. pl. deófles cräftum, *by devil's art* (sorcery), 2089. — 3) *great quantity*(?): acc. sg. wyrm-horda cräft, 2223. — Comp.: leoðo-, mägen-, nearo-, wîg-cräft.

cräftig, adj.: 1) *strong, stout:* nom. sg. eafoðes cräftig, 1467; níða cräftig, 1963. Comp. wîg-cräftig. — 2) *adroit, skilful:* in comp. lagu-cräftig. — 3) *rich* (of treasures); in comp. eácen-cräftig.

cringan, st. v., *to fall in combat, to fall with the writhing movement of those mortally wounded:* pret. subj. on wäl crunge, *would sink into death, would fall,* 636; pret. pl. for the pluperfect, sume on wäle crungon, 1114.

ge-cringan, same as above: pret. he under rande gecranc, *fell under his shield,* 1210; ät wîge gecrang, *fell in battle,* 1338; heó on flet gecrong, *fell to the ground,* 1569; in campe gecrong, *fell in single combat,* 2506.

cuma (*he who comes*), w. m., *new-comer, guest:* nom. sg. 1807. — Comp.: cwealm-, wil-cuma.

cuman, st. v., *to come:* pres. sg. II.

gyf þu on weg cymest, *if thou comest from there,* 1383; III. cymeð, 2059; pres. subj. sg. III. cume, 23; pl. þonne we ût cymen, *when we come out,* 3107; inf. cuman, 244, 281, 1870; pret. sg. com, 430, 569, 826, 1134, 1507, 1601, etc.; cwom, 419, 2915; pret. subj. sg. cwôme, 732; pret. part. cumen, 376; pl. cumene, 361. Often with the inf. of a verb of motion, as, com gongan, 711; com stðian, 721; com in gân, 1645; cwom gân, 1163; com scacan, 1803; cwômon lædan, 239; cwômon sêcean, 268; cwôman scrîðan, 651, etc. [pret. côm, etc.]

be-cuman, *to come, to approach, to arrive:* pret. syððan niht becom, *after the night had come,* 115; þe on þâ leóde becom, *that had come over the people,* 192; þâ he tô hâm becom, 2993. And with inf. following: stefn in becom ... hlynnan under hârne stân, 2553; lyt eft becwom ... hâmes niósan, 2366; ôð þät ende becwom, 1255; similarly, 2117. With acc. of pers.: þâ hyne sió þrag becwom, *when this time of battle came over him,* 2884.

ofer-cuman, *to overcome, to compel:* pret. þŷ he þone feónd ofercwom, *thereby he overcame the foe,* 1274: pl. hie feónd heora ... ofercômon, 700; pret. part. (w. gen.) níða ofercumen, *compelled by combats,* 846.

cumbol, cumbor, st. m., *banner:* gen. sg. cumbles hyrde, 2506. — Comp. hilte-cumbor.

cund, adj., *originating in, descended from:* in comp. feorran-cund.

cunnan, verb pret. pres.: 1) *to know, to be acquainted with* (w. acc. or depend. clause): sg. pres. I. ic minne can glädne Hróðulf þät he ... wile, *I know my gracious H., that he will ...*, 1181; II. eard git ne const, *thou knowest not yet the land*, 1378; III. he þät wyrse ne con, *knows no worse*, 1740. And reflexive : con him land geare, *knows the land well*, 2063; pl. men ne cunnon hwyder helrûnan scriða'ð, *men do not know whither ...*, 162; pret. sg. ic hine cûðe, *knew him*, 372; cûðe he duguð þeáwe, *knew the customs of the distinguished courtiers*, 359; so with the acc., 2013; seolfa ne cûðe þurh hwät ..., *he himself did not know through what ...*, 3068; pl. sorge ne cûðon, 119; so with the acc., 180, 418, 1234. With both (acc. and depend. clause) : nô hie fäder cunnon (scil. nô hie cunnon) hwäðer him ænig wäs ær âcenned dyrnra gâsta, 1356. — 2) with inf. following, *can, to be able :* prs. sg. him bebeorgan ne con, *cannot defend himself*, 1747; prs. pl. men ne cunnon secgan, *cannot say*, 50; pret. sg. cûðe reccan, 90; beorgan cûðe, 1446; pret. pl. hêrian ne cûðon, *could not praise*, 182; pret. subj. healdan cûðe, 2373.

cunnian, w. v., *to inquire into, to try,* w. gen. or acc.: inf. sund cunnian (figurative for *roam over the sea*), 1427, 1445; geongne cempan higes cunnian, *to try the young warrior's mind*, 2046; pret. eard cunnode, *tried the home*, i.e. came to it, 1501; pl. wada cunnedon, *tried the flood*, i.e. swam through the sea, 508.

cûð, adj.: 1) *known, well known ; manifest, certain :* nom. sg. undyrne cûð, 150, 410; wîde cûð, 2924; acc. sg. fem. cûðe folme, 1304; cûðe stræte, 1635; nom. pl.

ecge cûðe, 1146; acc. pl. cûðe nässas, 1913.—2) *renowned :* nom. sg. gûðum cûð, 2179; nom. pl. cystum cûðe, 868.—3) also, *friendly, dear, good* (see **un-cûð**).— Comp. : un-, wîð-cûð.

cûð-lîce, adv., *openly, publicly :* comp. nô her cûðlîcor cuman ongunnon lind-häbbende, *no shieldbearing men undertook more boldly to come hither* (the coast-watchman means by this the secret landing of the Vikings), 244.

cwalu, st. f., *murder, fall :* in comp. deáð-cwalu.

cweccan (*to make alive,* see **cwic**), w. v., *to move, to swing :* pret. cwehte mägen-wudu, *swung the wood of strength* (= spear), 235.

cweðan, st. v., *to say, to speak :* a) absolutely : prs. sg. III. cwið ät beóre, *speaks at beer-drinking*, 2042.— b) w. acc.: pret. word äfter cwäð, 315; feá worda cwäð, 2247, 2663. —c) with þät following : pret. sg. cwäð, 92, 2159; pl. cwædon, 3182. —d) with þät omitted : pret. cwäð he gûð-cyning sêcean wolde, *said he would seek out the war-king*, 199; similarly, 1811, 2940.

â-cweðan, *to say, to speak,* w. acc.: prs. þät word âcwyð, *speaks the word*, 2047; pret. þät word âcwäð, 655.

ge-cweðan, *to say, to speak :* a) absolutely : pret. sg. II. swâ þu gecwæde, 2665.—b) w. acc.: pret. welhwylc gecwäð, *spoke everything,* 875; pl. wit þät gecwædon, 535.— c) w. þät following : pret. gecwäð, 858, 988.

cwellan, w. v., *(to make die), to kill, to murder :* pret. sg. II. þu Grendel cwealdest, 1335.

â-cwellan, *to kill :* pret. sg. (he)

wyrm âcwealde, 887; þone þe Grendel ær mâne âcwealde, *whom Grendel had before wickedly murdered,* 1056; beorn âcwealde, 2122.

cwên, st. f.: 1) *wife, consort* (of noble birth) : nom. sg. cwên, 62; (Hrôðgâr's), 614, 924; (Finn's), 1154. — 2) particularly denoting the queen : nom. sg. beághroden cwên (Wealhþeów), 624; mæru cwên, 2017; fremu folces cwên (þryðo), 1933; acc. sg. cwên (Wealhþeów), 666. — Comp. folc-cwên.

cwên-lîc, adj., *feminine, womanly :* nom. sg. ne bið swylc cwênlîc þeáw (*such is not the custom of women, does not become a woman*), 1941.

cwealm, st. m., *violent death, murder, destruction :* acc. sg. þone cwealm gewräc, *avenged the death* (of Abel by Cain), 107; mændon mondrihtnes cwealm, *lamented the ruler's fall,* 3150. — Comp. : bealo-, deáð-, gâr -cwealm.

cwealm-bealu, st. n., *the evil of murder :* acc. sg., 1941.

cwealm-cuma, w. m., *one coming for murder, a new-comer who contemplates murder :* acc. sg. þone cwealm-cuman (of Grendel), 793.

cwic and cwico, adj., *quick, having life, alive :* acc. sg. cwicne, 793, 2786; gen. sg. âht cwices, *something living,* 2315; nom. pl. cwice, 98; cwico wäs þâ gena, *was still alive,* 3094.

cwide, st. m., *word, speech, saying :* in comp. gegn-, gilp-, hleó-, ðor-, word-cwide.

cwîðan, st. v., *to complain, to lament :* inf. w. acc. ongan . . . gioguðe cwîðan hilde-strengo, *began to lament the* (departed) *battle-*

strength of his youth, 2113., [ceare] cwîðan, *lament their cares,* 3173.

cyme, st. m., *coming, arrival :* nom. pl. hwanan eówre cyme syndon, *whence your coming is,* i.e. whence ye are, 257. — Comp. eft-cyme.

cymlîce, adv., (convenienter), *splendidly, grandly :* comp. cymlîcor, 38.

cyn, st. n., *race,* both in the general sense, and denoting noble lineage : nom. sg. Fresena cyn, 1094; Wedera (gara, MS.) cyn, 461; acc. sg. eotena cyn, 421; giganta cyn, 1691; dat. sg. Caines cynne, 107; manna cynne, 811, 915, 1726; eówrum (of those who desert Beówulf in battle) cynne, 2886; gen. sg. manna (gumena) cynnes, 702, etc.; mæran cynnes, 1730; lâðan cynnes, 2009, 2355; ûsses cynnes Wægmundinga, 2814; gen. pl. cynna gehwylcum, 98. — Comp.: eormen-, feorh-, frum-, gum-, man-, wyrm-cyn.

cyn, st. n., *that which is suitable or proper :* gen. pl. cynna (of etiquette) gemyndig, 614.

ge-cynde, adj., *innate, peculiar, natural :* nom. sg., 2198, 2697.

cyne-dôm, st. m., *kingdom, royal dignity :* acc. sg., 2377.

cyning, st. m., *king :* nom. acc. sg. cyning, 11, 864, 921, etc.; kyning, 620, 3173; dat. sg. cyninge, 3094; gen. sg. cyninges, 868, 1211; gen. pl. kyning[a] wuldor, of God, 666. — Comp. beorn-, eorð-, folc-, gûð-, heáh-, leód-, sæ-, sôð-, þeód-, worold-, wuldor-cyning.

cyning-beald, adj., "*nobly bold*" (Thorpe), *excellently brave* (?) : nom. pl. cyning-balde men, 1635.

ge-cyssan, w. v., *to kiss :* pret. gecyste þâ cyning . . . þegen betstan,

kissed the best thane (Beówulf),
1871.

cyst (*choosing*, see **ceósan**), st. f.,
*the select, the best of a thing, good
quality, excellence :* nom. sg. îren-
na cyst, *of the swords*, 803, 1698;
wæpna cyst, 1560; symbla cyst,
choice banquet, 1233; acc. sg. îrena
cyst, 674; dat. pl. foldwegas ...
cystum cûðe, *known through ex-
cellent qualities*, 868; (cyning)
cystum gecýðed, 924. — Comp.
gum-, hilde-cyst.

cýð. See **on-cýð.**

cýðan (see **cûð**), w. v., *to make
known, to manifest, to show :* imp.
sg. mägen-ellen cýð, *show thy he-
roic strength*, 660; inf. cwealmbealu
cýðan, 1941; ellen cýðan, 2696.

ge-cýðan (*to make known*, hence):
1) *to give information, to announce :*
inf. andsware gecýðan, *to give an-
swer*, 354; gerund, tô gecýðanne
hwanan eówre cyme syndon (*to
show whence ye come*), 257; pret.
part. sôð is gecýðed þät ...(*the truth
has become known*, it has shown
itself to be true), 701; Higeláce
wäs sîð Beówulfes snûde gecýðed,
*the arrival of B. was quickly an-
nounced*, 1972; similarly, 2325.—
2) *to make celebrated*, in pret. part. :
wäs mîn fäder folcum gecýðed (*my
father was known to warriors*),
262; wäs his môdsefa manegum
gecýðed, 349; cystum gecýðed, 924.

cýððu (properly, *condition of being
known*, hence *relationship*), st. f.,
home, country, land : in comp.
feor-cýððu.

ge-cýpan, w. v., *to purchase :* inf.
näs him ænig þearf þät he ... þurfe
wyrsan wigfrecan weorðe gecýpan,
*had need to buy with treasures no
inferior warrior*, 2497.

D

daroð, st. m., *spear :* dat. pl. darc-
ðum lâcan (*to fight*), 2849.

ge-dâl, st. n., *parting, separation .*
nom. sg. his worulde gedâl, *his
separation from the world* (ni.
death), 3069. — Comp. ealdor-, lîf-
gedâl.

däg, st. m., *day :* nom. sg. däg, 485,
732, 2647; acc. sg. däg, 2400; and-
langne däg, *the whole day*, 2116;
morgenlongne däg(*the whole morn-
ing*), 2895; ðð dômes däg, *till
judgment-day*, 3070; dat. sg. on
þäm däge þysses lîfes (eo tempore,
tunc), 197, 791, 807; gen. sg. däges,
1601, 2321; hwîl däges, *a day's
time, a whole day*, 1496; däges and
nihtes, *day and night*, 2270; däges,
by day, 1936; dat. pl. on tyn dagum,
in ten days, 3161.—Comp. ær-,
deáð-, ende-, ealdor-, fyrn-, geâr-,
læn-, lîf-, swylt-, win-däg, an-
däges.

däg-hwîl, st. f., *day-time :* acc. pl.
þät ho däghwîla gedrogen häfde
eorðan wynne, *that he had enjoyed
earth's pleasures during the days*
(appointed to him), i.e. that his
life was finished, 2727. — (After
Grein.)

däg-rîm, st. n., *series of days, fixed
number of days :* nom. sg. dôgera
dägrîm (*number of the days of his
life*), 824.

dæd, st. f., *deed, action :* acc. sg.
deórlîce dæd, 585; dômleásan dæd,
2891; frêcne dæde, 890; dæd, 941;
acc. pl. Grendles dæda, 195; gen.
pl. dæda, 181, 479, 2455, etc.; dat.
pl. dædum, 1228, 2437, etc.—Comp.
ellen-, fyren-, lof-dæd.

dæd-cêne, adj., *bold in deed :* nom.
sg. dæd-cêne mon, 1646.

dæd-fruma, w. m., *doer of deeds, doer:* nom. sg., of Grendel, 2091.

dæd-hata, w. m., *he who pursues with his deeds:* nom. sg., of Grendel, 275.

dædla, w. m., *doer:* in comp. mân-for-dædla.

dæl, st. m., *part, portion:* acc. sg. dæl, 622, 2246, 3128; acc. pl. dæ-las, 1733. — Often dæl designates the portion of a thing or of a quality which belongs in general to an individual, as, ðð þät him on innan oferhygda dæl weaxeð, *till in his bosom his portion of arrogance increases:* i.e. whatever arrogance he has, his arrogance, 1741. Bió-wulfe wearð dryhtmâðma dæl deá-ðe, forgolden, *to Beowulf his part of the splendid treasures was paid with death,* i.e. whatever splendid treasures were allotted to him, whatever part of them he could win in the fight with the dragon, 2844; similarly, 1151, 1753, 2029, 2069, 3128.

dælan, w. v., *to divide, to bestow, to share with,* w. acc.: pres. sg. III. mâdmas dæleð, 1757; pres. subj. þät he wið aglæcean eofoðo dæle, *that he bestow his strength upon* (strive with) *the bringer of misery* (the drake), 2535; inf. hringas dælan, 1971; pret. beágas dælde, 80; sceattas dælde, 1687.

be-dælan, w. instr., *(to divide), to tear away from, to strip of:* pret. part. dreámum (dreáme) bedæled, *deprived of the heavenly joys* (of Grendel), 722, 1276.

ge-dælan: 1) *to distribute:* inf. (w. acc. *of the thing distributed*); þær on innan eall gedælan geongum and ealdum swylc him god sealde, *distribute therein to young*

and old all that God had given him, 71. — 2) *to divide, to separate,* with acc.: inf. sundur gedælan líf wið líce, *separate life from the body,* 2423; so pret. subj. þät he gedælde … ânra gehwylces líf wið líce, 732.

denn (cf. denu, dene, vallis), st. n., *den, cave:* acc. sg. þäs wyrmes denn, 2761; gen. sg. (draca) ge-wât dennes niósian, 3046.

ge-dêfe, adj.: 1) (impersonal) *proper, appropriate:* nom. sg. swâ hit gedêfe wäs (bið), *as was appropriate, proper,* 561, 1671, 3176. — 2) *good, kind, friendly;* nom. sg. beó þu suna minum dædum gedêfe, *be friendly to my son by deeds* (support my son in deed, namely, when he shall have attained to the government), 1228. — Comp. un-ge-dêfelíce.

dêman (see **dôm**), w. v.: 1) *to judge, to award justly:* pres. subj. mærðo dême, 688. — 2) *to judge favorably, to praise, to glorify:* pret. pl. his ellenweorc duguðum dêmdon, *praised his heroic deed with all their might,* 3176.

dêmend, *judge:* dæda dêmend (of God), 181.

deal, adj., "superbus, clarus, fretus" (Grimm): nom. pl. þryðum dealle, 494.

deád, adj., *dead:* nom. sg. 467, 1324, 2373; acc. sg. deádne, 1310.

deáð, st. m., *death, dying:* nom. sg. deáð, 441, 447, etc.; acc. sg. deáð, 2169; dat. sg. deáðe, 1389, 1590, (as instr.) 2844, 3046; gen. sg. deáðes wylm, 2270; deáðes nýd, 2455. — Comp. gûð-, wäl-, wundor-deáð.

deáð-bed, st. n., *death-bed:* dat. sg deáð-bedde fäst, 2902.

deáð-cwalu, st. f., *violent death,*

ruin and death: dat. pl. tô deáð-cwalum, 1713.

deáð-cwealm, st. m., *violent death, murder:* nom. sg. 1671.

deáð-däg, st. m., *death-day, dying day:* dat. sg. äfter deáð-däge (*after his death*), 187, 886.

deáð-fæge, adj., *given over to death:* nom.sg. (Grendel) deáð-fæge deóg, *had hidden himself, being given over to death* (mortally wounded), 851.

deáð-scûa, w. m., *death-shadow, ghostly being, demon of death:* nom. sg. deorc deáð-scûa (of Grendel), 160.

deáð-wêrig, adj., *weakened by death,* i.e. dead: acc. sg. deáð-wêrigne, 2126. See **wêrig.**

deáð-wîc, st. n. *death's house, home of death:* acc. sg. gewât deáðwîc seón (*had died*), 1276.

deágan (O.H.G. pret. part. tougan, *hidden*), *to conceal one's self, to hide:* pret. (for pluperf.) deóg, 851. — Leo.

deorc, adj., *dark:* of the night, nom. sg. (nihthelm) deorc, 1791; dat. pl. deorcum nihtum, 275, 2212; of the terrible Grendel, nom. sg. deorc deáð-scûa, 160.

deófol, st. m. n., *devil:* gen. sg. deófles, 2089; gen. pl. deófla, of Grendel and his troop, 757, 1681.

deógol, dýgol, adj., *concealed, hidden, inaccessible, beyond information, unknown:* nom. sg. deógol dædhata (of Grendel), 275; acc. sg. dýgel lond, *inaccessible land,* 1358.

deóp, st. n., *deep, abyss:* acc. sg., 2550.

deóp, adv., *deeply:* acc. sg. deóp wäter, 509, 1905.

diópe, adj., *deep:* hit ôð dômes däg diópe benemdon þeódnas mære, *the illustrious rulers had charmed*

it deeply till the judgment-day, had laid a solemn spell upon it, 3070.

deór, st. n., *animal, wild animal:* in comp. mere-, sæ-deór.

deór, adj.: 1) *wild, terrible:* nom. sg. diór dæd-fruma (of Grendel), 2091. — 2) *bold, brave:* nom. nænig . . . deór, 1934. — Comp.: heaðu-, hilde-deór.

deóre, dýre, adj.: 1) *dear, costly* (high in price): acc. sg. dýre îren, 2051; drincfät dýre (deóre), 2307, 2255; instr. sg. deóran sweorde, 561; dat. sg. deórum mâðme, 1529; nom. pl. dýre swyrd, 3049; acc. pl. deóre (dýre) mâðmas, 2237, 3132. — 2) *dear, beloved, worthy:* nom. sg. f., äðelum dióre, *worthy by reason of origin,* 1950; dat. sg. äfter deórum men, 1880; gen. sg. deórre duguðe, 488; superl. acc. sg. aldorþegn þone deórestan, 1310.

deór-lîc, adj., *bold, brave:* acc. sg. deórlice dæd, 585. See **deór.**

disc, st. m., *disc, plate, flat dish:* nom. acc. pl. discas, 2776, 3049.

ge-dîgan. See ge-dýgan.

dol-gilp, st. m., *mad boast, foolish pride, vain-glory, thoughtless audacity:* dat. sg. for dolgilpe, 509.

dol-lîc, adj., *audacious:* gen. pl. mæst . . . dæda dollicra, 2647.

dol-sceaða, w. m., *bold enemy:* acc. sg. þone dol-sceaðan (Grendel), 479.

dôgor, st. m. n., *day:* 1) day as a period of 24 hours: gen. sg. ymb ântîd ôðres dôgores, *at the same time of the next day,* 219; morgenleóht ôðres dôgores, *the morning-light of the second day,* 606. — 2) day in the usual sense: acc. sg. n. þys dôgor, *during this day,* 1396; instr. þý dôgore, 1798; forman dôgore, 2574; gen. pl. dôgora

gehwam, 88; dôgra gehwylce,
1091; dôgera dägrîm, *the number
of his days* (the days of his life),
824. — 3) *day* in the wider sense
of time: dat. pl. ufaran dôgrum,
in later days, times, 2201, 2393. —
Comp. ende-dôgor.

dôgor-gerîm, st. n., *series of days:*
gen. sg. wäs eall sceacen dôgor-
gerîmes, *the whole number of his
days* (his life) *was past,* 2729.

dôhtor, st. f., *daughter:* nom. acc. sg.
dôhtor, 375, 1077, 1930, 1982, etc.

dôm, st. m.: I., *condition, state in
general;* in comp. cyne-, wîs-dôm.
— II., having reference to justice,
hence: 1) *judgment, judicial opin-
ion:* instr. sg. weotena dôme, *ac-
cording to the judgment of the
Witan,* 1099. 2) *custom:* äfter
dôme, *according to custom,* 1721.
3) *court, tribunal:* gen. sg. mic-
lan dômes, 979; ðð dômes däg,
3070, both times of the last judg-
ment. — III., *condition of freedom*
or *superiority,* hence: 4) *choice,
free will:* acc. sg. on sînne sylfes
dôm, *according to his own choice,*
2148; instr. sg. selfes dôme, 896,
2777. 5) *might, power:* nom. sg.
dôm godes, 2859; acc. sg. Eofo-
ıes ânne dôm, 2965; dat. sg. driht-
nes dôme, 441. 6) *glory, honor,
renown:* nom. sg. [dôm], 955;
dôm unlytel, *not a little glory,* 886;
þät wäs forma sîð deórum mâðme
þät his dôm âläg, *it was the first
time to the dear treasure* (the
sword Hrunting) *that its fame was
not made good,* 1529; acc. sg. ic
me dôm gewyrce, *make renown for
myself,* 1492; þät þu ne âlæte dôm
gedreósan, *that thou let not honor
fall,* 2667; dat. instr. sg. þær he
dôme forleás, *here he lost his repu-*

tation, 1471; dôme gewurðad,
adorned with glory, 1646; gen. sg.
wyrce se þe môte dômes, *let him
make himself reputation, whoever
is able,* 1389. 7) *splendor* (in
heaven): acc. sôð-fästra dôm, *the
glory of the saints,* 2821.

dôm-leás, adj., *without reputation,
inglorious:* acc. sg. f. dômleásan
dæd, 2891.

dôn, red. v., *to do, to make, to treat:* 1)
absolutely: imp. dôð swâ ic bidde,
do as I beg, 1232. — 2) w. acc.:
inf. hêt hire selfre sunu on bæl dôn,
1117; pret. þâ he him of dyde
îsernbyrnan, *took off the iron corse-
let,* 672; (þonne) him Hûnlâfing,
. . . billa sêlest, on bearm dyde,
*when he made a present to him of
Hûnlâfing, the best of swords,* 1145;
dyde him of healse hring gyldenne,
took off the gold ring from his neck,
2810; ne him þäs wyrmes wîg for
wiht dyde, eafoð and ellen, *nor did
he reckon as anything the drake's
fighting, power, and strength,* 2349;
pl. hi on beorg dydon bêg and
siglu, *placed in the (grave-)mound
rings and ornaments,* 3165. — 3)
representing preceding verbs: inf.
tô Geátum sprec mildum wordum!
swâ sceal man dôn, *as one should
do,* 1173; similarly, 1535, 2167;
pres. metod eallum weóld, swâ he
nu git dêð, *the creator ruled over
all, as he still does,* 1059; similarly,
2471, 2860, and (sg. for pl.) 1135;
pret. II. swâ þu ær dydest, 1677;
III. swâ he nu gyt dyde, 957; sim-
ilarly, 1382, 1892, 2522; pl. swâ
hie oft ær dydon, 1239; similarly,
3071. With the case also which
the preceding verb governs: wên'
ic þät he wille . . . Geátena leóde
etan unforhte, swâ he oft dyde

mägen Hréðmanna, *I believe he
will wish to devour the Geát peo-
ple, the fearless, as he often did* (de-
voured) *the bloom of the Hréðmen,*
444; gif ic þät gefricge ... þät þec
ymbsittend egesan þywað, swâ þec
hettende hwîlum dydon, *that the
neighbors distress thee as once the
enemy did thee* (i.e. distressed),
1829; gif ic ôwihte mäg þînre môd-
lufan mâran tilian þonne ic gyt
dyde, *if I can with anything obtain
thy greater love than I have yet
done,* 1825; similarly, pl. þonne þâ
dydon, 44.

ge-dôn, *to do, to make,* with the acc.
and predicate adj.: prs. (god)
gedêð him swâ gewealdene worol-
de dœlas, *makes the parts of the
world* (i.e. the whole world) *so sub-
ject that* ..., 1733; inf. ne hyne
on medo-bence micles wyrðne
drihten wereda gedôn wolde, *nor
would the leader of the people much
honor him at the mead-banquet,*
2187. With adv.: he mec þær on
innan ... gedôn wolde, *wished to
place me in there,* 2091.

draca, w. m., *drake, dragon :* nom.
sg., 893, 2212; acc. sg. dracan,
2403, 3132; gen. sg., 2089, 2291,
2550.—Comp.: eorð-, fŷr-, lêg-,
lîð-, nîð-draca.

on-drædan, st. v., w. acc. of the
thing and dat. of the pers., *to fear,
to be afraid of :* inf. þät þu him on-
drædan ne þearft ... aldorbealu,
needest not fear death for them,
1675; pret. nô hc him þâ säcce
ondrêd, *was not afraid of the com-
bat,* 2348.

ge-dräg (from dragan, in the sense
se gerere), st. n., *demeanor, actions :*
acc. sg. sêcan deôfla gedräg, 757.

drepan, st. v., *to hit, to strike :* pret.

sg. sweorde drep ferhð-genîðlan,
2881; pret. part. bið on hreðre ...
drepen biteran stræle, *struck in the
breast with piercing arrow,* 1746;
wäs in feorh dropen (*fatally hit*),
2982.

drepe, st. m., *blow, stroke :* acc. sg.
drepe, 1590.

drêfan, ge-drêfan, w. v., *to move,
to agitate, to stir up :* inf. gewât
... drêfan deóp wäter (*to navi-
gate*), 1905; pret. part. wäter undei
stôd dreórig and gedrêfed, 1418.

dreám, st. m., *rejoicing, joyous ac-
tions, joy :* nom. sg. häleða dreám,
497; acc. sg. dreám hlûdne, 88;
þu ... dreám healdende, *thou who
livest in rejoicing* (at the drinking-
carouse), *who art joyous,* 1228:
dat. instr. sg. dreáme bedæled, 1276;
gen. pl. dreáma leás, 851; dat. pl.
dreámum (here adverbial) lifdon,
lived in rejoicing, joyously, 99;
dreámum bedæled, 722; the last
may refer also to heavenly joys.—
Comp. gleó-, gum-, man-, sele-
dreám.

dreám-leás, adj., *without rejoicing,
joyless :* nom. sg. of King Here-
môd, 1721.

dreógan, st. v.: 1) *to lead a life, to
be in a certain condition :* pret.
dreáh äfter dôme, *lived in honor,
honorably,* 2180; pret. pl. fyren-
þearfe ongeat, þät hie ær drugon
aldorleáse lange hwîle, (*God) had
seen the great distress,* (had seen)
*that they had lived long without a
ruler*(?), 15.—2) *to experience, to
live through, to do, to make, to en-
joy :* imp. dreóh symbelwynne, *pass
through the pleasure of the meal, to
enjoy the meal,* 1783; inf. driht-
scype dreógan (*do a heroic deed*),
1471; pret. sundnytte dreáh (*had*

the occupation of swimming, i.e.
swam through the sea), 2361; pret.
pl. hie gewin drugon (*fought*), 799;
hî sîð drugon, *made the way, went*,
1967. — 3) *to experience, to bear,
to suffer :* scealt werhðo dreógan,
shalt suffer damnation, 590; pret.
þegn-sorge dreáh, *bore sorrow for
his heroes*, 131; nearoþearfe dreáh,
422; pret. pl. inwidsorge þe hie ær
drugon, 832; similarly, 1859.

â-dreógan, *to suffer, to endure :* inf.
wræc âdreógan, 3079.

ge-dreógan, *to live through, to enjoy*,
pret. part. þät he ... gedrogen häfde
eorðan wynne, *that he had now en-
joyed the pleasures of earth* (i.e.
that he was at his death), 2727.

dreór, st. m., *blood dropping or flow-
ing from wounds :* instr. sg. dreóre,
447. — Comp. heoru-, sâwul-, wäl-
dreór.

dreór-fâh, adj., *colored with blood,
spotted with blood :* nom. sg. 485.

dreórig, adj., *bloody, bleeding :* nom.
sg. wäter stôd dreórig, 1418; acc.
sg. dryhten sînne driórigne fand,
2790. — Comp. heoru-dreórig.

ge-dreósan, st. v., *to fall down, to
sink :* pres. sg. III. lîc-homa læne
gedreóseð, *the body, belonging to
death, sinks down*, 1755; inf. þät
þu ne âlæte dôm gedreósan, *honor
fall, sink*, 2667.

drincan, st. v., *to drink* (with and
without the acc.) : pres. part. nom.
pl. ealo drincende, 1946; pret.
blôd êdrum dranc, *drank the blood
in streams*(?), 743; pret. pl. drun-
con wîn weras, *the men drank wine*,
1234; þær guman druncon, *where
the men drank*, 1649. The pret.
part., when it stands absolutely, has
an active sense : nom. pl. druncne
dryhtguman, *ye warriors who have*

drunk, are drinking, 1232; acc. pl.
nealles druncne slôg heorð-geneá-
tas, *slew not his hearth-companions
who had drunk with him*, i.e. at the
banquet, 2180. With the instr. it
means *drunken :* nom. sg. beóre
(wîne) druncen, 531, 1468; nom.
pl. beóre druncne, 480.

drîfan, st. v., *to drive :* pres. pl. þâ
þe brentingas ofer flôda genipu
feoran drîfað, *who drive their ships
thither from afar over the darkness
of the sea*, 2809; inf. (w. acc.) þeáh
þe he [ne] meahte on mere drîfan
hringedstefnan, *although he could
not drive the ship on the sea*, 1131.

to-drîfan, *to drive apart, to dis-
perse :* pret. ôð þät unc flôd tôdrâf,
545.

drohtoð, st. m., *mode of living* or
acting, calling, employment : nom.
sg. ne wäs his drohtoð þær swylce
he ær gemêtte, *there was no em-
ployment for him* (Grendel) *there
such as he had found formerly*, 757.

drusian, w. v. (cf. dreósan, prop-
erly, *to be ready to fall;* here of
water), *to stagnate, to be putrid*.
pret. lagu drusade (through the
blood of Grendel and his mother),
1631.

dryht, driht, st. f., *company, troop,
band of warriors ; noble band :* in
comp. mago-driht.

ge-dryht, ge-driht, st. f., *troop,
band of noble warriors :* nom sg.
mînra eorla gedryht, 431; acc. sg.
äðelinga gedriht, 118; mid his
eorla (häleða) gedriht (gedryht),
357, 663; similarly, 634, 1673. —
Comp. sibbe-gedriht.

dryht-bearn, st. n., *youth from a
noble warrior band, noble young
man :* nom. sg. dryhtbearn Dena,
2036.

dryhten, drihten, st. m., *command-
er, lord:* a) *temporal lord:* nom.
sg. dryhten, 1485, 2001, etc.; drih-
ten, 1051; dat. dryhtne, 2483, etc.;
dryhten, 1832.— b) *God:* nom.
drihten, 108, etc.; dryhten, 687,
etc.; dat. sg. dryhtne, 1693, etc.;
drihtne, 1399, etc.; gen. sg. dryht-
nes, 441; drihtnes, 941.— Comp.:
freáh-, freó-, gum-, man-, sige-,
wine-dryhten.

dryht-guma, w. m., *one of a troop
of warriors, noble warrior:* dat.
sg. drihtguman, 1389; nom. pl.
drihtguman, 99; dryhtguman, 1232;
dat. pl. ofer dryhtgumum, 1791 (of
Hróðgâr's warriors).

dryht-lîc, adj., *(that which befits a
noble troop of warriors), noble, ex-
cellent:* dryhtlîc îren, *excellent
sword,* 893; acc. sg. f. (with an acc.
sg. n.) drihtlîce wîf (of Hildeburh),
1159.

dryht-mâðum, st. m., *excellent
jewel, splendid treasure:* gen. pl.
dryhtmâðma, 2844.

dryht-scipe, st. m., *(lord-ship),
warlike virtue, bravery; heroic
deed:* acc. sg. drihtscipe dreógan,
to do a heroic deed, 1471.

dryht-sele, st. m., *excellent, splendid
hall:* nom. sg. driht-sele, 485;
dryhtsele, 768; acc. sg. dryhtsele,
2321.

dryht-sib, st. f., *peace* or *friendship
between troops of noble warriors:*
gen. sg. dryhtsibbe, 2069.

drync, st. m., *drink:* in comp. heoru-
drync.

drync-fät, st. n., *vessel for drink, to
receive the drink:* acc. sg., 2255;
drinc-fät, 2307.

drysmian, w. v., *to become obscure,
gloomy* (through the falling rain):
pres. sg. III. lyft drysmað, 1376.

drysne, adj.   See **on-drysne.**

dugan, v., *to avail, to be capable, to
be good:* pres. sg. III. hûru se aldor
deáh, *especially is the prince capa-
able,* 369; ðonne his ellen deáh,
if his strength avails, is good,
573; þe him selfa deáh, *who is
capable of himself, who can rely on
himself,* 1840; pres. subj. þeáh þîn
wit duge, *though, indeed, your un-
derstanding be good, avail,* 590;
similarly, 1661, 2032; pret. sg. þu ûs
wel dohtest, *you did us good, con-
ducted yourself well towards us,*
1822; similarly, nu seó hand ligeð
se þe eów welhwylcra wilna dohte,
*which was helpful to each one of
your desires,* 1345; pret. subj. þeáh
þu heaðoræsa gehwær dohte, *though
thou wast everywhere strong in bat-
tle,* 526.

duguð *(state of being fit, capable),*
st. f.: 1) *capability, strength:* dat.
pl. for dugeðum, *in ability*(?),
2502; duguðum dêmdon, *praised
with all their might*(?), 3176.— 2)
*men capable of bearing arms, band
of warriors, esp., noble warriors:*
nom. sg. duguð unlytel, 498; duguð,
1791, 2255; dat. sg. for duguðe,
before the heroes, 2021; nalles
frätwe geaf ealdor duguðe, *gave
the band of heroes no treasure
(more),* 2921; leóda duguðe on
lâst, *upon the track of the heroes
of the people,* i.e. after them, 2946;
gen. sg. cûðe he duguðe þeáw, *the
custom of the noble warriors,* 359;
deórre duguðe, 488; similarly, 2239,
2659; acc. pl. duguða, 2036.—
3) contrasted with geogoð, duguð
designates the noted warriors of
noble birth (as in the Middle Ages,
knights in contrast with squires):
so gen. sg. duguðe and geogoðe,

160; gehwylc...duguðe and iogo-
ðe, 1675; duguðe and geogoðe
dæl æghwylcne, 622.

durran, v. pret. and pres. *to dare;*
prs. sg. II. þu dearst bîdan, *darest
to await,* 527; III. he gesêcean
dear, 685; pres. subj. sêc gyf þu
dyrre, *seek* (Grendel's mother), *if
thou dare,* 1380; pret. dorste,
1463, 1469, etc.; pl. dorston, 2849.

duru, st. f., *door, gate, wicket:* nom.
sg., 722; acc. sg. [duru], 389.

ge-dûfan, st. v., *to dip in, to sink
into:* pret. þät sweord gedeáf (*the
sword sank into the drake,* of a
blow), 2701.

þurh-dûfan, *to dive through; to
swim through, diving:* pret. wäter
up þurh-deáf, *swam through the
water upwards* (because he was
before at the bottom), 1620.

dwellan, w. v., *to mislead, to hinder:*
prs. III. nô hine wiht dweleð, âdl
ne yldo, *him nothing misleads,
neither sickness nor age,* 1736.

dyhtig, adj., *useful, good for:* nom.
sg. n. sweord . . . ecgum dyhtig,
1288.

dynnan, w. v., *to sound, to groan, to
roar:* pret. dryhtsele (healwudu,
hruse) dynede, 768, 1318, 2559.

dyrne, adj.: 1) *concealed, secret, re-
tired:* nom. sg. dyrne, 271; acc.
sg. dryhtsele dyrnne (of the drake's
cave-hall), 2321. — 2) *secret, mali-
cious, hidden by sorcery:* dat. instr.
sg. dyrnan cräfte, *with secret magic
art,* 2291; dyrnum cräfte, 2169;
gen. pl. dyrnra gâsta, *of malicious
spirits* (of Grendel's kin), 1358. —
Comp. un-dyrne.

dyrne, adv., *in secret, secretly:* him
. . . äfter deórum men dyrne lan-
gað, *longs in secret for the dear
man,* 1880.

dyrstig, adj., *bold, daring:* þeáh
þe he dæda gehwäs dyrstig wære,
*although he had been courageous
for every deed,* 2839.

ge-dŷgan, ge-dîgan, w. v., *to en-
dure, to overcome,* with the acc. of
the thing endured: pres. sg. II. gif
þu þät ellenweorc aldre gedîgest,
*if thou survivest the heroic work
with thy life,* 662; III. þät þone
hilderäs hâl gedîgeð, *that he sur-
vives the battle in safety,* 300; sim-
ilarly, inf. unsæge gedîgan weán
and wräcsið, 2293; hwäðer sêl mæ-
ge wunde gedŷgan, *which of the
two can stand the wounds better*
(come off with life), 2532; ne meah-
te unbyrnende deóp gedŷgan, *could
not endure the deep without burn-
ing* (could not hold out in the
deep), 2550; pret. sg. I. III. ge-
dîgde, 578, 1656, 2351, 2544.

dŷgol. See **deógol.**

dŷre. See **deóre.**

E

ecg, st. f., *edge of the sword, point:*
nom. sg. sweordes ecg, 1107; ecg,
1525, etc.; acc. sg. wið ord and
wið ecge ingang forstôd, *defended
the entrance against point and
edge* (i.e. against spear and sword),
1550; mêces ecge, 1813; nom. pl.
ecge, 1146. — *Sword, battle-axe,
any cutting weapon:* nom. sg. ne
wäs ecg bona (*not the sword killed
him*), 2507; sió ecg brûn (Beó-
wulf's sword Nägling), 2578; hync
ecg fornam, *the sword snatched him
away,* 2773, etc.; nom. pl. ecga,
2829; dat. pl. äscum and ecgum,
1773; dat. pl. (but denoting only
one sword) eácnum ecgum, 2141;

gen. pl ecga, 483, 806, 1169; —
blade : ecg wäs îren, 1460. —
Comp.: brûn-, heard-, stŷl-ecg, adj.

ecg-bana, w. m., *murderer by the
sword :* dat. sg. Cain wearð tô ecg-
banan ângan brêðer, 1263.

ecg-hete, st. m., *sword-hate, enmity
which the sword carries out :* nom.
sg., 84, 1739.

ecg-þracu, st. f., *sword-storm* (of
violent combat) : acc. atole ecg-
þräce, 597.

ed-hwyrft, st. m., *return* (of a for-
mer condition): þa þær sôna wearð
edhwyrft eorlum, siððan inne fealh
Grendles môdor (i.e. after Gren-
del's mother had penetrated into
the hall, the former perilous con-
dition, of the time of the visits of
Grendel, returned to the men),
1282.

ed-wendan, w. v., *to turn back, to
yield, to leave off :* inf. gyf him
edwendan æfre scolde bealuwa
bisigu, *if for him the affliction of
evil should ever cease,* 280.

ed-wenden, st. f., *turning, change :*
nom. sg. edwenden, 1775; ed-wen-
den torna gehwylces (*reparation
for former neglect*), 2189.

edwît-lîf, st. n., *life in disgrace :*
nom. sg., 2892.

efn, adj., *even, like,* with preceding
o n, and with depend. dat., *upon
the same level, near :* him on efn
ligeð ealdorgewinna, *lies near him,*
2904.

efnan (see **äfnan**) w. v., *to carry
out, to perform, to accomplish :* pres.
subj. eorlscype efne (*accomplish
knightly deeds*), 2536; inf. eorlscipe
efnan, 2623; sweorda gelâc efnan
(*to battle*), 1042; gerund. tô ef-
nanne, 1942; pret. eorlscipe efnde,
2134, 3008.

efne, adv., *even, exactly, precisely,
just,* united with swâ or swylc:
efne swâ swîðe swâ, *just so much
as,* 1093; efne swâ sîde swâ, 1224;
wäs se gryre lässa efne swâ micle
swâ, *by so much the less as . . .,*
1284; leóht inne stôd efne swâ . . .
scineð, *a gleam stood therein* (in
the sword) *just as when . . . shines,*
1572; efne swâ hwylc mägða swâ
þone magan cende (*a woman who
has borne such a son*), 944; efne
swâ hwylcum manna swâ him ge-
met þûhte, *to just such a man as
seemed good to him,* 3058; efne
swylce mæla swylce . . . þearf ge-
sælde, *just at the times at which
necessity commanded it,* 1250.

eft, adv.: 1) *thereupon, afterwards :*
56, 1147, 2112, 3047, etc.; eft sôna
bið, *then it happens immediately,*
1763; bôt eft cuman, *help come
again,* 281. — 2) *again, on the
other side :* þät hine on ylde eft
gewunigen wilgesîðas, *that in old
age again* (also on their side) *will-
ing companions should be attached
to him,* 22; — *anew, again :* 135,
604, 693, 1557, etc.; eft swâ ær,
again as formerly, 643. — 3) re-
tro, rursus, *back :* 123, 296, 854,
etc.; þät hig äðelinges eft ne wên-
don (*did not believe that he would
come back*), 1597.

eft-cyme, st. m., *return :* gen. sg.
eftcymes, 2897.

eft-sîð, st. m., *journey back, return :*
acc. sg. 1892; gen. sg. eft-sîðes
georn, 2784; acc. pl. eftsîðas teáh,
went the road back, i.e. returned,
1333.

egesa, egsa (*state of terror,* active
or passive) : 1) *frightfulness :* acc.
sg. þurh egsan, 276; gen. egesan
ne gŷmeð, *cares for nothing ter-*

*rible, is not troubled about future
terrors*(?), 1758. — 2) *terror, hor-
ror, fear:* nom. sg. egesa, 785;
instr. sg. egesan, 1828, 2737. —
Comp.: glêd-, lîg-, wäter-**egesa**.

eges-full, adj., *horrible* (*full of
fear, fearful*), 2930.

eges-lîc, adj., *terrible, bringing ter-
ror:* of Grendel's head, 1650; of
the beginning of the fight with the
drake, 2310; of the drake, 2826.

egle, adj., *causing aversion, hideous:*
nom. pl. neut., or, more probably,
perhaps, adverbial, egle (MS. egl),
988.

egsian (denominative from egesa),
w. v., *to have terror, distress:* pret.
(as pluperf.) egsode eorl(?), 6.

ehtian, w. v., *to esteem, to make
prominent with praise:* III. pl.
pres. þät þe . . . weras ehtigaᵭ,
that thee men shall esteem, praise,
1223.

elde (*those who generate*, cf. O.N.
al-a, generare), st. m. only in the
pl., *men:* dat. pl. eldum, 2215; mid
eldum, *among men*, 2612. — See
ylde.

eldo, st. f., *age:* instr. sg. eldo gebun-
den, 2112.

el-land, st. n., *foreign land, exile:*
acc. sg. sceall . . . elland tredan,
(*shall be banished*), 3020.

ellen, st. n., *strength, heroic strength,
bravery:* nom. sg. ellen, 573; eafoᵭ
and ellen, 903; Geáta . . . eafoᵭ
and ellen, 603; acc. sg. eafoᵭ and
ellen, 2350; ellen cýᵭan, *show brav-
ery*, 2696; ellen fremedon, *exer-
cised heroic strength, did heroic
deeds*, 3; similarly, ic gefremman
sceal eorlîc ellen, 638; ferh ellen
wräc, *life drove out the strength*,
i.e. with the departing life (of the
dragon) his strength left him, 2707;

dat. sg. on elne, 2507, 2817; as
instr. þâ wäs ät þam geongum grim
andswaru êᵭbegête þâm þe ær his
elne forleás, *then it was easy for
(every one of) those who before had
lost his hero-courage, to obtain
rough words from the young man*
(Wîglâf), 2862; mid elne, 1494,
2536; elne, alone, in adverbial
sense, *strongly, zealously*, and with
the nearly related meaning, *hur-
riedly, transiently*, 894, 1098, 1968,
2677, 2918; gen. sg. elnes lät, 1530;
þa him wäs elnes þearf, 2877. —
Comp. mägen-ellen.

ellen-dæd, st. f., *heroic deed:* dat.
pl. -dædum, 877, 901.

ellen-gæst, st. m., *strength-spirit,
demon with heroic strength:* nom.
sg. of Grendel, 86.

ellen-lîce, adv., *strongly, with heroic
strength*, 2123.

ellen-mærᵭu, st. f., *renown of heroic
strength*, dat. pl. -mærᵭum, 829,
1472.

ellen-rôf, adj., *renowned for
strength:* nom. sg. 340, 358, 3064;
dat. pl. -rôfum, 1788.

ellen-seóc, adj., *infirm in strength:*
acc. sg. þeóden ellensiócne (*the
mortally wounded king, Beówulf*),
2788.

ellen-weorc, st. n., (*strength-work*),
heroic deed, achievement in battle:
acc. sg. 662, 959, 1465, etc.; gen.
pl. ellen-weorca, 2400.

elles, adv., *else, otherwise:* a (modal),
in another manner, 2521. — b
(local), elles hwær, *somewhere else*,
138; elles hwergen, 2591.

ellor, adv., *to some other place*, 55,
2255.

ellor-gâst, -gæst, st. m., *spirit liv-
ing elsewhere* (standing outside of
the community of mankind) : nom.

sg. se ellorgâst (Grendel), 808;
(Grendel's mother), 1622; ellor-
gæst (Grendel's mother), 1618;
acc. pl. ellorgæstas, 1350.

ellor-sîð, st. m., *departure, death :*
nom. sg. 2452.

elra, adj. (comparative of a not
existing form, ele, Goth. aljis,
alius), *another :* dat. sg. on elran
men, 753.

el-þeódig, adj., *of another people :
foreign :* acc. pl. el-þeódige men,
336.

ende, st. m., *the extreme :* hence, 1)
end : nom. sg. aldres (lîfes) ende,
823, 2845; ôð þät ende becwom
(scil. unrihtes), 1255; acc. sg. ende
lîfgesceafta (lîfes, læn-daga), 3064,
1387, 2343; häfde eorðscrafa ende
genyttod, *had used the end of the
earth-caves* (had made use of the
caves for the last time), 3047; dat.
sg. ealdres (lîfes) ät ende, 2791,
2824; eoletes ät ende, 224. — 2)
boundary : acc. sg. sîde rîce þät
he his selfa ne mäg ... ende ge-
þencean, *the wide realm, so that
he himself cannot comprehend its
boundaries,* 1735. — 3) *summit,
head :* dat. sg. eorlum on ende, *to the
nobles at the end* (the highest cour-
tiers), 2022. — Comp. woruld-ende.

ende-däg, st. m., *last day, day of
death :* nom. sg. 3036; acc. sg. 638.

ende-dôgor, st. m., *last day, day of
death :* gen. sg. bega on wênum
endedôgores and eftcymes leófes
monnes (*hesitating between the be-
lief in the death and in the return
of the dear man*), 2897.

ende-lâf, st. f., *last remnant :* nom.
sg. þu eart ende-lâf ûsses cynnes,
art the last of our race, 2814.

ende-leán, st. n., *final reparation :*
acc. sg. 1693.

ende-sæta, w. m., *he who sits on the
border, boundary-guard :* nom. sg.
(here of the strand-watchman),
241.

ende-stäf, st. m. (elementum finis),
end : acc. sg. hit on endestäf eft
gelimpeð, *then it draws near to
the end,* 1754.

ge-endian, w. v., *to end :* pret. part.
ge-endod, 2312.

enge, adj., *narrow :* acc. pl. enge
ânpaðas, *narrow paths,* 1411.

ent, st. m., *giant :* gen. pl. enta ær-
geweorc (the sword-hilt out of the
dwelling-place of Grendel), 1680;
enta geweorc (the dragon's cave),
2718; eald-enta ær-geweorc (the
costly things in the dragon's cave),
2775.

entisc, adj., *coming from giants :*
acc. sg. entiscne helm, 2980.

etan, st. v., *to eat, to consume :* pres.
sg. III. blôdig wäl ... eteð ân-
genga, *he that goes alone* (Grendel)
will devour the bloody corpse, 448;
inf. Geátena leóde ... etan, 444.

þurh-etan, *to eat through :* pret.
part. pl. nom. swyrd ... þurhetone,
swords eaten through (by rust),
3050.

Ê

êc. See **eác.**

êce, adj., *everlasting :* nom. êce
drihten (God), 108; acc. sg. êce
eorðreced, *the everlasting earth-
hall* (the dragon's cave), 2720;
geceás êcne ræd, *chose the everlast-
ing gain* (died), 1202; dat. sg.
êcean dryhtne, 1693, 1780, 2331 ;
acc. pl. geceós êce rædas, 1761.

êdre. See **ædre.**

êð-begête, adj., *easy to obtain, ready :*
nom. sg. þâ wäs ät þam geongum

grim andswaru êð-begête, *then from the young man* (Wîglâf) *it was an easy thing to get a gruff answer*, 2862.

 êðe. See eáðe.

êðel, st. m., *hereditary possessions, hereditary estate :* acc. sg. swæsne êðel, 520; dat. sg. on êðle, 1731. — In royal families the hereditary possession is the whole realm: hence, acc. sg. êðel Scyldinga, *of the kingdom of the Scyldings*, 914; (Offa) wîsdôme heóld êðel sînne, *ruled with wisdom his inherited kingdom*, 1961.

êðel-riht, st. n., *hereditary privileges* (rights that belong to a hereditary estate) : nom. sg. eard êðelriht, *estate and inherited privileges*, 2199.

êðel-stôl, st. m., *hereditary seat, inherited throne :* acc. pl. êðel-stôlas, 2372.

êðel-turf, st. f., *inherited ground, hereditary estate :* dat. sg. on mînre êðeltyrf, 410.

êðel-weard, st. m., *lord of the hereditary estate* (realm): nom. sg. êðelweard (*king*), 1703, 2211; dat. sg. Eást-Dena êðel wearde (King Hrôðgâr), 617.

êðel-wyn, st. f., *joy in,* or *enjoyment of, hereditary possessions :* nom. sg. nu sceal . . . eall êðelwyn eówrum cynne, lufen âlicgean, *now shall your race want all home-joy, and subsistence*(?) (your race shall be banished from its hereditary abode), 2886; acc. sg. he me lond forgeaf, eard êðelwyn, *presented me with land, abode, and the enjoyment of home*, 2494.

êð-gesŷne, ŷð-gesêne, adj., *easy to see, visible to all :* nom. sg. IIII, 1245.

êfstan, w.v., *to be in haste, to hasten :* inf. uton nu êfstan, *let us hurry now*, 3102; pret. êfste mid elne, *hastened with heroic strength*, 1494.

êg-clif, st. n., *sea-cliff :* acc. sg. ofer êg-clif (ecg-clif, MS.), 2894.

êg-streám, st. m., *sea-stream, sea-flood :* dat. pl. on êg-streámum, *in the sea-floods*, 577. See eágor-streám.

êhtan (M.H.G. æchten; cf. æht and ge-æhtla), w. v. w. gen., *to be a pursuer, to pursue :* pres. part. âglæca êhtende wäs duguðe and geogoðe, 159; pret. pl. êhton aglæcan, *they pursued the bringer of sorrow* (Beówulf)(?), 1513.

êst, st. m. f., *favor, grace, kindness :* acc. sg. he him êst geteáh meara and mâðma (*honored him with horses and jewels*), 2166; gearwor häfde âgendes êst ær gesceáwod, *would rather have seen the grace of the Lord* (of God) *sooner*, 3076. — dat. pl., adverbial, libenter : him on folce heóld, êstum mid âre, 2379; êstum geǷwan (*to present*), 2150; him wäs . . . wunden gold êstum geeáwed (*presented*), 1195; we þät ellenweorc êstum miclum fremedon, 959.

êste, adj., *gracious :* w. gen. êste bearn-gebyrdo, *gracious through the birth* (of such a son as Beówulf), 946.

EA

eafoð, st. n., *power, strength :* nom. sg. eafoð and ellen, 603, 903; acc. sg. eafoð and ellen, 2350; we frêcne geneðdon eafoð uncûðes, *we have boldly ventured against the strength of the enemy* (Grendel),

have withstood him, 961; gen. sg.
eafoðes cräftig, 1467; þät þec âdl
oððe ecg eafoðes getwæfed, *shall
rob of strength*, 1764; acc. pl. eafeðo
(MS. earfeðo), 534; dat. pl. hine
mihtig god . . . eafeðum stêpte,
made him great through strength,
1718.   See Note for l. 534.

eafor, st. m., *boar;* here the image
of the boar as banner: acc. sg.
eafor, 2153.

eafora (*offspring*), w. m.: 1) *son:*
nom. sg. eafera, 12, 898; eafora,
375; acc. sg. eaferan, 1548, 1848;
gen. sg. eafera, 19; nom. pl. eafe-
ran, 2476; dat. pl. eaferum, 1069,
2471; uncran eaferan, 1186.—2) in
broader sense, *successor:* dat. pl.
eaforum, 1711.

eahta, num., *eight:* acc. pl. eahta
mearas, 1036; eode eahta sum,
*went as one of eight, with seven
others*, 3124.

eahtian, w. v.: 1) *to consider, to
deliberate:* pret. pl. w. acc. ræd
eahtedon, *consulted about help*,
172; pret. sg. (for the plural) þone
sêlestan þâra þe mid Hrôðgâre
hâm eahtode, *the best one of those
who with Hrôðgâr deliberated
about their home* (ruled), 1408. —
2) *to speak with reflection of* (along
with the idea of praise): pret. pl.
ea todan eorlscipe, *spoke of his
noble character*, 3175.

eal, eall, adj., *all, whole:* nom. sg.
werod eall, 652; pl. eal bencþelu,
486; sg. eall ûðelwyn, 2886; eal wo-
rold, 1739, etc.; þät hit wearð eal
gearo, healärna mæst, 77; þät hit
(wîgbil) eal gemealt, 1609.   And
with a following genitive: þær wäs
eal geador Grendles grâpe, *there
was all together Grendel's hand,
the whole hand of Grendel*, 836;

eall . . . lissa, *all favcr*, 2150; wäs
eall sceacen dôgorgerîmes, 2728.
With apposition: þûhte him eall
tô rûm, wongas and wîcstede, 2462;
acc. sg. beót eal, 523; similarly,
2018, 2081; oncyððe ealle, *all dis-
tress*, 831; heals ealne, 2692; hlæw
. . . ealne ûtan-weardne, 2298; gif
he þät eal gemon, 1186, 2428; þät
eall geondseh, recedes geatwa,
3089; ealne wîde-ferhð, *through
the whole wide life, through all
time*, 1223; instr. sg. ealle mägene,
with all strength, 2668; dat. sg.
eallum . . . manna cynne, 914;
gen. sg. ealles moncynnes, 1956.
Subst. ic þäs ealles mäg . . . gefeán
habban, 2740; brûc ealles well,
2163; freán ealles þanc secge, *give
thanks to the Lord of all*, 2795;
nom. pl. untydras ealle, 111; sceó-
tend . . . ealle, 706; we ealle, 942;
acc. pl. feónd ealle, 700; similarly,
1081, 1797, 2815; subst. ofer ealle,
650; ealle hie deáð fornam, 2237;
lîg ealle forswealg þâra þe þær gûð
fornam, *all of those whom the war
had snatched away*, 1123; dat. pl.
eallum ceaster-bûendum, 768; simi-
larly, 824, 907, 1418; subst. âna wið
eallum, *one against all*, 145; with
gen. eallum gumena cynnes, 1058;
gen. pl. äðelinga bearn ealra twelfa,
the kinsmen of all twelve nobles
(twelve nobles hold the highest
positions of the court), 3172; **subst.**
he âh ealra geweald, *has power over
all*, 1728.

Uninflected: bil eal þurhwôd
flæschoman, *the battle-axe cleft the
body through and through*, 1568;
häfde . . . eal gefeormod fêt and
folma, *had devoured entirely feet
and hands*, 745; se þe eall geman
gâr-cwealm gumena, *who remem-*

bers thoroughly the death of the men by the spear, 2043, etc.

Adverbial: þeáh ic eal mæge, *although I am entirely able*, 681; hî on beorg dydon bêg and siglu eall swylce hyrsta, *they placed in the grave-mound rings, and ornaments, all such adornments*, 3165. —The gen. sg. ealles, adverbial in the sense of *entirely*, 1001, 1130.

ﬆald, adj., *old:* a) of the age of living beings: nom. sg. eald, 357, 1703, 2211, etc.; dat. sg. ealdum, 2973; gen. sg. ealdes uhtﬂogan (*dragon*), 2761; dat. sg. ealdum, 1875; geongum and ealdum, 72.—b) of things and of institutions: nom. sg. helm monig eald and ômig, 2764; acc. sg. ealde lâfe (*sword*), 796, 1489; ealde wîsan, 1866; eald sweord, 1559, 1664, etc.; eald gewin, *old* (lasting years), *distress*, 1782; eald enta geweorc (*the precious things in the drake's cave*), 2775; acc. pl. ealde mâðmas, 472; ofer ealde riht, *against the old laws* (namely, the Ten Commandments; Beówulf believes that God has sent him the drake as a punishment, because he has unconsciously, at some time, violated one of the commandments), 2331.

yldra, compar. *older:* mîn yldra mæg, 468; yldra brôðor, 1325; ôð þät he (Heardrêd) yldra wearð, 2379.

yldesta, superl. *oldest*, in the usual sense; dat. sg. þam yldestan, 2436; in a moral sense, *the most respected:* nom. sg. se yldesta, 258; acc. sg. þone yldestan, 363, both times of Beówulf.

eald-fäder, st. m., *old-father, grand-father, ancestor:* nom. sg. 373.

eald-gesegen, st. f., *traditions from*

old times: gen. pl. eal-fela eald-gesegena, *very many of the old traditions*, 870.

eald-gesîð, st. m., *companion ever since old times, courtier for many years:* nom. pl. eald-gesîðas, 854.

eald-gestreón, st. n., *treasure out of the old times:* dat. pl. eald-ges-treónum, 1382; gen. pl. -gestreóna, 1459.

eald-gewinna, w. m., *old-enemy, enemy for many years:* nom. sg. ' of Grendel, 1777.

eald-gewyrht, st. n., *merit on account of services rendered during many years:* nom. pl. þät næron eald-gewyrht, þät he âna scyle gnorn þrowian, *that has not been his desert ever since long ago, that he should bear the distress alone*, 2658.

eald-hlâford, st. m., *lord through many years:* gen. sg. bill eald-hlâfordes (of the old Beówulf(?)), 2779.

eald-metod, st. m., *God ruling ever since ancient times:* nom. sg. 946.

ealdor, aldor, st. m., *lord, chief* (king or powerful noble): nom. sg. ealdor, 1645, 1849, 2921; aldor, 56, 369, 392; acc. sg. aldor, 669; dat. sg. ealdre, 593; aldre, 346.

ealdor, aldor, st. n., *life:* acc. sg. aldor, 1372; dat. sg. aldre, 1448, 1525; ealdre, 2600; him on aldre stôd heresträl hearda (in vitalibus), 1435; nalles for ealdre mearn, *was not troubled about his life*, 1443; of ealdre gewât, *went out of life, died*, 2625; as instr. aldre, 662, 681, etc.; ealdre, 1656, 2134, etc.; gen. sg. aldres, 823; ealdres, 2791, 2444; aldres orwêna, *despairing of life*, 1003, 1566; ealdres scyldig, *having forfeited life*, 1339, 2062; dat

pl. aldrum nêðdon, 510, 538. —
Phrases: on aldre (*in life*), *ever*,
1780; tô aldre (*for life*), *always*,
2006, 2499; âwa tô aldre, *for ever
and ever*, 956.

ealdor-bealu, st. n., *life's evil:* acc.
sg. þu . . . ondrædan ne þearft . . .
aldorbealu eorlum, *thou needest not
fear death for the courtiers*, 1677.

ealdor-cearu, st. f., *trouble that en-
dangers life, great trouble:* dat. sg.
he his leódum wearð . . . tô aldor-
ceare, 907.

ealdor-dagas, st. m. pl., *days of
one's life:* dat. pl. næfre on aldor-
dagum (*never in his life*), 719; on
ealder-dagum ær (*in former days*),
758.

ealdor-gedâl, st. n., *severing of life,
death, end:* nom. sg. aldor-gedâl,
806.

ealdor-gewinna, w. m., *life-enemy,
one who strives to take his enemy's
life* (in N.H.G. the contrary con-
ception, Tod-feind): nom. sg. eal-
dorgewinna (*the dragon*), 2904.

ealdor-leás, adj., *without a rul-
er*(?): nom. pl. aldor-leáse, 15.

ealdor-leás, adj., *lifeless, dead:*
acc. sg. aldor-leásne, 1588; ealdor-
leásne, 3004.

ealdor-þegn, st. m., *nobleman at
the court, distinguished courtier:*
acc sg. aldor-þegn (Hrôðgâr's con-
fidential adviser, Äschere), 1309.

eal-fela, adj., *very much:* with fol-
lowing gen., eal-fela eald-gesegena,
very many old traditions, 870; eal-
fela eotena cynnes, 884.

ealgian, w. v., *to shield, to defend, to
protect:* inf. w. acc. feorh ealgian,
797, 2656, 2669; pret. siððan he
(Hygelâc) under segne sinc eal-
gode, wälreáf werede, *while under
his banner he protected the treas-*

ures, *defended the spoil of battle*
(i.e. while he was upon the Viking
expeditions), 1205.

eal-gylden, adj., *all golden, entirely
of gold:* nom. sg. swŷn ealgylden,
1112; acc.sg.segn eallgylden, 2768.

eal-îrenne, adj., *entirely of iron:*
acc. sg. eall-îrenne wîgbord, *a
wholly iron battle-shield*, 2339.

ealu, st. n., *ale, beer:* acc. sg. ealo
drincende, 1946.

ealu-benc, st. f., *ale-bench, bench for
those drinking ale:* dat.sg. in ealo-
bence, 1030; on ealu-bence, 2868.

ealu-scerwen, st. f., *terror,* under
the figure of a mishap at an ale-
drinking, probably the sudden tak-
ing away of the ale: nom.sg. Denum
eallum wearð . . . ealuscerwen, 770.

ealu-wæge, st. n., *ale-can, portable
vessel out of which ale is poured
into the cups:* acc. sg. 2022; hroden
ealowæge, 495; dat. sg. ofer ealo-
wæge (*at the ale-carouse*), 481.

eal-wealda, w. adj., *all ruling*(God):
nom. sg. fäder alwalda, 316; alwal-
da, 956, 1315; dat. sg. al-wealdan,
929.

eard, st. m., *cultivated ground, estate,
hereditary estate;* in a broader
sense, *ground in general, abode,
place of sojourn:* nom. sg. him wäs
bâm . . . lond gecynde, eard êðel-
riht, *the land was bequeathed to them
both, the land and the privileges at-
tached to it*, 2199; acc. sg. fîfel-
cynnes eard, *the ground of the giant
race, place of sojourn*, 104; simi-
larly, älwihta eard, 1501; eard ge-
munde, *thought of his native ground,
his home*, 1130; eard git ne const,
*thou knowest not yet the place of
sojourn*, 1378; eard and eorlscipe,
prædium et nobilitatem, 1728; eard
êðelwyn, *land and the enjoyment*

of home, 2494; dat. sg. ellor hwearf of earde, *went elsewhere from his place of abode*, i.e. died, 56; þät we rondas beren eft tô earde, *that we go again to our homes*, 2655; on earde, 2737; nom. pl. eácne eardas, *the broad expanses* (in the fen-sea where Grendel's home was), 1622.

eardian, w. v.: 1) *to have a dwelling-place, to live; to rest:* pret. pl. dŷre swyrd swâ hie wi³ eor³an fä³m þær eardodon, *costly swords, as they had rested in the earth's bosom*, 3051. —2) also transitively, *to inhabit:* pret. sg. Heorot eardode, 166; inf. wîc eardian elles hwergen, *inhabit a place elsewhere* (i.e. die), 2590.

eard-lufa, w. m., *the living upon one's land, home-life:* acc. sg. eard-lufan, 693.

earfoð-lîce, adv., *with trouble, with difficulty*, 1637, 1658; *with vexation, angrily*, 86; *sorrowfully*, 2823; *with difficulty, scarcely*, 2304, 2935.

earfoð-þrag, st. f., *time full of troubles, sorrowful time:* acc. sg. -þrage, 283.

earh, adj., *cowardly:* gen. sg. ne bi³ swylc earges sî³ (*no coward undertakes that*), 2542.

earm, st. m., *arm:* acc. sg. earm, 836, 973; wi³ earm gesät, *supported himself with his arm*, 750; dat. pl. earmum, 513.

earm, adj., *poor, miserable, unhappy:* nom. sg. earm, 2369; earme ides, *the unhappy woman*, 1118; dat. sg. earmre teohhe, *the unhappy band*, 2939. —Comp. acc. sg. earmran mannan, *a more wretched, more forsaken man*, 577.

earm-beág, st. m., *arm-ring, bracelet:* gen. pl. earm-beága fela searwum gesæled, *many arm-rings interlaced*, 2764.

earm-hreád, st. f., *arm-ornament:* nom. pl. earm-hreáde twâ, 1195 (Grein's conjecture, MS. earm reade).

earm-lîc, adj., *wretched, miserable:* nom. sg. sceolde his ealdor-gedâl earmlîc wur³an, *his end should be wretched*, 808.

earm-sceapen, pret. part. as adj. (properly, *wretched by the decree of fate*), *wretched:* nom. sg. 1352.

earn, st. m., *eagle:* dat. sg. earne, 3027.

eatol. See **atol.**

eaxl, st. f., *shoulder:* acc. sg. eaxle, 836, 973; dat. sg. on eaxle, 817, 1548; be eaxle, 1538; on eaxle ides gnornode, *the woman sobbed on the shoulder* (of her son, who has fallen and is being burnt), 1118; dat. pl. sät freán eaxlum neáh, *sat near the shoulders of his lord* (Beówulf lies lifeless upon the earth, and Wîglâf sits by his side, near his shoulder, so as to sprinkle the face of his dead lord), 2854; he for eaxlum gestôd Deniga freán, *he stood before the shoulders of the lord of the Danes* (i.e. not directly before him, but somewhat to the side, as etiquette demanded), 358.

eaxl-gestealla, w. m., *he who has his position at the shoulder* (sc. of his lord), *trusty courtier, counsellor of a prince:* nom. sg. 1327; acc. pl. -gesteallan, 1715.

EÁ

eác, conj., *also:* 97, 388, 433, etc.; êc, 3132.

eácen (pret. part. of a not existing eácan, augere), adj., *wide-spread,* *large:* nom. pl. eácne eardas, *broad plains*, 1622.—*great, heavy:* eald sweord eácen, 1664; dat. pl. eácnum ecgum, 2141, both times of the great sword in Grendel's habitation.—*great, mighty, powerful:* äðele and eácen, of Beówulf, 198.

eácen-cräftig, adj., *immense* (of riches), *enormously great:* acc. sg. hord-ärna sum eácen-cräftig, *that enormous treasure-house*, 2281; nom. sg. þät yrfe eácen-cräftig, iúmanna gold, 3052.

eádig, adj., *blessed with possessions, rich, happy by reason of property:* nom. sg. wes, þenden þu lifige, äðeling eádig, *be, as long as thou livest, a prince blessed with riches,* 1226; eádig mon, 2471.—Comp. sige-, sigor-, tír-eádig.

eádig-líce, adv., *in abundance, in joyous plenty:* dreámum lifdon eádiglíce, *lived in rejoicing and plenty,* 100.

eáðe, êðe, ŷðe, adj., *easy, pleasant:* nom. pl. gode þancedon þäs þe him ŷð-láde eáðe wurdon, *thanked God that the sea-ways* (the navigation) *had become easy to them,* 228; ne wäs þät êðe síð, *no pleasant way,* 2587; näs þät ŷðe ceáp, *no easy purchase,* 2416; nô þät ŷðe byð tô befleónne, *not easy* (as milder expression for *in no way, not at all*), 1003.

eáðe, ŷðe, adv., *easily.* eáðe, 478, 2292, 2765.

eáð-fynde, adj., *easy to find:* nom. sg. 138.

eáge, w. n., *eye:* dat. pl. him of eágum stôd leóht unfäger, *out of his eyes came a terrible gleam,* 727; þät ic . . . eágum starige, *see with eyes, behold,* 1782; similarly, 1936; gen. pl. eágena bearhtm, 1767.

eágor-streám, st. m., *sea-stream, sea:* acc. sg. 513.

eá-land, st. n., *land surrounded by water* (of the land of the Geátas): acc. sg. eá-lond, 2335; *island.*

eám, st. m., *uncle, mother's brother:* nom. sg. 882.

eástan, adv., *from the east,* 569.

eáwan, w. v., *to disclose, to show, to prove:* pres. sg. III. eáweð . . . uncúðne níð, *shows evil enmity,* 276. See **cówan, ŷwan.**

ge-eáwan, *to show, to offer:* pret. part. him wäs . . . wunden gold êstum ge-eáwed, *was graciously presented,* 1195.

EO

eode. See **gangan.**

eodor, st. m., *fence, hedge, railing.* Among the old Germans, an estate was separated by a fence from the property of others. Inside of this fence the laws of peace and protection held good, as well as in the house itself. Hence eodor is sometimes used instead of *house:* acc. pl. hêht eahta mearas on flet teón, in under eoderas, *gave orders to lead eight steeds into the hall, into the house,* 1038.— 2) figuratively, *lord, prince,* as protector: nom. sg. eodor, 428, 1045; eodur, 664.

eofoð, st. n., *strength:* acc. pl. eofoðo, 2535. See **eafoð.**

eofer, st. m.: 1) *boar,* here of the metal boar-image upon the helmet: nom. sg. eofer írenheard, 1113.— 2) figuratively, *bold hero, brave fighter* (O. N. iöfur): nom. pl. þonne . . . eoferas cnysedan, *when the heroes rushed upon each other,* 1329, where eoferas and fêðan

stand in the same relation to each
other as c n y s e d a n and h n i t o n.

eofor-lîc, st. n. *boar-image* (on the
helmet): nom. pl. eofor-lîc scionon,
303.

eofor-spreót, st. m., *boar-spear :*
dat. pl. mid eofer-spreótum heóro-
hocyhtum, *with hunting-spears
which were provided with sharp
hooks,* 1438.

eoguð, ioguð. See geogoð.

eolet, st. m. n., *sea(?) :* gen. sg.
eoletes, 224.

eorclan-stân, st. m., *precious stone :*
acc. pl. -stânas, 1209.

eorð-cyning, st.m., *king of the land :*
gen.sg. eorð-cyninges(Finn), 1156.

eorð-draca, w. m., *earth-drake,
dragon that lives in the earth :* nom.
sg. 2713, 2826.

eorðe, w. f.: 1) *earth* (in contrast
with heaven), *world :* acc. sg. äl-
mihtiga eorðan worhte, 92; wîde
geond eorðan, *far over the earth,
through the wide world,* 266; dat.
sg. ofer eorðan, 248, 803; on eor-
ðan, 1823, 2856, 3139; gen. sg.
eorðan, 753. — 2) *earth, ground :*
acc. sg. he eorðan gefeóll, *fell to
the ground,* 2835; forlêton eorla
gestreón eorðan healdan, *let the
earth hold the nobles' treasure,* 3168;
dat. sg. þät hit on eorðan läg, 1533;
under eorðan, 2416; gen. sg. wið
eorðan fäðm (*in the bosom of the
earth*), 3050.

eorð-reced, st. n., *hall in the earth,
rock-hall :* acc. sg. 2720.

eorð-scräf, st.n., *earth-cavern, cave :*
dat. sg. eorð-[scräfe], 2233; gen.
pl. eorð-scrafa, 3047.

eorð-sele, st. m., *hall in the earth,
cave :* acc. sg. eorð-sele, 2411 ; dat.
sg. of eorðsele, 2516.

eorð-weall, st. m., *earth-wall :* acc.

sg. (Ongenþeów) beáh eft under
eorðweall, *fled again under the
earth-wall* (into his fortified camp),
2958; þâ me wäs . . . sîð âlŷfed
inn under eorðweall, *then the way
in, under the earth-wall was opened
to me* (into the dragon's cave), 3091.

eorð-weard, st. m., *land-property,
estate :* acc. sg. 2335.

eorl, st. m., *noble born man, a man
of the high nobility :* nom. sg. 762,
796, 1229, etc.; acc. sg. eorl, 573,
628, 2696; gen. sg. eorles, 690, 983,
1758, etc.; acc. pl. eorlas, 2817;
dat. pl. eorlum, 770, 1282, 1650,
etc.; gen. pl. eorla, 248, 357, 369,
etc. — Since the king himself is
from the stock of the e o r l a s, he
is also called e o r l, 6, 2952.

eorl-gestreón, st. n., *wealth of the
nobles :* gen. pl. eorl-gestreóna . . .
hardfyrdne dæl, 2245.

eorl-gewæde, st. n., *knightly dress,
armor :* dat. pl. -gewædum, 1443.

eorlîc (i.e. eorl-lîc), adj., *what it be-
comes a noble born man to do, chiv-
alrous :* acc. sg. eorlic ellen, 638.

eorl-scipe, st. m., *condition of being
noble born, chivalrous nature,
nobility :* acc. sg. eorl-scipe, 1728,
3175; eorl-scipe efnan, *to do chiv-
alrous deeds,* 2134, 2536, 2623,
3008.

eorl-weorod, st. n., *followers of
nobles :* nom. sg. 2894.

eormen-cyn, st. n., *very extensive
race, mankind :* gen. sg. eormen-
cynnes, 1958.

eormen-grund, st. m., *immensely
wide plains, the whole broad earth :*
acc. sg. ofer eormen-grund, 860.

eormen-lâf, st. f., *enormous legacy :*
acc. sg. eormen-lâfe äðelan cynnes
(*the treasures of the dragon's cave*),
2235.

eorre, adj., *angry, enraged :* gen. sg. eorres, 1448.

eoton, st. m.: 1) *giant :* nom. sg. eoten (Grendel), 762; dat. sg. uninflected, eoton (Grendel), 669; nom. pl. eotenas, 112. — 2) Eotens, subjects of Finn, the N. Frisians: 1073, 1089, 1142; dat. pl. 1146. See List of Names, p. 114.

eotonisc, adj., *gigantic, coming from giants :* acc. sg. eald sweord eotenisc (eotonisc), 1559, 2980, (etonisc, MS.) 2617.

EÓ

eóred-geatwe, st. f. pl., *warlike adornments :* acc. pl., 2867.

eówan, w. v., *to show, to be seen :* pres. sg. III. ne gesacu ôhwær, ecghete eóweð, *nowhere shows itself strife, sword-hate,* 1739. See **eáwan, ŷwan.**

eówer: 1) gen. pl. pers. pron., vestrum : eówer sum, *that one of you* (namely, Beówulf), 248; fæhðe eówer leóde, *the enmity of the people of you* (of your people), 597; nis þät eówer stð . . . nefne mîn ânes, 2533. — 2) poss. pron., *your,* 251, 257, 294, etc.

F

ge-fandian, -fondian, w. v., *to try, to search for, to find out, to experience :* w. gen. pret. part. þät häfde gumena sum goldes gefandod, *that a man had discovered the gold,* 2302 ; þonne se ân hafað þurh deáðes nŷd dæda gefondad, *now the one* (Herebeald) *has with death's pang experienced the deeds* (the

unhappy bow-shot of Hæðcyn), 2455.

fara, w. m., *farer, traveller :* in comp. mere-fara.

faran, st. v., *to move from one place to another, to go, to wander :* inf. tô hâm faran, *to go home,* 124; lêton on geflit faran fealwe mearas, *let the fallow horses go in emulation,* 865; cwom faran flotherge on Fresna land, *had come to Friesland with a fleet,* 2916; com leóda dugoðe on lâst faran, *came to go upon the track of the heroes of his people,* i.e. to follow them, 2946; gerund wæron äðelingas eft tô leódum fûse tô farenne, *the nobles were ready to go again to their people,* 1806; pret. sg. gegnum fôr [þâ] ofer myrcan môr, *there had* (Grendel's mother) *gone away over the dark fen,* 1405; sægenga fôr, *the seafarer* (the ship) *drove along,* 1909; (wyrm) mid bæle fôr, (the dragon) *fled away with fire,* 2309; pret. pl. þät . . . scawan scîrhame tô scipe fôron, *that the visitors in glittering attire betook themselves to the ship,* 1896.

gefaran, *to proceed, to act :* inf. hû se mânsceaða under færgripum gefaran wolde, *how he would act in his sudden attacks,* 739.

ût faran, *to go out :* w. acc. lêt of breóstum . . . word ût faran, *let words go out of his breast, uttered words,* 2552.

faroð, st. m., *stream, flood of the sea :* dat. sg. tô brimes faroðe, 28; äfter faroðe, *with the stream,* 580; ät faroðe, 1917.

faru, st. f., *way, passage, expedition :* in comp. âd-faru.

fâcen-stäf (elementum nequitiae), st. m., *wickedness, treachery, deceit.* acc. pl. fâcen-stafas, 1019.

fâh, fâg, adj., *many-colored, varie-gated, of varying color* (especially said of the color of gold, of bronze, and of blood, in which the beams of light are refracted) : nom. sg. fâh (*coveredwith blood*), 420; blôde fâh, 935; âtertânum fâh (sc. îren), 1460; sadol searwum fâh (*saddle artistically ornamented with gold*), 1039; sweord swâtefâh, 1287; brim blôdefâh,1595; wâldreórefâg,1632; (draca) fŷrwylmum fâh (*because he spewed flame*), 2672; sweord fâh and fäted, 2702; blôde fâh, 2975; acc. sg. dreóre fâhne, 447; goldsele fättum fâhne, 717; on fâgne flôr treddode, *trod the shining floor* (of Heorot), 726; hrôf golde fâhne, *the roof shining with gold*, 928; nom. pl. eoforlíc . . . fâh and fŷrheard, 305; acc. pl. þâ hilt since fâge, 1616; dat. pl. fâgum sweordum, 586. — Comp. bân-, blôd-, brûn-, dreór-, gold-, gryre-, searo-, sinc-, stân-, swât-, wäl-, wyrm-fâh.

fâh, fâg, fâ, adj.: 1) *hostile:* nom. sg. fâh feónd-scaða, 554; he wäs fâg wið god (Grendel), 812; acc. sg. fâne (*the dragon*), 2656; gen. pl. fâra, 578, 1464. — 2) *liable to pursuit, without peace, outlawed:* nom. sg. fâg, 1264; mâne fâh, *outlawed through crime*, 979; fyrendœdum fâg, 1002. — Comp. nearofâh.

fâmig-heals, adj., *with foaming neck:* nom. sg. flota fâmig-heals, 218; (sægenga) fâmig-heals, 1910.

fäc, st. n., *period of time:* acc. sg. lytel fäc, *during a short time*, 2241.

fäder, st. m., *father:* nom. sg. fäder, 55, 262, 459, 2609; of God, 1610; fäder alwalda, 316; acc. sg. fäder, 1356; dat. sg. fäder, 2430; gen. sg.

fäder, 21, 1480; of God, 188 — Comp.: ær , eald-fäder.

fädera, w. m., *father's brother* in comp. suhter-gefäderan.

fäder-äðelo, st. n. pl., *paternus principatus* (?): dat. pl. fäderäðelum, 912.

fäderen-mæg, st. m., *kinsman descended from the same father, co-descendant:* dat. sg. fäderen-mæge, 1264.

fäðm, st. m.: 1) *the outspread, encircling arms:* instr. pl. feóndes fäð[mum], 2129. — 2) *embrace, encircling:* nom. sg. liges fäðm, 782; acc. sg. in fŷres fäðm, 185. — 3) *bosom, lap:* acc. sg. on foldan fäðm, 1394; wið eorðan fäðm, 3050; dat. pl. tô fäder (God's) fäðmum, 188. — 4) *power, property:* acc. in Francna fäðm, 1211. — Cf. sid-fäðmed, sið-fäðme.

fäðmian, w. v., *to embrace, to take up into itself:* pres. subj. þät minne líchaman . . . glêd fäðmie, 2653; inf. lêton flôd fäðmian frätwa hyrde, 3134.

ge-fäg, adj., *agreeable, desirable* (Old Eng., fawe, *willingly*): comp. ge-fägra, 916.

fägen, adj., *glad, joyous:* nom. pl. ferhðum fägne, *the glad at heart*, 1634.

fäger, adj., *beautiful, lovely:* nom. sg. fäger fold-bold, 774; fäger foldan bearm, 1138; acc. sg. freoðoburh fägere, 522; nom. pl. þær him fold-wegas fägere þûhton, 867. — Comp. un-fäger.

fägere, fägre, adv., *beautifully, well, becomingly, according to etiquette:* fägere geþægon medoful manig, 1015; þâ wäs flet-sittendum fägere gereorded, *becomingly the repast was served*, 1789; Higelác ongan . . . fägre fricgean, 1986; similarly, 2990.

fär, st. n., *craft, ship:* nom. sg., 33.

fäst, adj., *bound, fast:* nom. sg. bið se slæp tô fäst, 1743; acc. sg. freóndscipe fästne, 2070; fäste frioðuwære, 1097. — The prep. on stands to denote the where or wherein : wäs tô fäst on þâm (sc. on fæhðe and fyrene), 137; on ancre fäst, 303. Or, oftener, the dative: feónd-grâpum fäst, (*held*) *fast in his antagonist's clutch*, 637; fŷrbendum fäst, *fast in the forged hinges*, 723; handa fäst, 1291, etc.; hygebendum fäst (beorn him langað), *fast (shut) in the bonds of his bosom, the man longs for* (i.e. in secret), 1879. — Comp.: âr-, blæd-, gin-, sôð-, tîr-, wîs-fäst.

fäste, adv., *fast:* 554, 761, 774, 789, 1296. — Comp. fästor, 143.

be-fästan, w. v., *to give over:* inf. hêt Hildeburh hire selfre sunu sweoloðe befästan, *to give over to the flames her own son*, 1116.

fästen, st. n., *fortified place*, or *place difficult of access:* acc. sg. leóda fästen, *the fastness of the Gedtas* (with ref. to 2327), 2334; fästen (Ongenþeów's castle or fort), 2951; fästen (Grendel's house in the fen-sea), 104.

fäst-ræd, adj., *firmly resolved:* acc. sg. fäst-rædne geþoht, *firm determination*, 611.

fät, st. m., *way, journey:* in comp. stð-fät.

fät, st. n., *vessel; vase, cup:* acc. pl. fyrn-manna fatu, *the (drinking-) vessels of men of old times*, 2762. — Comp.: bân-, drync-, mâððum-, sinc-, wundor-fät.

fät, st. n. (?), *plate, sheet of metal*, especially *gold plate* (Dietrich Hpt.

Ztschr. XI. 420): dat. pl. gold sele . . . fättum fâhne, *shining with gold plates* (the walls and the inner part of the roof were partly covered with gold), 717; sceal se hearda helm hyrsted golde fätum befeallen (sc. wesan-), *the gold ornaments shall fall away from it*, 2257.

fäted, fätt, part., *ornamented with gold beaten into plate-form:* gen. sg. fättan goldes, 1094, 2247; instr. sg. fättan golde, 2103. Elsewhere, *covered, ornamented with gold plate:* nom. sg. sweord . . . fäted, 2702; acc. sg. fäted wæge, 2254, 2283; acc. pl. fätte scyldas, 333; fätte beágas, 1751. [fæted, etc.]

fäted-hleór, adj., *phaleratus gena* (Dietr.): acc. pl. eahta mearas fäted-hleóre (*eight horses with bridles covered with plates of gold*), 1037.

fät-gold, st. n., *gold in sheets* or *plates:* acc. sg., 1922.

fæge, adj.: 1) *forfeited to death, allotted to death by fate:* nom. sg. fæge, 1756, 2142, 2976; fæge and ge-flŷmed, 847; fûs and fæge, 1242; acc. sg. fæcgne flæsc-homan, 1569; dat. sg. fægum, 2078; gen. sg. fæges, 1528. — 2) *dead:* dat. pl. ofer fægum (*over the warriors fallen in the battle*), 3026. — Comp.: deáð-, un-fæge.

fæhð (*state of hostility*, see **fâh**), st. f., *hostile act, feud, battle:* nom. sg. fæhð, 2404, 3062; acc. sg. fæhðe, 153, 459, 470, 596, 1334, etc.; also of the unhappy bow-shot of the Hreðling, Hæðcyn, by which he killed his brother, 2466; dat. sg. fore fæhðe and fyrene, 137; nalas for fæhðe mearn (*did not recoil from the combat*), 1538;

gen. sg. ne gefeah he þære fæhðe,
109; gen. pl. fæhða gemyndig,
2690. — Comp. wäl-fæhð.

fæhðo, st. f., same as above: nom.
sg. sió fæhðo, 3000; acc. fæhðo,
2490.

fælsian, w. v., *to bring into a good
condition, to cleanse :* inf. þät ic
môte . . . Heorot fælsian (from the
plague of Grendel), 432; pret.
Hróðgáres . . . sele fælsode, 2353.
ge-fælsian, w. v., same as above :
pret. part. häfde gefælsod . . . sele
Hróðgáres, 826; Heorot is gefæl-
sod, 1177; wæron ýð-gebland eal
gefælsod, 1621.

fæmne, w. f., *virgin, recens nupta :*
dat. sg. fæmnan, 2035; gen. sg.
fæmnan, 2060, both times of Hróð-
gâr's daughter Freáware.

fær, st. m., *sudden, unexpected at-
tack :* nom. sg. (attack upon Hnäf's
band by Finn's), 1069, 2231.

fær-gripe, st. m., *sudden, treacher-
ous gripe, attack :* nom. sg. fær-
gripe flôdes, 1517; dat. pl. under
færgripum, 739.

fær-gryre, st. m., *fright caused by a
sudden attack :* dat. pl. wið fær-
gryrum (against the inroads of
Grendel into Heorot), 174.

færinga, adv., *suddenly, unexpect-
edly,* 1415, 1989.

fær-nîð, st. m., *hostility with sud-
den attacks :* gen. pl. hwät me
Grendel hafað . . . færniða gefre-
med, 476.

feðer-gearwe, st. f. pl. (*feather-
equipment*), *the feathers of the
shaft of the arrow :* dat. (instr.)
pl. sceft feðer-gearwum fûs, 3120.

fel, st. n., *skin, hide :* dat. pl. glôf
. . . gegyrwed dracan fellum,
made of the skins of dragons,
2089.

fela, I., adj. indecl., *much, many :*
as subst. : acc. sg. fela fricgende,
2107. With w o r n placed before :
hwät þu worn fela . . . ymb Brecan
spræce, *how very much you spoke
about Breca,* 530. — With gen. **sg.** :
acc. sg. fela fyrene, 810; wyrm-
cynnes fela, 1426; worna fela sor-
ge, 2004; tô fela micles . . . Denigea
leóde, *too much of the race of the
Danes,* 695; uncûðes fela, 877;
fela lâðes, 930; fela leófes and
lâðes, 1061. — With gen. pl. : nom.
sg. fela mâdma, 36; fela þæra wera
and wifa, 993, etc.; acc. sg. fela
missera, 153; fela fyrena, 164;
ofer landa fela, 311; maððum-
sigla fela (falo, MS.), 2758; ne
me swôr fela âða on unriht, *swore
no false oaths,* 2739, etc.; worn
fela mâðma, 1784; worna fela
gûða, 2543. — Comp. eal-fela.

II., adverbial, *very,* 1386, 2103,
2951.

fela-hrôr, adj., valde agitatus, *very
active against the enemy, very war-
like,* 27.

fela-môdig, adj., *very courageous :*
gen. pl. -môdigra, 1638, 1889.

fela-synnig, adj., *very criminal,
very guilty :* acc. sg. fela-sinnigne
secg (in MS., on account of the
alliteration, changed to simple s i n -
n i g n e), 1380.

feólan, st. v., *to betake one's self
into a place, to conceal one's self :*
pret. siððan inne fealh Grendles
môdor (in Heorot), 1282; þær
inne fealh secg syn-bysig (in the
dragon's cave), 2227. — *to fall into,
undergo, endure :* scaronîðas fealh,
1201.

ät-feólan, w. dat., insistere, adhæ-
rere : pret. nô ic him þäs georne ät-
fealh (*held him not fast enough,* 969.

fen, st. n., *fen, moor :* acc. sg. fen, 104; dat. sg. tô fenne, 1296; fenne, 2010.

fen-freoðo, st. f., *refuge in the fen :* dat. sg. in fen-freoðo, 852.

feng, st. m., *gripe, embrace :* nom. sg. fŷres feng, 1765; acc. sg. fâra feng (of the hostile sea-monsters), 578. — Comp. inwit-feng.

fengel (probably *he who takes possession*, cf. tô fôn, 1756, and fôn tô rîce, *to enter upon the government*), st. m., *lord, prince, king :* nom. sg. wîsa fengel, 1401; snottra fengel, 1476, 2157; hringa fengel, 2346.

fen-ge-lâd, st. n., *fen-paths, fen with paths :* acc. pl. frêcne fengelâd (*fens difficult of access*), 1360.

fen-hliðð, st. n., *marshy precipice :* acc. pl. under fen-hleoðu, 821.

fen-hop, st. n., *refuge in the fen :* acc. pl. on fen-hopu, 765.

ferh, st. m. n., *life ;* see **feorh**.

ferh, st. m., *hog, boar*, here of the boar-image on the helmet: nom. sg., 305.

ferhð, st. m., *heart, soul :* dat. sg. on ferhðe, 755, 949, 1719; gehwylc hiora his ferhðe treówde, þät . . ., *each of them trusted to his* (Hûnferð's) *heart, that* . . ., 1167; gen. sg. ferhðes fore-þanc, 1061; dat. pl. (adverbial) ferhðum fägne, *happy at heart*, 1634; þät mon . . . ferhðum freóge, *that one . . . heartily love*, 3178. — Comp.: collen-, sârig-, swîð-, wîde-ferhð.

ferhð-frec, adj., *having good courage, bold, brave :* acc. sg. ferhð-frecan Fin, 1147.

ferhð-geníðla, w. m., *mortal enemy :* acc. sg. ferhð-geníðlan, of the drake, 2882.

ferian, w. v. w. acc., *to bear, to bring, to conduct :* pres. II. pl. hwanor ferigeað fätte scyldas, 333; pret. pl. tô scypum feredon eal ingesteald eorðcyninges, 1155; similarly, feredon, 1159, 3114.

ät-ferian, *to carry away, to bear off :* pret. ic þät hilt þanan feóndum ätferede, 1669.

ge-ferian, *to bear, to bring, to lead :* pres. subj. I. pl. þonne (we) geferian freán ûserne, 3108; inf. geferian . . . Grendles heáfod, 1639; pret. þät hi ût geferedon dŷre mâðmas, 3131; pret. part. her syndon geferede feorran cumene . . . Geáta leóde, *men of the Gedtas, come from afar, have been brought hither* (by ship), 361.

ôð-ferian, *to tear away, to take away :* pret. sg. I. unsôfte panon feorh ôð-ferede, 2142.

of-ferian, *to carry off, to take away, to tear away :* pret. ôðer swylc ût offerede, *took away another such* (sc. fifteen), 1584.

fetel-hilt, st. n., *sword-hilt*, with the gold chains fastened to it: acc. (sg. or pl.?), 1564. (See " Leitfaden f. nord. Altertumskunde," pp. 45, 46.)

fetian, w. v., *to bring near, bring :* pres. subj. nâh hwâ . . . fe[tige] fäted wæge, *bring the gold-chased tankard*, 2254; pret. part. hraðe wäs tô bûre Beówulf fetod, 1311.

ge-fetian, *to bring :* inf. hêt þâ eorla hleó in gefetian Hreðles lâfe, *caused Hrêðel's sword to be brought*, 2191.

â-fêdan, w. v., *to nourish, to bring up :* pret. part. þær he âfêded wäs, 694.

fêða (O.H.G. fendo), w. m.: 1) *foot-soldiers :* nom. pl. fêðan, 1328, 2545. — 2) collective in sing., *band* *of foot-soldiers, troop of warriors:* nom. fêᵭa eal gesät, 1425; dat. on fêᵭan, 2498, 2920. — Comp. gum-fêᵭa.

fêᵭe, st. n., *gait, going, pace:* dat. sg. wäs tô foremihtig feónd on fêᵭe, *the enemy was too strong in going* (i.e. could flee too fast), 971.

fêᵭe-cempa, w. m., *foot-soldier:* nom. sg., 1545, 2854.

fêᵭe-gäst, st. m., *guest coming on foot:* dat. pl. fêᵭe-gestum, 1977.

fêᵭe-lâst, st. m., *signs of going, foot-print:* dat. pl. fêrdon forᵭ þonon fêᵭe-lâstum, *went forth from there upon their trail,* i.e. by the same way that they had gone, 1633.

fêᵭe-wîg, st. m., *battle on foot:* gen. sg. nealles Hetware hrêmge þorfton (sc. wesan) fêᵭe-wîges, 2365.

fêl (= feól), st. f., *file:* gen. pl. fêla lâfe, *what the files have left behind* (that is, the swords), 1033.

fêran, w. v., iter (A.S. fôr) facere, *to come, to go, to travel:* pres. subj. II. pl. ær ge . . . on land Dena furᵭur fêran, *ere you go farther into the land of the Danes,* 254; inf. fêran on freán wäre (*to die*), 27; gewiton him þâ fêran (*set out upon their way*), 301; mæl is me tô fêran, 316; fêran . . . gang sceáwigan, *go, so as to see the footprints,* 1391; wîde fêran, 2262; pret. fêrdon folctogan . . . wundor sceáwian, *the princes came to see the wonder,* 840; fêrdon forᵭ, 1633.

ge-fêran: I) adire, *to arrive at:* pres. subj. þonne eorl ende gefêre lîfgesceafta, *reach the end of life,* 3064; pret. part. häfde æghwäᵭer ende gefêred lænan lîfes, *frail life's end had both reached,* 2845. — 2) *to reach, to accomplish, to bring about:* pret. hafast þu gefê-red þät . . ., 1222, 1856. — 3) *to behave one's self, to conduct one's self:* pret. frêcne gefêrdon, *had shown themselves daring,* 1692.

feal, st. m., *fall:* in comp. wäl-feal

feallan, st. v., *to fall, to fall head-long:* inf. feallan, 1071; pret. sg. þät he on hrusan ne feól, *that it* (the hall) *did not fall to the ground,* 773; similarly, feóll on foldan, 2976; feóll on fêᵭan (dat. sg.), *fell in the band* (of his warriors), 2920; pret. pl. þonne walu feóllon, 1043.

be-feallen, pret. part., w. dat. or instr., *deprived of, robbed:* freóndum befeallen, *robbed of friends,* 1127; sceal se hearda helm . . . fâtum befeallen (sc. wesan), *be robbed of its gold mountings* (the gold mounting will fall away from it moldering), 2257.

ge-feallan, *to fall, to sink down:* pres. sg. III. þät se lîc-homa . . . fæge gefealleᵭ, *that the body doomed to die sinks down,* 1756. — Also, with the acc. of the place whither: pret. meregrund gefeóll, 2101; he eorᵭan gefeóll, 2835.

fealu, adj., *fallow, dun-colored, taw-ny:* acc. sg. ofer fealone flôd (*over the sea*), 1951; fealwe str, (with reference to 320), 917; acc. pl. lêton on geflît faran fealwe mea-ras, 866. — Comp. äppel-fealo.

feax, st. n., *hair, hair of the head:* dat. sg. wäs be feaxe on flet boren Grendles heáfod, *was carried by the hair into the hall,* 1648; him . . . swât . . . sprong forᵭ under fexe, *the blood sprang out under the hair of his head,* 2968. — Comp.: blonden-, gamol-, wunden-feax.

ge-feá, w. m., *joy:* acc. sg. þære fylle gefeán, *joy at the abundant* *repast*, 562; ic þæs ealles mäg ... gefeán habban (*can rejoice at all this*), 2741.

feá, adj., *few :* dat. pl. nemne feáum ânum, *except some few*, 1082; gen. pl. feára sum, *as one of a few, with a few*, 1413; feára sumne, *one of a few (some few)*, 3062. With gen. following : acc. pl. feá worda cwäð, *spoke few words*, 2663, 2247.

feá-sceaft, adj., *miserable, unhappy, helpless :* nom. sg. syððan ærest wearð feásceaft funden, 7 ; feásceaft guma (Grendel), 974; dat. sg. feásceaftum men, 2286; Eád-gilse ... feásceaftum, 2394; nom. pl. feásceafte (the Geátas robbed of their king, Hygelâc), 2374.

feoh, feó, st.n., (properly *cattle, herd*), here, *possessions, property, treasure :* instr. sg. ne wolde ... feorh-bealo feó þingian, *would not allay life's evil for treasure* (tribute), 156; similarly, þâ fæhðe feó þingode, 470; ic þe þâ fæhðe feó leánige, 1381.

ge-feohan, ge-feón, st. v., w. gen. and instr., *to enjoy one's self, to rejoice at something:* a) w. gen.: pret. sg. ne gefeah he þære fæhðe, 109; hilde gefeh, beado-weorces, 2299; pl. fylle gefægon, *enjoyed themselves at the bounteous repast*, 1015; þeódnes gefêgon, *rejoiced at* (the return of) *the ruler*, 1628. — b) w. instr.: niht-weorce gefeh, ellen-mærðum, 828; secg weorce gefeh, 1570; sælâce gefeah, mägen-byrðenne þâra þe he him mid häfde, *rejoiced at the gift of the sea, and at the great burden of that* (Grendel's head and the sword-hilt) *which he had with him*, 1625.

feoh-gift, -gyft, st. f., *bestowing of gifts or treasures :* gen. sg. þære feoh-gyfte, 1026; dat. pl. ät feoh-gyftum, 1090; fromum feohgiftum, *with rich gifts*, 21.

feoh-leás, adj., *that cannot be atoned for through gifts :* nom. sg. þät wäs feoh-leás gefeoht, *a deed of arms that cannot be expiated* (the killing of his brother by Hæðcyn), 2442.

ge-feoht, st. n., *combat; warlike deed :* nom. sg. (the killing of his brother by Hæðcyn), 2442; dat. sg. mêce þone þin fäder tô gefeohte bär, *the sword which thy father bore to the combat*, 2049.

ge-feohtan, st. v., *to fight :* inf. w. acc. ne mehte ... wig Hengeste wiht gefeohtan (*could by no means offer Hengest battle*), 1084.

feohte, w. f., *combat :* acc. sg. feohtan, 576, 960. See **were-fyhte.**

feor, adj., *far, remote :* nom. sg. nis þät feor heonon, 1362; näs him feor þanon tô gesêcanne sinces bryttan, 1922; acc. sg. feor eal (*all that is far, past*), 1702.

feor, adv., *far, far away :* a) of space, 42, 109, 809, 1806, 1917; feor and (oððe) neáh, *far and (or) near*, 1222, 2871; feorr, 2267. — b) of time : ge feor hafað fæhðe gestæled (*has placed us under her enmity henceforth*), 1341.

Comparative, fyr, feorr, and feor: fyr and fästor, 143; fyr, 252; feorr, 1989; feor, 542.

feor-bûend, pt., *dwelling far away:* nom. pl. ge feor-bûend, 254.

feor-cýð, st. f., *home of those living far away, distant land:* nom. pl. feor-cýððe beóð sêlran gesôhte þäm þe him selfa deáh, *foreign lands are better sought by him who trusts to his own ability*, 1839.

feorh, ferh (Goth. fairhvu-s, *world*),

st. m. and n., *life, principle of life, soul:* nom. sg. feorh, 2124; nô þon lange wäs feorh áðelinges flæsce bewunden, *not for much longer was the soul of the prince enveloped in the body* (he was near death), 2425; ferh ellen wräc, *life expelled the strength* (i.e. with the departing life the strength disappeared also), 2707; acc. sg. feorh ealgian, 797, 2656, 2669; feorh gehealdan, *preserve his life*, 2857; feorh âlegde, *gave up his life*, 852; similarly, ær he feorh seleð, 1371; feorh oðferede, *tore away her life*, 2142; ôð þät hie forlæddan tô þam lindplegan swæse gesîðas ond hyra sylfra feorh, *till in an evil hour they carried into battle their dear companions and their lives* (i.e. led them to their death), 2041; gif þu þîn feorh hafast, 1850; ymb feorh sacan (*to fight for life*), 439; wäs in feorh dropen, *was wounded into his life*, i.e. mortally, 2982; wîdan feorh, as temporal acc., *through a wide life*, i.e. always, 2015; dat. sg. feore, 1294, 1549; tô wîdan feore, *for a wide life*, i.e. at all times, 934; on swâ geongum feore (*at a so youthful age*), 1844; as instr., 578, 3014; gen. sg. feores, 1434, 1943; dat. pl. buton ... feorum gumena, 73; freónda feorum, 1307. — Also, *body, corpse:* þâ wäs heal hroden feónda feorum (*the hall was covered with the slain of the enemy*), 1153; gehwearf þâ in Francna fäðm feorh cyninges, *then the body of the king* (Hygelâc) *fell into the power of the Franks*, 1211. — Comp. geogeð-feorh.

feorh-bana, w. m., (*life-slayer*), *man-slayer, murderer:* dat. sg. feorh-bonan, 2466.

feorh-ben, st. f., *wound that takes away life, mortal wound:* dat. (instr.) pl. feorh-bennum seóc, 2741.

feorh-bealu, st. n., *evil destroying life, violent death:* nom. sg., 2078, 2251, 2538; acc. sg., 156.

feorh-cyn, st. n., *race of the living, mankind:* gen. pl. fela feorh-cynna, 2267.

feorh-genîðla, w. m., *he who seeks life, life's enemy* (N.H.G. Todfeind), *mortal enemy:* acc. sg. -genîðlan, 1541; dat. sg. -genîðlan, 970; acc. sg. brægd feorh-genîðlan, 1541; acc. pl. folgode feorh-genîðlan, (Ongenþeów) *pursued his mortal enemies*, 2934.

feorh-lagu, st. f., *the life allotted to anyone, life determined by fate:* acc. sg. on mâðma hord mîne (mînne, MS.) bebohte frôde feorhlege, *for the treasure-hoard I sold my old life*, 2801.

feorh-lâst, st. m., *trace of (vanishing) life, sign of death:* acc. pl. feorh-lâstas bär, 847.

feorh-seóc, adj., *mortally wounded:* nom. sg., 821.

feorh-sweng, st. m., (*stroke robbing of life*), *fatal blow:* acc. sg., 2490.

feorh-wund, st. f., *mortal wound, fatal injury:* acc. sg. feorh-wunde hleát, 2386.

feorm, st. f., *subsistence, entertainment:* acc. sg. nô þu ymb mînes ne þearft lîces feorme leng sorgian, *thou needest no longer have care for the sustenance of my body*, 451. — 2) *banquet:* dat. on feorme (or feorme, MS.), 2386.

feormend-leás, adj., *wanting the cleanser:* acc. pl. gescah ... fyrnmanna fatu feormend-leáse, 2762

feormian, w. v., *to clean, to cleanse, to polish:* pres. part. nom pl. feor-miend swefað (feormynd, MS.), 2257.

ge-feormian, w. v., *to feast, to eat:* pret. part. sôna häfde unlyfigendes eal gefeormod fêt and folma, 745.

feorran, w. v., w. acc., *to remove:* inf. sibbe ne wolde wið manna hwone mägenes Deniga feorh-bea-lo feorran, feó þingian, (Grendel) *would not from friendship free any one of the men of the Danes of life's evil, nor allay it for tribute,* 156.

feorran, adv., *from afar:* a) of space, 361, 430, 826, 1371, 1820, etc.; siððan äðelingas feorran ge-fricgean fleám eówerne, *when noble men afar learn of your flight* (when the news of your flight reaches distant lands), 2890; fêr-don folctogan feorran and neán, *from far and from near,* 840; similarly, neán and feorran þu nu [friðu] hafast, 1175; wäs þäs wyr-mes wíg wíde gesŷne ... neán and feorran, *visible from afar, far and near,* 2318.—b) temporal: se þe cûðe frumsceaft fira feorran reccan (*since remote antiquity*), 91; sim-ilarly, feorran rehte, 2107.

feorran-cund, adj., *foreign-born:* dat. sg. feorran-cundum, 1796.

feor-weg, st. m., *far way:* dat. pl. mâdma fela of feorwegum, *many precious things from distant paths* (from foreign lands), 37.

ge-feón. See **feohan.**

feónd, st. m., *enemy:* nom. sg., 164, 726, 749; feónd on helle (Gren-del), 101; acc. sg., 279, 1865, 2707; dat. sg. feónde, 143, 439; gen. sg. feóndes, 985, 2129, 2290; acc. pl. feónd, 699; dat. pl. feón-dum, 420, 1670; gen. pl. feonda, 294, 809, 904.

feónd-grâp, st. f., *foe's clutch:* dat. (instr.) pl. feónd-grâpum fäst, 637.

feónd-sccaða, w. m., *one who is an enemy and a robber:* nom. sg. fâh feónd-scaða (*a hostile sea-monster*), 554.

feónd-scipe, st. m., *hostility:* nom. sg., 3000.

feówer, num., *four:* nom. feówer bearn, 59; feówer mearas, 2164; feówer, as substantive, 1638; acc feówer mâðmas, 1028.

feówer-tyne, num., *fourteen:* nom. with following gen. pl. feówertyne Geáta, 1642.

findan, st. v., *to find, to invent, to attain:* a) with simple object in acc.: inf. þâra þe he cênoste findan mihte, 207; swylce hie ät Finnes-hâm findan meahton sigla searo-gimma, 1157; similarly, 2871; mäg þær fela freónda findan, 1839; wolde guman findan, 2295; swâ hyt weorðlicost fore-snotre men findan mihton, *so splendidly as only very wise men could devise it,* 3164; pret. sg. healþegnas fand, 720; word ôðer fand, *found other words,* i.e. went on to another narrative, 871; grimne gryrelîcne grund-hyrde fond, 2137; þät ic gôdne funde beága bryttan, 1487; pret. part. syððan ærest wearð feásceaft funden (*discovered*), 7.—b) with acc. and pred. adj.: pret. sg. dryh-ten sînne driórigne fand, 2790.— c) with acc. and inf.: pret. fand þâ þær inne äðelinga gedriht swe-fan, 118; fand wäccendne wer wíges bídan, 1268; hord-wynne fond opene standan, 2271; ôð þät he fyrgen-beámas ... hleonian funde, 1416; pret. pl. fundon þâ sâwulleásne hlim - bed healdan, 3034.—d) with dependent clause: inf. nô þŷ ær feásceafte findan meahton ät þam äðelinge þät he Heardrêde hlâford wære (*could by no means obtain it from the prince*), 2374.

on-findan, *to be sensible of, to perceive, to notice:* a) w. acc.: pret. sg. landweard onfand eftstð eorla, *the coast-guard observed the return of the earls*, 1892; pret. part. þâ heó onfunden wäs(*was discovered*), 1294.—b) w. depend. clause: pret. sg. þâ se gist onfand þät se beado-leóma bîtan nolde, *the stranger* (Beówulf) *perceived that the sword would not cut*, 1523; sôna þät on-funde, þät ..., *immediately perceived that ...*, 751; similarly, 810, 1498.

finger, st. m., *finger:* nom. pl. fin-gras, 761; acc. pl. fingras, 985; dat. (instr.) pl. fingrum, 1506; gen. pl. fingra, 765.

firas, fyras (O.H.G. firahî, i.e. *the living;* cf. feorh), st. m., only in pl., *men:* gen. pl. fira, 91, 2742; monegum fira, 2002; fyra gehwylc-ne leóda mînra, 2251; fira fyrnge-weorc, 2287.

firen, fyren, st. f., *cunning way-laying, insidious hostility, malice, outrage:* nom. sg. fyren, 916; acc. sg. fyrene and fæhðe, 153; fæhðe and fyrene, 880, 2481; firen' on-drysne, 1933; dat. sg. fore fæhðe and fyrene, 137; gen. pl. fyrena, 164, 629; and fyrene, 812; fyrena hyrde (of Grendel), 751. The dat. pl., fyrenum, is used adverbially in the sense of *maliciously*, 1745, or *fallaciously*, with reference to Hæð-cyn's killing Herebeald, which was done unintentionally, 2442.

firen-dæd, st. f., *wicked deed:* acc. pl. fyren-dæda, 1670; instr. pl. fyren-dædum, 1002; both times of Grendel and his mother, with reference to their nocturnal inroads.

firen-þearf, st. f., *misery through the malignity of enemies:* acc. sg. fyren-þearfe, 14.

firgen-beám, st. m., *tree of a mountain-forest:* acc. pl. fyrgen-beámas, 1415.

firgen-holt, st. m., *mountain-wood, mountain-forest:* acc. sg. on fyr-gen-holt, 1394.

firgen-streám, st. m., *mountain-stream:* nom. sg. fyrgen-streám, 1360; acc. sg. under fyrgen-streám (marks the place where the mountain-stream, according to 1360, empties into Grendel's sea), 2129.

fisc, st. m., *fish:* in comp. hron-, mere-fisc.

fîf, num., *five:* uninflect. gen. fîf nihta fyrst, 545; acc. fîfe (?), 420.

fîfel-cyn (O.N. fîfl, stultus and gigas), st. n., *giant-race:* gen. sg. fîfelcynnes eard, 104.

fîf-tene, fîf-tyne, num., *fifteen:* acc. fŷftyne, 1583; gen. fîftena sum, 207.

fîf-tig, num., *fifty:* 1) as substantive with gen. following; acc. fîftig wintra, 2734; gen. se wäs fiftiges fôt-gemearces lang, 3043.—2) as adjective: acc. fîftig wintru, 2210.

flân, st. m., *arrow:* dat. sg. flâne, 3120; as instr., 2439.

flân-boga, w. m., *bow which shoots the flân, bow:* dat. sg. of flân-bogan, 1434, 1745.

flæsc, st. n., *flesh, body in contrast with soul:* instr. sg. nô þou lange wäs feorh äðelinges flæsce bewun-den, *not much longer was the soul*

of the prince contained in his body,
2425.

flæsc-hama, w. m., *clothing of flesh*,
i.e. the body : acc. sg. flæsc-homan,
1569.

flet, st. n.: 1) *ground, floor of a
hall :* acc. sg. heó on flet gebeáh,
fell to the ground, 1541; similarly,
1569. — 2) *hall, mansion :* nom.
sg. 1977; acc. sg. flet, 1037, 1648,
1950, 2018, etc. ; flett, 2035 ; þät
hie him óðer flet eal gerŷmdon,
*that they should give up entirely to
them another hall*, 1087 ; dat. sg.
on flette, 1026.

flet-räst, st. f., *resting-place in the
hall :* acc. sg. flet-räste gebeág,
reclined upon the couch in the hall,
1242.

flet-sittend, pres. part., *sitting in
the hall :* acc. pl. -sittende, 2023 ;
dat. pl. -sittendum, 1789.

flet-werod, st. n., *troop from the
hall :* nom. sg., 476.

fleám, st. m., *flight :* acc. sg. on
fleám gewand, *had turned to flight*,
1002 ; fleám eówerne, 2890.

fleógan, st. v., *to fly :* prs. sg. III.
fleógeð, 2274.

fleón, st. v., *to flee :* inf. on heolster
fleón, 756; fleón on fenhôpu, 765;
fleón under fen-hleoðu, 821; pret.
hete-swengeas fleáh, 2226.

be-fleón, w. acc., *to avoid, to es-
cape :* gerund nô þät ŷðe byð tô
befleónne, *that is not easy* (i.e. not
at all) *to be avoided*, 1004.

ofer-fleón, w. acc., *to flee from
one, to yield :* inf. nelle ic beorges
weard oferfleón fôtes trem, *will
not yield to the warder of the
mountain* (the drake) *a foot's
breadth*, 2526.

fleótan, st. v., *to float upon the water,
to swim :* inf. nô he wiht fram me

flôd-ýðum feor fleótan meahte,
hraðor on helme, *no whit, could he
swim from me farther on the waves*
(regarded as instrumental, so tha⸴
the waves marked the distance),
more swiftly in the sea, 542; pret.
sægenga fleát fâmigheals forð ofer
ŷðe, *floated away over the waves*,
1910.

fliht. See **flyht.**

flitme. See **un-flitme.**

flîtan, st. v., *to exert one's self, to
strive, to emulate :* pres. part. flî-
tende fealwe stræte mearum mæton
(*rode a race*), 917 ; pret. sg. II.
eart þu se Beówulf, se þe wið
Brecan ... ymb sund flite, *art thou
the Beówulf who once contended
with Breca for the prize in swim-
ming?* 507.

ofer-flîtan, *to surpass one in a
contest, to conquer, to overcome :*
pret. w. acc. he þe ät sunde ofer-
flât (*overcome thee in a swimming-
wager*), 517.

ge-flît, st. n., *emulation :* acc. sg.
lêton on geflît faran fealwe mearas,
*let the fallow horses go in emula-
tion*, 866.

floga, w. m., *flyer;* in the compounds :
gûð-, lyft-, uht-, wið-floga.

flota (see **fleótan**), w. m., *float,
ship, boat :* nom. sg., 210, 218, 301 ;
acc. sg. flotan eówerne, 294. —
Comp. wæg-flota.

flot-here, st. m., *fleet :* instr. sg.
cwom faran flotherge on Fresna
land, 2916.

flôd, st. m., *flood, stream, sea-cur-
rent :* nom. sg., 545, 580, 1362, etc.;
acc. sg. flôd, 3134 ; ofer sealone
flôd, 1951 ; dat. sg. tô flôde, 1889;
gen. pl. flôda begong, *the region
of floods*, i.e. the sea, 1498, 1827 ;
flôda genipu, 2809.

flôd-ŷ̌ð, st. f , *flood-wave :* instr. pl. flôd-ŷðum, 542.

flôr, st. m., *floor, stone-floor :* acc. sg. on fâgne flôr (the floor was probably a kind of mosaic, made of colored flags), 726; dat. sg. gang þâ äfter flôre, *along the floor* (i.e. along the hall), 1317.

flyht, fliht, st. m., *flight :* nom. sg. gâres fliht, *flight of the spear,* 1766.

ge-flŷman, w. v., *to put to flight :* pret. part. geflŷmed, 847, 1371.

folc, st. n., *troop, band of warriors; folk,* in the sense of the whole body of the fighting men of a na-tion: acc. sg. folc, 522, 694, 912; Sûðdene folc, 464; folc and rîce, 1180; dat. sg. folce, 14, 2596; folce Deninga, 465; as instr. folce gestepte ofer sæ sîde, *went with a band of warriors over the wide sea,* 2394; gen. sg. folces, 1125; folces Denigea, 1583.— The king is called folces hyrde, 611, 1833, 2645, 2982; freáwine folces, 2358; or folces weard, 2514. The queen, folces cwên, 1933.—The pl., in the sense of *warriors, fighting men:* nom. pl. folc, 1423, 2949; dat. pl. folcum, 55, 262, 1856; gen. pl. freó- (freá-) wine folca, *of the king,* 430, 2430; friðu-sibb folca, *of the queen,* 2018. — Comp. sige-folc.

folc-âgend, pres. part., *leader of a band of warriors :* nom. pl. folc-âgende, 3114.

folc-beorn, st. m., *man of the mul-titude, a common man :* nom. sg. folc-beorn, 2222.

folc-cwên, st. f., *queen of a warlike host :* nom. sg., of Wealhþeów, 642.

folc-cyning, st. m., *king of a war-like host :* nom. sg., 2734, 2874.

folc-ræd, st. m., *what best serves a warlike host :* acc. sg., 3007.

folc-riht, st. n., *the rights of the fighting men of a nation :* gen. pl. him ær forgeaf ... folcrihta ge-hwylc, swâ his fäder âhte, 2609.

folc-scearu, st. f., *part of a host of warriors, nation :* dat. sg. folc-scare, 73.

folc-stede, st. m., *position of a band of warriors, place where a band of warriors is quartered :* acc. sg. folcstede, of the hall, Heorot, 76; folcstede fâra (*the battle-field*), 1464.

folc-toga, w. m., *leader of a body of warriors, duke :* nom. pl., power-ful liege-men of Hrôðgar are called folc-togan, 840.

fold-bold, st. n., *earth-house* (i.e. a house on earth in contrast with a dwelling in heaven) : nom. sg. fä-ger fold-bold, of the hall, Heorot, 774.

fold-bûend, pres. part., *dweller on earth, man :* nom. pl. fold-bûend, 2275; fold-bûende, 1356; dat. pl. fold-bûendum, 309.

folde, w. f., *earth, ground :* acc. sg. under foldan, 1362; feóll on fol-dan, 2976; gen. sg. foldan bearm, *the bosom of the earth,* 1138; fol-dan sceátas, 96; foldan fäðm, 1394. — Also, *earth, world :* dat. sg. on foldan, 1197.

fold-weg, st. m., *field-way, road through the country :* acc. sg. fold-weg, 1634; acc. pl. fold-wegas, 867.

folgian, w. v.: 1) *to perform vas-sal-duty, to serve, to follow :* pret. pl. þeáh hie hira beággyfan banan folgedon, *although they followed the murderer of their prince,* 1103. — 2) *to pursue, to follow after :* folgode feorh-geníðlan (acc. pl.), 2934.

folm, st. f , *hand:* acc. sg. folme, 971, 1304; dat. sg. mid folme, 743; acc. pl. fêt and folma, *feet and hands,* 746; dat. pl. tô banan folmum, 158; folmum (instr.), 723, 993.—Comp.: beado-, gearo-folm.

for, prep. w. dat., instr., and acc.: 1) w. dat. local, *before,* ante: þät he for eaxlum gestôd Deniga freán, 358; for hlâwe, 1121.—b) *before,* coram, in conspectu: nô he þære feohgyfte for sceótendum scami-gan þorfte, *had no need to be ashamed of the gift before the warriors,* 1027; for þäm we-rede, 1216; for eorlum, 1650; for duguðe, *before the noble band of warriors,* 2021.—Causal, a) to denote a subjective motive, *on account of, through, from :* for wlenco, *from bravery, through warlike courage,* 338, 1207; for wlence, 508; for his wonhydum, 434; for onmêdlan, 2927, etc.—b) objective, partly denoting a cause, *through, from, by reason of:* for metode, *for the creator, on account of the creator,* 169; for þreánŷdum, 833; for þreánêdlan, 2225; for dolgilpe, *on account of, in accordance with the promise of bold deeds* (because you claimed bold deeds for yourself), 509; him for hrôfsele hrînan ne mehte fær-gripe flôdes, *on account of the roofed hall the malicious grasp of the flood could not reach him,* 1516; lîg-egesan wäg for horde, *on account of* (the robbing of) *the treasure,* 2782; for mundgripe mînum, *on account of, through the gripe of my hand,* 966; for þäs hildfruman handgeweorce, 2836; for swenge, *through the stroke,* 2967; ne meah-te ... deóp gedŷgan for dracan

lêge, *could not hold out in the deep on account of the heat of the drake,* 2550. Here may be added such passages as ic þäm gôdan sceal for his môdþräce mâðmas beódan, *will offer him treasures on account of his boldness of character, for his high courage,* 385; ful-oft for läs-san leán teohhode, *gave often re-ward for what was inferior,* 952; nalles for ealdre mearn, *was not uneasy about his life,* 1443; simi-larly, 1538. Also denoting pur-pose: for ârstafum, *to the assist-ance,* 382, 458.—2) w. instr. causal, *because of, for :* he hine feor forwräc for þŷ mâne, 110.—3) w. acc., *for, as, instead of:* for sunu freógan, *love as a son,* 948; for sunu habban, 1176; ne him þäs wyrmes wîg for wiht dyde, *held the drake's fighting as nothing,* 2349.

foran, adv., *before, among the first, forward:* siððan ... sceáwedon feóndes fingras, foran æghwylc (*each before himself*), 985; þät wäs ân foran ealdgestreóna, *that was one among the first of the old treasures,* i.e. a splendid old treas-ure, 1459; þe him foran ongeán linde bæron, *bore their shields for-ward against him* (went out to fight against him), 2365.

be-foran: 1) adv., local, *before:* he ... beforan gengde, *went be-fore,* 1413; temporal, *before, earlier,* 2498.—2) prep. w. acc. *before,* in conspectu: mære mâððum-sweord manige gesâwon beforan beorn beran, 1025.

ford, st. m., *ford, water-way:* acc. sg. ymb brontne ford, 568.

forð: 1) local, *forth, hither, near:* forð neár ätstôp, *approached nearer,* 746; þâ cwom Wealhþeó forð gân,

1163; similarly, 613; him seleþegn
forð wîsade, *led him* (Beówulf)
forth (to the couch that had been
prepared for him in Heorot), 1796;
þät him swât sprong forð under
fexe, *forth under the hair of his
head*, 2968. *Forward, further :*
gewîtað forð beran wæpen and
gewædu, 291 ; he tô forð gestôp,
2290; freoðo-wong þone forð ofer-
eodon, 2960. *Away, forth*, 45,
904; fyrst forð gewât, *the time* (of
the way to the ship) *was out*, i.e.
they had arrived at the ship, 210 ;
me . . . forð-gewitenum, *to me the
departed*, 1480 ; fêrdon forð, *went
forth* (from Grendel's sea), 1633 ;
þonne he forð scile, *when he must
(go) forth*, i.e. die, 3178; hine
mihtig god . . . ofer ealle men forð
gefremede, *carried him forth, over
all men*, 1719.— 2) temporal, *forth,
from now on :* heald forð tela niwe
sibbe, 949 ; ic sceal forð sprecan
gen ymbe Grendel, *shall from now
on speak again of Grendel*, 2070.
See **furðum** and **furðor**.

forð-gerîmed, pres. part., *in un-
broken succession*, 59.

forð-gesceaft, st. f., *that which is
determined for farther on, future
destiny :* acc. sg. he þâ forð-ge-
sceaft forgyteð and forgýmeð,1751.

forð-weg, st. m., *road that leads
away, journey :* he of ealdre ge-
wât frôd on forð-weg (*upon the
way to the next world*), 2626.

fore, prep. w. dat., local, *before,*
coram, in conspectu: heó fore
þäm werede spräc, 1216. Causal,
through, for, because of : nô mearn
fore fæhðe and fyrene, 136 ; fore
fäder dædum, *because of the father's
deeds*, 2060 — Allied to this is the
meaning, *about*, de, super: þær

wäs sang and swêg samod ätgädere
fore Healfdenes hildewîsan, *song
and music about Healfdene's gene-
ral* (the song of Hnäf), 1065.

fore-mære, adj., *renowned beyond
(others)*, præclarus: superl. þät
wäs fore-mærost foldbûendum re-
ceda under roderum, 309.

fore-mihtig, adj., *able beyond
(others)*, præpotens: nom. sg. wäs
tô foremihtig feónd on fêðe, *the
enemy was too strong in going
(could flee too rapidly)*, 970.

fore-snotor, adj., *wise beyond
(others)*, sapientissimus: nom. pl.
foresnotre men, 3164.

fore-þanc, st. m., *forethought, con-
sideration, deliberation :* nom. sg.,
1061.

forht, adj., *fearful, cowardly :* nom.
sg. forht, 2968; he on môde wearð
forht on ferhðe, 755.— Comp. un-
forht.

forma, adj., *foremost, first :* nom.
sg. forma sið (*the first time*), 717,
1464, 1528, 2626; instr. sg. forman
siðe, 741, 2287 ; forman dôgore,
2574.

fyrmest, adv. superl., *first of all,
in the first place :* he fyrmest läg,
2078.

forst, st. m., *frost, cold :* gen. sg.
forstes bend, 1610.

for-þam, for-þan, for-þon, adv.
and conj., *therefore, on that ac-
count, then :* forþam, 149; forþan,
418, 680, 1060; forþon þe, *because*,
503.

fôn, st. v., *to catch, to grasp, to take
hold, to take :* prs. sg. III. fêhð
ôðer tô, *another lays hold* (takes
possession), 1756; inf. ic mid
grâpe sceal fôn wið feónde, 439 ;
pret. sg. him tôgeánes fêng, *caught
at him, grasped at him*, 1543 ; w.

dat. he þâm frätwum fêng, *received
the rich adornments* (Ongenþeów's
equipment), 2990.

b e-fôn, *to surround, to ensnare,
to encompass, to embrace:* pret.
part. hyne sâr hafað ... nearwe
befongen balwon bendum, 977;
heó äðelinga ânne häfde fäste be-
fangen (*had seized him firmly*),
1296; helm ... befongen freáwrâs-
num (*encircled by an ornament
like a diadem*), 1452; fenne bi-
fongen, *surrounded by the fen,*
2010; (draca) fŷre befongen, *en-
circled by fire,* 2275, 2596; häfde
landwara lîge befangen, *encom-
passed by fire,* 2322.

ge-fôn, w. acc., *to seize, to grasp:*
pret. he gefêng slæpendne rinc,
741; gûðrinc gefêng atolan clom-
mum, 1502; gefêng þâ be eaxle ...
Gûðgeáta leód Grendles môdor,
1538; gefêng þâ fetelhilt, 1564;
hond rond gefêng, geolwe linde,
2610; ic on ôfoste gefêng micle
mid mundum mägen-byrðenne,
*hastily I seized with my hands the
enormous burden,* 3091.

on-fôn, w. dat., *to receive, to accept,
to take:* pres. imp. sg. onfôh þis-
sum fulle, *accept this cup,* 1170;
inf. þät þät þeódnes bearn ...
scolde fäder-äðelum onfôn, *receive
the paternal rank,* 912; pret. sg.
hwâ þäm hläste onfêng, *who re-
ceived the ship's lading,* 52; hleór-
bolster onfêng eorles andwlitan,
*the pillow received the nobleman's
face,* 689; similarly, 853, 1495;
heal swêge onfêng, *the hall re-
ceived the loud noise,* 1215; he
onfêng hraðe inwit-þancum, *he
(Beówulf) at once clutched him
(Grendel) devising malice,* 749.

þurh-fôn, w. acc., *to break through*
with grasping, to destroy by grasp-
ing:* inf. þät heó þone fyrd-hom
þurh-fôn ne mihte, 1505.

wið-fôn, w. dat., (*to grasp at*), *to
seize, to lay hold of:* pret. sg. him
fäste wið-fêng, 761.

ymbe-fôn, w. acc., *to encircle:*
pret. heals ealne ymbefêng biteran
bânum, *encircled his (Beówulf's)
whole neck with sharp bones* (teeth),
2692.

fôt, st. m., *foot:* gen. sg. fôtes trem
(*the measure of a foot, a foot
broad*), 2526; acc. pl. fêt, 746;
dat. pl. ät fôtum, *at the feet,* 500,
1167.

fôt-gemearc, st. n., *measure, deter-
mining by feet, number of feet:*
gen. sg. se wäs fiftiges fôtgemearces
long (*fifty feet long*), 3043.

fôt-lâst, st. m., *foot-print:* acc. sg.
(draca) onfand feóndes fôt-lâst,
2290.

fracod, adj., *objectionable, useless.*
nom. sg. näs seó ecg fracod hilde-
rince, 1576.

fram, from, I. prep. w. dat. loc. *away
from something:* þær fram sylle
âbeág medubenc monig, 776, 1716;
þanon eft gewiton ealdgesîðas ...
fram mere, 856; cyning-balde men
from þäm holmclife hafelan bäron,
1636; similarly, 541, 543, 2367.
Standing after the dat.: he hine
feor forwräc ... mancynne fram,
110; similarly, 1716. Also, *hither
from something:* þâ ic cwom ...
from feóndum, 420; äghwäðrum
wäs ... brôga fram ôðrum, 2566.
— Causal with verbs of saying and
hearing, *of, about, concerning:*
sägdest from his sîðe, 532; nô ic
wiht fram þe swylcra searo-nîða
secgan hŷrde, 581; þät he fram
Sigemunde secgan hyrde, **876.**

ll adv., *away, thence :* nð þ̃ӯ
ær fram meahte, 755; *forth, out :*
from ærest cwom oruð aglæcean
ût of stâne, *the breath of the
dragon came forth first from the
rock,* 2557.

fram, from, adj.: 1) *directed for-
wards, striving forwards;* in comp.
sîð-fram. — 2) *excellent, splendid,*
of a man with reference to his war-
like qualities: nom. sg. ic eom on
môde from, 2528; nom. pl. frome
fyrd-hwate, 1642, 2477. Of things:
instr. pl. fromum feoh-giftum, 21.
— Comp. un-from ; see **freme,
forma.**

ge-frägen. See **frignan.**

frätwe, st. f. pl., *ornament, any-
thing costly,* originally *carved ob-
jects* (cf. Dietrich in Hpts. Ztschr.
X. 216 ff.), afterwards of any costly
and artistic work: acc. pl. frätwe,
2920; beorhte frätwe, 214; beorhte
frätwa, 897 ; frätwe . . . eorclan-
stânas, 1208 ; frätwe, . . . breóst-
weorðunge, 2504, both times of
Hygelâc's collar; frätwe and fät-
gold, 1922 ; frätwe (Eanmund's
sword and armor), 2621; dat. instr.
pl. þâm frätwum, 2164; on fräte-
wum, 963; frätwum (Heaðobeard
sword) hrêmig, 2055; frätwum, of
the drake's treasures, 2785; frät-
wum (Ongenþeów's armor), 2990;
gen. pl. fela . . . frätwa, 37; þâra
frätwa (drake's treasure), 2795 ;
frätwa hyrde (drake), 3134.

frätwan, w. v., *to supply with or-
naments, to adorn :* inf. folc-stede
frätwan, 76.

ge-frätwian, w. v., *to adorn :* pret.
sg. gefrätwade foldan sceátas leo-
mum and leáfum, 96; pret. part.
þâ wäs hâten Heort innanweard
folmum gefrätwod, 993.

ge-fræge, adj., *known by reputa-
tion, renowned :* nom. sg. leód-
cyning . . . folcum gefræge, 55;
swâ hyt gefræge wäs, 2481.

ge-fræge, st. n., *information through
hearsay :* instr. sg. mîne gefræge
(*as I learned through the narra-
tive of others*), 777, 838, 1956, etc.

ge-frægnian, w. v., *to become known
through hearsay :* pret. part. fylle
gefrægnod (of Grendel's mother,
who had become known through
the carrying off of Äschere), 1334?

freca, w. m., properly *a wolf,* as one
that breaks in, robs; here a desig-
nation of heroes: nom. sg. freca
Scildinga, of Beówulf, 1564. —
Comp.: gûð-,hilde-,scyld-,sweord-
wîg-freca; ferhð-frec (adj.).

fremde, adj., properly *distant, for-
eign;* then *estranged, hostile :* nom
sg. þät wäs fremde þeód êcean
dryhtne, of the giants, 1692.

freme, adj., *excellent, splendid :*
nom. sg. fem. fremu folces cwên,
of þrýðo, 1933(?).

fremman, w. v., *to press forward,
to further,* hence: 1) in general,
*to perform, to accomplish, to do, to
make :* pres. subj. without an ob-
ject, fremme se þe wille, *let him do
(it) whoever will,* 1004. With acc.:
imp. pl. fremmað ge nu leóda
þearfe, 2801; inf. fyrene fremman,
101; säcce fremman, 2500; fähðe
. . . mærðum fremman, 2515, etc.;
pret. sg. folcræd fremede (*did what
was best for his men,* i.e. ruled
wisely), 3007; pl. hû þâ äðelingas
ellen fremedon, 3 ; feohtan fre-
medon, 960; nalles fâcenstafas . . .
þenden fremedon, 1020; pret. subj.
þät ic . . . mærðo fremede, 2135.
— 2) *to help on, to support :* inf.
þät he mec fremman wile wordum

and worcum (to an expedition),
1833.

ge-fremman, w. acc., *to do, to
make, to render:* inf. gefremman
eorlîc ellen, 637; helpan gefrem-
man, *to give help*, 2450; äfter
weáspelle wyrpe gefremman, *to
work a change after sorrow* (to
give joy after sorrow), 1316; ge-
rund, tô gefremmanne, 174, 2645;
pret. sg. gefremede, 135, 165, 551,
585, etc.; þeáh þe hine mihtig god
... ofer ealle men forð gefremede,
placed him away, above all men,
i.e. raised him, 1719; pret. pl. ge-
fremedon, 1188, 2479; pret. subj.
gefremede, 177; pret. part. gefrem-
med, 476; fem. nu scealc hafað
... dæd gefremede, 941; abso-
lutely, þu þe self hafast dædum
gefremed, þät ..., *hast brought it
about by thy deeds that*, 955.

fretan, st. v., *to devour, to consume:*
inf. þâ (the precious things) sceal
brond fretan, 3015; nu sceal glêd
fretan wigena strengel, 3115; pret.
sg. (Grendel) slæpende frät folces
Denigea fŷftyne men, 1582.

frêcne, adj., *dangerous, bold:* nom.
sg. frêcne fŷr-draca, 2690; feorh-
bealo frêcne, 2251, 2538; acc. sg.
frêcne dæde, 890; frêcne fengelâd,
1360; frêcne stôwe, 1379; instr.
sg. frêcnan spræce (*through pro-
voking words*), 1105.

frêcne, adv., *boldly, audaciously*,
960, 1033, 1692.

freá, w. m., *ruler, lord*, of a tempo-
ral ruler: nom. sg. freá, 2286; acc.
sg. freán, 351, 1320, 2538, 3003,
3108; gen. sg. freán, 359, 500, 1167,
1681; dat. sg. freán, 271, 291,
2663. Of a husband: dat. sg. eode
... tô hire freán sittan, 642. Of
God: dat. sg. freán ealles, *the Lord*

of all, 2795; gen. sg. freán, 27.—
Comp.: âgend-, lîf-, sin-freá.

freá-dryhten, st. m., *lord, ruling
lord:* gen. sg. freá-drihtnes, 797.

freá-wine, st. m., *lord and friend,
friendly ruler:* nom. sg. freá-wine
folces (folca), 2358, 2430; acc. sg.
his freá-wine, 2439.

freá-wrâsn, st. f., *encircling orna-
ment like a diadem:* instr. pl. helm
... befongen freáwrâsnum, 1452;
see wrâsn.

freoðu, friðu, f., *protection, asy-
lum, peace:* acc. sg. wel bið þäm
þe môt ... tô fäder fäðmum freo-
ðo wilnian, *who may obtain an asy-
lum in God's arms*, 188; neán and
feorran þu nu [friðu] hafast, 1175.
—Comp. fen-freoðo.

freoðo-burh, st. f., *castle, city afford-
ing protection:* acc. sg. freoðoburh
fägere, 522.

freoðo-wong, st. m., *field of peace,
field of protection:* acc. sg., 2960;
seems to have been the proper
name of a field.

freoðo-wær, st. f., *peace-alliance,
security of peace:* acc. sg. þâ hie
getrûwedon on twâ healfa fäste
frioðu-wære, 1097; gen. sg. frioðo-
wære bäd hlâford sînne, *entreated
his lord for the protection of peace*
(i.e. full pardon for his delinq ien-
cy), 2283.

freoðo-webbe, w. f., *peace-weaver*,
designation of the royal consort
(often one given in marriage as a
confirmation of a peace between
two nations): nom. sg., 1943.

freó-burh, st. f., = freá-burg (?),
ruler's castle (?) (according to
Grein, arx ingenua): acc. sg. freó-
burh, 694.

freód, st. f., *friendship:* acc. sg
freóde ne woldon ofer heafo heal-

dan, 2477; gen. sg. näs þær mâra fyrst freóde tô friclan, *was no longer time to seek for friendship,* 2557; —*favor, acknowledgement:* acc. sg. ic þe sceal mîne gelæstan freóde (*will show myself grateful,* with reference to 1381 ff.), 1708.

freó-dryhten (= freá-dryhten), st. m., *lord, ruler;* according to Grein, dominus ingenuus vel nobilis : nom. sg. as voc. freó-drihten mîn ! 1170; dat. sg. mid his freó-dryhtne, 2628.

freógan, w. v., *to love; to think of lovingly:* pres. subj. þät mon his wine-dryhten . . . ferhðum freóge, 3178; inf. nu ic þec . . . me for sunu wylle freógan on ferhðe, 949.

freó-lîc, adj., *free, free-born* (here of the lawful wife in contrast with the bond concubine) : nom. sg. freólic wîf, 616; freólicu folc-cwên, 642.

freónd, st. m., *friend:* acc. sg. freónd, 1386, 1865; dat. pl. freóndum, 916, 1019, 1127; gen. pl. freónda, 1307, 1839.

freónd-laðu, st. f., *friendly invitation:* nom. sg. him wäs ful boren and freónd-laðu (*friendly invitation to drink*) wordum bewägned, 1193.

freónd-lâr, st. f., *friendly counsel:* dat. (instr.) pl. freónd-lârum, 2378.

freónd-lîce, adv., *in a friendly manner, kindly:* compar. freónd-lîcor, 1028.

freónd-scipe, st. m., *friendship:* acc. sg. freónd-scipe fästne, 2070.

freó-wine, st. m. (see **freáwine**), *lord and friend, friendly ruler;* according to Grein, amicus nobilis, princeps amicus : nom. sg. as voc. freó-wine folca ! 430.

fricgean, w. v., *to ask, to inquire into:* inf. ongan sînne geseldan fägre fricgean hwylce Sæ-Geáta sîðas wæron, 1986; pres. part. gomela Scilding fela fricgende feorran rehte, *the old Scilding, asking many questions* (having many things related to him), *told of old times* (the conversation was alternate), 2107.

ge-fricgean, *to learn, to learn by inquiry:* pres. pl. syððan hie gefricgeað freán ûserne ealdorleásne, *when they learn that our lord is dead,* 3003 ; pres. subj. gif ic þät gefricge, þät . . ., 1827; pl. syððan äðelingas feorran gefricgean fleám eówerne, 2890.

friclan (see **freca**), w. v. w. gen., *to seek, to desire, to strive for :* inf. näs þær mâra fyrst freóde tô friclan, 2557.

friðo-sib, st. f., *kin for the confirming of peace,* designation of the queen (see **freoðo-webbe**), *peace-bringer :* nom. sg. friðu-sibb folca, 2018.

frignan, fringan, frinan, st. v., *to ask, to inquire:* imp. ne frin þu äfter sælum, *ask not after the well-being !* 1323; inf. ic þäs wine Deniga frinan wille . . . ymb þînne sîð, 351; pret.sg. frägn, 236, 332; frägn gif . . ., *asked whether . . .,* 1320.

ge-frignan, ge-fringan, ge-frinan, *to find out by inquiry, to learn by narration:* pret. sg. (w. acc.) þät fram hâm gefrägn Higelâces þegn Grendles dæda, 194; nô ic gefrägn heardran feohtan, 575; (w. acc. and inf.) þa ic wîde gefrägn weorc gebannan, 74; similarly, 2485, 2753, 2774 ; ne gefrägen ic þâ mægðe mâran weorode ymb hyra sincgyfan sêl gebæran, *I never heard that any people, richer in warriors, conducted*

itself better about its chief, 1012;
similarly, 1028; pret. pl. (w. acc.)
we þeodcyninga þrym gefrunon, 2;
(w. acc. and inf.) geongne gûð-
cyning gôdne gefrunon hringas
dælan, 1970; (parenthetical) swâ
guman gefrungon, 667; (after
þonne) medo-ärn micel (*greater*)
... þone yldo bearn æfre gefru-
non, 70; pret. part. häfde Hige-
lâces hilde gefrunen, 2953; häfdon
gefrunen þät ..., *had learned that
s..,* 695; häfde gefrunen hwanan
sió sæhð ârâs, 2404; healsbeága
mæst þâra þe ic on foldan gefrägen
häbbe, 1197.

from. See **fram.**

frôd, adj.: 1) ætate provectus, *old,
gray:* nom. sg. frôd, 2626, 2951;
frôd cyning, 1307, 2210; frôd
folces weard, 2514; wintrum frôd,
1725, 2115, 2278; se frôda, 2929;
acc. sg. frôde feorhlege (*the laying
down of my old life*), 2801; dat.
sg. frôdan fyrnwitan (may also,
from its meaning, belong under
No. 2), 2124. — 2) mente excellen-
tior, *intelligent, experienced, wise:*
nom. sg. frôd, 1367; frôd and
gôd, 279; on môde frôd, 1845. —
Comp.: in-, un-frôd.

frôfor, st. f., *consolation, compensa-
tion, help:* nom. sg. frôfor, 2942;
acc. sg. frôfre, 7, 974; fyrena frô-
fre, 629; frôfre and fultum, 1274;
frôfor and fultum, 699; dat. sg. tô
frôfre, 14, 1708; gen. sg. frôfre,
185.

fruma (see **forma**), w. m., *the fore-
most,* hence: 1) *beginning:* nom.
sg. wäs se fruma egeslîc leódum
on lande, swâ hyt lungre wearð on
hyra sincgifan sâre geendod (*the be-
ginning of the dragon-combat was
terrible, its end distressing through*

the death of Beówulf), 2310. —
2) *he who stands first, prince;* in
comp. dæd-, hild-, land-, leód-,
ord-, wîg-fruma.

frum-cyn, st. n., (genus primiti-
vum), *descent, origin:* acc. sg. nu
ic eówer sceal frumcyn witan, 252.

frum-gâr, st. m., primipilus, *duke,
prince:* dat. sg. frumgâre (of Beó-
wulf), 2857.

frum-sceaft, st. f., prima creatio,
beginning: acc. sg. se þe cûðe
frumsceaft fira feorran reccan, *who
could tell of the beginning of man-
kind in old times,* 91; dat. sg. frum-
sceafte, *in the beginning,* i.e at his
birth, 45.

fugol, st. m., *bird:* dat. sg. fugle
gelîcost, 218; dat. pl. [fuglum] tô
gamene, 2942.

ful, adj., *full, filled:* nom. sg. w.
gen. pl. se wäs innan full wrätta
and wîra, 2413. — Comp.: eges-,
sorh-, weorð-ful.

ful, adv., plene, *very:* ful oft, 480;
ful-oft, 952.

ful, st. n., *cup, beaker:* nom. sg.,
1193; acc. sg. ful, 616, 629, 1026;
ofer ýða ful, *over the cup of the
waves* (the basin of the sea filled
with waves), 1209; dat. sg. onfôh
þissum fulle, 1170.—Comp.: medo-,
sele-full.

fullæstian, w. v. w. dat., *to give
help:* pres. sg. ic þe fullæstu, 2669.

fultum, st. m., *help, support, protec-
tion:* acc. sg. frôfor (frôfre) and
fultum, 699, 1274; mägenes ful-
tum, 1836; on fultum, 2663. —
Comp. mägen-fultum.

fundian, w. v., *to strive, to have in
view:* pres. pl. we fundiað Hige-
lâc sêcan, 1820; pret. sg. fundode
of geardum, 1138.

furðum, adv., primo, *just, exactly;*

then first : þa ic furðum weóld folce Deninga, *then first governed the people of the Danes* (had just assumed the government), 465; þâ hie tô sele furðum . . . gangan cwômon, 323; ic þær furðum cwom tô þam hringsele, 2010; — *before, previously :* ic þe sceal mîne gelæstan freóde, swâ wit furðum spræcon, 1708.

furður, adv., *further, forward, more distant,* 254, 762, 3007.

fûs, adj., *inclined to, favorable, ready :* nom. sg. nu ic eom sîðes fûs, 1476; leófra manna fûs, *prepared for the dear men,* i.e. expecting them, 1917; sigel sûðan fûs, *the sun inclined from the south* (midday sun), 1967; se wonna hrefn fûs ofer fægum, *eager over the slain,* 3026; sceft . . . feðer-gearwum fûs, 3120; nom. pl. wæron . . . eft to leódum fûse tô farenne, 1806. — Sometimes f û s means *ready for death,* moribundus : fûs and fæge, 1242. — Comp.: hin-, ût-fûs.

fûs-lîc, adj., *prepared, ready :* acc. sg. fûs-lîc f[yrd]-le6ð, 1425; fyrd-searo fûs-lîc, 2619; acc. pl. fyrd-searu fûs-lîcu, 232.

fyl, st. m., *fall :* nom. sg. fyll cyninges, *the fall of the king* (in the dragon-fight), 2913; dat. sg. þät he on fylle wearð, *that he came to a fall, fell,* 1545. — Comp. hrâ-fyl.

fylce (collective form from **folc**), st. n., *troop, band of warriors :* in comp. äl-fylce.

ge-fyllan (see **feal**), w. v., *to fell, tô slay in battle :* inf. fâne gefyllan, *to slay the enemy,* 2656; pret. pl. feónd gefyldan, *they had slain the enemy,* 2707.

â-fyllan (see **ful**), w. v., *to fill :* pret. part. Heorot innan wäs freóndum âfylled (*was filled with trusted men*), 1019.

fyllo, st. f., *plenty, abundant meal :* dat. (instr.) sg. fylle gefrægnod, 1334; gen. sg. näs hie þære fylle gefeán häfdon, 562; fylle gefægon, 1015. — Comp.: wäl-, wist-fyllo.

fyl-wêrig, adj., *weary enough to fall, faint to death,* moribundus : acc. sg. fyl-wêrigne, 963.

fyr. See **feor.**

fyrian, w. v. w. acc. (= **ferian**), *to bear, to bring, carry :* pret. pl. þâ þe gif-sceattas Geáta fyredon þyder tô þance, 378.

fyras. See **firas.**

fyren. See **firen.**

fyrde, adj., *movable, that can be moved.*—Comp. hard-fyrde.—Leo.

fyrd-gestealla, w. m., *comrade on an expedition, companion in battle :* dat. pl. fyrd-gesteallum, 2874

fyrd-ham, st. m., *war-dress, coat of mail :* acc. sg. þone fyrd-hom, 1505.

fyrd-hrägl, st. n., *coat of mail, war-dress :* acc. sg. fyrd-hrägl, 1528.

fyrd-hwät, adj., *sharp, good in war, warlike :* nom. pl. frome fyrd-hwate, 1642, 2477.

fyrd-leóð, st. n., *war-song, warlike music :* acc. sg. horn stundum song fûslîc f[yrd]leoð, 1425.

fyrd-searu, st. n., *equipment for an expedition :* acc. sg. fyrd-searu fûslîc, 2619; acc. pl. fyrd-searu fûslîcu, 232.

fyrd-wyrðe, adj., *of worth in war, excellent in battle :* nom. sg. fyrd-wyrðe man (Beówulf), 1317.

ge-fyrðran (see **forð**), w. v., *to bring forward, to further :* pret. part. âr wäs on ôfoste, eftsîðes georn, fratwum gefyrðred, *he was hurried forward by the treasure* (i.e. after he had gathered up the treasure, he hasted to return, so as to be able to show it to the mortally-wounded Beówulf), 2785.

fyrmest. See **forma.**

fyrn-dagas, st. m. pl., *by-gone days:* dat. pl. fyrndagum (*in old times*), 1452.

fyrn-geweorc, st. n., *work, something done in old times:* acc. sg. fira fyrn-geweorc (the drinking-cup mentioned in 2283), 2287.

fyrn-gewin, st. n., *combat in ancient times:* gen. sg. ôr fyrn-gewinnes (*the origin of the battles of the giants*), 1690.

fyrn-man, st. m., *man of ancient times:* gen. pl. fyrn-manna fatu, 2762.

fyrn-wita, w. m., *counsellor ever since ancient times, adviser for many years:* dat. sg. frôdan fyrn-witan, of Äschere, 2124.

fyrst, st. m., *portion of time, definite time, time:* nom. sg. näs hit lengra fyrst, ac ymb âne niht . . ., 134; fyrst forð gewât, *the time* (of going to the harbor) *was past,* 210; näs þær mâra fyrst freóde tô friclan, 2556; acc. sg. niht-longne fyrst, 528; fîf nihta fyrst, 545; instr. sg. þý fyrste, 2574; dat. sg. him on fyrste gelomp . . ., *within the fixed time,* 76.

fyr-wit, -wet, -wyt, st. n., *prying spirit, curiosity:* nom. sg. fyrwyt, 232; fyrwet, 1986, 2785.

ge-fýsan (fûs), w. v., *to make ready, to prepare:* part. winde gefýsed flota, *the ship provided with wind* (for the voyage), 217; (wyrm) fýre gefýsed, *provided with fire,* 2310; þâ wäs hringbogan (of the drake) heorte gefýsed säcce to sêcanne, 2562; with gen., in answer to the question, for what? gûðe gefýsed, *ready for battle, determined to fight,* 631.

fýr, st. n., *fire:* nom. sg., 1367, 2702, 2882; dat. sg. fýre, 2220; as instr. fýre, 2275, 2596; gen. sg. fýres fäðm, 185; fýres feng, 1765. — Comp.: âd-, bæl-, heaðu-, wäl-fýr.

fýr-bend, st. m., *band forged in fire:* dat. pl. duru . . . fýr-bendum fäst, 723.

fýr-draca, w. m., *fire-drake, fire-spewing dragon:* nom. sg., 2690.

fýr-heard, adj., *hard through fire, hardened in fire:* nom. pl. (eofor-lîc) fâh and fýr-heard, 305.

fýr-leóht, st. n., *fire-light:* acc. sg., 1517.

fýr-wylm, st. m., *wave of fire, flame-wave:* dat. pl. wyrm . . . fýrwyl-mum fâh, 2672.

G

galan, st. v., *to sing, to sound:* pres. sg. sorh-leóð gäleð, 2461; inf. gryre-leóð galan, 787; bearhtm ongeâton, gûðhorn galan, *heard the clang, the battle-trumpet sound,* 1433.

â-galan, *to sing, to sound:* pret. sg. þät hire on hafelan hringmæl âgôl grædig gûðleóð, *that the sword caused a greedy battle-song to sound upon her head,* 1522.

gamban, or, according to Bout., **gambe,** w.f., *tribute, interest:* acc. sg. gomban gyldan, 11.

gamen, st. n., *social pleasure, rejoicing, joyous doings:* nom. sg. gamen, 1161; gomen, 2460; gomen gleóbeámes, *the pleasure of the harp,* 2264; acc. sg. gamen and gleódreám, 3022; dat. sg. gamene, 2942; gomene, 1776.—Comp. heal-gamen.

gamen-wâð, st. f., *way offering social enjoyment, journey in joyous society:* dat. sg. of gomen-wâðe, 855.

gamen-wudu, st. m., *wood of social enjoyment*, i.e. harp: nom. sg. þær wäs ... gomenwudu grêted, 1066; acc. sg. gomenwudu grêtte, 2109.

gamol, gomol, gomel, adj., *old;* of persons, *having lived many years, gray:* gamol, 58, 265; gomol, 3096; gomel, 2113, 2794; se go-mela, 1398; gamela (gomela) Scylding, 1793, 2106; gomela, 2932; acc. sg. þone gomelan, 2422; dat. sg. gamelum rince, 1678; gomelum ceorle, 2445; þam gomelan, 2818; nom. pl. blondenfeaxe gomele, 1596. — Also, *late, belonging to former time:* gen. pl. gomelra lâfe (*legacy*), 2037. — Of things, *old, from old times:* nom. sg. sweord ... gomol, 2683; acc. sg. gomele lâfe, 2564; gomel swyrd, 2611; gamol is a more respectful word than eald.

gamol-feax, adj., *with gray hair:* nom. sg., 609.

gang, st. m.: 1) *gait, way:* dat. sg. on gange, 1885; gen. sg. ic hine ne mihte ... ganges ge-twæman, *could not keep him from going*, 969. — 2) *step, foot-step:* nom. sg. gang (the foot-print of the mother of Grendel), 1405; acc. sg. uton hraðe fêran Grendles mâgan gang sceá-wigan, 1392. — Comp. in-gang.

be-gang, bi-gang, st. m., (*so far as something goes*), *extent:* acc. sg. ofer geofenes begang, *over the extent of the sea*, 362; ofer flôda be-gang, 1827; under swegles begong,

861, 1774; flôda begong, 1498; sio leða bigong, 2368.

gangan. See under **gân.**

ganot, st. m., *diver*, fulica marina: gen. sg. ofer ganotes bäð (i.e. the sea), 1862.

gâd, st. n., *lack:* nom. sg. ne bið þe wilna gâd (*thou shalt have no lack of desirable* [valuable] *things*), 661; similarly, 950.

gân, *expanded* = **gangan**, st. v., *to go:* pres. sg. III. gæð á Wyrd swa hió scel, 455; gæð eft ... tô medo, 605; þonne he ... on flett gæð, 2035; similarly, 2055; pres. subj. III. sg. gâ þær he wille, *let him go whither he will*, 1395; imp. sg. II. gâ nu tô setle, 1783; nu þu lungre geong, hord sceáwian, under hârne stân, 2744; inf. in gân, *to go in*, 386, 1645; forð gân, *to go forth, to go thither*, 1164; þät hie him tô mihton gegnum gangan, *to go towards, to go to*, 314; tô sele ... gangan cwômon, 324; in a similar construction, gongan, 1643; nu ge môton gangan ... Hrôðgâr geseón, 395; þâ com of môre ... Grendel gongan, *there came Grendel* (*going*) *from the fen*, 712; ongeán gramum gangan, *to go to meet the enemy, to go to the war*, 1035; cwom ... tô hofe gongan, 1975; wutun gangan tô, *let us go thither*, 2649. — As preterite, serve, 1) geóng or giong: he tô healle geóng, 926; similarly, 2019; se þe on orde geóng, *who went at the head, went in front*, 3126; on innan gióng, *went in*, 2215; he ... gióng tô þäs þe he eorðsele ânne wisse, *went thither, where he knew of that earth-hall*, 2410; þâ se äðeling, gióng, þät he bî wealle gesät, *then went the prince* (*Beówulf*) *that he might sit down* *by the wall*, 2716. — 2) gang: tô healle gang Healfdenes sunu, 1010; similarly, 1296; gang þâ äfter flore, *went along the floor, along the hall*, 1317. — 3) gengde (Goth. gaggida): he . . . beforan gengde . . ., wong sceáwian, *went in front to inspect the fields*, 1413; gengde, also of riding, 1402. — 4) from another stem, eode (Goth. iddja): eode ellenrôf, þät he for eaxlum gestôd Deniga freán, 358; similarly, 403; [wið duru healle Wulfgâr eode], *went towards the door of the hall*, 390; eode Wealhþeów forð, *went forth*, 613; eode tô hire freán sittan, 641; eode yrremôd, *went with angry feeling*, 727; eode . . . tô sele, 919; similarly, 1233; eode . . . þær se snottra bâd, 1313; eode weorð Denum äðeling tô yppan, *the prince* (Beówulf), *honored by the Danes, went to the high seat*, 1815; eode . . . under inwit-hrôf, 3124; pl. þær swîðferhðe sittan eodon, 493; eodon him þâ tô-geánes, *went to meet him*, 1627; eodon under Earna näs, 3032.

â-gangan, *to go out, to go forth, to befall:* pret. part. swâ hit âgangen wearð eorla manegum (*as it befell many a one of the earls*), 1235.

full-gangan, *to emulate, to follow after:* pret. sg. þonne . . . sceft nytte heóld, feðer-gearwum fûs flâne full-eode, *when the shaft had employment, furnished with feathers it followed the arrow, did as the arrow*, 3120.

ge-gân, ge-gangan: 1) *to go, to approach:* inf. (w. acc.) his môdor . . . gegân wolde sorhfulne sîð, 1278; se þe gryre-sîðas gegân dorste, *who dared to go the ways of terror* (to go into the combat),

1463; *pret.* sg. se maga geonga under his mæges scyld elne geeode, *went quickly under his kinsman's shield*, 2677; pl. elne geeodon tô þäs þe . . ., *went quickly thither where* . . ., 1968; pret. part. syððan hie tô-gädre gegân häfdon, *when they* (Wîglaf and the drake) *had come together*, 2631; þät his aldres wäs ende gegongen, *that the end of his life had come*, 823; þâ wäs ende-däg gôdum gegongen, þät se gûð-cyning . . . swealt, 3037. — 2) *to obtain, to reach:* inf. (w. acc.) þonne he ät gûðe gegân þenceð longsumne lof, 1536; ic mid elne sceall gold gegangan, 2537; gerund, näs þät ŷðe ceáp tô gegangenne gumena ænigum, 2417; pret. pl. elne geeodon . . . þät se byrnwîga bûgan sceolde, 2918; pret. part. häfde . . . gegongen þät, *had attained it, that* . . ., 894; hord ys gesceáwod, grimme gegongen, 3086. — 3) *to occur, to happen:* pres. sg. III. gif þät gegangeð þät . . ., *if that happen, that* . . ., 1847; pret. sg. þät geiode ufaran dôgrum hilde-hlämmum, *it happened in later times to the warriors* (the Geátas), 2201; pret. part. þâ wäs gegongen guman unfrôdum earfoðlice þät, *then it had happened to the young man in sorrowful wise that* . . ., 2822.

ðð-gangan, *to go thither:* pret. pl. oð þät hi ððeodon . . . in Hrefnes-holt, 2935.

ofer-gangan, w. acc., *to go over:* pret. sg. ofereode þâ äðelinga bearn steáp stân-hliðo, *went over steep, rocky precipices*, 1409; pl. freoðo-wong þone forð ofereodon, 2960.

ymb-gangan, w. acc., *to go around:* pret. ymb-eode þâ ides Helminga dugu𝖉e and geogo𝖉e dæl ægh-wylcne, *went around in every part, among the superior and the inferior warriors*, 621.

gâr, st. m., *spear, javelin, missile :* nom. sg., 1847, 3022; instr. sg. gâre, 1076; blôdigan gâre, 2441; gen. sg. gâres fliht, 1766; nom. pl. gâras, 328; gen. pl., 161(?). — Comp.: bon-, frum-gâr.

gâr-cêne, adj., *spear-bold :* nom. sg., 1959.

gâr-cwealm, st. m., *murder, death by the spear :* acc. sg. gâr-cwealm gumena, 2044.

gâr-holt, st. n., *forest of spears,* i.e. crowd of spears : acc. sg., 1835.

gâr-secg, st. m. (cf. Grimm, in Haupt I. 578), *sea, ocean :* acc. sg. on gâr-secg, 49, 537; ofer gâr-secg, 515.

gâr-wîga, w. m., *one who fights with the spear :* dat. sg. geongum gâr-wîgan, of Wîglaf, 2675, 2812.

gâr-wîgend, pres. part., *fighting with spear, spear-fighter :* acc. pl. gâr-wîgend, 2642.

gâst, gæst, st. m., *ghost, demon :* acc. sg. helle gâst (Grendel), 1275; gen. sg. wergan gâstes (of Grendel), 133; (of the tempter), 1748; gen. pl. dyrnra gâsta (Grendel's race), 1358; gæsta gîfrost (*flames consuming corpses*), 1124. — Comp.: ellor-, geó-sceaft-gâst; ellen-, wäl-gæst.

gâst-bana, w. m., *slayer of the spirit,* i.e. the devil : nom. sg. gâst-bona, 177.

gädeling, st. m., *he who is connected with another, relation, companion :* gen. sg. gädelinges, 2618; dat. pl. mid his gädelingum, 2950.

ät-gädere, adv., *together, united :* 321, 1165, 1191; samod ätgädere, 329, 387, 730, 1064.

tô-gädere, adv., *together,* 2631.

gäst, gist, gyst, st. m., *stranger, guest :* nom. sg. gäst, 1801; se gäst (the drake), 2313; se grimma gäst (Grendel), 102; gist, 1139, 1523; acc. sg. gryre-lîcne gist (the nixy slain by Beówulf), 1442; dat. sg. gyste, 2229; nom. pl. gistas, 1603; acc. pl. gäs[tas], 1894. — Comp.: fêde-, gryre-, inwit-, nî𝖉-, sele-gäst (-gyst).

gäst-sele, st. m., *hall in which the guests spend their time, guest-hall :* acc. sg., 995.

ge, conj., *and,* 1341; ge ... ge ..., *as well ... as ...,* 1865; ge ... ge ..., ge ..., 1249; ge swylce, *and likewise, and moreover,* 2259.

ge, pron., *ye, you,* plur. of þu, 237, 245, etc.

gegn-cwide, st. m., *reply :* gen. pl. þinra gegn-cwida, 367.

gegnum, adv., *thither, towards, away,* with the prep. tô, ofer, giving the direction : þät hie him tô mihton gegnum gangan (*that they might go thither*), 314; gegnum fôr[þâ] ofer myrcan môr, *away over the dark moor,* 1405.

geh𝖉u, geoh𝖉u, st. f., *sorrow, care :* instr. sg. gioh𝖉o mænde, 2268; dat. sg. on geh𝖉o, 3096; on gioh𝖉e, 2794.

gen (from **gegn**), adv., *yet, again.* ne wäs hit lenge þâ gen, þät ..., *it was not then long before ...,* 83; ic sceal forð sprecan gen ymb Grendel, *shall from now on speak again of Grendel,* 2071; nô þŷ ær ût þâ gen ... gongan wolde (*still he would not yet go out*), 2082; gen is eall ät þe lissa gelong (*yet all my favor belongs to thee*), 2150; þâ gen, *then again,* 2678, 2703; swâ he nu gen dêð, *as he*

still does, 2860 ; furður gen, *fur-
ther still, besides*, 3007 ; nu gen,
now again, 3169; ne gen, *no more,
no farther :* ne wäs þät wyrd þâ
gen, *that was no more fate* (fate
no longer willed that), 735.

ge na, *still :* cwico wäs þâ gena,
was still living, 3094.

genga, w. m., *goer ;* in comp. in-,
sæ-, sceadu-genga.

gengde. See gân (3).

genge. See ûð-genge.

genunga (from **gegnunga**), adv.,
precisely, completely, 2872.

gerwan, gyrwan, w. v.: 1) *to
prepare, to make ready, to put in
condition :* pret. pl. gestsele gyre-
don, 995.— 2) *to equip, to arm
for battle :* pret. sg. gyrede hine
Beówulf eorl-gewædum (*dressed
himself in the armor*), 1442.

ge-gyrwan: 1) *to make, to pre-
pare :* pret. pl. him þâ gegiredan
Geáta leóde âd . . . unwâclîcne,
3138; pret. part. glôf . . . eall ge-
gyrwed deófles cräftum and dracan
fellum, 2088.— 2) *to fit out, to
make ready :* inf. ceól gegyrwan
hilde-wæpnum and heaðowædum,
38; hêt him yðlidan gôdne gegyr-
wan, *had (his) good ship fitted up
for him*, 199. Also, *to provide
warlike equipment :* pret. part. sy ð-
ðan he hine tô gûðe gegyred häfde,
1473.— 3) *to endow, to provide,
to adorn :* pret. part. nom. sg. bea-
do-hrägl . . . golde gegyrwed, 553;
acc. sg. lâfe . . . golde gegyrede,
2193; acc. pl. mâdmas . . . golde
gegyrede, 1029.

getan, w. v., *to injure, to slay :* inf.,
2941.

be-gête, adj., *attainable ;* in comp.
êð-begête.

geador, adv., *unitedly, together,*
jointly, 836 ; geador ätsomne,
491.

on-geador, adv., *unitedly, together,*
1596.

gealdor, st. n.: 1) *sound :* acc. sg.
bŷman gealdor, 2944.— 2) *magic
song, incantation, spell :* instr. sg.
þonne wäs þät yrfe . . . galdre be-
wunden (*placed under a spell*),
3053.

gealga, w. m., *gallows :* dat. sg. þät
his byre rîde giong on galgan, 2447.

gealg-môd, adj., *gloomy :* nom. sg.
gîfre and galgmôd, 1278.

gealg-treów, st. n., *gallows :* dat.
pl. on galg-treówu[m], 2941.

geard, st. m., *residence ;* in Beówulf
corresponding to the house-com-
plex of a prince's residence, used
only in the plur.: acc. in geardas
(*in Finn's castle*), 1135; dat. in
geardum, 13, 2460; of geardum,
1139; ær he on weg hwurfe . . . of
geardum, *before he went away from
his dwelling-place*, i.e. died, 265.
— Comp. middan-geard.

gearo, adj., properly, *made, pre-
pared ;* hence, *ready, finished,
equipped :* nom. sg. þät hit wearð
eal gearo, heal-ärna mæst, 77; wiht
unhælo . . . gearo sôna wäs, *the
demon of destruction was quickly
ready, did not delay long*, 121;
Here-Scyldinga betst beadorinca
wäs on bæl gearu, *was ready for
the funeral-pile* (for the solemn
burning), 1110; þeód (is) eal gearo,
*the warriors are altogether ready,
always prepared*, 1231 ; hraðe wäs
ät holme hŷð-weard gearo (geara,
MS.), 1915; gearo gûð-freca,
2415, sie sió bær gearo ädre ge-
äfned, *let the bier be made ready
at once*, 3106. With gen.: gearo
gyrnwräce, *ready for revenge for*

harm done, 2119; acc. sg. gearwe
stôwe, 1007; nom. pl. beornas
gearwe, 211; similarly, 1814.

gearwe, gearo, geare, adv., *com-
pletely, entirely:* ne ge ... gearwe
ne wisson, *you do not know at
all* ..., 246; similarly, 879; hine
gearwe geman witena welhwylc
(*remembers him very well*), 265;
wisse he gearwe þät ..., *he knew
very well that* ..., 2340, 2726;
þät ic ... gearo sceáwige swegle
searogimmas (*that I may see the
treasures altogether, as many as
they are*), 2749; ic wât geare þät
..., 2657. — Comp. gearwor, *more
readily, rather*, 3077. — Superl.
gearwost, 716.

gearo-folm, adj., *with ready hand*,
2086.

gearwe, st. f., *equipment, dress;* in
comp. feðer-gearwe.

geat, st. n., *opening, door;* in comp.
ben-, hilde-geat.

geato-lîc, adj., *well prepared, hand-
some, splendid:* of sword and ar-
mor, 215, 1563, 2155; of Heorot,
308. Adv.: wîsa fengel geatolîc
gengde, *passed on in a stately
manner*, 1402.

geatwe, st. f. pl., *equipment, adorn-
ment:* acc. recedes geatwa, *the
ornaments of the dragon's cave* (its
treasures), 3089.—Comp.: eóred-,
gryre-, gûð-, hilde-, wîg-geatwe.

geán (from gegn), adv. in

on-geán, adv. and prep., *against,
towards:* þät he me ongeán sleá,
682; ræhte ongeán feónd mid fol-
me, 748; foran ongeán, *forward
towards*, 2365. With dat.: ongeán
gramum, *against the enemy*, 1035.

tô-geánes, tô-gênes, prep, *against,
towards:* Grendle tôgeánes, *towards
Grendel, against Grendel*, 667;

grâp þâ tôgeánes, *she grasped at*
(Beówulf), 1502; similarly, him
tôgeánes fêng, 1543; eodon him
þâ tôgeánes, *went towards him*,
1627; hêt þâ gebeódan ... þät
hie bæl-wudu feorran feredon gô-
dum tôgênes, *had it ordered that
they should bring the wood from
far for the funeral-pyre towards
the good man* (i.e. to the place
where the dead Beówulf lay), 3115.

geáp, adj., *roomy, extensive, wide:*
nom. sg. reced ... geáp, *the roomy
hall*, 1801; acc. sg. under geápne
hrôf, 837.—Comp.: horn-, sæ-geáp.

geâr, st. n., *year:* nom. sg., 1135;
gen. pl. geâra, in adverbial sense,
olim, *in former times*, 2665. See
un-geâra.

geâr-dagas, st. m. pl., *former days:*
dat. pl. in (on) geâr-dagum, I, 1355.

geofe. See gifu.

geofon, gifen, gyfen (see Kuhn
Zeitschr. I. 137), st. n., *sea, flood:*
nom. sg. geofon, 515; gifen geó-
tende, *the streaming flood*, 1691;
gen. sg. geofenes begang, 362;
gyfenes, 1395.

geogoð, st. f.: 1) *youth, time of
youth:* dat. sg. on geogoðe, 409,
466, 2513; on giogoðe, 2427; gen.
gioguðe, 2113. — 2) contrasted
with duguð, *the younger warriors
of lower rank* (about as in the
Middle Ages, the squires with the
knights): nom. sg. geogoð, 66;
giogoð, 1191; acc. sg. geogoðe,
1182; gen. duguðe and geogoðe,
160; duguðe and iogoðe (geo-
goðe), 1675, 622.

geoguð-feorh, st. n., *age of youth*,
i.e. age in which one still belongs
in the ranks of the geogoð: on
geogoð-(geoguð-) feore, 537, 2665.

geohðo. See gehðo.

geolo, adj., *yellow:* acc. sg. geolwe linde (*the shield of yellow linden bark*), 2611.

geolo-rand, st. m., *yellow shield* (shield with a covering of inter-laced yellow linden bark): acc. sg., 438.

geond, prep. w. acc., *through, throughout, along, over:* geond þisne middangeard, *through the earth, over the earth,* 75; wîde geond eorðan, 266, 3100; fêrdon folctogan … geond wîd-wegas, *went along the ways coming from afar,* 841; similarly, 1705; geond þät säld, *through the hall, through the extent of the hall,* 1281; similarly, 1982, 2265.

geong, adj., *young, youthful:* nom. sg., 13, 20, 855, etc.; giong, 2447; w. m. se maga geonga, 2676; acc. sg. geongne gûðcyning, 1970; dat. sg. geongum, 1949, 2045, 2675, etc.; on swâ geongum feore, *at a so youthful age,* 1844; geongan cempan, 2627; acc. pl. geonge, 2019; dat. pl. geongum and ealdum, 72.—Superl. gingest, *the last:* nom. sg. w. f. gingeste word, 2818.

georn, adj., *striving, eager,* w. gen. of the thing striven for: eft stðes ðeorn, 2784. — Comp. lof-georn.

georne, adv., *readily, willingly:* þät him wine-mâgas georne hŷrdon, 66; georne trûwode, 670. — *zealously, eagerly:* sôhte georne äfter grunde, *eagerly searched over the ground,* 2295. — *carefully, industriously:* nô ic him þäs georne ätfealh (*held him not fast enough*), 969. — *completely, exactly:* comp. wiste þê geornor, 822.

geó, iú, adv., *once, formerly, earlier,* 1477; gió, 2522; iú, 2460.

geóc, st. f., *help, support:* acc. sg. geóce gefremn:an, 2675; þät him gást-bona geóce gefremede wið þeód-þreáum, 177; geóce gelŷfde, *believed in the help* (of Beówulf), 609; dat. sg. tô geóce, 1835.

geócor, adj., *ill, bad:* nom. sg., 766. —See Haupt's Zeitschrift 8, p. 7.

geó-man, iú-man, st. m., *man of former times:* gen. pl. iú-manna, 3053.

geó-meowle, w. f., (*formerly a virgin*), *wife:* acc. sg. ió-meowlan, 2932.

geômor, adj., *with depressed feelings, sad, troubled:* nom. sg. him wäs geômor sefa, 49, 2420, 2633, 2951; môdes geômor, 2101; fem. þät wäs geômuru ides, 1076.

geômore, adv., *sadly,* 151.

geômor-gid, st. n., *dirge:* acc. sg. giômor-gyd, 3151.

geômor-lîc, adj., *sad, painful:* swâ bið geômorlic gomelum ceorle tô gebîdanne þät …, *it is painful to an old man to experience it, that …,* 2445.

geômor-môd, adj., *sad, sorrowful:* nom. sg., 2045, 3019; giômor-môd, 2268.

geômrian, w. v., *to complain, to lament:* pret. sg. geômrode giddum, 1119.

geó-sceaft, st. f., (*fixed in past times*), *fate:* acc. sg. geósceaft grimme, 1235.

geósceaft-gâst, st. m., *demon sent by fate:* gen. pl. fela geósceaft-gâsta, of Grendel and his race, 1267.

geótan, st. v. intrans., *to pour, to flow, to stream:* pres. part. gifen geótende, 1691.

gicel, st. m., *icicle:* in comp. hilde-gicel.

gid, gyd, st. n., *speech, solemn alli*

ter ative song: nom. sg. þær wäs
... gid oft wrecen, 1066; leóð wäs
âsungen, gleómannes gyd, *the song
was sung, the gleeman's lay,* 1161;
þær wäs gidd and gleó, 2106; acc.
sg. ic þis gid âwräc, 1724; gyd
âwräc, 2109; gyd äfter wräc, 2155;
þonne he gyd wrece, 2447; dat. pl.
giddum, 151, 1119; gen. pl. gidda
gemyndig, 869. — Comp.: geðmor-,
word-gid.

giddian, w. v., *to speak, to speak
in alliteration:* pret. gyddode,
631.

gif, conj.: 1) *if,* w. ind., 442, 447,
527, 662, etc.; gyf, 945, etc. With
subj., 452, 594, 1482, etc.; gyf,
280, 1105, etc. — 2) *whether,* w.
ind., 272; w. subj., 1141, 1320.

gifa, geofa, w. m., *giver;* in comp.
gold-, sinc-, wil-gifa (-geofa).

gifan, st. v., *to give:* inf. giofan,
2973; pret. sg. nallas beágas geaf
Denum, 1720; he me [mâðmas]
geaf, 2147; and similarly, 2174,
2432, 2624, etc.; pret. pl. geâfon
(hyne) on gârsecg, 49; pret. part.
þâ wäs Hróðgâre here-spêd gyfen,
64; þâ wäs gylden hilt gamelum
rince . . . on hand gyfen, 1679;
syððan ærest wearð gyfen . . . geon-
gum cempan (*given in marriage*),
1949.

â-gifan, *to give, to impart:* inf.
andsware . . . âgifan, *to give an
answer,* 355; pret. sg. sôna him se
frôda fäder Ôhtheres . . . ondslyht
âgeaf (*gave him a counter-blow*),
(*hand-blow?*), 2930.

for-gyfan, *to give, to grant:* pret.
sg. him þäs lîf-freá . . . worold-âre
forgeaf, 17; þäm tô hâm forgeaf
Hrêðel Geáta ângan dôhtor (*gave
in marriage*), 374; similarly, 2998;
he me lond forgeaf, *granted me*

land, 2493; similarly, 697, 1021,
2607, 2617; mägen-ræs forgeaf hil-
de-bille, *he gave with his battle-
sword a mighty blow,* i.e. he struck
with full force, 1520.

of-gifan, (*to give up*), *to leave:*
inf. þät se mæra maga Ecgþeówes
grund-wong þone ofgyfan wolde
(*was fated to leave the earth-
plain*), 2589; pret. sg. þâs worold
ofgeaf gromheort guma, 1682; sim-
ilarly, gumdreám ofgeaf, 2470;
Dena land ofgeaf, 1905; pret. pl.
näs ofgeâfon hwate Scyldingas,
left the promontory, 1601; þät þâ
hildlatan holt ofgêfan, *that the cow-
ards left the wood* (into which they
had fled), 2847; sg. pret. for pl.
þâra þe þis [ltf] ofgeaf, 2252.

gifeðe, adj., *given, granted:* Gûð-
fremmendra swylcum gifeðe bið
þät . . ., *to such a warrior is it
granted that . . .,* 299; similarly,
2682; swâ me gifeðe wäs, 2492;
þær me gifeðe swâ ænig yrfeweard
äfter wurde, *if an heir,* (living)
after me, had been given me, 2731.
— Neut. as subst.: wäs þät gifeðe
tô swîð, þe þone [þeóden] þyder
ontyhte, *the fate was too harsh
that has drawn hither the king,*
3086; gyfeðe, 555, 820. — Comp.
un-gifeðe.

gif-heal, st. f., *hall in which fiefs
were bestowed, throne-hall:* acc.
sg. ymb þâ gifhealle, 839.

gif-sceat, st. m., *gift of value:* acc.
pl. gif-sceattas, 378.

gif-stôl, st. m., *seat from which fiefs
are granted, throne:* nom. sg.,
2328; acc. sg., 168.

gift, st. f., *gift, present:* in comp.
feoh-gift.

gifu, geofu, st. f., *gift, present,
grant; fief:* nom. sg. **gifu,** 1885·

acc. sg. gimfäste gife þe him god sealde, *the great gift that God had granted him* (i.e. the enormous strength), 1272; ginfästan gife þe him god sealde, 2183; dat. pl. (as instr.) geofum, 1959; gen. pl. gifa, 1931; geofena, 1174. — Comp.: mâðð um-, sinc-gifu.

gigant, st. m., *giant:* nom. pl. gigantas, 113; gen. pl. giganta, 1563, 1691.

gild, gyld, st. n., *reparation:* in comp. wiðer-gyld (?).

gildan, gyldan, st. v., *to do something in return, to repay, to reward, to pay:* inf. gomban gyldan, *pay tribute*, 11; he mid gôde gyldan wille uncran eaferan, 1185; we him þâ gûðgeatwa gyldan woldon, 2637; pret. sg. heaðoræsas geald mearum and mâðmum, *repaid the battles with horses and treasures*, 1048; similarly, 2492; geald þone gûðræs ... Jofore and Wulfe mid ofermâðmum, *repaid Eofor and Wulf the battle with exceedingly great treasures*, 2992.

an-gildan, *to pay for:* pret. sg. sum sâre angeald œfenräste, *one* (Äschere) *paid for the evening-rest with death's pain*, 1252.

â-gildan, *to offer one's self:* pret. sg. þâ me sæl âgeald, *when the favorable opportunity offered itself*, 1666; similarly, þâ him rûm âgeald, 2691.

for-gildan, *to repay, to do something in return, to reward:* pres. subj. sg. III. alwalda þec gôde forgylde, *may the ruler of all reward thee with good*, 957; inf. þone ænne hêht golde forgyldan, *he ordered that the one* (killed by Grendel) *be paid for* (atoned for) *with gold*, 1055; he ... wolde Grendle for-

gyldan gûðræsa fela, *wished to pay Grendel for many attacks*, 1578; wolde se lâða lige forgyldan drinc-fät dŷre, *the enemy wished to repay with fire the costly drinking vessel* (the theft of it), 2306; pret. sg. he him þäs leán forgeald, *he gave them the reward therefor*, 114; similarly, 1542, 1585, 2095; forgeald hraðe wyrsan wrixle wälhlem þone, *repaid the murderous blow with a worse exchange*, 2969.

gilp, gylp, st. m., *speech in which one promises great things for himself in a coming combat, defiant speech, boasting speech:* acc. sg. häfde ... Geát-mecga leód gilp gelæsted (*had fulfilled what he had claimed for himself before the battle*), 830; nallas on gylp seleð fätte beágas, *gives no chased gold rings for a boastful speech*, 1750; þät ic wið þone gûðflogan gylp ofersitte, *restrain myself from the speech of defiance*, 2529; dat. sg. gylpe wiðgrîpan (*fulfil my promise of battle*), 2522.—Comp. dol-gilp.

gilpan, gylpan, st. v. w. gen., acc., and dat., *to make a defiant speech, to boast, to exult insolently:* pres. sg. I. nô ic þäs gilpe (after a break in the text), 587; sg. III. morðres gylpeð, *boasts of the murder*, 2056; inf. swâ ne gylpan þearf Grendles maga œnig ... uhthlem þone, 2007; nealles folc-cyning fyrdgesteallum gylpan þorfte, *had no need to boast of his fellow-warriors*, 2875; pret. sg. hrêðsigora ne gealp goldwine Geáta, *did not exult at the glorious victory* (could not gain the victory over the drake), 2584.

gilp-cwide, st. m., *speech in which a man promises much for himself*

*for a coming combat, speech of de-
fiance:* nom. sg., 641.

gilp-hläden, pret. part., *laden with
boasts of defiance* (i.e. he who
has made many such boasts, and
consequently has been victorious
in many combats), *covered with
glory:* nom. sg guma gilp-hläden,
869.

gilp-spræc, same as **gilp-cwide,**
speech of defiance, boastful speech:
dat. sg. on gylp-spræce, 982.

gilp-word, st. n., *defiant word be-
fore the coming combat, vaunting
word:* gen. pl. gespräc . . . gylp-
worda sum, 676.

gim, st. m., *gem, precious stone,
jewel:* nom. sg. heofones gim,
heaven's jewel, i.e. the sun, 2073.
Comp. searo-gim.

gimme-rîce, adj., *rich in jewels:*
acc. sg. gimme-rîce hord-burh hä-
leða, 466.

gin (according to Bout., **ginne**),
adj., properly *gaping,* hence, *wide,
extended:* acc. sg. gynne grund
(*the bottom of the sea*), 1552.

gin-fast, adj., *extensive, rich:* acc.
sg. gim-fäste gife (gim-, on account
of the following *f*), 1272; in weak
form, gin-fästan gife, 2183.

ginnan, st. v., original meaning, *to
be open, ready;* in

on-ginnan, *to begin, to undertake:*
pret. ôð þät ân ongan fyrene frem-
man feónd on helle, 100; secg eft on-
gan sîð Beówulfes snyttrum styrian,
872; þâ þät sweord ongan . . . wa-
nian, *the sword began to diminish,*
1606; Higelâc ongan sînne gesel-
dan . . . fägre fricgean, *began with
propriety to question his compan-
ion,* 1984, etc.; ongon, 2791; pret.
pl. nô her cûðlîcor cuman ongun-
non lindhäbbende, *no shield-bear-*

*ing men e'er undertook more openly
to come hither,* 244; pret. part.
häbbe ic mærða fela ongunnen on
geogoðe, *have in my youth under-
taken many deeds of renown,* 409.

gist. See **güst.**

gistran, adv., *yesterday:* gystran
niht, *yesterday night,* 1335.

git, pron., *ye two,* dual of þu, 508,
512, 513, etc.

git, gyt, adv., *yet; then still,* 536,
1128, 1165, 2142; *hitherto,* 957;
næfre git, *never yet,* 583; *still,* 945,
1059, 1135; *once more,* 2513;
moreover, 47, 1051, 1867.

gitan (original meaning, *to take hold
of, to seize, to attain*), in

be-gitan, w. acc., *to grasp, to seize,
to reach:* pret. sg. begeat, 1147,
2231; þâ hine wîg beget, *when
war seized him, came upon him,*
2873; similarly, begeat, 1069; pret.
pl. hit ær on þe gôde be-geâton,
*good men received it formerly
from thee,* 2250; subj. sg. for pl.
þät wäs Hrôðgâre hreówa tornost
þâra þe leódfruman lange begeâte,
*the bitterest of the troubles that for
a long time had befallen the peo-
ple's chief,* 2131.

for-gitan, w. acc., *to forget:* pres.
sg. III. he þâ forðgesceaft forgyteð
and forgýmeð, 1752.

an-gitan, on-gitan, w. acc.: 1) *to
take hold of, to grasp:* imp. sg.
gumcyste ongit, *lay hold of manly
virtue, of what becomes the man,*
1724; pret. sg. þe hine se brôga
angeat, *whom terror seized,* 1292.—
2) *to grasp intellectually, to compre-
hend, to perceive, to distinguish, to
behold:* pres. subj. I. þät ic ærwelan
. . . ongite, *that I may behold the
ancient wealth* (the treasures of
the drake's cave), 2749; inf. säl

timbred . . . ongytan, 308, 1497;
Geáta clifu ongitan, 1912; pret. sg.
fyren-þearfe ongeat, *had perceived
their distress from hostile snares,*
14; ongeat . . . grund-wyrgenne,
beheld the she-wolf of the bottom,
1519; pret. pl. bearhtm ongeâton,
gûðhorn galan, *perceived the noise,*
(heard) *the battle-trumpet sound,*
1432; syððan hie Hygelâces horn
and bŷman gealdor ongeâton, 2945.

gîfre, adj., *greedy, eager :* nom. sg.
gîfre and galgmôd, of Grendel's
mother, 1278. — Superl.: lîg . . .,
gǽsta gîfrost, 1124. — Comp. heoro-
gîfre.

gîtsian, w. v., *to be greedy :* pres. sg.
III. gŷtsað, 1750.

gio-, gió-. See geo-, geó-.

gladian, w. v., *to gleam, to shimmer :*
pres. pl. III. on him gladiað go-
melra lâfe, *upon him gleams the
legacy of the men of ancient times*
(armor), 2037.

gläd, adj., *gracious, friendly* (as a
form of address for princes) : nom.
sg. beó wið Geátas gläd, 1174; acc.
sg. glädne Hrôðgâr, 864; glädne
Hrôðulf, 1182; dat. sg. gladum
suna Frôdan, 2026.

g l ä d e, adv., *in a gracious, friendly*
way, 58.

glädnian, w. v., *to rejoice :* inf. w.
gen., 367.

gläd-môd, adj., *joyous, glad,* 1786.

glêd, st. f., *fire, flame :* nom. sg.,
2653, 3115; dat. (instr.) pl. glê-
dum, 2313, 2336, 2678, 3042.

glêd-egesa, w. m., *terror on account
of fire, fire-terror :* nom. sg. glêd-
egesa grim (*the fire-spewing of the*
drake), 2651.

gleáw (Goth. glaggwu-s), adj., *con-
siderate, well-bred*, of social con-
duct; in comp. un-gleáw.

gleó, st. n., *social entertainment,*
(especially by music, play, and
jest) : nom. sg. þær wäs gidd and
gleó, 2106. •

gleó-beám, st. m., (*tree of social
entertainment, of music*), *harp* .
gen. sg. gleó-beámes, 2264.

gleó-dreám, st. m., *joyous carrying-
on in social entertainment, mirth,
social gaiety :* acc. sg. gamen and
gleó-dreám, 3022.

gleó-man, m., (*gleeman, who enli-
vens the social entertainment, es-
pecially with music*), *harper :* gen.
sg. gleómannes gyd, 1161.

glitinian (O.H.G. glizinôn), w. v.,
to gleam, to light, to glitter : inf.
geseah þâ . . . gold glitinian, 2759.

glîdan, st. v., *to glide :* pret. sg. syð-
ðan heofones gim glâd ofer grun-
das, *after heaven's gem had glided
over the fields* (after the sun had
set), 2074; pret. pl. glidon ofer
gârsecg, *you glided over the ocean*
(swimming), 515.

t ô - g l î d a n (*to glide asunder*), *to
separate, to fall asunder :* pret.
gûð-helm tô-glâd (Ongenþeów's
helmet was split asunder by the
blow of Eofor), 2488.

glôf, st. f., *glove :* nom. sg. glôf han-
gode, (on Grendel) *a glove hung,*
2086.

gneáð, adj., *niggardly :* nom. sg. f.
näs hió . . . tô gneáð gifa Geáta
leódum, *was not too niggardly with
gifts to the people of the Geátas,*
1931.

gnorn, st. m., *sorrow, sadness :* acc.
sg. gnorn þrowian, 2659.

gnornian, w. v., *to be sad, to com-
plain :* pret. sg. earme . . . ides
gnornode, 1118.

b e - g n o r n i a n, w. acc., *to bemoan,
to mourn for :* pret. pl. begnor

nodon ... hlâfordes [hry]re, *be-moaned their lord's fall*, 3180.

god, st. m., *god:* nom. sg., 13, 72, 478, etc.; hâlig god, 381, 1554; witig god, 686; mihtig god, 702; acc. sg. god, 812; ne wiston hie drihten god, *did not know the Lord God*, 181; dat. sg. gode, 113, 227, 626, etc.; gen. sg. godes, 570, 712, 787, etc.

gold, st. n., *gold:* nom. sg., 3013, 3053; icge gold, 1108; wunden gold, *wound gold, gold in ring-form*, 1194, 3136; acc. sg. gold, 2537, 2759, 2794, 3169; hæðen gold, *heathen gold* (that from the drake's cave), 2277; brâd gold, *massive gold*, 3106; dat. instr. sg. golde, 1055, 2932, 3019; fättan golde, *with chased gold, with gold in plate-form*, 2103; gehroden gol-de, *covered with gold, gilded*, 304; golde gegyrwed (gegyrede), *pro-vided with, ornamented with gold*, 553, 1029, 2193; golde geregnad, *adorned with gold*, 778; golde fâhne (hrôf), *the roof shining with gold*, 928; bunden golde, *bound with gold* (see under **bindan**), 1901; hyrsted golde (helm), *the helmet ornamented with, mounted with gold*, 2256; gen. sg. goldes, 2302; fättan goldes, 1094, 2247; sciran goldes, *of pure gold*, 1695. —Comp. fät-gold.

gold-æht, st. f., *possessions in gold, treasure:* acc. sg., 2749.

gold-fâh, adj., *variegated with gold, shining with gold:* nom. sg. reced ... gold-fâh, 1801; acc. sg. gold-fâhne helm, 2812; nom. pl. gold-fâg scinon web äfter wagum, *va-riegated with gold, the tapestry gleamed along the walls*, 995.

gold-gifa, w. m., *gold-giver*, desig-

nation of the prince: acc. sg. mid minne goldgyfan, 2653.

gold-hroden, pret. part., (*covered with gold*), *ornamented with gold:* nom. sg., 615, 641, 1949, 2026; epithet of women of princely rank.

gold-hwät, adj., *striving after gold, greedy for gold:* näs he goldhwät, *he* (Beówulf) *was not greedy for gold* (he did not fight against the drake for his treasure, cf. 3067 ff.) 3075.

gold-mâðm, st. m., *jewel of gold:* acc. pl. gold-mâðmas (the treas-ures of the drake's cave), 2415.

gold-sele, st. m., *gold-hall*, i.e. the hall in which the gold was dis-tributed, ruler's hall: acc. sg., 716, 1254; dat. sg. gold-sele, 1640, 2084.

gold-weard, st. m., *gold-ward, de-fender of the gold:* acc. sg. (of the drake), 3082.

gold-wine, st. m., *friend who dis-tributes gold*, i.e. ruler, prince: nom. sg. (partly as voc.) goldwine gu-mena, 1172, 1477, 1603; goldwine Geáta, 2420, 2585.

gold-wlanc, adj., *proud of gold:* nom. sg. guðrinc goldwlanc (Beó-wulf rewarded with gold by Hrôð-gâr on account of his victory), 1882.

gomban, gomel, gomen. See gamban, gamal, gamen.

gong, gongan. See gang, gangan.

gôd, adj., *good, fit*, of persons and things: nom. sg., 11, 195, 864. 2264, 2391, etc.; frôd and gôd, 279; w. dat. cyning äðelum gôd, *the king noble in birth*, 1871; gumcystum gôd, 2544; w. gen. wes þu ûs lârena gôd, *be good to us with teaching* (help us thereto through thy instruction), 269; in weak form, se gôda, 205, 355, 676, 1191, etc.; acc. sg. gôdne, 199, 347, 1596, 1970, etc.; gumcystum gôdne, 1487; neut. gôd, 1563; dat. sg. gôdum, 3037, 3115; þäm gôdan, 384, 2328; nom. pl. gôde, 2250; þâ gôdan, 1164; acc. pl. gôde, 2642; dat. pl. gôdum dædum, 2179; gen. pl. gôdra gûðrinca, 2649. — Comp. ær-gôd.

gôd, st. n.: 1) *good that is done, benefit, gift:* instr. sg. gôde, 20, 957, 1185; gôde mære, *renowned on account of her gifts* (þryðo), 1953; instr. pl. gôdum, 1862. — 2) *ability,* especially in fight: gen. pl. nât he þâra gôda, 682.

gram, adj., *hostile:* gen. sg. on grames grâpum, *in the gripe of the enemy* (Beówulf), 766; nom. pl. þâ graman, 778; dat. pl. gramum, 424, 1035.

gram-heort, adj., *of a hostile heart, hostile:* nom. sg. grom-heort guma, 1683.

gram-hydig, adj., *with hostile feeling, maliciously inclined:* nom. sg. gromhydig, 1750.

grâp, st. f., *the hand ready to grasp, hand, claw:* dat. sg. mid grâpe, 438; on grâpe, 555; gen. sg. eal . . . Grendles grâpe, *all of Grendel's claw, the whole claw,* 837; dat. pl. on grames grâpum, 766; (as instr.) grimman grâpum, *with grim claws,* 1543.—Comp.: feónd-, hilde-grâp.

grâpian, w. v., *to grasp, to lay hold of, to seize:* pret. sg. þät hire wið halse heard grâpode, *that* (the sword) *griped hard at her neck,* 1567; he . . . grâpode gearofolm, *he took hold with ready hand,* 2086.

gräs-molde, w. f., *grass-plot:* acc. sg. gräsmoldan träd, *went over the grass-plot,* 1882.

grædig, adj., *greedy, hungry, voracious:* nom. sg. grim and grædig, 121, 1500; acc. sg. grædig gûðleóð, 1523.

græg, adj., *gray:* nom. pl. äsc-holt ufan græg, *the ashen wood, gray above* (the spears with iron points), 330; acc. pl. græge syrcan, *gray* (i.e. iron) *shirts of mail,* 334.

græg-mæl, adj., *having a gray color,* here = *iron:* nom. sg. sweord Beówulfes gomol and grægmæl, 2683.

græpe. See ät-græpe.

grêtan, w. v. w. acc.: 1) *to greet, to salute:* inf. hine swâ gôdne grêtan, 347; Hróðgâr grêtan, 1647, 2011; eówic grêtan hêt (*bade me bring you his last greeting*), 3096; pret. sg. grêtte Geáta leód, 626; grêtte þâ guma ôðerne, 653; Hróðgâr grêtte, 1817. — 2) *to come on, to come near, to seek out; to touch; to take hold of:* inf. gifstôl grêtan, *take possession of the throne, mount it as ruler,* 168; näs se folccyning ænig . . . þe mec gûðwinum grêtan dorste (*attack with swords*), 2736; Wyrd . . . se þone gomelan grêtan sceolde, 2422; þät þone sin-scaðan gûðbilla nân grêtan nolde, *that no sword would take hold upon the irreconcilable enemy,* 804; pret. sg. grêtte goldhroden guman on healle, *the gold-adorned* (queen) *greeted the men in the hall,* 615; nô he mid hearme . . . gästas grêtte, *did not approach the strangers with insults,* 1894; gomenwudu grêtte, *touched the wood of joy, played the harp,* 2109; pret. subj. II. sg. þät þu þone walgæst wihte ne grêtte, *that thou shouldst by no means seek out the murderous spirit*

(Grendel), 1996; similarly, sg. III.
þät he ne grêtte goldweard þone,
3082; pret. part. þær wäs . . . go-
menwudu grêted, 1066.

ge-grêtan, w. acc.: 1) *to greet, to
salute, to address:* pret. sg. holdne
gegrêtte meaglum wordum, *greeted
the dear man with formal words,*
1981; gegrêtte þâ gumena ge-
hwylcne . . . hindeman siðe, *spoke
then the last time to each of the
men,* 2517.— 2) *to approach, to
come near, to seek out:* inf. sceal
. . . manig ôðerne gôdum gegrêtan
ofer ganotes bäð, *many a one will
seek another across the sea with
gifts,* 1862.

greót, st. m., *grit, sand, earth:* dat.
sg. on greóte, 3169.

greótan, st. v., *to weep, to mourn,
to lament:* pres. sg. III. se þe
äfter sincgyfan on sefan greóteð,
*who laments in his heart for the
treasure-giver,* 1343.

grim, adj., *grim, angry, wild, hos-
tile:* nom. sg., 121, 555, 1500, etc.;
weak form, se grimma gäst, 102;
acc. sg. m. grimne, 1149, 2137;
fem. grimme, 1235; gen. sg. grim-
re gûðe, 527; instr. pl. grimman
grâpum, 1543.— Comp.: beado-,
heaðo-, heoro-, searo-grimm.

grimme, adv., *grimly, in a hostile
manner, bitterly,* 3013, 3086.

grim-lîc, adj., *grim, terrible:* nom.
sg. grimlîc gry[re-gäst], 3042.

grimman, st. v., (properly *to snort*),
to go forward hastily, to hasten:
pret. pl. grummon, 306.

grindan, st. v., *to grind,* in

for-grindan, *to destroy, to ruin:*
pret. sg. w. dat. forgrand gramum,
destroyed the enemy, killed them (?),
424; pret. part. w. acc. häfde lig-
draca leóda fästen . . . glêdum for-

grunden, *had with flames destroyed
the people's feasts,* 2336; þâ his
âgen (scyld) wäs glêdum forgrun-
den, *since his own (shield) had
been destroyed by the fire,* 2678.

gripe, st. m., *gripe, attack:* nom. sg.
gripe mêces, 1766; acc. sg. grimne
gripe, 1149.— Comp.: fær-, mund-,
nîð-gripe.

grîma, w. m., *mask, visor:* in comp.
beado-, here-grîma.

grîm-helm, st. m., *mask-helmet, hel-
met with visor:* acc. pl. grîm-hel-
mas, 334.

grîpan, st. v., *to gripe, to seize, to
grasp:* pret. sg. grâp þâ tôgeánes,
then she caught at, 1502.

for-grîpan (*to gripe vehemently*),
*to gripe so as to kill, to kill by the
grasp,* w. dat.: pret. sg. ät gûðe
forgrâp Grendeles mægum, 2354.

wið-grîpan, w. dat., (*to seize at*),
to maintain, to hold erect: inf. hû
wið þam aglæcean elles meahte
gylpe wið-grîpan, *how else I might
maintain my boast of battle against
the monster,* 2522.

grôwan, st. v., *to grow, to sprout:*
pret. sg. him on ferhðe greów
breósthord blôdreów, 1719.

grund, st. m.: 1) *ground, plain,
fields* in contrast with highlands;
earth in contrast with heaven: dat.
sg. sôhte . . . äfter grunde, *sought
along the ground,* 2295; acc. pl.
ofer grundas, 1405, 2074.— 2) *bot-
tom, the lowest part:* acc. sg. grund
(of the sea of Grendel), 1368; on
gyfenes grund, 1395; under gynne
grund (*bottom of the sea*), 1552;
dat. sg. tô grunde (of the sea),
553; grunde (of the drake's cave)
getenge, 2759; so, on grunde,
2766.— Comp.: eormen-, mere-,
sæ-grund.

grund-bûend, pres. part., *inhabitant of the earth:* gen. pl. grund-bûendra, 1007.

grund-hyrde, st. m., *warder of the bottom* (of the sea); acc. sg. (of Grendel's mother), 2137.

grund-sele, st. m., *hall at the bottom* (of the sea): dat. sg. in þam [grund]sele, 2140.

grund-wang, st. m., *ground surface, lowest surface:* acc. sg. þone grund-wong (*bottom of the sea*), 1497; (bottom of the drake's cave), 2772, 2589.

grund-wyrgen, st. f., *she-wolf of the bottom* (of the sea): acc. sg. grund-wyrgenne (Grendel's mother), 1519.

gryn (cf. Gloss. Aldh. "retinaculum, rete g r i n," Hpts. Ztschr. IX. 429), st. n., *net, noose, snare:* gen. pl. fela . . . grynna, 931. See **gyrn.**

gryre, st. m., *horror, terror, anything causing terror:* nom. sg., 1283; acc. sg. wið Grendles gryre, 384; hie Wyrd forsweóp on Grendles gryre, *snatched them away into the horror of Grendel, to the horrible Grendel,* 478; dat. pl. mid gryrum ecga, 483; gen. pl. swâ fela gryra, 592.—Comp.: fær-, wîg-gryre.

gryre-brôga, w. m., *terror and horror, amazement:* nom. sg. [gryre-]br[ô]g[a], 2229.

gryre-fâh, adj., *gleaming terribly:* acc. sg. gryre-fâhne (*the fire-spewing drake,* cf. also [draca] fyr-wylmum fâh, 2672), 2577.

gryre-gäst, st. m., *terror-guest, stranger causing terror:* nom. sg. grimlîc gry[regäst], 3042; dat. sg. wið þam gryregieste (the dragon), 2561.

gryre-geatwe, st. f. pl., *terror-armor, warlike equipment:* dat. pl. in hyra gryre-geatwum, 324.

gryre-leóð, st. n., *terror-song, fearful song:* acc. sg. gehŷrdon gryre-leóð galan godes and-sacan (*heard Grendel's cry of agony*), 787.

gryre-lîc, adj., *terrible, horrible:* acc. sg. gryre-lîcne, 1442, 2137.

gryre-sîð, st. m., *way of terror, way causing terror,* i.e. warlike expedition: acc. pl. se þe gryre-sîðas gegân dorste, 1463.

guma, w. m., *man, human being:* nom. sg., 653, 869, etc.; acc. sg. guman, 1844, 2295; dat. sg. guman (gumum, MS.), 2822; nom. pl. guman, 215, 306, 667, etc.; acc. pl. guman, 615; dat. pl. gumum, 127, 321; gen. pl. gumena, 73, 328, 474, 716, etc. — Comp.: driht-, seld-guma.

gum-cyn, st. n., *race of men, people, nation:* gen. sg. we synt gum-cynnes Geáta leóde, *people from the nation of the Gedtas,* 260; dat. pl. äfter gum-cynnum, *along the nations, among the nations,* 945.

gum-cyst, st. f., *man's excellence, man's virtue:* acc. sg. (or pl.) gumcyste, 1724; dat. pl. as adv., *excellently, prëeminently:* gumcystum gôdne beága bryttan, 1487; gumcystum gôd . . . hilde-hlemma (Beówulf), 2544.

gum-dreám, st. m., *joyous doings of men:* acc. sg. gum-dreám ofgeaf (died), 2470.

gum-dryhten, st. m., *lord of men:* nom. sg. 1643.

gum-feða, w. m., *troop of men going on foot:* nom. sg., 1402.

gum-man, st. m., *man:* gen. pl. gummanna fela, 1029.

gum-stôl, st. m., *man's seat* κατ

ἐξοχήν, *ruler's seat, throne :* dat. sg. in gumstôle, 1953.

gûð, st. f., *combat, battle :* nom. sg., 1124, 1659, 2484, 2537; acc. sg. gûðe, 604; instr. sg. gûðe, 1998; dat. sg. tô (ät) gûðe, 438, 1473, 1536, 2354, etc.; gen. sg. gûðe, 483, 527, 631, etc.; dat. pl. gûðum, 1959, 2179; gen. pl. gûða, 2513, 2544.

gûð-beorn, st. m., *warrior :* gen. pl. gûð-beorna sum (*the strand-guard on the Danish coast*), 314.

gûð-bil, st. n., *battle-bill :* nom. sg. gûðbill, 2585; gen. pl. gûð-billa nân, 804.

gûð-byrne, w. f., *battle-corselet :* nom. sg., 321.

gûð-cearu, st. f., *sorrow which the combat brings :* dat. sg. äfter gûð-ceare, 1259.

gûð-cräft, st. m., *warlike strength, power in battle :* nom. sg. Grendles gûð-cräft, 127.

gûð-cyning, st. m., *king in battle, king directing a battle :* nom. sg., 199, 1970, 2336, etc.

gûð-deáð, st. m., *death in battle :* nom. sg., 2250.

gûð-floga, w. m., *flying warrior :* acc. sg. wið þone gûðflogan (the drake), 2529.

gûð-freca, w. m., *hero in battle, warrior* (see **freca**): nom. sg. gearo gûð-freca, of the drake, 2415.

gûð-fremmend, pres. part., *fighting a battle, warrior :* gen. pl. gûð-fremmendra, 246; gûð- (gôd-, MS.) fremmendra swylcum, *such a warrior* (meaning Beówulf), 299.

gûð-gewæde, st. n., *battle-dress, armor :* nom. pl. gûð-gewædo, 227; acc. pl. -gewædu, 2618, 2631(?), 2852, 2872; gen. pl. -gewæda, 2624.

gûð-geweorc, st. n., *battle-work,*

warlike deed : gen. pl., -geweorca, 679, 982, 1826.

gûð-geatwe, st. f. pl., *equipment for combat :* acc. þâ gûð-geatwa (-getawa, MS.), 2637; dat. in eówrum gûð-geatawum, 395.

gûð-helm, st. m., *battle-helmet :* nom. sg., 2488.

gûð-horn, st. n., *battle-horn :* acc. sg., 1433.

gûð-hrêð, st. f., *battle-fame :* nom. sg., 820.

gûð-leóð, st. n., *battle-song :* acc. sg., 1523.

gûð-môd, adj., *disposed to battle, having an inclination to battle.* nom. pl. gûð-môde, 306.

gûð-ræs, st. m., *storm of battle, attack :* acc. sg., 2992; gen. pl. gûð-ræsa, 1578, 2427.

gûð-reów, adj., *fierce in battle :* nom. sg., 58.

gûð-rinc, st. m., *man of battle, fighter, warrior :* nom. sg., 839, 1119, 1882; acc. sg., 1502; gen. pl. gûð-rinca, 2649.

gûð-rôf, adj., *renowned in battle :* nom. sg., 609.

gûð-sceaða, w. m., *battle-foe, enemy in combat :* nom. sg., of the drake, 2319.

gûð-scearu, st. f., *decision of the battle :* dat. sg. äfter gûð-sceare, 1214.

gûð-sele, st. m., *battle-hall, hall in which a battle takes place :* dat sg. in þäm gûðsele (in Heorot), 443.

gûð-searo, st. n. pl., *battle-equipment, armor :* acc., 215, 328.

gûð-sweord, st. n., *battle-sword :* acc. sg., 2155.

gûð-wêrig, adj., *wearied by battle, dead :* acc. sg. gûð-wêrigne Grendel, 1587.

gûð-wine, st. m., *battle-friend, comrade in battle,* designation of the

sword: acc. sg., 1811; instr. pl. þe
mec gûð-winum grêtan dorste, *who
dared to attack me with his war-
friends*, 2736.

gûð-wîga, w. m., *fighter of battles,
warrior :* nom. sg., 2112.

gyd. See **gid.**

gyfan. See **gifan.**

gyldan. See **gildan.**

gylden, adj., *golden :* nom. sg. gyl-
den hilt, 1678; acc. sg. segen gyl-
denne, 47, 1022; hring gyldenne,
2810; dat. sg. under gyldnum
beáge, 1164. — Comp. eal-gylden.

gylp. See **gilp.**

gyrdan, w. v., *to gird, to lace :* pret.
part. gyrded cempa, *the (sword-)
girt warrior,* 2079.

gyrn, st. n., *sorrow, harm :* nom.
sg., 1776.

gyrn-wracu, st. f., *revenge for
harm :* dat. sg. tô gyrn-wräce,
1139; gen. sg. þâ wäs eft hraðe
gearo gyrn-wräce Grendeles môdor,
*then was Grendel's mother in turn
immediately ready for revenge for
the injury,* 2119.

gyrwan. See **gerwan.**

gystran. See **gistran.**

gŷman, w. v. w. gen., *to take care
of, to be careful about :* pres. III.
gŷmeð, 1758, 2452; imp. sg. ofer-
hyda ne gŷm! *do not study arro-
gance* (despise it), 1761.

for-gŷman, w. acc., *to neglect, to
slight :* pres. sg. III. he þâ forð-
gesceaft forgyteð and forgŷmeð,
1752.

gŷtsian. See **gîtsian.**

gyt. See **git.**

H

habban, w. v., *to have :* 1) w. acc.:
pres. sg. I. þäs ic wên häbbe (*as I
hope*), 383; þe ic geweald häbbe,

951; ic me on hafu bord and byr-
nan, *have on me shield and coat
of mail,* 2525; hafo, 3001; sg. II.
þu nu [friðu] hafast, 1175; pl. I.
habbað we . . . micel ærende, 270;
pres. subj. sg. III. þät he þrittiges
manna mägencräft on his mund-
gripe häbbe, 381. Blended with
the negative: pl. III. þät þe Sæ-
Geátas sêlran näbben tô geceósen-
ne cyning œnigne, *that the Sea-
Geátas will have no better king
than you to choose,* 1851; imp.
hafa nu and geheald hûsa sêlest,
659; inf. habban, 446, 462, 3018;
pret. sg. häfde, 79, 518, 554; pl.
häfdon, 539. — 2) used as an aux-
iliary with the pret. part.: pres. sg.
I. häbbe ic . . . ongunnen, 408;
häbbe ic . . . geâhsod, 433; II. ha-
fast, 954, 1856; III. hafað, 474,
596; pret. sg. häfde, 106, 220, 666,
2322, 2334, 2953, etc.; pl. häfdon,
117, 695, 884, 2382, etc. Pret.
part. inflected: nu scealc hafað
dæd gefremede, 940; häfde se gôda
. . . cempan gecorene, 205. With
the pres. part. are formed the com-
pounds: bord-, rond-häbbend.

for-habban, *to hold back, to keep
one's self :* inf. ne meahte wäfre
môd forhabban in hreðre, *the ex-
piring life could not hold itself
back in the breast,* 1152; ne mihte
þâ for-habban, *could not restrain
himself,* 2610.

wið-habban, *to resist, to offer re-
sistance :* pret. þät se winsele wið-
häfde heaðo-deórum, *that the hall
resisted them furious in fight,* 773.

hafela, heafola, w. m., *head :* acc.
sg. hafelan, 1373, 1422, 1615, 1636,
1781; nâ þu mînne þearft hafalan
hŷdan, 446; þonne we on orlege
hafelan weredon, *protected our*

heads, defended ourselves, 1328;
se hwîta helm hafelan werede,
1449; dat. sg. hafelan, 673, 1522;
heafolan, 2680; gen. sg. heafolan,
2698; nom. pl. hafelan, 1121.—
Comp. wîg-heafola.

hafenian, w. v., *to raise, to uplift:*
pret. sg. wæpen hafenade heard
be hiltum, *raised the weapon, the
strong man, by the hilt*, 1574.

hafoc, st. m., *hawk:* nom. sg.,
2264.

haga, w. m., *enclosed piece of ground,
hedge, farm-enclosure:* dat. sg. tô
hagan, 2893, 2961.

haga, w. m. See **ân-haga.**

hama, homa, w. m., *dress:* in the
comp. flæsc-, fyrd-, lîc-hama, scîr-
ham (adj.).

hamer, st. m., *hammer:* instr. sg.
hamere, 1286; gen. pl. homera
lâfe (swords), 2830.

hand, hond, st. f., *hand:* nom. sg.
2138; sió swîðre ... hand, *the
right hand*, 2100; hond, 1521,
2489, 2510; acc. sg. hand, 558,
984; hond, 657, 687, 835, 928,
etc.; dat. sg. on handa, 495, 540;
mid handa, 747, 2721; be honda,
815; dat. pl. (as instr.) hondum,
1444, 2841.

hand-bana, w. m., *murderer with
the hand*, or *in hand-to-hand com-
bat:* dat. sg. tô hand-bonan (-ba-
nan), 460, 1331.

hand-gemôt, st. n., *hand-to-hand
conflict, battle:* gen. pl. (ecg) þo-
lode ær fela hand-gemôta, 1527;
nð þät läsest wäs hond-gemôta,
2356.

hand-gesella, w. m., *hand-compan-
ion, man of the retinue:* dat. pl.
hond-gesellum, 1482.

hand-gestealla, w. m., (*one whose
position is near at hand*), *comrade,*
companion, attendant: dat. sg.
hond-gesteallan, 2170; nom. pl.
hand-gesteallan, 2597.

hand-geweorc, st. n., *work done
with the hands*, i.e. achievement in
battle: dat. sg. for þäs hild-fruman
handgeweorce, 2836.

hand-gewriðen, pret. part., *hand-
wreathed, bound with the hand.*
acc. pl. wälbende ... hand-gewri-
ðene, 1938.

hand-locen, pret. part., *joined,
united by hand:* nom. sg. (gûð-
byrne, lîc-syrce) handlocen (be-
cause the shirts of mail consisted
of interlaced rings), 322, 551.

hand-ræs, st. m., *hand-battle*, i.e.
combat with the hands: nom. sg.
hond-ræs, 2073.

hand-scalu, st. f., *hand-attendance,
retinue:* dat. sg. mid his hand-
scale (hond-scole), 1318, 1964.

hand-sporu, st. f., *finger* (on Gren-
del's hand), under the figure of a
spear: nom. pl. hand-sporu, 987.

hand-wundor, st. n., *wonder done
by the hand, wonderful handwork:*
gen. pl. hond-wundra mæst, 2769.

hangan. See **hôn.**

hangian, w. v., *to hang:* pres. sg.
III. þonne his sunu hangað hrefne
tô hrôðre, *when his son hangs, a
joy to the ravens*, 2448; pl. III.
ofer þäm (mere) hongiað hrîmge
bearwas, *over which frosty for-
ests hang*, 1364; inf. hangian,
1663; pret. hangode, *hung down*,
2086.

hatian, w. v. w. acc., *to hate, to be
an enemy to, to hurt:* inf. he þone
heaðo-rinc hatian ne meahte lâðum
dædum (*could not do him any
harm*), 2467; pret. sg. hû se guð-
sceaða Geáta leóde hatode and
hýnde, 2320.

hâd, st. m., *form, condition, position, manner :* acc. sg. þurh hæstne hâd, *in a powerful manner,* 1336; on gesíðes hâd, *in the position of follower, as follower,* 1298 ; on sweordes hâd, *in the form of a sword,* 2194. See under **on**.

hâdor, st. m., *clearness, brightness :* acc. sg. under heofenes hâdor, 414.

hâdor, adj., *clear, fresh, loud :* nom. sg. scop hwîlum sang hâdor on Heorote, 497.

h â d r e, adv., *clearly, brightly,* 1572.

hâl, adj., *hale, whole, sound, unhurt :* nom. sg. hâl, 300. With gen. heaðo-lâces hâl, *safe from battle,* 1975. As form of salutation, wes . . . hâl, 407 ; dat. sg. hâlan lîce, 1504.

hâlig, adj., *holy :* nom. sg. hâlig god, 381, 1554; hâlig dryhten, 687.

hâm, st. m., *home, residence, estate, land :* acc. sg. hâm, 1408; Hróð-gâres hâm, 718. Usually in adverbial sense : gewât him hâm, *betook himself home,* 1602; tô hâm, 124, 374, 2993; fram hâm, *at home,* 194; ät hâm, *at home,* 1249, 1924, 1157; gen. sg. hâmes, 2367; acc. pl. hâmas, 1128. — Comp. Finnes-hâm, 1157.

hâm-weorðung, st. f., *honor or ornament of home :* acc. sg. hâm-weorðunge (designation of the daughter of Hygelâc, given in marriage to Eofor), 2999.

hâr, adj., *gray :* nom. sg. hâr hilderinc, 1308, 3137; acc. sg. under (ofer) hârne stân, 888, 1416, 2554; hâre byrnan (i.e. iron shirt of mail), 2154; dat. sg. hârum hildfruman, 1679; f. on heâre hæðe (on heaw . . . h . . . ðe, MS.), 2213; gen. sg. hâres, *of the old man,* 2989. — Comp. un-hâr.

hât, adj., *hot, glowing, flaming :* nom. sg., 1617, 2297, 2548, 2559, etc.; wyrm hât gemealt, *the drake hot (of his own heat) melted,* 898; acc. sg., 2282(?); inst. sg. hâtan heolfre, 850, 1424; g. sg. heaðu-fŷres hâtes, 2523; acc. pl. hâte heaðo-wylmas, 2820.— Sup. : hâtost heaðo-swâta, 1669.

hât, st. n., *heat, fire :* acc. sg. geseah his mondryhten . . . hât þrowian, *saw his lord endure the* (drake's) *heat,* 2606.

hata, w. m., *persecutor :* in comp. dæd-hata.

hâtan, st. v. : 1) *to bid, to order, to direct,* with acc. and inf., and acc. of the person : pres. sg. I. ic magu-þegnas mîne hâte . . . flotan eówerne ârum healdan, *I bid my thanes take good care of your craft,* 293; imp. sg. II. hât in gân . . . sibbegedriht, 386; pl. II. hâtað heaðo-mære hlæw gewyrcean, 2803; inf. þät healreced hâtan wolde . . . men gewyrcean, *that he wished to command men to build a hall-edifice,* 68. Pret. sg. hêht : hêht . . . eahta mearas . . . on flet teón, *gave command to bring eight horses into the hall,* 1036; þonne ænne hêht golde forgyldan, *commanded to make good that one with gold,* 1054; hêht þâ þät heaðo-weorc tô hagan biódan, *ordered the combat to be announced at the hedge(?),* 2893; swâ se snottra hêht, *as the wise* (Hróðgâr) *directed,* 1787; so, 1808, 1809. hêt : hêt him ýðlidan gôdne gegyrwan, *ordered a good vessel to be prepared for him,* 198; so, hêt, 391, 1115, 3111. As the form of a wish : hêt hine wel brûcan, 1064; so, 2813; pret. part. þâ wäs hâten hraðe Heort innan-weard folmum gefrätwod, *forthwith was* *ordered Heorot, adorned by hand on the inside* (i.e. that the edifice should be adorned by hand on the inside), 992. — 2) *to name, to call:* pres. subj. III. pl. þät hit sæliðend . . . hâtan Biówulfes biorh, *that mariners may call it Beówulf's grave-mound*, 2807; pret. part. wäs se grimma gäst Grendel hâten, 102; so, 263, 373, 2603.

ᵻ ı-hâtan, *to promise, to give one's word, to vow, to threaten:* pres. sg. I: ic hit þe gehâte, 1393; so, 1672; pret. sg. he me mêde gehêt, *promised me reward*, 2135; him fägre gehêt leána (gen. pl.), *promised them proper reward*, 2990; weán oft gehêt earmre teohhe, *with woe often threatened the unhappy band*, 2938; pret. pl. gehêton ät härgtrafum wig-weorðunga, *vowed offerings at the shrines of the gods*, 175; þonne we gehêton ûssum hlâforde þät . . ., *when we promised our lord that . . .*, 2635; pret. part. sió gehâtan [wäs] . . . gladum suna Frôdan, *betrothed to the glad son of Froda*, 2025.

hâtor, st. m. n., *heat:* in comp. and-hâtor.

häft, adj., *held, bound, fettered:* nom. sg., 2409 ; acc. sg. helle häftan, *him fettered by hell* (Grendel), 789.

häft-mêce, st. m., *sword with fetters* or *chains* (cf. fetel-hilt): dat. sg. þäm häft-mêce, 1458. See Note.

häg-steald, st. m., *man, liegeman, youth:* gen. pl. häg-stealdra, 1890.

häle, st. m., *man:* nom. sg., 1647, 1817, 3112; acc. sg. häle, 720; dat. pl. hælum (hænum, MS.), 1984.

häleð, st. m., *hero, fighter, warrior, man:* nom. sg., 190, 331, 1070; nom. pl. häleð, 52, 2248, 2459, 3143; dat. pl. häleðum, 1710, 1962,

etc.; gen. pl. häleða, 467, 497, 612, 663, etc.

härg. See **hearg.**

hæð, st. f., *heath:* dat. sg. hæðe, 2213.

hæðen, adj., *heathenish;* acc. sg. hæðene sâwle, 853; dat. sg. hæðnum horde, 2217; gen. sg. hæðenes, *of the heathen* (Grendel), 987; gen. pl. hæðenra, 179.

hæð-stapa, w. m., *that which goes about on the heath* (stag): nom. sg., 1369

hæl, st. f.: 1) *health, welfare, luck:* acc. sg. him hæl âbeád, 654; mid hæle, 1218. — 2) *favorable sign, favorable omen:* hæl sccáwedon, *observed favorable signs* (for Beówulf's undertaking), 204.

hælo, st. f., *health, welfare, luck:* acc. sg. hælo âbeád heorð-geneátum, 2419. — Comp. un-hælo. ·

hæst (O.H.G. haisterâ hantî, manu violenta; heist, ira; heistigo, iracunde), adj., *violent, vehement:* acc. sg. þurh hæstne hâd, 1336.

he, fem. heó, neut. hit, pers. pron., *he, she, it;* in the oblique cases also reflexive, *himself, herself, itself:* acc. sg. hine, hî, hit; dat. sg. him, hire, him; gen. sg. his, hire, his; plur. acc. nom. hî, hig, hie; dat. him; gen. hira, heora, hiera, hiora. — h e omitted before the verb, 68, 300, 2309, 2345.

hebban, st. v., *to raise, to lift,* w. acc.: irᶠ ‹iððan ic hond and rond hebban mihte, 657; pret. part. hafen, 1291; häfen, 3024.

â-hebban, *to raise, to lift from, to take away:* wäs . . . icge gold âhafen of horde, *taken up from the hoard*, 1109; þâ wäs . . . wôp up âhafen, *a cry of distress raised*, 128.

ge-hegan [ge-hêgan], w. v., *to enclose, to fence:* þing gehegan, *to mark off the court, hold court.* Here figurative: inf. sceal ... âna gehegan þing wið þyrse (*shall alone decide the matter with Grendel*), 425.

hel, st. f., *hell:* nom. sg., 853; acc. sg. helle, 179; dat. sg. helle, 101, 589; (as instr.), 789; gen. sg. helle, 1275.

hel-bend, st. m. f., *bond of hell:* instr. pl. hell-bendum fäst, 3073.

hel-rûna, w. m., *sorcerer:* nom. pl. helrûnan, 163.

be-helan, st. v., *to conceal, to hide:* pret. part. be-holen, 414.

helm, st. m.: 1) *protection in general, defence, covering that protects:* acc. sg. on helm, 1393; under helm, 1746.—2) *helmet:* nom. sg., 1630; acc. sg. helm, 673, 1023, 1527, 2988; (helo, MS.), 2724; brûn-fâgne, gold-fâhne helm, 2616, 2812; dat. sg. under helme, 342, 404; gen. sg. helmes, 1031; acc. pl. helmas, 240, 2639.—3) *defence, protector*, designation of the king: nom. sg. helm Scyldinga (Hrôð-gâr), 371, 456, 1322; acc. sg. heofena helm (*the defender of the heavens* = God), 182; helm Scyl-finga, 2382.—Comp.: grîm-, gûð-, heaðo-, niht-helm.

ofer-helmian, w. v. w. acc., *to cover over, to overhang:* pres. sg. III. ofer-helmað, 1365.

helm-berend, pres. part., *helm-wearing* (warrior): acc. pl. helm-berend, 2518, 2643.

helpan, st. v., *to help:* inf. þät him holt-wudu helpan ne meahte, lind wið lige, *that a wooden shield could not help him, a linden shield against flame*, 2341; þät him trenna ecge mihton helpan ät hilde, 2685; wutun gangan tô, helpan hildfruman, *let us go thither to help the battle-chief,* 2650; w. gen. ongan ... mæges helpan, *began to help my kinsman*, 2880; so, pret. sg. þær he his mæges (MS. mägenes) healp, 2699.

help, m. and f., *help, support, maintenance:* acc. sg. helpe, 551, 1553; dat. sg. tô helpe, 1831; acc. sg. helpe, 2449.

hende, adj., *-handed:* in comp. îdel-hende.

her, adv., *here*, 397, 1062, 1229, 1655, 1821, 2054, 2797, etc.; *hither*, 244, 361, 376.

here (Goth. harji-s), st. m., *army, troops:* dat. sg. on herge, *in the army, on a warlike expedition*, 1249; *in the army, among the fighting men*, 2639; as instr. herge, 2348.—Comp.: flot-, scip-, sin-here.

here-brôga, w. m., *terror of the army, fear of war:* dat. sg. for here-brôgan, 462.

here-byrne, w. f., *battle-mail, coat of mail:* nom. sg., 1444.

here-grîma, w. m., *battle-mask*, i.e. helmet (with visor): dat. sg. -grî-man, 396, 2050, 2606,

here-net, st. n., *battle-net*, i.e. coat of mail (of interlaced rings) : nom. sg., 1554.

here-nîð, st. m., *battle-enmity, battle of armies:* nom. sg., 2475.

here-pâd, st. f., *army-dress*, i.e. coat of mail, armor: nom. sg., 2259.

here-rinc, st. m., *army-hero, hero in battle, warrior:* acc. sg. here-rinc (MS. here ric), 1177.

here-sceaft, st. m., *battle-shaft*, i.e. spear : gen. pl. here-sceafta heáp, 335.

here-spêd, st. f., (*war-speed*), *luck in war:* nom. sg., 64.

here-sträl, st. m , *war-arrow, missile :* nom. sg., 1436.

here-syrce, w. f., *battle-shirt, shirt of mail :* acc. sg. here-syrcan, 1512.

here-wæd, st. f., *army-dress, coat of mail, armor :* dat. pl. (as instr.) here-wædum, 1898.

here-wæsma, w. m., *war-might, fierce strength in battle :* dat. pl. an here-wæsmum, 678. — Leo.

here-wîsa, w. m., *leader of the army,* i.e. ruler, king: nom. sg., 3021.

herg, hearg, st. m., *image of a god, grove where a god was worshipped,* hence to tne Christian a wicked place (?) : dat. pl. hergum ge-heaðerod, *confined in wicked places* (parallel with hell-bendum fäst), 3073.

herigean, w. v. w. dat. of pers., *to provide with an army, to support with an army :* pres. sg. I. ic þe wel herige, 1834. — Leo.

hete, st. m., *hate, enmity :* nom. sg. 142, 2555.—Comp.: ecg-, morðor-, wîg-hete.

hete-lîc, adj., *hated :* nom. sg., 1268.

hetend, hettend, (pres. part. of hetan, see hatian), *enemy,* hostis : nom. pl. hetende, 1829 ; dat. pl. wið hettendum, 3005.

hete-nîð, st. m., *enmity full of hate :* acc. pl. hete-nîðas, 152.

hete-sweng, st. m., *a blow from hate :* acc. pl. hete-swengeas, 2226.

hete-þanc, st. m., *hate-thought, a hostile design :* dat. pl. mid his hete-þancum, 475.

hêdan, ge-hêdan, w. v. w. gen.: 1) *to protect :* pret. sg. ne hêdde he þäs heafolan, *did not protect his head,* 2698. — 2) *to obtain :* subj. pret. sg. III. gehêdde, 505.

hêrian, w. v. w. acc., *to praise, to commend ;* with reference to God.

to adore : inf. heofena helm hêrian ne cûðon, *could not worship the defence of the heavens* (God), 182; ne hûru Hildeburh hêrian þorfte Eotena treówe, *had no need to praise the fidelity of the Eotens,* 1072; pres. subj. þät mon his wine-dryhten wordum hêrge, 3177.

ge-heaðerian, w. v., *to force, to press in :* pret. part. ge-heaðerod, 3073.

heaðo-byrne, w. f., *battle-mail, shirt of mail :* nom. sg., 1553.

heaðo-deór, adj., *bold in battle, brave :* nom. sg., 689 ; dat. pl. heaðo-deórum, 773.

heaðo-fyr, st. n., *battle-fire, hostile fire :* gen. sg. heaðu-fŷres, 2523; instr. pl. heaðo-fŷrum, 2548, of the drake's fire-spewing.

heaðo-grim, adj., *grim in battle,* 548.

heaðo-helm, st. m., *battle-helmet, war-helmet :* nom. sg., 3157(?).

heaðo-lâc, st. n., *battle-play, battle :* dat. sg. ät heaðo-lâce, 584 ; gen. sg. heaðo-lâces hâl, 1975.

heaðo-mære, adj., *renowned in battle :* acc. pl. -mære, 2803.

heaðo-ræs, st. m., *storm of battle, attack in battle, entrance by force :* nom. sg., 557; acc. pl. -ræsas, 1048; gen. pl. -ræsa, 526.

heaðo-reáf, st. n., *battle-dress, equipment for battle :* acc. sg. heaðo-reáf heóldon (*kept the equipments*), 401.

heaðo-rinc, st. m., *battle-hero, warrior :* acc. sg. þone heaðo-rinc (Hrêðel's son, Hæðcyn), 2467 ; dat. pl. þæm heaðo-rincum, 370.

heaðo-rôf, adj., *renowned in battle :* nom. sg., 381 ; nom. pl. heaðo-rôfe, 865.

heaðo-scearp, adj., *sharp in battle*

bold : n m. pl. (-scearde, MS.), 2830.

hea𝛿o-seóc, adj., *battle-sick :* dat. sg. -siócum, 2755.

hea𝛿o-steáp, adj., *high in battle, excelling in battle :* nom. sg. in weak form, hea𝛿o-steápa, 1246; acc. sg. hea𝛿o-steápne, 2154, both times of the helmet.

hea𝛿o-swât, st. m., *blood of battle :* dat. sg. hea𝛿o-swâte, 1607; as instr., 1461; gen. pl. hâtost hea𝛿o-swâta, 1669.

hea𝛿o-sweng, st. m., *battle-stroke* (blow of the sword): dat. sg. äfter hea𝛿u-swenge, 2582.

hea𝛿o-torht, adj., *loud, clear in battle :* nom. sg. stefn . . . hea𝛿o-torht, *the voice clear in battle,* 2554.

hea𝛿o-wæd, st. f., *battle-dress, coat of mail, armor :* instr. pl. hea𝛿o-wædum, 39.

hea𝛿o-weorc, st. n., *battle-work, battle :* acc. sg., 2893.

hea𝛿o-wylm, st. m., *hostile (flame-) wave :* acc. pl. hâte hea𝛿o-wylmas, 2820; gen. pl. hea𝛿o-wylma, 82.

heaf, st. n., *sea :* acc. pl. ofer heafo, 2478. See Note.

heafola. See **hafela.**

heal, st. f., *hall, main apartment, large building* (consisting of an assembly-hall and a banqueting-hall): nom. sg. heal, 1152, 1215; heall, 487; acc. sg. healle, 1088; dat. sg. healle, 89, 615, 643, 664, 926, 1010, 1927, etc.; gen. sg. [healle], 389.—Comp.: gif-, meodo-heal.

heal-ärn, st. n., *hall-building, hall-house :* gen. sg. heal-ärna, 78.

heal-gamen, st. n., *social enjoyment in the hall, hall-joy :* nom. sg., 1067.

heal-reced, st. n., *hall-building.* acc. sg., 68.

heal-sittend, pres. part., *sitting in the hall* (at the banquet) : dat. pl. heal-sittendum, 2869; gen. pl. heal-sittendra, 2016.

heal-þegn, st. m., *hall-thane,* i.e. a warrior who holds the hall: gen. sg. heal-þegnes, of Grendel, 142; acc. pl. heal-þegnas, of Beówulf's band, 720.

heal-wudu, *hall-wood,* i.e. hall built of wood : nom. sg., 1318.

healdan, st. v. w. acc.: 1) *to hold, to hold fast; to support :* pret. pl. hû þâ stânbogan . . . êce eor𝛿reced innan heóldon (MS. healde), *how the arches of rock within held the everlasting earth-house,* 2720. Pret. sg., with a person as object : heóld hine tô fäste, *held him too fast,* 789; w. the dat. he him freóndlârum heóld, *supported him with friendly advice,* 2378. — 2) *to hold, to watch, to preserve, to keep ;* reflexive, *to maintain one's self, to keep one's self :* pres. sg. II. eal þu hit geþyldum healdest, mägen mid môdes snyttrum, *all that preservest thou continuously, strength and wisdom of mind,* 1706; III. heald̃e𝛿 hige-mê𝛿um heáfod-wearde, *holds for the dead the head-watch,* 2910; imp. sg. II. heald for𝛿 tela ni𝑤e sibbe, *keep well, from now on, the new relationship,* 949; heald (heold, MS.) þu nu hruse . . . eorla æhte, *preserve thou now, Earth, the noble men's possessions,* 2248; inf. se þe holmclifu healdan scolde, *watch the sea-cliffs,* 230; so, 705; nacan . . . ârum healdan, *to keep well your vessel,* 296; wearde healdan, 319; forlêton eorla gestreón eor𝛿an healdan, 3168; pres. part. dreám heal deude, *holding rejoicing* (i.e. thou who art rejoicing), 1228; pret. sg. heóld hine syððan fyr and fästor, *hept himself afterwards afar and more secure*, 142; ægwearde heóld, *I have (hitherto) kept watch on the sea*, 241; so, 305; hióld heáh-lufan wið häleða brego, *preserved high love*, 1955; ginfästan gife ... heóld, 2184; gold-máðmas heóld, *took care of the treasures of gold*, 2415; heóld mín tela, *protected well mine own*, 2738; þonne ... sceft ... nytte heóld, *had employment, was employed*, 3119; heóld mec, *protected*, i.e. brought me up, 2431; pret. pl. heaðo-reáf heóldon, *watched over the armor*, 401; sg. for pl. heáfodbeorge ... walan ûtan heóld, *outwards, bosses kept guard over the head*, 1032.—Related to the preceding meaning are the two following: 3) *to rule and protect the fatherland:* inf. gif þu healdan wylt maga rîce, 1853; pret. heóld, 57, 2738.— 4) *to hold, to have, to possess, to inhabit:* inf. lêt þone brego-stôl Beówulf healdan, 2390; gerund. tô healdanne hleóburh wera, 1732; pret. sg. heóld, 103, 161, 466, 1749, 2752; lyftwynne heóld nihtes hwîlum, *at night-time had the enjoyment of the air*, 3044; pret. pl. Geáta leóde hreâwîc heóldon, *the Gedtas held the place of corpses* (lay dead upon it), 1215; pret. sg. þær heó ær mæste heóld worolde wynne, *in which she formerly possessed the highest earthly joy*, 1080. — 5) *to win, to receive:* pret. pl. I. heóldon heáh gesceap, *we received a heavy fate, heavy fate befell us*, 3085.

be-healdan, w. acc.: 1) *to take care of, to attend to:* pret. sg. þegn nytte beheóld, *a thane discharged the office*, 494; so, 668.—2) *to hold:* pret. sg. se þe flôda begong ... beheóld, 1499.— 3) *to look at, to behold:* þryðswyð beheóld mæg Higelâces hû ..., *great woe saw H.'s kinsman, how ..*, 737.

for-healdan, w. acc., (*to hold badly*), *to fall away from, to rebel:* pret. part. häfdon hy forhealden helm Scylfinga, *had rebelled against the defender of the Scylfings*, 2382.

ge-healdan: 1) *to hold, to receive, to hold fast:* pres. sg. III. se þe waldendes hyldo gehealdeð, *who receives the Lord's grace*, 2294; pres. subj. fäder alwalda ... eówic gehealde sîða gesunde, *keep you sound on your journey*, 317; inf. ne meahte he ... on þam frum-gâre feorh gehealdan, *could not hold back the life in his lord*, 2857. — 2) *to take care, to preserve, to watch over; to stop:* imp. sg. hafa nu and geheald hûsa sêlest, 659; inf. gehealdan hêt hilde-geatwe, 675; pret. sg. he frätwe geheóld fela missera, 2621; þone þe ær geheóld wið hettendum hord and rîce, *him who before preserved treasure and realm*, 3004. — 3) *to rule:* inf. folc gehealdan, 912; pret. sg. geheóld tela (brâde rîce), 2209.

healf, st. f., *half, side, part:* acc. sg. on þâ healfe, *towards this side*, 1676; dat. sg. häleðum be healfe, *at the heroes' side*, 2263; acc. pl. on twâ healfa, *upon two sides, mutually*, 1096; on bâ healfa (healfe), *on both sides* (to Grendel and his mother), 1306; *on two sides, on both sides*, 2064; gen. pl. on healfa gehwone, *in half, through the middle*, 801.

healf, adj., *half:* gen. sg. healfre, 1088.

heals, st. m., *neck:* acc. sg. heals, 2692; dat. sg. wið halse, 1567; be healse, 1873. — Comp.: the adjectives fámig-, wunden-heals.

heals-beáh, st. m., *neck-ring, collar:* acc. sg. þone heals-beáh, 2173; gen. pl. heals-beága, 1196.

heals-gebedde, w. f., *beloved bed-fellow, wife:* nom. sg. healsgebedde (MS. healsgebedda), 63.

healsian, w. v. w. acc., *to entreat earnestly, to implore:* pret. sg. þâ se þeóden mec ... healsode hreóhmôd þät ..., *entreated me sorrowful, that ...*, 2133.

heard, adj.: 1) of persons, *able, efficient in war, strong, brave:* nom. sg. heard, 342, 376, 404, 1575, 2540, etc.; in weak form, se hearda, 401, 1964; se hearda þegn, 2978; þes hearda heáp, 432; nom. pl. hearde hilde-frecan, 2206; gen. pl. heardra, 989. Comparative: acc. sg. heardran häle, 720. With accompanying gen.: wîges heard, *strong in battle*, 887; dat. sg. nîða heardum, 2171. — 2) of the implements of war, *good, firm, sharp, hard:* nom. sg. (gûð-byrne, líc-syrce) heard, 322, 551. In weak form: masc. here-sträl hearda, 1436; se hearda helm, 2256; neutr. here-net hearde, 1554; acc. sg. (swurd, wæpen), heard, 540, 2688, 2988; nom. pl. hearde ... homera lâfe, 2830; heard and hring-mæl Heaðobeardna gestreón, 2038; acc. pl. heard sweord, 2639. Of other things, *hard, rough, harsh, hard to bear:* acc. sg. hreðer-bealo hearde, 1344; nom. sg. wrôht ... heard, 2915; here-nîð hearda, 2475; acc. sg. heoro-sweng heardne, 1591;

instr. sg. heardan ceápe, 2483; instr. pl. heardan, heardum clammum, 964, 1336; gen. pl. heardra hŷnða, 166. Compar.: acc. sg. heardran feohtan, 576. — Comp.: fŷr-, îren-, nîð-, regen-, scûr-heard.

hearde, adv., *hard, very*, 1439.

heard-ecg, adj., *sharp-edged, hard, good in battle:* nom. sg., 1289.

heard-fyrde, adj., *hard to take away, heavy:* acc. sg. hard-fyrdne, 2246. — Leo.

heard-hycgend, pres. part., *of a warlike disposition, brave:* nom. pl. -hicgende, 394, 800.

hearg-trüf, st. n., *tent of the gods, temple:* dat. pl. ät härg-trafum (MS. hrærg trafum), 175.

hearm, st. m., *harm, injury, insult.* dat. sg. mid hearme, 1893.

hearm-sceaða, w. m., *enemy causing injury* or *grief:* nom. sg. hearm-scaða, 767.

hearpe, w. f., *harp:* gen. sg. hearpan swêg, 89, 3024; hearpan wynne (wyn), 2108, 2263.

heáðu, st. f., *sea, waves:* acc. sg. heáðu, 1863?

heáðu-lîðend, pres. part., *sea-farer, sailor:* nom. pl. -lîðende, 1799; dat. pl. -lîðendum (designation of the Geátas), 2956.

heáfod, st. n., *head:* acc. sg., 48, 1640; dat. sg. heáfde, 1591, 2291, 2974; dat. pl. heáfdum, 1243.

heáfod-beorh, st. f., *head-defence, protection for the head:* acc. sg. heáfod-beorge, 1031.

heáfod-mæg, st. m., *head-kinsman, near blood-relative:* dat. pl. heáfod-mægum (*brothers*), 589; gen. pl. heáfod-mâga, 2152.

heáfod-segn, st. n., *head-sign, banner:* acc. sg., 2153.

heáfod-weard, st. f., *head-watch:*

acc. sg. healde𝛿 ... heáfod-wearde leófes and lá𝛿es, *for the friend and the foe* (Beówulf and the drake, who lie dead near each other), 2910.

heáh, heá, adj., *high, noble* (in composition, also primus): nom. sg. heáh Healfdene, 57; heá (Higelâc), 1927; heáh (sele), 82; heáh hlæw, 2806, 3159; acc. sg. heáh (segn), 48, 2769; heáhne (MS. heánne) hrôf, 984; dat. sg. in (tô) sele þam heán, 714, 920; gen. sg. heán hûses, 116. — *high, heavy:* acc. heáh gesceap (*an unusual, heavy fate*), 3085.

heá-burh, st. f., *high city, first city of a country:* acc. sg., 1128.

heáh-cyning, st. m., *high king, mightiest of the kings:* gen. sg. -cyninges (of Hrô𝛿gâr), 1040.

heáh-gestreón, st. n., *splendid treasure:* gen. pl. -gestreóna, 2303.

heáh-lufe, w. f., *high love:* acc. sg. heáh-lufan, 1955.

heáh-sele, st. m., *high hall, first hall in the land, hall of the ruler:* dat. sg. heáh-sele, 648.

heáh-setl, st. n., *high seat, throne:* acc. sg., 1088.

heáh-stede, st. m., *high place, ruler's place:* dat. sg. on heáh-stede, 285.

heán, adj., *depressed, low, despised, miserable:* nom. sg., 1275, 2100, 2184, 2409.

heáp, st. m., *heap, crowd, troop:* nom. sg. þegna heáp, 400; þes hearda heáp, *this brave band,* 432; acc. sg. here-sceafta heáp, *the crowd of spears,* 335; mago-rinca heáp, 731; dat. sg. on heápe, *in a compact body,* as many as there were of them, 2597. — Comp. wîg-heáp.

heáwan, st. v., *to hew, to cleave:* inf., 801.

ge-heáwan, *cleave:* pres. subj. ge-heáwe, 683.

heo𝛿u, st. f., *the interior of a building:* dat. sg. þät he on heo𝛿e gestôd, *in the interior* (of the hall, Heorot), 404.

heofon, st. m., *heaven:* nom. sg., 3157; dat. sg. hefene, 1572; gen. sg. heofenes, 414, 576, 1802, etc.; gen. pl. heofena, 182; dat. pl. under heofenum, 52, 505.

heolfor, st. n., *gore, fresh* or *crude blood:* dat. instr. sg. hâtan heolfre, 850, 1424; heolfre, 2139; under heolfre, 1303.

heolster, st. n., *haunt, hiding-place:* acc. sg. on heolster, 756.

heonan, adv., *hence, from here:* heonan, 252; heonon, 1362.

heor, st. m., *door-hinge:* nom. pl. heorras, 1000.

heorde, adj. See **wunden-heorde.**

heor𝛿-geneát, st. m., *hearth-companion,* i.e. a vassal of the king, in whose castle he receives his livelihood: nom. pl. heor𝛿-geneátas, 261, 3181; acc. pl. heor𝛿-geneátas, 1581, 2181; dat. pl. heor𝛿-geneátum, 2419.

heorot, st. m., *stag:* nom. sg., 1370.

heorte, w. f., *heart:* nom. sg., 2562; dat. sg. ät heortan, 2271; gen. sg. heortan, 2464, 2508. — Comp.: the adjectives blî𝛿-, grom-, rûm-, starc-heort.

heoru, st. m., *sword:* nom. sg. heoru bunden (cf. under **bindan**), 1286. In some of the following compounds heoro- seems to be confounded with here- (see **here**).

heoro-blâc, adj., *pale through the sword, fatally wounded:* nom. sg [heoro-]blâc, 2489.

heoru-dreór, s. m., *sword-blood:* instr. sg. heoru-dreóre, 487; heoro-dreore, 850.

heoro-dreórig, adj., *bloody through the sword:* nom. sg., 936; acc. sg. heoro-dreórigne, 1781, 2721.

heoro-drync, st. m., *sword-drink,* i.e. blood shed by the sword: instr. pl. hioro-dryncum swealt, *died through sword-drink,* i.e. struck by the sword, 2359.

heoro-gîfre, adj., *eager for hostile inroads:* nom. sg., 1499.

heoro-grim, adj., *sword-grim, fierce in battle:* nom. sg. m., 1565; fem. -grimme, 1848.

heoro-hôcihte, adj., *provided with barbs, sharp like swords:* instr. pl. mid eofer-spreótum heoro-hôcyhtum, 1439.

heoro-serce, w. f., *shirt of mail:* acc. sg. hioro-sercean, 2540.

heoro-sweng, st. m., *sword-stroke:* acc. sg. 1591.

heoro-weallende, pres. part., *rolling around fighting,* of the drake, 2782. See **weallian.**

heoro-wearh, st. m., *he who is sword-cursed, who is destined to die by the sword:* nom. sg., 1268.

heófan, w. v., *to lament, to moan:* part. nom. pl. hiófende, 3143.

â-heóran, *to free* (?): w. acc. pret. sg. brŷd âheórde, 2931.

heóre, adj., *pleasant, not haunted, secure:* nom. sg. fem. nis þät heóru stôw, *that is no secure place,* 1373. —Comp. un-heóre (-hŷre).

hider, adv., *hither,* 240, 370, 394, 3093, etc.

ofer-higian, w. v. (according to the connection, probably), *to exceed,* 2767. (O.H.G. ubar-hugjan, *to be arrogant.*)

hild, st. f., *battle, combat:* nom. sg., 452, 902, 1482, 2077; hild heoru-grimme, 1848; acc. sg. hilde, 648; instr. sg. hilde, *through combat,* 2917; dat. sg. ät hilde, 1461.

hilde-bil, st. n., *battle-sword:* nom. sg., 1667; instr. dat. sg. hilde-bille, 557, 1521.

hilde-bord, st. n., *battle-shield:* acc. pl. hilde-bord, 397; instr. pl. -bordum, 3140.

hilde-cyst, st. f., *excellence in battle, bravery in battle:* instr. pl. -cystum, 2599.

hilde-deór, adj., *bold in battle, brave in battle:* nom. sg., 312, 835, 1647, 1817; hilde-diór, 3112; nom. pl. hilde-deóre, 3171.

hilde-frcca, w. m., *hero in battle:* nom. pl. hilde-frecan, 2206; dat. sg. hild-frecan, 2367.

hilde-geatwe, st. f. pl., *equipment for battle, adornment for combat:* acc. hilde-geatwe, 675; gen. -geatwa, 2363.

hilde-gicel, st. m., *battle-icicle,* i.e. the blood which hangs upon the sword-blades like icicles: instr. pl. hilde-gicelum, 1607.

hilde-grâp, st. f., *battle-gripe:* nom. sg., 1447, 2508.

hilde-hlemma, w. m., *one raging in battle, warrior, fighter:* nom. sg., 2352, 2545; dat. pl. eft þät ge-eode . . . hilde-hlämmum, *it happened to the warriors* (the Geátas), 2202.

hilde-leóma, w. m., *battle-light, gleam of battle,* hence: 1) the fire-spewing of the drake in the fight: nom. pl. -leóman, 2584. — 2) *the gleaming sword:* acc. sg. -leóman, 1144.

hilde-mecg, st. m., *man of battle, warrior:* nom. pl. hilde-mecgas, 800.

hilde-mêce, st. m., *battle-sword :* nom. pl. -mêceas, 2203.

hilde-rand, st. m., *battle-shield :* acc. pl. -randas, 1243.

hilde-ræs, st. m., *storm of battle :* acc. sg., 300.

hilde-rinc, st. m., *man of battle, warrior, hero :* nom. sg., 1308, 3125, 3137; dat. sg. hilde-rince, 1496; ·gen. sg. hilde-rinces, 987.

hilde-säd, adj., *satiated with battle, not wishing to fight any more :* acc. sg. hilde-sädne, 2724.

hilde-sccorp, st. n., *battle-dress, armor, coat of mail :* acc. sg., 2156.

hilde-setl, st. n., *battle-seat* (saddle): nom. sg., 1040.

hilde-strengo, st. f., *battle-strength, bravery in battle :* acc., 2114.

hilde-swât, st. m., *battle-sweat :* nom. sg. hât hilde-swât (the hot, damp breath of the drake as he rushes on), 2559.

hilde-tux, st. m., *battle-tooth :* instr. pl. hilde-tuxum, 1512.

hilde-wæpen, st. m., *battle-weapon :* instr. pl. -wæpnum, 39.

hilde-wîsa, w. m., *leader in battle, general :* dat. sg. fore Healfdenes hildewîsan, *Healfdene's general* (Hnäf), 1065.

hild-frcca. See **hilde-freca.**

hild-fruma, st. m., *battle-chief :* dat. sg. -fruma, 1679, 2650 ; gen. sg. þäs hild-fruman, 2836.

hild-lata, w. m., *he who is late in battle, coward :* nom. pl. þâ hild-latan, 2847.

hilt, st. n., *sword-hilt :* nom. sg. gylden hilt, 1678; acc. sg. þät hilt, 1669; hylt, 1668. Also used in the plural; acc. þâ hilt, 1615; dat. pl. be hiltum, 1575.—Comp. : fetel-, wreoðen-hilt.

hilte-cumbor, st. n., *banner with a staff :* acc. sg., 1023.

hilted, pret. part., *provided with a hilt* or *handle :* acc. sg. heard swyrd hilted, *sword with a* (rich) *hilt,* 2988.

hin-fûs, adj., *ready to die :* nom. sg. hyge wäs him hinfûs (i.e. he felt that he should not survive), 756.

hindema, adj. superl., *hindmost, last :* instr. sg. hindeman sîðe, *the last time, for the last time,* 2050, 2518.

hirde, hyrde, st. m., (*herd*) *keeper, guardian, possessor :* nom. sg. folces hyrde, 611, 1833, 2982; rîces hyrde, 2028 ; fyrena hyrde, *the guardian of mischief, wicked one,* 751, 2220; wuldres hyrde, *the king of glory, God,* 932; hringa hyrde, *the keeper of the rings,* 2246; cumbles hyrde, *the possessor of the banner, the bearer of the banner,* · 2506 ; folces hyrde, 1850 ; frätwa hyrde, 3134; rîces hyrde, 3081; acc. pl. hûses hyrdas, 1667. — Comp. : grund-hyrde.

hit (O.N. hita), st. f. (?), *heat :* nom. sg. þenden hyt sŷ, 2650.

hladan, st. v.: 1) *to load, to lay.* inf. on bæl hladan leófne mannan, *lay the dear man on the funeral-pile,* 2127; him on bearm hladan bunan and discas, *laid cups and plates upon his bosom, loaded himself with them,* 2776; pret. part. þær wäs wunden gold on wæn hladen, *laid upon the wain,* 3135. — 2) *to load, to burden :* pret. part. þâ wäs . . . sægeáp naca hladen herewædum, *loaded with armor,* 1898. —Comp. gilp-hläden.

ge-hladan, w. acc., *to load, to burden :* pret. sg. sæbât gehlôd (MS. gehleod), 896.

hlâford, st. m., *lord, ruler :* nom. sg., 2376; acc. sg., 267; dat. sg. hlâforde, 2635; gen. sg. hlâfordes, 3181. — Comp. eald-hlâford.

hlâford-leás, adj., *without a lord :* nom. pl. hlâford-leáse, 2936.

hlâw, hlæw, st. m., *hill, grave-hill :* acc. sg. hlæw, 2803, 3159, 3171; dat. sg. for hlâwe, 1121. Also, *grave-chamber* (the interior of the grave-hill), *cave :* acc. sg. hlâw [under] hrusan, 2277; hlæw under hrusan, 2412; dat. sg. on hlæwe, 2774. The drake dwells in the rocky cavern which the former owner of his treasure had chosen as his burial-place, 2242–2271.

hläst, st. n., *burden, load :* dat. sg. hläste, 52.

hlem, st. m., *noise, din of battle, noisy attack :* in the compounds, uht-, wäl-hlem.

hlemma, w. m., *one raging, one who calls ;* see **hilde-hlemma**.

â-hlehhan, st. v., *to laugh aloud, to shout, to exult :* pret. sg. his môd âhlôg, *his mood exulted,* 731.

hleahtor, st. m., *laughter :* nom. sg., 612; acc. sg., 3021.

hleápan, st. v., *to run, to trot, to spring :* inf. hleápan lêton ... fealwe mearas, 865.

â-hleapan, *to spring up :* pret. âhleóp, 1398.

hleoðu. See **hlið.**

hleonian, w. v., *to incline, to hang over :* inf. oð þät he ... fyrgenbeámas ofer hârne stân hleonian funde, *till he found mountain-trees hanging over the gray rocks,* 1416.

hleó, st. m., *shady, protected place ; defence, shelter ;* figurative designation of the king, or of powerful nobles : wîgendra hleó, of Hrôðgâr, 429; of Sigemund, 900; of Beówulf, 1973, 2338; eorla hleó, of Hrôðgâr, 1036, 1867; of Beówulf, 792; of Hygelâc, 2191.

hleó-burh, st. f., *ruler's castle* or *city :* acc. sg., 913, 1732.

hleóðor-cwyde, st. m., *speech of solemn sound, ceremonious words,* 1980.

hleór, st. n., *cheek, jaw :* in comp. fäted-hleór (adj.).

hleór-bera, w. m., *cheek-bearer,* the part of the helmet that reaches down over the cheek and protects it : acc. pl. ofer hleór-beran (*visor?*), 304.

hleór-bolster, st. m., *cheek-bolster, pillow :* nom. sg., 689.

hleótan, st. v. w. acc., *to obtain by lot, to attain, to get :* pret. sg. feorhwunde hleát, 2386.

hlifian, w. v., *to rise, to be prominent :* inf. hlifian, 2806; pret. hlifade, 81, 1800, 1899.

hlið, st. n., *cliff, precipice of a mountain :* dat. sg. on hliðe, 3159; gen. sg. hliðes, 1893; pl. hliðu in composition, stân-hliðu; hleoðu in the compounds fen-, mist-, näs-, wulfhleoðu.

hlin-bed (Frisian hlen-bed, Richthofen 206[28], for which another text has cronk-bed), st. n., κλινίδιον, *bed for reclining, sick-bed :* acc. sg. hlim-bed, 3035.

tô-hlîdan, st. v., *to spring apart, to burst :* pret. part. nom. pl. tô-hlidene, 1000.

hlûd, adj., *loud :* acc. sg. dreám ... hlûdne, 89.

hlyn, st. m., *din, noise, clatter :* nom. sg., 612.

hlynnan, hlynian, w. v., *to sound, to resound :* inf. hlynnan (of the voice), 2554; of fire, *to crackle,* pret. sg. hlynode, 1121.

hlynsian, w. v., *to resound, to crash :* pret. sg. reced hlynsode, 771.

hlytm, st. m., *lot :* dat. sg. näs þâ on hlytme, hwâ þät hord strude, *it did not depend upon lot who should plunder the hoard,* i.e. its possession was decided, 3127.

hnâh, adj.: 1) *low, inferior :* comp. acc. sg. hnâgran, 678; dat. sg. hnâhran rince, *an inferior hero, one less brave,* 953. — 2) *familiarly intimate :* nom. sg. näs hió hnâh swâ þeáh, *was nevertheless not familiarly intimate* (with the Geátas, i.e. preserved her royal dignity towards them), (*niggardly?*), 1930.

hnægan, w. v. w. acc., (for nægan), *to speak to, to greet :* pret. sg. þät he þone wîsan wordum hnægde freán Ingwina, 1319.

ge-hnægan, w. acc., *to bend, to humiliate, to strike down, to fell :* pret. sg. ge-hnægde helle gâst, 1275 ; þær hyne Hetware hilde gehnægdon, 2917.

hnîtan, st. v., *to dash against, to encounter,* here of the collision of hostile bands : pret. pl. þonne hniton (hnitan) fêðan, 1328, 2545.

hoðma, w. m., *place of concealment, cave,* hence, *the grave :* dat. sg. in hoðman, 2459.

hof, st. n., *enclosed space, court-yard, estate, manor-house :* acc. sg. hof (Hrôðgâr's residence), 312; dat. sg. tô hofe sînum (Grendel's home in the sea), 1508; tô hofe (Hygelâc's residence), 1975 ; acc. pl. beorht hofu, 2314; dat. pl. tô hofum Geáta, 1837.

hogode. See **hycgan.**

hold, adj., *inclined to, attached to, gracious, dear, true :* nom. sg. w. dat. of the person, hold weorod

freán Scyldinga, *a band well disposed to the lord of the Scyldings,* 290; mandrihtne hold, 1230; Hygelâce wäs ... nefa swýðe hold, *to H. was his nephew* (Beówulf) *very much attached,* 2171 ; acc. sg. þurh holdne hige, *from a kindly feeling, with honorable mind,* 267; holdne wine, 376; holdne, 1980; gen. pl. holdra, 487.

hold. See **healdan.**

holm, st. m., *deep sea :* nom. sg., 519, 1132, 2139; acc. sg., 48, 633; dat. sg. holme, 543, 1436, 1915 ; acc. pl. holmas, 240. — Comp. wæg-holm.

holm-clif, st. n., *sea-cliff :* dat. sg. on þam holm-clife, 1422; from þäm holmclife, 1636 ; acc. pl. holm-clifu, 230.

holm-wylm, st. m., *the waves of the sea :* dat. sg. holm-wylme, 2412.

holt, st. n., *wood, thicket, forest.* acc. sg. on holt, 2599; holt, 2847. — Comp. : äsc-, fyrgen-, gâr-, Hrefnes-holt.

holt-wudu, st. m., *forest-wood :* 1) of the material : nom. sg., 2341. — 2) = *forest :* acc. sg., 1370.

hord, st. m. and n., *hoard, treasure :* nom. sg., 2284, 3085; beága hord, 2285; mâðma hord, 3012; acc. sg. hord, 913, 2213, 2320, 2510, 2745, 2774, 2956, 3057 ; sâwle hord, 2423; þät hord, 3127; dat. sg. of horde, 1109; for horde, *on account of* (the robbing of) *the hoard,* 2782 ; hæðnum horde, 2217; gen. sg. hordes, 888. — Comp.: beáh-, breóst-, word-, wyrm-hord.

hord-ärn, st. n., *place in which a treasure is kept, treasure-room :* dat. hord-ärne, 2832; gen. pl. hord-ärna, 2280.

hord-burh, st. f., *city in which is*

the treasure (of the king's), ruler's castle : acc. sg., 467.

hord-gestreón, st. n., *hoard-treasure, precious treasure :* dat. pl. hord-gestreónum, 1900; gen. pl. mägen-byrðenne hord-gestreóna, *the great burden of rich treasures,* 3093.

hord-mâððum, st. m., *treasure-jewel, precious jewel :* acc. sg. (-madmum, MS.), 1199.

hord-wela, w. m., *treasure-riches, abundance of treasures :* acc. sg. hord-welan, 2345.

hord-weard, st. m., *warder of the treasure, hoard-warden :* 1) of the king: nom. sg., 1048; acc. sg., 1853. — 2) of the drake : nom. sg., 2294, 2303, 2555, 2594.

hord-weorðung, st. f., *ornament out of the treasure, rich ornament :* acc. sg. -weorðunge, 953.

hord-wyn, st. f., *treasure-joy, joy-giving treasure :* acc. sg. hord-wynne, 2271.

horn, st. m., *horn :* 1) upon an animal : instr. pl. beorot hornum trum, 1370. — 2) wind-instrument : nom. sg., 1424; acc. sg., 2944. — Comp. gûð-horn.

horn-boga, w. m., *bow made of horn :* dat. sg. of horn-bogan, 2438.

horn-geáp, adj., of great extent between the (stag-)horns adorning the gables(?) : nom. sg. sele ... heáh and horn-geáp, 82.

horn-reced, st. n., building whose two gables are crowned by the halves of a stag's antler(?) : acc. sg., 705. Cf. Heyne's Treatise on the Hall, Heorot, p. 44.

hors, st. n., *horse :* nom. sg., 1400.

hôciht, adj., *provided with hooks, hooked :* in comp. heoro-hôciht.

be-hôfian, w. v. w. gen., *to need, to want :* pres. sg. III. nu is se däg cumen þät ûre man-dryhten mägenes behôfað gôdra gûðrinca, *now is the day come when our lord needs the might of strong warriors,* 2648.

on-hôhsnian, w. v., *to hinder :* pret. sg. þät onhôhsnode Heminges mæg (on hohsnod, MS.), 1945.

hôlinga, adv., *in vain, without reason,* 1077.

be-hôn, st. v., *to hang with :* pret. part. helmum behongen, 3140.

hôp, st. n., *protected place, place of refuge, place of concealment,* in the compounds fen-, môr-hôp.

hôs (Goth. hansa), st. f., *accompanying troop, escort :* instr. sg. mägða hôse, *with an accompanying train of servingwomen,* 925.

hraðe, adv., *hastily, quickly, immediately,* 224, 741, 749, 1391, etc.; hräðe, 1438; hreðe, 992; compar. hraðor, 543.

hran-fix, st. m., *whale :* acc. pl. hron-fixas, 540.

hran-râd, st. f., *whale-road,* i.e. sea : dat. sg. ofer hron-râde, 10.

hrâ, st. n., *corpse :* nom. sg., 1589.

hrâ-fyl, st. m., *fall of corpses, killing, slaughter :* acc. sg., 277.

hrädlîce, adv., *hastily, immediately,* 356, 964.

hräfn, hrefn, st. m., *raven :* nom. sg. hrefn blaca, *black raven,* 1802; se wonna hrefn, *the dark raven,* 3025; dat. sg. hrefne, 2449.

hrägl, st. n., *dress, garment, armor :* nom. sg., 1196 ; gen. sg., hrägles, 1218; gen. pl. hrägla, 454. — Comp.: beado-, fyrd-, mere-hrägl.

hreðe. See **hraðe**.

hreðer, st. m., *breast, bosom :* nom. sg. hreðer inne weóll (*it surged in* *his breast*), 2114; hreðer æðme weóll, 2594; dat. sg. in hreðre, 1152; of hreðre, 2820.—*Breast* as the seat of feeling, *heart:* dat. sg. þät wäs ... hreðre hygemêðe, *that was depressing to the heart* (of the slayer, Hæðcyn), 2443; on hreðre, 1879, 2329; gen. pl. þurh hreðra gehygd, 2046.—*Breast* as seat of life: instr. sg. hreðre, parallel with aldre, 1447.

hreðer-bealo, st. n., *evil that takes hold on the heart, evil severely felt:* acc. sg., 1344.

hrcfn. See hräfn.

hrêð, st. f., *glory;* in composition, gûð-hrêð ; *renown, assurance of victory*, in sige-hrêð.

hrêðe, adj., *renowned in battle:* nom. sg. hrêð (on account of the following ät, final *e* is elided, as wên ic for wêne ic, 442; frôfor and fultum for frôfre and fultum, 699; firen ondrysne for firene ondr., 1933), 2576.

hrêð-sigor, st. m., *glorious victory:* dat. sg. hrêð-sigora, 2584.

hrêmig, adj., *boasting, exulting:* with instr. and gen. hûðe hrêmig, 124; since hrêmig, 1883; frätwum hrêmig, 2055 ; nom. pl. nealles Hetware hrêmge þorfton (sc. wesan) fêðe-wîges, 2365.

on-hrêran, w. v., *to excite, to stir up:* pret. part. on-hrêred, 549, 2555.

hreâ-wîc, st. n., *place of corpses:* acc. sg. Geáta leóde hreâ-wîc heóldon, *held the place of corpses*, 1215.

hreád, st. f., *ornament*(?), in comp. earm-hreád. See hreóðan.

hreám, st. m., *noise, alarm:* nom. sg., 1303.

hreóða, w. m., *cover*, in the compound bord-hreóða.

hreóðan, ge-hreóðan, st. v., *to cover, to clothe;* only in the pret. part. hroden, gehroden, *dressed, adorned:* hroden, 495, 1023; þâ wäs heal hroden feónda feorum, *then was the hall covered with the corpses of the enemy*, 1152; gehroden golde, *adorned with gold*, 304.—Comp.: beág-, gold-hroden.

hreóh, hreów, hreó, adj., *excited, stormy, wild, angry, raging; sad, troubled:* nom. sg. (Beówulf) hreóh and heoro-grim, 1565; þät þam gôdan wäs hreów on hreðre, (*that came with violence upon him, pained his heart*), 2329; hreó wæron ŷða, *the waves were angry, the sea stormy*, 548; näs him hreóh sefa, *his mind was not cruel*, 2181; dat. sg. on hreón môde, *of sad heart*, 1308; on hreóum môde, *angry at heart*, 2582.

hreóh-môd, adj., *of sad heart*, 2133; *angry at heart*, 2297.

hreósan, st. v., *to fall, to sink, to rush:* pret. hreás, 2489, 2832; pret. pl. hruron, 1075; hie on weg hruron, *they rushed away*, 1431; hruron him teáras, *tears burst from him*, 1873.

be-hreósan, *to fall from, to be divested of:* pret. part. acc. pl. fyrnmanna fatu ... hyrstum behrorene, *divested of ornaments* (from which the ornaments had fallen away), 2760.

hreów, st. f., *distress, sorrow:* gen. pl. þât wäs Hrôðgâre hreówa tornost, *that was to Hrôðgár the bitterest of his sorrows*, 2130.

hring, st. m.: 1) *ring:* acc. sg. þone hring, 1203; hring gyldenne, 2810; acc. pl. hringas, 1196, 1971, 3035; gen. pl. hringa, 1508, 2246.—2) *shirt of mail* (of interlaced rings) : nom.

sg. hring, 1504; byrnan hring, 2261. — Comp. bân-hring.

hringan, w. v., *to give forth a sound, to ring, to rattle :* pret. pl. byrnan hringdon, 327.

hring-boga, w. m., *one who bends himself into a ring :* gen. sg. hring-bogan (of the drake, bending himself into a circle), 2562.

hringed, pret. part., *made of rings :* nom. sg. hringed byrne, 1246; acc. sg. hringde byrnan, 2616.

hringed-stefna, w. m., *ship whose stem is provided with iron rings* (cramp-irons), especially of sea-going ships (cf. Friꝺ-þiofs saga, 1 : þorsteinn âtti skip þat er Ellidi hêt, ... borꝺit war spengt iarni) : nom. sg., 32, 1898; acc. sg. hringed-stefnan, 1132.

hring-îren, st. n., *ring-iron, ring-mail :* nom. sg., 322.

hring-mæl, adj., *marked with rings,* i.e. ornamented with rings, or marked with characters of ring-form : nom. acc. sg., of the sword, 1522, 1562(?); nom. pl. heard and hring-mæl Heaꝺobeardna ge-streón (*rich armor*), 2038.

hring-naca, w. m., *ship with iron rings, sea-going ship :* nom. sg., 1863.

hring-net, st. n., *ring-net,* i.e. a shirt of interlaced rings : acc. sg., 2755; acc. pl. hring-net, 1890.

hring-sele, st. m., *ring-hall,* i.e. hall in which are rings, or in which rings are bestowed : acc. sg., 2841; dat. sg., 2011, 3054.

hring-weorꝺung, st. f., *ring-ornament :* acc. sg. -weorꝺunge, 3018.

hrînan, st. v. w. dat. : 1) *to touch, lay hold of :* inf. þät him heardra nân hrînan wolde îren ærgôd (*that*

no good sword of valiant men would make an impression on him), 989; him for hrôf-sele hrînan ne mehte færgripe flôdes (*the sudden grip of the flood might not touch him owing to the hall-roof*), 1516; þät þam hring-sele hrînan ne môste gumena ænig (*so that none might touch the ringed-hall*), 3054; pret. sg. siꝺꝺan he hire folmum [hr]ân (*as soon as he touched it with his hands*), 723; ôꝺ þät deáꝺes wylm hrân ät heortan (*seized his heart*), 2271. Pret. subj. þeáh þe him wund hrîne (*although he was wounded*), 2977. — 2) (O.N. hrína, *sonare, clamare*), *to resound, rustle :* pres. part. nom. pl. hrinde bearwas (for hrînende) 1364; but see Note.

hroden. See **hreôꝺan.**

hron-fix. See **hran-fix.**

hrôꝺor, st. m., *joy, beneficium :* dat. sg. hrefne tô hrôꝺre, 2449; gen. pl. hrôꝺra, 2172.

hrôf, st. m., *roof, ceiling of a house.* nom. sg., 1000; acc. sg. under Heorotes hrôf, 403; under geápne hrôf, 838; geseáh steápne hrôf (here *inner roof, ceiling*), 927; so, ofer heáhne hrôf, 984; ymb þäs helmes hrôf, 1031; under beorges hrôf, 2756. — Comp. inwit-hrôf.

hrôf-sele, st. m., *covered hall :* dat. sg. hrôf-sele, 1516.

hrôr, adj., *stirring, wide-awake, valorous :* dat. sg. of þäm hrôran, 1630. — Comp. fela-hrôr.

hruron. See **hreôsan.**

hruse, w. f., *earth, soil :* nom. sg., 2248, 2559; acc. sg. on hrusan, 773, 2832; dat. sg. under hrusan, 2412.

hrycg, st. m., *back :* acc. sg. ofer

wäteres hrycg (*over the water's back, surface*), 471.

hryre, st. m., *fall, destruction, ruin:* acc. sg., 3181; dat. sg., 1681, 3006. — Comp.: leód-, wîg-hryre.

hrysian, w. v., *to shake, be shaken, clatter:* pret. pl. syrcan hrysedon (*corselets rattled*, of men in motion), 226.

hund, st. m., *dog:* instr. pl. hundum, 1369.

hund, num., *hundred:* þreó hund, 2279; w. gen. pl. hund missera, 1499; hund þûsenda landes and locenra beága, 2995.

hû, adv., *how, quomodo,* 3, 116, 279, 738, 845, 2319, 2520, 2719, etc.

hûð, st. f., *booty, plunder:* dat. (instr.) sg. hûðe, 124.

hûru, adv., *above all, certainly,* 369; *indeed, truly,* 182, 670, 1072, 1466, 1945, 2837; *yet, nevertheless,* 863; *now,* 3121.

hûs, st. n., *house:* gen. sg. hûses, 116; gen. pl. hûsa sêlest (Heorot), 146, 285, 659, 936.

hwan, adv., *whither:* tô hwan syððan wearð hondræs häleða (*what issue the hand-to-hand fight of the heroes had*), 2072.

hwanan, hwanon, adv., *whence:* hwanan, 257, 2404; hwanon, 333.

hwâ, interrog. and indef. pron.,*who:* nom. sg. m. hwâ, 52, 2253, 3127; neut. hwät, 173; ânes hwät (*a part only*), 3011; hwät þâ men wæron (*who the men were*), 233, etc.; hwät syndon ge searo-häbbendra (*what armed men are ye?*), 237; acc. sg. m. wið manna hwone (*from*(?) *any man*), 155; neut. þurh hwät, 3069; hwät wit geó spræcon, 1477; hwät ... hŷnðo (gen.), fær-nîða (*what shame and sudden woes*), 474; so, hwät þu worn fela (*how very much*

thou), 530; swylces hwät, 881; hwät ... ârna, 1187; dat. m. hwâm, 1697. — Comp. æg-hwâ.

hwät, interj., *what! lo! indeed!* 1, 943, 2249.

ge-hwâ, w. part. gen., *each, each one:* acc. sg. m. wið feónda gehwone, 294; nîða gehwane, 2398; mêca gehwane, 2686; gum-cynnes gehwone, 2766; fem. on healfa gehwone, 801; dat. sg. m. dôgora gehwâm, 88; ät nîða gehwâm, 883; þegna gehwâm, 2034; eorla gehwæm, 1421; fem. in mægða gehwære, 25; nihta gehwæm, 1366; gen. sing. m. manna gehwäs, 2528; fem. dæda gehwäs, 2839.

hwâr. See **hwær.**

hwäder. See **hwider.**

hwäðer, pron., *which of two:* nom. sg. hwäðer ... uncer twega, 2531; swâ hwäðer, *utercunque:* acc. sg. on swâ hwäðere hond swâ him gemet þince, 687. — Comp. æg-hwäðer.

ge-hwäðer, *each of two, either-other:* nom. sg. m. wäs gehwäðer ôðrum lifigende lâð, 815; wäs ... gehwäðer ôðrum hrôðra gemyndig, 2172; ne gehwäðer incer (*nor either of you two*), 584; nom. sg. neut. gehwäðer þâra (*either of them,* i.e. ready for war or peace), 1249; dat. sg. hiora gehwäðrum, 2995; gen. sg. bega gehwäðres, 1044.

hwäðer, hwäðere, hwäðre, 1) adv., *yet, nevertheless:* hwäðre, 555, 891, 1271, 2099, 2299, 2378, etc.; hwäðre swâ þeáh, *however, notwithstanding,* 2443; hwäðere, 574, 578, 971, 1719. — 2) conj., = *utrum, whether:* hwäðre, 1315; hwäðer, 1357, 2786.

hwät, adj., *sharp, bold, valiant:*

nom. sg. se secg hwata, 3029; dat.
sg. hwatum, 2162; nom. pl. hwate,
1602, 2053; acc. pl. hwate, 2643,
3006. — Comp.: fyrd-, gold-hwät.

hwät. See **hwâ.**

hwær, adv., *where :* elles hwær,
elsewhere, 138; hwær, *somewhere,*
2030. In elliptical question: wun-
dur hwâr þonne ..., *is it a wonder
when ...?* 3063. — Comp. ô-hwær.

ge-hwær, *everywhere :* þeáh þu
heaðo-ræsa gehwær dohte (*every-
where good in battle*), 526.

hwelc. See **hwylc.**

hwergen, adv., *anywhere :* elles
hwergen, *elsewhere,* 2591.

hwettan, w. v., *to encourage, urge :*
pres. subj. swâ þin sefa hwette (*as
thy mind urges, as thou likest*),
490; pret. pl. hwetton higerôfne
(*they whetted the brave one*), 204.

hwêne, adv., *a little, paululum,* 2700.

hwealf, st. f., *vault :* acc. sg. under
heofones hwealf, 576, 2016.

hweorfan, st. v., *to stride deliber-
ately, turn, depart, move, die :*
pres. pl. þâra þe cwice hwyrfað,
98; inf. hwîlum he on lufan læ-
teð hworfan monnes môd-geþonc
(*sometimes on love* (?) *posses-
sions* (?) *permits the thoughts of
man to turn*), 1729; londrihtes
môt . . . monna æghwylc îdel
hweorfan (*of rights of land each
one of men must be deprived*),
2889; pret. sg. fäder ellor hwearf
. . . of earde (*died*), 55; hwearf
þâ hrädlíce þær Hrôðgâr sät, 356;
hwearf þâ bî bence (*turned then to
the bench*), 1189; so, hwearf þâ be
wealle, 1574; hwearf geond þät
reced, 1982; hlæw oft ymbe hwearf
(*went oft round the cave*), 2297;
nalles äfter lyfte lâcende hwearf
(*not at all through the air did he

go springing), 2833; subj. pret. sg.
ær he on weg hwurfe . . . of gear-
dum (*died*), 264.

and-hweorfan, *to move against :*
pret. sg. ðð þät . . . norðan wind
heaðo-grim and-hwearf (*till the
fierce north wind blew in our
faces*), 548.

ät-hweorfan, *to go to :* pret. sg.
hwílum he on beorh ät-hwearf (*at
times returned to the mountain*),
2300.

ge-hweorfan, *to go, come :* pret.
sg. gehwearf þâ in Francna fäðm
feorh cyninges, 1211; hit on æht
gehwearf . . . Denigea freán, 1680;
so, 1685, 2209.

geond-hweorfan, *to go through
from end to end :* pres. sg. flet
eall geond-hwearf, 2018.

hwider, adv., *whither :* hwyder, 163;
hwäder (hwäðer, MS.), 1332.

hwîl, st. f., *time, space of time :* nom.
sg. wäs seo hwîl micel (*it was a
long time*), 146; þâ wäs hwîl däges
(*the space of a day*), 1496; acc. sg.
hwíle, *for a time,* 2138; *a while,*
105, 152; lange (longe) hwîle, *a
long while,* 16, 2781; âne hwîle,
a while, 1763; lytle hwîle, *brief
space,* 2031, 2098; ænige hwîle,
any while, 2549; lässan hwîle, *a
lesser while,* 2572; dat. sg. ær dä-
ges hwîle, *before daybreak,* 2321;
dat. pl. nihtes hwîlum, *sometimes
at night,* 3045. Adv., *sometimes,
often :* hwîlum, 175, 496, 917, 1729,
1829, 2017, 2112, etc.; hwîlum ...
hwîlum, 2108-9-10.—Comp.: däg-,
gescäp-, orleg-, sige-hwîl.

hwît, adj., *brilliant, flashing :* nom.
sg. se hwîta helm, 1449.

hworfan. See **hweorfan.**

hwôpan, st. v., *to cry, cry out,
mourn :* pret. sg. hweóp, 2269.

hwyder. See **hwider.**

hwylc, pron., *which, what, any :* 1)
adj.: nom. sg. m. sceaða ic nât
hwylc, 274; fem. hwylc orleghwîl,
2003; nom. pl. hwylce Sægeáta
sîðas wæron, 1987.— 2) subst., w.
gen. pl. nom. m.: Frisna hwylc,
1105; fem. efne swâ hwylc mägða
swâ þone magan cende (*whatever
woman brought forth this son*), 944;
neut. þonne his bearna hwylc
(*than any one of his sons*), 2434;
dat. sg. efne swâ hwylcum manna
swâ him gemet þûhte, 3058.—
Comp.: æg-, nât-, wel-hwylc.

ge-hwylc, ge-hwilc, ge-hwelc,
w. gen. pl., *each :* nom. sg. m. ge-
hwylc, 986, 1167, 1674; acc. sg. m.
gehwylcne, 937, 2251, 2517; ge-
hwelcne, 148; fem. gehwylce,
1706; neut. gehwylc, 2609; instr.
sg. dôgra gehwylce, 1091; so, 2058,
2451; dat. sg. m. gehwylcum, 412,
769, 785, etc.; fem. ecga gehwyl-
cre, 806; neut. cynna gehwylcum,
98; gen. sg. m. and neut. gehwyl-
ces, 733, 1397, 2095.

hwyrft, st. m., *circling movement,
turn:* dat. pl. adv. hwyrftum scrîðað
(*wander to and fro*), 163.—Comp.
ed-hwyrft.

hycgan, w. v., *to think, resolve upon :*
pret. sg. ic þät hogode þät . . . (*my
intention was that . . .*), 633.—
Comp. w. pres. part.: bealo-, heard-,
swîð-, þanc-, wîs-hycgend.

for-hycgan, *to despise, scorn, reject
with contempt :* pres. sg. I. ic þät
þonne for-hicge þät . . ., *reject with
scorn the proposition that . . .*, 435.

ge-hycgan, *to think, determine
upon :* pret. sg. þâ þu . . . feorr ge-
hogodest sæcce sêcean, 1989.

ofer-hycgan, *to scorn :* pret. sg.
ofer-hogode þâ hringa fengel þät he

þone wîdflogan weorode gesôhte
(*scorned to seek the wide-flier with
a host*), 2346.

hydig (for **hygdig**), adj., *thinking,
of a certain mind:* comp. ân-,
bealo-, grom-, nîð-, þrîst-hydig.

ge-**hygd**, st. n., *thought, sentiment:*
acc. sg. þurh hreðra gehygd, 2046.
—Comp.: breóst-, môd-gehygd,
won-hyd.

hyge, hige, st. m., *mind, heart,
thought:* nom. sg. hyge, 756; hige,
594; acc. sg. þurh holdne hige,
267; gen. sg. higes, 2046; dat. pl.
higum, 3149.

hyge-bend, st. m. f., *mind-fetter,
heart-band:* instr. pl. hyge-bendum
fäst, *fast in his mind's fetters,
secretly*, 1879.

hyge-geômor, adj., *sad in mind:*
nom. sg. hyge-giômor, 2409.

hyge-mêðe, adj.: 1) *sorrowful,
soul-crushing:* nom. sg., 2443.—
2) *life-weary, dead :* dat. pl. hyge-
mêðum (-mæðum, MS.), 2910.

hyge-rôf, adj., *brave, valiant, vig-
orous-minded:* nom. sg. [hygerôf],
403; acc. sg. hige-rôfne, 204.

hyge-sorh, st. f., *heart-sorrow:* gen.
pl. -sorga, 2329.

hyge-þyhtig, adj., *doughty, courage-
ous:* acc. sg. hige-þihtigne (of
Beówulf), 747. See **þyhtig.**

hyge-þrym, st. m., *animi majestas,
high-mindedness :* dat. pl. for hige-
þrymmum, 339.

hyht, st. m., *thought, pleasant thought,
hope* (Dietrich) : nom. sg., 179.

ge-**hyld** (see **healdan**), st. n., *sup-
port, protection :* nom. sg., 3057.
— Leo.

hyldan, w. v., *to incline one's self,
lie down to sleep :* pret. sg. hylde
hine, *inclined himself, lay down*,
689.

hyldo, st. f., *inclination, friendliness, grace :* acc. sg. hyldo, 2068, 2294; gen. sg. hyldo, 671, 2999.

â-hyrdan, w. v., *harden :* pret. part. â-hyrded, 1461.

hyrde. See **hirde.**

hyrst, st. f., *accoutrements, ornament, armor :* acc. sg. hyrste (Ongenþeów's *equipments and arms*), 2989; acc. pl. hyrsta, 3166; instr. pl. hyrstum, 2763.

hyrstan, w. v., *to deck, adorn :* pret. part. hyrsted sweord, 673; helm [hyr]sted golde, 2256.

hyrtan, w. v., *to take heart, be emboldened :* pret. sg. hyrte hyne hordweard (*the drake took heart;* see 2566, 2568, 2570), 2594.

hyse, st. m., *youth, young man :* nom. sg. as voc., 1218.

hyt. See **hit.**

hȳdan, w. v., *to hide, conceal, protect, preserve :* pres. subj. hȳde [hine, *himself*] se þe wylle, 2767; inf. w. acc. nô þu mînne þearft hafalan hȳdan, 446; ær he in wille hafelan [hȳdan] (*ere in it he* [the stag] *will hide his head*), 1373.

ge-hȳdan, w. acc., *to conceal, preserve :* pret. sg. gehȳdde, 2236, 3060.

hȳð, st. f., *haven :* dat. sg. ät hȳðe, 32.

hȳð-weard, st. m., *haven-warden :* nom. sg., 1915.

hȳnan (see **heán**), w. v. w. acc., *to crush, afflict, injure :* pret. sg. hȳnde, 2320.

hȳnðu, st. f., *oppression, affliction, injury :* acc. sg. hȳnðu, 277; gen. sg. hwät . . . hȳnðo, 475; fela . . . hȳnðo, 594; gen. pl. heardra hȳnða, 166.

hȳran, w. v.: 1) *to hear, perceive, learn :* a) w. inf. or acc. with inf. :

I. pret. sg. hȳrde ic, 38, 582, 1347, 1843, 2024; III. sg. þät he fram Sigemunde secgan hȳrde, 876; I. pl. swâ we sôðlîce secgan hȳrdon, 273. b) w. acc.: nænigne ic . . . sêlran hȳrde hordmâððum (*I heard of no better hoard-jewel*), 1198. c) w. dependent clause : I. sg. pret. hȳrde ic þät . . ., 62, 2164, 2173.— 2) w. dat. of person, *to obey :* inf. ôð þät him æghwilc þâra ymbsittendra hȳran scolde, 10; hȳran heaðosiôcum, 2755; pret. pl. þät him winemâgas georne hȳrdon, 66.

ge-hȳran, *to hear, learn :* a) w. acc.: II. pers. sg. pres. mînne gehȳrað ânfealdne geþôht, 255; III. sg. pret. gehȳrde on Beówulfe fästrædne geþôht, 610. b) w. acc. and inf.: III. pl. pret. gehȳrdon, 786. c) w. depend. clause : I. pres. sg. ic þät gehȳre þät . . ., 290.

I

ic, pers. pron. *I :* acc. mec, dat. me, gen. mîn; dual nom. wit, acc. uncit, unc, dat. unc, gen. uncer; pl. nom. we, acc. ûsic, ûs, dat. ûs, gen. ûser. ic omitted before the verb, 470.

icge, *gold* (perhaps related to Sanskrit îç, = dominare, imperare, O.H.G. êht, *wealth,* opes), *treasure?, sword* (edge)?, 1108.—KÖRNER.

ides, st. f., *woman, lady, queen :* nom. sg., 621, 1076, 1118, 1169; dat. sg. idese, 1650, 1942. Also of Grendel's mother : ncm. sg., 1260; gen. sg. idese, 1352.

in. See **inn.**

in : I. prep. w. dat. and acc.: 1) w. dat. (local, indicating rest), *in :* in geardum, 13, 2460; in þäm gûðsele, 443; in beórsele, 2636; so, 89, 482, 589, 696, 729, 2140, 2233,

etc.; in magða gehwære, 25 ; in
þýstrum, 87; in Caines cynne, 107;
in hyra gryregeatwum (*in their ac-
coutrements of terror, war-weeds*),
324; so, 395; in campe (*in battle*),
2506 ; hiora in ânum (*in one of
them*), 2600. Prep. postpositive :
Scedelandum in, 19. Also, *on,
upon,* like on : in ealo-bence,
1030; in gumstôle, 1953; in þam
wongstede (*on the grassy plain,
the battle-field*), 2787; in bælstede,
3098. Temporal: in geâr-dagum,
1. — 2) w. acc. (local, indicating
motion), *in, into :* in woruld, 60; in
fŷres fäðm, 185 ; so, 1211 ; in
Hrefnesholt, 2936. Temporal, *in,
at, about, toward :* in þâ tîde (in
watide, MS.), 2228.

  II. adv., *in* (here or there), 386,
1038, 1372, 1503, 1645, 2153, 2191,
2228; inn, 3091.

Incge, adj. (perhaps related to icge),
instr. sg. incge lâfe (*with the costly
sword ?* or *with mighty sword ?*),
2578. — [*Edge :* incge lâfe, *edge
of the sword.* — K. Körner?]

In-frôd, adj., *very aged :* nom. sg.,
2450; dat. sg. in-frôdum, 1875.

In-gang, st. m., *entrance, access to :*
acc. sg., 1550.

In-genga, w. m., *in-goer, visitor :*
nom. sg., of Grendel, 1777.

In-gesteald, st. m., *house-property,
possessions in the house :* acc. sg.,
1156.

Inn, st. n., *apartment, house :* nom.
sg. in, 1301.

Innan, adv., *within, inside,* 775,
1018, 2413, 2720; on innan (*in
the interior*), *within*, 1741, 2716;
þær on innan (*in there*), 71; bur-
gum on innan (*within his city*),
1969. Also, *therein :* þær on in-
nan, 2090, 2215, 2245.

innan-weard, adv., *inwards, in-
side, within,* 992, 1977 ; inne-
weard, 999.

inne, adv.: 1) *inside, within,* 643,
1282, 1571, 2114, 3060; word inne
abeád (*called, sent word, in,* i.e.
standing in the hall door), 390;
in it (i.e. the battle), 1142 ; þær
inne (*therein*), 118, 1618, 2116,
2227, 3088. — 2) = *insuper, still
further, besides,* 1867.

inwit, st. n., *evil, mischief, spite,
cunning hostility,* as in

inwit-feng, st. m., *malicious grasp,
grasp of a cunning foe :* nom. sg.,
1448.

inwit-gäst, st. m., *evil guest, hostile
stranger :* nom. sg., 2671.

inwit-hrôf, st. m., *hostile roof, hid-
ing-place of a cunning foe:* acc. sg.
under inwit-hrôf, 3124.

inwit-net, st. n., *mischief-net, cun-
ning snare :* acc. sg., 2168.

inwit-nîð, st. n., *cunning hostility,
hostile contest :* nom. pl. inwit-
nîðas (*hostility through secret at-
tack*), 1859; gen. pl. inwit-nîða,
1948.

inwit-scear, st. m., *massacre through
cunning, murderous attack :* acc.
sg. eatolne inwit-scear, 2479.

inwit-searo, st. n., *cunning, artful
intrigue :* acc. sg. þurh inwit-searo,
1102. See **searo.**

inwit-sorh, st. f., *grief, remorse,
mourning springing from hostile
cunning :* nom. sg., 1737; acc. sg.
inwid-sorge, 832.

inwit-þanc, adj., *ill-disposed, mali-
cious :* dat. sg. he onfêng hraðe
inwit-þancum (*he quickly grasped
the cunning-in-mind* [Grendel]),
749.

irnan (for **rinnan**), st. v., *to run :* so
be-irnan, *to run up to, occur :* pret

sg him on môd be-arn (*came into his mind*), 67.

on-irnan, *to open:* pret. sg. duru sôna onarn, 722.

Irre-môd, adj. See **yrre-môd**.

Î

îdel, adj., *empty, bare ; deprived of:* nom. sg., 145, 413; w. gen. lond-rihtes þære mægburge îdel (*deprived of his land-possessions among the people* [of the Geátas]), 2889.

îdel-hende, adj., *empty - handed,* 2082.

îren, st. n., *iron, sword:* nom. sg. drihtlîc îren (*the doughty, lordly sword*), 893; îren ær-gôd, 990; acc. sg. leóflîc îren, 1810; gen. pl. îrena cyst (*choicest of swords*), 674; îrenna cyst, 803; îrenna ecge (*edges of swords*), 2684.

îren, adj., *of iron:* nom. sg. ecg wäs îren, 1460.

îren-bend, st. f., *iron band, bond, rivet:* instr. pl. îren-bendum fäst (bold), 775, 999.

îren-byrne, w. f., *iron corselet:* acc. sg. îren-byrnan, 2987. See **îsern-byrne**.

îren-heard, adj., *hard as iron:* nom. sg., 1113.

îrenne, adj., *of iron:* in comp. eall-îrenne.

îren-þreát, st. m., *iron troop, armored band:* nom. sg., 330.

îs, st. n., *ice:* dat. sg. îse, 1609.

îsern-byrne, w. f., *iron corselet:* acc. sg. îsern-byrnan, 672. See **îren-byrne**.

îsern-scûr, st. f., *iron shower, shower of arrows:* gen. sg. þone þe oft gebâd îsern-scûre, 3117.

îs-gebind, st. n., *fetters of ice:* instr. sg. îs-gebinde, 1134.

îsig, adj., *shining, brilliant* (like brass) : nom. sg. îsig (said of a vessel covered with plates(?) of metal), 33. — Leo.

IO IU

iú. See **geó**.

iú-man. See **geó-man**.

ió-meówle. See **geó-meówle**.

L

laðu, st. f., *invitation.* — Comp.: freónd-, neód-laðu.

ge-lafian, w. v. w. acc. pers. and instr. of the thing, *to refresh, lave:* pret. sg. wine-dryhten his wätere gelafede, 2723.

lagu, st. m., *lake, sea:* nom. sg., 1631.

lagu-cräftig, adj., *acquainted with the sea:* nom. sg. lagu-cräftig mon (*pilot*), 209.

lagu-stræt, st. f., *path over the sea :* acc. sg. ofer lagu-stræte, 239.

lagu-streám, st. m., *sea-current, flood:* acc. pl. ofer lagu-streámas, 297.

land, st. n., *land:* nom. sg. lond, 2198; acc. sg. land, 221, 2063; lond, 2472, 2493; land Dena, 242, 253; lond Brondinga, 521; Finna land, 580; dat. sg. on lande (*in the land*), 2311, 2837; *at, near, land, shore,* 1914; tô lande (*to the land, ashore*), 1624; gen. sg. landes, 2996; gen. pl. ofer landa fela (*over much country, space; afar*), 311. — Comp.: el-, eá-land.

land-bûend, part. pres., terricola, *inhabitant of the land:* nom. pl. lond-bûend, 1346; dat. pl. land-bûendum, 95.

land-fruma, w. m., *ruler, prince of the country:* nom. sg., 31.

land-gemyrcu, st. n. pl., *frontier, land-mark:* acc. pl., 209.

land-geweorc, st. n., *land-work, fortified place:* acc. sg. leóda land-geweorc, 939. See **weorc, ge-weorc.**

land-riht, st. n., *prerogatives based upon land-possessions, right to possess land,* hence *real estate* itself: gen. sg. lond-rihtes îdel, 2887.

land-waru, st. f., *inhabitants, population:* acc. pl. land-wara, 2322.

land-weard, st. m., *guard, guardian of the frontier:* nom. sg., 1891.

lang, long, adj., *long:* 1) temporal: nom. sg. tô lang, 2094; näs þâ long (lang) tô þon (*not long after*), ⁎2592, 2846; acc. sg. lange hwîle (*for a long time*), 16, 2160, 2781; longe (lange) þrage, 54, 114, 1258; lange tîd, 1916. Compar. nom. sg. lengra fyrst, 134. — 2) local, nom. sg. se wäs fîftiges fôtge-mearces lang, 3044.—Comp.: and-, morgen-, niht-, up-lang.

lange, longe, adv., *long:* lange, 31, 1995, 2131, 2345, 2424; longe, 1062, 2752, 3109; tô lange (*too long, excessively long*), 906, 1337, 1749. Compar. leng, 451, 1855, 2802, 3065; nô þŷ leng (*none the longer*), 975. Superl. lengest (*longest*), 2009, 2239.

ge-lang, adj., *extending, reaching to something* or *somebody,* hence *ready, prepared:* nû is ræd gelang eft ät þe ânum (*now is help [counsel] at hand in thee alone*), 1377; gen is eall ät þe lissa gelong (*all of favor is still on thee dependent, is thine*), 2151. See **ge-lenge.**

lang-ge-streón, st. n., *long-lasting treasure:* gen. pl. long-gestreóna, 2241. — Leo.

langian, w. v., reflex. w. dat., *to long, yearn:* pres. sg. III. him . . . äfter deórum men dyrne langaþ beorn (*the hero longeth secretly after the dear man*), 1880.

lang-sum, adj., *long-lasting, continuing:* nom. sg. longsum, 134, 192, 1723 ; acc. sg. long-sumne, 1537.

lang-twidig, adj., *long-granted, assured:* nom. sg., 1709.

lata, w. m., *a lazy, cowardly one;* in comp. hild-lata.

lâ, interj., *yes! indeed!* 1701, 2865.

lâc, st. n.: 1) *measured movement, play:* in comp. beadu-, heaþo-lâc. — 2) *gift, offering:* acc. pl. lâc, 1864 ; lâþlicu lâc (*loathly offering, prey*), 1585; dat. pl. lâcum, 43, 1869. — Comp. sæ-lâc.

ge-lâc, st. n., *sport, play:* acc. pl. sweorda gelâc (*battle*), 1041; dat. pl. ät ecga gelâcum, 1169.

lâcan, st. v., *to move in measured time, dancing, playing, fighting, flying,* etc.: inf. dareþum lâcan (*fight*), 2849; part. pres. äfter lyfte lâcende (*flying through the air*), 2833.

for-lâcan, *to deceive, betray:* part. pret. he wearþ on feónda geweald forþ forlâcen (*deceitfully betrayed into the enemy's hands*), 904.

lâd, st. f., *street, way, journey:* dat. sg. on lâde, 1988; gen. sg. lâde, 569. — Comp.: brim-, sæ-lâd.

ge-lâd, st. n., *way, path, road:* acc. sg. uncûþ gelâd, 1411.

lâþ, adj., *loathly, evil, hateful, hostile:* nom. sg. lâþ, 816; lâþ lyft-floga, 2316; lâþ (*enemy*), 440; ne leóf ne lâþ, 511; neut. lâþ, 134, 192; in weak form, se lâþa (of the dragon), 2306 ; acc. sg. lâþne (wyrm), 3041 ; dat. sg. lâþum,

440, 1258; gen. sg. lâðes (of the enemy), 842; fela lâðes (*much evil*), 930; so, 1062; lâðan liges, 83; lâðan cynnes, 2009, 2355; þäs lâðan (of the enemy), 132; acc. pl. neut. lâð gewiðru (*hateful storms*), 1376; dat. instr. pl. wið lâðum, 550; lâðum scuccum and scynnum, 939; lâðum dædum (*with evil deeds*), 2468; lâðan fingrum, 1506; gen. pl. lâðra manna, spella, 2673, 3030; lâðra (*the enemy*), 242. Compar. nom. sg. lâðra ... beorn, 2433.

lâð-bite, st. m., *hostile bite:* dat. sg. lâð-bite lices (*the body's hostile bite* = the wound), 1123.

lâð-geteóna, w. m., *evil-doer, injurer:* nom. sg., 975; nom. pl. lâð-geteónan, 559.

lâð-lîc, adj., *loathly, hostile:* acc. pl. lâð-lîcu, 1585.

lâf, st. f.: 1) *what is left, relic; inheritance, heritage, legacy:* nom. sg. Ilreðlan lâf (Beówulf's corselet), 454; nom. pl. fêla lâfe (*the leavings of files* = swords, Grein), 1033; so, homera lâfe, 2830; on him gladiað gomelra lâfe, heard and hringmæl Heaðobeardna gestreón (*on him gleams the forefather's bequest, hard and ring-decked, the Heaðobeardas' treasure*, i.e. the equipments taken from the slain king of the Heaðobeardas), 2037; acc. sg. sweorda lâfe (*leavings of the sword*, i.e. those spared by the sword), 2937.— 2) *the sword as a specially precious heir-loom:* nom. sg., 2629; acc. sg. lâfe, 796, 1489, 1689, 2192, 2564; instr. sg. incge lâfe, 2578. — Comp.: ende-, eormen-, weá-, yrfe-, ýð-lâf.

lâr, st. f., *lore, instruction, prescription:* dat. sg. be fäder lâre, 1951;

gen. pl. lâra, 1221; lârena, 269. — Comp. freónd-lâr.

lâst, st. m., *footstep, track:* acc. sg. lâst, 132, 972, 2165; on lâst (*on the traces of, behind*), 2946; nom. pl. lâstas, 1403; acc. pl. lâstas, 842. — Comp.: fêðe-, feorh-, fôt-, wräc-lâst.

läger. See **leger.**

läger-bed, st. n., *bed to lie on:* instr. sg. leger-bedde, 1008.

läs, adj., *less*, 1947; þŷ läs (*the less*), 487; conjunct. *that not, lest*, 1919.

lässa, adj., *less, fewer:* nom. sg. lässa, 1283; acc. sg. m. lässan, 43; fem. lässan hwîle, 2572; dat. sg. for lässan (*for less, smaller*), 952. Superl. nom. sg. nô þät läsest wäs hond-gemôt[a], 2355.

lät, adj., *negligent, neglectful;* w. gen.: nom. sg. elnes lät, 1530.

lædan, w. v. w. acc.: *to lead, guide, bring:* inf. lædan, 239; pret. pl. læddon, 1160.

for-lædan, *to mislead:* pret. pl. forlæddan, 2440(?).

ge-lædan, *to lead, bring:* part. pret. ge-læded, 37.

læfan, w. v.: 1), *to bequeathe, leave:* imper. sg. þînum magum læf folc and rîce, 1179; pret. sg. eaferum læfde ... lond and leódbyrig, 2471. — 2) *spare, leave behind:* âht cwices læfan (*to spare aught living*), 2316.

læn-dagas, st. m. pl., *loan-days, transitory days* (of earthly existence as contrasted with the heavenly, unending): acc. pl. læn-dagas, 2592; gen. pl. læn-daga, 2342.

læne, adj., *inconstant, perishable, evanescent, given over to death* or *destruction:* nom. sg., 1755, 3179;

acc. sg. of rust-eaten treasures,
3130; þâs lænan gesceaft (*this
fleeting life*), 1623; gen. sg. læ-
nan lîfes, 2846.

læran, w. v., *to teach, instruct:* imper.
sg. þu þe lær be þon (*learn this,
take this to heart*), 1723.

ge-læran, *to teach, instruct, give
instruction :* inf. ic þäs Hrôðgâr
mäg . . . ræd gelæran (*I can give
H. good advice about this*), 278;
so, 3080; pret. pl. þâ me þät ge-
lærdon leóde mîne (*gave me the
advice*), 415.

læstan, w. v.: 1) *to follow, to sustain,
serve :* inf. þät him se lîc-homa
læstan nolde (*that his body would
not sustain him*), 813.— 2) *per-
form :* imper. læst eall tela (*do all
well*), 2664.

ge-læstan : 1) *to follow, serve :* pret.
sg. (sweord) þät mec ær and oft
gelæste, 2501.— 2) *to fulfil, grant:*
subj. pres. pl. þät . . . wilgesîðas,
þonne wîg cume, leóde gelæstan
(*render war service*), 24; inf. ic
þe sceal mîne gelæstan freóde
(*shall grant thee my friendship,
be grateful*), 1707; pret. sg. beót
. . . gelæste (*fulfilled his boast*),
524; gelæste swâ (*kept his word*),
2991; pres. part. häfde Eást-De-
num . . . gilp gelæsted (*had ful-
filled for the East Danes his boast*),
830.

lætan, st. v., *to let, allow,* w. acc.
and inf.: pres. sg. III. læteð,
1729; imper. pl. II. lætað, 397;
sg. II. læt, 1489; pret. sg. lêt, 2390,
2551, 2978, 3151(?); pret. pl. lêton,
48, 865, 3133; subj. pret. sg. II.
lête, 1997; sg. III. lête, 3083.

â-lætan : 1) *to let, allow :* subj. pres.
sg. II. þät þu ne âlæte . . . dôm ge-
dreósan, 2666. — 2) *to leave, lay*

aside : inf. âlætan læn-dagas (*die*),
2592; so, âlætan lîf and leódscipe,
2751.

for-lætan : 1) *to let, permit,* w. acc.
and inf.: pret. sg. for-lêt, 971; pret.
pl. for-lêton, 3168. Also with inf.
omitted : inf. nolde eorla hleó . . .
þone cwealmcuman cwicne (i.e.
wesan) forlætan (*would not let
the murderous spirit go alive*),
793.— 2) *to leave behind, leave :*
pret. sg. in þam wong-stede . . .
þær he hine ær forlêt (*where he
had previously left him*), 2788.

of-lætan, *to leave, lay aside :* pres.
sg. II. gyf þu ær þonne he worold
oflætest (*leavest the world, diest*),
1184; so pret. sg. oflêt lîf-dagas
and þâs lænan gesceaft, 1623.

on-lætan, *to release, liberate :* pres.
sg. III. þonne forstes bend fäder
on-læteð (*as soon as the Father
looseth the frost's fetters*), 1610.

â-lecgan, w. v.: 1) *to lay, lay down :*
pret. sg. syððan hilde-deór hond
â-legde . . . under geápne hrôf,
835; þät he on Beówulfes bearm
â-legde (*this* [the sword] *he laid
in B.'s bosom, presented to him*),
2195; pret. pl. â-lêdon þâ leófne
þeóden . . . on bearm scipes, 34;
â-legdon þâ tô middes mærne þeó-
den (*laid the mighty prince in the
midst* [of the pyre]), 3142.— 2) *to
lay aside, give up :* siððan . . . in
fen-freoðo feorh â-legde (*laid
down his life, died*), 852; nu se
here-wîsa hleahtor â-legde, gamen
and gleó-dreám (*now the war-chief
has left laughter,* etc.), 3021.

leger, st. n., *couch, bed, lair :* dat.
sg. on legere, 3044.

lemian, w. v., *to lame, hinder, op-
press:* pret. sg. (for pl.) hine sorh-
wylmas lemede tô lange, 906. MS.

leng. See **lang.**

lenge, adj., *extending along* or *to, near* (of time): nom. sg. neut. ne wäs hit lenge þâ gen (*nor was it yet long*), 83.

ge'-lenge, adj., *extending, reaching to, belonging:* nom. sg. yrfe-weard ... lîce gelenge (*an heir belonging to one's body*), 2733.

let, st. m., *place of rest, sojourn?* in comp. eo-let (*voyage?*).

lettan, w. v., *to hinder:* pret. pl. (acc. pers. and gen. thing), þät syððan nâ ... brim-lîðende lâde ne letton (*might no longer hinder seafarers from journeying*), 569.

â-lêdon. See **â-lecgan.**

lêg, st. m., *flame, fire:* nom. sg. wonnalêg (*the lurid flame*), 3116; swôgende lêg, 3146; dat. sg. for dracan lêge, 2550. See **lîg.**

lêg-draca, w. m., *fire-drake, flaming dragon:* nom. sg., 3041.

***leahan, leán,** st. v. w. acc. *to scold, blame:* pres. sg. III. lyhð, 1049; pret. sg. lôg, 1812; pret. pl. lôgon, 203, 863.

be-leán, *to dissuade, prevent:* inf. ne inc ænig mon ... beleân mihte sorhfullne sîð (*no one might dissuade you twain from your difficult journey*), 511.

leahtre. See **or-leahtre.**

leáf, st. n., *leaf, foliage:* instr. pl. leáfum, 97.

leáfnes-word, st. n., *permission, leave:* acc. pl., 245.

leán. See **leahan.**

leán, st. n., *reward, compensation:* acc. sg., 114, 952, 1221, 1585, 2392; dat. sg. leáne, 1022. Often in the pl.: acc. þâ leán, 2996; dat. þâm leánum, 2146; gen. leána, 2991. — Comp.: and-, ende-leán.

leân (for læn, O.H.G. lêhan), st. n., *loan,* 1810.

leánian, w. v., *to reward, compensate:* pres. sg. I. ic þe þâ fæhðe feó leánige (*repay thee for the contest with old-time treasures*), 1381; pret. sg. me þone wäl-ræs wine Scyldinga fättan golde fela leánode (*the friend of the Scyldings rewarded me richly for the combat with plated gold*), 2103.

leás, adj., *false:* nom. pl. leáse, 253.

leás, adj., *deprived of, free from,* w. gen.: nom. sg. dreáma leás, 851; dat. sg. winigea leásum, 1665. — Comp.: dôm-, dreám-, ealdor-, feoh-, feormend-, hlâford-, sâwol-, sige-, sorh-, tîr-, þeóden-, wine-, wyn-leás.

leásig, adj., *concealing one's self;* in comp. sin-leásig(?).

leoðo-cräft, st. m., *the art of weaving* or *working in meshes, wire,* etc.: instr. pl. segn eall-gylden ... gelocen leoðo-cräftum (*a banner all hand-wrought of interlaced gold*), 2770.

leoðo-syrce, w. f., *shirt of mail* (*limb-sark*): acc. sg. locene leoðo-syrcan (*locked linked sark*), 1506; acc. pl. locene leoðo-syrcan, 1891.

leomum. See **lim.**

leornian, w. v., *to learn, devise, plan:* pret. him þäs gûð-cyning ... wräce leornode (*the war-king planned vengeance therefor*), 2337.

leód, st. m., *prince:* nom. sg., 341, 348, 670, 830, 1433, 1493, 1613, 1654, etc.; acc. leód, 626.

leód, st. f., *people:* gen. sg. leóde, 597, 600, 697. In pl. indicates *individuals, people, kinsmen:* nom. pl. leóde, 362, 415, 1214, 2126, etc.; gum-cynnes Geáta leóde (*people of the race of the Geátas*), 260;

acc. pl. leóde, 192, 443, 1337, 1346, etc.; dat. pl. leódum, 389, 521, 619, 698, 906, 1160, etc.; gen. pl. leóda, 205, 635, 794, 1674, 2034, etc.

leód-bealo, st. n., (*mischief, misfortune affecting an entire people*), *great, unheard-of calamity:* acc. sg., 1723; gen. pl. leód-bealewa, 1947.

leód-burh, st. f., *princely castle, stronghold of a ruler, chief city:* acc. pl. -byrig, 2472.

leód-cyning, st. m., *king of the people:* nom. sg., 54.

leód-fruma, w. m., *prince of the people, ruler:* acc. sg. leód-fruman, 2131.

leód-gebyrgea, w. m., *protector of the people, prince:* acc. sg. -gebyrgean, 269.

leód-hryre, st. m., *fall, overthrow, of the prince, ruler:* dat. sg. äfter leód-hryre (*after the fall of the king of the Heaðobeardas*, Fróda, cf. 2051), 2031; gen. sg. þäs leód-hryres (of the fall of Heardred, cf. 2389), 2392.

leód-sceaða, w. m., *injurer of the people:* dat. sg. þam leód-sceaðan, 2094.

leód-scipe, st. m., *the whole nation, people:* acc. sg., 2752; dat. sg. on þam leód-scipe, 2198.

leóð, st. n., *song, lay:* nom. sg., 1160. — Comp.: fyrd-, gryre-, gúð-, sorh-leóð.

leóf, adj., *lief, dear:* nom. sg., 31, 54, 203, 511, 521, 1877, 2468; weak form m., leófa, 1217, 1484, 1855, 2664; acc. sg. m. leófne, 34, 297, 619, 1944, 2128, 3109, 3143; gen. sg. leófes (m.), 1995, 2081, 2898; (neut.), 1062, 2911; dat. pl. leófum, 1074; gen. pl. leófra,

1916. Compar. nom. sg. neut. leófre, 2652. Superl. nom. sg. m. leófost, 1297; acc. sg. þone leófestan, 2824.

leóflîc, *dear, precious, valued:* nom. sg. m. leóflîc lind-wîga, 2604; acc. sg. neut. leóflîc îren, 1810.

leógan, st. v., *to lie, belie, deceive:* subj. pres. näfne him his wlite leóge (*unless his looks belie him*), 250; pret. sg. he ne leág fela wyrda ne worda, 3030.

â-leógan, *to deceive, leave unfulfilled:* pret. sg. he beót ne â-lêh (*he left not his promise unfulfilled*), 80.

ge-leógan, *to deceive, betray:* pret. sg. him seó wên geleáh (*hope deceived him*), 2324.

leóht, st. n., *light, brilliance:* nom. sg., 569, 728, 1751 (?) ; acc. sg. sunnan leóht, 649; godes leóht geceás (*chose God's light, died*), 2470; dat. sg. tô leóhte, 95. — Comp.: æfen-, fŷr-, morgen-leóht.

leóht, adj., *luminous, bright:* instr. sg. leóhtan sweorde, 2493.

leóma, w. m.: 1) *light, splendor:* nom. sg., 311, 2770; acc. sg. leóman, 1518; sunnan and mônan leóman (*light of sun and moon*), 95. — 2) (as beadu- and hilde-leóma), *the glittering sword:* nom. sg. lixte se leóma (*the blade-gleam flashed*), 1571.

leósan, st. v., = amitti, in

be-leósan, *to deprive, be deprived of:* pres. part. (heó) wearð beloren leófum bearnum and brôðrum (*was deprived of her dear children and brethren*), 1074.

for-leósan, with dat. instr., *to lose something:* pret. sg. þær he dôme for-leás, ellen-mærðum (*there lost he the glory, the repute, of his heroic*

deeds), 1471; pret. sg. for pl. þâm
þe ær his elne for-leás (*to him who,
before, had lost his valor*), 2862;
part. pret. nealles ic þâm leánum
for-loren häfde (*not at all had I
lost the rewards*), 2146.

libban, w. v., *to live, be, exist:* pres.
sing. III. lifaᚧ, 3169; lyfaᚧ, 945;
leofaᚧ, 975, 1367, 2009; subj. pres.
sg. II. lifige, 1225; pres. part. lifi-
gende, 816, 1954, 1974, 2063; dat.
sg. be þe lifigendum (*in thy life-
time*), 2666; pret. sg. lifde, 57,
1258; lyfde, 2145; pret. pl. lifdon,
99. See **unlifigende.**

licgan, st. v.: 1) *to lie, lie down* or
low: pres. sg. nu seó hand ligeᚧ
(*now the hand lies low*), 1344; nu
se wyrm ligeᚧ, 2746, so 2904; inf.
licgan, 3130; licgean, 967, 3083;
pret. sg. läg, 40, 552, 2078; syᚧᚧan
Heardrêd läg (*after Heardrèd
had fallen*), 2389; pret. pl. lâgon,
3049; lægon, 566. — 2) *to lie pros-
trate, rest, fail:* pret. sg. næfre on
ᚧre läg wîd-cûᚧes wîg (*never failed
the far-famed one's valor at the
front*), 1042; syᚧᚧan wiᚧer-gyld
läg (*after vengeance failed, or,
when Withergyld lay dead, if W.
is a proper name*), 2052.

â-licgan, *to succumb, fail, yield:*
inf. 2887; pret. sg. þät his dôm
â-läg (*that its power failed it*),
1529.

ge-licgan, *to rest, lie still:* pret. sg.
wind-blond geläg, 3147.

lida, w. m., *boat, ship* (as in motion);
in comp.: sund-, ᚤᚧ-lida.

lid-man, st. m., *seafarer, sailor:*
gen. pl. lid-manna, 1624.

lim, st. n., *limb, branch:* instr. pl.
leomum, 97.

limpan, st. v., *to happen, befall* (well
or ill); impers. w. dat. pret. sg. hû

lomp eów on lâde (*how went it
with you on the journey?*), 1988.

â-limpan, *to come about, offer it-
self:* pret. sg. ôᚧ þät sæl â-lamp
(*till the opportunity presented
itself*), 623; pret. part. þâ him
â-lumpen wäs wistfylle wên (*since
a hope of a full meal had befallen
him*), 734.

be-limpan, *to happen to, befall:*
pret. sg. him sió sâr belamp, 2469.

ge-limpan, *to happen, occur, turn
out:* pres. sg. III. hit eft gelimpeᚧ
þät ..., 1754; subj. pres. þisse an-
sᚤne alwealdan þanc lungre gelimpe
(*thanks to the Almighty forthwith
for this sight!*), 930; pret. sg. him
on fyrste gelamp þät ..., 76; swâ
him ful-oft gelamp (*as often hap-
pened to them*), 1253; þäs þe hire
se willa gelamp þät ... (*because
her wish had been fulfilled*), 627;
frôfor eft gelamp sârig-môdum,
2942; subj. pret. gif him þyslicu
þearf gelumpe, 2638; pret. part.
Denum eallum wearᚧ ... willa ge-
lumpen, 825.

lind, st. f. (properly *linden;* here, a
a wooden shield covered with lin-
den-bark or pith): nom. sg., 2342;
acc. sg. geolwe linde, 2611; acc. pl.
linde, 2366.

lind-gestealla, w. m., *shield-com-
rade, war-comrade:* nom. sg.,
1974.

lind-häbbend, pres. part., *provided
with a shield,* i.e. warrior: nom. pl.
-häbbende, 245; gen. pl. häbben-
dra, 1403.

lind-plega, w. m., *shield-play,* i.e.
battle: dat. sg. lind-plegan, 1074,
2040.

lind-wîga, w. m., *shield-fighter, war-
rior:* nom. sg., 2604.

linnan, st. v., *to depart, be deprived*

of: inf. aldre linnan (*depart from life*), 1479; ealdres linnan, 2444.

lis, st. f., *favor, affection:* gen. pl. eall ... lissa, 2151.

list, st. m., *art, skill, cleverness, cunning:* dat. pl. adverbial, listum (*cunningly*), 782.

lixan, w. v., *to shine, flash:* pret. sg. lixte, 311, 485, 1571.

lîc, st. n.: 1) *body, corpse:* nom. sg., 967; acc. sg. lîc, 2081; þät lîc (*the body, corpse*), 2128; dat. sg. lîce, 734, 1504, 2424, 2572, 2733, 2744; gen. sg. lîces, 451, 1123.— 2) *form, figure:* in comp. eofor-, swîn-lîc.

ge·lîc, adj., *like, similar:* nom. pl. m. ge-lîce, 2165. Superl. ge-lîcost, 218, 728, 986, 1609.

lîc-hama,-homa, w. m. (*body-home, garment*), *body:* nom. sg. lîc-homa, 813, 1008, 1755; acc. sg. lîc-haman, 2652; dat. sg. lîc-haman, 3179.

lîcian, w. v., *to please, like* (impers.): pres. sg. III. me þîn môd-sefa lîcað leng swâ wel, 1855; pret. pl. þam wîfe þâ word wel lîcodon, 640.

lîcnes. See on-lîcnes.

lîc-sâr, st. n., *bodily pain:* acc. sg. lîc-sâr, 816.

lîc-syrce, w. f., *body-sark, shirt of mail covering the body:* nom. sg., 550.

lîðan, st. v., *to move, go:* pres. part. nom. pl. þâ lîðende (*navigantes, sailors*), 221; þâ wäs sund liden (*the water was then traversed*), 223.—Comp.: heáðu-, mere-, wæg-lîðend.

lîðe (O.H.G. lindi), adj., *gentle, mild, friendly:* nom. sg. w. instr. gen. lâra lîðe, 1221. Superl. nom. sg. lîðost, 3184.

lîð-wæge, st. n., *can in which lîð*

(a wine-like, foaming drink) *is contained:* acc. sg., 1983.

lîf, st. n., *life:* acc. sg. lîf, 97, 734, 1537, 2424, 2744, 2752; dat. sg. life, 2572; tô lîfe (*in one's life, ever*), 2433; gen. sg. lîfes, 197, 791, 807, 2824, 2846; worolde lîfes (*of the earthly life*), 1388, 2344.— Comp. edwît-lîf.

lîf-bysig, adj. (*striving for life or death*), *weary of life, in torment of death:* nom. sg., 967.

lîf-dagas, st. m. pl., *lifetime:* acc. -dagas, 794, 1623.

lîf-freá, w. m., *lord of life, God:* nom. sg., 16.

lîf-gedâl, st. n., *separation from life:* nom. sg., 842.

lîf-gesceaft, st. f., *fate, destiny:* gen. pl. -gesceafta, 1954, 3065.

lîf-wraðu, st. f., *protection for one's life, safety:* acc. sg. lîf-wraðe, 2878; dat. sg. tô lîf-wraðe, 972.

lîf-wyn, st. f., *pleasure, enjoyment, joy* (of life): gen. pl. lîf-wynna, 2098.

lîg, st. m. n., *flame, fire:* nom. sg., 1123; dat. instr. sg. lîge, 728, 2306, 2322, 2342; gen. sg. lîges, 83, 782. See lêg.

lîg-draca, w. m., *fire-drake, flaming dragon:* nom. pl., 2334. See lêg-draca.

lîg-egesa, w. m., *horror arising through fire, flaming terror:* acc. sg., 2781.

lîge-torn, st. m., *false, pretended insult* or *injury, fierce anger* (?): dat. sg. äfter lîge-torne (*on account of a pretended insult?* or *fierce anger?* cf. Bugge in Zacher's Zeits. 4, 203), 1944.

lîg-ýð, st. m., *wave of fire:* instr. pl. lîg-ýðum, 2673.

león, st. v., *to lend:* pret. sg. þät

him on þearfe lâh þyle Hrôðgâres (*which H.'s spokesman lent him in need*), 1457.

on-leóon, *to lend, grant as a loan*, with gen. of thing and dat. pers.: pret. sg. þâ he þäs wæpnes on-lâh sêlran sweord-frecan, 1468.

loca, w. m., *bolt, lock:* in comp. bân-, burh-loca.

locen. See lûcan.

lond, long. See land, lang.

lof, st. m. n., *praise, repute:* acc. sg. lôf, 1537.

lof-dæd, st. f., *deed of praise:* instr. pl. lof-dædum, 24.

lof-georn, adj., *eager for praise, ambitious:* superl. nom. sg. lof-geornost, 3184.

loga, w. m., *liar;* in comp. treów-loga.

losian, w. v., *to escape, flee:* pres. sg. III. losað, 1393, 2063; pret. sg. he on weg losade (*fled away*), 2097.

lôcian, w. v., *to see, look at:* pres. sg. II. sæ-lâc . . . þe þu her tô lô-cast (*booty of the sea that thou lookest on*), 1655.

ge-lôme, adv., *often, frequently,* 559.

lufe, w. f., *love:* in comp. heáh-, môd-, wîf-lufe.

lufa (cf. and-leofa, big-leofa, *nourishment*), w. m., *food, subsistence; property, real estate:* acc. sg. on lufan (*on possessions*), 1729. — Comp. eard-lufa.

lufen, st. f. (cf. lufa), *subsistence, food; real estate, (enjoyment?):* nom. sg. lufen (parallel with êðel-wyn), 2887.

luf-tâcen, st. n., *love-token:* acc. pl. luf-tâcen, 1864.

lufian, w. v., *to love, serve affectionately:* pret. sg. III. lufode þâ leóde (*was on affectionate terms with the people*), 1983.

lungre, adv.: 1) *hastily, quickly, forthwith,* 930, 1631, 2311, 2744. — 2) *quite, very, fully:* feôwer mearas lungre gelîce (*four horses quite alike*), 2165.

lust, st. m., *pleasure, joy:* dat. pl. adv. lustum (*joyfully*), 1654; so, on lust, 619, cf. 600.

lûcan, st. v., *to twist, wind, lock, interweave:* pret. part. acc. sg. and pl. locene leoðo-syrcan (*shirt of mail wrought of meshes or rings interlocked*), 1506, 1891; gen. pl. locenra beága (*rings wrought of gold wire*), 2996.

be-lûcan: 1) *to shut, close in* or *around:* pret. sg. winter ýðe be-leác îs-gebinde (*winter locked the waves with icy bond*), 1133. — 2) *to shut in, off, preserve, protect:* pret. sg. I. hig wîge beleác mane-gum mægða (*I shut them in, protected them, from war arising from many a tribe*), 1771. Cf. me wîge belûc wrâðum feóndum (*protect me against mine enemies*), Ps. 34, 3.

ge-lûcan, *to unite, link together, make:* pret. part. gelocen, 2770.

on-lûcan, *to unlock, open:* pret. sg. word-hord on-leác (*opened the word-hoard, treasure of speech*), 259.

tô-lûcan, (*to twist, wrench, in two*), *to destroy:* inf., 782.

lyft, st. f. (m. n.?), *air:* nom. sg., 1376; dat. sg. äfter lyfte (*along, through, the air*), 2833.

lyft-floga, w. m., *air-flier:* nom. sg. (of the dragon), 2316.

lyft-geswenced, pret. part., *urged, hastened on, by the wind,* 1914.

lyft-wyn, st. f., *enjoyment of the air:* acc. sg. lyft-wynne, 3044.

lyhð. See lcahan.

lystan, w. v., *to lust after, long for :*
pret. sg. Geát ungemetes wel . . .
restan lyste (*the Gedt* [Beówulf]
longed sorely to rest), 1794.

lyt, adj. neut. (= parum), *little, very
little, few :* lyt eft becwom . . .
hâmes niósan (*few escaped home-
ward*), 2366; lyt ænig (*none at
all*), 3130; usually with gen. : win-
tra lyt, 1928; lyt . . . heáfod-mâga,
2151; wergendra tô lyt (*too few
defenders*), 2883; lyt swîgodc
nîwra spella (*he kept to himself
little, none at all, of the new tid-
ings*), 2898; dat. sg. lyt manna
(*too few of men*), 2837.

lytel, adj., *small, little .* nom. sg.
neut. tô lytel, 1749; acc. sg. f. lytle
hwîle (*a little while*), 2031, 2098;
lif-wraðe lytle (*little protection for
his life*), 2878. — Comp. un-lytel.

lyt-hwôn, adv., *little = not at all:*
lyt-hwôn lôgon, 204.

lŷfe, st. n., *leave, permission,* (*life?*) :
instr. sg. þîne lŷfe (life, MS.), 2132.
— Leo. Cf. O.N. leyfi, n., *leave,
permission,* in Möbius' Glossary,
p. 266.

lŷfan, w. v., (fundamental meaning
to believe, trust) in

â-lŷfan, *to allow, grant, entrust :*
pret. sg. næfre ic ænegum men ær
âlŷfde . . . þryð-ärn Dena (*never
before to any man have I entrusted
the palace of the Danes*), 656; pret.
part. (þâ me wäs) sîð . . . âlŷfed
inn under eorð-weall (*the way in
under the wall of earth was allowed
me*), 3090.

ge-lŷfan, w. v., *to believe, trust :*
1) w. dat.: inf. þær gelŷfan sceal
dryhtnes dôme se þe hine deáð
nimcð (*whomever death carrieth
away, shall believe it to be the judg-*

ment of God, i.e. in the contest
between Beówulf and Grendel),
440. — 2) w. acc.: pret. sg. geóce
gelŷfde brego Beorht-Dena (*be-
lieved in, expected, help,* etc.), 609;
þät heó on ænigne eorl gelŷfde
fyrena frôfre (*that she at last should
expect from any earl comfort, help,
out of these troubles*), 628; se þe
him bealwa tô bôte gelŷfde (*who
trusted in him as a help out of
evils*), 910; him tô anwaldan âre
gelŷfde (*relied for himself on the
help of God*), 1273.

â-lŷsan, w. v., *to loose, liberate :*
pret. part. þâ wäs of þäm hrôran
helm and byrne lungre â-lŷsed
(*helm and corselet were straight-
way loosed from him*), 1631.

M

maðelian, w. v. (sermocinari), *to
speak, talk :* pret. sg. maðelode,
286, 348, 360, 371, 405, 456, 499,
etc.; maðelade, 2426.

maga, w. m., *son, male descendant,
young man :* nom. sg. maga Healf-
denes (Hrôðgâr), 189, 1475, 2144;
maga Ecgþeówes (Beówulf), 2588;
maga (Grendel), 979; se maga
geonga (Wîglâf), 2676; Grendeles
maga (*a relative of Grendel*), 2007;
acc. sg. þone magan, 944.

magan, v. with pret.-pres. form, *to
be able :* pres. sg. I. III. mäg, 277,
478, 931, 943, 1485, 1734, etc.; II.
meaht þu, 2048; subj. pres. mæge,
2531, 2750; þeáh ic eal mæge
(*even though I could*), 681; subj.
pl. we mægen, 2655; pret. sg.
meahte, 542, 755, 1131, 1660, 2465,
etc.; mihte, 190, 207, 462, 511, 571,
657, 1509, 2092, 2610; mehte, 1083,

1497, 1516, 1878; pl. meahton, 649,
942, 1455, 1912, 2374, 3080; mih-
ton, 308, 313, 2684, 3164; subj.
pret. sg. meahte, 243, 763, 2521;
pres. sg. mäg, sometimes = licet,
may, can, will (fut.), 1366, 1701,
1838, 2865.

mago (Goth. magu-s), st. m., *male,
son:* nom. sg. mago Ecgláfes (Hun-
ferð), 1466; mago Healfdenes
(Hröðgâr), 1868, 2012.

mago-dryht, st. f., *troop of young
men, band of men:* nom. sg. mago-
driht, 67.

mago-rinc, st. m., *hero, man* (pre-
eminently): gen. pl. mago-rinca,
heáp, 731.

magu-þegn, mago-þegn, st. m.,
vassal, war-thane: nom. sg. 408,
2758; dat. sg. magu-þegne, 2080;
acc. pl. magu-þegnas, 293; dat. pl.
mago-þegnum, 1481; gen. pl. mago-
þegna . . . þone sêlestan (*the best
of vassals*), 1406.

man, mon, st. m.: 1) *man, human
being:* nom. sg. man, 25, 503, 534,
1049, 1354, 1399, 1535, 1877, etc.;
mon, 209, 510, 1561, 1646, 2282, etc.;
acc. sg. w. mannan, 297, 577, 1944,
2128, 2775; wîd-cûðne man, 1490;
dat. sg. men, 656, 753, 1880; menn,
2190; gen. sg. mannes, 1195 (?),
2081, 2534, 2542; monnes, 1730;
nom. pl. men, 50, 162, 233, 1635,
3167; acc. pl. men, 69, 337, 1583,
1718; dat. pl. mannum, 3183; gen.
pl. manna, 155, 201, 380, 702, 713,
736, etc.; monna, 1414, 2888. —
2) indef. pron. = *one, they, people*
(Germ. *man*): man, 1173, 1176;
mon, 2356, 3177. — Comp.: fyrn-,
gleó-, gum-, iú-, lid-, sæ-, wæpned-
man.

man. See **munan.**

man-cyn, st. n., *mankind:* dat. sg.

man-cynne, 110; gen. sg. man-
cynnes, 164, 2182; mon-cynnes,
196, 1956.

man-dreám, st. m., *human joy,
mundi voluptas:* acc. sg. man-
dreám, 1265; dat. pl. mon-dreá-
mum, 1716.

man-dryhten, st. m. (*lord of men*),
ruler of the people, prince, king:
nom. sg. man-dryhten, 1979, 2648;
mon-drihten, 436; mon-dryhten,
2866; acc. sg. mon-dryhten, 2605;
dat. sg. man-drihtne, 1230; man-
dryhtne, 1250, 2282; gen. sg. man-
dryhtnes, 2850; mon-dryhtnes,
3150.

ge-mang, st. m., *troop, company:*
dat. sg. on gemonge (*in the troop
[of the fourteen Geátas that re-
turned from the sea*]), 1644.

manian, w. v., *to warn, admonish:*
pres. sg. III. manað swâ and mynd-
gað ... sârum wordum (*so warn-
eth and remindeth he with bitter
words*), 2058.

manig, monig, adj., *many, many
a, much:* 1) adjectively: nom. sg.
rinc manig, 399; geong manig
(*many a young man*), 855; monig
snellîc sæ-rinc, 690; medu-benc
monig, 777; so 839, 909, 919, 1511,
2763, 3023, etc.; acc. sg. medo-ful
manig, 1016; dat. sg. m. þegne
monegum, 1342, 1420; dat. sg. f.
manigre mægðe, 75; acc. pl. man-
ige men, 337; dat. pl. manegum
mâðmum, 2104; monegum mæg-
ðum, 5; gen. pl. manigra mêda,
1179. — 2) substantively: nom. sg.
manig, 1861; monig, 858; dat. sg.
manegum, 349, 1888; nom. pl.
manige, 1024; monige, 2983; acc.
pl. monige, 1599; gen. pl. manigra,
2092. — 3) with depend. gen. pl.:
dat. manegum mægða, 1772; mone-

gum fíra, 2002; häle𝛿a monegum bold-âgendra, 3112; acc. pl. rinca manige, 729; (mâ𝛿m)-æhta monige, 1614.

manig-oft, adv., *very often, frequently,* 171 [if manig and oft are to be connected].

man-lîce, adv., *man-like, manly,* 1047.

man-þwære, adj., *kind, gentle toward men, philanthropic :* nom. sg. superl. mon-þwærust, 3183.

mâ, contracted compar., *more :* with partitive gen., 504, 736, 1056.

mâ𝛿um, mâ𝛿𝛿um, st. m., *gift, jewel, object of value :* acc. sg. mâ𝛿𝛿um, 169, 1053, 2056, 3017; dat. instr. sg. mâ𝛿me, 1529, 1903; nom. pl. mâ𝛿mas, 1861; acc. pl. mâdmas, 385, 472, 1028, 1483, 1757, 1868, etc.; dat. instr. pl. mâ𝛿mum, mâdmum, 1049, 1899, 2104, 2789; gen. pl. mâ𝛿ma, 1785, 2144, 2167, etc.; mâdma, 36, 41. — Comp.: dryht-, gold-, hord-, ofer-, sinc-, wundor-mâ𝛿um.

mâ𝛿m-æht, st. f., *treasure in jewels, costly objects :* gen. pl. mâ𝛿m-æhta, 1614, 2834.

mâ𝛿𝛿um-fät, st. n., *treasure-casket* or *cup, costly vessel :* nom. sg., 2406.

mâ𝛿m-gestreón, st. n., *precious jewel :* gen. pl. mâ𝛿m-gestreóna, 1932.

mâ𝛿um-gifu, st. f., *gift of valuable objects, largess of treasure :* dat. sg. äfter mâ𝛿𝛿um-gife, 1302.

mâ𝛿um-sigl, st. n., *costly, sun-shaped ornament, valuable decoration :* gen. pl. mâ𝛿𝛿um-sigla, 2758.

mâ𝛿um-sweord, st. n., *costly sword* (inlaid with gold and jewels) : acc. sg., 1024.

mâ𝛿um-wela, w. m., *wealth of jew-* els, *valuables :* dat. sg. äfter-mâ𝛿𝛿um-welan (*after the sight of the wealth of jewels*), 2751.

mâgas. See mæg.

mâge, w. f., *female relative :* gen. sg. Grendles mâgan (*mother*), 1392.

mân, st. n., *crime, misdeed :* instr. sg. mâne, 110, 979; adv., *criminally,* 1056.

mân-for-dædla, w. m., *evil-doer, criminal :* nom. pl. mân-for-dædlan, 563.

mân-scea𝛿a, w. m., *mischievous, hurtful foe, hostis n.fastus :* nom. sg. 713, 738, 1340; mân-scea𝛿a, 2515.

mâra (comp. of micel), adj., *greater, stronger, mightier :* nom. sg. m. mâra, 1354, 2556; neut. mâre, 1561; acc. sg. m. mâran, 2017; mund-gripe mâran (*a mightier hand-grip*), 754; with following gen. pl. mâran . . . eorla (*a more powerful earl*), 247; fem. mâran, 533, 1012; neut. mâre, 518; with gen. pl. mor𝛿-beala mâre (*more, greater, deeds of murder*), 136; gen. sg. f. mâran, 1824.

mæst (superl. of micel, mâra), *greatest, strongest :* nom. sg. neut. (with partitive gen.), mæst, 78, 193; fem. mæst, 2329; acc. sg. fem. fæh𝛿e mæste, 459; mæste . . . worolde wynne (*the highest earthly pleasure*), 1080; neut. n. (with partitive gen.) mæst mær𝛿a, 2646; hond-wundra mæst, 2769; bæl-fýra mæst, 3144; instr. sg. m. mæste cräfte, 2182.

mæg. See mecg.

mäg𝛿, st. f., *wife, maid, woman :* nom. sg., 3017; gen. pl. mäg𝛿a hôse (*accompanied by her maids of honor*), 925; mäg𝛿a, 944, 1284.

mägen, st. n.: 1) *might, bodily*

strength, heroic power: acc. sg.
mägen, 518, 1707; instr. sg. mä-
gene, 780 (?), 2668; gen. sg. mä-
genes, 418, 1271, 1535, 1717, etc.;
mägnes, 671,1762; mägenes strang,
strengest (*great in strength*), 1845,
196; mägenes rôf (id.), 2085. —
2) *prime, flower* (of a nation),
forces available in war: acc. sg.
swâ he oft (i.e. etan) dyde mägen
Hrêðmanna (*the best of the Hreð-
men*), 445; gen. sg. wið manna
hwone mägenes Deniga (*from*(?)
any of the men of the Danes),
155. — Comp. ofer-mägen.

mägen-âgend, pres. part., *having
great strength, valiant:* gen. pl.
·âgendra, 2838.

mägen-byrðen, st. f., *huge burthen:*
acc. sg. mägen-byrðenne, 3092;
dat. (instr.) sg., 1626.

mägen-cräft, st. m., *great, hero-
like, strength:* acc. sg., 380.

mägen-ellen, st. n. (the same), acc.
sg., 660.

mägen-fultum, st. m., *material
aid:* gen. pl. näs þät þonne mætost
mägen-fultuma (*that was not the
least of strong helps,* i.e. the sword
Hrunting), 1456.

mägen-ræs, st. m., *mighty attack,
onslaught:* acc. sg., 1520.

mägen-strengo, st. f., *main strength,
heroic power:* acc. sg., 2679.

mägen-wudu, st. m., *might-wood,*
i.e. the spear, lance: acc. sg., 236.

mäst, st. m., *mast:* nom. sg., 1899;
dat. sg. be mäste (*beside the mast*),
36; *to the mast,* 1906.

mæðum. See **mâðum, hyge-
mæðum.**

mæg, st. m., *kinsman by blood:* nom.
sg. mæg, 408, 738, 759, 814, 915,
1531, 1945, etc.; (*brother*), 468,
2605? acc. sg. mæg (*son*), 1340;

(*brother*), 2440, 2485, 2983; dat.
sg. mæge, 1979; gen. sg. mæges,
2629, 2676, 2699, 2880; nom. pl.
mâgas, 1016; acc. pl. mâgas, 2816;
dat. pl. mâgum, 1179, 2615, 3066;
(*to brothers*), 1168; mægum, 2354;
gen. pl. mâga, 247, 1080, 1854,
2007, 2743. — Comp.: fäderen-,
heáfod-, wine-mæg.

mæg-burh, st. f., *borough of blood-
kinsmen, entire population united
by ties of blood;* (in wider sense)
race, people, nation: gen. sg. lond-
rihtes … þære mæg-burge (*of land
possessions among the people,* i.e. of
the Geátas), 2888.

mægð, st. f., *race, people:* acc. sg.
mægðe, 1012; dat. sg. mægðe, 75;
dat. pl. mægðum, 5; gen. pl. mæg-
ða, 25, 1772.

mæg-wine, st. m., *blood kinsman,
friend,* 2480 (nom. pl.).

mæl, st. n.: 1) *time, point of time:*
nom. sg. 316; þâ wäs sæl and mæl
(*there was* [appropriate] *chance
and time*), 1009; acc. sg. mæl,
2634; instr. pl. ærran mælum, 908,
2238, 3036; gen. pl. mæla, 1250;
sæla and mæla, 1612; mæla ge-
hwylce (*each time, without inter-
mission*), 2058. — 2) *sword, weap-
on:* nom. sg. broden (brogden)
mæl (*the drawn sword*), 1617, 1668
(cf. Grimm, Andreas and Elene, p.
156). — 3) *mole, spot, mark.* —
Comp.: græg-, hring-, sceaðen-,
wunden-mæl.

mæl-cearu, st. f., *long-continued
sorrow, grief:* acc. sg. mæl-ceare,
189.

mæl-gesceaft, st. f., *fate, appointed
time:* acc. pl. ic on earde bâd mæl-
gesceafta (*awaited the time allotted
for me by fate*), 2738.

mænan, w. v., with acc. in the sense

ɔf (1) *to remember, mention, pro-
claim :* inf. mænan, 1068; pret.
part. þær wäs Beówulfes mærðo
mæned, 858.—2) *to mention sor-
rowfully, mourn :* inf. 3173; pret.
sg. giohðo mænde (*mourned sor-
rowfully*), 2268; pret. pl. mændon,
1150, 3150.

ge-mænan (see **mân**), w. v. with
acc., *to injure maliciously, break :*
subj. pret. pl. ge-mænden, 1102.

ge-mæne, adj., *common, in com-
mon :* nom. sg. gemæne, 2474; þær
unc hwíle wäs hand gemæne (i.e.
in battle), 2138; sceal ûrum þät
sweord and helm bâm gemæne
(i.e. wesan), 2661; nom. pl. ge-
mæne, 1861; dat. pl. þät þâm fol-
cum sceal…sib gemænum (at-
traction for gemæne, i.e. wesan),
1858; gen. pl. unc sceal (i.e. we-
san) fela mâðma gemænra (*we
two shall share many treasures to-
gether*), 1785.

mærðu, st. f.: 1) *glory, a hero's
fame:* nom. sg. 858; acc. sg. mærðo,
660, 688; acc. pl. mærða, 2997;
instr. pl. mærðum (*gloriously*),
2515: gen. pl. mærða, 504, 1531.
— 2) *deed of glory, heroism :*
acc. sg. mærðo, 2135; gen. pl.
mærða, 408, 2646.—Comp. ellen-
mærðu.

mære, adj., *memorable; celebrated,
noble; well known, notorious:* nom.
sg. m. mære, 103, 129, 1716, 1762;
se mæra, 763, 2012, 2588; also as
vocative m. se mæra, 1475; nom.
fem. mæru, 2017; mære, 1953; neut.
mære, 2406; acc. sg. m. mærne, 36,
201, 353, 1599, 2385, 2722, 2789,
3099; neut. mære, 1024; dat. sg.
mærum, 345, 1302, 1993, 2080,
2573; tô þäm mæran, 270; gen. sg.
mæres, 798; mæran, 1730; nom. pl.

mære, 3071; superl. mærost, 899.
—Comp. : fore-, heaðo-mære.

mæst. See **mâra**.

mæte, adj., *moderate, small :* superl.
nom. sg. mætost, 1456.

mecg, mäcg, st.m., *son, youth, man.*
in comp. hilde-, oret-mecg, wräc-
mäcg.

medla. See on-medla.

medu, st. m., *mead :* acc. sg. medu,
2634; dat. sg. tô medo, 605.

medo-ärn, st. n., *mead-hall :* acc. sg.
medo-ärn (Heorot), 69.

medu-benc, st. f., *mead-bench, bench
in the mead-hall :* nom. sg. medu-
benc, 777; dat. sg. medu-bence,
1053; medo-bence, 1068, 2186;
meodu-bence, 1903.

medu-dreám, st. m., *mead-joy, joy-
ous carousing during mead-drink-
ing :* acc. sg. 2017.

medo-ful, st. n., *mead-cup :* acc. sg.
625, 1016.

medo-heal, st. f., *mead-hall :* nom.
sg., 484; dat. sg. meodu-healle,
639.

medu-scenc, st. m., *mead-can, ves-
sel :* instr. pl. meodu-scencum,
1981.

medu-seld, st. n., *mead-seat, mead-
house :* acc. sg., 3066.

medo-setl, st. n., *mead-seat upon
which one sits mead-drinking :* gen.
pl. meodo-setla, 5.

medo-stíg, st. f., *mead-road, road
to the mead-hall :* acc. sg. medo-
stíg, 925.

medo-wang, st. m., *mead-field*
(where the mead-hall stood) : acc.
pl. medo-wongas, 1644.

meðel, st. n., *assembly, council :* dat.
sg. on meðle, 1877.

meðel-stede, st. m., (properly *place
of speech, judgment-seat*), here
meeting-place, battle-field (so, also

425, the battle is conceived under
the figure of a parliament or con-
vention) : dat. sg. on þäm meðel-
stede, 1083.

meðel-word, st. n., *words called
forth at a discussion ; address :*
instr. pl. meðel-wordum, 236.

melda, w. m., *finder, informer, be-
trayer :* gen. sg. þäs meldan, 2406.

meltan, st. v. intrans., *to consume
by fire, melt* or *waste away :* inf.,
3012; pret. sg. mealt, 2327; pl.
multon, 1121.

ge-meltan, the same : pret. sg. ge-
mealt, 898, 1609, 1616; ne gemealt
him se môd-sefa (*his courage did
not desert him*), 2629.

men. See **man.**

mene, st. m., *neck ornament, neck-
lace, collar :* acc. sg., 1200.

mengan, w. v., *to mingle, unite, with,*
w. acc. of thing : inf. se þe mere-
grundas mengan scolde, 1450.

ge-mengan, *to mix with, commin-
gle :* pret. part., 849, 1594.

menigu, st. f., *multitude, many :*
nom. and acc. sg. mâðma menigeo
(*multitude of treasures, presents*),
2144; so, mänigo, 41.

mercels, st. m., *mark, aim :* gen.
sg. mercelses, 2440.

mere, st. m., *sea, ocean :* nom. sg.
se mere, 1363; acc. sg. on mere,
1131, 1604; on nicera mere, 846;
dat. sg. fram mere, 856.

mere-deór, st. n., *sea-beast :* acc. sg.,
558.

mere-fara, w. m., *seafarer :* gen.
sg. mere-faran, 502.

mere-fix, st. m., *sea-fish :* gen. pl.
mere-fixa (*the whale,* cf. 540), 549.

mere-grund, st. m., *sea-bottom :* acc.
sg., 2101; acc. pl. mere-grundas,
1450.

mere-hrägl, st n., *sea-garment,*
i.e., sail: gen. pl. mere-hrägla
sum, 1906.

mere-liðend, pres. part., *moving on
the sea, sailor :* nom. pl. mere-li-
ðende, 255.

mere-strǽt, st. f., *sea-street, way
over the sea :* acc. pl. mere-strǽta
514.

mere-strengo, st. f., *sea-power,
strength in the sea :* acc. sg., 533.

mere-wîf, st. n., *sea-woman, mer-
woman :* acc. sg. (of Grendel's
mother), 1520.

mergen. See **morgen.**

met, st. n., *thought, intention* (cf.
metian = meditari) : acc. pl. onsǽl
meoto, 489 (meaning doubtful;
see Bugge, Journal 8, 292; Die-
trich, Haupt's Zeits. 11, 411; Kör-
ner, Eng. Stud. 2, 251).

ge-met, st. n., *an apportioned share ;
might, power, ability :* nom. sg. nis
þät . . . gemet mannes nefne mîn
ânes (*nobody, myself excepted, can
do that*), 2534; acc. sg. ofer mîn
gemet (*beyond my power*), 2880;
dat. sg. mid gemete, 780.

ge-met, adj., *well-measured, meet,
good :* nom. sg. swâ him gemet
þince (þûhte), (*as seemed meet to
him*), 688, 3058. See un-**gemete**,
adv.

metan, st. v., *to measure, pass over*
or *along :* pret. pl. fealwe strǽte
mearum mǽton (*measured the yel-
low road with their horses*), 918;
so, 514, 1634.

ge-metan, the same : pret. sg.
medu-stîg gemät (*measured, walked
over, the road to the mead-hall*),
925.

metod, st. m. (the measuring, ar-
ranging) *Creator, God :* nom. sg.,
110, 707, 968, 1058, 2528; scîr
metod, 980; sôð metod, 1612; acc.

sg. metod, 180; dat. sg. metode,
169, 1779; gen. sg. metodes, 671.
— Comp. eald-metod.

metod-sceaft, st. f. : 1) *the Creator's
determination, divine purpose,
fate :* acc. sg. -sceaft, 1078.— 2) *the
Creator's glory :* acc. sg. metod-
sceaft seón (i.e. die), 1181; dat.
sg. tô metod-sceafte, 2816.

mêce, st. m., *sword :* nom. sg., 1939;
acc. sg. mêce, 2048; brâdne mêce,
2979; gen. sg. mêces, 1766, 1813,
2615, 2940; dat. pl. instr. mêcum,
565; gen. pl. mêca, 2686.—Comp. :
beado-, hâft-, hilde-mêce.

mêd, st. f., *meed, reward :* acc. sg.
mêde, 2135; dat. sg. mêde, 2147;
gen. pl. mêda, 1179.

ge-mêde, st. n., *approval, permis-
sion* (Grein) : acc. pl. ge-mêdu,
247.

mêðe, adj., *tired, exhausted, de-
jected :* in comp. hyge-, sæ-mêðe.

mêtan, w. v., *to meet, find, fall in
with :* with acc., pret. pl. syððan
Aescheres…hafelan mêtton,1422;
subj. pret. sg. þät he ne mêtte …
on elran man mundgripe mâran
(*that he never met, in any other
man, with a mightier hand-grip*),
752.

ge-mêtan, with acc., the same :
pret. sg. gemêtte, 758, 2786; pl.
näs þâ long tô þon, þät þâ aglæcean
hy eft gemêtton (*it was not long
after that the warriors again met
each other*), 2593.

ge-mêting, st. f., *meeting, hostile
coming together :* nom. sg., 2002.

meagol, adj., *mighty, immense ; for-
mal, solemn :* instr. pl. meaglum
wordum, 1981.

mearc, st. f., *frontier, limit, end :*
dat. sg. tô mearce (*the end of life*),
2385.— Comp. Weder-mearc, 298.

ge-mearc, st. n., *measure, distance .*
comp. fôt-, mîl-ge-mearc.

mearcian, w. v., *to mark, stain :*
pres. ind. sg. mearcað môrhôpu
(*will stain, mark, the moor with
the blood of the corpse*), 450.

ge-mearcian, the same : pret.
part. (Cain) morðre gemearcod
(*murder-marked* [cf. 1 Book Mos.
IV. 15]), 1265; swâ wäs on þæm
scennum … gemearcod … hwam
þät sweord geworht wære (*en-
graved for whom the sword had
been wrought*), 1696.

mearc-stapa, w. m., *march-strider,
frontier-haunter* (applied to Gren-
del and his mother): nom. sg.,
103; acc. pl. mearc-stapan, 1349.

mearh, st. m., *horse, steed :* nom. pl.
mearas, 2164; acc. pl. mearas, 866,
1036; dat. pl. inst. mearum, 856,
918; mearum and mâðmum, 1049,
1899; gen. pl. meara and mâðma,
2167.

mearn. See **murnan.**

meodu. See **medu.**

meoto. See **met.**

meotud. See **metud.**

meowle, w. f., *maiden :* comp. geó-
meowle.

micel, adj., *great, huge, long* (of
time) : nom. sg. m., 129, 502; fem.,
67, 146, 170; neut., 772; acc. sg.
m. micelne, 3099; fem. micle,
1779, 3092; neut. micel, 270, 1168.
The comp. mâre must be supplied
before þone in : medo-ärn micel
… (mâre) þone yldo bearn æfre
ge-frunon, 69; instr. sg. ge-trume
micle, 923; micle (*by much, much*);
micle leófre (*far dearer*), 2652,
efne swâ micle (lässa), (*[less] even
by so much*), 1284; oftor micle
(*much oftener*), 1580; dat. sg.
weak form miclan, 2850; gen. sg

miclan, 979. The gen. sg. micles
is an adv. = *much, very:* micles
wyrðne gedôn (*deem worthy of
much,* i.e. honor very highly), 2186;
tô fela micles (*far too much, many*),
695; acc. pl. micle, 1349. Compar.,
see **mâra.**

mid, I. prep. w. dat., instr., and acc.,
signifying preëminently *union,
community, with,* hence: 1) w.
dat.: a) *with, in company, com-
munity, with:* mid Finne, 1129;
mid Hrôðgâre, 1593; mid scip-
herge, 243; mid gesîðum (*with
his comrades*), 1314; so, 1318,
1964, 2950, etc.; mid his freô-
drihtne, 2628; mid þæm lâcum
(*with the gifts*), 1869; so, 2789,
125; mid hæle (*with good luck!*),
1218; mid bæle fôr (*sped off amid
fire*), 2309. The prep. postponed:
him mid (*with him, in his compa-
ny*), 41; *with him,* 1626; ne wäs
him Fitela mid (*was not with him*),
890. b) *with, among:* mid Geá-
tum (*among the Geátas*), 195,
2193, 2624; mid Scyldingum, 274;
mid Eotenum, 903; mid yldum
(eldum), 77, 2612; mid him (*with,
among, one another*), 2949. In
temporal sense: mid ær-däge (*at
dawn*), 126. — 2) *with, with the
help of, through,* w. dat.: mid
âr-stafum (*through his grace*), 317;
so, 2379; mid grâpe (*with the fist*),
438; so, 1462, 2721; mid his hete-
þoncum (*through his hatred*), 475;
mid sweorde, 574; so, 1660, 2877;
mid gemete (*through, by, his
power*), 780; so, 1220, 2536, 2918;
mid gôde (*with benefits*), 1185;
mid hearme (*with harm, insult*),
1893; mid þære sorge (*with
[through?] this sorrow*), 2469;
mid rihte (*by rights*), 2057. With

instr.: mid þ̂ŷ wîfe (*through [mar-
riage with] the woman*), 2029. —
3) w. acc., *with, in community,
company, with:* mid his eorla ge-
driht, 357; so, 634, 663, 1673;
mid hine, 880; mid mînne gold-
gyfan, 2653.
  II. adv., mid, *thereamong, in
the company,* 1643; *at the same
time, likewise,* 1650.

middan-geard, st. m., *globe, earth:*
acc. sg., 75, 1772; dat. sg. on mid-
dan-gearde, 2997; gen. sg. middan-
geardes, 504, 752.

midde, w. f., *middle = medius:* dat.
sg. on middan (*through the middle,
in two*), 2706; gen. sg. (adv.) tô-
middes (*in the midst*), 3142.

middel-niht, st. f., *midnight:* dat.
pl. middel-nihtum, 2783, 2834.

miht, st. f., *might, power, authority:*
acc. sg. þurh drihtnes miht (*through
the Lord's help, power*), 941; instr.
pl. selfes mihtum, 701.

mihtig, adj.: 1) *physically strong,
powerful:* acc. sg. mihtig mere-
deôr, 558; mere-wîf mihtig, 1520.
— 2) *possessing authority, mighty:*
nom. sg. mihtig god, 702, 1717,
1726; dat. sg. mihtigan drihtne,
1399. — Comp.: äl-, fore-mihtig.

milde, adj., *kind, gracious, gener-
ous:* nom. sg. môdes milde (*kind-
hearted*), 1230; instr. pl. mildum
wordum (*graciously*), 1173. Superl.
nom. sg. worold-cyning mannum
mildust (*a king most liberal to
men*), 3183.

milts, st. f., *kindness, benevolence:*
nom. sg., 2922.

missan, w. v. with gen., *to miss,
err in:* pret. sg. miste mercelses
(*missed the mark*), 2440.

missere, st. n., *space of a semester,
half a year:* gen. pl. hund missera

(*fifty winters*), 2734, 2210; generally, *a long period of time, season*, 1499, 1770; fela missera, 153, 2621.

mist-hliðͫ, st. n., *misty cliff, cloud-capped slope:* dat. pl. under mist-hleoðum, 711.

mistig, adj., *misty:* acc. pl. mistige môras, 162.

mîl-gemearc, st. n., *measure by miles:* gen. sg. mîl-gemearces, 1363.

mîn: 1) poss. pron., *my, mine*, 255, 345, etc.; Hygelâc mîn (*my lord, or king, II.*), 2435. — 2) gen. sg. of pers. pron. ic, *of me*, 2085, 2534, etc.

molde, w. f., *dust; earth, field:* in comp. gräs-molde.

mon. See **man.**

ge-mong. See **ge-mang.**

morð-bealu, st. n., *murder, deadly bale* or *deed of murder:* gen. pl. morð-beala, 136.

morðor, st. n., *deed of violence, murder:* dat. instr. sg. morðre, 893, 1265, 2783; gen. sg. morðres, 2056; morðres scyldig (*guilty of murder*), 1684.

morðor-bed, st. n., *bed of death, murder-bed:* acc. sg. wäs þam yldestan ... morðor-bed stred (*a bed of death was spread for the eldest,* i.e. through murder his death-bed was prepared), 2437.

morðor-bealu, st. n., *death-bale, destruction by murder:* acc. sg. morðor-bealo, 1080, 2743.

morðor-hete, st. m., *murderous hate:* gen. sg. þäs morðor-hetes, 1106.

morgen, morn, mergen, st. m., *morning, forenoon;* also *morrow:* nom. sg. morgen, 1785, 2125; (*morrow*), 2104; acc. sg. on morgen (*in the morning*), 838; dat.

sg. on morgne, 2485; on mergenne, 565, 2940; gen. pl. morna gehwylce (*every morning*), 2451.

morgen-ceald, adj., *morning-cold, dawn-cold:* nom. sg. gâr morgen-ceald (*spear chilled by the early air of morn*), 3023.

morgen-lang, adj., *lasting through the morning:* acc. sg. morgen-longne däg (*the whole forenoon*), 2895.

morgen-leóht, st. n., *morning-light.* nom. sg., 605, 918.

morgen-swêg, st. m., *morning-cry, cry at morn:* nom. sg., 129.

morgen-tîd, st. f., *morning-tide:* acc. sg. on morgen-tîde, 484, 818(?).

morn. See **morgen.**

môd, st. n.: 1) *heart, soul, spirit, mood, mind, manner of thinking:* nom. sg., 50, 731; wäfre môd (*the flickering spirit, the fading breath*), 1151; acc. sg. on môd (*into his mind*), 67; dat. instr. sg. môde geþungen (*of mature, lofty spirit*), 625; on môde (*in heart, mind*), 754, 1845, 2282, 2528; on hreóum môde (*fierce of spirit*), 2582; gen. sg. môdes, 171, 811, 1707; môdes blîðe (*gracious-minded, kindly disposed*), 436; so, môdes milde, 1230; môdes scóce (*depressed in mind*), 1604. — 2) *boldness, courage:* nom. and acc. sg., 1058, 1168. 3) *passion, fierceness:* nom. sg., 549. — Comp. form adj.: galg-, geômor-, gläd-, gûð-, hreóh-, irre-, sârig-, stîð-, swîð-, wêrig-môd.

môd-cearu, st. f., *grief of heart.* acc. sg. môd-ceare, 1993, 3150.

môd-gehygd, st. f., *thought of the heart; mind:* instr. pl. môd-gehygdum, 233

môd-ge-þanc, st. n., *mood-thought*

meditation : acc. sg. môd-ge-þonc, 1730.

môd-giômor, adj., *grieved at heart, dejected :* nom. sg., 2895.

môdig, adj., *courageous :* nom. sg., 605, 1644, 1813, 2758; he þäs (þäm, MS.) môdig wäs (*had the courage for it*), 1509; se môdega, 814; dat. sg. mid þam môdigan, 3012; gen. sg. môdges, 502; môdiges, 2699; Geáta leód georne trûwode môdgan mägnes (*trusted firmly in his bold strength*), 671; nom. pl. môdge, 856; môdige, 1877; gen. pl. môdigra, 312, 1889. — Comp. fela-môdig.

môdig-lîc, adj., *of bold appearance :* compar. acc. pl. môdiglîcran, 337.

môd-lufe, w. f., *heart's affection, love :* gen. sg. þînre môd-lufan, 1824.

môd-sefa, w. m., *thought of the heart; brave, bold temper; courage :* nom. sg., 349, 1854, 2629; acc. sg. môd-sefan, 2013; dat. sg. môd-sefan, 180.

môd-þracu, st. f., *boldness, courage, strength of mind :* dat. sg. for his môd-þräce, 385.

môdor, f., *mother :* nom. sg., 1259, 1277, 1283, 1684, 2119; acc. sg. môdor, 1539, 2140, 2933.

môna, w. m., *moon :* gen. sg. mônan, 94.

môr, st. m., *moor, morass, swamp :* acc. sg. ofer myrcan môr, 1406; dat. sg. of môre, 711; acc. pl. môras, 103, 162, 1349.

môr-hop, st. n., *place of refuge in the moor, hiding-place in the swamp :* acc. pl. môr-hopu, 450.

ge-môt, st. n., *meeting :* in comp. hand-, torn-ge-môt.

môtan, pret.-pres. v.: 1) *power* or *permission to have something, to*

be permitted; may, can : pres. sg. I., III. môt, 186, 442, 604; II. môst, 1672; pl. môton, 347, 365, 395; pres. subj. ic môte, 431; III. se þe môte, 1388; pret. sg. môste, 168, 707, 736, 895, 1488, 1999, 2242, 2505, etc.; pl. môston, 1629, 1876, 2039, 2125, 2248; pres. subj. sg. II. þät þu hine selfne geseón môste (*mightest see*), 962. — 2) *shall, must, be obliged :* pres. sg. môt, 2887; pret. sg. môste, 1940; þær he þý fyrste forman dôgore wealdan môste, swâ him Wyrd ne gescrâf, hrêð ät hilde (*if he must for the first time that day be victorious, as Fate had denied him victory,* cf. 2681, 2683 seqq.), 2575.

ge-munan, pret.-pres. v., *to have in mind, be mindful; remember, think of,* w. acc.: pres. sg. hine gearwe geman witena wel-hwylc (*each of the knowing ones still remembers him well*), 265; ic þe þäs leán geman (*I shall not forget thy reward for this*), 1221; ic þät eall gemon (*I remember all that*), 2428; so, 1702, 2043; gif he þät eall gemon hwät . . . (*if he is mindful of all that which . . .*), 1186; ic þät mæl gemon hwær . . . (*I remenber the time when . . .*), 2634; pret. sg. w. gemunde . . . æfen-spræce (*recalled his evening speech*), 759; so, 871, 1130, 1260, 1271, 1291, 2115, 2432, 2607, 2679; se þäs leód-hryres leán ge-munde (*was mindful of reward for the fall of the ruler*), 2392; þät he Eotena bearn inne gemunde (*that he in this should remember, take vengeance on, the children of the Eotens*), 1142; so, hond gemunde . fæhðo genôge (*his hand remembered strife enough*), 2490; ne gemunde mago Ecglâfes þät . . . (*re-membered not that which* . . .), 1466; pret. pl. helle gemundon in môd-sefan (*their thoughts* [as heathens] *fixed themselves on, re-membered, hell*), 179.

on-munan, w. acc. pers. and gen. of thing, *to admonish, exhort:* pret. sg. onmunde ûsic mærða (*ex-horted us to deeds of glory*), 2641.

mund, st. f., *hand:* instr. pl. mun-dum, mid mundum, 236, 514, 1462, 3023, 3092.

mund-bora, w. m., *protector, guardi-an, preserver:* nom. sg., 1481, 2780.

mund-gripe, st. m., *hand-grip, seizure:* acc. sg. mund-gripe, 754; dat. sg. mund-gripe, 380, 1535; äfter mund-gripe (*after having seized the criminal*), 1939.

murnan, st. v., *to shrink from, be afraid of, avoid:* pret. sg. nô mearn fore fæhðe and fyrene, 136; so, 1538; nalles for ealdre mearn (*was not apprehensive for his life*), 1443. — 2) *to mourn, grieve:* pres. part. him wäs . . . murnende môd, 50; pres. subj., þonne he fela murne (*than that he should mourn much*), 1386.

be-murnan, be-meornan, with acc., *to mourn over:* pret. be-mearn, 908, 1078.

murn-lîce. See un-murn-lîce.

mûð-bana, w. m., *mouth-destroyer:* dat. sg. tô mûð-bonan (of Grendel because he bit his victim to death), 2080.

mûða, w. m., *mouth, entrance:* acc. sg. recedes mûðan (*mouth of the house, door*), 725.

ge-mynd, st. f., *memory, memorial, remembrance:* dat. pl. tô gemyn-dum, 2805, 3017. See weorð-mynd.

myndgian, w. v., *to call to mind, remember:* pres. sg. myndgað, 2058; pres. part. w. gen. gif þonne Fresna hwylc . . . þäs morðor-hetes myndgiend wære (*were to call to mind the bloody feud*), 1106.

ge-myndgian, w. v. w. acc., *to re-member:* bið gemyndgad . . . ea-foran ellor-sîð (*is reminded of his son's decease*), 2451.

ge-myndig, adj., *mindful:* nom. sg. w. gen., 614, 869, 1174, 1531, 2083, etc.

myne, st. m.: 1) *mind, wish:* nom. sg., 2573. — 2) *love*(?): ne his myne wisse (*whose* [God's] *love he knew not*), 169.

ge-mynian, w. v. w. acc., *to be mindful of:* imper. sg. gemyne mærðo! 660.

myntan, w. v., *to intend, think of, resolve:* pret. sg. mynte . . . man-na cynnes sumne besyrwan (*meant to entrap all*(?) [see **sum**], *some one of*(?), *the men*), 713; mynte þät he gedælde . . . (*thought to sever*), 732; mynte se mæra, þær he meahte swâ, widre gewindan (*intended to flee*), 763.

myrce, adj., *murky, dark:* acc. sg. ofer myrcan môr, 1406.

myrð, st. f., *joy, mirth:* dat. (instr.) sg. môdes myrðe, 811.

N

naca, w. m., *vessel, ship:* acc. sg. nacan, 295; gen. sg. nacan, 214. —Comp.: hring-, ýð-naca.

nacod, adj., *naked:* nom. and acc. sg. swurd, gûð-bill nacod, 539, 2586; nacod nîð-draca, 2274.

nalas, nales, nallas. See nealles.

nama, w. m., *name:* nom. sg. Beó-

wulf is mîn nama, 343; wäs þäm
häft-mêce Hrunting nama, 1458;
acc. sg. scôp him Heort naman
(*gave it the name Hart*), 78.

nâ (from ne-â), strength. negative,
never, not all, 445, 567, 1537.

nâh, from ne-âh. See **âgan.**

nân (from ne-ân), indef. pron., *none,
no :* with gen. pl. gûð-billa nân,
804; adjectively, nân . . . îren ær-
gôd, 990.

nât, from ne-wât : *I know not = ne-
scio.* See **witan.**

nât-hwylc (nescio quis, ne-wât-
hwylc, *know 'not who, which*, etc.),
indef. pron., *any, a certain one,
some or other :* 1) w. partitive gen. :
nom. sg. gumena nât-hwylc, 2234;
gen. sg. nât-hwylces (þâra banena),
2054; niða nât-hwylces(?), 2216;
nât-hwylces häleða bearna, 2225.
— 2) adjectively : dat. sg. in nið-
sele nât-hwylcum, 1514.

näbben, from ne-häbben (subj.
pres.). See **habban.**

näfne. See **nefne.**

nägel, st. m., *nail :* gen. pl. nägla
(of the finger-nails), 986.

nägled, part., *nailed?, nail-like?,
buckled?* : acc. sg. neut. nägled
(MS. gled) sinc, 2024.

näs, st. m., *naze, rock projecting
into the sea, cliff, promontory :* acc.
sg. näs, 1440, 1601, 2899; dat. sg.
nässe, 2244, 2418; acc. pl. windige
nässas, 1412; gen. pl. nässa, 1361.

näs, from ne-wäs (*was not*). See
wesan.

näs, neg. adv., *not, not at all*, 562,
2263.

näs-hlið, st. n., *declivity, slope of a
promontory that sinks downward
to the sea :* dat. pl. on näs-hleoðum,
1428.

næfre, adv., *never*, 247, 583, 592,
656, 719, 1042, 1049, etc.; also
strengthened by ne : næfre ne,
1461.

ge-nægan, w. v. w. acc. pers. and
gen. of thing, *to attack, press :*
pret. pl. nîða genægdan nefan
Hererîces (*in combats pressed hard
upon H.'s nephew*), 2207; pret.
part. wearð . . . nîða genæged, 1440.

nænig (from ne-ænig), pron., *not
any, none, no :* 1) substantively w.
gen. pl. : nom. sg., 157, 242, 692;
dat. sg. nænegum, 599; gen. pl.
nænigra, 950. — 2) adjectively :
nom. sg. ôðer nænig, 860; nænig
wäter, 1515; nænig . . . deór, 1934;
acc. sg. nænigne . . . horð-mâðum,
1199.

nære, from ne-wære (*were not, would
not be*). See **wesan.**

ne, simple neg., *not*, 38, 50, 80, 83,
109, etc.; before imper. ne sorga !
1385; ne gŷm ! 1761, etc. Doubled
= *certainly not, not even that :* ne
ge . . . gearwe ne wisson (*ye cer-
tainly have not known*, etc.), 245;
so, 863; ne ic . . . wihte ne wêne
(*nor do I at all in the least expect*),
2923; so, 182. Strengthened by
other neg. : nôðer . . . ne, 2125; swâ
he ne mihte nô . . . (*so that he ab-
solutely could not*), 1509.

ne . . . ne, *not . . . and not, nor;
neither . . . nor*, 154–157, 511,
1083–1085, etc. Another neg. may
supply the place of the first ne :
so, nô . . . ne, 575–577, 1026–1028,
1393–1395, etc.; næfre . . . ne, 583–
584; nalles . . . ne, 3016–3017.
The neg. may be omitted the first
time : ær ne sîððan (*neither before
nor after, before nor since*), 719;
sûð ne norð (*south nor north*),
859; âdl ne yldo (*neither illness
nor old age*), 1737; wordum ne

worcum (*neither by word nor deed*), 1101; wiston and ne wên-don (*knew not and weened not*), 1605.

nefa, w. m., *nephew, grandson :* nom. sg. nefa (*grandson*), 1204; so, 1963; (*nephew*), 2171; acc. sg. nefan (*nephew*), 2207; dat. sg. nefan (*nephew*), 882.

nefne, näfne, nemne (orig. from ne-gif-ne): 1) subj.: a) with depend. clause = *unless :* nefne him witig god wyrd forstôde (*if fate, the wise God, had not prevented him*), 1057; nefne god sylfa ... sealde (*unless God himself*, etc.), 3055; näfne him his wlite leóge (MS. næfre) (*unless his face belie him*), 250; näfne he wäs mâra (*except that he was huger*), 1354; nemne him heaðo-byrne helpe gefremede, 1553; so, 2655. — b) w. follow. substantive = *except, save, only :* nefne sin-freá (*except the husband*), 1935; ic lyt hafo heáfod-mâga nefne Hygelâc þec (*have no near kin but thee*), 2152; nis þät eówer (gen. pl.) stð ... nefne mîn ânes, 2534. — 2) Prep. with dat., *except :* nemne feáum ânum, 1082.

ge-nehost. See **ge-neahhe.**

nelle, from ne-wille (*I will not*). See **willan.**

nemnan, w. v. w. acc.: 1) *to name, call :* pres. pl. þone yldestan oretmecgas Beówulf nemnað (*the warriors call the most distinguished one Beówulf*), 364; so inf. nemnan, 2024; pret. pl. nemdon, 1355. — 2) *to address*, as in

be-nemnan, *to pronounce solemnly, put under a spell :* pret. sg. Fin Hengeste ... âðum be-nemde þät (*asserted, promised under oath that*

...), 1098; pret. pl. swâ hit ôð dômes däg diópe benemdon þeódnas mære (*put under a curse*), 3070.

nemne. See **nefne.**

nerian, ge-nerian, w. v., *to save, rescue, liberate :* pres. sg. Wyrd oft nereð unfægne eorl, 573; pret. part. häfde ... sele Hróðgâres genered wið nîðe (*saved from hostility*), 828.

ge-nesan, st. v.: 1) intrans., *to remain over, be preserved :* pret. sg. hrôf âna genäs ealles ansund (*the roof alone was quite sound*), 1000. — 2) w. acc., *to endure successfully, survive, escape from :* pret. sg. se þâ säcce ge-näs, 1978; fela ic ... gûð-ræsa ge-näs, 2427; pret. part. swâ he nîða gehwane genesen häfde, 2398.

net, st. n., *net :* in comp. breóst-, here-, hring-, inwit-, scaro-net.

nêdla, w. m., *dire necessity, distress :* in comp. þreá-nêdla.

nêðan (G. nanþjan), w. v., *to venture, undertake boldly :* pres. part. nearo nêðende (*encountering peril*), 2351; pret. pl. þær git ... on deóp wäter aldrum nêðdon (*where ye two risked your lives in the deep water*), 510; so, 538.

ge-nêðan, the same : inf. ne dorste under ýða gewin aldre ge-nêðan, 1470. With depend. clause : nænig þät dorste genêðan þät (*none durst undertake to* ...), 1934; pret. sg. he under hârne stân âna genêðde frêcne dæde (*he risked alone the bold deed, venturing under the grey rock*), 889; (ic) wîge under wätere weorc genêðde earfoð-lîce (*I with difficulty stood the work under the water in battle*, i.e. could hardly win the victory),

1657; ic geneðde fela gûða (*ventured on, risked, many contests*), 2512; pres. pl. (of majesty) we ... frêcne geneðdon eafoð uncû-ðes (*we have boldly risked, dared, the monster's power*), 961.

nêh. See **neáh.**

ge-neahhe, adv., *enough, sufficiently,* 784, 3153; superl. genehost brägd eorl Beówulfes ealde lâfe (*many an earl of B.'s*), 795.

nealles (from ne-ealles), adv., *omnino non, not at all, by no means:* nealles, 2146, 2168, 2180, 2223, 2597, etc.; nallas, 1720, 1750; nalles, 338, 1019, 1077, 1443, 2504, etc.; nalas, 43, 1494, 1530, 1538; nales, 1812.

nearo, st. n., *strait, danger, distress:* acc. sg. nearo, 2351, 2595.

nearo, adj., *narrow:* acc. pl. f. nearwe, 1410.

nearwe, adv., *narrowly,* 977.

nearo-cräft, st. m., *art of rendering difficult of access?, inaccessibility* (see 2214 seqq.) : instr. pl. nearocräftum, 2244.

nearo-fâh, m., *foe that causes distress, war-foe:* gen. sg. nearofâges, 2318.

nearo-þearf, st. f., *dire need, distress:* acc. sg. nearo-þearfe, 422.

ge-nearwian, w. v., *to drive into a corner, press upon:* pret. part. genearwod, 1439.

neáh, nêh: 1) adj., *near, nigh:* nom. sg. neáh, 1744, 2729. In superl. also = *last:* instr. sg. nŷhstan sîðe (*for the last time*), 1204; nichstan sîðe, 2512.

2) adv., *near:* feor and (oððe) neáh, 1222, 2871; 3) prep. sægrunde neáh, 564; so, 1925, 2243; holm-wylme nêh, 2412. Compar. neár, 746.

neán, adv., *near by, (from) close at hand,* 528; (neon, MS.), 3105; feorran and neán, 840; neán and feorran, 1175, 2318.

ge-neát, st. m., *comrade, companion:* in comp. beód-, heorð-geneát.

nioðor. See **niðer.**

neowol, adj., *steep, precipitous:* acc. pl. neowle, 1412.

neód, st. f., *polite intercourse regulated by etiquette?, hall-joy?* : acc. sg. nióde, 2117; inst. (= *joy*), 2216.

neód-laðu, st. f., *polite invitation; wish:* dat. sg. äfter neód-laðu (*according to his wishes*), 1321.

neósan, neósian, w. v. w. gen., *to seek out, look for; to attack:* inf. neósan, 125, 1787, 1792, 1807, 2075; niósan, 2389, 2672; neósian, 115, 1126; niósian, 3046; pret. sg. niósade, 2487.

neótan, st. v., *to take, accept,* w. gen.; *to use, enjoy:* imper. sg. neót, 1218.

be-neótan, w. dat., *to rob, deprive of:* inf. hine aldre be-neótan, 681; pret. sg. cyning ealdre bi-neát (*deprived the king of life*), 2397.

nicor, st. m., *sea-horse, walrus, sea-monster* (cf. Bugge in Zacher's Journal, 4, 197) : acc. pl. niceras, 422, 575; nicras, 1428; gen. pl. nicera, 846.

nicor-hûs, st. n., *house* or *den of sea-monsters:* gen. pl. nicor-hûsa, 1412.

nið, st. m., *man, human being:* gen. pl. niðða, 1006; niða? (passage corrupt), 2216.

niðer, nyðer, neoðor, adv., *down, downward:* niðer, 1361; nioðor, 2700; nyðer, 3045.

nið-sele, st. m., *hall, room, in the deep* (Grein) : dat. sg. [in] nið-sele nât-hwylcum, 1514.

nigen, num., *nine:* acc. nigene, 575.

niht, st. f. *night:* nom. sg., 115, 547, 650, 1321, 2117; acc. sg. niht, 135, 737, 2939; gystran niht (*yester-night*), 1335; dat. sg. on niht, 575, 684; on wanre niht, 703; gen. sg. nihtes hwîlum (*sometimes at night, in the hours of the night*), 3045; as adv. = *of a night, by night,* G. nachts, 422, 2274; däges and nihtes, 2270; acc. pl. seofon niht (*se'nnight, seven days,* cf. Tac. Germ. 11), 517; dat. pl. sweartum nihtum, 167; deorcum nihtum, 275, 221; gen. pl. nihta, 545, 1366. — Comp.: middel-, sin-niht.

niht-bealu, st. n., *night-bale, destruction by night:* gen. pl. niht-bealwa, 193.

niht-helm, st. m., *veil* or *canopy of night:* nom. sg., 1790.

niht-long, adj., *lasting through the night:* acc. sg. m. niht-longne fyrst (*space of a night*), 528.

niht-weorc, st. n., *night-work, deed done at night:* instr. sg. niht-weorce, 828.

niman, st. v. w. acc.: 1) *to take, hold, seize, undertake:* pret. sg. nam þâ mid handa hige-þihtigne rinc, 747; pret. pl. we . . . niôde nâman, 2117. — 2) *to take, take away, deprive of:* pres. sg. se þe hine deáð nimeð (*he whom death carrieth off*), 441; so, 447; nymeð, 1847; nymeð nŷd-bâde, 599; subj. pres. gif mec hild nime, 452, 1482; pret. sg. ind. nam on Ongen-þió íren-byrnan, 2987; ne nom he . . . mâðm-æhta mâ (*he took no more of the rich treasures*), 1613; pret. part. þâ wäs . . . seó cwên numen (*the queen carried off*), 1154.

be-niman, *to deprive of:* pret. sg. ôð þät hine yldo benam mägenes wynnum (*till age bereft him of joy in his strength*), 1887.

for-niman, *to carry off:* pres. sg. þe þâ deáð for-nam (*whom death carried off*), 488; so, 557, 696, 1081, 1124, 1206, 1437, etc. Also, dat. for acc.: pret. pl. him îrenna ecge fornâmon, 2829.

ge-niman: 1) *to take, seize:* pret. sg. (hine) be healse ge-nam (*clasped him around the neck, embraced him*), 1873. — 2) *to take, take away:* pret. on reste genam þritig þegna, 122; heó under heolfre ge-nam cûðe folme, 1303; segn eác genom, 2777; þâ mec sinca baldor . . . ät mînum fäder genam (*took me at my father's hands, adopted me*), 2430; pret. part. ge-numen, 3167.

ge-nip, st. n., *darkness, mist, cloud:* acc. pl. under nässa genipu, 1361; ofer flôda genipu, 2809.

nis, from ne-is (*is not*): see wesan.

niwe, niówe, adj., *new, novel; un-heard-of:* nom. sg. swêg up â-stâg niwe geneahhe (*a monstrous hub-bub arose*), 784; beorh . . . niwe (*a newly-raised(?) grave-mound*), 2244; acc. sg. niwe sibbe (*the new kinship*), 950; instr. sg. niwan stefne (*properly, novâ voce; here* = de novo, iterum, *again*), 2595; niówan stefne (*again*), 1790; gen. pl. niwra spella (*new tidings*), 2899.

ge-niwian, w. v., *to renew:* pret part. ge-niwod, 1304, 1323; geni-wad, 2288.

niw-tyrwed, pret. part., *newly-tarred:* acc. sg. niw-tyrwedne (-tyrwydne, MS.) nacan, 295.

nîð, st. m., properly only *zeal, endeavor;* then *hostile endeavor, hos-*

tility, battle, war : nom. sg., 2318; acc. sg. nîð, 184, 276; Wedera nîð (*enmity against the W., the sorrows of the Weders*), 423; dat. sg. wið (ät) nîðe, 828, 2586; instr. nîðe, 2681; gen. pl. nîða, 883, 2351, 2398, etc.; also instr. = *by, in, battle*, 846, 1440, 1963, 2171, 2207. — Comp.: bealo-, fær-, here-, hete-, inwit-, searo-, wäl-nîð.

nîð-draca, w. m., *battle-dragon :* nom. sg., 2274.

nîð-güst, st. m., *hostile alien, fell demon :* acc. sg. þone nîð-gäst (*the dragon*), 2700.

nîð-geweorc, st. n., *work of enmity, deed of evil :* gen. pl. -geweorca, 684.

nîð-grim, adj., *furious in battle, savage :* nom. sg., 193.

nîð-heard, adj., *valiant in war :* nom. sg., 2418.

nîð-hydig, adj., *eager for battle, valorous :* nom. pl. nîð-hydige men, 3167.

ge-nîðla, w. m., *foe, persecutor, waylayer :* in comp. ferhð-, feorh-genîðla.

nîð-wundor, st. n., *hostile wonder, strange marvel of evil :* acc. sg., 1366.

nîpan, st. v., *to veil, cover over, obscure ;* pres. part. nîpende niht, 547, 650.

nolde, from ne-wolde (*would not*); see **willan.**

norð, adv., *northward*, 859.

norðan, adv., *from the north*, 547.

nose, w. f., *projection, cliff, cape :* dat. sg. of hliðes nosan, 1893; ät brimes nosan, 2804.

nô (strengthened neg.), *not, not at all, by no means*, 136, 244, 587, 755, 842, 969, 1736, etc.; strengthened by following ne, 459(?),

1509; nô ... nô (*neither ... nor*), 541–543; so, nô ... ne, 168. See **ne.**

nôðer (from nâ-hwäðer), neg., *and not, nor*, 2125.

ge-nôh, adj., *sufficient, enough :* acc. sg. fæhðo genôge, 2490; acc. pl. genôge ... beágas, 3105.

nôn, st. f., [Eng. *noon*], *ninth hour of the day, three o'clock in the afternoon of our reckoning* (the day was reckoned from six o'clock in the morning; cf. Bouterwek Screádunga, 24 *3:* we hâtað ænne däg fram sunnan upgange ôð æfen) : nom. sg. nôn, 1601.

nu, adv.: 1) *now, at present*, 251, 254, 375, 395, 424, 426, 489, etc.: nu gyt (*up to now, hitherto*), 957; nu gen (*now still, yet*), 2860; (*now yet, still*), 3169. — 2) conj., *since, inasmuch as :* nu þu lungre geong ... nu se wyrm ligeð (*go now quickly, since the dragon lieth dead*), 2746; so, 2248; þät þu me ne forwyrne ... nu ic þus feorran com (*that do not thou refuse me, since I am come so far*), 430; so, 1476; nu ic on mâðma hord mîne bebohte frôde feorh-lege, fremmað ge nu (*as I now ..., so do ye*), 2800; so, 3021.

nymðe, conj. w. subj., *if not, unless*, 782; nymðe mec god scylde (*if God had not shielded me*), 1659.

nyt, st. f., *duty, service, office, employment :* acc. sg. þegn nytte beheóld (*did his duty*), 494; so, 3119. — Comp.: sund-, sundor-nyt.

nyt, adj., *useful :* acc. pl. m. nytte, 795; comp. un-nyt.

ge-nyttian, w. v., *to make use of, enjoy :* pret. part. häfde eorð-scrafa ende ge-nyttod (*had enjoyed, made use of*), 3047.

nŷd, st. f., *force, necessity, need,
pain:* acc. sg. þurh deáðes nŷd,
2455; instr. sg. nŷde, 1006. In
comp. (like nŷd-maga, consangui-
neus, in Æthelred's Laws, VI. 12,
Schmid, p. 228; nêd-maga, in
Cnut's Laws, I. 7, ibid., p. 258);
also, *tie of blood.*— Comp. þreá-nŷd.

ge-nŷdan, w. v.: 1) *to force, com-
pel:* pret. part. nîðe ge-nŷded
(*forced by hostile power*), 2681. —
2) *to force upon:* pret. part. acc. sg. f.
nŷde genŷdde . . . gearwe stôwe
(*the inevitable place prepared for
each,* i.e. the bed of death), 1006.

nŷd-bâd, st. f., *forced pledge, pledge
demanded by force:* acc. pl. nŷd-
bâde, 599.

nŷd-gestealla, w. m., *comrade in
need* or *united by ties of blood:*
nom. pl. nŷd-gesteallan, 883.

nŷd-gripe, st. m., *compelling grip:*
dat. sg. in nŷd-gripe (mid-gripe,
MS.), 977.

nŷd-wracu, st. f., *distressful perse-
cution, great distress:* nom. sg.,
193.

nŷhst. See **neáh.**

O

oððe, conj.: 1) *or; otherwise,* 283,
437, 636, 638, 694, 1492, 1765, etc.
— 2) *and* (?), *till* (?), 650, 2476,
3007.

of, prep. w. dat., *from, off from:*
1) *from some point of view:* ge-
seah of wealle (*from the wall*),
229; so, 786; of hefene scîneð
(*shineth from heaven*), 1572; of
hliðes nosan gástas grêtte (*from
the cliff's projection*), 1893; of
þam leóma stôd (*from which light
streamed*), 2770; þær wäs mâðma

fela of feorwegum . . . gelæded
(*from distant lands*), 37; þâ com
of môre (*from the moor*), 711,
922. — 2) *forth from, out of:*
hwearf of earde (*wandered from
his home, died*), 56; so, 265, 855,
2472; þâ ic of searwum com (*when
I had escaped from the persecutions
of the foe*), 419; þâ him Hrôðgâr
gewât . . . ût of healle (*out of the
hall*), 664; so, 2558, 2516; 1139,
2084, 2744; wudu-rêc â-stâh sweart
of (ofer) swioðole (*black wood-
reek ascended from the smoking
fire*), 3145; (icge gold) â-häfen
of horde (*lifted from the hoard*),
1109; lêt þâ of breóstum . . . word
ût faran (*from his breast*), 2551;
dyde . . . helm of hafelan (*doffed
his helmet*), 673; so, 1130; seal-
don wîn of wunder-fatum (*pre-
sented wine from wondrous vessels*),
1163; siððan hyne Hæðcyn of
horn-bogan . . . flâne geswencte
(*with an arrow shot from the
horned bow*), 2438; so, 1434. Prep.
postponed: þâ he him of dyde
îsern-byrnan (*doffed his iron corse-
let*), 672.

ofer, prep. w. dat. and acc., *over,
above:* 1) w. dat., *over* (rest, lo-
cality): Wîglâf siteð ofer Bió-
wulfe, 2908; ofer äðelinge, 1245;
ofer eorðan, 248, 803, 2008; ofer
wer-þeóde (*over the earth, among
mankind*), 900; ofer ŷðum, 1908;
ofer hron-râde (*over the sea*), 10;
so, 304, 1287, 1290, etc.; ofer ealo-
wæge (*over the beer-cup, drink-
ing*), 481. — 2) w. acc. of motion:
a) *over* (local): ofer ŷðe (*over the
waves*), 46, 1910; ofer swan-râde
(*over the swan-road, the sea*), 200;
ofer wægholm, 217; ofer geofenes
be-gang, 362; so, 239, 240, 297,

393, 464, 471, etc.; ofer bolcan (*over the gangway*), 231; ofer landa fela (*over many lands*), 311; so, 1405, 1406; ofer heáhne hrôf (*along upon (under?) the high roof*), 984; ofer eormen-grund (*over the whole earth*), 860; ofer ealle (*over all, on all sides*), 2900, 650; so, 1718; —606, 900, 1706; ofer borda gebräc (*over, above, the crashing of shields*), 2260; ofer bord-(scild) weall, 2981, 3119. Temporal: ofer þâ niht (*through the night, by night*), 737. b) w. verbs of saying, speaking, *about, of, concerning:* he ofer benne spräc, 2725. c) *beyond, over:* ofer mín ge-met (*beyond my power*), 2880; — hence, *against, contrary to:* he ofer willan gióng (*went against his will*), 2410; ofer ealde riht (*against the ancient laws,* i.e. the ten commandments), 2331; — also, *without:* wig ofer wæpen (*war sans, dispensing with, weapons*), 686; — temporal = *after:* ofer eald-gewin (*after long, ancient, suffering*), 1782.

ofer-hygd, st. n., *arrogance, pride, conceit:* gen. pl. ofer-hygda, 1741; ofer-hyda, 1761.

ofer-mâðum, st. m., *very rich treasure:* dat. pl. ofer-mâðmum, 2994.

ofer-mägen, st. n., *over-might, superior numbers:* dat. sg. mid ofer-mägene, 2918.

ofer-þearf, st. f., *dire distress, need:* dat. sg. [for ofer] þea[rfe], 2227.

oft, adv., *often,* 4, 165, 444, 572, 858, 908, 1066, 1239, etc.; oft [nô] seldan, 2030; oft nalles æne, 3020; so, 1248, 1888. Compar. oftor, 1580. Superl. oftost, 1664.

om-, on-. See **am-, an-.**

ombiht. See **ambiht.**

oncer. See **ancer.**

ond. See **and.**

onsŷn. See **ansŷn.**

on, prep. w. dat. and acc., signifying primarily *touching on, contact with:* I. local, w. dat.: a) *on, upon, in at* (of exterior surface): on heáh-stede (*in the high place*), 285; on mínre êðel-tyrf (*in my native place*), 410; on þäm meðel-stede, 1083; so, 2004; on þam holm-clife, 1422; so, 1428; on foldan (*on earth*), 1197; so, 1533, 2997; on þære medu-bence (*on the mead-bench*), 1053; beornas on blancum (*the heroes on the dapple-greys*), 857, etc.; on räste (*in bed*), 1299; on stapole (*at, near, the pillar*), 927; on wealle, 892; on wage (*on the wall*), 1663; on þäm wäl-stenge (*on the battle-lance*), 1639; on eaxle (*on his shoulder*), 817, 1548; on bearme, 40; on breós-tum, 552; on hafelan, 1522; on handa (*in his hand*), 495, 540; so, 555, 766; on him byrne scân (*on him shone the corselet*), 405; on ôre (*at the front*), 1042; on corðre (*at the head of, among, his troop*), 1154; scip on ancre (*the ship at anchor*), 303; þät he on heáðe ge-stôd (*until he stood in the hall*), 404; on fäder stäle (*in a father's place*), 1480; on ýðum (*on the waves, in the water*), 210, 421, 534, 1438; on holme, 543; on êg-streámum, 577; on segl-râde, 1438, etc.; on flôde, 1367. The prep. postponed: Freslondum on, 2358.—b) *in, inside of* (of inside surface): secg on searwum (*a champion in armor*), 249; so, 963; on wíg-geatwum, 368; (re-ced) on þäm se ríca bâd (*in which the mighty one abode*), 310; on

Heorote (*in Heorot*), 475, 497, 594, 1303; on beór-sele, 492, 1095; on healle, 615, 643; so, 639, 1017, 1026, etc.; on burgum (*in the cities, boroughs*), 53; on helle, 101; on sefan mínum (*in my mind*), 473; on môde, 754; so, 755, 949, 1343, 1719, etc.; on aldre (*in his vitals*), 1435; on middan (in medio), 2706. — c) *among, amid:* on searwum (*among the arms*), 1558; on gemonge (*among the troop*), 1644; on þam leód-scipe (*among the people*), 2198; nymðe líges fäðm swulge on swa-ðule (*unless the embracing flame should swallow it in smoke*), 783; — *in, with, touched by, possessing something:* þâ wäs on sâlum sinces brytta (*then was the dispenser of treasure in joy*), 608; so, 644, 2015; wäs on hreón môde, 1308; on sweofote (*in sleep*), 1582, 2296; heó wäs on ôfste (*she was in haste*), 1293; so, 1736, 1870; þâ wäs on blôde brim weallende (*there was the flood billowing in, with, blood*), 848; (he) wäs on sunde (*was a-swimming*), 1619; wäs tô fore-mihtig feónd on fêðe (*too powerful in speed*), 971; þær wäs swîgra secg ... on gylpspræce (*there was the champion more silent in his boasting speech*), 982; — *in; full of, representing, something:* on weres wästmum (*in man's form*), 1353. — d) *attaching to*, hence *proceeding from; from something:* ge-hŷrde on Beówulfe fäst-rædne ge-þôht (*heard in, from, B. the fixed resolve*), 610; þät he ne môt-te ... on elran men mund-gripe mâran, 753; — hence, with verbs of taking: on räste genam (*took from his bed*), 122; so, 748, 2987;

hit ær on þe gôde be-geâton (*took it before from thee*), 2249. — e) *with:* swâ hit lungre wearð on hyra sinc-gifan sâre ge-endod (*as it, too, soon painfully came to an end with the dispenser of treasure*), 2312. — f) *by:* mäg þonne on þäm golde ongitan Geâta dryhten (*the lord of the Geátas may perceive by the gold*), 1485. — g) *to,* after weorðan: þät he on fylle wearð (*that he came to a fall*), 1545.

With acc.: a) w. verbs of moving, doing, giving, seeing, etc., *up to, on, upon, in:* â-lêdon þâ leófne þeóden ... on bearm scipes, 35; on stefn (on wang) stigon, 212, 225; þâ him mid scoldon on flôdes æht feor ge-wîtan, 42; se þe wið Brecan wunne on sîdne sæ (*who strovest in a swimming-match with B. on the broad sea*), 507, cf. 516; þät ic on holma ge-þring eorlscipe efnde (*that I should venture on the sea to do valiant deeds*), 2133; on feónda geweald sîðian, 809; þâra þe on swylc staráð, 997; so, 1781; on lufan læteð hworfan (*lets him turn his thoughts to love?, to possessions?*), 1729; him on môd bearn (*came into his mind, occurred to him*), 67; ræsde on þone rôfan (*rushed on the powerful one*), 2691; (cwom) on worðig (*came into the palace*), 1973; so, 27, 242, 253, 512, 539, 580, 677, 726, etc.; on weg (*away*), 764, 845, 1383, 1431, 2097. — b) *towards, on:* gôde gewyrcean ... on fäder wine (pl.), 21. — c) aim or object, *to, for the object, for, as, in, on:* on þearfe (*in his need, in his strait*), 1457; so, on hyra man-dryhtnes miclan þearfe, 2850; wráðum on andan (*as a terror to the foe*), 709;

Hrôðgâr maðelode him on and-sware (*said to him in reply*), 1841; betst beado-rinca wäs on bäl gearu (*on the pyre ready*), 1110; wîg-heafolan bär freán on fultum (*for help*), 2663; wearð on bîd wrecen (*forced to wait*), 2963.—d) ground, reason, *according to, in conformity with :* rodera rædend hit on ryht gescêd (*decided it in accordance with right*), 1556; ne me swôr fela âða on unriht (*swore no oaths un-justly, falsely*), 2740; on spêd (*skil-fully*), 874; nallas on gylp seleð fätte beágas (*giveth no gold-wrought rings as he promised*), 1750; on sinne selfes dôm (*boastingly, at his own will*), 2148; him eal worold wendeð on willen (*according to his will*), 1740. — e) w. verbs of buy-ing, *for, in exchange for :* me ic on mâðma hord mîne be-bohte frôde feorh-lege (*for the hoard of jewels*), 2800. — f) *of, as to :* ic on Higelâce wât, Geáta dryhten (*I know with respect to, as to, of, H.*), 1831; so, 2651; þät heó on ænigne eorl ge-lŷfde fyrena frôfre (*that she should rely on any earl for help out of trouble*), 628; þâ hie ge-trûwedon on twâ healfa (*on both sides, mutually*), 1096; so, 2064; þät þu him ondrædan ne þearft ... on þâ healfe (*from, on this side*), 1676. —g) after super-latives or virtual superlatives = *among :* näs ... sinc-mâððum sêlra (= þät wäs sinc-mâðma sêlest) on sweordes hâd (*there was no bet-ter jewel in sword's shape*, i.e. among all swords there was none better), 2194; se wäs Hrôðgâre häleða leófost on ge-sîðes hâd (*dearest of men as, in the charac-ter of, follower*, etc.), 1298.

II. Of time: a) w. dat., *in, inside of, during, at :* on fyrste (*in time, within the time appoint-ed*), 76; on uhtan (*at dawn*), 126; on mergenne (*at morn, on the morrow*), 565, 2940; on niht, 575; on wanre niht, 703; on tyn dagum, 3161; so, 197, 719, 791, 1063, etc.; on geogoðe (*in youth*), 409, 466; on geogoð-feore, 537; so, 1844; on orlege (*in, during, battle*), 1327; hû lomp eów on lâde (*on the way*), 1988; on gange (*in going, en route*), 1885; on sweo-fote (*in sleep*), 1582. — b) w. acc., *towards, about :* on undern-mæl (*in the morning, about midday*), 1429; on morgen-tîd, 484, 518; on morgen, 838; on ende-stäf (*toward the end, at last*), 1754; oftor micle þonne on änne sîð (*far oftener than once*), 1580.

III. With particles : him on efn (*beside, alongside of, him*), 2904; on innan (*inside, within*), 71, 1741, 1969, 2453, 2716; þær on innan (*in there*), 2090, 2215, 2245. With the relative þe often separated from its case : þe ic her on starie (*that I here look on, at*), 2797; þe ge þær on standað (*that ye there stand in*), 2867.

on-cŷð (cf. Dietrich in Haupt's Zeits. XI., 412), st. f., *pain, suffer-ing :* nom. sg., 1421; acc. sg. or pl. on-cŷððe, 831.

on-drysne, adj., *frightful, terrible :* acc. sg. firen on-drysne, 1933.

onettan (for **anettan,** from root an-, Goth. inf. anan, *to breathe, pant*), w. v., *to hasten :* pret. pl. onetton, 306, 1804.

on-lîcnes, st. f., *likeness, form, fig-ure :* nom. sg., 1352.

on-mêdla, w. m., *pride, arrogance :*

dat. sg. for on-mêdlan, 2927. Cf. Bugge in Zacher's Zeits. 4, 218 seqq.

on-sæge, adj., *tending to fall, fatal:* nom. sg. þâ wäs Hondsció (dat.) hild on-sæge, 2077; Hæðcynne wearð . . . gûð on-sæge, 2484.

on-weald, st. m., *power, authority:* acc. sg. (him) bega ge-hwäðres . . . onweald ge-teáh (*gave him power over, possession of, both*), 1044.

open, adj., *open:* acc. sg. hord-wynne fond . . . opene standan, 2272.

openian, w. v., *to open,* w. acc.: inf. openian, 3057.

orc (O.S. orc, Goth. aúrkei-s), st. m., *crock, vessel, can:* nom. pl. orcas, 3048; acc. pl. orcas, 2761.

orcnê, st. m., *sea-monster:* nom. pl. orcnêas, 112.

ord, st. n. *point:* nom. sg. ôð þät wordes ord breóst-hord þurh-bräc (*till the word-point broke through his breast-hoard, came to utterance*), 2792; acc. sg. ord (*sword-point*), 1550; dat. instr. orde (id.), 556; on orde (*at the head of, in front* [of a troop]), 2499, 3126.

ord-fruma, w. m., *head lord, high prince:* nom. sg., 263.

oret-mecg, st. m., *champion, warrior, military retainer:* nom. pl. oret-mecgas, 363, 481; acc. pl. oret-mecgas, 332.

oretta, w. m., *champion, fighter. hero:* nom. sg., 1533, 2539.

or-leg, st. n., *war, battle:* dat. sg. on orlege, 1327; gen. sg. or-leges, 2408.

or-leg-hwîl, st. f., *time of battle, war-time:* nom. sg. [or-leg]-hwîl, 2003; gen. sg. orleg-hwîle, 2912; gen. pl orleg-hwîla, 2428.

or-leahtre, adj., *blameless:* nom. sg. 1887.

or-þanc (cf. Gloss. Aldhelm. mid or-þance = argumento in Haupt XI., 436; orþancum = machinamentis, *ibid.* 477; or-þanc-scipe = mechanica, 479), st. m., *mechanical art, skill:* instr. pl. or-þoncum, 2088; smiðes or-þancum, 406.

or-wêna, adj. (weak form), *hopeless, despairing,* w. gen.: aldres or-wêna (*hopeless of life*), 1003, 1566.

or-wearde, adj., *unguarded, without watch* or *guard:* adv., 3128.

oruð, st. n., *breath, snorting:* nom. sg., 2558; dat. oreðe, 2840.

Ô

ôð (Goth. und, O.H.G. unt, unz): 1) prep. w. acc., *to, till, up to,* only temporal: ôð þone ânne däg, 2400; ôð dômes däg, 3070; ôð woruld-ende, 3084. — 2) ôð þät, conj. w. depend. indicative clause, *till, until,* 9, 56, 66, 100, 145, 219, 296, 307, etc.

ôðer (Goth. anþar), num.: 1) *one or other of two, a second,* = alter: nom. sg. subs.: se ôðer, 2062; ôðer (*one,* i.e. of my blood-relations, Hæðcyn and Hygelâc), 2482; ôðer . . . ôðer (*the one . . . the other*), 1350–1352. Adj.: ôðer . . . mihtig mân-sceaða (*the second mighty, fell foe,* referring to 1350), 1339; se ôðer . . . häle, 1816; fem. niht ôðer, 2118; neut. ôðer geâr (*the next, second, year*), 1134; acc. sg. m. ôðerne, 653, 1861, 2441, 2485; þenden reáfode rinc ôðerne (*whilst one warrior robbed the other,* i.e. Eofor robbed Ongenþeów), 2986; neut. ôðer swylc (*another such, an equal*

number), 1584; instr. sg. ôðre sîðe
(*for the second time, again*), 2671,
3102; dat. sg. ôðrum, 815, 1030,
1166, 1229, 1472, 2168, 2172, etc.;
gen. sg. m. ôðres dôgores, 219,
606; neut. ôðres, 1875.—2) *another,
a different one,* = alius: nom. sg.,
subs. ôðer, 1756; ôðer nænig (*no
other*), 860. Adj.: ænig ôðer man,
503, 534; so, 1561; ôðer in (*a
different house* or *room*), 1301;
acc. sg. ôðer flet, 1087; gen. sg.
ôðres . . . yrfe-weardes, 2452; acc.
pl. ealo drincende ôðer sædan (*ale
drinkers said other things*), 1946;
acc. pl. neut. word ôðer, 871.

Ôfer, st. m., *shore:* dat. sg. on ôfre,
1372.

Ôfost, st. f., *haste:* nom. sg. ôfost
is sêlest tô gecŷðanne (*haste is
best to make known, best to say at
once*), 256; so, 3008; dat. sg. beó
þu on ôfeste (ôfoste) (*be in haste,
hasten*), 386, 2748; on ôfste, 1293;
on ôfoste, 2784, 3091.

Ôfost-lîce, adv., *in haste, speedily,*
3131.

Ô-hwær, adv., *anywhere,* 1738, 2871.

Ômig, adj., *rusty:* nom. sg., 2764;
nom. pl. ômige, 3050.

Ôr, st. n., *beginning, origin; front:*
nom. sg., 1689; acc. sg., 2408;
dat. sg. on ôre, 1042.

Ô-wiht, *anything, aught:* instr. sg.
ô-wihte (*in any way*), 1823, 2433.

P

pâd, st. f., *dress;* in comp. here-
pâd.

päð, st. m., *path, road, way;* in
comp. ân-päð.

plega, w. m., *play, emulous contest;*
lind-plega, 1074.

R

raðe, adv., *quickly, immediately,* 725.
Cf. **hráðe.**

rand, rond, st. m., *shield:* acc. sg.
rand, 683; rond, 657, 2567, 2610;
dat. ronde (rond, MS.), 2674;
under rande, 1210; bî ronde, 2539;
acc. pl. randas, 231; rondas, 326,
2654. — Comp.: bord-, hilde-, sîd-
rand.

rand-häbbend, pres. part., *shield-
bearer,* i.e. *man at arms, war-
rior:* gen. pl. rond-häbbendra, 862.

rand-wîga, w. m., *shield-warrior,
shield-bearing warrior:* nom. sg.,
1299; acc. sg. rand-wîgan, 1794.

râd, st. f., *road, street;* in comp.
hran-, segl-, swan-râd.

ge-râd, adj., *clever, skilful, ready:*
acc. pl. neut. ge-râde, 874.

râp, st. m., *rope, bond, fetter:* in
comp. wäl-râp.

râsian, w. v., *to find, discover:* pret.
part. þâ wäs hord râsod, 2284.

räst. See **rest.**

rǽcan, w. v., *to reach, reach after:*
pret. sg. rǽhte ongeán feónd mid
folme (*reached out his hand toward
the foe*), 748.

ge-rǽcan, *to attain, strike, attack:*
pret. sg. hyne . . . wǽpne ge-rǽhte
(*struck him with his sword*), 2966;
so, 556.

rǽd, st. m.: 1) *advice, counsel, res-
olution; good counsel, help:* nom.
sg. nu is rǽd gelong eft ät þe ânum
(*now is help to be found with thee
alone*), 1377; acc. sg. rǽd, 172,
278, 3081.— 2) *advantage, gain,
use:* acc. sg. þät rǽd talað (*counts
that a gain*), 2028; êcne rǽd (*the
eternal gain, everlasting life*),1202;
acc. pl. êce rǽdas, 1761. —Comp.:
folc-rǽd, and adj., ân-, fæst-rǽd.

ræd᾿᾿n, st. v., *to rule; reign; to possess:* pres. part. rodera rædend (*the ruler of the heavens*), 1556; inf. þone þe þu mid rihte rædan sceoldest (*that thou shouldst possess by rights*), 2057; wolde dôm godes dædum rædan gumena ge-hwylcum (*God's doom would rule over, dispose of, every man in deeds*), 2859. See sele-rædend.

ræd-bora, w. m. *counsellor, adviser:* nom. sg., 1326.

ræden, st. f., *order, arrangement, law:* see Note on 1143; comp. worold-ræden(?).

â-ræran, w. v.: 1) *to raise, lift up:* pret. pl. þâ wæron monige þe his mæg … ricone â-rærdon (*there were many that lifted up his brother quickly*), 2984.— 2) figuratively, *to spread, disseminate:* pret. part. blæd is â-ræred (*thy renown is far-spread*), 1704.

ræs, st. m., *on-rush, attack, storm:* acc. sg. gûðe ræs (*the storm of battle, attack*), 2627; instr. pl. gûðe ræsum, 2357.—Comp.: gûð-, hand-, heaðo-, mägen-, wäl-ræs.

(ge-)ræsan, w. v., *to rush (upon):* pret. sg. ræsde on þone rôfan, 2691, 2840.

ræswa, w. m., *prince, ruler:* dat. sg. weoroda ræswan, 60.

reccan, w. v., *to explicate, recount, narrate:* inf. frum-sceaft fira feor-ran reccan (*recount the origin of man from ancient times*), 91; gerund. tô lang is tô reccenne, hu ic … (*too long to tell how I …*), 2094; pret. sg. syllic spell rehte (*told a wondrous tale*), 2111; so intrans. feorran rehte (*told of olden times*), 2107.

reced, st. n., *building, house; hall* (complete in itself): nom. sg., 412, 771, 1800; acc. sg., 1238;

dat. sg. recede, 721, 729, 1573; gen. sg. recedes, 326, 725, 3089; gen. pl. receda, 310.— Comp.: eorð-, heal-, horn-, win-reced.

regn-heard, adj., *immensely strong, firm:* acc. pl. rondas regn-hearde, 326.

regnian, rênian, w. v., *to prepare, bring on* or *about:* inf. deáð rên[ian] hond-gesteallan (*prepare death for his comrade*), 2169.

ge-regnian, *to prepare, deck out, adorn:* pret. part. medu-benc mo-nig … golde ge-regnad, 778.

regn-, rên-weard, st. m., *mighty guardian:* nom. pl. rên-weardas (of Beówulf and Grendel contending for the possession of the hall), 771.

rest, räst, st. f.: 1) *bed, resting-place:* acc. sg. räste, 139; dat. sg. on räste (genam) (*from his resting-place*), 1299, 1586; tô räste (*to bed*), 1238. Comp.: flet-räst, sele-rest, wäl-rest. — 2) *repose, rest;* in comp. æfen-räst.

ge-reste (M.H.G. reste), f., *resting-place:* in comp. wind-gereste.

restan, w. v.: 1) *to rest:* inf. res-tan, 1794; pret. sg. reflex. reste hine þâ rûm-heort, 1800. — 2) *to rest, cease:* inf., 1858.

rêc (O.H.G. rouh), st. m., *reek, smoke:* instr. sg. rêce, 3157.— Comp.: wäl-, wudu-rêc.

rêcan (O.H.G. ruohjan), w. v. w. gen., *to reck, care about something, be anxious:* pres. sg. III. wæpna ne rêceð (*recketh not for weapons, weapons cannot hurt him*), 434.

rêðe, adj., *wroth, furious:* nom. sg., 122, 1586; nom. pl. rêðe, 771. Also, of things, *wild, rough, fierce:* gen. sg. rêðes and-hâttres (*fierce, penetrating heat*), 2524.

reáf, st. n., *booty*, *plunder in war; clothing, garments* (as taken by the victor from the vanquished): in comp. heaðo-, wäl-reáf.

reáfian, w. v., *to plunder, rob*, w. acc.: inf. hord reáfian, 2774; pret. sg. þenden reáfode rinc ôðerne, 2986; wäl reáfode, 3028; pret. pl. wäl reáfedon, 1213.

be-reáfian, w. instr., *to bereave, rob of:* pret. part. since be-reáfod, 2747; golde be-reáfod, 3019.

reord, st. f., *speech, language; tone of voice:* acc. sg. on-cniów mannes reorde (*knew, heard, a human voice*), 2556.

reordian, w. v., *to speak, talk:* inf. fela reordian (*speak much*), 3026.

ge-reordian, *to entertain, to prepare for:* pret. part. þâ wäs eft swâ ær . . . flet-sittendum fägere ge-reorded (*again, as before, the guests were hospitably entertained*), 1789.

reót, st. m.?, f.?, *noise, tumult?* (*grave?*): instr. sg. reóte, 2458. Bugge, in Zachers Zeits. 4, 215, takes reóte as dat. from reót (*rest, repose*).

reóc, adj., *savage, furious:* nom. sg., 122.

be-**reófan**, st. v., *to rob of, bereave:* pret. part. w. instr. acc. sg. fem. golde berofene, 2932; instr. sg. reóte berofene, 2458.

reón. See **rôwan.**

reótan, st. v., *to weep:* pres. pl. ðð þät . . . roderas reótað, 1377.

reów, adj., *excited, fierce, wild:* in comp. blôd-, gûð-, wäl-reów. See **hreów.**

ricone, *hastily, quickly, immediately*, 2984.

riht, st. n., *right* or *privilege; the* (abstract) *right:* acc. sg. on ryht (*according to right*), 1556; sôð and riht (*truth and right*), 1701; dat. sg. wið rihte, 144; äfter rihte (*in accordance with right*), 1050; syllîc spell rehte äfter rihte (*told a wondrous tale truthfully*), 2111; mid rihte, 2057; acc. pl. ealde riht (*the ten commandments*), 2331; — Comp. in êðel-, folc-, land-, un-, word-riht.

riht, adj., *straight, right:* in comp. up-riht.

rihte, adv., *rightly, correctly*, 1696. See ät-**rihte.**

rinc, st. m., *man, warrior, hero:* nom. sg., 399, 2986; also of Grendel, 721; acc. sg. rinc, 742, 748; dat. sg. rince, 953; of Hrôðgâr, 1678; gen. pl. rinca, 412, 729. — Comp. in beado-, gûð-, here-, heaðo-, hilde-, mago-, sæ-rinc.

ge-**risne**, ge-**rysne**, adj., *appropriate, proper:* nom. sg. n. ge-rysne, 2654.

rîce, st. n.: 1) *realm, land ruled over:* nom. sg., 2200, 2208; acc. sg. rice, 913, 1734, 1854, 3005; gen. sg. rices, 862, 1391, 1860, 2028, 3081. Comp. Swið-rîce.— 2) *council of chiefs, the king with his chosen advisers*(?): nom. sg. oft gesät rice tô rûne, 172.

rîce, adj., *mighty, powerful:* nom. sg. (of Hrôðgâr), 1238; (of Hygelâc), 1210; (of Äsc-here), 1299; weak form, se rîca (Hrôðgâr), 310; (Beówulf), 399; (Hygelâc), 1976.—Comp. gimme-rîce.

rîcsian, **rîxian**, w. v. intrans., *to rule, reign:* inf. ricsian, 2212; pret. sg. rixode, 144.

rîdan, st. v., *to ride:* subj. pres. þät his byre rîde giong on gealgan, 2446; pres. part. nom. pl. rîdend, 2458; inf. wicge rîdan, 234; mea-

rum rîdan, 856; pret. sg. sæ-genga
... se þe on ancre râd, 1884; him
tô-geánes râd (*rode to meet them*),
1894; pret. pl. ymbe hlæw riodan
(*rode round the grave-mound*),
3171.

ge-rîdan, w. acc., *to ride over:*
pret. sg. se þe näs ge-râd (*who rode
over the promontory*), 2899.

rîm, st. n., *series, number:* in comp.
däg-, un-rîm.

ge-rîm, st. n., *series, number:* in
comp. dôgor-ge-rîm.

ge-rîman, w. v., *to count together,
enumerate in all:* pret. part. in
comp. forð-gerîmed.

â-rîsan, st. v., *to arise, rise:* imper.
sg. â-rîs, 1391; pret. sg. â-râs þâ
se rîca, 399; so, 652, 1791, 3031;
â-râs þâ bî ronde (*arose by his
shield*), 2539; hwanan sió fæhð
â-râs (*whence the feud arose*), 2404.

rodor, st. m., *ether, firmament, sky*
(from *radius?*, Bugge): gen. sg.
rodores candel, 1573; nom. pl.
roderas, 1377; dat. pl. under rode-
rum, 310; gen. pl. rodera, 1556.

rôf, adj., *fierce, of fierce, heroic,
strength, strong:* nom. sg., 2539;
also with gen. mägenes rôf
(*strong in might*), 2085; so, þeáh
þe he rôf sîe nîð-geweorca, 683;
acc. sg. rôfne, 1794; on þone rôfan,
2691. — Comp.: beadu-, brego-,
ellen-, heaðo-, hyge-, sige-rôf.

rôt, adj., *glad, joyous;* in comp. un-
rôt.

rôwan, st. v., *to row* (with the arms),
swim: pret. pl. reón (for reówon),
512, 539.

rûm, st. m., *space, room:* nom. sg.,
2691.

rûm, adj.: 1) *roomy, spacious:* nom.
sg. þûhte him eall tô rûm, wongas
and wîc-stede (*fields and dwelling

seemed to him all too broad, i.e.
could not hide his shame at the
unavenged death of his murdered
son), 2462. — 2) in moral sense,
*great, magnanimous, noble-heart-
ed:* acc. sg. þurh rûmne sefan, 278.

rûm-heort, adj., *big-hearted, noble-
spirited:* nom. sg., 1800, 2111.

ge-rûm-lîc, adj., *commodious, com-
fortable:* compar. ge-rûm-lîcor,
139.

rûn, st. f., *secrecy, secret discussion,
deliberation* or *council:* dat. sg.
ge-sät rîce tô rûne, 172. — Comp.
beado-rûn.

rûn-stäf, st. m., *rune-stave, runic
letter:* acc. pl. þurh rûn-stafas, 1696.

rûn-wita, w. m., *rune-wit, privy
councillor, trusted adviser:* nom.
sg., 1326.

ge-rysne. See ge-risne.

ge-rŷman, w. v.: 1) *to make room
for, prepare, provide room:* pret.
pl. þät hie him ôðer flet eal ge-
rŷmdon, 1087; pret. part. þâ wäs
Geát-mäcgum ... benc gerŷmed,
492; so, 1976. — 2) *to allow, grant,
admit:* pret. part. þâ me ge-rŷmed
wäs (sîð) (*as access was permitted
me*), 3089; þâ him gerŷmed wearð,
þät hie wäl-stôwe wealdan môston,
2984.

S

ge-saca, w. m., *opponent, antago-
nist, foe:* acc. sg. ge-sacan, 1774.

sacan, st. v., *to strive, contend:* inf.
ymb feorh sacan, 439.

ge-sacan, *to attain, gain by con-
tending* (Grein): inf. gesacan sceal
sâwl-berendra ... gearwe stôwe
(*gain the place prepared,* i.e. the
death-bed), 1005.

on-sacan: 1) (originally in a law-suit), *to withdraw, take away, deprive of:* pres. subj. þätte freoðu-webbe feores on-säce . . . leófne mannan, 1943. — 2) *to contest, dispute, withstand:* inf. þät he sœ-mannum on-sacan mihte (i.e. hord, bearn, and brŷde), 2955.

sacu, st. f., *strife, hostility, feud:* nom. sg., 1858, 2473; acc. sg. säce, 154; säcce, 1978, 1990, 2348, 2500, 2563; dat. sg. ät (tô) säcçe, 954, 1619, 1666, 2613, 2660, 2682, 2687; gen. sg. secce, 601; gen. pl. säcca, 2030.

g e - s a c u, st. f., *strife, enmity* · nom. sg., 1738.

sadol, st. m., *saddle* · nom. sg., 1039.

sadol-beorht, adj., *with bright saddles* (?): acc. pl. sadol - beorht, 2176.

g e - s a g a. See secgan.

samne, somne, adv., *together, united;* in ät-somne, *together, united,* 307, 402, 491, 544, 2848.

t ô - s o m n e (*together*), 3123; þâ se wyrm ge - beáh snûde tô - somne (*when the dragon quickly coiled together*), 2569.

samod, somod: I. adv., *simultaneously, at the same time:* somod, 1212, 1615, 2175, 2988; samod, 2197; samod ät-gädere, 387, 730, 1064. — II. prep. w. dat., *with, at the same time with:* samod ær-däge (*with the break of day*), 1312; somod ær-däge, 2943.

sand, st. n., *sand, sandy shore:* dat. sg. on sande, 295, 1897, 3043 (?); äfter sande (*along the shore*), 1965; wið sande, 213.

sang, st. m., *song, cry, noise:* nom. sg. sang, 1064; swutol sang scôpes, 90; acc. sg. sige-leasne sang (Grendel's cry of woe), 788; sâ-rigne sang (Hreðel's **dirge** fot Herebeald), 2448.

sâl, st. m., *rope:* dat. sg. sâle, 1907; on sâle (sole, MS.), 302.

sâl. See sœl.

sâr, st. n., *wound, pain* (physical ot spiritual): nom. sg. sâr, 976; sió sâr, 2469; acc. sg. sâr, 788; sâre, 2296; dat. (instr.) sg. sâre, 1252, 2312, 2747. — Comp. lîc-sâr.

sâr, adj., *sore, painful:* instr. pl. sârum wordum, 2059.

s â r e, adv., *sorely, heavily, ill,* graviter : se þe him [sâ]re gesceôd (*who injured him sorely*), 2224.

sârig, adj., *painful, woeful:* acc. sg. sârigne sang, 2448.

sârig - ferð, adj., *sore - hearted, grieved:* nom. sg. sârig-ferð (Wîg-lâf), 2864.

sârig-môd, adj., *sorrowful-minded, saddened:* dat. pl. sârig-môdum, 2943.

sâr-lîc, adj., *painful:* nom. sg., 843; acc. sg. neut., 2110.

sâwol, sâwl, st. f., *soul* (the immortal principle as contrasted with lîf, the physical life): nom. sg. sâwol, 2821; acc. sg. sâwle, 184, 802; hæðene sâwle, 853; gen. sg. sâwele, 1743; sâwle, 2423.

sâwl-berend, pres. part., *endowed with a soul, human being:* gen. pl. sâwl-berendra, 1005.

sâwul-dreór, st. n., (blood gushing from the seat of the soul), *soulgore, heart's blood, life's blood:* instr. sg. sâwul-drióre, 2694.

sâwul-leás, adj., *soulless, lifeless:* acc. sg. sâwol-leásne, 1407; sâwul-leásne, 3034.

säce, säcce. See sacu.

säd, adj., *satiated, wearied:* in comp. hilde-säd.

säl, st. n., *habitable space, house,*

hall: dat. sg. sel, 167; sāl, 307, 2076, 2265.

säld, st. n., *hall, king's hall* or *palace:* acc. sg. geond þät säld (Heorot), 1281.

sæ, st. m. and f., *sea, ocean:* nom. sg., 579, 1224; acc. sg. on sîdne sæ, 507; ofer sæ, 2381; ofer sæ sîde, 2395; dat. sg. tô sæ, 318; on sæ, 544; dat. pl. be sæm tweonum, 859, 1298, 1686, 1957.

sæ-bât, st. m., *sea-boat:* acc. sg., 634, 896.

sæ-cyning, st. m., *sea-king, king ruling the sea:* gen. pl. sæ-cyninga, 2383.

sæ-deór, st. n., *sea-beast, sea-monster:* nom. sg., 1511.

sæ-draca, w. m., *sea-dragon:* acc. pl. sæ-dracan, 1427.

ge-sægan, w. v., *to fell, slay:* pret. part. häfdon eal-fela eotena cynnes sweordum ge-sæged (*felled with the sword*), 885.

sæge. See **on-sæge.**

sæ-genga, w. m., *sea-goer,* i.e. seagoing ship: nom. sg., 1883, 1909.

sæ-geáp, adj., *spacious* (broad enough for the sea): nom. sg. sægeáp naca, 1897.

sæ-grund, st. m., *sea-bottom, oceanbottom:* dat. sg. sæ-grunde, 564.

sæl, sûl, sêl, st. f.: 1) *favorable opportunity, good* or *fit time:* nom. sg. sæl, 623, 1666, 2059; sæl and mæl, 1009; acc. sg. sêle, 1136; gen. pl. sæla and mæla, 1612. — 2) *Fate*(?): see Note on l. 51. — 3) *happiness, joy:* dat. pl. on sâlum, 608; sælum, 644, 1171, 1323. See **sêl,** adj.

ge-sælan, w. v., *to turn out favorably, succeed:* pret. sg. him ge-sælde þät . . . (*he was fortunate enough to,* etc.), 891; so, 574;

efne swylce mæla, swylce hira man-dryhtne þearf ge-sælde (*at such times as need disposed it for their lord*), 1251.

sælan (see **sâl**), w. v., *to tie, bind* pret. sg. sælde . . . sîð-fäðme scip, 1918; pl. sæ-wudu sældon, 226.

ge-sælan, *to bind together, weave, interweave:* pret. part. earm-beága fela searwum ge-sæled (*many curiously interwoven armlets,* i.e. made of metal wire: see Guide to Scandinavian Antiquities, p. 48), 2765.

on-sælan, with acc., *to unbind, unloose, open:* on-sæl meoto, sige-hrêð secgum (*disclose thy views to the men, thy victor's courage;* or, *thy presage of victory?*), 489.

sæ-lâc, st. n., *sea-gift, sea-booty:* instr. sg. sæ-lâce, 1625; acc. pl. þâs sæ-lâc, 1653.

sæ-lâd, st. f., *sea-way, sea-journey:* dat. sg. sæ-lâde, 1140, 1158.

sæ-lîðend, pres. part., *seafarer:* nom. pl. sæ-lîðend, 411, 1819, 2807; sæ-lîðende, 377.

sæ-man, m., *sea-man, sea-warrior:* dat. pl. sæ-mannum, 2955; gen. pl. sæ-manna, 329 (both times said of the Geátas).

sæmra, weak adj. compar., *the worse, the weaker:* nom. sg. sæmra, 2881; dat. sg. sæmran, 954.

sæ-mêðe, adj., *sea-weary, exhausted by sea-travel:* nom. pl. sæ-mêðe, 325.

sæ-näs, st. m., *sea-promontory, cape, naze:* acc. pl. sæ-nässas, 223, 571.

sæne, adj., *careless, slow:* compar. sg. nom. he on holme wäs sundes þê sænra, þe hyne swylt fornam (*was the slower in swimming in the sea, whom death took away*), 1437.

sæ-rinc, st. m., *sea-warrior* or *hero :* nom. sg., 691.

sæ-sîð, st. m., *sea-way, path, journey :* dat. sg. äfter sæ-sîðe, 1150.

sæ-wang, st. m., *sea-shore* or *beach :* acc. sg. sæ-wong, 1965.

sæ-weal, st. m., (*sea-wall*), *sea-shore :* dat. sg. sæ-wealle, 1925.

sæ-wudu, st. m., (*sea-wood*), *vessel, ship :* acc. sg. sæ-wudu, 226.

sæ-wylm, st. m., *sea-surf, billow :* acc. pl. ofer sæ-wylmas, 393.

scacan, sceacan, st. v., properly, *to shake one's self;* hence, *to go, glide, pass along* or *away :* pres. sg. þonne mîn sceaceð lîf of lîce, 2743; inf. þâ com beorht [sunne] scacan [ofer grundas], (*the bright sun came gliding over the fields*), 1804; pret. sg. duguð ellor scôc (*the chiefs are gone elsewhither,* i.e. have died), 2255; þonne stræla storm . . . scôc ofer scild-weall (*when the storm of arrows leapt over the wall of shields*), 3119 ; pret. part. wäs hira blæd scacen (*their bravest men had passed away*), 1125; þâ wäs winter scacen (*the winter was past*), 1137; so, sceacen, 2307, 2728.

scadu, sceadu, st. f., *shadow, concealing veil of night :* acc. sg. under sceadu bregdan (i.e. kill), 708.

scadu-genga, w. m., *shadow-goer, twilight-stalker* (of Grendel): nom. sg. sceadu-genga, 704.

scadu-helm, st. m., *shadow-helm, veil of darkness :* gen. pl. scadu-helma ge-sceapu (*shapes of the shadow, evil spirits wandering by night*), 651.

scalu, st. f., *retinue, band* (part of an armed force); in comp. hand-scalu: mid his hand-scale (hond-scole), 1318, 1964.

scamian, w. v., *to be ashamed :* pres. part. nom. pl. scamiende, 2851; nô he þære feoh-gyfte . . . scamigan þorfte (*needed not be ashamed of his treasure-giving*), 1027.

scawa (see sceáwian), w. m., *observer, visitor :* nom. pl. scawan, 1896.

ge-scâd, st. n., *difference, distinction :* acc. sg. æg-hwäðres gescâd, worda and worca (*difference between, of, both words and deeds*), 288.

ge-scâdan, st. v., *to decide, adjudge:* pret. sg. rodera rædend hit on ryht gescêd (*decided it in accordance with right*), 1556.

scânan? See **scînan,** pret. pl. sciónon, 303; the imaginary scânan having been abandoned.

ge-scäp-hwîle, st. f., *fated hour, hour of death (appointed rest?):* dat. sg. tô gescäp-hwîle (*at the fated hour*), 26.

sceðð an, w. v., *to scathe, injure :* inf. w. dat. pers., 1034; aldre sceð-ðan (*hurt her life*), 1525; þät on land Dena lâðra nænig mid scip-herge sceððan ne meahte (*injure through robber incursions*), 243; pret. sg. þær him nænig wäter wihte ne sceðede, 1515.

ge-sceðð an, the same : inf. þät him . . . ne mihte eorres inwit-feng aldre gesceððan, 1448.

scenc, st. m., *vessel, can :* in comp. medu-scenc.

scencan, w. v., *to hand drink, pour out :* pret. sg. scencte scîr wered, 496 (cf. skinker = cup-bearer).

scenne, w. f.?, *sword-guard?:* dat. pl. on þæm scennum scîran goldes, 1695.

sceran, st. v., *to shear off, cleave, hew to pieces :* pres. sg. þonne heoru bunden . . . swîn ofer helme andweard scireð (*hews off the boar-head on the helm*), 1288.

ge-sceran, *to divide, hew in two*: pret. sg. helm oft ge-scär (*often clove the helm in two*), 1527; so, gescer, 2974.

scerwen, st. f.?, in comp. ealu-scerwen (*ale-scare* or *panic?*), 770.

scêt. See sceótan.

sceadu. See scadu.

sceaða, w. m.: 1) *scather, foe*: gen. pl. sceaðena, 4. — 2) *fighter, warrior*: nom. pl. scaðan, 1804. — Comp.: âttor-, dol-, feónd-, gûð-, hearm-, leód-, mân-, sin-, þeód-, uht-sceaða.

sceaðan, st. v. w. dat., *to scathe, injure, crush*: pret. sg. se þe oft manegum scôd (*which has oft oppressed many*), 1888.

ge-sceaðan, w. dat., the same: pret. sg. swâ him ær gescôd hild ät Heorote, 1588; se þe him sâre ge-sceôd (*who injured him sorely*), 2224; nô þý ær in gescôd hâlan lîce, 1503; bill ær gescôd cald-hlâfordes þam þâra mâðma mund-bora wäs (*the weapon of the ancient chieftain had before laid low the dragon, the guardian of the treasure*), 2778 (or, *sheathed in brass?*, if ær and gescôd form compound).

sceaðen-mæl, st. n., *deadly weapon, hostile sword*: nom. sg., 1940.

sceaft, st. m., *shaft, spear, missile*: nom. sg. sceft, 3119. — Comp.: here-, wäl-sceaft.

ge-sceaft, st. f.: 1) *creation, earth, earthly existence*: acc. sg. þâs lœnan ge-sceaft, 1623. — 2) *fate, destiny*: in comp. forð-, lîf-, mæl-gesceaft.

scealc, st. m., *servant, military retainer*: nom. sg., 919; (of Beówulf), 940. — Comp beór-scealc.

ge-sceap, st. n.: 1) *shape, creature*: nom. pl. scadu-helma ge-sceapu, 651. — 2) *fate, providence*: acc. sg. heáh ge-sceap (*heavy fate*), 3085.

sceapan, sceppan, scyppan, st. v., *to shape, create, order, arrange, establish*: pres. part. scyppend (*the Creator*), 106; pret. sg. scôp him Heort naman (*shaped, gave it the name Heorot*), 78; pres. part. wäs sió wrôht scepen heard wið Hugas, syððan Hygelâc cwom (*the contest with the Hugas became sharp after H. had come*), 2915.

ge-sceapan, *to shape, create*: pret. sg. lîf ge-sceôp cynna gehwylcum, 97.

scear, st. m., *massacre*: in comp. gûð-, inwit-scear, 2429, etc.

scearp, adj., *sharp, able, brave*: nom. sg. scearp scyld-wîga, 288. — Comp.: beadu-, heaðo-scearp.

scearu, st. f., *division, body, troop*: in comp. folc-scearu; *that is decided* or *determined*, in gûð-scearu (*overthrow?*), 1214.

sceat, st. m., *money*; also *unit of value in appraising* (cf. Rieger in Zacher's Zeits. 3, 415): acc. pl. sceattas, 1687. When numbers are given, sceat appears to be left out, cf. 2196, 2995 (see þûsend). — Comp. gif-sceat.

sceát, st. m., *region, field*: acc. pl. gefrätwade foldan sceátas leomum and leáfum, 96; — *top, surface, part*: gen. pl. eorðan sceáta, 753.

sceáwere, st. m., *observer, spy*: nom. pl. sceáweras, 253.

sceáwian, w. v. w. acc., *to see, look at, observe*: inf. sceáwian, 841, 1414, 2403, 2745, 3009, 3033; sceáwigan, 1392; pres. sg. II. þät ge genôge neán sceáwiað beágas

and brâd gold, 3105; subj. pres.
þät ic ... sceáwige swegle searo-
gimmas, 2749; pret. sg. sceá-
wode, 1688, 2286, 2794; sg. for
pl., 844; pret. pl. sceáwedon, 132,
204, 984, 1441.

ge-sceáwian, *to see, behold, observe :*
pret. part. ge-sceáwod, 3076, 3085.

sccorp, st. n., *garment :* in comp.
hilde-sceorp.

sceótan, st. v., *to shoot, hurl missiles :*
pres. sg. se þe of flân-bogan fyre-
num sceóteð, 1745; pres. part.
nom. pl. sceótend (*the warriors,
bowmen*), 704, 1155; dat. pl. for
sceótendum (MS. scotenum), 1027.

ge-sceótan, w. acc., *to shoot off,
hurry :* pret. sg. hord eft gesceát
(*the dragon darted again back to
the treasure*), 2320.

of-sceótan, *to kill by shooting :* pret.
sg. his mæg of-scêt ... blôdigan
gâre (*killed his brother with bloody
dart*), 2440.

scild, scyld, st. m., *shield :* nom.
sg. scyld, 2571; acc. sg. scyld, 437,
2676; acc. pl. scyldas, 325, 333, 2851.

scildan, scyldan, w. v., *to shield,
protect :* pret. subj. nymðe mec god
scylde (*if God had not shielded
me*), 1659.

scild-freca, w. m., *shield-warrior*
(warrior armed with a shield) :
nom. sg. scyld-freca, 1034.

scild-weall, st. m., *wall of shields :*
acc. sg. scild-weall, 3119.

scild-wîga, w. m., *shield-warrior :*
nom. sg. scyld-wîga, 288.

scinna, w. m., *apparition, evil spirit :*
dat. pl. scynnum, 940.

scip, st. n., *vessel, ship :* nom. sg.,
302; acc. sg., 1918; dat. sg. tô
scipe, 1896; gen. sg. scipes, 35,
897; dat. pl. tô scypum (scypon,
MS.), 1155.

scip-here, st. m., (*exercitus navalis*),
armada, fleet : dat. sg. mid scip-
herge, 243.

ge-scîfe (for ge-scŷfe), adj., *ad-
vancing* (of the dragon's move-
ment), 2571; = G. *schief?*

scînan, st. v., *to shine, flash :* pres.
sg. sunne ... sûðan scîneð, 607;
so, 1572; inf. geseah blâcne leó-
man beorhte scînan, 1518; pret.
sg. (gûð - byrne, woruld - candel)
scân, 321, 1966; on him byrne
scân, 405; pret. pl. gold-fâg scînon
web äfter wagum, 995; scionon,
303.

scîr, adj., *sheer, pure, shining :* nom.
sg. hring-îren scîr, 322; scîr me-
tod, 980; acc. sg. n. scîr wered,
496; gen. sg. scîran goldes, 1695.

scîr-ham, adj., *bright-armored, clad
in bright mail :* nom. pl. scîr-hame,
1896.

scoten. See sceóten.

ge-scôd, pret. part., *shod* (calceatus),
covered : in comp. ær-ge-scôd (?).
See ge-sceaðan, and Note.

scôp, st. m., *singer, shaper, poet :*
nom. sg., 496, 1067; gen. sg. scô-
pes, 90.

scräf, st. n., *hole in the earth, cav-
ern :* in comp. eorð-scräf.

scrîðan, st. v., *to stride, go :* pres.
pl. scrîðað, 163; inf. scrîðan, 651,
704; scrîðan tô, 2570.

scrîfan, st. v., *to prescribe, impose*
(punishment) : inf. hû him (Gren-
del) scîr metod scrîfan wille, 980.

for-scrîfan, w. dat. pers., *to pro-
scribe, condemn :* pret. part. sið-
ðan him scyppend for-scrifen häf-
de, 106.

ge-scrîfan, *to permit, prescribe :*
pret. sg. swâ him Wyrd ne ge-scrâf
(*as Weird did not permit him*),
2575.

scrûd, st. m., *clothing, covering; or-
nament :* in comp. beadu-, byrdu-
scrûd.

scucca, w. m., *shadowy sprite, de-
mon :* dat. pl. scuccum, 940.

sculan, aux. v. w. inf.: 1) *shall,
must* (obligation) : pres. sg. I., III.
sceal, 20, 24, 183, 251, 271, 287,
440, 978, 1005, 1173, 1387, 1535,
etc.; scel, 455, 2805, 3011; II.
scealt, 589, 2667; subj. pres. scyle,
2658; scile, 3178; pret. ind. sg. I.,
III. scolde, 10, 806, 820, 966, 1071,
1444, 1450, etc.; sceolde, 2342,
2409, 2443, 2590, 2964; II. sceol-
dest, 2057; pl. scoldon, 41, 833,
1306, 1638; subj. pret. scolde,
1329, 1478; sceolde, 2709. — 2) w.
inf. following it expresses futurity,
= *shall, will :* pres. sg. I., III.
sceal beódan (*shall offer*), 384;
so, 424, 438, 602, 637, 1061, 1707,
1856, 1863, 2070; sceall, 2499,
2509, etc.; II. scealt, 1708; pl.
wit sculon, 684; subj pret. scolde,
280, 692, 911; sceolde, 3069. —
3) sculan sometimes forms a peri-
phrastic phrase or circumlocution
for a simple tense, usually with a
slight feeling of obligation or ne-
cessity: pres. sg. he ge-wunian
sceall (*he inhabits; is said to in-
habit?*), 2276; pret. sg. se þe wäter-
egesan wunian scolde, 1261; wäc-
nan scolde (*was to awake*), 85;
se þone gomelan grêtan sceolde
(*was to, should, approach*), 2422;
þät se byrn-wîga bûgan sceolde
(*the corseleted warrior had to bow,
fell*), 2919; pl. þâ þe beado-grî-
man bŷwan sceoldon (*they that
had to polish or deck the battle-
masks*), 2258; so, 230, 705, 1068.
— 4) w. omitted inf., such as
wesan, gangan : unc sceal worn

fela mâðma ge-mænra (i.e. wesan),
1784; so, 2660; sceal se hearda
helm . . . fätum befeallen (i.e. we-
san), 2256; ic him äfter sceal (i.e.
gangan), 2817; subj. þonne þu
forð scyle (i.e. gangan), 1180. A
verb or inf. expressed in an ante-
cedent clause is not again expressed
with a subsequent sceal: gæð â
Wyrd swâ hió scel (*Weird goeth
ever as it shall* [go]), 455; gûð-
bill ge-swâc swâ hit nô sceolde
(i.e. ge-swîcan), 2586.

scûa, w. m., *shadowy demon :* in
comp. deáð-scûa.

scûfan, st. v.: 1) intrans., *to move
forward, hasten :* pret. part. þâ
wäs morgen-leóht scofen and scyn-
ded, 919. — 2) w. acc., *to shove,
push :* pret. pl. guman ût scufon
. . . wudu bundenne (*pushed the
vessel from the land*), 215; dracan
scufun . . . ofer weall-clif (*pushed
the dragon over the wall-like cliff*),
3132. See **wîd-scofen**(?)

be-scûfan, w. acc., *to push, thrust
down, in :* inf. wâ bið þäm þe sceal
. . . sâwle be-scûfan in fȳres fäðm
(*woe to him that shall thrust his
soul into fire's embrace*), 184.

scûr, st. m., *shower, battle-shower .*
in comp. îsern-scûr.

scûr-heard, adj., *fight-hardened?*
(*file-hardened?*) : nom. pl. scûr-
heard, 1034.

scyld, scyldan. See **scild, scildan.**

scyldig, adj., *under obligations* or
bound for ; guilty of, w. gen. and
instr.: ealdres (morðres) scyldig,
1339, 1684, 2062; synnum scyldig
(*guilty of evil deeds*), 3072.

scyndan, w. v., *to hasten :* inf. scyn
dan, 2571; pret. part. scynded, 919

scynna. See **scinna.**

scyppend. See **sceapan.**

scyran, w. v., *to arrange, decide:* inf. þät hit scea𐑃en-mæl scyran môste (*that the sword must decide it*), 1940. O.N. skora, *to score, decide.*

scŷne, adj., *sheen, well-formed, beautiful:* nom. sg. mäg𐑃 scŷne, 3017.

se, pron. dem. and article, *the:* m. nom., 79, 84, 86, 87, 90, 92, 102, etc.; fem. seó, 66, 146, etc.; neut. þät; —relative: se (*who*), 1611, 2866; se þe (*he who*), 2293; seó þe (*she who*), 1446; se þe (for seó þe), 1345, 1888, 2686; cf. 1261, 1498; (Grendel's mother, as a wild, demonic creature, is conceived now as man, now as woman: woman, as having borne a son; man, as the incarnation of savage cunning and power); se for seó, 2422; dat. sg. þam (for þam þe), 2780.

secce. See **sacu.**

secg, st. m., *man, warrior, hero, spokesman* (secgan?): nom. sg., 208, 872, 2228, 2407, etc.; (Beówulf), 249, 948, 1312, 1570, 1760, etc.; (Wulfgâr), 402; (Hûnfer𐑃), 981; (Wîglâf), 2864; acc. sg. synnigne secg (Grendel's mother, cf. **se**), 1380; dat. sg. secge, 2020; nom. pl. secgas, 213, 2531, 3129; dat. pl. secgum, 490; gen. pl. secga, 634, 843, 997, 1673.

secg, st. f., *sword* (sedge?): acc. sg. secge, 685.

secgan, w. v., *to say, speak:* 1) w. acc.: pres. sg. gode ic þanc secge, 1998; so, 2796; pres. part. swâ se secg hwata secgende wäs lâ𐑃ra spella (partitive gen.), 3029; inf. secgan, 582, 876, 881, 1050; pret. sg. sägde him þäs leánes þanc, 1810; pret. sg. II. hwät þu worn fela . . . sägdest from his sî𐑃e, 532.

—2) without acc inf. swâ we sô𐑃lîce secgan hŷrdon, 273; pret. sg. sägde, 2633, 2900 —3) w. depend. clause: pres. sg. ic secge, 591; pl. III. secga𐑃, 411; inf. secgan, 51, 391, 943, 1347, 1701, 1819, 2865, 3027; gerund. tô secganne, 473, 1725; pret. sg. sägde, 90, 1176; pl. sägdon, 377, 2188; sædan, 1946.

â-secgan (edicere), *to say out, deliver:* inf. wille ic â-secgan suna Healfdenes . . . mîn ærende, 344.

ge-secgan, *to say, relate:* imper. sg. II. ge-saga, 388; þät ic his ærest þe eft ge-sägde (*that I should, after, tell thee its origin*), 2158; pret. part. gesägd, 141; ge-sæd, 1697.

sefa, w. m., *heart, mind, soul, spirit:* nom. sg., 49, 490, 595, 2044, 2181, 2420, 2601, 2633; acc. sg. sefan, 278, 1727, 1843; dat. sg. sefan, 473, 1343, 1738.—Comp. môd-sefa.

ge-segen, st. f., *legend, tale:* in comp. cald-ge-segen.

segl, st. n., *sail:* nom. sg., 1907.

segl-râd, st. f., *sail-road,* i.e. sea: dat. sg. on segl-râde, 1430.

segn, st. n., *banner,* vexillum: nom. sg., 2768, 2959; acc. sg. segen, 47, 1022; segn, 2777; dat. sg. under segne, 1205. — Comp. heáfod-segn.

sel, st. n., *hall, palace.* See **säl.**

seld, st. n., *dwelling, house:* in comp. medu-seld.

ge-selda, w. m., contubernalis, *companion:* acc. sg. geseldan, 1985.

seldan, adv., *seldom:* oft [nô] seldan, 2030.

seld-guma, w. m., *house-man, home-stayer*(?); *common man?, house-carl?:* nom. sg., 249.

sele, st. m. and n., *building consist-*

ing of one apartment; apartment, room : nom. sg., 81, 411; acc. sg. sele, 827, 2353; dat. sg. tô sele, 323, 1641; in (on, tô) sele þam heán, 714, 920, 1017, 1985; on sele (*in the den of the dragon*), 3129.—Comp.: beáh-, beór-, dryht-, eorð-, gest-, gold-, grund-, gûð-, heáh-, hring-, hrôf-, nið-, win-sele.

sele-dreám, st. m., *hall-glee, joy in the hall :* acc. sg. þâra þe þis lîf ofgeaf, gesâwon sele-dreám (referring to the joy of heaven?), 2253.

sele-ful, st. n., *hall-goblet :* acc. sg., 620.

sele-gyst, st. m., *hall-guest, stranger in hall* or *house :* acc. sg. þone sele-gyst, 1546.

sele-rædend, pres. part., *hall-ruler, possessor of the hall :* nom. pl., 51; acc. leóde mîne sele-rædende, 1347.

sele-rest, st. f., *bed in the hall :* acc. sg. sele-reste, 691.

sele-þegn, st. m., *retainer, hall-thane, chamberlain :* nom. sg., 1795.

sele-weard, st. m., *hall-ward, guardian of the hall :* acc. sg., 668.

self, sylf, pron., *self :* nom. sg. strong form, self, 1314, 1925 (? selfa); þu self, 595; þu þe self, 954; self cyning (*the king himself, the king too*), 921, 1011; sylf, 1965; in weak form, selfa, 1469; he selfa, 29, 1734; þäm þe him selfa deáh (*that can rely upon, trust to, himself*), 1840; seolfa, 3068; he sylfa, 505; god sylfa, 3055; acc. sg. m. selfne, 1606; hine selfne (*himself*), 962; hyne selfne (*himself, reflex.*), 2876; wið sylfne (*beside*), 1978; gen. sg. m. selfes, 701, 896; his selfes, 1148; on sînne sylfes dôm (*at his own will*), 2148; sylfes, 2224, 2361, 2640, 2711, 2777, 3014; his sylfes, 2014, 2326;

fem. hire selfre, 1116; nom. pl. selfe, 419; Sûð-Dene sylfe, 1997.

ge-sella, w. m., *house-companion, comrade :* in comp. hand-gesella.

sellan, syllan, w. v.: 1) w. acc. of thing, dat. of pers., *to give, deliver; permit, grant, present :* pres. sg. III. seleð him on êðle eorðan wynne, 1731; inf. syllan, 2161, 2730; pret. sg. sealde, 72, 673, 1272, 1694, 1752, 2025, 2156, 2183, 2491, 2995; nefne god sylfa sealde þam þe he wolde hord openian (*unless God himself gave to whom he would to open the hoard*), 3056; pret. sg. II. sealdest, 1483. — 2) *to give, give up* (only w. acc. of thing) : ær he feorh seleð (*he prefers to give up his life*), 1371; nallas on gylp seleð fätte beágas (*giveth out gold-wrought rings,* etc.), 1750; pret. sg. sinc-fato sealde, 623; pl. byrelas sealdon wîn of wunderfatum, 1162.

ge-sellan, w. acc. and dat. of pers., *to give, deliver; grant, present :* inf. ge-sellan, 1030; pret. sg. ge-sealde, 616, 1053, 1867, 1902, 2143, etc.

sel-lîc, syl-lîc (from seld-lîc), adj., *strange, wondrous :* nom. sg. glôf ... syllîc, 2087; acc. sg. n. syllîc spell, 2110; acc. pl. sellîce sæ-dracan, 1427. Compar. acc. sg. syllîcran wiht (the dragon), 3039.

semninga, adv., *straightway, at once,* 645, 1641, 1768.

sendan, w. v. w. acc. of thing and dat. of pers., *to send :* pret. sg. þone god sende folce tô frôfre (*whom God sent as a comfort to the people*), 13; so, 471, 1843.

for-sendan, *to send away, drive off :* pret. part. he wearð on feónda geweald ... snûde for-sended, 905.

on-sendan, *to send forth, away*, w.
acc. of thing and dat. of pers.:
imper. sg. on-send, 452, 1484; pret.
sg. on-sende, 382; pl. þe hine
. . . forð on-sendon ænne ofer ÿðe
(*who sent him forth alone over the
sea*), 45; pret. part. bealo-cwealm
hafað fela feorh-cynna feorr on-
sended, 2267.

sendan (cf. Gl. Aldhelm, sanda =
ferculorum, epularum, in Haupt
IX. 444), w. v., *to feast, banquet:*
pres. sg. III. sendeð, 601. — Leo.

serce, syrce, w. f., *sark, shirt of
mail:* nom. sg. syrce, 1112; nom.
pl. syrcan, 226; acc. pl. græge syr-
can, 334. — Comp.: beadu-, heoro-
serce; here-, leoðo-, lîc-syrce.

sess, st. m., *seat, place for sitting:*
dat. sg. sesse, 2718; þâ he bî sesse
geóng (*by the seat*, i.e. before the
dragon's lair), 2757.

setl, st. n., *seat, settle:* acc. sg., 2014;
dat. sg. setle, 1233, 1783, 2020;
gen. sg. setles, 1787; dat. pl. set-
lum, 1290. — Comp.: heáh-, hilde-,
meodu-setl.

settan, w. v., *to set:* pret. sg. setton
sæ-mêðe sîde scyldas . . . wið þäs
recedes weall (*the sea-wearied ones
set their broad shields against the
wall of the hall*), 325; so, 1243.

â-settan, *to set, place, appoint:* pret.
pl. hîc him â-setton segen [gyl]-
denne heáh ofer heáfod, 47; pret.
part. häfde kyninga wuldor Grendle
tô-geánes...sele-weardâ-seted, 668.

be-settan, *to set with, surround:*
pret. sg. (helm) besette swîn-lîcum
(*set the helm with swine-bodies*),
1454.

ge-settan: 1) *to set, set down:*
pret. part. swâ wäs . . . þurh rûn-
stafas rihte ge-mearcod, ge-seted
and ge-sæd (*thus was . . . in rune-*
*staves rightly marked, set down
and said*), 1697. — 2) *to set, or-
dain, create:* pret. sg. ge-sette . . .
sunnan and mônan leóman tô
leóhte land-bûendum, 94. — 3) =
componere, *to lay aside, smooth
over, appease:* pret. sg. þät he
mid þÿ wîfe wäl-fæhða . . . dæl . . .
ge-sette, 2030.

sêcan, w. v., *to follow after*, hence:
1) *to seek, strive for*, w. acc.: pret.
sg. sinc-fät sôhte (*sought the costly
cup*), 2301; ne sôhte searo-nîðas,
2739; so, 3068. Without acc.:
þonne his myne sôhte (*than his
wish demanded*), 2573; hord-
weard sôhte georne äfter grunde
(*the hoard-warden sought eagerly
along the ground*), 2294. — 2) *to
look for, come* or *go some whither,
attain something*, w. acc.: pres.
sg. III. se þe . . . biorgas sêceð,
2273; subj. þeáh þe hæð-stapa
holt-wudu sêce, 1370; imper. sêc
gif þu dyrre (*look for her*, i.e. Gren-
del's mother, *if thou dare*), 1380;
inf. sêcean, 200, 268, 646, 1598,
1870, 1990, 2514(?), 3103, etc.;
sêcan, 665, 1451; drihten sêcean
(*seek, go to, the Lord*), 187; sêcean
wyn-leás wîc (*Grendel was to seek
a joyless place*, i.e. Hell), 822; so,
sêcan deófla gedräg, 757; sâwle
sêcan (*seek the life, kill*), 802; so,
sêcean sâwle hord, 2423; gerund.
säcce tô sêceanne, 2563; pret. sg.
I., III. sôhte, 139, 208, 376, 417,
2224; II. sôhtest, 458; pl. sôhton,
339. — 3) *to seek, attack:* þe ûs
sêceað tô Sweóna leóde, 3002;
pret. pl. hine wräc-mäcgas ofer sæ
sôhtan, 2381.

ge-sêcan: 1) *to seek*, w. acc.: inf. gif
he gesêcean dear wîg ofer wæpen,
685. — 2) *to look for, come* or *go to*

attain, w. acc.: inf. ge-sêcean, 693;
gerund. tô ge-sêcanne, 1923; pret.
sg. ge-sôhte, 463, 520, 718, 1952;
pret. part. nom. pl. feor-cyððe beóð
sêlran ge-sôhte þam þe hine selfa
deáh, 1840. — 3) *to seek with hos-
tile intent, to attack :* pres. sg. ge-
sêceð 2516; pret. sg. ge-sôhte,
2347; pl. ge-sôhton, 2927; ge-
sôhtan, 2205.

ofer-sêcan, w. acc., *to surpass, outdo*
(in an attack) : pres. sg. wäs sió
hond tô strong, se þe mêca gehwane
. . . swenge ofer-sôhte, þonne he
tô sácce bär wäpen wundrum heard
(*too strong was the hand, that sur-
passed every sword in stroke, when
he* [Beówulf] *bore the wondrous
weapon to battle*, i.e. the hand was
too strong for any sword; its
strength made it useless in battle),
2687.

sêl, st. f. See sæl.

sêl, sæl, adj., *good, excellent, fit,*
only in compar.: nom. sg. m. sêlra,
861, 2194; þæm þær sêlra wäs (*to
the one that was the better*, i.e. Hy-
gelâc), 2200; deáð bið sêlla þonne
edwît-lîf, 2891; neut. sêlre, 1385;
acc. sg. m. sêlran þe (*a better than
thee*), 1851; sêlran, 1198; neut. þät
sêlre, 1760; dat. sg. m. sêlran
sweord-frecan, 1469; nom. pl. fem.
sêlran, 1840. Superl., strong form :
nom. sg. neut. sêlest, 173, 1060;
hûsa sêlest, 146, 285, 936; ôfost is
sêlest, 256; bolda sêlest, 2327; acc.
sg. neut. hrägla sêlest, 454; hûsa
sêlest, 659; billa sêlest, 1145; —
weak form: nom. sg. m. reced sê-
lesta, 412; acc. sg. m. þone sêlestan,
1407, 2383; (þäs, MS.), 1957; dat.
sg. m. þäm sêlestan, 1686; nom. pl.
sêlestan, 416; acc. pl. þâ sêlestan,
3123.

sêl, compar. adv., *bette·, fitter, more
excellent*, 1013, 2531; ne byð him
wihte þê sêl (*he shall be nought the
better for it*), 2278; so, 2688.

sealma (Frisian selma, in bed-selma),
w. m., *bed-chamber, sleeping-place :*
acc. sg. on sealman, 2461.

sealt, adj., *salty :* acc. sg. neut. ofer
sealt wäter (*the sea*), 1990.

searo (G. sarwa, pl.), st. n.: 1) *ar-
mor, accoutrements, war - gear :*
nom. pl. sæ-manna searo, 329; dat.
pl. secg on searwum (*a man, war-
rior, in panoply*), 249, 2701; in
(on) searwum, 323, 1558; 2531,
2569; instr. pl. searwum, 1814. —
2) *insidiae, ambuscade, waylaying,
deception, battle :* þâ ic of searwum
cwom, fâh from feóndum, 419. —
3) *cunning, art, skill:* instr. pl.
sadol searwum fâh (*saddle cun-
ningly ornamented*), 1039; earm-
beága fela, searwum ge - sæled
(*many cunningly-linked armlets*),
2765. — Comp. fyrd-, gûð-, inwit-
searo.

searo-bend, st. f., *band, bond, of
curious workmanship :* instr. pl.
searo-bendum fäst, 2087.

searo-fâh, adj., *cunningly inlaid,
ornamented, with gold :* nom. sg.
here-byrne hondum ge-broden, sîd
and searo-fâh, 1445.

searo-ge-þräc, st. n., *heap of treas-
ure-objects :* acc. sg., 3103.

searo-gim, st. m., *cunningly set
gem, rich jewel :* acc. pl. searo-
gimmas, 2750; gen. pl. searo-gim-
ma, 1158.

searo - grim, adj., *cunning and
fierce :* nom. sg., 595.

searo-häbbend, pres. part. as subst.,
*arms-bearing, warrior with his
trappings :* gen. pl. searo-häbben-
dra, 237.

searo-net, st. n., *armor-net, shirt of mail, corselet:* nom. sg., 406.

searo-nîð, st. m.: 1) *cunning hostility, plot, wiles:* acc. pl. searo-nîðas, 1201, 2739. — 2) also, only *hostility, feud, contest:* acc. pl. searo-nîðas, 3068; gen. pl. searo-nîða, 582.

searo-þanc, st. m., *ingenuity:* instr. pl. searo-þoncum, 776.

searo-wundor, st. n., *rare wonder:* acc. sg., 921.

seax, st. n., *shortsword, hip-knife; dagger:* instr. sg. seaxe, 1546. — Comp. wäl-seax.

seax - ben, st. f., *dagger-wound:* instr. pl. siex-bennum, 2905.

seofon, num., *seven,* 517; seofan, 2196; decl. acc. syfone, 3123.

seomian, w. v.: 1) intrans., *to be tied; lie at rest:* inf. siomian, 2768; pret. sg. seomode, 302. — 2) w. acc., *to put in bonds, entrap, catch:* pret. sg. duguðe and geogoðe seomade (cf. 2086–2092), 161.

seonu, st. f., *sinew:* nom. pl. seonowe, 818.

seóc, adj., *feeble, weak; fatally ill:* nom. sg. feorh-bennum seóc (of Beówulf, *sick unto death*), 2741; siex-bennum seóc (of the dead dragon), 2905; nom. pl. môdes seóce (*sick of soul*), 1604.—Comp.: ellen-, feorh-, heaðo-seóc.

scóðan, st. v. w. acc., *to seethe, boil;* figuratively, *be excited over, brood:* pret. sg. ic þäs môd-ceare sorhwylmum seáð (*I pined in heartgrief for that*), 1994; so, 190.

scóloð, st. m.?, *bight, bay* (cf. Dietrich in Haupt XI. 416): gen. pl. sióleða bi-gong (*the realm of bights* = the [surface of the] sea?), 2368.

seón, sŷn, st. f., *aspect, sight:* in comp. wlite-, wundor-seón, an-sŷn.

seón, st. v., *to see:* a) w. acc.: inf. searo-wunder seón, 921; so, 387, 1181, 1276, 3103; þær mäg nihta ge-hwæm nîð-wundor seón (*there may every night be seen a repulsive marvel*), 1366; pret. sg. ne seah ic . . . heal-sittendra medudreám mâran, 2015. — b) w. acc. and predicate adj.: ne seah ic elþeódige þus manige men môdiglîcran, 336. — c) w. prep. or adv.: pret. sg. seah on enta ge-weorc, 2718; seah on un-leófe, 2864; pl. folc tô sægon (*looked on*), 1423.

ge-seón, *to see, behold:* a) w. acc.: pres. sg. III. se þe beáh ge-syhð, 2042; inf. ge-seón, 396, 571, 649, 962, 1079, etc.; pret. sg. geseah, 247, 927, 1558, 1614; pl. ge-sâwon, 1606, 2253. — b) w. acc. and predicate adj., pres. sg. III. ge-syhð . . . on his suna bûre win-sele wêstne (*sees in his son's house the wine-hall empty; or, hall of friends?*), 2456. — c) w. inf.: pret. sg. ge-seah . . . beran ofer bolcan beorhte randas (*saw shining shields borne over the gang-plank*), 229; pret. pl. mære mâððum-sweord monige ge-sâwon beforan beorn beran, 1024. — d) w. acc. and inf.: pret. sg. ge-seah, 729, 1517, 1586, 1663, 2543, 2605, etc.; pl. ge-sâwon, 221, 1348, 1426; ge-sêgan, 3039; ge-sêgon, 3129. — e) w. depend. clause: inf. mäg þonne . . . geseón sunu Hrêðles, þät ic (*may the son of H. see that I . . .*), 1486; pret. pl. ge-sâwon, 1592.

geond-seón, *to see, look through, over,* w. acc.: pret. sg. (ic) þät eall geond-seh, 3088.

ofer-seón, *to see clearly, plainly.* pret. pl. ofer-sâwon, 419.

on-se6n, *to look on, at,* w. acc.: pret. pl. on-sâwon, 1651.

seówian, w. v., *to sew, put together, link:* pret. part. searo-net seówed smiðes or - þancum (*the corslet woven by the smith's craft*), 406.

sib, st. f., *peace, friendship, relation-ship:* nom. sg., 1165, 1858; sibb, 2601; acc. sibbe, 950, 2432, 2923; instr. sg. sibbe (*in peace?*), 154. — Comp.: dryht-, friðo-sib.

sib-äðeling, st. m., *nobilis consan-guineus, kindred prince* or *noble-man:* nom. pl. -äðelingas, 2709.

sibbe-gedryht, st. f., *body of allied* or *related warriors:* acc. sg. sibbe-gedriht (the Danes), 387; (the Geátas), 730.

siððan, syððan: 1) adv.: a) *sinçe, after, from now on, further,* 142, 149, 283, 567, 1903, 2052, 2065, 2176, 2703, 2807, 2921; seoððan, 1876. — b) *then, thereupon, after,* 470, 686, 1454, 1557, 1690, 2208; seoððan, 1938; ær ne siððan (*neither before nor after*), 719.

2) Conj.: a) w. ind. pres., *as soon as, when,* 413, 605, 1785, 2889, 2912.— b) w. ind. pret., *when, whilst,* 835, 851, 1205, 1207, 1421, 1590, 2357, 2961, 2971, 3128; seoð-ðan, 1776; — *since,* 649, 657, 983, 1199, 1254, 1309, 2202; — *after,* either with pluperf.: siððan him scyppend forscrifen häfde (*after the Creator had proscribed him*), 106; so, 1473; or with pret. = pluperf.: syððan niht becom (*after night had come on*), 115; so, 6, 132, 723, 887, 902, 1078, 1149, 1236, 1262, 1282, 1979, 2013, 2125; or pret. and pluperf. together, 2104–2105.

siex. See scax.

sige-dryhten, st. m., *lord of vic-tory, victorious lord* nom. sg. sige drihten, 391.

sige-eádig, adj., *blest with victory, victorious:* acc. sg. neut. sige-eá-dig bil, 1558.

sige-folc, st. n., *victorious people, troop:* gen. pl. sige-folca, 645.

sige-hreð, st. f., *confidence of vic-tory(?):* acc. sg., 490. See Note.

sige-hreðig, adj., *victorious:* nom. sg., 94, 1598, 2757.

sige-hwîl, st. f., *hour* or *day of vic-tory:* gen. sg. sige-hwîle, 2711.

sige-leás, adj., *devoid of victory, de-feated:* acc.sg. sige-leásnesang, 788.

sige-rôf, adj., *victorious:* nom. sg., 620.

sige-þeód, st. f., *victorious warrior troop:* dat. sg. on sige-þeóde, 2205.

sige-wæpen, st. n., *victor-weapon, sword:* dat. pl. sige-wæpnum, 805.

sigl, st. n.: 1) *sun:* nom. sg. sigel, 1967. — 2) *sun-shaped ornament:* acc. pl. siglu, 3165; sigle (bracte-ates of a necklace), 1201; gen. pl. sigla, 1158. — Comp. mâððum-sigl.

sigor, st. m., *victory:* gen. sg. sigo-res, 1022; gen. pl. sigora, 2876, 3056. — Comp.: hreð-, wîg-sigor.

sigor-eádig, adj., *victorious:* nom. sg. sigor-eádig secg (of Beówulf), 1312, 2353.

sin. See syn.

sinc, st. n., *treasure, jewel, property:* nom. sg., 2765; acc. sg. sinc, 81, 1205, 1486, 2384, 2432; instr. sg. since, 1039, 1451, 1616, 1883, 2218, 2747; gen. sg. sinces, 608, 1171, 1923, 2072; gen. pl. sinca, 2429.

sinc-fâh, adj., *treasure-decked:* acc. sg. neut. weak form, sinc-fâge sel, 167.

sinc-fät, st. n., *costly vessel:* acc. sg., 2232, 2301; — *a costly object:* acc.

sg., 1201 (i.e. mene); acc. pl. sinc-fato, 623.

sinc-ge-streón, st. n., *precious treasure, jewel of value :* instr. pl. -ge-streónum, 1093; gen. pl. -gestreóna, 1227.

sinc-gifa, w. m., *jewel-giver, treasure-giver = prince, ruler :* acc. sg. sinc-gyfan, 1013; dat. sg. sinc-gifan (of Beówulf), 2312; (of Äschere), 1343.

sinc-máð010um, st. m., *treasure :* nom. sg., 2194.

sinc-þego, f., *acceptance, taking, of jewels :* nom. sg., 2885.

sin-dolh, st. n., *perpetual,* i.e. incurable, *wound :* nom. sg. syn-dolh, 818.

sin-freá, w. m., *wedded lord, husband :* nom. sg., 1935.

sin-gal, adj., *continual, lasting :* acc. sg. fem. sin-gale säce, 154.

s i n - g a l e s, adv. gen. sg., *continually, ever,* 1778; syngales, 1136.

s i n g a l a, adv. gen. pl., the same, 190.

singan, st. v., *to sound, ring, sing :* pret. sg. hring-îren scîr song in searwum (*the ringed iron rang in the armor*), 323; horn stundum song fûs-lîc f[yrd]-leóð (*at times the horn rang forth a ready battle-song*), 1424; scôp hwîlum sang (*the singer sang at whiles*), 496.

â - s i n g a n, *to sing out, sing to an end :* pret. part. leóð wäs â-sungen, 1160.

sin-here, st. m., (*army without end?*), *strong army, host :* instr. sg. sin-herge, 2937.

sin-niht, st. f., *perpetual night, night after night :* acc. pl. sin-nihte (*night after night*), 161.

sin-sceaða, w. m., *irreconcilable foe :* nom. sg. syn-scaða, 708; acc. sg. syn-scaðan, 802.

sin-snæd, st. f., (*continuous biting*), *bite after bite :* dat. pl. syn-snædum swealh (*swallowed bite after bite, in great bites*), 744.

sittan, st. v.: 1) *to sit :* pres. sg. Wîglâf siteð ofer Biówulfe, 2907; imper. sg. site nu tô symle, 489; inf. þær swîð-ferhðe sittan eodon (*whither the strong-minded went and sat*), 493; eode ... tô hire freán sittan (*went to sit by her lord*), 642; pret. sg. on wicge sät (*sat on the horse*), 286; ät fôtum sät (*sat at the feet*), 500, 1167; þær Hróð-gâr sät (*where H. sat*), 356; so, 1191, 2895; he gewêrgad sät ... freán eaxlum neáh, 2854; pret. pl. sæton, 1165; gistas sêtan (MS. sêcan) ... and on mere staredon (*the strangers sat and stared on the sea*), 1603. — 2) *to be in a certain state* or *condition* (*quasi* copula): pret. sg. mære þeóden ... unblîðe sät, 130. — Comp.: flet-, heal-sittend.

b e - s i t t a n, obsidere, *to surround, besiege,* w. acc.: besät þâ sin-herge sweorda lâfe wundum wêrge (*then besieged he with a host the leavings of the sword, wound-weary*), 2937.

f o r - s i t t a n, obstrui, *to pass away, fail :* pres. sg. eágena bearhtm for-siteð (*the light of the eyes passeth away*), 1768.

g e - s i t t a n: 1) *to sit, sit together :* pret. sg. monig-oft ge-sät rîce to rûne (*very often sat the king deliberating with his council* (see **rîce**)), 171; wið earm ge-sät (*supported himself upon his arm, sat on his arm?*), 750; fêða eal ge-sät (*the whole troop sat down*), 1425; ge-sät þâ wið sylfne (*sat there beside, near to, him,* i.e. Hygelâc), 1978;

ge-sät þâ on nässe, 2418; so, 2718;
pret. part. (syððan) . . . we tô
symble ge-seten häfdon, 2105.—
2) w. acc., *to seat one's self upon*
or *in something, to board:* pret.
sg. þâ ic . . . sæ-bât ge-sät, 634.

of-sittan, w. acc., *to sit over* or
upon: pret. sg. of-sät þâ þone sele-
gyst, 1546.

ofer-sittan, w. acc., *to dispense
with, refrain from* (cf. **ofer,** 2
[c]): pres. sg. I. þät ic wið þone
gûð-flogan gylp ofer-sitte, 2529;
inf. secge ofer-sittan, 685.

on-sittan (O.H.G. int-sizzan, *to
start from one's seat, to be startled*),
w. acc., *to fear:* inf. þâ fæhðe,
atole ecg-þräce eówer leóde swîðe
onsittan (*to dread the hostility, the
fierce contest, of your people*), 598.

ymb-sittan, *to sit around*, w. acc.:
pret. pl. (þät hie) . . . symbel ymb-
sæton (*sat round the feast*), 564.
See **ymb-sittend.**

sîd, adj.: 1) *wide, broad, spacious,
large:* nom. sg. (here-byrne, glôf)
sîd, 1445, 2087; acc. sg. m. sîdne
scyld, 437; on sîdne sæ, 507; fem.
byrnan sîde (of a corselet extend-
ing over the legs), 1292; ofer sæ
sîde, 2395; neut. sîde rîce, 1734,
2200; instr. sg. sîdan herge, 2348;
acc. pl. sîde sæ-nässas, 223; sîde
scyldas, 325; gen. pl. sîdra sorga
(*of great sorrows*), 149.— 2) in
moral sense, *great, noble:* acc. sg.
þurh sîdne sefan, 1727.

sîde, adv., *far and wide, afar*, 1224.

sîd-fäðme, adj., *broad-bosomed:* acc.
sg. sîd-fäðme scip, 1918.

sîd-fäðmed, *quasi* pret. part., the
same: nom. sg. sîd-fäðmed scip,
302.

sîd-rand, st. m., *broad shield:* nom.
sg., 1290.

sîð (G. seiþu-s), adj., *late:* superl.
nom. sg. sîðast sige-hwîle (*the last
hour, day, of victory*), 2711; dat.
sg. ät sîðestan (*in the end, at last*),
3014.

sîð, adv. compar., *later:* ær and
sîð (*sooner and later, early and
late*), 2501.

sîð (G. sinþ-s), st. m.: 1) *road, way,
journey, expedition;* esp., *road to
battle:* nom. sg., 501, 3059, 3090;
näs þät êðe sîð (*that was no easy
road, task*), 2587; so, þät wäs geó-
cor sîð, 766; acc. sg. sîð, 353, 512,
909, 1279, 1430, 1967; instr. dat.
sîðe, 532, 1952, 1994; gen. sg.
sîðes, 579, 1476, 1795, 1909. Also,
return: nom. sg., 1972.— 2) *un-
dertaking, enterprise;* esp., *battle-
work:* nom. sg. nis þät eówer sîð,
2533; ne bið swylc earges sîð
(*such is no coward's enterprise*),
2542; acc. sg. sîð, 873. In pl. =
adventures: nom. sîðas, 1987;
acc. sîðas, 878; gen. sîða, 318.—
3) time (as iterative): nom. sg. näs
þät forma sîð (*that was not the first
time*), 717, 1464; so, 1528, 2626;
acc. sg. oftor micle þonne on ænne
sîð, 1580; instr. sg. (forman, ôðre,
þriddan) sîðe, 741, 1204, 2050,
2287, 2512, 2518, 2671, 2689, 3102.
—Comp.: cear-, eft-, ellor-, gryre-,
sæ-, wil-, wræc-sîð.

ge-sîð, st. m., *comrade, follower:*
gen. sg. ge-sîðes, 1298; nom. pi.
ge-sîðas, 29; acc. pl. ge-sîðas,
2041, 2519; dat. pl. ge-sîðum,
1314, 1925, 2633; gen. pl. ge-sîða,
1935.— Comp.: eald-, wil-gesîð.

sîð-fät, st. m., *way, journey:* acc.
sg. þone sîð-fät, 202; dat. sg. sîð-
fate, 2640.

sîð-fram, -from, adj., *ready for the
journey:* nom. pl. sîð-frome, 1814

sîðian, w. v., *to journey, march :*
inf., 721, 809; pret. sg. sîðode,
2120.

for-sîðian, *iter fatale inire*
(Grein) : pret. sg. häfde þâ for-
sîðod sunu Ecg-þeówes under gyn-
ne grund (*would have found his
death*, etc.), 1551.

sîe, sŷ. See **wesan**.

sîgan, st. v., *to descend, sink, incline :*
pret. pl. sigon ät-somne (*descended
together*), 307; sigon þâ tô slæpe
(*they sank to sleep*), 1252.

ge-sîgan, *to sink, fall :* inf. ge-
sîgan ätsäcce (*fall in battle*), 2660.

sîn, poss. pron., *his :* acc. sg. m.
sînne, 1961, 1985, 2284, 2790; dat.
sg. sînum, 1508.

slæp, st. m., *sleep :* nom. sg., 1743;
dat. sg. tô slæp∍, 1252.

slæpan, st. v., *to sleep :* pres. part.
nom. sg. slæpende, 2220; acc. sg.
he gefêng...slæpendne rinc (*seized
a sleeping warrior*), 742; acc. pl.
slæpende frät folces Denigea fîf-
tyne men (*devoured, sleeping, fif-
teen of the people of the Danes*), 1582.

sleac, adj., *slack, lazy :* nom. sg.,
2188.

sleahan, sleán : 1) *to strike, strike
at :* a) intrans.: pres. subj. sg. þät
he me ongeán sleá (*that he should
strike at me*), 682; pret. sg. yrrin-
ga slôh (*struck angrily*), 1566;
so, slôh hilde-bille, 2680. b) trans.:
pret. sg. þät he þone nîð-gäst nio-
ðor hwêne slôh (*that he struck
the dragon somewhat lower*, etc.),
2700. — 2) w. acc.: *to slay, kill :*
pret. sg. þäs þe he Abel slôg (*be-
cause he slew A.*), 108; so, slôg,
421, 2180; slôh, 1582, 2356; pl.
slôgon, 2051; pret. part. þâ wäs
Fin slägen, 1153.

ge-sleán, w. acc.: 1) *to fight a bat-

tle :* pret. sg. ge-slôh þîn fädeɪ
fæhðe mæste, 459. — 2) *to gain by
fighting :* syðð an hie þâ mærða ge-
slôgan, 2997.

of-sleán, *to ofslay, kill*, w. acc.:
pret. sg. of-slôh, 574, 1666, 3061.

slîðe (G. sleiþ-s), adj., *savage, fierce,
dangerous :* acc. sg. þurh slîðne
nîð, 184; gen. pl. slîðra ge-slyhta,
2399.

slîðen, adj., *furious, savage, deadly*
nom. sg. sweord-bealo slîðen, 1148.

slîtan, st. v., *to slit, tear to pieces*,
w. acc.: pret. sg. slât (slæpendne
rinc), 742.

slyht, st. m., *blow :* in comp. and·
slyht.

ge-slyht, st. n. (collective), *battle,
conflict :* gen. pl. slîðra ge-slyhta,
2399.

smið, st. m., *smith, armorer :* nom.
sg. wæpna smið, 1453; gen. sg.
smiðes, 406. ·· Comp. wundor-
smið.

be-smiðian, w. v., *to surround with
iron-work, bands*, etc.: pret. part.
he (the hall Heorot) þäs fäste wäs
innan and ûtan îren-bendum searo-
þoncum besmiðod (i.e. the beams
out of which the hall was built
were held together skilfully, within
and without, by iron clamps), 776.

snell, adj., *fresh, vigorous, lively ;
of martial temper :* nom. sg. se
snella, 2972.

snellîc, adj., the same : nom. sg., 691.

snotor, snottor, adj., *clever, wise,
intelligent :* nom. sg. snotor, 190,
827, 909, 1385; in weak form,
(se) snottra, 1314, 1476, 1787; sno-
tra, 2157, 3121; nom. pl. snotere,
202, 416; snottre, 1592. — Comp.
fore-snotor.

snotor-lîce, adv., *intelligently, wise
ly :* compar. snotor-lîcor, 1483.

snûde, adv., *hastily, quickly, soon*, 905, 1870, 1972, 2326, 2569, 2753.

be-**snyðian**, w. v., *to rob, deprive of:* pret. sg. þätte Ongenþió ealdre be-snyðede Hæðcyn, 2925.

snyrian, w. v., *to hasten, hurry:* pret. pl. snyredon ät-somne (*hurried forward together*), 402.

snyttru, f., *intelligence, wisdom:* acc. sg. snyttru, 1727; dat. pl. mid môdes snyttrum, 1707; þe we ealle ær ne meahton snyttrum be-syrwan (*a deed which all of us together could not accomplish before with all our wisdom*), 943. Adv., *wisely*, 873.

somne. See **samne**.

sorgian, w. v.: 1) *to be grieved, sorrow:* imper. sg. II. ne sorga! 1385.— 2) *to care for, trouble one's self about:* inf. nô þu ymb mînes ne þearft lîces feorme leng sorgian (*thou needst not care longer about my life's* [body's] *sustenance*), 451.

sorh, st. f., *grief, pain, sorrow:* nom. sg., 1323; sorh is me tô secganne (*pains me to say*), 473; acc.sg. sorge, 119, 2464; dat. instr. sg. mid þære sorge, 2469; sorge (*in sorrow, grieved*), 1150; gen. sg. worna fela . . . sorge, 2005; dat. pl. sorgum, 2601; gen. pl. sorga, 149.—Comp.: hyge-, inwit-, þegn-sorh.

sorh-cearig, adj., *curis sollicitus, heart-broken:* nom. sg., 2456.

sorh-ful, adj., *sorrowful, troublesome, difficult:* nom. sg., 2120; acc. sg. sorh-fullne (sorh-fulne) sîð, 512, 1279, 1430.

sorh-leás, adj., *free from sorrow or grief:* nom. sg., 1673.

sorh-leóð, st. n., *dirge, song of sorrow:* acc. sg., 2461.

sorh-wylm, st. m., *wave of sorrow* nom. pl. sorh-wylmas, 905.

sôcn, st. f., *persecution, hostile pursuit or attack* (see **sêcan**): dat. (instr.) þære sôcne (by reason of Grendel's persecution), 1778.

sôð, st. n., *sooth, truth:* acc. sg. sôð, 532, 701, 1050, 1701, 2865; dat. sg. tô sôðe (*in truth*), 51, 591, 2326.

sôð, adj., *true, genuine:* nom. sg. þät is sôð metod, 1612; acc. sg. n. gyd âwräc sôð and sâr-lîc, 2110.

sôðe, adv., *truly, correctly, accurately*, 524; sôðe gebunden (of alliterative verse: *accurately put together*), 872.

sôð-cyning, st. m., *true king:* nom. sg. sigora sôð-cyning (*God*), 3056.

sôð-fäst, adj., *soothfast, established in truth, orthodox* (here used of the Christian martyrs): gen. pl. sôð-fästra dôm (*glory, realm, of the saints*), 2821.

sôð-lîce, adv., *in truth, truly, truthfully*, 141, 273, 2900.

sôfte, adv., *gently, softly:* compar. þŷ sêft (*the more easily*), 2750. — Comp. un-sôfte.

sôna, adv., *soon, immediately*, 121, 722, 744, 751, 1281, 1498, 1592, 1619, 1763, etc.

on-**spannan**, st. v., *to un-span, unloose:* pret. sg. his helm on-speón (*loosed his helm*), 2724.

spel, st. n., *narrative, speech:* acc. sg. spell, 2110; acc. pl. spel, 874; gen. pl. spella, 2899, 3030.—Comp. weá-spel.

spêd, st. f.: 1) *luck, success:* in comp. here-, wîg-spêd. — 2) *skill, facility:* acc. sg. on spêd (*skilfully*), 874.

spîwan, st. v., *to spit, spew*, w. instr.: inf. glêdum spîwan (*spit fire*), 2313.

spor, st. n., *spur:* in comp. hand-spor.

spôwan, st. v., *to speed well, help, avail:* pret. sg. him wil.t ne speów (*availed him naught*), 2855; hû him ät æte speów (*how he sped in the eating*), 3027.

spræc, st. f., *speech, language:* instr. sg. frêcnan spræce (*through bold, challenging, discourse*), 1105. — Comp.: æfen-, gylp-spræc.

sprecan, st. v., *to speak:* inf. iç sceal forð sprecan gen ymbe Grendel (*I shall go on speaking about G.*), 2070; w. acc. se þe wyle sôð sprecan (*he who will speak the truth*), 2865; imper. tô Geátum sprec (spræc, MS.), 1172; pret. sg. III. spräc, 1169, 1699, 2511, 2725; word äfter spräc, 341; nô ymbe þâ fæhðe spräc, 2619; II. hwät þu worn fela ... ymb Brecan spræce (*how much thou hast spoken of Breca!*), 531; pl. hwät wit geó spræcon (*what we two spoke of before*), 1477; gomele ymb gôdne on-geador spræcon, þät hig ... (*the graybeards spoke together about the valiant one, that they ...*), 1596; swâ wit furðum spræcon (*as we two spoke, engaged, before*), 1708; pret. part. þâ wäs ... þryð-word sprecen, 644.

ge-sprecan, w. acc., *to speak:* pret. sg. ge-spräc, 676, 1399, 1467, 3095. •

spreót, st. m., *pole; spear, pike:* in comp. eofor-spreót.

springan, st. v., *to jump, leap; flash:* pret. sg. hrâ wîde sprong (*the body bounded far*), 1589; swât ædrum sprong forð under fexe (*the blood burst out in streams from under his hair*), 2967; pl. wîde sprungon hilde - leóman (*flashed afar*), 2583. Also figuratively: blæd wîde sprang (*his repute spread afar*), 18.

ge-springan, *to spring forth:* pret. sg. swâ þät blôd ge-sprang (*as the blood burst forth*), 1668. Figuratively, *to arise, originate:* pret. sg. Sigemunde gesprong äfter deáð-däge dôm un-lytel, 885.

on-springan, *to burst in two, spring asunder:* pret. pl. seonowe onsprungon, burston bânlocan 818.

standan, st. v.: 1) absolutely or with prep., *to stand:* pres. III. pl. eóred-geatwe þe ge þær on standað (*the warlike accoutrements wherein ye there stand*), 2867; inf. ge-seah ... orcas stondan (*saw vessels standing*), 2761; pret. sg. ät hýðe stôd hringed-stefna (*in the harbor stood the curved-prowed?, metal-covered?, ship*), 32; stôd on sta-pole (*stood near the [middle] col-umn*), 927; so, 1914, 2546; þät him on aldre stôd here-sträl hearda (*that the sharp war-arrow stood in his vitals*), 1435; so, 2680; pl. gâras stôdon ... samod ät-gädere (*the spears stood together*), 328; him big stôdan bunan and orcas (*by him stood cans and pots*), 3048. Also of still water: pres. sg. III. nis þät feor heonon ... þät se mere standeð, 1363. — 2) with predicate adj., *to stand, continue in a certain state:* subj. pres. þät þes sele stande ... rinca ge-hwylcum îdel and unnyt (*that this hall stands empty and useless for every warrior*), 411; inf. hord-wynne fand eald uht-sceaða opene standan, 2272; pret. sg. ôð þät îdel stôd hûsa sê-lest, 145; so, 936; wäter under stôd dreórig and ge-drêfed, 1418.

— 3) *to belong* or *attach to; issue :*
pret. sg. Norð-Denum stôd atelîc
egesa (*great terror clung to, over-
came, the North Danes*), 784; þâra
ânum stôd sadol searwum fâh (*on
one of the steeds lay an ingeniously-
inlaid saddle*), 1038; byrne-leóma
eldum on andan (*burning light
stood forth, a horror to men*), 2314;
leóht inne stôd (*a light stood in it,
i.e. the sword*), 1571; him of eá-
gum stôd . . . leóht unfäger (*an
uncanny light issued from his eyes*),
727; so, þät [fram] þam gyste
[gryre-] brôga stôd, 2229.
â-standan, *to stand up, arise :*
pret. sg. â-stôd, 760, 1557, 2093.
ät-standan, *to stand at, near,* or
in : pret. sg. þät hit (i.e. þät swurd)
on wealle ät-stôd, 892.
for-standan, *to stand against* or
before, hence : 1) *to hinder, prevent:*
pret. sg. (breóst-net) wið ord and
wið ecge in-gang for-stôd (*the shirt
of mail prevented point or edge
from entering*), 1550; subj. nefne
him witig god wyrd for-stôde (*if the
wise God had not warded off such
a fate from them,* i.e. the men
threatened by Grendel), 1057. —
2) *defend,* w. dat. of person against
whom : inf. þät he . . . mihte heáðo-
lîðendum hord for-standan, bearn
and brŷde (*that he might protect
his treasure, his children, and his
spouse from the sea - farers*),
2956.
ge-standan, intrans., *to stand :*
pret. sg. ge-stôd, 358, 404, 2567;
pl. nealles him on heápe hand-ge-
steallan . . . ymbe gestôdon (*not
at all did his boon-companions
stand serried around him*), 2597.
stapa, w. m., *stepper, strider :* in
comp. hæð-, mearc-stapa.

stapan, st. v., *to step, stride, go for-
ward :* pret. sg. eorl furðor stôp,
762; gum-fêða stôp lind-häbben-
dra (*the troop of shield-warriors
strode on*), 1402.
ät-stapan, *to stride up* or *to :* pret.
sg. forð neár ät-stôp (*strode up
nearer*), 746.
ge-stapan, *to walk, stride :* pret.
sg. he tô forð gestôp dyrnan cräfte,
dracan heáfde neáh (*he,* i.e. the
man that robbed the dragon of
the vessel, *had through hidden
craft come too near the dragon's
head*), 2290.
stapol, st. m., (= βάσις), *trunk of a
tree ;* hence, *support, pillar, col-
umn :* dat. sg. stôd on stapole
(*stood by* or *near the wooden mid-
dle column of Heorot*), 927; instr.
pl. þâ stân-bogan stapulum fäste
(*the arches of stone upheld by pil-
lars*), 2719. See Note.
starian, w. v., *to stare, look intently
at :* pres. sg. I. þät ic on þone ha-
felan . . . eágum starige (*that I see
the head with my eyes*), 1782; þâra
frätwa . . . þe ic her on starie (*for
the treasures . . . that I here look
upon*), 2797; III. þonne he on þät
sinc starað, 1486; sg. for pl. þâra
þe on swylc starað, 997; pret. sg.
þät (sin-freá) hire an däges eágum
starede, 1936; pl. on mere stare-
don, 1604.
stân, st. m.: 1) *stone :* in comp.
eorclan-stân. — 2) *rock :* acc. sg.
under (ofer) hârne stân, 888, 1416,
2554, 2745; dat. sg. stâne, 2289,
2558.
stân-beorh, st. m., *rocky elevation,
stony mountain :* acc. sg. stân-
beorh steápne, 2214.
stân-boga, w. m., *stone arch, arch
hewn out of the rock :* dat. sg. stân-

bogan, 2546; nom. pl. stân-bogan, 2719.

stân-clif, st. n., *rocky cliff:* acc. pl. stân-cleofu, 2541.

stân-fâh, adj., *stone-laid, paved with stones of different colors:* nom. sg. stræt wäs stân-fâh (*the street was of different colored stones*), 320.

stân-hliᚦ, st. n., *rocky slope:* acc. pl. stân-hliᚦo, 1410.

stäf, st. m.: 1) *staff:* in comp. rûn-stäf. — 2) *elementum:* in comp. âr-, ende-, fâcen-stäf.

stäl, st. m., *place, stead:* dat. sg. þät þu me â wære forᚦ-gewitenum on fäder stäle (*that thou, if I died, wouldst represent a father's place to me*), 1480.

stælan, w. v., *to place; allure* or *instigate:* inf. þâ ic on morgne ge-frägn mæg ôᚦerne billes ecgum on bonan stælan (*then I learned that on the morrow one brother instigated the other to murder with the sword's edge; or, one avenged the other on the murderer?*, cf. 2962 seqq.), 2486.

ge-stælan, *to place, impose, institute:* pret. part. ge feor hafaᚦ fæhᚦe ge-stæled (*Grendel's mother has further begun hostilities against us*), 1341.

stede, st. m., *place, -stead:* in comp. bäl-, burh-, folc-, heáh-, meᚦel-, wang-, wîc-stede.

stefn, st. f., *voice:* nom. sg., 2553; instr. sg. niwan (niówan) stefne (properly novâ voce) = denuo, *anew, again,* 2595, 1790.

stefn, st. m., *prow of a ship:* acc. sg., 213; see bunden-, hringed-, wunden-stefna.

on-stellan, w. v., *constituere, to cause, bring about:* pret. sg. se þäs or-leges ôr on-stealde, 2408.

steng, st. m., *pole, pike:* in comp. wäl-steng.

ge-steppan, w. v., *to stride, go:* pret. sg. folce ge-stepte ofer sæ sîde sunu Ohtheres (*O.'s son,* i.e. Eádgils, *went with warriors over the broad sea*), 2394.

stêde (O.H.G. stâti, M.H.G. stæte). adj., *firm, steady:* nom. sg. wäs stêde nägla ge-hwylc stŷle ge-lîcost (*each nail-place was firm as steel*), 986.

stêpan, w. v. w. acc., *to exalt, honor:* pret. sg. þeᚏh þe hine mihtig god ... eafeᚦum stêpte, 1718.

ge-steald, st. n., *possessions, property:* in comp. in-gesteald, 1156.

ge-stealla, w. m., (contubernalis), *companion, comrade:* in comp. eaxl-, fyrd-, hand-, lind-, nŷd-ge-stealla.

stearc-heort, adj., (fortis animo), *stout-hearted, courageous:* nom. sg. (of the dragon), 2289; (of Beówulf), 2553.

steáp, adj., *steep, projecting, towering:* acc. sg. steápne hrôf, 927; stân-beorh steápne, 2214; wiᚦ steápne rond, 2567; acc. pl. m. beorgas steápe, 222; neut. steáp stân hliᚦo, 1410. — Comp. heaᚦo-steáp.

stille, adj., *still, quiet:* nom. sg. wîd-floga wundum stille, 2831.

stille, adv., *quietly,* 301.

stincan, st. v., *to smell; snuff:* pret. sg. stonc þä äfter stâne (*snuffed along the stone*), 2289.

stîᚦ, adj., *hard, stiff:* nom. sg. wunden-mæl (swurd) ... stîᚦ and stŷl-ecg, 1534.

stîᚦ-môd, adj., *stout-hearted, unflinching:* nom. sg., 2567.

stîg, st. m., *way, path:* nom. sg., 320, 2214; acc. pl. stîge nearwe, 1410 — Comp. medu-stîg.

stîgan, st. v., *to go, ascend:* pret. sg. þâ he tô holme [st]âg (*when he plunged forward into the sea*), 2363; pl. beornas ... on stefn stigon, 212; Wedera leóde on wang stigon, 225; subj. pret. ær he on bed stige, 677.

â-stîgan, *to ascend:* pres. sg. þonon ýð-geblond up â-stîgeð won tô wolcnum, 1374; gûð-rinc â-stâh (*the fierce hero ascended*, i.e. was laid on the pyre? or, *the fierce smoke* [rêc] *ascended?*), 1119; gamen eft â-stâh (*joy again went up, resounded*), 1161; wudu-rêc â-stâh sweart of swioðole, 3145; swêg up â-stâg, 783.

ge-stîgan, *to ascend, go up:* pret. sg. þâ ic on holm ge-stâh, 633.

storm, st. m., *storm:* nom. sg. stræla storm (*storm of missiles*), 3118; instr. sg. holm storme weól (*the sea billowed stormily*), 1132.

stôl, st. m., *chair, throne, seat:* in comp. brego-, êðel-, gif-, gum-stôl.

stôw, st. f., *place, -stow:* nom. sg. nis þæt heóru stôw (*a haunted spot*), 1373; acc. sg. frêcne stôwe, 1379; grund-bûendra gearwe stôwe (*the place prepared for men*, i.e. death-bed; see **gesacan** and **ge-nýdan**), 1007: comp. wäl-stow.

strang, strong, adj., *strong; valiant; mighty:* nom. sg. wäs þät ge-win tô strang (*that sorrow was too great*), 133; þu eart mägenes strang (*strong of body*), 1845; wäs sió hond tô strong (*the hand was too powerful*), 2685; superl. wîgena strengest (*strongest of warriors*), 1544; mägenes strengest (*strongest in might*), 196; mägene strengest, 790.

strûdan? (cf. **stræde** = passus, gressus), *to tread,* (be)*-stride, stride*

over (Grein): subj. pres. se þone wong strâde, 3074. See Note.

stræl, st. m., *arrow, missile:* instr. sg. biteran stræle, 1747; gen. pl. stræla storm, 3118.

stræt, st. f., *street, highway:* nom. sg., 320; acc. sg. stræte, 1635; fealwe stræte, 917. — Comp.: lagu-, mere-stræt.

strengel, st. m., (*endowed with strength*), *ruler, chief:* acc. sg. wîgena strengel, 3116.

strengo, st. f., *strength, power, violence:* acc. sg. mägenes strenge, 1271; dat. sg. strenge, 1534; strengo, 2541; — dat. pl. strenguin = *violently, powerfully* [*loosed from the strings?*], 3118: in comp. hilde-, mägen-, mere-strengo.

strêgan (O. S. strôwian), w. v., *to strew, spread:* pret. part. wäs þäm yldestan ... morðorbed strêd (*the death-bed was spread for the eldest one*), 2437.

streám, st. m., *stream, flood, sea:* acc. sg. streám, 2546; nom. pl. streámas, 212; acc. pl. streámas, 1262: comp. brim-, eágor-, firgen-, lagu-streám.

ge-streón (cf. **streón** = robur, vis), st. n., *property, possessions;* hence, *valuables, treasure, jewels:* nom. pl. Heaðo-beardna ge-streón (*the costly treasure of the Heathobeardas*, i.e. the accoutrements belonging to the slain H.), 2038; acc. pl. äðelinga, eorla ge-streón, 1921, 3168. — Comp.: ær-, eald-, eorl-, heáh-, hord-, long-, mâðm-, sinc-, þeód-ge-streón.

strûdan, st. v., *to plunder, carry off:* subj. pres. näs þâ on hlytme hwâ þät hord strude, 3127.

ge-strýnan, w. v. w. acc., *to acquire, gain:* inf. þäs þe (*because*)

ic môste mînum leódum ... swylc
ge-strŷnan, 2799.

stund, st. f., *time, space of time,
while :* adv. dat. pl. stundum (*at
times*), 1424.

styrian, w. v. w. acc.: 1) *to ar-
range, put in order, tell :* inf. secg
eft on-gan sîð Beówulfes snyttrum
styrian (*the poet then began to tell
B.'s feat skilfully*, i.e. put in poetic
form), 873. — 2) *to rouse, stir
up :* pres. sg. III. þonne wind sty-
reð lâð ge-wiðru (*when the wind
stirreth up the loathly weather*),
1375. — 3) *to move against, attack,
disturb :* subj. pres. þät he ...
hring-sele hondum styrede (*that
he should attack the ring-hall with
his hands*), 2841.

styrman, w. v., *to rage, cry out :*
pret. sg. styrmde, 2553.

stŷle, st. n., *steel :* dat. sg. stŷle, 986.

stŷl-ecg, adj., *steel-edged :* nom. sg.,
1534.

b e - **stŷman,** w. v., *to inundate, wet,
flood :* pret. part. (wæron) eal
benc-þelu blôde be-stŷmed, 486.

suhtor-ge-fäderan (collective), w.
m. pl., *uncle and nephew, father's
brother and brother's son :* nom.
pl., 1165.

sum, pron.: 1) indef., *one, a, any, a
certain ;* neut. *something :* a) with-
out part. gen.: nom. sg. sum, 1252;
hilde-rinc sum, 3125; neut. ne
sceal þær dyrne sum wesan (*naught
there shall be hidden*), 271; acc.
sg. m. sumne, 1433; instr. sg.
sume worde (*by a word, expressly*),
2157; nom. pl. sume, 400, 1114;
acc. pl. sume, 2941. b) with part.
gen.: nom. sg. gumena sum (*one
of men, a man*), 1500, 2302; mere-
hrägla sum, 1906; þät wäs wundra
sum, 1608; acc. sg. gylp-worda

sum, 676. c) with gen. of cardi
nals or notions of multitude : nom.
sg. fîftena sum (*one of fifteen, with
fourteen companions*), 207; so,
eahta sum, 3124; feára sum (*one
of few, with a few*), 1413; acc. sg.
manigra sumne (*one of many, with
many*), 2092; manna cynnes sum-
ne (*one of the men*, i.e. one of the
watchmen in Heorot), 714; feára
sumne (*some few, one of few ;* or,
one of the foes?), 3062. — 2) with
part. gen. sum sometimes = *this,
that, the afore-mentioned :* nom.
sg. eówer sum (*a certain one, that
one, of you*, i.e. Beówulf), 248;
gûð-beorna sum (*the afore-men-
tioned warrior*, i.e. who had shown
the way to Hróðgâr's palace), 314;
eorla sum (*the said knight*, i.e. Beó-
wulf), 1313; acc. sg. hord-ärna
sum (*a certain hoard-hall*), 2280.

sund, st. m.: 1) *swimming :* acc.
sg. ymb sund, 507; dat. sg. ät sun-
de (*in swimming*), 517; on sunde
(*a-swimming*), 1619; gen. sg. sun-
des, 1437. — 2) *sea, ocean, sound :*
nom. sg., 223; acc. sg. sund, 213,
512, 539, 1427, 1445.

g e - **sund,** adj., *sound, healthy, un-
impaired :* acc. sg. m. ge-sundne,
1629, 1999; nom. pl. ge-sunde,
2076; acc. pl. w. gen. fäder al-
walda ... eówic ge-healde sîða
ge-sunde (*the almighty Father
keep you safe and sound on your
journey !*), 318. — Comp. an-sund.

sund-ge-bland, st. n., (*the commin-
gled sea*), *sea-surge, sea-wave :* acc.
sg., 1451.

sund-nyt, st. f., *swimming-power*
or *employment, swimming :* acc.
sg. sund-nytte dreáh (*swam through
the sea*), 2361.

sundur, sundor, adv., *asunder, in*

twain : sundur gedælan (*to sepa-rate, sunder*), 2423.

sundor-nyt, st. f., *special service* (service in a special case) : acc. sg. sundor-nytte, 668.

sund - wudu, st. m., (*sea-wood*), *ship :* nom. acc. sg. sund-wudu, 208, 1907.

sunne, w. f., *sun :* nom. sg., 607; gen. sg. sunnan, 94, 649.

sunu, st. m., *son :* nom. sg., 524, 591, 646, 981, 1090, 1486, etc.; acc. sg. sunu, 268, 948, 1116, 1176, 1809, 2014, 2120; dat. sg. suna, 344, 1227, 2026, 2161, 2730; gen. sg. suna, 2456, 2613, (1279) ; nom. pl. suna, 2381.

sûð, adv., *south, southward*, 859.

sûðan, adv., *from the south*, 607; sigel sûðan fûs (*the sun inclined from the south*), 1967.

swaðrian, w. v., *to sink to rest, grow calm :* brimu swaðredon (*the waves became calm*), 570. See **sweðrian.**

swaðu, st. f., *trace, track, pathway :* acc. sg. swaðe, 2099. — Comp. : swât-, wald-swaðu.

swaðul, st. m.? n.?, *smoke, mist* (Dietrich in Haupt V. 215) : dat. sg. on swaðule, 783. See **sweo-ðol.**

swancor, adj., *slender, trim :* acc. pl. þrió wicg swancor, 2176.

swan-râd, st. f., *swan-road, sea :* acc. sg. ofer swan-râde, 200.

and - swarian, w. v., *to answer :* pret. sg. him se yldesta and-swa-rode, 258; so, 340.

swâ : 1) demons. adv., *so, in such a manner, thus :* swâ sceal man dôn, 1173, 1535; swâ þâ driht-guman dreámum lifdon, 99; þät ge-äfndon swâ (*that we thus accomplished*), 538; þær hie meahton (i.e. feorh

ealgian), 798; so, 20, 144, 189, 559, 763, 1104, 1472, 1770, 2058, 2145, 2178, 2991; swâ manlîce (*so like a man*), 1047; swâ fela (*so many*), 164, 592; swâ deórlîce dæd (*so valiant a deed*), 585; hine swâ gôdne (*him so good*), 347; on swâ geongum feore (*in so youthful age*), 1844; ge-dêð him swâ ge-wealdene worolde dælas þät . . . (*makes parts of the world so subject to him that . . .*), 1733. In comparisons = *ever, the* (adv.) : me þîn môd-sefa lîcað leng swâ wel (*thy mind pleases me ever so well, the longer the better*), 1855. As an asseverative = *so :* swâ me Higelâc sîe . . . môdes blîðe (*so be Higelac gracious - minded to me!*), 435; swâ þeáh (*neverthe-less, however*), 973, 1930, 2879; swâ þêh, 2968; hwäðre swâ þeáh (*yet however*), 2443.—2): a) conj., *as, so as :* ôð þät his byre mihte eorlscipe efnan swâ his ærfäder (*until his son might do noble deeds, as his old father did*), 2623; eft swâ ær (*again as before*), 643; — with indic.: swâ he selfa bäd (*as he himself requested*), 29; swâ he oft dyde (*as he often did*), 444; gæð â Wyrd swâ hió sceal, 455; swâ guman gefrungon, 667; so, 273, 352, 401, 561, 1049, 1056, 1059, 1135, 1232, 1235, 1239, 1253, 1382, etc.; — with subj.: swâ þîn sefa hwette (*as pleases thy mind, i.e. any way thou pleasest*), 490. b) *as, as then, how,* 1143; swâ hie â wæron . . . nŷd-gesteallan (*as they were ever comrades in need*), 882; swâ hit diópe . . . be-nemdon þeódnas mære (*as, [how?] the mighty princes had deeply cursed it*), 3070; swâ he manna wäs wîgend weorðfullost (*as he of men the worthiest warrior was*), 3099. c) *just as, the moment when:* swâ þät blôd gesprang, 1668. d) *so that:* swâ he ne mihte nô (*so that he might not . . .*), 1509; so, 2185, 2007. — 3) = qui, quae, quod, German so: worhte wlite-beorhtne wang swâ wäter bebûgeð (*wrought the beauteous plain which* (acc.) *water surrounds*), 93. — 4) swâ ... swâ = *so . . . as*, 595, 687–8, 3170; efne swâ ... swâ (*even so ... as*), 1093–4, 1224, 1284; efne swâ hwylc mägða swâ (*such a woman as, whatsoever woman*), 944; efne swâ hwylcum manna swâ (*even so to each man as*), 3058.

for-**swâfan**, st. v., *to carry away, sweep off:* pret. sg. ealle Wyrd forsweóf mîne mâgas tô metod-sceafte, 2815.

for-**swâpan**, st. v., *to sweep off, force:* pret. sg. hie Wyrd forsweóp on Grendles gryre, 477.

swât, st. m., (*sweat*), *wound-blood:* nom. sg., 2694, 2967; instr. sg. swâte, 1287.—Comp. heaðo-, hilde-swât.

swât-fâh, adj., *blood-stained:* nom. sg., 1112.

swâtig, adj., *gory:* nom. sg., 1570.

swât-swaðu, st. f., *blood-trace:* nom. sg., 2947.

be-**swælan**, w. v., *to scorch:* pret. part. wäs se lêg-draca ... glêdum beswæled, 3042.

swæs, adj., *intimate, special, dear:* acc. sg. swæsne êðel, 520; nom. pl. swæse ge-sîðas, 29; acc. pl. leóde swæse, 1869; swæse ge-sîðas, 2041; gen. pl. swæsra ge-sîða, 1935.

swæs-lîce, adv., *pleasantly, in a friendly manner*, 3090.

swebban, w. v., (*to put to sleep*), *to kill:* inf. ic hine sweorde swebban nelle, 680; pres. sg. III. (absolutely) swefeð, 601.

â-**swebban**, *to kill, slay:* pret. part. nom. pl. sweordum â-swefede, 567.

sweðrian, w. v., *to lessen, diminish:* inf. þät þät fyr ongan sweðrian, 2703; pret. siððan Heremôdes hild sweðrode, 902.

swefan, st. v.: 1) *to sleep:* pres. sg. III. swefeð, 1742; inf. swefan, 119, 730, 1673; pret. sg. swäf, 1801; pl. swæfon, 704; swæfun, 1281.— 2) *to sleep the death-sleep, die:* pres. sg. III. swefeð, 1009, 2061, 2747; pl. swefað, 2257, 2458.

swegel, st. n., *ether, clear sky:* dat. sg. under swegle, 1079, 1198; gen. sg. under swegles begong, 861, 1774.

swegle, adj., *bright, etherlike, clear:* acc. pl. swegle searo-gimmas, 2750.

swegel-wered, *quasi* pret. part., *ether-clad:* nom. sg. sunne swegl-wered, 607.

swelgan, st. v., *to swallow:* pret. sg. w. instr. syn-snædum swealh (*swallowed in great bites*), 744; object omitted, subj. pres. nymðe lîges fäðm swulge on swaðule, 783.

for-**swelgan**, w. acc., *to swallow, consume:* pret. sg. for-swealg, 1123, 2081.

swellan, st. v., *to swell:* inf. þâ sió wund on-gan ... swêlan and swellan, 2714.

sweltan, st. v., *to die, perish:* pret. sg. swealt, 1618, 2475; draca morðre sweialt (*died a violent death*), 893, 2783; wundor-deáðe swealt, 3038; hioro-dryncum swealt, 2359.

swencan, w. v., *to swink, oppress, strike:* pret. sg. hine wundra þäs

fela swencte (MS. swecte) on sun-
de, 1511.

ge-swencan, *to oppress, strike, in-
jure:* pret. sg. syððan hine Hæð-
cyn ... flâne geswencte, 2439;
pret. part. synnum ge-swenced, 976;
hæðstapa hundum ge-swenced,
1369. — Comp. lyft-ge-swenced.

sweng, st. m., *blow, stroke:* dat.
sg. swenge, 1521, 2967; swenge
(*with its stroke*), 2687; instr. pl.
sweordes swengum, 2387.—Comp.:
feorh-, hete-, heaðu-, heoro-sweng.

swerian, st. v., *to swear:* pret. w.
acc. I. ne me swôr fela âða on
unriht (*swore no false oaths*), 2739;
he me âðas swôr, 472.

for-swerian, w. instr., *to forswear,
renounce* (*protect with magic for-
mula?*) : pret. part. he sige-wæp-
num for-sworen häfde, 805.

swêg, st. m., *sound, noise, uproar:*
nom. sg. swêg, 783; hearpan swêg,
89, 2459, 3024; sige-folca swêg,
645; sang and swêg, 1064; dat.
sg. swêge, 1215. — Comp.: benc-,
morgen-swêg.

swêlan, w. v., *to burn* (here of
wounds) : inf. swêlan, 2714. See
swælan.

sweart, adj., *swart, black, dark:*
nom. sg. wudu-rêc sweart, 3146;
dat. pl. sweartum nihtum, 167.

sweoðol (cf. O.H.G. suedan, sue-
than = cremare; M.H.G. swadem
= vapor; and Dietrich in Haupt
V., 215), st. m.? n.?, *vapor, smoke,
smoking flame:* dat. sg. ofer swio-
ðole (MS. swic ðole), 3146. See
swaðul.

sweofot, st. m., *sleep:* dat. sg. on
sweofote, 1582, 2296.

sweoloð, st. m., *heat, fire, flame:*
dat. sg. sweoloðe, 1116. Cf. O.H.G.
suilizo, suilizunga = ardor, cauma.

sweorcan, st. v., *to trouble, darken*
pres. sg. III. ne him inwit-sorh on
sefan sweorceð (*darkens his soul*),
1738.

for-sweorcan, *to grow dark* or
dim: pres. sg. III. eágena bearhtm
for-siteð and for-sworceð, 1768.

ge-sweorcan (intrans.), *to dark-
en:* pret. sg. niht-helm ge-swearc,
1790.

sweord, swurd, swyrd, st. n.,
sword: nom. sg. sweord, 1287,
1290, 1570, 1606, 1616, 1697;
swurd, 891; acc. sg. sweord, 437,
673, 1559, 1664, 1809, 2253, 2500,
etc.; swurd, 539, 1902; swyrd,
2611, 2988; instr. sg. sweorde,
561, 574, 680, 2493, 2881; gen. sg.
sweordes, 1107, 2194, 2387; acc. pl.
sweord, 2639; nom. pl., 3049; instr.
pl. sweordum, 567, 586, 885; gen.
pl. sweorda, 1041, 2937, 2962. —
Comp.: gûð-, maððum-, wæg-
sweord.

sweord, st. f., *oath:* in comp. âð-
sweord (*sword-oath?*), 2065.

sweord-bealo, st. n., *sword-bale,
death by the sword:* nom. sg., 1148.

sweord-freca, w. m., *sword-war-
rior:* dat. sg. sweord-frecan, 1469.

sweord-gifu, st. f., *sword-gift, giv-
ing of swords:* nom. sg. swyrd-gifu,
2885.

sweotol, swutol, adj.: 1) *clear,
bright:* nom. sg. swutol sang scô-
pes, 90. — 2) *plain, manifest:*
nom. sg. syndolh sweotol, 818;
tâcen sweotol, 834; instr. sg. sweo-
tolan tâcne, 141.

sweóf, sweóp. See **swâfan, swû-
pan.**

swið, st. n.? (O.N. swiði), *burning
pain:* in comp. þryð-swið(?).

swift, adj., *swift:* nom. sg. se swifta
mearh, 2265.

swimman, swymman, st. v., *to swim :* inf. swymman, 1625.

ofer-swimman, w. acc., *to swim over* or *through :* pret. sg. oferswam sioleða bigong (*swam over the sea*), 2368.

swincan, st. v., *to struggle, labor, contend :* pret. pl. git on wäteres æht seofon niht swuncon, 517.

ge-**swing,** st. n., *surge, eddy :* nom. sg. atol ŷða geswing, 849.

swingan, st. v., *to swing one's self, fly :* pres. sg. III. ne gôd hafoc geond säl swingeð, 2265.

swîcan, st. v.: 1) *to deceive, leave in the lurch, abandon :* pret. sg. næfre hit (*the sword*) ät hilde ne swâc manna ængum, 1461.—2) *to escape :* subj. pret. bûtan his lîc swice, 967.

ge-swîcan, *to deceive, leave in the lurch :* pret. sg. gûð-bill ge-swâc nacod ät nîðe, 2585, 2682; w. dat. seó ecg ge-swâc þeodne ät þearfe · (*the sword failed the prince in need*), 1525.

swîð, swŷð (Goth. swinþ-s), adj., *strong, mighty :* nom. sg. wäs þät ge-win tô swŷð, 191.—Comp. nom. sg. sió swîðre hand (*the right hand*), 2099; *harsh,* 3086.

swîðe, adv., *strongly, very, much,* 598, 998, 1093, 1744, 1927; swŷðe, 2171, 2188. Compar. swîðor, *more, rather, more strongly,* 961, 1140, 1875, 2199. — Comp. un-swîðe.

ofer-**swîðian,** w. v., *to overcome, vanquish,* w. acc. of person : pres. sg. III. oferswŷðeð, 279, 1769.

swîð-ferhð, adj., (*fortis animo*), *strong-minded, bold, brave :* nom. sg. swŷð-ferhð, 827; gen. sg. swîð-ferhðes, 909; nom. pl. swîð-ferhðe, 493; dat. pl. swîð-ferhðum, 173.

swîð-hycgend, pres. part. (*strenue cogitans*), *bold-minded, brave in spirit :* nom. sg. swîð-hycgende, 920; nom. pl. swîð-hycgende, 1017.

swîð-môd, adj., *strong-minded :* nom. sg., 1625.

on-**swîfan,** st. v. w. acc., *to swing, turn, at* or *against, elevate :* pret. sg. biorn (Beówulf) bord-rand onswâf wið þam gryre-gieste, 2560.

swîgian, w. v., *to be silent, keep silent :* pret. sg. lyt swîgode niwra spella (*kept little of the new tidings silent*), 2898; pl. swîgedon ealle, 1700.

swîgor, adj., *silent, taciturn :* nom. sg. weak, þâ wäs swîgra secg ... on gylp-spræce gûð-ge-weorca, 981.

swîn, swŷn, st. n., *swine, boar* (image on the helm) : nom. sg. swŷn, 1112; acc. sg. swîn, 1287.

swîn-lîc, st. n., *swine-image* or *body :* instr. pl. swîn-lîcum, 1454.

swôgan, st. v., *to whistle, roar :* pres. part. swôgende lêg, 3146.

swutol. See **sweotol.**

swylc, swilc (Goth. swa-leik-s), demons. adj. = *talis, such, such a ;* relative = *qualis, as, which :* nom. sg. swylc, 178, 1941, 2542, 2709; swylc ... swylc = talis ... qualis, 1329; acc. sg. swylc, 2799; eall ... swylc (*all ... which, as*), 72; ôðer swylc (*such another,* i.e. hand), 1584; on swylc (*on such things*), 997; dat. sg. gûð-fremmendra swylcum (*to such a battle-worker,* i.e. Beówulf), 299; gen. sg. swylces hwät (*some such*), 881; acc. pl. swylce, 2870; eall swylce ... swylce, 3166; swylce twegen (*two such*), 1348; ealle þearfe swylce (*all needs that*), 1798; swylce hie ... findan meahton sigla searo-gimma (*such as they* *might find of jewels and cunning gems*), 1157; efne swylce mæla swylce (*at just such times as*), 1250; gen. pl. swylcra searo-nîða, 582; swylcra fela . . . ær-gestreóna, 2232.

s w y l c e, adv., *as, as also, likewise, similarly,* 113, 293, 758, 831, 855, 908, 921, 1147, 1166, 1428, 1483, 2460, 2825; ge swylce (*and likewise*), 2259; swilce, 1153.

swylt, st. m., *death :* nom. sg., 1256, 1437.

swylt-däg, st. m., *death-day :* dat. sg. ær swylt-däge, 2799.

swynsian, w. v., *to sound :* pret. sg. ᵼ hlyn swynsode, 612.

swyrd. See **swcord.**

swŷð. See **swîð.**

swŷn. See **swîn.**

syððan (seðian, Gen. 1525), w. v., *to punish, avenge,* w. acc.: inf. þonne hit sweordes ecg syððan scolde (*then the edge of the sword should avenge it*), 1107.

syððan. See **siððan.**

syfan-wintre, adj., *seven-winters-old :* nom. sg., 2429.

syhð. See **scón.**

syl (O.H.G. swella), st. f., *sill, bench-support :* dat. sg. fram sylle, 776.

sylfa. See **selfa.**

syllan. See **sellan.**

syllîc. See **scllîc.**

symbcl, syml, st. n., *banquet, entertainment :* acc. sg. symbel, 620, 1011; geaf me sinc and symbl (*gave me treasure and feasting,* i.e. made me his friend and table-companion), 2432; þät hie . . . symbel ymbsæton (*that they might sit round their banquet*), 564; dat. sg. symle, 81, 489, 1009; ·symble, 119, 2105; gen. pl. symbla, 1233.

symble, symle, adv., *continually, ever :* symble, 2451; symle, 2498; symle wäs þŷ sæmra (*he was ever the worse, the weaker,* i.e. tne dragon), 2881.

symbel-wyn, st. f., *banqueting-pleasure, joy at feasting :* acc. sg. symbel-wynne dreóh, 1783.

syn, st. f., *sin, crime :* nom. synn and sacu, 2473; dat. instr. pl. synnum, 976, 1256, 3072.

syn. See **sin.**

syn-bysig, adj., (culpa laborans), *persecuted on account of guilt?* (Rieger), *guilt-haunted?* : nom. sg. secg syn-[by]sig, 2228.

g e - **syngian**, w. v., *to sin, commit a crime :* pret. part. þät wäs feohleás ge-feoht, fyrenum ge-syngad, 2442.

synnig, adj., *sin-laden, sinful :* acc. sg. m. sinnigne secg, 1380. — Comp.: fela-, un-synnig.

g e - **synto**, f., *health :* dat. pl. on gesyntum, 1870.

syrce. See **serce.**

syrwan, w. v. w. acc., *to entrap, catch unawares :* pret. sg. duguðe and geogoðe seomade and syrede, 161.

b e - **syrwan**: 1) *to compass* or *accomplish by finesse; effect :* inf. dæd þe we ealle ær ne meahton snyttrum be-syrwan (*a deed that all of us could not accomplish before with all our wisdom*), 943. — 2) *to entrap by guile and destroy :* inf. mynte se mânscaða manna cynnes sumne be-syrwan (*the fell foe thought to entrap some one* (*all?,* see sum) *of the men*), 714.

sŷn, f., *seeing, sight, scene :* comp. an-sŷn.

g e - **sŷne**, adj., *visible, to be seen :* nom. sg. 1256, 1404, 2948, 3059, 3160. — Comp.: êð-ge-sŷne, ŷð-ge-sêne.

T

taligean, w. v.: 1) *to count, reckon, number; esteem, think:* pres. sg. I. nô ic me ... hnâgran gûð-geweorca þonne Grendel hine (*count myself no worse than G. in battle-works*), 678; wên ic talige ... þät (*I count on the hope ... that*), 1846; telge, 2068; sg. III. þät ræd talað þät (*counts it gain that*), 2028.—2) *to tell, relate:* sôð ic talige (*I tell facts*), 532; swâ þu self talast (*as thou thyself sayst*), 595.

tâcen, st. n., *token, sign, evidence:* nom. sg. tâcen sweotol, 834; dat. instr. sg. sweotolan tâcne, 141; tîres tô tâcne, 1655.—Comp. luf-tâcen.

tân, st. m., *twig:* in comp. âter-tân.

ge-tæcan, w. v., *to show, point out:* pret. sg. him þâ hilde-deór hof môdigra torht ge-tæhte (*the warrior pointed out to them the bright dwelling of the bold ones,* i.e. Danes), 313. Hence, *to indicate, assign:* pret. sôna me se mæra mago Healf-denes ... wið his sylfes sunu setl getæhte (*assigned me a seat by his own son*), 2014.

tæle, adj., *blameworthy:* in comp. un-tæle.

ge-tæse, adj., *quiet, still:* nom. sg. gif him wære ... niht ge-tæse (*whether he had a pleasant, quiet, night*), 1321.

tela, adv., *fittingly, well,* 949, 1219, 1226, 1821, 2209, 2738.

telge. See **talian.**

tellan, w. v., *to tell, consider, deem:* pret. sg. ne his lîf-dagas leóda ænigum nytte tealde (*nor did he count his life useful to any man*), 795; þät ic me ænigne under swe-

gles begong ge-sacan ve tealde (*I believed not that I had any foe under heaven*), 1774; cwäð he þone gûð-wine gôdne tealde (*said he counted the war-friend good*), 1811; he ûsic gâr-wîgend gôde tealde (*deemed us good spear-warriors*), 2642; pl. swâ (*so that*) hine Geáta bearn gôdne ne tealdon, 2185.—2) *to ascribe, count against, impose:* pret. sg. (þryðo) him wälbende weotode tealde hand-gewriðene, 1937.

ge-tenge, adj., *attached to, lying on:* w. dat. gold ... grunde ge-tenge, 2759.

teár, st. m., *tear:* nom. pl. teáras, 1873.

teoh, st. f., *troop, band:* dat. sg. earmre teohhe, 2939.

(ge?)-teohhian, w. v., *to fix, determine, assign:* pret. sg. ic for lässan leán teohhode ... hnâhran rince, 952; pres. part. wäs ôðer in ær geteohhod (*assigned*) ... mærum Geáte, 1301.

teón, st. v., *to draw, lead:* inf. hêht ... eahta mearas ... on flet teón (*bade eight horses be led into the hall*), 1037; pret. sg. me tô grunde teáh fâh feónd-sceaða (*the many-hued fiend-foe drew me to the bottom*), 553; eft-sîðas teáh (*withdrew, returned*), 1333; sg. for pl. æg-hwylcum ... þâra þe mid Beó-wulfe brim-lâde teáh (*to each of those that crossed the sea with B.*) 1052; pret. part. þâ wäs ... heard ecg togen (*then was the hard edge drawn*), 1289; wearð ... on näs togen (*was drawn to the promontory*), 1440.

â-teón, *to wander, go,* intrans.: pret. sg. tô Heorute â-teáh (*drew to Heorot*), 767.

ge-teón: 1) *to draw:* pret. sg.
gomel swyrd ge-teáh, 2611; w.
instr. and acc. hyre seaxe ge-teáh,
brâd brûn-ecg, 1546. — 2) *to grant,
give, lend:* imp. nô þu him wearne
geteóh þînra gegn-cwida glädnian
(*refuse not to gladden them with
thy answer*), 366; pret. sg. and
þâ Beówulfe bega gehwäðres eodor
Ingwina onweald ge-teáh (*and the
prince of the Ingwins gave B.
power over both*), 1045; so, he
him êst geteáh (*gave possession of*),
2166.

of-teón, *to deprive, withdraw,* w.
gen. of thing and dat. pers.: pret.
sg. Scyld Scêfing . . . monegum
mægðum meodo-setla of-teáh, 5;
w. acc. of thing, hond . . . feorh-
sweng ne of-teáh, 2490; w. dat.
hond (hord, MS.) swenge ne of-
teáh, 1521.

þurh-teón, *to effect:* inf. gif he
torn-gemôt þurh-teón mihte, 1141.

teón (cf. teóh, *materia,* O.H.G.
ziuc), w. v. w. acc., *to make, work:*
pret. sg. teóde, 1453; — *to fur-
nish out, deck:* pret. pl. naläs hi
hine lässan lâcum teodan (*pro-
vided him with no less gifts*),
43.

ge-teón, *to provide, do, bring on:*
pres. sg. unc sceal weorðan . . .
swâ unc Wyrd ge-teóð, 2527; pret.
sg. þe him . . . sâre ge-teóde (*who
had done him this harm*), 2296.

ge-teóna, w. m., *injurer, harmer:*
in comp. lâð-ge-teóna.

til, adj., *good, apt, fit:* nom. sg. m.
Hâlga til, 61; þegn ungemete till
(of Wîglâf), 2722; fem. wäs seó
þeód tilu, 1251; neut. ne wäs þät
ge-wrixle til, 1305.

tilian, w. v. w. gen., *to gain, win:*
inf. gif ic . . . ôwihte mäg þînre

môd-lufan mâran tilian (*if I . . .
gain*), 1824.

timbrian, w. v., *to build:* pret. part.
acc. sg. säl timbred (*the well-built
hall*), 307.

be-timbrian, (construere), *to fin-
ish building, complete:* pret. pl.
betimbredon on tyn dagum beadu-
rôfes bêcn, 3161.

tîd, st. f., -*tide, time:* acc. sg. twelf
wintra tîd, 147; lange tîd, 1916;
in þâ tîde, 2228. — Comp.: ân-,
morgen-tîd.

ge-tîðian (from tigðian), w. v., *to
grant:* pret. part. impers. wäs . . .
bêne (gen.) ge-tîðad feásceaftum
men, 2285.

tîr, st. m., *glory, repute in war:* gen.
sg. tîres, 1655.

tîr-eádig, adj., *glorious, famous:*
dat. sg. tîr-eádigum menn (of Beó-
wulf), 2190.

tîr-fäst, adj., *famous, rich in glory.*
nom. sg. (of Hrôðgâr), 923.

tîr-leás, adj., *without glory, infa-
mous:* gen. sg. (of Grendel), 844.

toga, w. m., *leader:* in comp. folc-
toga.

torht, adj., *bright, brilliant:* acc.
sg. neut. hof . . . torht, 313. —
Comp.: wuldor-torht, heaðo-torht
(*loud in battle*).

torn, st. n. : 1) *wrath, insult, dis-
tress:* acc. sg. torn, 147, 834; gen.
pl. torna, 2190. — 2) *anger:* instr.
sg. torne ge-bolgen, 2402. — Comp.
lîge-torn.

torn, adj., *bitter, cruel:* nom. sg.
hreówa tornost, 2130.

torn-ge-môt, st. n., (*wrathful meet-
ing*), *angry engagement, battle:*
acc. sg., 1141.

tô, I. prep. w. dat. indicating direc-
tion or tending to, hence : 1) local
= whither after verbs of motion,

to, up to, at : com tô recede (*to the hall*), 721; eode tô sele, 920; eode tô hire freán sittan, 642; gæð eft ... tô medo (*goeth again to mead*), 605; wand tô wolcnum (*wound to the welkin*), 1120; sigon tô slæpe (*sank to sleep*), 1252; 28, 158, 234, 438, 553, 926, 1010, 1014, 1155, 1159, 1233, etc.; lîð-wæge bär hälum tô handa (*bore the ale-cup to the hands of the men? at hand?*), 1984; ôð þät niht becom ôðer tô yldum, 2118; him tô bearme cwom mâððum-fät mære (*came to his hands, into his possession*), 2405; sælde tô sande sîd-fäðme scip (*fastened the broad-bosomed ship to the shore*), 1918; þät se harm-scaða tô Heorute â-teáh (*went forth to Heorot*), 767. After verb sittan : sitte nu tô symble (*sit now to the meal*), 489; siððan ... we tô symble geseten häfdon, 2105; tô hâm (*home, at home*), 124, 374, 2993. With verbs of speaking: maðelode tô his wine-drihtne (*spake to his friendly lord*), 360; tô Geátum sprec, 1172; so, hêht þät heaðo-weorc tô hagan biódan (*bade the battle-work be told at the hedge*), 2893. — 2) with verbs of bringing and taking (cf. under **on,** I., d) : hraðe wäs tô bûre Beówulf fetod (*B. was hastily brought from a room*), 1311; siððan Hâma ät-wäg tô þære byrhtan byrig Brôsinga mene (*since H. carried the Brosing-necklace off from the bright city*), 1200; weán âhsode. fæhðo tô Fry-sum (*suffered woe, feud as to, from, the Frisians*), 1208. — 3) = end of motion, hence: a) *to, for, as, in :* þone god sende folce tô frôfre (*for, as, a help to the folk*), 14; gesette ... sunnan and mônan

leóman tô leóhte (*as a light*), 95; ge-sät ... tô rûne (*sat in counsel*), 172; wearð he Heaðo-lâfe tô hand-bonan, 460; bringe ... tô helpe (*bring to, for, help*), 1831; Eofore forgeaf ângan dôhtor ... hyldo tô wedde (*as a pledge of his favor*), 2999; so, 508(?), 666, 907, 972, 1022, 1187, 1263, 1331, 1708, 1712, 2080, etc.; secgan tô sôðe (*to say in sooth*), 51; so, 591, 2326. b) with verbs of thinking, hoping, etc., *on, for, at, against :* he tô gyrn-wräce swîðor þôhte þonne tô sæ-lâde (*thought more on vengeance than on the sea-voyage*), 1139; säcce ne wêneð tô Gâr-Denum (*nor weeneth of conflict with the Spear-Danes*), 602; þonne wêne ic tô þe wyrsan ge-þinges (*then I expect for thee a worse result*), 525; ne ic tô Sweó-þeóde sibbe oððe treówe wihte ne wêne (*nor expect at all of, from, the Swedes ...*), 2923; wiste þäm ahlæcan tô þäm heáh-sele hilde ge-þinged (*battle prepared for the monster in the high hall*), 648; wel bið þäm þe môt tô fäder fäð-mum freoðo wilnian (*well for him that can find peace in the Father's arms*), 188; þâra þe he ge-worhte tô West-Denum (*of those that he wrought against the West-Danes*), 1579. — 4) with the gerund. inf.: tô gefremmanne (*to do*), 174; tô ge-cýðanne (*to make known*), 257; tô secganne (*to say*), 473; tô be-fleónne (*to avoid, escape*), 1004; so, 1420, 1725, 1732, 1806, 1852, 1923, 1942, etc. With inf.: tô fêran, 316; tô friclan, 2557. — 5) temporal: gewât him tô ge-scäp-hwîle (*went at(?) the hour of fate ; or, to his fated rest?*), 26;

tô wîdan feore (*ever, in their lives*), 934; âwa tô aldre (*for life, forever*), 956; so, tô aldre, 2006, 2499; tô lîfe (*during life, ever*), 2433.—6) with particles: wôd under wolcnum tô þäs þe ... (*went under the welkin to the point where ...*), 715; so, elne ge-eodon tô þäs þe, 1968; so, 2411; he him þäs leán for-geald ... tô þäs þe he on reste geseah Grendel licgan (*he paid him for that to the point that he saw G. lying dead*), 1586; wäs þät blôd tô þäs hât (*the blood was hot to that degree*), 1617; näs þâ long tô þon þät ('*twas not long till*), 2592, 2846; wäs him se man tô þon leóf þät (*the man was dear to him to that degree*), 1877; tô hwan siðöan wearð hond-räs hä-leða (*up to what point, how, the hand-contest turned out*), 2072; tô middes (*in the midst*), 3142.

II. Adverbial modifier, *quasi* preposition [better explained in many cases as prep. postponed]: 1) *to, towards, up to, at :* geóng sôna tô, 1786; so, 2649; fêhð ôðer tô, 1756; sæ-lâc ... þe þu her tô lôcast (*upon which thou here look-est*), 1655; folc tô sægon (*the folk looked on*), 1423; þät hî him tô mihton gegnum gangan (*might proceed thereto*), 313; se þe him bealwa tô bôte gelŷfde (*who be-lieved in help out of evils from him, i.e. Beówulf*), 910; him tô anwal-dan âre ge-lyfde (*trusted for him-self to the Almighty's help*), 1273; þe ûs sêceað tô Sweóna leóde (*that the Swedes will come against us*), 3002.—2) before adj. and adv., *too :* tô strang (*too mighty*), 133; tô fäst, 137; tô swŷð, 191; so, 789, 970, 1337, 1743, 1749, etc.;

tô fela micles (*far too much*), 695; he tô forð ge-stôp (*he had gone too far*), 2290.

tôð (G. tunþu-s), st. m., *tooth :* in comp. blôdig-tôð (adj.).

tredan, st. v. w. acc., *to tread :* inf. sæ-wong tredan, 1965; el-land tre-dan, 3020; pret. sg. wräc-lâstas träd, 1353; medo-wongas träd, 1644; gräs-moldan träd, 1882.

treddian, tryddian (see trod), w. v., *to stride, tread, go :* pret. sg. treddode, 726; tryddode getrume micle (*strode about with a strong troop*), 923.

trem, st. n., *piece, part :* acc. sg. ne ... fôtes trem (*not a foot's breadth*), 2526.

treów, st. f., *fidelity, good faith :* acc. sg. treówe, 1073; sibbe oððe treówe, 2923.

treów, st. n., *tree :* in comp. galg-treów.

treówian. See trûwian.

treów-loga, w. m., *troth-breaker, pledge-breaker :* nom. pl. treów-logan, 2848.

trodu, st. f., *track, step :* acc. sg. or pl. trode, 844.

ge-trum, st. n., *troop, band :* instr. sg. ge-trume micle, 923.

trum, adj., *strong, endowed with :* nom. sg. heorot hornum trum, 1370.

ge-trûwan, w. v. w. acc., *to con-firm, pledge solemnly :* pret. sg. þâ hie getrûwedon on twâ healfe fäste frioðu-wäre, 1096.

trûwian, treówan, w. v., *to trust in, rely on, believe in :* 1) w. dat.: pret. sg. sîðe ne trûwode leófes mannes (*I trusted not in the dear man's enterprise*), 1994; bearne ne trûwode þät he ... (*she trusted not the child that ...*), 2371; ge-hwylc hiora his ferhðe treówde þät he ... (*each trusted his heart that* ...), 1167. — 2) w. gen.: pret. sg. Geáta leód georne trûwode môdgan mägnes, 670; wiðres ne trûwode, 2954.

ge-trûwia n, *to rely on, trust in,* w. dat.: pret. sg. strenge ge-trûwode, mund-gripe mägenes, 1534; — w. gen. pret. sg. beorges ge-trûwode, wîges and wealles, 2323; strenge ge-trûwode ânes mannes, 2541.

tryddian. See treddian.

trŷwe, adj., *true, faithful:* nom. sg. þâ gyt wäs ... æghwylc ôðrum trŷwe, 1166.

ge-trŷwe, adj., *faithful:* nom. sg. her is æghwylc eorl ôðrum getrŷwe, 1229.

turf, st. f., *sod, soil, seat:* in comp. êðel-turf.

tux, st. m., *tooth, tusk:* in comp. hilde-tux.

ge-twæfan, w. v. w. acc. of person and gen. thing, *to separate, divide, deprive of, hinder:* pres. sg. III. þät þec âdl ôð, e ecg eafoðes getwæfeð (*robs of strength*), 1764; inf. god cáðe mäg þone dol-scaðan dæda ge-twæfan (*God may easily restrain the fierce foe from his deeds*), 479; pret. sg. sumne Geáta leód ... feores getwæfde (*cut him off from life*), 1434; nô þær wæg-flotan wind ofer ŷðum sîðes ge-twæfde (*the wind hindered not the wave-floater in her course over the water*), 1909; pret. part. ätrihte wäs gûð ge-twæfed (*almost had the struggle been ended*), 1659.

ge-twæman, w. v. acc. pers. and gen. thing, *to hinder, render incapable of, restrain:* inf. ic hine ne mihte ... ganges getwæman, 969.

twegen, m. f. n. twâ, num., *twain,* two: nom. m. twegen, 1164; acc. m. twegen, 1348; dat. twæm, 1192· gen. twega, 2533; acc. f. twâ, 1096, 1195.

twelf, num., *twelve:* gen. twelfa, 3172.

tweone (Frisian twine), num. = *bini, two:* dat. pl. be sæm tweonum, 859, 1298; 1686.

twidig, adj., in comp. lang-twidig (*long-assured*), 1709.

tyder, st. m., *race, descendant:* in comp. un-tyder, 111.

tydre (Frisian teddre), adj., *weak, unwarlike, cowardly:* nom. pl. tydre, 2848.

tyn, num., *ten:* uninflect. dat. on tyn dagum, 3161; inflect. nom. tyne, 2848.

tyrwian, w. v., *to tar:* pret. part. tyrwed in comp.: niw-tyrwed.

on-tyhtan, w. v., *to urge on, incite, entice:* pret. sg. on-tyhte, 3087.

þ

þafian, w. v. w. acc., *to submit to, endure:* inf. þät se þeód-cyning þafian sceolde Eofores ânne dôm, 2964.

þanc, st. m.: 1) *thought:* in comp. fore-, hete-, or-, searo-þanc; inwitþanc (adj.). — 2) *thanks* (w. gen. of thing): nom. sg., 929, 1779; acc. sg. þanc, 1998, 2795. — 3) *content, favor, pleasure:* dat. sg. þâ þe gif-sceattas Geáta fyredon þyder tô þance (*those that tribute for the Geátas carried thither for favor*), 379.

ge-þanc, st. m., *thought:* instr. pl. þeóstrum ge-þoncum, 2333. — Comp. môd-ge-þanc.

þanc-hycgende, pres. part., *thoughtful,* 2236.

þancian, w. v., *to thank:* pret. sg.
gode þancode ... þäs þe hire se
willa ge-lamp (*thanked God that
her wish was granted*), 626; so,
1398; pl. þancedon, 627(?).

þanon, þonon, þonan, adv., *thence:*
1) local: þanon eft gewât (*he went
thence back*), 123; þanon up ...
stigon (*went up thence*), 224; so,
þanon, 463, 692, 764, 845, 854,
1293; þanan, 1881; þonon, 520,
1374, 2409; þonan, 820, 2360,
2957.— 2) personal: þanon un-
tydras ealle on-wôcon (*from him,*
i.e. Cain, etc.), 111; so, þanan,
1266; þonon, 1961; unsôfte þonon
feorh ôð-ferede (i.e. from Gren-
del's mother), 2141.

þâ, adv.: 1) *there, then,* 3, 26, 28,
34, 47, 53, etc. With þær: þâ þær,
331. With nu: nu þâ (*now then*),
658.— 2) conjunction, *when, as,
since,* w. indic., 461, 539, 633, etc.;
— *because, whilst, during, since,*
402, 465, 724, 2551, etc.

þät, I. demons. pron. acc. neut. of
se: demons. nom. þät (*that*), 735,
766, etc.; instr. sg. þ̂y, 1798, 2029;
þät ic þ̂y wæpne ge-bräd (*that I
brandished as(?) a weapon; that
I brandished the weapon?*), 1665;
þ̂y weorðra (*the more honored*),
1903; þ̂y sêft (*the more easily*),
2750; þ̂y läs hym ŷ̂ðe þrym wudu
wynsuman for-wrecan meahte (*lest
the force of the waves the winsome
boat might carry away*), 1919; nô
þ̂y ær (*not sooner*), 755, 1503,
2082, 2374, 2467; nô þ̂y leng (*no
longer, none the longer*), 975. þ̂y
=adv., *therefore, hence,* 1274, 2068;
þê ... þê = *on this account; for
this reason ... that, because,* 2639-
2642; wiste þê geornor (*knew but
too well*), 822; he ... wäs sundes

þê sænra þe hine swylt fornam (*he
was the slower in swimming as
[whom?] death carried him off*),
1437; näs him wihte þê sêl (*it was
none the better for him*), 2688; so,
2278.   Gen. sg. þäs = adv., *for
this reason, therefore,* 7, 16, 114,
350, 589, 901, 1993, 2027, 2033,
etc. þäs þe, especially after verbs
of thanking, = *because,* 108, 228,
627, 1780, 2798; —also = secun-
dum quod: þäs þe hie gewislîcost
ge-witan meahton, 1351; —*there-
fore, accordingly,* 1342, 3001; tô
þäs (*to that point; to that degree*),
715, 1586, 1617, 1968, 2411; þäs
georne (*so firmly*), 969; ac he þäs
fäste wäs ... besmiðod (*it was too
firmly set*), 774; nô þäs frôd leo-
fað gumena bearna þät þone grund
wite (*none liveth among men so
wise that he should know its bot-
tom*), 1368; he þäs (þäm, MS.)
môdig wäs (*had the courage for
it*), 1509.

II. conj. (relative), *that, so that,*
15, 62, 84, 221, 347, 358, 392, 571,
etc.; ôð þät (*up to that, until*);
see ôð.

þätte (from þät þe, see þe), *that,*
151, 859, 1257, 2925, etc.; þät þe
(*that*), 1847.

þær: 1) demons. adv., *there* (*where*),
32, 36, 89, 400, 757, etc.; morðor-
bealo mâga, þær heó ær mæste
heóld worolde wynne (*the death-
bale of kinsmen where before she
had most worldly joy*), 1080. With
þâ: þâ þær, 331; þær on innan
(*therein*), 71. Almost like Eng.
expletive *there,* 271, 550, 978, etc.;
— *then, at that time,* 440; —
thither: þær swîð-ferhðe sittan
eodon (*thither went the bold ones
to sit,* i.e. to the bench), 493, etc.

— 2) relative, *where*, 356, 420, 508, 513, 522, 694, 867, etc.; eode ... þær se snotera bâd (*went where the wise one tarried*), 1314; so, 1816; — *if*, 763, 798, 1836, 2731, etc.; — *whither :* gâ þær he wille, 1395.

þe, I. relative particle, indecl., partly standing alone, partly associated with se, seó, þät: Hunferð maðelode, þe ät fôtum sät (*H., who sat at his feet, spake*), 500; so, 138, etc.; wäs þät gewin tô swŷð þe on þâ leóde be-com (*the misery that had come on the people was too great*), 192, etc.; ic wille ... þe þâ and-sware ädre ge-cŷðan þe me se gôda â-gifan þenceð (*I will straightway tell thee the answer that the good one shall give*), 355; ôð þone ânne däg þe he ... (*till that very day that he ...*), 2401; heó þâ fæhðe wräc þe þu ... Grendel cwealdest (*the fight in which thou slewest G.*), 1335; mid þære sorge þe him sió sâr belamp (*with the sorrow wherewith the pain had visited him*), 2469; pl. þonne þâ dydon þe ... (*than they did that ...*), 45; so, 378, 1136; þâ mâðmas þe he me sealde (*the treasures that he gave me*), 2491; so, gimfästan gife þe him god sealde (*the great gifts that God had given him*), 2183. After þâra þe (*of those that*), the depend. verb often takes sg. instead of pl. (Dietrich, Haupt XI., 444 seqq.): wundor-sióna fela secga ge-hwylcum þâra þe on swylc starað (*to each of those that look on such*), 997; so, 844, 1462, 2384, 2736. Strengthened by se, seó, þät: sägde se þe cûðe (*said he that knew*), 90; wäs se grimma gäst Grendel hâten, se þe môras

heóld (*the grim stranger hight Grendel, he that held the moors*), 103; here-byrne ... seó þe bâncofan beorgan cûðe (*the corselet that could protect the body*), 1446, etc.; þær ge-lŷfan sceal dryhtnes dôme se þe hine deáð nimeð (*he shall believe in God's judgment whom death carrieth off*), 441; so, 1437, 1292 (cf. Heliand I., 1308).

þäs þe. See þät.

þeáh þe. See þeáh.

for þam þe. See for-þam.

þŷ, þê, *the, by that,* instr. of se : âhte ic holdra þŷ läs ... þe deáð fornam (*I had the less friends whom death snatched away*), 488; so, 1437.

þeccan, w. v., *to cover* (thatch), *cover over :* inf. þâ sceal brond fretan, äled þeccean (*fire shall eat, flame shall cover, the treasures*), 3016; pret. pl. þær git eágor-streám earmum þehton (*in swimming*), 513.

þegn, st. m., *thane, liegeman, king's higher vassal; knight :* nom. sg., 235, 494, 868, 2060, 2710; (Beówulf), 194: (Wîglâf), 2722; acc. sg. þegen (Beówulf, MS. þegn), 1872; dat. sg. þegne, 1342, 1420; (Hengest), 1086; (Wîglâf), 2811; gen. sg. þegnes, 1798; nom. pl. þegnas, 1231; acc. pl. þegnas, 1082, 3122; dat. pl. þegnum, 2870; gen. pl. þegna, 123, 400, 1628, 1674, 1830, 2034, etc. — Comp.: ambiht-, ealdor-, heal-, magu-, sele-þegn.

þegnian, þênian, w. v., *to serve, do liege service :* pret. sg. ic him þênode deóran sweorde (*I served them with my good sword, i.e. slew them with it*), 560.

þegn-sorh, st. f., *thane-sorrow, grief
for a liegeman:* acc. sg. þegn-
sorge, 131.
þegu, st. f., *taking:* in comp.: beáh-,
beór-, sinc-þegu.
þel, st. n., *deal-board, board for
benches:* in comp. benc-þel, 486,
1240.
þencan, w. v.: 1) *to think:* abso-
lutely: pres. sg. III. se þe wel þen-
ceð, 289; so, 2602. With depend.
clause: pres. sg. nænig heora þôhte
þät he . . . (*none of them thought
that he*), 692.— 2) w. inf., *to in-
tend:* pres. sg. III. þâ and-sware
. . . þe me se gôda â-gifan þenceð
(*the answer that the good one in-
tendeth to give me*), 355; (blôdig
wäl) byrgean þenceð, 448; þonne
he . . . gegân þenceð longsumne
lof (*if he will win eternal fame*),
1536; pret. sg. ne þät aglæca yldan
þôhte (*the monster did not mean
to delay that*), 740; pret. pl. wit
unc wið hronfixas werian þôhton,
541; (hine) on healfa ge-hwone
heáwan þôhton, 801.
â-þencan, *to intend, think out:*
pret. sg. (he) þis ellen-weorc âna
â-þôhte tô ge-fremmanne, 2644.
ge-þencan, w. acc.: 1) *to think
of:* þät he his selfa ne mäg . . .
ende ge-þencean (*so that he him-
self may not think of, know, its
limit*), 1735.— 2) *to be mindful:*
imper. sg. ge-þenc nu . . . hwät
wit geó spræcon, 1475.
þenden: 1) adv., *at this time, then,
whilst:* nalles fâcen-stafas þeód-
Scyldingas þenden fremedon (*not
at all at this time had the Scyl-
dings done foul deeds*), 1020 (re-
ferring to 1165; cf. Wîdsîð, 45
seqq.); þenden reáfode rinc ôðer-
ne (*whilst one warrior robbed

another,* i.e. Eofor robbed Ongen-
þeów), 2986.— 2) conj., *so long
as, whilst,* 30, 57, 284, 1860, 2039,
2500, 3028; —*whilst,* 2419. With
subj., *whilst, as long as:* þenden
þu môte, 1178; þenden þu lifige,
1255; þenden hyt sý (*whilst the
heat lasts*), 2650.
þengel, st. m., *prince, lord, ruler:*
acc. sg. hringa þengel (Beówulf),
1508.
þes (m.), þeós (f.), þis (n.), de-
mons. pron., *this:* nom. sg. 411,
432, 1703; f., 484; nom. acc.
neut., 2156, 2252, 2644; þys, 1396;
acc. sg. m. þisne, 75; f. þâs, 1682;
dat. sg. neut. þissum, 1170; þys-
sum, 2640; f. þisse, 639; gen. m.
þisses, 1217; f. þisse, 929; neut.
þysses, 791, 807; nom. pl. and acc.
þâs, 1623, 1653, 2636, 2641; dat.
þyssum, 1063, 1220.
þê. See þät.
þêh. See þeáh.
þearf, st. f., *need:* nom. sg. þearf,
1251, 2494, 2638; þâ him wäs
manna þearf (*as he was in need of
men*), 201; acc. sg. þearfe, 1457,
2580, 2850; fremmað ge nu leóda
þearfe (*do ye now what is needful
for the folk*), 2802; dat. sg. ät
þearfe, 1478, 1526, 2695, 2710;
acc. pl. se for andrysnum ealle be-
weotede þegnes þearfe (*who would
supply in courtesy all the thane's
needs*), 1798 (cf. sele-þegn, 1795).
—Comp.: firen-, nearo-, ofer-þearf.
þearf. See þurfan.
ge-þearfian, w. v., = *necessitatem
imponere:* pret. part. þâ him swâ
ge-þearfod wäs (*since so they found
it necessary*), 1104.
þearle, adv., *very, exceedingly,* 560.
þeáh, þêh, conj., *though, even though
or if:* 1) with subj. þeáh, 203,

526, 588, 590, 1168, 1661, 2032,
2162. Strengthened by þe: þeáh
þe, 683, 1369, 1832, 1928, 1942,
2345, 2620; þeáh ... eal (*although*),
681.— 2) with indic.: þeáh, 1103;
bêh, 1614.— 3) doubtful: þeáh he
ûðe wel, 2856; swâ þeáh (*never-
theless*), 2879; nô ... swâ þeáh
(*not then however*), 973; näs þe
forht swâ þêh (*he was not, though,
afraid*), 2968; hwäðre swâ þeáh
(*yet however*), 2443.

þeáw, st. m., *custom, usage:* nom.
sg., 178, 1247; acc. sg. þeáw, 359;
instr. pl. þeáwum (*in accordance
with custom*), 2145.

þeód, st. f.: 1) *war-troop, retainers:*
nom. sg., 644, 1231, 1251.— 2) *na-
tion, folk:* nom. sg., 1692; gen.
pl. þeóda, 1706.— Comp.: sige-,
wer-þeód.

þeód-cyning, st. m., (= folc-cy-
ning), *warrior-king, king of the
people:* nom. sg. (Hróðgâr), 2145;
(Ongenþeów), 2964, 2971; þiód-
cyning (Beówulf), 2580; acc. sg.
þeód-cyning (Beówulf), 3009; gen.
sg. þeód-cyninges (Beówulf), 2695;
gen. pl. þeód-cyninga, 2.

þeóden, st. m., *lord of a troop, war-
chief, king; ruler:* nom. sg., 129,
365, 417, 1047, 1210, 1676, etc.;
þióden, 2337, 2811; acc. sg. þeóden,
34, 201, 353, 1599, 2385, 2722, 2884,
3080; þióden, 2789; dat. sg. þeód-
ne, 345, 1526, 1993, 2573, 2710,
etc.; þeóden, 2033; gen. sg. þeód-
nes, 798, 911, 1086, 1628, 1838,
2175; þiódnes, 2657; nom. pl.
þeódnas, 3071.

þeóden-leás, adj., *without chief or
king:* nom. pl. þeóden-leáse,
1104.

þeód-gestreón, st. n., *people's-
jewel, precious treasure:* instr. pl.

þeód-ge-streónum, 44; gen. pl.
þeód-ge-streóna, 1219.

þeódig, adj., *appertaining to a* þeód:
in comp. el-þeódig.

þeód-scaða, w. m., *foe of the people,
general foe:* nom. sg. þeód-sceaða
(*the dragon*), 2279, 2689.

þeód-þreá, st. f. m., *popular misery,
general distress:* dat. pl. wið þeód-
þreáum, 178.

þeóf, st. m., *thief:* gen. sg. þeófes
cräfte, 2221.

þeón, st. v.: 1) *to grow, ripen,
thrive:* pret. sg. weorðmyndum
þâh (*grew in glory*), 8.— 2) *to
thrive in, succeed:* pret. sg. hûru
þät on lande lyt manna þâh (*that
throve to few*), 2837. See Note,
l. 901.

ge-þeón, *to grow, thrive; increase
in power and influence:* imper.
ge-þeóh tela, 1219; inf. lof-dædum
sceal ... man geþeón, 25; þät þät
þeódnes bearn ge-þeón scolde, 911.

on-þeón? *to begin, undertake,* w.
gen.: pret. he þäs ær onþâh, 901.
See Note, l. 901.

þeón (for þeówan), w. v., *to op-
press, restrain:* inf. näs se folc-
cyning ymb-sittendra ænig þâra þe
mec ...: dorste egesan þeón (*that
durst oppress me with terror*), 2737.

þeóstor, adj., *dark, gloomy:* instr.
pl. þeóstrum ge-þoncum, 2333.

þicgan, st. v. w. acc., *to seize, attain,
eat, appropriate:* inf. þät he (Gren-
del) mâ môste manna cynnes þic-
gean ofer þâ niht, 737; symbel
þicgan (*take the meal, enjoy the
feast*), 1011; pret. pl. þät hie me
þêgon, 563; þær we medu þêgun,
2634.

ge-þicgan, w. acc., *to grasp, take:*
pret. sg. (symbel and sele-ful, ful)
ge-þeah, 619, 629; Beówulf ge-

þah ful on flette, 1025; pret. pl.
(medo-ful manig) ge-þægon, 1015.
þider, þyder, adv., *thither :* þyder,
3087, 379, 2971.
þihtig, þyhtig, adj., *doughty, vigor-
ous, firm :* acc. sg. neut. sweord
. . . ecgum þyhtig, 1559. — Comp.
hyge-þihtig.
þincan. See **þyncan.**
þing, st. n.: 1) *thing :* gen. pl. ænige
þinga (*ullo modo*), 792, 2375, 2906.
— 2) *affair, contest, controversy :*
nom. sg. me wearð Grendles þing
. . . undyrne cûð (*Grendel's doings
became known to me*), 409. — 3)
*judgment, issue, judicial assem-
bly*(?) : acc. sg. sceal . . . âna ge-
hegan þing wið þyrse (*shall bring
the matter alone to an issue against
the giant :* see **hegan**), 426.
g e - þ i n g, st. n.: 1) *terms, covenant :*
acc. pl. ge-þingo, 1086. — 2) *fate,
providence, issue :* gen. sg. ge-
þinges, 398, 710; (ge-þingea, MS.),
525.
g e - þ i n g a n, st. v., *to grow, mature,
thrive* (Dietrich, Haupt IX., 430) :
pret. part. cwên môde ge-þungen
(*mature-minded, high-spirited,
queen*), 625. See **wel-þungen.**
g e - þ i n g a n (see g e - þ i n g), w. v.:
1) *to conclude a treaty :* w. refl.
dat., *enter into a treaty :* pres. sg.
III. gif him þonne Hrêðrîc tô
hofum Geáta ge-þingeð (*if H. en-
ters into a treaty* (seeks aid at?)
with the court of the Geátas, refer-
ring to the old German custom of
princes entering the service or suite
of a foreign king), 1838. Leo. —
2) *to prepare, appoint :* pret. part.
wiste [ät] þäm ahlæcan . . . hilde
ge-þinged, 648; hraðe wäs . . .
mêce ge-þinged, 1939.
þingian, w. v.: 1) *to speak in an*

assembly, make an address : inf.
ne hŷrde ic snotor-lîcor on swâ
geongum feore guman þingian (*I
never heard a man so young speak
so wisely*), 1844. — 2) *to compound,
settle, lay aside :* inf. ne wolde feorh-
bealo . . . feó þingian (*would not
compound the life-bale for money*),
156; so, pret. sg. þâ fæhðe feó
þingode, 470.
þîhan. See **þeón.**
þîn, possess. pron., *thy, thine*, 267,
346, 353, 367, 459, etc.
g e - þ ô h t, st. m., *thought, plan :* acc.
sg. ân-fealdne ge-þôht, 256; fäst-
rædne ge-þôht, 611.
þolian, w. v. w. acc.: 1) *to endure,
bear :* inf. (inwid-sorge) þolian,
833; pres. sg. III. þreá-nŷd þolað,
284; pret. sg. þolode þrýðswyð,
131. — 2) *to hold out, stand, sur-
vive :* pres. sg. (intrans.) þenden
þis sweord þolað (*as long as this
sword holds out*), 2500; pret. sg.
(seó ecg) þolode ær fela hand-ge-
môta, 1526.
g e - þ o l i a n: 1) *to suffer, bear, en-
dure :* gerund. tô ge-þolianne,1420;
pret. sg. earfoð-lîce þrage ge-þolode
. . ., þât he . . . dreám gehŷrde
(*bore ill that he heard the sound
of joy*), 87; torn ge-þolode (*bore
the misery*), 147. — 2) *to have pa-
tience, wait :* inf. þær he longe
sceal on þäs waldendes wære ge-
þolian, 3110.
þon (Goth. þan) = *tum, then, now*,
504; äfter þon (*after that*), 725;
ær þon däg cwôme (*ere day came*),
732; nô þon lange (*it was not
long till then*), 2424; näs þâ long
tô þon (*it was not long till then*),
2592, 2846; wäs him se man tô
þon leóf þät . . . (*the man was to that
degree dear to him that . . .*), 1877.

þonne: 1) adv., *there, then, now,* 377, 435, 525, 1105, 1456, 1485, 1672, 1823, 3052, 3098(?). — 2) conj., *if, when, while :* a) w. indic., 573, 881, 935, 1034, 1041, 1043, 1144, 1286, 1327, 1328, 1375, etc.; þät ic gum-cystum gôdne funde beága bryttan, breác þonne môste (*that I found a good ring-giver and enjoyed him whilst I could*), 1488. b) w. subj., 23, 1180, 3065; þonne . . . þonne (*then . . . when*), 484–85, 2447–48 ; gif þonne . . . þonne (*if then . . . then*), 1105–1107. c) *than* after comparatives, 44, 248, 469, 505, 534, 679, 1140, 1183, etc.; a comparative must be supplied, l. 70, before þone : þät he . . . hâtan wolde medo-ärn micel men ge-wyrcean þone yldo bearn æfre ge-frunon (*a great mead-house* (greater) *than men had ever known*).

þracu, st. f., *strength, boldness :* in comp. môd-þracu ; = impetus in ecg-þracu.

þrag, st. f., *period of time, time :* nom. sg. þâ hine sió þrag be-cwom (*when the* [battle]-*hour befell him*), 2884; acc. sg. þrage (*for a time*), 87; longe (lange) þrage, 54, 114. — Comp. earfoð-þrag.

ge-þräc, st. n., *multitude, crowd :* in comp. searo-ge-þräc.

þrec-wudu, st. m., (*might-wood*), *spear* (cf. mägen-wudu) : acc. sg., 1247.

þreá, st. m. f., *misery, distress :* in comp. þeód-þreá, þreá-nêdla, -nŷd.

þreá-nêdla, w. m., *crushing distress, misery :* dat. sg. for þreá-nêdlan, 2225.

þreá-nŷd, st. f., *oppression, distress :* acc. sg. þreá-nŷd, 284; dat. pl. þreá-nŷdum, 833.

þreát, st. m., *troop, band :* dat. sg on þam þreáte, 2407 ; dat. pl sceaðena þreátum, 4.—Comp. iren-þreát.

þreátian, w. v. w. acc., *to press, oppress :* pret. pl. mec . . . þreátedon, 560.

þreot-teoða, num. adj. w. m., *thirteenth :* nom. sg. þreot-teoða secg, 2407.

þreó, num. (neut.), *three :* acc. þrió wicg, 2175 ; þreó hund wintra, 2279.

þridda, num. adj. w. m., *third :* instr. þriddan sîðe, 2689.

ge-þring, st. n., *eddy, whirlpool, crush :* acc. on holma ge-þring, 2133.

þringan, st. v., *to press :* pret. sg. wergendra tô lyt þrong ymbe þeóden (*too few defenders pressed round the prince*), 2884; pret. pl. syððan Hreðlingas tô hagan þrungon (*after the Hrethlingas had pressed into the hedge*), 2961.

for-þringan, *to press out; rescue, protect :* inf. þät he ne mehte . . . þâ weá-lâfe wîge for-þringan þeódnes þegne (*that he could not rescue the wretched remnant from the king's thane by war*), 1085.

ge-þringan, *to press :* pret. sg. ceól up geþrang (*the ship shot up,* i.e. on the shore in landing), 1913.

þritig, num., *thirty* (neut. subst.) : acc. sg. w. partitive gen. : þritig þegna, 123; gen. þrittiges (XXXtiges, MS.) manna, 379.

þrîst-hydig, adj., *bold-minded, valorous :* nom. sg. þióden þrîst-hydig (Beówulf), 2811.

þrowian, w. v. w. acc., *to suffer, endure :* inf. (hât, gnorn) þrowian, 2606, 2659 ; pret. sg. þrowade, 1590, 1722; þrowode, 2595.

þryð, st. f., *abundance, multitude,*

excellence, power : instr. pl. þrýðum (*excellently, extremely; excellent in strength?*), 494.

þrýð-ärn, st. n., *excellent house, royal hall :* acc. sg. (of Heorot), 658.

þrýðlîc, adj., *excellent, chosen :* nom. sg. þrýð-lîc þegna heáp, 400, 1628; superl. acc. pl. þrýð-lîcost, 2870.

þrýð-swýð, st. n.?, *great pain(?)* : acc., 131, 737 [? adj., *very powerful, exceeding strong*].

þrýð-word, st. n., *bold speech, choice discourse :* nom. sg., 644. (Great store was set by good table-talk: cf. Lachmann's Nibelunge, 1612; Rîgsmâl, 29, 7, in Möbius, p. 79 b, 22.)

þrym, st. m. : 1) *power, might, force :* nom. sg. ýða þrym, 1919; instr. pl. = adv. þrymmum (*powerfully*), 235. — 2) *glory, renown :* acc. sg. þrym, 2. — Comp. hyge-þrym.

þrym-lîc, adj., *powerful, mighty :* nom. sg. þrec-wudu þrym-lîc (*the mighty spear*), 1247.

þu, pron., *thou,* 366, 407, 445, etc.; acc. sg. þec (poetic), 948, 2152, etc.; þe, 417, 426, 517, etc.; after compar. sælran þe (*a better one than thee*), 1851. See ge.

þunca, w. m. See äf-þunca.

ge-þungen. See ge-þingan, st. v.

þurfan, pret.-pres. v., *to need :* pres. sg. II. nô þu ne þearft . . . sorgian (*needest not care*), 450; so, 445, 1675; III. ne þearf . . . onsittan (*need not fear*), 596; so, 2007, 2742; pres. subj. þät he . . . sêcean þurfe, 2496; pret. sg. þorfte, 157, 1027, 1072, 2875, 2996; pl. nealles Hetware hrêmge þorfton (i.e. wesan) fêðe-wîges (*needed not boast of their foot-fight*), 2365.

ge-þuren. See þweran.

þurh, prep. w. acc. signifying motion through, hence : I. local, *through, throughout :* wôd þâ þurh þone wäl-rêc (*went then through the battle-reek*), 2662.—II. causal : 1) *on account of, for the sake of, owing to :* þurh slîðne nîð (*through fierce hostility, heathenism*), 184; þurh holdne hige (*from friendliness*), 267; so, þurh rûmne sefan, 278; þurh sîdne sefan, 1727; eó-weð þurh egsan uncûðne nîð (*shows unheard-of hostility by the terror he causes*), 276; so, 1102, 1336, 2046. 2) *by means of, through :* heaðo-ræs for-nam mihtig mere-deór þurh mîne hand, 558; þurh ânes cräft, 700; so, 941, 1694, 1696, 1980, 2406, 3069.

þus, adv., *so, thus,* 238, 337, 430.

þunian, w. v., *to din, sound forth :* pret. sg. sund-wudu þunede, 1907.

þûsend, num., *thousand :* 1) fem. acc. ic þe þûsenda þegna bringe tô helpe, 1830.— 2) neut. with measure of value (sceat) omitted : acc. seófon þûsendo, 2196; gen. hund-þûsenda landes and locenra beága (*100,000 sceattas' worth of land and rings*), 2995.—3) uninflected : acc. þûsend wintra, 3051.

þwære, adj., *affable, mild :* in comp. man-þwære.

ge-þwære, adj., *gentle, mild :* nom. pl. ge-þwære, 1231.

ge-þweran, st. v., *to forge, strike :* pret. part. heoru . . . hamere ge-þuren (for ge-þworen) (*hammer-forged sword*), 1286.

þyhtig. See þihtig.

ge-þyld (see þolian), st. f. : 1) *patience, endurance :* acc. sg. ge-þyld, 1396. — 2) *steadfastness.* instr. pl. = adv. : ge-þyldum (*steadfastly, patiently*), 1706.

þyle, st. m., *spokesman, leader of the
conversation at court:* nom. sg.,
1166, 1457.

þyncan, þincean, w. v. w. dat. of
pers., *to seem, appear:* pres. sg.
III. þinceð him tô lytel (*it seems
to him too little*), 1749; ne þynceð
me gerysne, þät we (*it seemeth to
me not fit that we ...*), 2654; pres.
pl. hy ... wyrðe þinceað eorla ge-
æhtlan (*they seem worthy contend-
ers with(?) earls;* or, *worthy
warriors*), 368; pres. subj. swâ
him ge-met þince, 688; inf. þin-
cean, 1342; pret. sg. þûhte, 2462,
3058; nô his lîf-gedâl sâr-lîc þûhte
secga ænigum (*his death seemed
painful to none of men*), 843;
pret. pl. þær him fold-wegas fägere
þûhton, 867.

of-þincan, *to displease, offend:*
inf. mäg þäs þonne of-þyncan þeó-
den (dat.) Heaðo-beardna and
þegna gehwam þâra leóda, 2033.

þyrs, st. m., *giant:* dat. sg. wið
þyrse (Grendel), 426.

þys-lîc, adj., *such, of such a nature:*
nom. sg. fem. þys-lîcu þearf, 2638.

þ̣. See þät.

þ̣wan (M.H.G. diuhen, O.H.G.
dûhan), w. v., *to crush, oppress:*
inf. gif þec ymb-sittend egesan þ̣-
wað (*if thy neighbors oppress thee
with dread*), 1828.

þ̣stru, st. f., *darkness:* dat. pl. in
þ̣strum, 87.

ge-þ̣we, adj., *customary, usual:*
nom. sg. swâ him ge-þ̣we ne wäs
(*as was not his custom*), 2333.

U

ufan, adv., *from above,* 1501; *above,*
330.

ufera (prop. *higher*), adj., *later:* dat.
pl. ufaran dôgrum, 2201, 2393.

ufor, adv., *higher,* 2952.

uhte, w. f., *twilight* or *dawn:* dat.
or acc. on uhtan, 126.

uht-floga, w. m., *twilight-flier,
dawn-flier* (epithet of the dragon):
gen. sg. uht-flogan, 2761.

uht-hlem, st. m., *twilight-cry, dawn-
cry:* acc. sg., 2008.

uht-sceaða, w. m., *twilight-* or
dawn-foe: nom. sg., 2272.

umbor, st. n., *child, infant:* acc.
sg., 46; dat. sg., 1188.

un-blîðe, adv.(?), *unblithely, sor-
rowfully,* 130, 2269; (adj., nom.
pl.?), 3032.

un-byrnende, pres. part., *unburn-
ing, without burning,* 2549.

unc, dat. and acc. of the dual wit,
us two, to us two, 1784, 2138, 2527;
gen. hwäðer ... uncer twega (*which
of us two*), 2533; uncer Grendles
(*of us two, G. and me*), 2003.

uncer, poss. pron., *of us two:* nom.
sg. [uncer], 2002(?); dat. pl. un-
cran eaferan, 1186.

un-cûð, adj.: 1) *unknown:* nom.
sg. stîg ... eldum uncûð, 2215;
acc. sg. neut. uncûð ge-lâd (*un-
known ways*), 1411. — 2) *unheard-
of, barbarous, evil:* acc. sg. un-
cûðne nîð, 276; gen. sg. un-cûðes
(*of the foe,* Grendel), 961.

under, I. prep. w. dat. and acc.: 1)
w. dat., answering question where?
= *under* (of rest), contrasted with
over: bât (wäs) under beorge,
211; þâ cwom Wealhþeó forð gân
under gyldnum beáge (*W. walked
forth under a golden circlet,* i.e.
decked with), 1164; siððan he
under segne sinc ealgode (*under
his banner*), 1205; he under rande
ge-cranc (*sank under his shield*),

1210; under wolcnum, 8, 1632;
under heofenum, 52, 505; under
roderum, 310; under helme, 342,
404; under here-grîman, 396,
2050, 2606; so, 711, 1198, 1303,
1929, 2204, 2416, 3061, 3104.—
2) w. acc.: a) answering question
whither? = *under* (of motion): þâ
secg wîsode under Heorotes hrôf,
403; siððan æfen-leóht under heo-
fenes hâdor be-holen weorðeð,
414; under sceadu bregdan, 708;
fleón under fen-hleoðu, 821; hond
âlegde . . . under geápne hrôf,
837; teón in under eoderas, 1038;
so, 1361, 1746, 2129, 2541, 2554,
2676, 2745; so, häfde þâ for-sîðod
sunu Ecg-þeówes under gynne
grund, 1552 (for-sîðian requires
acc.). b) after verbs of venturing
and fighting, with acc. of object
had in view: he under hârne stân
. . . âna ge-nêðde frêcne dæde, 888;
ne dorste under ýða ge-win aldre
ge-nêðan, 1470. c) indicating
extent, with acc. after expressions
of limit, etc.: under swegles be-
gong (*as far as the sky extends*),
861, 1774; under heofenes hwealf
(*as far as heaven's vault reaches*),
2016.

II. Adv., *beneath, below:* stîg
under lâg (*a path lay beneath,* i.e.
the rock), 2214.

undern-mæl, st. n., *midday:* acc.
sg., 1429.

un-dyrne, un-derne, adj., *without
concealment, plain, clear :* nom.
sg., 127, 2001; un-derne, 2912.
u n - d y r n e, adv., *plainly, evidently;*
un-dyrne cûð, 150, 410.

un-fäger, adj., *unlovely, hideous :*
nom. sg. leóht un-fäger, 728.

un-fæcne, adj., *without malice, sin-
cere:* nom. sg., 2069.

un-fæge, adj., *not death-doomed* or
"*fey*": nom. sg., 2292; acc. sg.
un-fægne eorl, 573.

un-flitme, adv., *solemnly, incontest-
ably :* Finn Hengeste elne unflitme
âðum benemde (*F. swore solemnly
to H. with oaths*) [if an adj., elne
un-f. = *unconquerable in valor*],
1098.

un-forht, adj., *fearless, bold :* nom.
sg., 287; acc. pl. unforhte (adv.?),
444. See Note.

un-from, adj., *unfit, unwarlike:*
nom. sg., 2189.

un-frôd, adj., *not aged, young:* dat.
sg. guman un-frôdum, 2822.

un-gedêfelîce, adv., *unjustly, con-
trary to right and custom*, 2436.

un-gemete, adv., *immeasurably,
exceedingly*, 2421, 2722, 2729.

u n - g e m e t e s, adv. gen. sg., the
same, 1793.

un-geâra, adv., (*not old*), *recently,
lately*, 933; *soon*, 603.

un-gifeðe, adj., *not to be granted;
refused:* nom. sg., 2922.

un-gleáw, adj., *regardless, reckless :*
acc. sg. sweord . . . ecgum un-
gleáw (of a sharp-edged sword),
2565.

un-hâr, adj., *very gray :* nom. sg.,
357; (*bald?*).

un-hælo, st. f., *mischief, destruction :*
gen. sg. wiht un-hælo (*the demon
of destruction*, Grendel), 120.

un-heóre, un-hýre, adj., *monstrous,
horrible :* nom. sg. m., weard un-
hióre (the dragon), 2414; neut.
wîf un-hýre (Grendel's mother),
2121; nom. pl. neut. hand-speru
. . . unheóru (of Grendel's claws),
988.

un-hlytme, un-hlîtme, adv. (cf.
A.S. hlytm = *lot;* O.N. hluti = *part,
division*), *undivided, unseparated,*

united, 1130 [unless = un-flitme, 1098]. See Note.

un-leóf, adj., *hated :* acc. pl. seah on un-leófe, 2864.

un-lifigende, pres. part., *unliving, lifeless :* nom. sg. un-lifigende, 468; acc. sg. un-lyfigendne, 1309; dat. sg. un-lifgendum, 1390; gen. sg. un-lyfigendes, 745.

un-lytel, adj., *not little, very large :* nom. sg. duguð un-lytel (*a great band of warriors?* or *great joy?*), 498; dóm un-lytel (*no little glory*), 886; acc. sg. torn un-lytel (*very great shame, misery*), 834.

un-murnlîce, adv., *unpityingly, without sorrowing*, 449, 1757.

unnan, pret.-pres. v., *to grant, give; wish, will :* pret.-pres. sg. I. ic þe an tela sinc-gestreóna, 1226; weak pret. sg. I. ûðe ic swîðor þät þu hine selfne ge-seón môste, 961; III. he ne ûðe þät ... (*he granted not that ...*), 503; him god ûðe þät ... he hyne sylfne ge-wräc (*God granted to him that he avenged himself*), 2875; þeáh he ûðe wel (*though he well would*), 2856.

ge-unnan, *to grant, permit :* inf. gif he ûs ge-unnan wile þät we hine ... grêtan môton, 346 ; me ge-ûðe ylda waldend, þät ic ... ge-seah hangian (*the Ruler of men permitted me to see hanging ...*), 1662.

un-nyt, adj., *useless :* nom. sg., 413, 3170.

un-riht, st. n., *unright, injustice, wrong :* acc. sg. unriht, 1255, 2740; instr. sg. un-rihte (*unjustly, wrongly*), 3060.

un-rîm, st. n., *immense number :* nom. sg., 1239, 3136 ; acc. sg., 2625.

un-rîme, adj., *countless, measureless :* nom. sg. gold un-rime, 3013.

un-rôt, adj., *sorrowing :* nom. pl. un-rôte, 3149.

un-snyttru, st. f., *lack of wisdom :* dat. pl. for his un-snyttrum (*for his unwisdom*), 1735.

un-softe, adv., *unsoftly, with violence (hardly ?)*, 2141 ; *scarcely*, 1656.

uu-swŷðe, adv., *not strongly* or *powerfully :* compar. (ecg) bât unswiðor þonne his þiód-cyning þearfe häfde (*the sword bit less sharply than the prince of the people needed*), 2579; fŷr unswîðor weóll, 2882.

un-synnig, adj., *guiltless, sinless :* acc. sg. un-synnigne, 2090.

uu-synnum, adv. instr. pl., *guiltlessly*, 1073.

un-tæle, adj., *blameless :* acc. pl. un-tæle, 1866.

uu-tyder, st. m., *evil race, monster :* nom. pl. un-tydras, 111. [Cf. Ger. un-mensch.]

un-wâclîc, adj., *that cannot be shaken ; firm, strong :* acc. sg. âd ... un-wâclicne, 3139.

un-wearnum, adv. instr. pl., *unawares, suddenly; (unresistingly?)*, 742.

un-wrecen, pret. part., *unavenged*, 2444.

up, adv., *up, upward*, 224, 519, 1374, 1620, 1913, 1921, 2894; (of the voice), þâ wäs ... wôp up âhafen, 128; so, 783.

up-lang, adj., *upright, erect :* nom. sg., 760.

uppe (adj., ûfe, ûffe), adv., *above*, 566.

up-riht, adj., *upright, erect :* nom. sg., 2093.

uton. See **wuton**.

Û

ûð-genge, adj., *transitory, evanescent, ready to depart,* (*fled?*) : þær wäs Äsc-here . . . feorh ûð-genge, 2124.

ûs, pers. pron. dat. and acc. of **we** ('see **we**), *us, to us,* 1822, 2636, 2643, 2921, 3002, 3079 ; acc. (poetic), ûsic, 2639, 2641, 2642 ; — gen. ûre : ûre æg-hwilc (*each of us*), 1387; ûser, 2075.

ûser, possess. pron. : nom. sg. ûre man-drihten, 2648; dat. sg. ûssum hlâforde, 2635; gen. sg. neut. ûsses cynnes, 2814 ; dat. pl. ûrum . . . bâm (*to us both, two*) (for unc bâm), 2660.

ût, adv., *out,* 215, 537, 664, 1293, 1584, 2082, 2558, 3131.

ûtan, adv., *from without, without,* 775, 1032, 1504, 2335.

ût-fûs, adj., *ready to go :* nom. sg. hringed-stefna îsig and ût-fûs, 33.

ût-weard, adj., *outward, outside, free :* nom. sg. eoten (Grendel) wäs ût-weard, 762.

ûtan-weard, adj., *without, outward, from without :* acc. sg. hlæw . . . ealne ûtan-weardne, 2298.

W

***wacan,** st. v., *to awake, arise, originate :* pret. sg. þanon (from Cain) wôc fela geó-sccaft-gâsta, 1266; so, 1961; pl. þâm feówer bearn . . . in worold wôcon, 60.

***on-wacan :** 1) *to awake* (intrans.): pret. sg. þâ se wyrm on-wôc (*when the drake awoke*), 2288. — 2) *to be born :* pret. sg. him on-wôc heáh Healfdene, 56; pl. on-wôcon, 111.

wacian, w. v., *to watch :* imper. sg. waca wið wrâðum! 661.

wadan, st. v., (cf. wade, waddle) *to traverse; stride, go :* pret. sg. wôd þurh þone wäl-rêc, 2662; wôd under wolcnum (*stalked beneath the clouds*), 715.

ge-wadan, *to attain by moving, come to, reach :* pret. part. ôð þät . . wunden-stefna ge-waden häfde, þät þâ lîðende land ge-sâwon (*till the ship had gone so far that the sailors saw land*), 220.

on-wadan, w. acc., *to invade, befall :* pret. sg. hine fyren on-wôd(?), 916.

þurh-wadan, *to penetrate, pierce :* pret. sg. þät swurd þurh-wôd wrätlîcne wyrm, 891 ; so, 1568.

wag, st. m., *wall :* dat. sg. on wage, 1663; dat. pl. äfter wagum (*along the walls*), 996.

wala, w. m., *boss :* nom. pl. walan, 1032 (cf. Bouterwek in Haupt XI., 85 seqq.).

walda, w. m., *wielder, ruler :* in comp. an-, eal-walda.

wald-swaðu, st. f., *forest-path :* dat. pl. äfter wald-swaðum (*along the wood-paths*), 1404.

wam, wom, st. m., *spot, blot, sin :* acc. sg. him be-beorgan ne con wom (*cannot protect himself from evil* or *from the evil strange orders,* etc.; wom = wogum? = *crooked?*), 1748; instr. pl. wommum, 3074.

wan, won, adj., *wan, luria dark :* nom. sg. ýð-geblond . . . won (*the dark waves*), 1375; se wonna hrefn (*the black raven*), 3025; wonna lêg (*lurid flame*), 3116; dat. sg. f. on wanre niht, 703; nom. pl. neut. scadu-helma ge-sceapu . . . wan, 652.

wang, st. m., *mead, field; place :* acc. sg. wang, 93, 225; wong, 1414, 2410, 3074; dat. sg. wange, 2004;

wonge, 2243, 3040; acc. pl. wongas, 2463. -- Comp.: freoðo-, grund-, medo-, sæ-wang.

wang-stede, st. m., (locus campes-tris), *spot, place:* dat. sg. wong-stede, 2787.

wan-hýd (for hygd), st. f., *heedless-ness, recklessness:* dat. pl. for his won-hýdum, 434.

wanian, w. v.: 1) intrans., *to de-crease, wane:* inf. þâ þät sweord ongan ... wanian, 1608. — 2) w. acc., *to cause to wane* or *lessen:* pret. sg. he tô lange leóde mîne wanode, 1338.

ge-wanian, *to decrease, diminish:* pret. part. is mîn flet-werod ... ge-wanod, 477.

wan-sælig, adj., *unhappy, wretched:* nom. sg. won-sælig wer (Grendel), 105.

wan-sceaft, st. f., *misery, want:* acc. sg. won-sceaft, 120.

warian, w. v. w. acc., *to occupy, guard, possess:* pres. sg. III. þær he hæðen gold wara ð (*where he guards heathen gold*), 2278; pl. III. hie (Grendel and his mother) dýgel land warigeað, 1359; pret. sg. (Grendel) goldsele warode, 1254; (Cain) wêsten warode, 1266.

waroð, st. m., *shore:* dat. sg. tô waroðe, 234; acc. pl. wîde waro-ðas, 1966.

waru, st. f., *inhabitants*, (collec-tive) *population:* in comp. land-waru.

wâ, interj., *woe!* wâ bið þâm þe ... (*woe to him that ...*), 183.

wâðu, st. f., *way, journey:* in comp. gamen-wâðu.

wânian, w. v., *to weep, whine, howl,* w. acc.: inf. gehýrdon ... sâr wâ-nigean helle häftan (*they heard the hell-fastened one lamenting his*

pain), 788; pret. sg [wânode], 3152(?).

wât. See **witan.**

wäccan, w. v., *to watch :* pret. part. wäccende, 709, 2842; acc. sg. m. wäccendne wer, 1269. See **wa-cian.**

wäcnan, w. v., *to be awake, come forth :* inf., 85.

wäd, st. n., (the moving) *sea, ocean :* nom. wado weallende, 546; wadu weallendu, 581; gen. pl. wada, 508.

wäfre, adj., *wavering* (like flame), *ghostlike, without distinct bodily form :* nom. sg. wäl-gæst wäfre (of Grendel's mother), 1332; — *flick-ering, expiring:* nom. sg. wäfre môd, 1151; him wäs geômor sefa, wäfre and wäl-fûs, 2421.

be-wägnan, w. v., *to offer :* pret. part. him wäs ... freónd-laðu wor-dum be-wägned, 1194.

wäl, st. n., *battle, slaughter, the slain in battle :* acc. sg. wäl, 1213, 3028; blôdig wäl, 448; oððe on wäl crunge (*or in battle, among the slain, fall*), 636; dat. sg. sume on wäle crungon (*some fell in the slaughter*), 1114; dat. sg. in Fr ... es wäle (proper name in MS. destroyed), 1071; nom. pl. walu, 1043.

wäl-bed, st. n., *slaughter-bed, death-bed:* dat. sg. on wäl-bedde, 965.

wäl-bend, st. f., *death-bond:* acc. sg. or pl. wäl-bende ... hand-ge-wriðene, 1937.

wäl-bleát, adj., *deadly, mortal, cruel:* acc. sg. wunde wäl-bleáte, 2726.

wäl-deáð, st. m., *death in battle:* nom. sg., 696.

wäl-dreór, st. m., *battle-gore:* instr. sg. wäl-dreóre, 1632.

wäl-fâh, adj., *slaughter - stained, blood-stained:* acc. sg. wäl-fâgne winter, 1129.

wäl-fæhð, st. f., *deadly feud:* gen. pl. wäl-fæhða, 2029.

wäl-feall, st. m., (*fall of the slain*), *death, destruction:* dat. sg. tô wäl-fealle, 1712.

wäl-fûs, adj., *ready for death, fore-boding death:* nom. sg., 2421.

wäl-fyllo, st. f., *fill of slaughter:* dat. sg. mid þære wäl-fulle (i.e. the thirty men nightly slaughtered at Heorot by Grendel), 125; wäl-fylla? 3155.

wäl-fŷr, st. n.: 1) *deadly fire:* instr. sg. wäl-fŷre (of the fire-spewing dragon), 2583. — 2) *corpse-consuming fire, funeral pyre:* gen. pl. wäl-fŷra mæst, 1120.

wäl-gæst, st. m., *deadly sprite* (of Grendel and his mother): nom. sg. wäl-gæst, 1332; acc. sg. þone wäl-gæst, 1996.

wäl-hlem, st. m., *death-stroke:* acc. sg. wäl-hlem þone, 1996.

wälm, st. m., *flood, whelming water:* nom. sg. þære burnan wälm, 2547; gen. sg. þäs wälmes (*of the surf*), 2136. — Comp. cear-wälm.

wäl-nîð, st. m., *deadly hostility:* nom. sg., 3001; dat. sg. äfter wäl-nîðe, 85; nom. pl. wäl-nîðas, 2066.

wäl-râp, st. m., *flood-fetter,* i.e. *ice:* acc. pl. wäl-râpas, 1611; (cf. wäll, wel, wyll = *well, flood:* leax sceal on wäle mid sceóte scrîðan, Gnom. Cott. 39).

wäl-ræs, st. m., *deadly onslaught:* nom. sg., 2948; dat. sg. wäl-ræse, 825, 2532.

wäl-rest, st. f., *death-bed.* acc. sg. wäl-reste, 2903.

wäl-rêc, st. m., *deadly reek* or smoke: acc. sg. wôd þâ þurh þone wäl-rêc, 2662.

wäl-reáf, st, n., *booty of the slain, battle-plunder:* acc. sg., 1206.

wäl-reów, adj., *bold in battle:* nom. sg., 630.

wäl-sceaft, st. m., *deadly shaft, spear:* acc. pl. wäl-sceaftas, 398.

wäl-seax, st. n., *deadly knife, war-knife:* instr. sg. wäll-seaxe, 2704.

wäl-stenge, st. m., *battle-spear:* dat. sg. on þäm wäl-stenge, 1639.

wäl-stôw, st. f., *battle-field:* dat. sg. wäl-stôwe, 2052, 2985.

wästm, st. m., *growth, form, figure:* dat. sg. on weres wästmum (*in man's form*), 1353.

wäter, st. n., *water:* nom. sg., 93, 1417, 1515, 1632; acc. sg. wäter, 1365, 1620; deóp wäter (*the deep*), 509, 1905; ofer wîd wäter (*over the high sea*), 2474; dat. sg. äfter wätere (*along the Grendel-sea*), 1426; under wätere (*at the bottom of the sea*), 1657; instr. wätere, 2723; wätre, 2855; gen. sg. ofer wäteres hrycg (*over the surface of the sea*), 471; on wäteres äht, 516; þurh wäteres wylm (*through the sea-wave*), 1694; gen. = instr. wäteres weorpan (*to sprinkle with water*), 2792.

wäter-egesa, st. m., *water-terror,* i.e. *the fearful sea:* acc. sg., 1261.

wäter-ŷð, st. f., *water-wave, billow:* dat. pl. wäter-ŷðum, 2243.

wæd, st. f., (*weeds*), *garment:* in comp. here-, hilde-wæd.

ge - wæde, st. n., *clothing,* especially *battle - equipments:* acc. pl. ge-wædu, 292. — Comp. eorl-gewæde.

wæg, st. m., *wave:* acc. sg. wæg, 3133.

wæg-bora, w. m., *wave-bearer, swimmer* (bearing or propelling

the waves before him): nom. sg.
wundorlîc wæg-bora (of a sea-
monster), 1441.

wæg-flota, w. m., *sea-sailer, ship:*
acc. sg. wêg-flotan, 1908.

wæg-holm, st. m., *the wave-filled
sea:* acc. sg. ofer wæg-holm, 217.

wæge, st. n., *cup, can:* acc. sg. fäted
wœge, 2254, 2283.—Comp.: ealo-,
lîð-wæge.

wæg-lîðend, pres. part., *sea-farer:*
dat. pl. wæg-lîðendum (et lîðen-
dum, MS.), 3160.

wæg-sweord, st. n., *heavy sword:*
acc. sg., 1490.

wæn, st. m., *wain, wagon:* acc. sg.
on wæn, 3135.

wæpen, st. n., *weapon; sword:*
nom. sg., 1661; acc. sg. wæpen,
686, 1574, 2520, 2688; instr.
wæpne, 1665, 2966; gen. wæpnes,
1468; acc. pl. wæpen, 292; dat.
pl. wæpnum, 250, 331, 2039, 2396.
—Comp.: hilde-, sige-wæpen.

wæpned-man, st. m., *warrior,
man:* dat. sg. wæpned-men, 1285.

wær, st. f., *covenant, treaty:* acc.
sg. wære, 1101;—*protection, care:*
dat. sg. on freán (on þäs walden-
des) wære (*into God's protection*),
27, 3110.—Comp.: frioðo-wær.

wæsma, w. m., *fierce strength, war-
strength:* in comp. here-wæsma,
678.

we, pers. pron., *we,* 942, 959, 1327,
1653, 1819, 1820, etc.

web, st. n., *woven work, tapestry:*
nom. pl. web, 996.

webbe, w. f., *webster, female weaver:*
in comp. freoðu-webbe.

weccan, weccean, w. v. w. acc., *to
wake, rouse; recall:* inf. wîg-bealu
weccan (*to stir up strife*), 2047;
nalles hearpan swêg (sceal) wîgend
weccean (*the sound of the harp*

shall not wake up the warriors),
3025; ongunnon þâ ... bæl-fŷra
mæst wîgend weccan (*the warriors
then began to start the mightiest of
funeral pyres*), 3145; pret. sg.
wehte hine wätre (*roused him with
water,* i.e. Wîglâf recalled Beówulf
to consciousness), 2855.

tô-weccan, *to stir up, rouse:* pret.
pl. hû þâ folc mid him (*with one
another*), fæhðe tô-wehton, 2949.

wed, st. n., (cf. wed-ding), *pledge:*
dat. sg. hyldo tô wedde (*as a pledge
of his favor*), 2999.

weder, st. n., *weather:* acc. pl.
wuldor-torhtan weder, 1137; gen.
pl. wedera cealdost, 546.

ge-wef, st. n., *woof, weaving:* acc.
pl. wîg-spêda ge-wiofu (*the woof
of war-speed:* the battle-woof
woven for weal or woe by the Wal-
kyries; cf. Njals-saga, 158), 698.

weg, st. m., *way:* acc. sg. on weg
(*away, off*), 264, 764, 845, 1431,
2097; gyf þu on weg cymest (*if
thou comest off safe,* i.e. from the
battle with Grendel's mother),
1383.—Comp.: feor-, fold-, forð-,
wîd-weg.

wegan, st. v. w. acc., *to bear, wear,
bring, possess:* subj. pres. nâh hwâ
sweord wege (*I have none that
may bear the sword*), 2253; inf.
nalles (sceal) eorl wegan mâððum
tô ge-myndum (*no earl shall wear
a memorial jewel*), 3016; pret.
ind. he þâ frätwe wäg ... ofer ŷða
ful (*bore the jewels over the goblet
of the waves*), 1208; wäl-seaxe ...
þät he on byrnan wäg, 2705;
heortan sorge wäg (*bore heart's
sorrow*); so, 152, 1778, 1932, 2781.

ät-wegan = *auferre, to carry off:*
syððan Hâma ät-wäg tô þære
byrhtan byrig Brosinga mene

(*since H. bore from the bright city
the Brosing-collar*), 1199.

ge-wegan (O.N. wega), *to fight:*
inf. þe he wið þam wyrme ge-wegan
sceolde, 2401.

wel, adv.: 1) *well:* wel bið þäm þe
... (*well for him that* ...!), 186;
se þe wel þenceð (*he that well
thinketh, judgeth*), 289; so, 640,
1046, 1822, 1834, 1952, 2602;
well, 2163, 2813. — 2) *very, very
much:* Geát ungemetes wel ...
restan lyste (*the Geat longed sorely
to rest*), 1793. — 3) *indeed, to be
sure*, 2571, 2856.

wela, w. m., *wealth, goods, posses-
sions:* in comp. ær-, burg-, hord-,
mâððum-wela.

wel-hwylc, indef. pron., = quivis,
any you please, any (each, all):
gen. pl. wel-hwylcra wilna, 1345;
w. partitive gen.: nom. sg. witena
wel-hwylc, 266; — substantively:
acc. neut. wel-hwylc, 875.

welig, adj., *wealthy, rich:* acc. sg.
wîc-stede weligne Wægmundinga,
2608.

wel-þungen, pres. part., *well-thriv-
en* (in mind), *mature, high-minded:*
nom. sg. Hygd (wäs) swîðe geong,
wîs, wel-þungen, 1928.

wenian, w. v., *to accustom, attract,
honor:* subj. pret. þät ... Folc-
waldan sunu ... Hengestes heáp
hringum wenede (*sh. honor*), 1092.

be-(bi-)wenian, *to entertain, care
for, attend:* pret. sg. mäg þäs þonne
of-þyncan þeóden Heaðo-beardna
... þonne he mid fæmnan on flet
gæð, dryht-bearn Dena duguða
bi-wenede (*may well displease the
prince of the H. ... when he with
the woman goes into the hall, that
a noble scion of the Danes should
entertain, bear wine to, the knights,*

cf. 494 seqq.; or, *a noble scion of
the Danes should attend on her?*),
2036; pret. part. nom. pl. wæron
her tela willum be-wenede, 1822.

wendan, w. v., *to turn:* pres. sg.
III. him eal worold wendeð on
willan (*all the world turns at his
will*), 1740.

ge-wendan, w. acc.: 1) *to turn,
turn round:* pret. sg. wicg ge-
wende (*turned his horse*), 315. —
2) *to turn* (intrans.), *change:* inf.
wâ bið þäm þe sceal ... frôfre ne
wênan, wihte ge-wendan (*woe to
him that shall have no hope, shall
not change at all*), 186.

on-wendan, *to avert, set aside:*
1) w. acc.: inf. ne mihte snotor
häleð weán on-wendan, 191. —
2) intrans.: sibb æfre ne mäg wiht
on-wendan þam þe wel þenceð (*in,
to, him that is well thinking friend-
ship can not be set aside*), 2602.

wer, st. m., *man, hero:* nom. sg.
(Grendel), 105; acc. sg. wer (Beó-
wulf), 1269, 3174; gen. sg. on
weres wästmum (*in man's form*),
1353; nom. pl. weras, 216, 1223,
1234, 1441, 1651; dat. pl. werum,
1257; gen. pl. wera, 120, 994,
1732, 3001; (MS. weora), 2948.

wered, st. n., (as adj. = *sweet*), *a
sort of beer* (probably without hops
or such ingredients): acc. sg. scîr
wered, 496.

were-feohte, f., *defensive fight, fight
in self-defence:* dat. pl. for were-
fyhtum (fere fyhtum, MS.), 457.

werhðo, st. f., *curse, outlawry, con-
demnation:* acc. sg. þu in helle
scealt werhðo dreógan, 590.

werian, *to defend, protect:* w. vb.,
pres. sg. III. beaduscrûd ... þät
mîne breóst wereð, 453; inf. wit
unc wið hron-fixas werian þôhton,

541 ; pres. part. w. gen. pl. wer-gendra tô lyt (*too few defenders*), 2883 ; pret. ind. wäl-reáf werede (*guarded the battle-spoil*), 1206; se hwîta helm hafelan werede (*the shining helm protected his head*), 1449; pl. hafelan weredon, 1328; pret. part. nom. pl. ge . . . byrnum werede (*ye . . . corselet-clad*), 238, 2530.

be-werian, *to protect, defend:* pret. pl. þät hie . . . leóda land-geweorc lâðum be-weredon scuccum and scynnum (*that they the people's land-work from foes, from monsters and demons, might defend*), 939.

werlg, adj., *accursed, outlawed:* gen. sg. wergan gâstes (Grendel), 133; (of the devil), 1748.

werod, weorod, st. n., *band of men, warrior-troop:* nom. sg. werod, 652; weorod, 290, 2015, 3031; acc. sg. werod, 319; dat. instr. sg. weorode, 1012, 2347 ; werede, 1216; gen. sg. werodes, 259; gen. pl. wereda, 2187; weoroda, 60.—Comp.: eorl-, flet-werod.

wer-þeód, st. f., *people, humanity:* dat. sg. ofer wer-þeóde, 900.

wesan, v., *to be:* pres. sg. I. ic eom, 335, 407; II. þu eart, 352, 506; III. is, 256, 272, 316, 343, 375, 473, etc.; nu is þînes mägenes blæd âne hwîle (*the prime [fame?] of thy powers lasteth now for a while*), 1762; ys, 2911, 3000, 3085; pl. I. we synt, 260, 342; II. syndon, 237, 393; III. syndon, 257, 361, 1231; synt, 364; sint, 388; subj. pres. sîe, 435, 683, etc.; sŷ, 1832, etc. ; sig, 1779, etc. ; imper. sg. II. wes, 269 (cf. wassail, wes hæl), 407, 1171, 1220, 1225, etc.; inf. wesan, 272, 1329,

1860, 2709, etc. The inf. **wesan** must sometimes be supplied : nealles Hetware hrêmge þorfton (i.e. wesan) fêðe-wîges, 2364; so, 2498, 2660, 618, 1858; pres. part. wesende, 46 ; dat. sg. wesendum, 1188; pret. sg. I., III. wäs, 11, 12, 18, 36, 49, 53, etc.; wäs on sunde (*was a-swimming*), 1619; so, 848, 850(?), 970, 981, 1293; progressive, wäs secgende (for sæde), 3029; II. wære, 1479, etc.; pl. wæron, 233, 536, 544, etc. ; wæran (w. reflex. him), 2476 ; pret. subj. wære, 173, 203, 594, 946, etc.; progressive, myndgiend wære (for myndgie), 1106.—Contracted neg. forms : nis = ne + is, 249, 1373, etc.; näs = ne + wäs, 134, 1300, 1922, 2193, etc. (cf. uncontracted : ne wäs, 890, 1472); næron = ne + wæron, 2658; nære = ne + wære, 861, 1168. See **cniht-wesende.**

wêg. See **wæg.**

wên, st. f., *expectation, hope:* nom. sg., 735, 1874, 2324; nu is leódum wên orlêg-hwîle (gen.) (*now the people have weening of a time of strife*), 2911; acc. sg. þäs ic wên häbbe (*as I hope, expect*), 383; so, þäs þe ic [wên] hafo, 3001; wên ic talige, 1846; dat. pl. bega on wênum (*in expectation of both*, i.e. the death and the return of Beówulf), 2896. See **ôr-wena.**

wênan, w. v., *to ween, expect, hope:* 1) absolutely : pres. sg. I. þäs ic wêne (*as I hope*), 272; swâ ic þe wêne tô (*as I hope thou wilt:* Beówulf hopes Hrôðgâr will now suffer no more pain), 1397. — 2) w. gen. or acc. pres. sg. I. þonne wêne ic tô þe wyrsan ge-þinges, 525 ; ic þær heaðu-fŷres hâtes wêne, 2523; III. secce ne wêneð tô Gâr

Denum (*weeneth not of contest
with the Gar-Danes*), 601 ; inf.
(beorhtre bôte) wênan (*to expect,
count on, a brilliant* [? *a lighter
penalty*] *atonement*), 157; pret. pl.
þäs ne wêndon ær witan Scyldinga,
þät ... (*the wise men of the Scyl-
dings weened not of this before,
that...*), 779; þät hig þäs äðelinges
eft ne wêndon þät he ... sêcean
côme (*that they looked not for the
atheling again that he ... would
come to seek ...*), 1598. — 3) w.
acc. and inf.: pret. sg. wênde,
934. — 4) w. depend. clause: pres.
sg. I. wêne ic þät ..., 1185; wên'
ic þät..., 338, 442; pret. sg. wênde,
2330; pl. wêndon, 938, 1605.

wêpan, st. v., *to weep:* pret. sg.
[weóp], 3152(?).

wêrig, adj., *weary, exhausted,* w.
gen.: nom. sg. sîðes wêrig (*weary
from the journey, way-weary*),
579; dat. sg. sîðes wêrgum, 1795;
— w. instr.: acc. pl. wundum wêrge
(*wound-weary*), 2938. — Comp.:
deáð-, fyl-, gûð-wêrig.

ge-wêrigean, w. v., *to weary, ex-
haust:* pret. part. ge-wêrgad, 2853.

wêrig-môd, adj., *weary-minded*
(*animo defessus*): nom. sg., 845,
1544.

wêstc, adj., *waste, uninhabited:* acc.
sg. win-sele wêstne, 2457.

wêsten, st. n., *waste, wilderness:*
acc. sg. wêsten, 1266.

wêsten, st. f., *waste, wilderness:* dat.
sg. on þære wêstenne, 2299.

weal, st. m.: 1) *wall, rampart:*
dat. instr. sg. wealle, 786, 892,
3163; gen. sg. wealles, 2308. —
2) *elevated sea-shore:* dat. sg. of
wealle, 229; acc. pl. windige weal-
las, 572, 1225. — 3) *wall of a build-
ing:* acc. sg. wið þäs recedes weal,

326; dat. sg. be wealle, 1574;
hence, the inner and outer rock-
walls of the dragon's lair (cf.
Heyne's essay: Halle Heorot, p.
59): dat. sg., 2308, 2527, 2717,
2760, 3061, 3104; gen. sg. wealles,
2324. — Comp.: bord-, eorð-, sæ-,
scyld-weal.

ge-wealc, st. n., *rolling:* acc. sg.
ofer ýða ge-wealc, 464.

ge-weald, st. n., *power, might:* acc.
sg. on feónda ge-weald (*into the
power of his foes*), 809, 904; so,
1685 ; geweald âgan, häbban,
â-beódan (w. gen. of object = *to
present*) = *to have power over,* 79,
655, 765, 951, 1088, 1611, 1728.
See on-weald.

wealdan, st. v., *to wield, govern,
rule over, prevail:* 1) absolutely
or with depend. clause: inf. gif he
wealdan môt (*if he may prevail*),
442; þær he ... wealdan môste
swâ him Wyrd ne ge-scrâf (*if
[where?] he was to prevail, as
Weird had not destined for him*),
2575; pres. part. waldend (*God*),
1694; dat. wealdende, 2330; gen.
waldendes, 2293, 2858, 3110. —
2) with instr. or dat.: inf. þâm
wæpnum wealdan (*to wield, pre-
vail with, the weapons*), 2039;
Geátum wealdan (*to rule the Geá-
tas*), 2391; beáh-hordum wealdan
(*to rule over, control, the treasure
of rings*), 2828; wäl-stôwe weal-
dan (*to hold the field of battle*),
2985; pret. sg. weóld, 465, 1058,
2380, 2596; þenden wordum weóld
wine Scyldinga (*while the friend
of the S. ruled the G.*), 30; pl.
weóldon, 2052. — 3) with gen.:
pres. sg. I. þenden ic wealde wîdan
rîces, 1860; pres. part. wuldres
wealdend (waldend), 17, 183, 1753;

ylda waldend, 1662; waldend fira,
2742; sigora waldend, 2876 (des-
ignations of God) ; pret. sg. weóld,
703, 1771.

ge-wealdan, *to wield, have power
over, arrange:* 1) w. acc.: pret.
sg. hâlig god ge-weóld wîg-sigor,
1555. — 2) w. dat.: pret. cyning
ge-weóld his ge-witte (*the king
possessed his senses*), 2704. — 3) w.
gen.: inf. he ne mihte nô . . .
wæpna ge-wealdan, 1510.

ge-wealden, pret. part., *subject,
subjected:* acc. pl. gedêð him swâ
gewealdene worolde dælas, 1733.

weallan, st. v.: 1) *to toss, be agi-
tated* (of the sea): pres. part. nom.
pl. wadu weallende (weallendu),
546, 581; nom. sg. brim weallende,
848; pret. ind. weól, 515, 850,
1132; weóll, 2139. — 2) figura-
tively (of emotions), *to be agitated:*
pres. pl. III. syððan Ingelde weal-
lað wäl-nîðas (*deadly hate thus
agitates Ingeld*), 2066; pres. part.
weallende, 2465; pret. sg. hreðer
inne weóll (*his heart was moved
within him*), 2114; hreðer æðme
weóll (*his breast* [the dragon's]
swelled from breathing, snorting),
2594; breóst innan weóll þeóstrum
ge-þoncum, 2332; so, weóll, 2600,
2715, 2883.

weall-clif, st. n., *sea-cliff:* acc. sg.
ofer weall-clif, 3133.

weallian, w. v., *to wander, rove
about:* pres. part. in comp. heoro-
weallende, 2782.

weard, st. m., *warden, guardian;
owner:* nom. sg. weard Scyldinga
(*the Scyldings' warden of the
march*), 229; weard, 286, 2240;
se weard, sâwele hyrde, 1742; the
king is called beáh-horda weard,
922; rîces weard, 1391; folces

weard, 2514; the *dragon* is called
weard, 3061; weard un-hióre, 2414;
beorges weard, 2581; acc. sg.
weard, 669; (dragon), 2842; beor-
ges weard (dragon), 2525, 3067.
— Comp.: bât-, êðel-, gold-, heá-
fod-, hord-, hýð-, land-, rên-, sele-,
yrfe-weard.

weard, st. m., *possession* (Dietrich
in Haupt XI., 415): in comp. eorð-
weard, 2335.

weard, st. f., *watch, ward:* acc. sg.
wearde healdan, 319; wearde heóld,
305. — Comp. æg-weard.

weard, adj., *-ward:* in comp. and-,
innan-, ût-weard, 1288, etc.

weardian, w. v. w. acc.: 1) *to watch,
guard, keep:* inf. he his folme for-
lêt tô lîf-wraðe, lâst weardian
(*Grendel left his hand behind as
a life-saver, to guard his track*
[*Kemble*]), 972; pret. sg. him sió
swîðre swaðe weardade hand on
Hiorte (*his right hand kept guard
for him in H.*, i.e. showed that he
had been there), 2099; sg. for pl.
hŷrde ic þät þâm frätwum feówer
mearas lungre gelîce lâst weardode
(*I heard that four horses, quite
alike, followed in the traces of the
armor*), 2165. — 2) *to hold, possess,
inhabit:* pret. sg. fîfel-cynnes eard
. . . weardode (*dwelt in the abode
of the sea-fiends*), 105; reced wear-
dode un-rîm eorla (*an immense
number of earls held the hall*),
1238; pl. þær we gesunde säl wear-
dodon, 2076.

wearh, st. m., *the accursed one;
wolf:* in comp. heoro-wearg, 1268.

wearn, st. f.: 1) *resistance, refusal,*
366. — 2) *warning?, resistance?.*
See un-wearnum, 742.

weaxan, st. v., *to wax, grow:* pres.
sg. III. ðð þät him on innan ofer-

hygda dæl weaxeð (*till within him
pride waxeth*), 1742; inf. weaxan,
3116; pret. sg. weôx, 8.

ge-weaxan, *to grow up:* pret. sg.
ðð þät seó geogoð ge-weôx, 66.

ge-weaxan to, *to grow to* or *for
something:* pret. sg. ne ge-weôx
he him tô willan (*grew not for their
benefit*), 1712.

weá, w. m., *woe, evil, misfortune:*
nom. sg., 937; acc. sg. weán, 191,
423, 1207, 1992, 2293, 2938; gen.
pl. weána, 148, 934, 1151, 1397.

weá-lâf, st. f., *wretched remnant:*
acc. pl. þâ weá-lâfe (*the wretched
remnant,* i.e. Finn's almost anni-
hilated band), 1085, 1099.

weá-spel, st. n., *woe-spell, evil tid-
ings:* dat. sg. weá-spelle, 1316.

ge-weoldum. See ge-wild.

weorc, st. n.: 1) *work, labor, deed:*
acc. sg., 74; (*war-deed*), 1657;
instr. sg. weorce, 1570; dat. pl.
weorcum, 2097; wordum ne (and)
worcum, 1101, 1834; gen. pl. wor-
da and worca, 289.— 2) *work,
trouble, suffering:* acc. sg. þäs ge-
winnes weorc (*misery on account
of this strife*), 1722; dat. pl. adv.
weorcum (*with labor*), 1639.—
Comp.: bredo-, ellen-, heaðo-, niht-
weorc.

ge-weorc, st. n.: 1) *work, deed,
labor:* nom. acc. sg., 455, 1563,
1682, 2718, 2775; gen. sg. ge-
weorces, 2712. Comp.: ær-, fyrn-,
gûð-, hond-, nîð-ge-weorc.— 2)
fortification, rampart: in comp.
land-geweorc, 939.

weorce, adj., *painful, bitter:* nom.
sg., 1419.

weorð, st. n., *precious object, valu-
able:* dat. sg. weorðe, 2497.

weorð, adj., *dear, precious:* nom.
sg. weorð Denum äðeling (*the

atheling dear to the Danes,* Beó-
wulf), 1815; compar. nom. sg. þät
he syððan wäs . . . mâðme þy
weorðra (*more honored from the
jewel*), 1903; cf. wyrðe.

weorðan, st. v.: 1) *to become:* pres.
sg. III. beholen weorðeð (*is con-
cealed*), 414; underne weorðeð
(*becomes known*), 2914; so, pl. III.
weorðað, 2067; wurðað, 282; inf.
weorðan, 3179; wurðan, 808; pret.
sg. I., III. wearð, 6, 77, 149, 409,
555, 754, 768, 819, 824, etc.; pl.
wurdon, 228; subj. pret. wurde,
2732. — 2) inf. tô frôfre weorðan
(*to become a help*), 1708; pret. sg.
wearð he Heaðolâfe tô hand-bo-
nan, 460; so, wearð, 906, 1262;
ne wearð Heremôd swâ (i.e. tô
frôfre) eaforum Ecgwelan, 1710;
pl. wurdon, 2204; subj. pret. sg.
II. wurde, 588. — 3) pret. sg. þät
he on fylle wearð (*that he came
to a fall*), 1545.— 4) *to happen,
befall:* inf. unc sceal weorðan . . .
swâ unc Wyrd ge-teôð (*it shall be-
fall us two as Fate decrees*), 2527;
þurh hwät his worulde gedâl weor-
ðan sceolde, 3069; pret. sg. þâ
þær sôna wearð ed-hwyrft eorlum
(*there was soon a renewal to the
earls,* i.e. of the former perils), 1281.

ge-weorðan: 1) *to become:* pret. sg.
ge-wearð, 3062; pret. part. cearu
wäs geniwod ge-worden (*care was
renewed*), 1305; swâ ûs ge-wor-
den is, 3079. — 2) *to finish; com-
plete?:* inf. þät þu . . . lête Sûð-
Dene sylfe ge-weorðan gûðe wið
Grendel (*that thou wouldst let the
S. D. put an end to their war with
Grendel*), 1997. — 3) impersonally
with acc., *to agree, decide:* pret.
sg. þâ þäs monige ge-wearð þät
. . . (*since many agreed that . . .*),

1599; pret. part. hafað þäs ge-
worden wine Scyldinga, ríces hyr-
de, and þät ræd talað þät he . . .
(*therefore hath it so appeared* (?)
*advisable to the friend of the S.,
the guardian of the realm, and he
counts it a gain that* . . .), 2027.

weorð-ful, adj., *glorious, full of
worth:* nom. sg. weorð-fullost,
3100.

weorðian, w. v., *to honor, adorn:*
pret. sg. þær ic . . . þîne leôde weor-
ðode weorcum (*there honored I
thy people by my deeds*), 2097; subj.
pret. (þät he) ät feoh-gyftum . . .
Dene weorðode (*that he would
honor the Danes at, by, treasure-
giving*), 1091.

ge-**weorðian**, ge-**wurðian**, *to
deck, ornament:* pret. part. hire
syððan wäs äfter beáh-þege breóst
ge-weorðod, 2177; wæpnum ge-
weorðad, 250; since ge-weorðad,
1451; so, ge-wurðad, 331, 1039,
1646; wîde ge-weorðad (*known,
honored, afar*), 1960.

weorð-lîce, adv., *worthily, nobly:*
superl. weorð-lîcost, 3163.

weorð-mynd, st. f. n., *dignity, honor,
glory:* nom. sg., 65; acc. sg. ge-
seah þâ eald sweord . . ., wîgena
weorðmynd (*saw an ancient sword
there, the glory of warriors*), 1560;
dat. instr. pl. weorð-myndum, 8;
tô worð-myndum, 1187; gen. pl.
weorð-mynda dæl, 1753.

weorðung, st. f., *ornament:* in
comp. breóst-, hâm-, heorð-, hring-,
wîg-weorðung.

weorod. See **werod.**

weorpan, st. v.: 1) *to throw, cast
away*, w. acc.: pret. sg. wearp þâ
wunden-mæl wrättum gebunden
yrre oretta, þät hit on eorðan läg
(*the wrathful warrior threw the

*ornamented sword, that it lay on
the earth*), 1532. — 2) *to throw
around* or *about*, w. instr.: pret. sg.
beorges weard . . . wearp wäl-fŷre
(*threw death-fire around*), 2583
— 3) *to throw upon:* inf. he hine
eft ongan wäteres (instr. gen.)
weorpan (*began to cast water upon
him again*), 2792.

for-**weorpan**, w. acc., *to cast away,
squander:* subj. pret. þät he ge-
nunga gûð-gewædu wrâðe for-
wurpe (*that he squandered useless-
ly the battle-weeds,* i.e. gave them
to the unworthy), 2873.

ofer-**weorpan**, *to stumble:* pret.
sg. ofer-wearp þâ . . . wîgena
strengest, 1544.

weotian, w. v., *to provide with, ad-
just* (?): pret. part. acc. pl. wäl-
bende weotode, 1937.

be-**weotian**, be-**witian**, w. v. w.
acc., *to regard, observe, care for:*
pres. pl. III. be-witiað, 1136; pret.
sg. þegn . . . se þe . . . ealle be-
weotede þegnes þearfe (*who would
attend to all the needs of a thane*),
1797; draca se þe . . . hord be-
weotode (*the drake that guarded a
treasure*), 2213; — *to carry out,
undertake:* pres. pl. III. þâ . . . oft
be-witigað sorh-fulne sîð on segl-
râde, 1429.

wicg, st. n., *steed, riding-horse:*
nom. sg., 1401; acc. sg. wicg, 315;
dat. instr. sg. wicge, 234; on wicge,
286; acc. pl. wicg, 2175; gen. pl.
wicga, 1046.

ge-**widor**, st. n., *storm, tempest:*
acc. pl. lâð ge-widru (*loathly
weather*), 1376.

wið, prep. w. dat. and acc., *with
fundamental meanings of division
and opposition:* 1) w. dat., *against,
with* (in hostile sense), *from:* þâ wið

gode wunnon, 113; âna (wan) wið
eallum, 145; ymb feorh sacan, lâð
wið lâðum, 440; so, 426, 439, 550,
2372, 2521, 2522, 2561, 2840, 3005;
þät him holt-wudu ... helpan ne
meahte, lind wið lîge, 2342; hwät
... sêlest wære wið fær-gryrum tô
ge-fremmanne, 174; þät him gâst-
bona geóce gefremede wið þeód-
þreáum, 178; wið rihte wan (*strove
against right*), 144; häfde ... sele
Hrôðgâres ge-nered wið nîðe (*had
saved H.'s hall from strife*), 828;
(him dyrne langað ...) beorn wið
blôde (*the hero longeth secretly
contrary to his blood*, i.e. H. feels
a secret longing for the non-re-
lated Beówulf), 1881; sundur ge-
dælan lif wið lîce (*to sunder soul
from body*), 2424; streámas wun-
don sund wið sande (*the currents
rolled the sea against the sand*),
213; lîg-ýðum forborn bord wið
ronde (rond, MS.) (*with waves of
flame burnt the shield against, as
far as, the rim*), 2674; holm
storme weól, won wîð winde (*the
sea surged, wrestled with the wind*),
1133; so, hiora in ânum weóll sefa
wið sorgum (*in one of them surged
the soul with sorrow* [*against ?*,
Heyne]), 2601; þät hire wið
healse heard grâpode (*that the
sharp sword bit against her neck*),
1567. — 2) w. acc.: a) *against,
towards:* wan wið Hrôðgâr (*fought
against H.*), 152; wið feónda ge-
hwone, 294; wið wrâð werod, 319;
so, 540, 1998, 2535; hine hâlig
god ûs on-sende wið Grendles
gryre, 384; þät ic wið þone gûð-
flogan gylp ofer-sitte (*that I re-
frain from boastful speech against
the battle-flier*), 2529; ne wolde
wið manna ge-hwone ... feorh-

bealo feorran (*would not cease his
life - plotting against any of the
men;* or, *withdraw life-bale from,*
etc.? or, *peace would not have with
any man ..., mortal bale with-
draw?*, Kemble), 155; ic þâ leóde
wât ge wið feónd ge wið freónd
fäste geworhte (*towards foe and
friend*), 1865; heóld heáh-lufan
wið häleða brego (*cherished high
love towards the prince of heroes*),
1955; wið ord and wið ecge in-
gang forstôd (*prevented entrance
to spear-point and sword-edge*),
1550. b) *against, on, upon, in:*
setton sîde scyldas ... wið þäs re-
cedes weal (*against the wall of
the hall*), 326; wið eorðan fäðm
(eardodon) (*in the bosom of the
earth*), 3050; wið earm ge-sät (*sat
on, against, his arm*), 750; so,
stîð-môd ge-stôd wið steápne rond,
2567; [wið duru healle eode]
(*went to the door of the hall*), 389;
wið Hrefna-wudu (*over against,
near, H.*), 2926; wið his sylfes
sunu setl ge-tæhte (*showed me to
a seat with, near, beside, his own
son*), 2014. c) *towards, with* (of
contracting parties): þät hie heal-
fre ge-weald wið Eotena bearn
âgan môston (*that they power
over half the hall with the Eotens'
sons were to possess*), 1089; þen-
den he wið wulf wäl reáfode
(*whilst with the wolf he was rob-
bing the slain*), 3028. — 3) Alter-
nately with dat. and acc., *against:*
nu wið Grendel sceal, wið þam
aglæcan, âna gehegan þing wið
þyrse, 424-426; — *with, beside:*
ge-sät þâ wið sylfne ..., mäg wið
mäge, 1978-79.

wiðer-gyld, st. n., *compensation:*
nom. sg., 2052, [proper name?].

wiðer-rähtes, adv., *opposite, in front of*, 3040.

wiðre, st. n., *resistance:* gen. sg. wiðres ne trûwode, 2954.

wíg-weorðung, st. f., *idol-worship, idolatry, sacrifice to idols:* **acc.** pl. -weorðunga, 176.

wiht, st. f.: 1) *wight, creature, demon:* nom. sg. wiht unhælo (*the demon of destruction*, Grendel), 120; acc. sg. syllîcran wiht (the dragon), 3039. — 2) *thing, something, aught:* nom. sg. w. negative, ne hine wiht dweleð (*nor does aught check him*), 1736; him wiht ne speów (*it helped him naught*), 2855; acc. sg. ne him þäs wyrmes wíg for wiht dyde (*nor did he count the worm's warring for aught*), 2349; ne meahte ic . . . wiht gewyrcan (*I could not do aught . . .*), 1661; — w. partitive gen.: nô . . . wiht swylcra searo-nîða, 581; — the acc. sg. = adv. like Germ. *nicht:* ne hie hûru wine-drihten wiht ne lôgon (*did not blame their friendly lord aught*), 863; so, ne wiht = *naught, in no wise*, 1084, 2602, 2858; nô wiht, 541; instr. sg. wihte (*in aught, in any way*), 1992; ne . . . wihte (*by no means*), 186, 2278, 2688; wihte ne, 1515, 1996, 2465, 2924. — Comp.: â-wiht (âht = *aught*), äl-wiht, ô-wiht.

wil-cuma, w. m., *one welcome* (qui gratus advenit): nom. pl. wil-cuman Denigea leódum (*welcome to the people of the Danes*), 388; so, him (the lord of the Danes) wil-cu-man, 394; wil-cuman Wedera leódum (*welcome to the Geátas*), 1895.

ge-wild, st. f., *free-will?* dat. pl. nealles mid ge-weoldum (*sponte, voluntarily*, Bugge), 2223.

wil-deór (fcr wild-deór), st. n., *wild beast:* acc. pl. wil-deór, 1431.

wil-gesîð, st. m., *chosen* or *willing companion:* nom. pl. -ge-sîðas, 23.

wil-geofa, w. m., *ready giver* (= voti largitor: princely designation), *joy-giver?*: nom. sg. wil-geofa Wedra leóda, 2901.

willa, w. m.: 1) *will, wish, desire, sake:* nom. sg. 627, 825; acc. sg. willan, 636, 1740, 2308, 2410; instr. sg. ânes willan (*for the sake of one*), 3078; so, 2590; dat. sg. tô willan, 1187, 1712; instr. pl. willum (*according to wish*), 1822; sylfes wyllum, 2224, 2640; gen. pl. wilna, 1345. — 2) *desirable thing, valuable:* gen. pl. wilna, 661, 951.

willan, aux. v., *will:* in pres. also *shall* (when the future action is depend. on one's free will): pres. sg. I. wille ic â-secgan (*I will set forth, tell out*), 344; so, 351, 427; ic tô sæ wille (*I will to sea*), 318; wylle, 948, 2149, 2513; sg. II. þu wylt, 1853; sg. III. he wile, 346, 446, 1050, 1182, 1833; wyle, 2865; wille, 442, 1004, 1185, 1395; ær he in wille (*ere he will in*, i.e. go or flee into the fearful sea), 1372; wylle, 2767; pl. I. we . . . wyllað, 1819; pret. sg. I., III. wolde, 68, 154, 200, 646, 665, 739, 756, 797, 881, etc.; nô ic fram him wolde (i.e. fleótan), 543; so, swâ he hira mâ wolde (i.e. â-cwellan), 1056; pret. pl. woldon, 482, 2637, 3173; subj. pret., 2730. — Forms contracted w. negative: pres. sg. I. nelle (= ne + wille, *I will not*, nolo), 680, 2525(?); pret. sg. III. nolde (= ne + wolde), 792, 804, 813, 1524; w. omitted inf. þâ metod nolde, 707, 968; pret. subj. nolde, 2519.

wilnian, w. v., *to long for, beseech :*
inf. wel biŏ þäm þe môt . . . tô
fäŏer fäŏmum freoŏo wilnian (*well
for him that may beseech protection
in the Father's arms*), 188.

wil-sîŏ, st. m., *chosen journey :* acc.
sg. wil-sîŏ, 216.

ge-win, st. n.: 1) *strife, struggle,
enmity, conflict :* acc. sg., 878;
þâ hie ge-win drugon (*endured
strife*), 799; under ŷŏa ge-win
(*under the tumult of the waves*),
1470; gen. sg. þäs ge-winnes weorc
(*misery for this strife*), 1722. —
2) *suffering, oppression :* nom. sg.,
133, 191; acc. sg. eald ge-win,
1782. — Comp.: fyrn-, ŷŏ-ge-win.

wîn-ärn, st. n., *hall of hospitality,
hall, wine-hall :* gen. sg. wîn-ärnes,
655.

wind, st. m., *wind, storm :* nom. sg.,
547, 1375, 1908; dat. instr. sg.
winde, 217; wiŏ winde, 1133.

windan, st. v.: 1) intrans., *to wind,
whirl :* pret. sg. wand tô wolcnum
wäl-fŷra mæst, 1120. — 2) w. acc.,
to twist, wind, curl : pret. pl. streá-
mas wundon sund wiŏ sande, 212;
pret. part. wunden gold (*twisted,
spirally-twined, gold*), 1194, 3135;
instr. pl. wundnum (wundum, MS.)
golde, 1383.

ät-windan, *to wrest one's self from,
escape :* pret. sg. se þäm feónde ät-
wand, 143.

be-windan, *to wind with* or *round,
clasp, surround, envelop* (invol-
vere) : pret. sg. þe hit (the sword)
mundum be-wand, 1462; pret. part.
wîrum be-wunden (*wound with
wires*) 1032; feorh . . . flæsce be-
wunden (*flesh-enclosed*), 2425;
gâr . . . mundum be-wunden (*a
spear grasped with the hands*),
3023; iú-manna gold galdre be-

wunden (*spell-encircled gold*),
3053; (âstâh . . .) lêg wôpe be-
wunden (*uprose the flame mingled
with a lament*), 3147.

ge-windan, *to writhe, get loose,
escape :* inf. wîdre ge-windan (*to
flee further*), 764; pret. sg. on
fleám ge-wand, 1002.

on-windan, *to unwind, loosen :*
pres. sg. (þonne fäder) on-windeŏ
wäl-râpas, 1611.

win-däg, st. m., *day of struggle* or
suffering : dat. pl. on þyssum win-
dagum (*in these days of sorrow,*
i.e. of earthly existence), 1063.

wind-bland (blond), st. n., *wind-
roar :* nom. sg., 3147.

wind-gereste, f., *resting-place of
the winds :* acc. sg., 2457.

windig, adj., *windy :* acc. pl. win-
dige (weallas, nässas), 572, 1359;
windige weallas (wind geard weal-
las, MS.), 1225.

wine, st. m., *friend, protector,* es-
pecially the *beloved ruler :* nom.
sg. wine Scyldinga, leóf land-fru-
ma (Scyld), 30; wine Scyldinga
(Hrôŏgâr), 148, 1184. As voca-
tive : mîn wine, 2048; wine mîn,
Beówulf (Hunferŏ), 457, 530,
1705; acc. sg. holdne wine (Hrôŏ-
gâr), 376; wine Deniga, Scyldinga,
350, 2027; dat. sg. wine Scyldinga,
170; gen. sg. wines (Beówulf),
3097; acc. pl. wine, 21; dat. pl.
Denum eallum, winum Scyldinga,
1419; gen. pl. winigea leásum,
1665 ; winia bealdor, 2568. —
Comp. : freá-, freó-, gold-, gûŏ-,
mæg-wine.

wine-dryhten, st. m., (dominus
amicus), *friendly lord, lord and
friend :* acc. sg. wine-drihten, 863,
1605; wine-dryhten, 2723, 3177;
dat. sg. wine-drihtne, 360.

wine-geômor, adj., *friend-mourn-ing :* nom. sg., 2240.

wine-leás, adj., *friendless :* dat. sg. wine-leásum, 2614.

wine-mæg, st. m., *dear kinsman :* nom. pl. wine-mâgas, 65.

ge - winna, w. m., *striver, struggler, foe :* comp. eald-, ealdor-gewinna.

winnan, st. v., *to struggle, fight :* pret. sg. III. wan âna wið eallum, 144; Grendel wan . . . wið Hrôð-gâr, 151; holm . . . won wið winde (*the sea fought with the wind :* cf. wan wind endi water, Heliand, 2244), 1133; II. eart þu se Beó-wulf, se þe wið Brecan wunne, 506; pl. wið gode wunnon, 113; þær þâ graman wunnon (*where the foes fought*), 778.

wîn-reced, st. n., *wine-hall, guest-hall, house for entertaining guests :* acc. sg., 715, 994.

wîn-sele, st. m., the same, *wine-hall :* nom. sg., 772; dat. sg. wîn-sele, 696 (cf. Heliand Glossary, 369 [364]).

winter, st. m. n.: 1) *winter :* nom. sg., 1133, 1137; acc. sg. winter, 1129; gen. sg. wintres, 516. — 2) *year* (counted by winters): acc. pl fîftig wintru (neut.), 2210; instr. pl wintrum, 1725, 2115, 2278; gen. pl. wintra, 147, 264, 1928, 2279, 2734, 3051.

wintre, adj., *so many winters* (old): in comp. syfan-wintre.

ge - wislîce, adv., *certainly, un-doubtedly :* superl. gewislîcost, 1351.

wist, st. f., fundamental meaning = *existentia,* hence: 1) *good condi-tion, happiness, abundance :* dat. sg. wunað he on wiste, 1736. — 2) *food, subsistence, booty :* dat. sg. þâ wäs äfter wiste wôp up â-hafen (*a cry was then uplifted after the*

meal, i.e. Grendel's meal of thirty men), 128.

wist-fyllo, st. f., *fulness* or *fill of food, rich meal :* gen. sg. wist-fylle, 735.

wit, st. n., (wit), *understanding :* nom. sg., 590. — Comp. : fyr-, in-wit.

ge - wit, st. n.: 1) *consciousness :* dat. sg. ge-weóld his ge-witte, 2704. — 2) *heart, breast :* dat. sg. fŷr unswîðor weóll (*the fire surged less strongly from the dragon's breast*), 2883.

wit, pers. pron. dual of we, *we two,* 535, 537, 539, 540, 544, 1187, etc. See unc, uncer.

wita, weota, w. m., *counsellor, royal adviser ;* pl., *the king's coun-cil of nobles :* nom. pl. witan, 779; gen. pl. witena, 157, 266, 937 ; weotena, 1099. — Comp. : fyrn-, rûn-wita.

witan, pret.-pres. v., *to wot, know.* 1) w. depend. clause : pres. sg. I., III. wât, 1332, 2657; ic on Hige-lâce wât þät he . . . (*I know as to H., that he . . .*), 1831; so, god wât on mec þät . . . (*God knows of me, that . . .*), 2651; sg. II. þu wâst, 272; weak pret. sg. I., III. wiste, 822; wisse, 2340, 2726; pl. wiston, 799, 1605 ; subj. pres. I. gif ic wiste, 2520. — 2) w. acc. and inf.: pres. sg. I. ic wât, 1864. — 3) w. object, predicative part. or adj.: pret. sg. III. tô þäs he win-reced . . . gearwost wisse, fättum fâhne, 716; so, 1310; wiste þäm ahlæcan hilde ge-þinged, 647. — 4) w. acc., *to know :* inf. witan, 252, 288 ; pret. sg. wisse, 169 ; wiste his fingra ge-weald on grames grâpum, 765; pl. II. wisson, 246; wiston, 181.

nât = ne + wât, *I know not:* 1) elliptically with hwilc, indef. pronoun = *some or other:* sceaða ic nât hwilc. — 2) w. gen. and depend. clause: nât he þâra gôda, þät he me on-geán sleá, 682.

ge-witan, *to know, perceive:* inf. þäs þe hie gewis-lîcost ge-witan meahton, 1351.

be-witian. See be-weotian.

witig, adj., *wise, sagacious:* nom. sg. witig god, 686, 1057; witig drihten (God),1555; wittig drihten, 1842.

ge-wittig, adj., *conscious:* nom. sg. 3095.

ge-witnian, w. v., *to chastise, punish:* wommum gewitnad (*punished with plagues*), 3074.

wîc, st. n., *dwelling, house:* acc. sg. wîc, 822, 2590; —often in pl. because houses of nobles were complex: dat. wîcum, 1305, 1613, 3084; gen. wîca, 125, 1126.

ge-wîcan, st. v., *to soften, give way, yield* (here chiefly of swords): pret. sg. ge-wâc, 2578, 2630.

wîc-stede, st. m., *dwelling-place:* nom. sg. 2463; acc. sg. wîc-stede, 2608.

wîd, adj., *wide, extended:* 1) space: acc. sg. neut. ofer wîd wäter, 2474; gen. sg. wîdan rîces, 1860; acc. pl. wîde sîðas, waroðas, 878, 1966. — 2) temporal: acc. sg. wîdan feorh (acc. of time), 2015; dat. sg. tô wîdan feore, 934.

wîde, adv., *widely, afar,* 18, 74, 79, 266, 1404, 1589, 1960, etc.; wîde cûð (*widely, universally, known*), 2136, 2924; so, underne wîde, 2914; wîde geond eorðan (*over the whole earth, widely*), 3100; — modifier of superl.: wreccena wîde mærost (*the most famous of wan-*

derers, *exiles*), 899. — Compar. wîdre, 764.

wîd-cûð, adj., *widely known, very celebrated:* nom. sg. neut., 1257; acc. sg. m. wîd-cûðne man (Beówulf), 1490; wîd-cûðne weán, 1992; wîd-cûðes (Hrôðgâr), 1043.

wîde-ferhð, st. m. n., (*long life*), *great length of time:* acc. sg. as acc. of time: wîde-ferhð (*down to distant times, always*), 703, 938; ealne wîde-ferhð, 1223.

wîd-floga, w. m., *wide-flier* (of the dragon): nom. sg., 2831; acc. sg. wîd-flogan, 2347.

wîd-scofen, pret. part., *wide-spread? causing fear far and wide?* 937.

wîd-weg, st. m., *wide way, long journey:* acc. pl. wîd-wegas, 841, 1705.

wîf, st. n., *woman, lady, wife:* nom. sg. freó-lîc wîf (Queen Wealhþeów), 616; wîf un-hýre (Grendel's mother), 2121; acc. sg. driht-lîce wîf (Finn's wife), 1159; instr. sg. mid þý wîfe (Hrôðgâr's daughter, Freáwaru), 2029; dat. sg. þam wîfe (Wealhþeów), 640; gen. sg. wîfes (as opposed to *man*), 1285; gen. pl. wera and wîfa, 994. — Comp.: aglæc-, mere-wîf.

wîf-lufe, w. f., *wife-love, love for a wife, woman's love:* nom. pl. wîf-lufan, 2066.

wîg, st. m.: 1) *war, battle:* nom. sg., 23, 1081, 2317, 2873; acc. sg., 686, 1084, 1248; dat. sg. wîge, 1338, 2630; as instr., 1085; (wigge, MS.), 1657, 1771; gen. sg. wîges, 65, 887, 1269. — 2) *valor, warlike prowess:* nom. sg wäs his môdsefa mangum ge-cýðed, wîg and wîsdôm, 350; wîg, 1043; wîg ... eafoð and ellen, 2349; gen. sg. wîges, 2324. — Comp. fêðe-wîg.

wîga, w. m., *warrior, fighter:* nom. sg., 630; dat. pl. wîgum, 2396; gen. pl. wîgena, 1544, 1560, 3116. — Comp.: äsc-, byrn-, gâr-, gûð-, lind-, rand-, scyld-wîga.

wîgan, st. v., *to fight:* pres. sg. III. wigeð, 600; inf., 2510.

w i g e n d, pres. part., *fighter, warrior:* nom. sg., 3100; nom. pl. wîgend, 1126, 1815, 3145; acc. pl. wîgend, 3025; gen. pl. wîgendra, 429, 900, 1973, 2338. — Comp. gârwîgend.

wîg-bealu, st. n., *war-bale, evil contest:* acc. sg., 2047.

wîg-bil, st. n., *war-bill, battle-sword:* nom. sg., 1608.

wîg-bord, st. n., *war-board* or *shield:* acc. sg., 2340.

wîg-cräft, st. m., *war-power:* acc. sg., 2954.

wîg-cräftig, adj., *vigorous in fight, strong in war:* acc. sg. wîg-cräftigne (of the sword Hrunting), 1812.

wîg-freca, w. m., *war-wolf, war-hero:* acc. sg. wîg-frecan, 2497; nom. pl. wîg-frecan, 1213.

wîg-fruma, w. m., *war-chief* or *king:* nom. sg., 665; acc. sg. wîg-fruman, 2262.

wîg-geatwe, st. f. pl., *war-ornaments, war-gear:* dat. pl. on wîg-geatwum (-getawum, MS.), 368.

wîg-ge-weorðad, pret. part., *war-honored, distinguished in war,* 1784? See Note.

wîg-gryre, st. m., *war-horror* or *terror:* nom. sg., 1285.

wîg-hete, st. m., *war-hate, hostility:* nom. sg., 2121.

wîg-heafola, w. m., *war head-piece, helmet:* acc. sg. wîg-heafolan, 2662. — Leo.

wîg-heáp, st. m., *war-band:* nom sg., 447.

wîg-hryre, st. m., *war-ruin, slaughter, carnage:* acc. sg., 1620.

wîg-sigor, st. m., *war-victory:* acc. sg., 1555.

wîg-sped, st. f.?, *war-speed, success in war:* gen. pl. wîg-spêda, 698.

wîn, st. n., *wine:* acc. sg., 1163, 1234; instr. wîne, 1468.

wîr, st. n., *wire, spiral ornament of wire:* instr. pl. wîrum, 1032; gen. pl. wîra, 2414.

wîs, adj., *wise, experienced, discreet:* nom. sg. m. wîs (*in his mind, conscious*), 3095; f. wîs, 1928; in w. form, se wîsa, 1401, 1699, 2330; acc. sg. þone wîsan, 1319; gen. pl. wîsra, 1414; w. gen. nom. sg. wîs wordcwida (*wise of speech*), 1846.

wîsa, w. m., *guide, leader:* nom. sg. werodes wîsa, 259. — Comp.: brim-, here-, hilde-wîsa.

wîscte. See **wŷscan.**

wîs-dôm, st. m., *wisdom, experience:* nom. sg., 350; instr. sg. wîsdôme, 1960.

wîse, w. f., *fashion, wise, custom:* acc. sg. (instr.) ealde wîsan (*after ancient custom*), 1866.

wîs-fäst, adj., *wise, sagacious* (sapientiâ firmus): nom. sg. f., 627.

wîs-hycgende, pres. part., *wise-thinking, wise,* 2717.

wîsian, w. v., *to guide* or *lead to, direct, point out:* 1) w. acc.: inf. heán wong wîsian, 2410; pret. sg. secg wîsade land-gemyrcu, 208. — 2) w. dat.: pres. sg. I. ic eów wîsige (*I shall guide you*), 292, 3104; pret. sg. se þæm heaðorincum hider wîsade, 370; sôna him sele-þegn . . . forð wîsade (*the hall-thane led him thither forthwith,* i.e. to his couch), 1796; stîg

wîsode gumum ät-gädere, 320; so,
1664. — 3) w. prep.? : pret. sg. þâ
secg wîsode under Heorotes hrôf
(*when the warrior showed them
the way under Heorot's roof*, [but
under H.'s hrôf depends rather on
snyredon ätsomne]), 402.

wîtan, st. v., properly *to look at ; to
look at with censure, to blame, re-
proach, accuse*, w. dat. of pers. and
acc. of thing: inf. for-þam me
wîtan ne þearf waldend fira mor-
ðor-bealo mâga, 2742.

ät-wîtan, *to blame, censure* (cf.
'twit), w. acc. of thing: pret. pl.
ät-witon weána dæl, 1151.

ge-wîtan, properly *spectare ali-
quo ; to go* (most general verb of
motion): 1) with inf. after verbs
of motion: pret. sg. þanon eft ge-
wât . . . tô hâm faran, 123; so,
2570; pl. þanon eft gewiton . . .
mearum rîdan, 854. Sometimes
with reflex. dat.: pres. sg. him þâ
Scyld ge-wât . . . fêran on freán
wäre, 26; gewât him . . . rîdan,
234; so, 1964; pl. ge-witon, 301.
— 2) associated with general infin-
itives of motion and aim : imper. pl.
ge-wîtað forð beran wæpen and
gewædu, 291; pret. sg. ge-wât þâ
neósian heán hûses, 115; he þâ
fâg ge-wât . . . man-dreám fleón,
1264; nyðer eft gewât dennes nió-
sian, 3045; so, 1275, 2402, 2820.
So, with reflex. dat.: him eft ge-
wât . . . hâmes niósan, 2388; so,
2950; pl. ge-witon, 1126. — 3) with-
out inf. and with prep. or adv.:
pres. sg. III. þær firgen-streám
under nässa genipu niðer ge-wîteð,
1361; ge-wîteð on sealman, 2461;
inf. on flôdes æht feor ge-wîtan,
42; pret. sg. ge-wât, 217; him ge-
wât, 1237, 1904; of lîfe, ealdre

ge-wât (*died*), 2472, 2625; fyrst
forð ge-wât (*time went on*), 210;
him ge-wât ût of healle, 663; ge-
wât him hâm, 1602; pret. part. dat.
sg. me forð-ge-witenum (*me de-
functo, I dead*), 1480.

ôð-wîtan, *to blame, censure, re-
proach:* inf. ne þorfte him þâ leán
ôð-wîtan mon on middan-gearde,
2997.

wlanc, wlonc, adj., ·*proud, exult-
ing :* nom. sg. wlanc, 341; w. instr.
æse wlanc (*proud of, exulting in,
her prey, meal*), 1333; wlonc,
331; w. gen. mâðm-æhta wlonc
(*proud of the treasures*), 2834;
gen. sg. wlonces, 2954. — Comp.
gold-wlanc.

wlâtian, w. v., *to look* or *gaze out,
forth :* pret. sg. se þe ær`. . . feor
wlâtode, 1917.

wlenco, st. f., *pride, heroism :* dat.
sg. wlenco, 338, 1207; wlence, 508.

wlite, st. m., *form, noble form, look,
beauty :* nom. sg., 250.

wlite-beorht, adj., *beauteous, bril-
liant in aspect :* acc. sg. wlite-
beorhtne wang, 93.

wlite-scón, st. n. f., *sight, spectacle :*
acc. sg., 1651.

wlitig, adj., *beautiful, glorious, fair
in form :* acc. sg. wlitig (sweord),
1663.

wlîtan, st. v., *to see, look, gaze :* pret.
sg. he äfter recede wlât (*looked
along the hall*), 1573; pret. pl.
on holm wliton (*looked on the sea*),
1593; wlitan on Wîglâf, 2853.

geond-wlîtan, w. acc., *to exam-
ine, look through, scan :* inf. wräte
giond-wlîtan, 2772.

woh - bogen, pret. part., (*bent
crooked*), *crooked, twisted :* nom.
sg. wyrm woh-bogen, 2828.

wolcen, st. n. m., *cloud* (cf. welkin):

dat. pl. under wolcnum (*under the clouds, on earth*), 8, 652, 715, 1771; tô wolcnum, 1120, 1375.

wollen-teár, adj., *tear-flowing, with flowing tears :* nom. pl. wollen-teáre, 3033.

wom. See **wam.**

won. See **wan.**

worc. See **weorc.**

word, st. n.: 1) *word, speech :* nom. sg., 2818; acc. sg. þät word, 655, 2047; word, 315, 341, 390, 871, 2552; instr. sg. worde, 2157; gen. sg. wordes, 2792; nom. pl. þâ word, 640; word, 613; acc. pl. word (of an alliterative song), 871; instr. pl. wordum, 176, 366, 627, 875, 1101, 1173, 1194, 1319, 1812, etc.; ge-saga him wordum (*tell them in words, expressly*), 388. The instr. wordum accompanies biddan, þancian, be-wägnan, secgan, hêrgan, to emphasize the verb, 176, 627, 1194, 2796, 3177; gen. pl. worda, 289, 398, 2247, 2263(?), 3031. — 2) *command, order :* gen. sg. his wordes geweald habban (*to rule, reign*), 79; so, instr. pl. wordum weóld, 30. — Comp.: beót-, gylp-, meðel-, þryð-word.

word-cwide, st. m., (*word-utterance*), *speech :* acc. pl. word-cwydas, 1842; dat. pl. word-cwydum, 2754; gen. pl. word-cwida, 1846.

word-gid, st. m., *speech, saying :* acc. sg. word-gyd, 3174.

word-hord, st. n., *word-hoard, treasury of speech, mouth :* acc. sg. word-hord on-leác (*unlocked his word-hoard, opened his mouth, spoke*), 259.

word-riht, st. n., *right speech, suitable word :* gen. pl. Wîglâf maðelode word-rihta fela, 2632.

worð-mynd. See **weorð-mynd.**

worðig (for **weorðig**), st. m., *palace, estate, court :* acc. sg. on worðig (*into the palace*), 1973.

worn, st. n., *multitude, number :* acc. sg. worn eall (*very many*), 3095; wintra worn (*many years*), 264; þonne he wintrum frôd worn ge-munde (*when he old in years thought of their number*), 2115. Used with fela to strengthen the meaning : nom. acc. sg. worn fela, 1784; hwät þu worn fela … spræce (*how very much thou hast spoken !*), 530; so, eal-fela eald-gesegena worn, 871; gen. pl. worna fela, 2004, 2543.

woruld, worold, st. f., *humanity, world, earth :* nom. sg. eal worold, 1739; acc. sg. in worold (wacan) (*to be born, come into the world*), 60; worold oflætan, of-gifan (*die*), 1184, 1682; gen. sg. worolde, 951, 1081, 1388, 1733; worulde, 2344; his worulde ge-dâl (*his separation from the world, death*), 3069; worolde brûcan (*to enjoy life, live*), 1063; worlde, 2712.

worold-âr, st. f., *worldly honor or dignity :* acc. sg. worold-âre, 17.

woruld-candel, st. f., *world-candle, sun :* nom. sg., 1966.

worold-cyning, st. m., *world king, mighty king :* nom. sg., 3182; gen. pl. worold-cyninga, 1685.

woruld-ende, st. m., *world's end :* acc. sg., 3084.

worold-ræden, st. f., *usual course, fate of the world, customary fate :* dat. sg. worold-rædenne, 1143?

wôp, st. m., (*whoop*), *cry of grief, lament :* nom. sg., 128; acc. sg. wôp, 786; instr. sg. wôpe, 3147.

wracu, st. f., *persecution, vengeance, revenge :* nom. sg. wracu (MS.

uncertain), 2614; acc. sg. wrăce, 2337. — Comp.: gyrn-, nŷd-wracu.

wraðu, st. f., *protection, safety :* in comp. lîf-wraðu.

wrâð, adj., *wroth, furious, hostile :* acc. sg. neut. wrâð, 319; dat. sg. wrâðum, 661, 709; gen. pl. wrâðra, 1620.

w r â ð e, adv., *contemptibly, disgracefully,* 2873.

wrâð-lîce, adv., *wrathfully, hostilely* (in battle), 3063.

wrâsn, st. f., *circlet of gold for the head, diadem, crown :* in comp. freá-wrâsn.

wräc-lâst, st. m., *exile-step, exile, banishment :* acc. sg. wräc-lâstas träd (*trod exile-steps, wandered in exile*), 1353.

wräc-mäcg, st. m., *exile, outcast :* nom. pl. wräc-mäcgas, 2380.

wräc-sîð, st. m., *exile-journey, banishment, exile, persecution :* acc. sg., 2293; dat. sg. -sîðum, 338.

wrät, st. f., *ornament, jewel :* acc. pl. wräte (wræce, MS.), 2772, 3061; instr. pl. wrättum, 1532; gen. pl. wrätta, 2414.

wrät-lîc, adj.: 1) *artistic, ornamental; valuable :* acc. sg. wrät-lîcne wundur - mâðum, 2174; wrät-lîc wæg-sweord, 1490; wîgbord wrät-lîc, 2340. — 2) *wondrous, strange :* acc. sg. wrät-lîcne wyrm [from its rings or spots?], 892; wlite-seón wrät-lîc, 1651.

wræc, st. f., *persecution;* hence, *wretchedness, misery :* nom. sg., 170; acc. sg. wræc, 3079.

wrecan, st. v. w. acc.: 1) *to press, force :* pret. part. þær wäs Ongenþeó . . . on bîd wrecen, 2963. — 2) *to drive out, expel :* pret. sg. ferh ellen wräc, 2707. — 3) *to wreak or utter :* gid, spel wrecan

(*to utter words* or *songs*); subj. pres. sg. III. he gyd wrece, 2447; inf. wrecan spel ge-râde, 874; wordgyd wrecan, 3174; pret. sg. gyd äfter wräc, 2155; pres. part. þær wäs . . . gid wrecen, 1066. — 4) *to avenge, punish :* subj. pres. þät he his freónd wrece, 1386; inf. wolde hire mæg wrecan, 1340; so, 1279, 1547; pres. part. wrecend (*an avenger*), 1257; pret. sg. wräc Wedera nîð, 423; so, 1334, 1670.

â-wrecan, *to tell, recount :* pret. sg. ic þis gid be þe â-wräc (*I have told this tale for thee*), 1725; so, 2109.

for-wrecan, w. acc., *to drive away, expel; carry away :* inf. þŷ läs him ŷða þrym wudu wyn-suman for-wrecan meahte (*lest the force of the waves might carry away the winsome ship*), 1920; pret. sg. he hine feor for-wräc . . . man-cynne fram, 109.

ge-wrecan, w. acc., *to avenge, wreak vengeance upon, punish :* pret. sg. ge-wräc, 107, 2006; he ge-wräc (i.e. hit, *this*) cealdum cear-sîðum, 2396; he hine sylfne ge-wräc (*avenged himself*), 2876; pl. ge-wræcan, 2480; pret. part. ge-wrecen, 3063.

wrecca, w. m., (*wretch*), *exile, adventurer, wandering soldier, hero :* nom. sg. wrecca (Hengest), 1138; gen. pl. wreccena wîde mærost (Sigemund), 899.

wreoðen-hilt, adj., *wreathen-hilted, with twisted hilt :* nom. sg., 1699.

wridian, w. v., *to flourish, spring up :* pret. sg. III. wridað, 1742.

wriða, w. m., *band :* in comp. beágwriða (*bracelet*), 2019.

wrixl, st. n., *exchange, change :* instr. sg. wyrsan wrixle (*in a worse*

way, with a worse exchange),
2970.

ge-wrixle, st. n., *exchange, arrangement, bargain :* nom. sg. ne wäs þät ge-wrixle til (*it was not a good arrangement, trade*), 1305.

wrixlan, w. v., *to exchange :* inf. wordum wrixlan (*to exchange words, converse*), 366; 875 (*tell*).

wrîðan, st. v. w. acc.: 1) *to bind, fasten, wreathe together :* inf. ic hine (him, MS.) . . . on wäl-bedde wrîðan þôhte, 965.—2) *to bind up* (a wounded person, a wound): pret. pl. þâ wæron monige þe his mæg wriðon, 2983. See **hand-gewriðen**.

wrîtan, st. v., *to incise, engrave :* pret. part. on þâm (hilte) wäs ôr writen fyrn-gewinnes (*on which was engraved the origin of an ancient struggle*), 1689.

for-wrîtan, *to cut to pieces* or *in two :* pret. sg. for-wrât Wedra helm wyrm on middan, 2706.

wrôht, st. m. f., *blame, accusation, crime;* here *strife, contest, hostility:* nom. sg., 2288, 2474, 2914.

wudu, st. m., *wood :* 1) *material, timber :* nom. pl. wudu, 1365; hence, *the wooden spear :* acc. pl. wudu, 398.—2) *forest, wood :* acc. sg. wudu, 1417.—3) *wooden ship :* nom. sg. 298; acc. sg. wudu, 216, 1920.—Comp.: bæl-, bord-, gamen-, heal-, holt-, mägen-, sæ-, sund-, þrec-wudu.

wudu-rêc, st. m., *wood-reek* or *smoke :* nom. sg., 3145.

wuldor, st. n., *glory :* nom. sg. kyninga wuldor (*God*), 666; gen. sg. wuldres wealdend, 17, 183, 1753; wuldres hyrde, 932, (designations of God).

wuldor-cyning, st. m., *king of glory,*

God. dat. sg. wuldur-cyninge, **2796.**

wuldor-torht, adj., *glory-bright, brilliant, clear :* acc. pl. wuldor-torhtan weder, 1137.

wulf, st. m., *wolf :* acc. sg., 3028.

wulf-hlið, st. n., *wolf-slope, wolf's retreat, slope whereunder wolves house :* acc. pl. wulf-hleoðu, 1359.

wund, st. f., *wound :* nom. sg., 2712, 2977; acc. sg. wunde, 2532, 2907; acc. sg. wunde, 2726; instr. pl. wundum, 1114, 2831, 2938.—Comp. feorh-wund.

wund, adj., *wounded, sore :* nom. sg., 2747; dat. sg. wundum, 2754; nom. pl. wunde, 565, 1076.

wunden-feax, adj., *curly-haired* (of a horse's mane): nom. sg., 1401.

wunden-heals, adj., *with twisted* or *curved neck* or *prow :* nom. sg. wudu wunden-hals (*the ship*), 298.

wunden-heorde?, *curly-haired ? :* nom. sg. f., 3153.

wunden-mæl, adj., *damascened, etched, with wavy ornaments(?) :* nom. sg. neut., 1532 (of a sword).

wunden-stefna, w. m., *curved prow, ship :* nom. sg., 220.

wundor, st. n.: 1) *wonder, wonder-work :* nom. sg., 772, 1725; wundur, 3063; acc. sg. wundor, 841; wunder, 932; wundur, 2760, 3033, 3104; dat. sg. wundre, 932; instr. pl. wundrum (*wondrously*), 1453, 2688; gen. pl. wundra, 1608.—2) *portent, monster :* gen. pl. wundra, 1510.—Comp.: hand-, nîð-, searo-wundor.

wundor-bebod, st. n., *wondrous command, strange order :* instr. pl. -bebodum, 1748.

wundor-deáð, st. m., *wonder-death, strange death :* instr. sg. wundor deáðe, 3038.

wundor-fät, st. n., *wonder-vat,*

strange vessel: dat. pl. of wundor-fatum (*from wondrous vessels*), 1163.

wundor-lîc, adj., *wonderlike, remarkable:* nom. sg., 1441.

wundor-mâððum, st. m., *wonderjewel, wonderful treasure:* acc. sg., 2174.

wundor-smið, st. m., *wonder-smith, skilled smith, worker of marvellous things:* gen. pl. wundor-smiða ge-weorc (the ancient giant's sword), 1682.

wundor-seón, st. f., *wondrous sight:* gen. pl. wunder-sióna, 996.

wunian, w. v.: 1) *to stand, exist, remain:* pres. sg. III. þenden þær wunað on heáh-stede húsa sêlest (*as long as the best of houses stands there on the high place*), 284; wunað he on wiste (*lives in plenty*), 1736; inf. on sele wunian (*to remain in the hall*), 3129; pret. sg. wunode mid Finne (*remained with F.*), 1129. — 2) w. acc. or dat., *to dwell in, to inhabit, to possess:* pres. sg. III. wunað wäl-reste (*holds his death-bed*), 2903; inf. wäter-egesan wunian scolde . . ., streámas, 1261; wîcum wunian, 3084; w. prep.: pres. sg. Higelâc þær ät hâm wunað, 1924.

ge-wunian, w. acc.: 1) *to inhabit:* inf. ge-[wunian], 2276. — 2) *to remain with, stand by:* subj. pres. þät hine on ylde eft ge-wunigen wil-ge-sîðas, 22.

wurðan. See **weorðan.**

wuton, v. from wîtan, used as interj., *let us go! up!* w. inf.: wutun gangan tô (*let us go to him!*), 2649; uton hraðe fêran! 1391; uton nu êfstan, 3102.

wylf, st. f., *she-wolf:* in comp. brim-wylf.

wylm, st. m., *surge, surf, billow.* nom. sg. flôdes wylm, 1765; dat. wintres wylme (*with winter's flood*), 516; acc. sg. þurh wäteres wylm, 1694; acc. pl. heortan wylmas, 2508.—Comp.: breóst-, brim-, byrne-, cear-, fŷr-, heaðo-, holm-, sæ-, sorh-wylm. See **wälm.**

wyn, st. f., *pleasantness, pleasure, joy, enjoyment:* acc. sg. mæste . . . worolde wynne (*the highest earthly joy*), 1081; eorðan wynne (*earth-joy, the delightful earth*), 1731; heofenes wynne (*heaven's joy,* the rising sun), 1802; hearpan wynne (*harp-joy, the pleasant harp*), 2108; þät he . . . ge-drogen häfde eorðan wynne (*that he had had his earthly joy*), 2728; dat. sg. weorod wäs on wynne, 2015; instr. pl. mägenes wynnum (*in joy of strength*), 1717; so, 1888.—Comp.: êðel-, hord-, lîf-, lyft-, symbel-wyn.

wyn-leás, adj., *joyless:* acc. sg. wyn-leásne wudu, 1417; wyn-leás wîc, 822.

wyn-sum, adj., *winsome, pleasant:* acc. sg. wudu wyn-suman (*the ship*), 1920; nom. pl. word wæron wyn-sume, 613.

wyrcan, v. irreg.: 1) *to do, effect,* w. acc.: inf. (wundor) wyrcan, 931. — 2) *to make, create,* w. acc.: pret. sg. þät se äl-mihtiga eorðan worh[te], 92; swâ hine (*the helmet*) worhte wæpna smið, 1453.— 3) *to gain, win, acquire,* w. gen.: subj. pres. wyrce, se þe môte, dômes ær deáðe, 1388.

be-wyrcan, *to gird, surround:* pret. pl. bronda betost wealle be-worhton, 3163.

ge-wyrcan: 1) intrans., *to act, behave:* inf. swâ sceal geong guma gôde gewyrcean . . . on fäder wine, þät ... (*a young man shall so act with benefits towards his father's friends that...*), 20. — 2) w. acc., *to do, make, effect, perform:* inf. ne meahte ic ät hilde mid Hruntinge wiht ge-wyrcan, 1661; sweorde ne meahte on þam aglæcan ... wunde ge-wyrcean, 2907; pret. sg. ge-worhte, 636, 1579, 2713; pret. part. acc. ic þâ leóde wât ... fäste ge-worhte. 1865. — 3) *to make, construct:* inf. (medo-ärn) ge-wyrcean, 69; (wîg-bord) ge-wyrcean, 2338; (hlæw) ge-wyrcean, 2803; pret. pl. II. ge-worhton, 3097; III. ge-worhton, 3158; pret. part. ge-worht, 1697. — 4) *to win, acquire:* pres. sg. ic me mid Hruntinge dôm ge-wyrce, 1492.

Wyrd, st. f., *Weird* (one of the Norns, guide of human destiny; mostly weakened down = *fate, providence*): nom. sg., 455, 477, 572, 735, 1206, 2421, 2527, 2575, 2815; acc. sg. wyrd, 1057, 1234; gen. pl. wyrda, 3031. (Cf. Weird Sisters of Macbeth.)

wyrdan, w. v., *to ruin, kill, destroy:* pret. sg. he tô lange leóde mîne wanode and wyrde, 1338.

â-wyrdan, w. v., *to destroy, kill:* pret. part.: äðeling monig wundum â-wyrded, 1114.

wyrðe, adj., *noble; worthy, honored, valued:* acc. sg. m. wyrðne (ge-dôn) (*to esteem worthy*), 2186; nom. pl. wyrðe, 368; compar. nom. sg. rîces wyrðra (*worthier of rule*), 862. — Comp. fyrd-wyrðe. See **weorð.**

wyrgen, st. f., *throttler* [cf. sphinx], *she-wolf:* in comp. grund-wyrgen.

ge-wyrht, st. n., *work; desert:* in comp. eald-gewyrht, 2658.

wyrm, st. m., *worm, dragon, drake:* nom. sg., 898, 2288, 2344, 2568, 2630, 2670, 2746, 2828; acc. sg. wyrm, 887, 892, 2706, 3040, 3133; dat. sg. wyrme, 2308, 2520; gen. wyrmes, 2317, 2349, 2760, 2772, 2903; acc. pl. wyrmas, 1431.

wyrm-cyn, st. m., *worm-kin, race of reptiles, dragons:* gen. sg. wyrm-cynnes fela, 1426.

wyrm-fâh, adj., *dragon-ornamented, snake-adorned* (ornamented with figures of dragons, snakes, etc.: cf. Dietrich in Germania X., 278): nom. sg. sweord ... wreoðen-hilt and wyrm-fâh, 1699.

wyrm-hord, st. n., *dragon-hoard:* gen. pl. wyrm-horda, 2223.

for-wyrnan, w. v., *to refuse, reject:* subj. pres. II. þät þu me nô for-wyrne, þät ... (*that thou refuse me not that...*), 429; pret. sg. he ne for-wyrnde worold-rædenne, 1143.

ge-wyrpan, w. v. reflex., *to refresh one's self, recover:* pret. sg. he hyne ge-wyrpte, 2977.

wyrpe, st. m., *change:* acc. sg. äfter weá-spelle wyrpe ge-fremman (*after the woe-spell to bring about a change of things*), 1316.

wyrsa, compar. adj., *worse:* acc. sg. neut. þät wyrse, 1740; instr. sg. wyrsan wrixle, 2970; gen. sg. wyrsan geþinges, 525; nom. acc. pl. wyrsan wîg-frecan, 1213, 2497.

wyrt, st. f., [-*wort*], *root:* instr. pl. wudu wyrtum fäst, 1365.

wŷscan, w. v., *to wish, desire:* pret. sg. wîscte (rihde, MS.) þäs yldan (*wished to delay that* or *for this reason,* 2440, 1605(?). See Note.

Y

yfel, st. n., *evil :* gen. pl. yfla, 2095.

yldan, w. v., *to delay, put off :* inf. ne þät se aglæca yldan þôhte, 740; weard wine-geômor wîscte þäs yldan, þät he lytel fäc long-gestreôna brûcan môste, 2240.

ylde, st. m. pl., *men :* dat. pl. yldum, 77, 706, 2118; gen. pl. ylda, 150, 606, 1662. See **elde.**

yldest. See **eald.**

yldo, st. f., *age (senectus), old age :* nom. sg., 1737, 1887; atol yldo, 1767; dat. sg. on ylde, 22. — 2) *age (aetas), time, era :* gen. sg. yldo bearn, 70. See **eldo.**

yldra. See **eald.**

ylf, st. f., *elf (incubus, alp)* : nom. pl. ylfe, 112.

ymb, prep. w. acc.: 1) local, *around, about, at, upon :* ymb hine (*around, with, him*), 399. With prep. postponed : hine ymb, 690; ymb brontne ford (*around the seas, on the high sea*), 568; ymb þâ gif-healle (*around the gift-hall, throne-hall*), 839; ymb þäs helmes hrôf (*around the helm's roof, crown*), 1031. — 2) temporal, *about, after :* ymb ântîd ôðres dôgores (*about the same time the next day*), 219; ymb âne niht (*after a night*), 135. — 3) causal, *about, on account of, for, owing to :* (frînan) ymb þînne sîð (*on account of, concerning?, thy journey*), 353; hwät þu . . . ymb Brecan spræce (*hast spoken about B.*), 531; so, 1596, 3174; nâ ymb his lîf cearað (*careth not for his life*), 1537; so, 450; ymb feorh sacan, 439; sundor-nytte beheóld ymb aldor Dena, 669; ymb sund (*about the swimming, the prize for swimming*), 507.

ymbe, I. prep. w. acc. = ymb: 1) local, 2884, 3171; hlæw oft ymbe hwearf (prep. postponed), 2297. 2) causal, 2071, 2619. — II. adv., *around :* him . . . ymbe, 2598.

ymb-sittend, pres. part., *neighbor ·* gen. pl. ymb-sittendra, 9.

ymbe-sittend, the same: nom. pl. ymbe-sittend, 1828; gen. pl. ymbe-sittendra, 2735.

yppe, w. f., *high seat, dais, throne ·* dat. sg. eode . . . tô yppan, 1816.

yrfe, st. n., *bequest, legacy :* nom. sg., 3052.

yrfe-lâf, st. f., *sword left as a bequest :* acc. sg. yrfe-lâfe, 1054; instr. sg. yrfe-lâfe, 1904.

yrfe-weard, st. m., *heir, son :* nom. sg., 2732; gen. sg. yrfe-weardes, 2454. (-as, MS.)

yrmðo, st. f., *misery, shame, wretchedness :* acc. sg. yrmðe, 1260, 2006.

yrre, st. n., *anger, ire, excitement :* acc. sg. godes yrre, 712; dat. sg. on yrre, 2093.

yrre, adj., *angry, irate, furious .* nom. sg. yrre oretta (Beówulf), 1533; þegn yrre (the same), 1576; gäst yrre (Grendel), 2074; nom. pl. yrre, 770. See **eorre.**

yrringa, adv., *angrily, fiercely,* 1566, 2965.

yrre-môd, adj., *wrathful-minded, wild :* nom. sg., 727.

ys, *he is.* See **wesan.**

Ŷ

ŷð (O.H.G. unda), st. f., *wave; sea :* nom. pl. ŷða, 548; acc. pl. ŷðe, 46, 1133, 1910; dat. pl. ŷðum, 210, 421, 534, 1438, 1908; ŷðum weallan (*to surge with waves*), 515, 2694; gen. pl. ŷða, 464, 849, 1209,

1470, 1919. — Comp: flôd-, lîg-, wäter-ýð.

ýðan, w. v., *to ravage, devastate, destroy:* pret. sg. ýðde eotena cyn, 421 (cf. îðende = *depopulating,* Bosworth, from Ælfric's Glossary; pret. ýðde, Wanderer, 85).

ýðe. See eáðe.

ýðe-lîce, adv., *easily:* ýðe-lîce he eft â-stôd (*he easily arose afterwards*), 1557.

ýð-gebland, st. n., *mingling* or *surging waters, water-tumult:* nom. sg. -geblond, 1374, 1594; nom. pl. -gebland, 1621.

ýð-gewin, st. n., *strife with the sea, wave-struggle, rushing of water:* dat. sg. ýð-gewinne, 2413; gen. sg. -gewinnes, 1435.

ýð-lâd, st. f., *water-journey, sea-voyage:* nom. pl. ýð-lâde, 228.

ýð-lâf, st. f., *water-leaving, what is left by the water* (*undarum reliquiae*), *shore:* dat. sg. be ýð-lâfe, 566.

ýð-lida, w. m., *wave-traverser, ship:* acc. sg. ýð-lidan, 198.

ýð-naca, w. m., *sea-boat:* acc. sg. [ýð-]nacan, 1904.

ýð-gesêne. See êð-gesŷne.

ýwan, w. v. w. acc., *to show:* pret. sg. an-sŷn ŷwde (*showed itself, appeared*), 2835. See eáwan, eówan.

ge-ýwan, w. acc. of thing, dat. of pers., *to lay before, offer:* inf., 2150.

GLOSSARY TO FINNSBURH.

âbrecan, st. v., *to shatter:* part. his byrne âbrocen wære (*his byrnie was shattered*).

ânyman, st. v., *to take, take away.*

bân-helm, st. m., *bone-helmet; skull,* [*shield,* Bosw.].

buruh-þelu, st. f., *castle-floor.*

cêlod, part. (adj.?), *keeled,* i.e. boat-shaped or hollow.

dagian, w. v., *to dawn:* ne þis ne dagiað eástan (*this is not dawning from the east*).

deór-môd, adj., *brave in mood:* deór-môd häleð.

driht-gesîð, st. m., *companion, associate.*

eástan, adv., *from the east.*

eorð-bûend, st. m., *earth-dweller, man.*

fêr, st. m., *fear, terror.*

fŷren, adj., *flaming, afire:* nom. f. swylce eal Finns-buruh fŷrenu wære (*as if all Finnsburh were afire*).

gehlyn, st. n., *noise, tumult.*

gellan, st. v., *to sing* (i.e. ring or resound): pres. sg. gylleð græg-hama (*the gray garment* [byrnie] *rings*); (*the gray wolf yelleth?*).

genesan, st. v., *to survive, recover from:* pret. pl. þâ wîgend hyra wunda genæson (*the warriors were recovering from their wounds*).

gold-hladen, adj., *laden with gold* (wearing heavy gold ornaments).

græg-hama, w. m., *gray garment, mail-coat;* (*wolf?* — Brooke).

gûð-wudu, st. m., *war-wood, spear*

häg-steald, st. m., *one who lives in his lord's house, a house-carl.*

heaðo-geong, adj., *young in war.*

here-sceorp, st. n., *war-dress, coat of mail.*

hleoðrian, w. v., *to speak, exclaim :* pret. sg. hleoðrode . . . cyning (*the prince exclaimed*).

hræw, st. n., *corpse.*

hrôr, adj., *strong :* here-sceorpum hrôr (*strong* [though it was] *as armor,* Bosw.).

lac (lað?)? for flacor, *fluttering?*

oncweðan, st. v., *to answer :* pres. sg. scyld scefte oncwyð (*the shield answers the spear*).

onwacnian, w. v., *to awake, arouse one's self :* imper. pl. onwacnigeað . . ., wîgend mîne (*awake, my warriors !*).

sceft (sceaft), st. m., *spear, shaft.*

sealo-brûn, adj., *dusky-brown.*

sige-beorn, st. m., *victorious hero, valiant warrior.*

swäðer (swâ hwäðer), pron., *which of two, which.*

swân, st. m., *swain, youth; warrior.*

sweart, adj., *swart, black.*

swêt, adj., *sweet :* acc. m. swêtne medo . . . forgyldan (*requite the sweet mead,* i.e. repay, by prowess in battle, the bounty of their chief).

swurd-leóma, w. m., *sword-flame, flashing of swords.*

þyrl, adj., *pierced, cloven.*

undearninga, adv., *without concealment, openly.*

wandrian, w. v., *to fly about, hover :* pret. sg. hräfn wandrode (*the raven hovered*).

waðol, st. m., *the full moon* [Grein]; [adj., *wandering,* Bosw.].

wäl-sliht (-sleaht), st. m., *combat, deadly struggle :* gen. pl. wälslihta gehlyn (*the din of combats*)

weâ-dæd, st. f., *deed of woe :* nom. pl. ârisað weâ-dæda.

witian (weotian), w. v., *to appoint, determine :* part. þe is . . . witod.

wurðlîce (weorðlîce), adv., *worthily, gallantly :* compar. wurð-lîcor.

wüg, weg, st. m., *way.*

ADVERTISEMENTS

OLD AND MIDDLE ENGLISH.

[ANGLO-SAXON.]

Beówulf: An Anglo-Saxon Poem.

(Vol. I. of the Library of Anglo-Saxon Poetry.)

Contains also the Fight at Finnsburh. With Text, Notes, and Glossary on the basis of Heyne's fourth edition, edited, corrected, and enlarged by JAMES A. HARRISON, Professor of English and Modern Languages, Washington and Lee University, and ROBERT SHARP, Professor of Greek and English, Tulane University of Louisiana. *Fourth Edition.* 12mo. Cloth. x + 370 pages. Mailing Price, $1.25; Introduction, $1.12.

THIS edition is designed primarily for college classes. It has been recommended by Professors Dowden and Nicoll to their classes in the Universities of Dublin and Glasgow.

F. A. March, *Prof. of Anglo-Saxon, Lafayette College:* The best there is for class use.

Hiram Corson, *Prof. Eng., Cornell Univ.:* Altogether the one best adapted to the wants of American students.

Cædmon's Exodus and Daniel.

(Vol. II. of the Library of Anglo-Saxon Poetry.)

Edited from Grein, with Notes and Glossary, by THEODORE W. HUNT, Professor of Rhetoric and English Language in Princeton College. *Third Edition, revised.* 12mo. Cloth. 121 pages. Mailing Price, 65 cents; Introduction, 60 cents. The Glossary has been much enlarged.

F. A. March, *Lafayette College:* It is a matter of honest pride to see an American publish a neat and convenient edition of it.

Andreas: A Legend of St. Andrew.

(Vol. III. of the Library of Anglo-Saxon Poetry.)

Edited, with Critical Notes, by W. M. BASKERVILL, Professor of English Language and Literature in the Vanderbilt University. Text and Notes, viii + 78 pages. Paper. 25 cents. To be issued soon in Cloth, with Glossary. *See the Announcements.*

T. W. Hunt, *of Princeton College:* It is very neatly issued, and in text and notes is highly satisfactory.

Modern Language Notes (*J. W. Bright*)*:* The editor's work bears the stamp of great care and industry.

The Phonological Investigation of Old English.

Illustrated by a series of 50 problems. By ALBERT S. COOK, Professor of the English Language and Literature in Yale University. 12mo. Paper. 26 pages. Price by mail, 22 cents; for introduction, 20 cents.

Chaucer's Parlament of Foules.

A revised Text, with Literary and Grammatical Introduction, Notes, and a full Glossary. By T. R. LOUNSBURY, Professor of English in the Sheffield Scientific School of Yale University. 12mo. Cloth. 111 pages. Price by mail, 55 cents; for introduction, 50 cents.

F. J. Child, *Prof. of English Literature in Harvard University :* It is so good a book that I am inclined to slight even better poetry for it.

Cynewulf's Elene.

(Vol. VI. of the Library of Anglo-Saxon Poetry.)

Edited with Introduction, Latin Original, and Complete Glossary. By CHARLES W. KENT, Professor of English in the University of Virginia. 12mo. Cloth. vi + 149 pages. Mailing Price, 65 cents; Introduction, 60 cents.

THE introduction contains an account of the manuscript, author, sources, theme of poem, etc., as well as a discussion of the versification, particularly of rhyme. The text is accompanied by the Latin original at the foot of each page. The notes are copious, and the glossary is unusually full.

T. W. Hunt, *Prof. of English, Princeton College, N.J.:* In correctness of text, in judicious explanations by way of notes, and especially in the critical and comprehensive glossary, Dr. Kent has given us an admirable piece of editorial work. (*Sept.* 4, 1889.)

Elene; Judith; Athelstan, or the Fight at Bru-

nanburh ; and Byrhtnoth, or the Fight at Maldon : Anglo-Saxon Poems.

Translated by JAMES M. GARNETT, M.A., LL.D., Professor of the English Language and Literature in the University of Virginia; Translator of *Beowulf.* Square 12mo. Cloth. xvi + 70 pages. Mailing Price, $1.00; Introduction, 90 cents.

THESE translations, made from the texts of Zupitza, Grein, Sweet, Körner, and Grein-Wülker, comprise about 2100 lines of Old English poetry. They are line-for-line, and are accompanied by a brief introduction and occasional notes.

Albert S. Cook, *Prof. of English, Yale College :* These translations are faithful and scholarly and will be of great service to students of Old English poetry, and to all those who, for any reason, are interested in the earliest literary productions of the English race.

Carpenter's Anglo-Saxon Grammar and Reader.

By STEPHEN H. CARPENTER, late Professor of Rhetoric and English Literature in the University of Wisconsin. 12mo. Cloth. 218 pages. Mailing Price, 70 cents; Introduction, 60 cents.

Carpenter's English of the XIV. Century.

By STEPHEN H. CARPENTER. 12mo. Cloth. 327 pages. Mailing Price, $1.00; Introduction, 90 cents.

ILLUSTRATED by Notes, Grammatical and Philological, on Chaucer's *Prologue* and *Knight's Tale,* and so forming an excellent introduction to that author.

Ueber Thomas Castelford's Chronik von England.

Doctorate Thesis in German. By Professor M. L. PERRIN of Boston University. 8vo. Paper. 47 pages. By mail, 50 cents.

Beówulf, and The Fight at Finnsburh.

Translated by JAMES M. GARNETT, M.A., LL.D., Professor of the English Language and Literature in the University of Virginia. With Facsimile of the Unique Manuscript in the British Museum, Cotton. Vitellius A XV. *Third Edition, revised.* 12mo. Cloth. 156 pages. Mailing Price, $1.10; Introduction, $1.00.

Francis A. March, *Prof. of Comparative Philology, Lafayette College:* This is the best translation so far in our language, and will do honor to American scholarship.

J. Earle, *Prof. of Anglo-Saxon in the University of Oxford, Eng. :* It is a very complete piece of work, bringing the whole subject up to the very front line of its progress.

An Old English Grammar.

By EDUARD SIEVERS, Ph.D., Professor of Germanic Philology in the University of Tübingen ; translated and edited by ALBERT S. COOK, Ph.D. (Jena), Professor of the English Language and Literature in Yale University. Second edition, revised and enlarged. 12mo. Cloth. xx + 273 pages. Mailing price, $1.25; for introduction, $1.12.

IT is hoped that this version will be found not only to present in English the most approved text-book on the subject, but to present it in a form better adapted for the use of students, and in some respects more in accord with the views of the best authorities.

F. J. Child, *Prof. of Eng., Harvard Univ.:* It is an absolutely masterly book, as would be expected of those who have made it.

C. F. Richardson, *Prof. of Eng.,*

Dartmouth College : No more important work is now accessible to the student of the early grammatical forms of our twelve-hundred-year-old English language.

BOOKS IN HIGHER ENGLISH.

Introd. Price.

Alexander:	Introduction to Browning	$1.00
Athenæum Press Series:		
	Cook: Sidney's Defense of Poesy	.80
	Gummere: Old English Ballads	.00
	Schelling: Ben Jonson's Timber	.80
Baker:	Plot-Book of Some Elizabethan Plays	.00
Cook:	A First Book in Old English	.00
	Shelley's Defense of Poetry	.50
	The Art of Poetry	1.12
	Hunt's What is Poetry?	.50
	Newman's Aristotle's Poetics	.30
	Addison's Criticisms on Paradise Lost	1.00
	Bacon's Advancement of Learning	.00
Corson:	Primer of English Verse	1.00
Emery:	Notes on English Literature	1.00
English Literature Pamphlets:	Ancient Mariner, .05; First Bunker Hill Address, .10; Essay on Lord Clive, .15; Second Essay on the Earl of Chatham, .15; Burke, I. and II.; Webster, I. and II.; Bacon; Wordsworth, I. and II.; Coleridge and Burns; Addison and Goldsmith . . Each	.15
Fulton & Trueblood:	Practical Elocution . . . Retail	1.50
	Choice Readings, $1.50; Chart of Vocal Expression	2.00
	College Critic's Tablet	.60
Garnett:	English Prose from Elizabeth to Victoria	1.50
Gayley:	Classic Myths in English Literature	1.50
Genung:	Outlines of Rhetoric	1.00
	Elements of Rhetoric, $1.25; Rhetorical Analysis	1.12
Gummere:	Handbook of Poetics	1.00
Hudson:	Harvard Edition of Shakespeare's Complete Works:—	
	20 Vol. Ed. Cloth, retail, $25.00; Half-calf, retail	55.00
	10 Vol. Ed. Cloth, retail, $20.00; Half-calf, retail	40.00
	Life, Art, and Characters of Shakespeare. 2 vols. Cloth,	4.00
	New School Shakespeare. Each play: Paper, .30; Cloth,	.45
	Text-Book of Poetry; Text-Book of Prose . .Each	1.25
	Classical English Reader	1.00
Lockwood:	Lessons in English, $1.12; Thanatopsis	.10
Maxcy:	Tragedy of Hamlet	.45
Minto:	Manual of English Prose Literature	1.50
	Characteristics of English Poets	1.50
Newcomer:	Practical Course in English Composition	.80
Phelps:	English Romantic Movement	1.00
Sherman:	Analytics of Literature	1.25
Smith:	Synopsis of English and American Literature	.80
Sprague:	Milton's Paradise Lost and Lycidas	.45
Thayer:	The Best Elizabethan Plays	1.25
Thom:	Shakespeare and Chaucer Examinations	1.00
White:	Philosophy of American Literature	.30
Whitney:	Essentials of English Grammar	.75
Whitney & Lockwood:	English Grammar	.70
Winchester:	Five Short Courses of Reading in English Literature,	.40

AND OTHER VALUABLE WORKS.

GINN & COMPANY, Publishers,

Boston, New York, and Chicago.